THOMAS BREUER
Leander und
der lange Schatten

Thomas Breuer, geboren 1962 in Hamm/Westf., hat in Münster Germanistik und Sozialwissenschaften studiert und arbeitet seit 1993 als Lehrer für Deutsch, Sozialwissenschaften und Zeitgeschichte an einem privaten Gymnasium im Kreis Paderborn. Seit 1994 lebt er mit seiner Frau Susanne, seinen Kindern Patrick und Sina, Streifenhörnchen Fridolin und Katze Lisa im ostwestfälischen Büren. Er liebt die Fotografie, die Nordseeinseln und den Darß. Seine zweite Heimat ist Föhr, wo er regelmäßig im Auftrag seiner Hauptfigur Henning Leander neue Kriminalfälle recherchiert, in denen dieser dann ermitteln darf.

Mit »Leander und der tiefe Frieden« legte er 2012 seinen Debüt-Roman im Leda-Verlag vor, 2013 folgte »Leander und die Stille der Koje«, 2014 »Leander und die alten Meister«, 2015 »Leander und der Lummensprung« sowie 2016 »Leander und der lange Schatten«. 2018 erschien der Kriminalroman »Der letzte Prozess«. Weitere Projekte sind in Arbeit und in Planung.
www.Breuer-Krimi.de

THOMAS BREUER

Leander und der lange Schatten

Inselkrimi

GMEINER

Personen und Handlung sind frei erfunden.
Ähnlichkeiten mit lebenden oder toten Personen
sind rein zufällig und nicht beabsichtigt.

Immer informiert

Spannung pur – mit unserem Newsletter informieren wir Sie
regelmäßig über Wissenswertes aus unserer Bücherwelt.

Gefällt mir!

Facebook: @Gmeiner.Verlag
Instagram: @gmeinerverlag
Twitter: @GmeinerVerlag

Besuchen Sie uns im Internet:
www.gmeiner-verlag.de

© 2020 – Gmeiner-Verlag GmbH
Im Ehnried 5, 88605 Meßkirch
Telefon 07575 / 2095-0
info@gmeiner-verlag.de
Alle Rechte vorbehalten
1. Auflage 2020
(Originalausgabe erschienen 2016 im Leda-Verlag)

Herstellung: Julia Franze
Umschlaggestaltung: U.O.R.G. Lutz Eberle, Stuttgart
unter Verwendung eines Fotos von: © Roland Hulin / stock.adobe.com
Druck: CPI books GmbH, Leck
Printed in Germany
ISBN 978-3-8392-2813-5

»Nicht Hochmuth hat uns fortgetrieben
Aus dem bedrückten Vaterland,
Auch nicht von Habsucht angetrieben
Verliessen wir das theure Pfand;
Bloß weil man in die Zukunft sah,
Drum ging es nach Amerika.«

(Strophe 39 des Auswandererliedes »Heil dir Columbus,
sey gepriesen« aus dem Jahr 1833)

für die vielen Menschen,

die in der sogenannten »Flüchtlingskrise«

selbstlos helfen

und sich dem Hass und der Menschenverachtung

in unserem Land

entgegenstellen

Zuerst hörte er nur ein unheimliches Zischen, als zöge ein riesiger Drache aus seiner ganzen Umgebung die Luft ab, um dann fauchend und unvermittelt alles wieder auszuspeien. In einer gewaltigen Explosion brachen die Flammen durch das Reetdach von Olsens Scheune und spuckten glühende Strohfäden in den Abendhimmel. Sie sanken in verglimmender Pracht um ihn herum zu Boden, wie Sternschnuppen die großen, tanzenden Glühwürmchen gleich die kleinen. Die Luft schien zu brennen, alles war rot und gelb und flackerte wild. Fasziniert betrachtete er das Inferno, das sich da vor ihm entwickelte und dessen Phasen er im Einzelnen vorhersagen konnte. Wie immer stieg ein Kribbeln in seinem Bauch auf wie Funken an der Zündschnur einer Feuerwerksrakete.

Obwohl er in sicherem Abstand hinter einem Anhänger stand, brannte die Hitze auf seinem Gesicht und trieb den Schweiß in Strömen an seinem Körper hinab. Einige Glutfäden landeten auf seinem weißen Hemd, auf seiner Ringreiter-Mütze, doch er achtete nicht darauf. Zu großartig war das Schauspiel, das sich ihm da bot, der Feuersturm, der keine zwanzig Meter entfernt seinen zerstörerischen Lauf nahm. Die Flammen leckten nun gleichmäßig aus dem Dachstuhl hoch in die Luft, züngelten und schienen sich nie wieder zurückziehen zu wollen. Die Kühe im benachbarten Stall brüllten gegen das Rauschen an. Sie spürten die Gefahr, die Hitze, die von der brennenden Scheune ausging, und gerieten in Panik.

Falk sah auf die Uhr: zwölf nach neun. Vor nicht einmal zwei Minuten hatte das Feuer das Scheunendach durchstoßen und schon begann die unaufhaltsame Phase – das wusste er aus der Erfahrung zahlreicher Versuche, die er in den letzten Jahren mit kleinen und mittelgroßen Feldscheunen angestellt hatte. Von der Feuerwehr war weit und breit noch nichts zu sehen. Sie würde zu spät kommen. Der Brandmeister würde nur noch den Befehl geben können, das alte Gebäude kontrolliert abbrennen zu lassen und dafür zu sorgen, dass die Flammen nicht auf das Wohnhaus und die Ställe übergriffen.

Falks Blick folgte dem Funkenregen am Himmel, der um diese Jahreszeit noch hell war und doch den Wettkampf gegen den grellen Schein des Feuers verlieren musste. *Föhr on fire*, dachte er. Ach was, das alljährliche Feuerwerk am Hafen war ein Dreck gegen dieses Fanal! Und wie als Auftakt eines grandiosen Finales bogen sich nun die Dachbalken in den Flammen auf, knackten wie unter einer schweren Last, als die alles verzehrende Feuerhölle sie wie Zunderstäbchen in flutender Lava binnen Minuten auffraß. Das Gebälk schien schwerelos zu werden. Die aufströmende Hitze trug es hoch, ließ es dann krachend und mit einem höllischen Getöse in sich zusammenstürzen, während das Feuer rauschte und fauchte und Funken spie.

Auf diesen Moment hatte Falk gewartet. Das war für ihn immer der schönste Teil des Infernos. Die Rakete unter seinem Solarplexus explodierte, ein Funkenregen verteilte sich in seinem ganzen Körper und steigerte sich zu einem Gefühl höchster Lust. Und wie in einer Art Trance fing er leise zu singen an, keinen Text, Töne nur gab er von sich, auf- und abschwellende Tonfolgen. Immer lauter drängten sie aus ihm heraus, während er den Oberkörper wiegte. Immer melodischer verbanden sie sich mit dem Heulen des Flammenmeeres, das sich jetzt, da auch die Holzwände in sich zusammenstürzten, ausbreitete, wogte und wallte wie die Wellen bei Sturmflut vor dem Grevelinger Deich.

Sirenen zerrissen plötzlich von rechts die Harmonie. Falk hörte sie erst, als der erste Löschzug schon vom Zufahrtsweg auf den Hof fuhr und in sicherem Abstand zwischen Scheune und Bauernhaus zum Stehen kam. Feuerwehrleute in schweren Uniformen sprangen heraus, rissen die Schlauchrollen aus den Klappen, koppelten C-Strahlrohre an die Druckschläuche und drangen so weit wie möglich gegen die Hitze vor. Die Flammen schienen nach ihnen zu greifen, so nah kamen die Männer dem Feuer. Kommandos wurden gebrüllt, der Brandmeister stand wie ein General inmitten seiner Truppen, die Mühe hatten, nach dem Befehl »Wasser marsch!« die Schläuche festzuhalten und die Strahlrohre zielsicher in die aufstiebenden Flammen zu richten. Leif Olsen, der Besitzer des Hofes, sprang panisch zwischen ihnen herum, bis der Brandmeister ihn schließlich von einem seiner Männer wegführen ließ. Die Mannschaften dreier Löschzüge waren bald im Einsatz – alles, was Föhr aufzubieten hatte. Eine war allein damit beschäftigt, das Wohnhaus und die angrenzenden Stallungen mit Wasser zu kühlen, damit das Feuer nicht übergriff. Die anderen beiden hegten das Inferno ein und ließen die Scheune, wie Falk schon vermutet hatte, nur noch kontrolliert herunterbrennen. Inzwischen hatten Männer aus dem Dorf die Stalltore aufgerissen und trieben das brüllende Vieh, das immer wieder versuchte, panisch vor dem Feuer auszubrechen, auf die angrenzende Weide.

Jetzt erst bemerkte Falk die vielen Menschen, die sich in seiner Nähe versammelt hatten. Sie mussten von der Festwiese aus herübergerannt sein, um nichts zu verpassen. Jan sah er unter ihnen stehen, seinen jüngeren Bruder. Unkontrolliert mit den Armen durch die Luft wedelnd brüllte der auf Meret ein, seine Freundin, die heftig den Kopf schüttelte. Und auch der Vater war da, stand am Zaun der Koppel und starrte fassungslos auf das zerstörerische Werk des Feuers. Die Mutter war nicht dabei. Falk zog sich weiter in den Schutz des Anhängers zurück. Sie mussten ihn hier nicht sehen. Sein schlechter Ruf als Feuerteufel war legendär. Sie würden ihn sofort in Verdacht haben, niemand würde ihm glauben, dass er nur ein Schaulustiger war wie sie selbst.

Nach zwanzig Minuten war das Feuer unter Kontrolle. Die Anspannung des Brandmeisters ließ merklich nach und auch Falk spürte, dass die Faszination verschwunden war. Der Reiz war weg, hier konnte nichts mehr passieren. Das Feuerwerk in seinen Eingeweiden war nur noch eine Erinnerung, nichts als Schall und Rauch.

Die Flammen waren immer noch heiß und gewaltig, aber sie konzentrierten sich auf den Grundriss der Scheune und würden schon bald keine Nahrung mehr finden. Irgendwann hatte Falk auch zu singen aufgehört – wann, hätte er selbst nicht sagen können. Nun begann die Phase der Ernüchterung. Als ließe sich doch noch etwas von dem Wunderbaren festhalten, suchte er in den flackernden Zungen nach der verheerenden, alles vernichtenden Urgewalt, die ihn eben noch fest im Griff gehabt hatte, aber da war nichts mehr, was ihn nun noch in seinen Bann zu ziehen vermochte. Enttäuscht richtete er sich auf, atmete tief durch, spürte dem brandigen Geschmack der Luft nach und löste seinen Blick von dem knackenden Gluthaufen.

Die Leute hatten sich beruhigt, standen nun schweigend da, als seien sie sich gerade erst bewusst geworden, was geschehen war. Falks Vater aber sah nicht dorthin, wohin alle schauten. Seine Augen waren schreckgeweitet auf ihn, auf Falk, gerichtet. Die Flammen spiegelten sich in diesen Augen, schienen von ihnen geradezu auszugehen und ihn, den älteren Sohn, wie ein Flammenwerfer versengen zu wollen. Auch Jan schwieg nun und hatte sein Gestikulieren eingestellt. Seine Augen folgten dem Blick des Vaters und verwandelten sich in einen Quell des Hasses, als er den Bruder erkannte. Im Bruchteil einer Sekunde wurde Falk klar, was das bedeutete: dass es nun kein Entrinnen mehr gab. Panik ergriff ihn, ließ ihn regelrecht vom Anhänger zurückprallen, ließ ihn stolpern, straucheln, sich auffangen und losrennen, um Zuflucht in der Marsch zu suchen. Weg hier, nur weg von all den Menschen, die sofort zu wissen glaubten, was an der Scheune geschehen war, sobald sie ihn sahen.

Falk rannte kopflos, als ginge es um sein Leben. Zuerst lief er zwischen Feldern und Weiden in die aufziehende Nacht und die Weiten der Marsch hinaus. Schließlich hielt er keuchend inne, mit dem Rücken an einen morschen Zaunpfahl gelehnt, schnappte nach Luft und begann nachzudenken. Wo sollte er hin? Wo konnte er jetzt noch hin, nachdem sie ihn gesehen hatten – Jan und der Vater? Nach Hause, dachte Falk, wohin denn sonst? Sie waren sich sicher, in ihm den Brandstifter erkannt zu haben. Er hatte es in ihren Blicken gelesen. Aber sie würden ihn nicht verraten. Wenn niemand sonst auf ihn aufmerksam geworden war, würden sie schweigen. Zu gewaltig wären die Folgen für sie alle!

Also atmete er durch und orientierte sich mit Hilfe eines entfernt liegenden Aussiedlerhofes, um dann den kürzesten Weg über die Weiden einzuschlagen.

Als Falk den elterlichen Hof betrat, stand die Tür zum Stall offen. Licht brannte drinnen bei den Kühen, er hörte die Forke über den Betonboden kratzen: Seine Mutter war kurz vom Fest nach Hause gegangen, um die Kühe zu füttern. Das erklärte, warum er sie nicht beim Brand auf dem Olsen-Hof gesehen hatte. Gleich anschließend würde sie wieder zurückkehren zu den Alkersumer Landfrauen und erst spät in der Nacht heimkehren. Und dann würde auch sie zu wissen glauben, was geschehen war: Falk, der Brandstifter, ihr Sohn, der Feuerteufel, hatte wieder zugeschlagen. – Würde er sie überzeugen können, dass er nichts damit zu tun hatte? Einmal noch? Nur dieses eine Mal?

Falk lief an der Scheune vorbei direkt ins Haus und zog die Tür hinter sich zu. Hier in der dämmerigen Kühle des Flures atmete er auf, stützte sich auf die Kommode und fühlte dem Zittern nach, das ganz entgegen seiner Gewohnheit Besitz von ihm ergriffen hatte. Als er den Kopf hob, fing er im Spiegel einen Blick aus einem rauchgeschwärzten Gesicht auf, das er nur mühsam als sein eigenes erkennen konnte. Auch das ehemals weiße Uniformhemd der Ringreiter war dunkelgrau mit schwarzen Flecken und durchsiebt von kleinen Brandlöchern. Erst jetzt nahm er den Brandgestank wahr, der von ihm ausging, als wären seine Sinne bisher ausgeschaltet gewesen.

Er musste raus aus den Klamotten und unter die Dusche. Also lief er die Treppe hinauf, riss sich die schmutzigen Kleidungsstücke vom Leib, warf sie achtlos auf einen Haufen und schlüpfte in die Duschkabine. Die Hitze des Wassers kroch langsam durch die Haut. Er spürte ihr nach und merkte, wie er allmählich ganz ruhig wurde. Winzige Brandwunden stachen überall an Oberkörper und Armen, aber das kannte er schon, er hatte sich daran gewöhnt. Sie waren gleichsam eine wohlige Erinnerung an die fantastischen Momente, wenn die Flammen hoch in den Himmel schossen. Falk schloss die Augen und sofort tauchte das Bild der brennenden Scheune vor ihm auf und ergriff von ihm Besitz. Seufzend seifte er sich ein, schwarz floss der Schaum zu seinen Füßen in den Abfluss.

Als er schließlich aus der Dusche trat, standen völlig unerwartet seine Eltern vor ihm. Falk wich zurück, weil er den Hass in den Augen des Vaters, den Schmerz in denen der Mutter erkannte. Vor allem Letzteres traf ihn wie ein Faustschlag.

»Ich war das nicht«, sagte Falk und seine Stimme klang für ihn selbst fremd und hohl.

»Zieh dich an«, befahl der Vater hart und die Mutter schluchzte auf.

»Ehrlich, Vater, ich habe damit nichts zu tun. Diesmal nicht.«

»Pack seine Sachen zusammen«, befahl der Vater seiner Frau und drehte sich um. »Nur das Nötigste. Ich warte unten. Und beeilt euch. Sie werden gleich hier sein.«

Die Mutter warf einen letzten verzweifelten Blick auf Falk, dann drehte sie sich um und eilte in den Flur hinaus, als fliehe sie vor dem eigenen Sohn. Der Junge trocknete sich notdürftig ab und folgte ihr schließlich. Als er sein Zimmer betrat, war sie dabei, sämtliche Kleidung aus dem Schrank zu reißen und in den Seesack zu stopfen, den er vor Jahren für das Ferienlager der Landjugend in Preetz bekommen hatte.

»Was soll das?«, fragte Falk. »Was tust du da?«

»Hilf mir, Junge. Vater wartet.« Die Stimme der Mutter klang dünn und resigniert.

»Nun sag schon«, fuhr Falk sie an. »Was soll das alles? Ich sage doch: Ich habe mit dem Feuer nichts zu tun. Diesmal nicht. Warum glaubt ihr mir denn nicht?«

»Das hast du immer gesagt«, entgegnete die Mutter schwach. »Jedes Mal. Und am Ende bist du es dann doch gewesen.«

Sie warf Jeans und ein langärmeliges Hemd auf sein Bett. Dann verschnürte sie den Seesack und wuchtete ihn mit beiden Händen vor sich her, in den Flur hinaus und die Treppe hinunter.

Falk ließ sein Handtuch fallen und zog sich an. Sie glaubten ihm nicht mehr. Bei diesem Brand würde er sich nicht herausreden können, das wurde ihm schlagartig klar. Nicht einmal von seiner Mutter hatte er noch Hilfe zu erwarten, sie hatte dazu keine Kraft mehr. Und dabei war sie es gewesen, die sich immer bis zuletzt auf seine Seite geschlagen hatte. Bis auch sie der Wahrheit nicht mehr hatte ausweichen können.

Nach dem Brand bei Olsen würde seine eigene Mutter ihn der Polizei ausliefern. Wütend riss Falk ein Paar Socken aus der Schublade, zog sie über, schlüpfte in seine Turnschuhe. Bevor er das Zimmer verließ, hielt er im Türrahmen noch einmal inne, drehte sich um und speicherte, was er sah. Er hatte das unzweifelhafte Gefühl, für lange Zeit nicht mehr hierher zurückkehren zu können. Vielleicht nie wieder.

Dann lief er die Treppe hinunter und hörte, wie sein Vater sagte: »Sie werden ihn einsperren! Er ist volljährig, verstehst du denn nicht?« Entschlossen stand er in der Haustür, den Seesack neben sich. Die Mutter drehte sich weg, als Falks Augen die ihren suchten. Sie schlich in die Küche wie ein gepeitschter Hund und zog die Tür leise hinter sich zu.

»Komm jetzt, Klaas wartet.« Der Vater hob den Seesack an, hielt ihn Falk hin und ließ ihn sofort los, als der zögernd danach griff. Dann lief er voraus auf den Hof und auf den rostigen weißen Nissan zu. Der Motor lief schon, als Falk den Seesack auf die Ladefläche warf. Kaum saß er auf dem Beifahrersitz, fuhr der Vater los, hinüber zur Hauptstraße und dann nach links in Richtung Wyk.

Den ganzen Weg zum Hafen legten sie schweigend zurück. Schließlich hielt der Wagen direkt am Anleger vor einem Fischkutter. Falk erkannte Klaas Rickmers im Führerhaus. Der Dieselmotor tuckerte schon, alles war offensichtlich zum Auslaufen bereit. Und da war auch Jan und machte die Leinen los, mit denen der Kutter an den Pollern festgemacht war. Der Vater griff auf die Ladefläche, zog den Seesack herunter und warf ihn an Deck.

Falk konnte nicht fassen, was hier geschah. Es ging um ihn, und doch hatte er nichts mehr unter Kontrolle. Sie schickten ihn weg, ohne vorher mit ihm darüber zu sprechen; ohne ihm eine Chance zu geben, alles zu erklären. »Verdammt noch mal, was habt ihr vor?«

»Klaas bringt dich rüber nach Dagebüll. Da nimmst du gleich morgen früh den ersten Zug nach Hamburg. Ich habe telefoniert. Um dreizehn Uhr geht ein Flug nach New York. Den nimmst du. Hier hast du Geld. Das sollte bis drüben reichen.«

»Sag mal, spinnst du jetzt?«, brüllte Falk den Vater an. »Ich fahre nirgendwo hin. Ich habe mit dem Feuer nichts zu tun. Wie oft soll ich das denn noch sagen?«

»Onkel Gerrit wird dich am Flughafen abholen«, sagte der Vater, als habe er den Wutausbruch gar nicht gehört, und konterte kalt den irren Blick des Sohnes. »Er kümmert sich um dich, bis hier Gras über die Sache gewachsen ist. Ein paar Jahre wird das dauern, schätze ich. Ausliefern werden sie dich nicht. Ich werde mich erkundigen, wann Brandstiftung verjährt. Dann kannst du zurückkommen.«

»Ich gehe nirgendwo hin, verdammt«, brüllte Falk noch einmal. »Ich war das nicht!«

Jan, der inzwischen neben den Vater getreten war, räusperte sich und mied jeden Blickkontakt mit seinem Bruder. »Du weißt es noch nicht, oder?«

»Was meinst du?«, fuhr sein Vater ihn ungeduldig an.

»Sie haben jemanden gefunden. Eine Leiche in der Scheune. Völlig verbrannt, deshalb können sie noch nicht sagen, wer es ist. Aber die Wencke wird vermisst.«

Der Vater strauchelte wie unter einem Schlag und musste sich auf der Schulter seines jüngeren Sohnes abstützen, um nicht ins Hafenbecken zu fallen. Mit einem Mal war er kreidebleich, sein Blick irrte zwischen Jan, Falk und Klaas Rickmers hin und her. Doch dann straffte er sich und ließ die Schulter seines Sohnes los. Ohne Falk noch einmal anzusehen, drehte er sich zu seinem Auto um.

»Ich will dich nie wiedersehen, Falk«, sagte er über die Schulter hinweg mit fester Stimme. »Solange ich lebe, wirst du diese Insel nicht mehr betreten.«

»Knut«, ertönte plötzlich die Stimme des Fischers. »Das kannst du von mir nicht verlangen. Ich verhelfe keinem Mörder zur Flucht.«

Knut Riewerts drehte sich langsam um und blickte den Fischer fest an. »Du würdest heute nicht hier stehen, wenn mein Vater genauso feige gewesen wär.«

Klaas Rickmers senkte den Blick und kämpfte sichtlich mit sich selbst. »Also gut«, sagte er schließlich und schob mit fester Stimme nach: »Aber dann sind wir quitt, ein für alle Mal.«

Der Vater gab Jan ein Zeichen. Sie stiegen in den Nissan, stießen zurück auf die Hafenstraße und fuhren davon. Falk stand am Kai und blickte ihnen fassungslos nach.

»Komm jetzt, Junge«, fuhr Klaas Rickmers ihn an. »Ich habe keine Lust, mir für einen Dreckskerl wie dich die ganze Nacht um die Ohren zu schlagen.«

»Ich komme zurück«, sagte Falk leise und blickte den roten Rücklichtern nach, die in der Dunkelheit verschwanden. »Das werdet ihr mir büßen.« Dann sprang er an Bord des Kutters und schlich resigniert hinüber zum Bug, wo er sich auf eine Taurolle fallen ließ, während brennender Hass unaufhaltsam in ihm aufstieg. »Alle werdet ihr das büßen, das schwöre ich euch!«

1 MITTWOCH

Ein beständiges Azorenhoch sorgte für sommerliches Wetter und so war die Insel Föhr bereits im Mai außergewöhnlich gut besucht gewesen. Der Touristenstrom hatte sich seitdem stetig gesteigert. Seit April hatte es keine nennenswerten Regenschauer mehr gegeben und was die Bauern sorgenvoll auf ihre Ernteerträge schauen ließ, erfreute die Urlauber, die ohne Bedenken Tagesausflüge mit den Fahrrädern unternehmen konnten. Gerade hatten die bevölkerungsreichen Bundesländer Schulferien bekommen, wodurch die Insel bei gleichzeitiger Verdoppelung der Preise bis auf das letzte Bett ausgebucht war. Den Anfang machten diesmal die Nordrhein-Vandalen, gefolgt von den Ländern des Wilden Ostens, und am Schluss drohten die Bergvölker aus Bayern und Baden-Württemberg die Insel zu fluten. Von Mitte Juni bis Mitte September ging die Hauptsaison – drei Monate, in denen so etwas wie ein logistischer Ausnahmezustand auf der Nordfriesischen Insel und an der ganzen Nordseeküste herrschte. Erst im Winter würde man, die Weihnachtszeit ausgenommen, wieder unter sich sein und Ruhe finden.

Mephistos Biergarten in Oevenum war für den sommerlichen Ansturm gerüstet. Zwar pflegte der Inhaber und Namensgeber sich nicht unbedingt auffällig in die Tagesarbeiten einzubringen, wenn man von seinem täglichen Brotbacken einmal absah, aber dafür war Mephistos Lebensgefährtin Diana umso geschäftstüchtiger. Seit diesem Frühjahr hatte sie zudem zwei Mädchen aus dem Dorf an ihrer Seite, die sich als flinke Bedienungen erwiesen und sich von Diana zu einem zuverlässigen Team hatten formen lassen. Auf Mephistos Einmischung konnten die drei dabei gut verzichten und das wiederum verstand der weidlich auszunutzen.

Auch heute Abend war der Biergarten wieder ein begehrtes Ziel Fahrrad fahrender Urlauber. Als Leander gegen 19 Uhr eintraf, waren die Tische bis auf den letzten Platz besetzt. Wegen des anhaltend schönen Wetters konnten Diana und Mephisto ihr Scheunencafé, das sie im vergangenen Winter eingeweiht hatten, seit Anfang Mai geschlossen lassen und alle Aktivitäten nach draußen verlagern. Die Bedienungen hatten gut zu tun und wieselten routiniert zwischen den Gästen und der Küche im Haupthaus, einem langgestreckten alten Friesenhof mit Reetdach, hin und her.

An einem Tisch in der Nähe der Scheune saßen bereits der Lehrer Tom Brodersen und der Kunstmaler Götz Hindelang, Henning Leanders Skatbrüder. Während Leander sich dorthin wandte, kam Mephisto aus der Küche und balancierte vier randvolle Bierkrüge auf einem Tablett in ihre Richtung, wobei die Schaumkronen gefährlich hin und her schwappten. Der kleine Mann hatte bis zu seiner Strafversetzung und anschließendem freiwilligen Ausscheiden aus dem Amt als Priester die übersichtliche katholische Gemeinde auf Föhr geleitet, was man angesichts seines Hangs zu ketzerischen Reden und einer gleichsam diabolischen Freude an Gemeinheiten und Tricksereien kaum glauben mochte. Übrig geblieben war sein Spitzname Mephisto, unter dem er auf der ganzen Insel so bekannt wie berüchtigt war. Den bürgerlichen Namen Dirk Wittkamp jedenfalls benutzte im Umgang mit ihm nur noch die Verwaltung und auch das nur in amtlichen Schreiben.

»Na bitte«, rief Mephisto, als er Leanders ansichtig wurde, »kaum läuft das Bier in die Tränke, ist die Herde vollzählig. Selbst unser kaltgestellter Kriminalist bequemt sich in unsere bescheidene Mitte. Mit Sprit fängt man Bullen, oder wie heißt das alte Sprichwort?«

»Dir auch einen schönen guten Abend«, entgegnete Leander und verkniff sich ein ›mein Hirte‹, weil er wusste, dass der ehemalige Priester geradezu darauf wartete, wenn er seine Herden-Metapher verwendete. Den Gefallen würde er ihm heute nicht tun. Auch den Seitenhieb auf seinen früheren Beruf als Kriminalhauptkommissar beim LKA Schleswig-Holstein in Kiel nahm Leander angesichts eines hohen Gewöhnungsgrades nur noch nebenbei wahr und pflegte ihn vernünftigerweise schlicht zu ignorieren. Er ließ sich neben Tom und gegenüber Götz auf die Bank fallen. Damit war die Sitzordnung für den heutigen Skatabend festgelegt.

Mephisto setzte das Tablett hart auf den Tisch und prustete wie eine Dampflok, die gerade Unmögliches in die Tat umgesetzt und eine schier unüberwindliche Steigung mit nach menschlichem Ermessen nicht zu stemmender Last doch noch überwunden hatte. Dann griff er ungeachtet seiner Gastgeberfunktion als Erster nach einem Krug, ließ sich neben Götz auf die Bank sinken und begann gleich, mit geschlossenen Augen, das erfrischende Nass in seine Kehle laufen zu lassen. Niemanden hätte es bei dem Anblick gewundert, wenn er auch noch zischend Dampf ausgestoßen hätte.

»Ah«, seufzte er schließlich mit Inbrunst. »Es gibt doch nichts Schöneres als ein frisches Gezapftes nach der Müh und Plage eines arbeitsreichen Tages. Aber jetzt ist Feierabend, Freunde! Ab jetzt lassen wir uns bedienen. Außerdem: Wofür habe ich denn Personal?«

»Lass das nicht deine zweifellos bessere Hälfte hören«, warnte Tom. »Dann sitzen wir den Rest des Abends auf dem Trockenen und müssen auch noch hungern.«

»Da sei Gott vor!«, brummte Mephisto und wischte sich mit dem Handrücken den Bierschaum vom Mund.

»Oder der Teufel«, ergänzte Götz, »aber der spielt ja heute Abend mit uns Skat.«

»Genau so ist das!« Mephisto schien nur auf das Stichwort gewartet zu haben. Er zog ein Kartenspiel aus der Tasche und fächerte es vor den anderen drei Männern auf. »Voilà, frisch gezinkt. In diesem Sinne: Euch allen ein gutes, mir ein besseres Blatt!«

Jeder zog nun eine Karte und warf sie offen auf den Tisch. Götz hatte den höchsten Wert gezogen und damit die Pflicht, als Erster zu geben. Geschickt strich er die herumliegenden Karten wieder zusammen und mischte mit so flinken Fingern den Stapel durch, dass Mephisto skeptisch die Augenbrauen zusammenzog.

»Oha, der Anstreicher hat heimlich geübt. Aber wenn er glaubt, dass ihm das etwas nützt, dann hat er die Rechnung ohne uns gemacht, was, Jungs?«

Tom blickte Leander an und zog die Augenbrauen hoch, woraufhin der grinsend den Kopf schüttelte. Mephisto suchte gleich zu Beginn Verbündete, da musste man auf der Hut sein. So ging das zwischen den vier Freunden immer zu: Sie waren so etwas wie eine verbal schlagende Verbindung, die sich regelmäßig einmal in der Woche zum Skatspielen traf. War auch das Glück dabei eine stets wechselnde Braut, so hatten diese Skatabende doch etwas Beständiges: dass niemand auf die Gnade der anderen hoffen durfte. Auch dauerhafte Bündnisse gab es zwischen ihnen nicht. Jeder konnte jederzeit allein das Opfer wortreicher Attacken und fieser Spielzüge werden und sich im Gegenzug sicher sein, dass er Sekunden später zwei Sekundanten fand, wenn er den Spieß umdrehte und gegen den Vierten richtete. Die daraus erwachsende Unsicherheit war das einzig Sichere an diesen Abenden und genau diese Dialektik machte den Reiz der Skatrunde aus.

Götz legte den gemischten Stapel vor Mephisto auf den

Tisch. Der hob umständlich ab und zog dabei ein Gesicht, als hätten seine Freunde die Ehre, einem ungemein wichtigen Ereignis beizuwohnen, das besonders fachmännisch ausgeführt werden musste. Dementsprechend aufmerksam verfolgte er das nachfolgende Austeilen, während Leander und Tom bereits ihre Blätter aufhoben. Zufrieden nickend nahm er schließlich seine zehn Karten auf einmal auf und sortierte sie umständlich durch, wobei er kopfschüttelnd irgendein unverständliches Zeug vor sich hinmurmelte.

»Sag mal, Mephisto«, fragte Tom vorsichtig. »Müssen wir uns Sorgen machen, dass allmählich die seit Jahren latent vorhandene Demenz vollkommen von dir Besitz ergreift, oder hat dir deine Hexe beigebracht, wie man seine Karten bespricht?« Damit spielte er auf den Umstand an, dass Mephistos Freundin Diana als Heilerin arbeitete und tagsüber eine Praxis für Energiearbeit in dem alten Friesenhof betrieb, den Mephisto zum Café umgebaut hatte.

Der tat so, als hätte er die Stichelei gar nicht bemerkt, und wandte sich an Leander: »Du sagst!«

»Achtzehn?«, reizte Leander.

»Achtzehn hab ich immer«, behauptete Mephisto und blickte – empört darüber, dass dies überhaupt in Frage gestellt wurde – über seine Brille hinweg.

»Zwanzig.«

»Bei Zwanzig fange ich erst an.«

»Zwo?«

»Zweiundzwanzig ist mein Spiel!«

»Null!«

»Null ist meine leichteste Übung.«

»Aber vier nicht mehr!«

»Will da etwa jemand Kreuz spielen?« Mephisto grinste schelmisch und kniff Leander ein Auge zu. »Na gut, mein Lieber, dann verlier du das Spiel.«

»Tom?«

Als der sich nicht rührte, stieß Leander seinen Nebenmann leicht an.

»Wie bitte?« Der Lehrer blickte auf, als sei er gerade aus
tiefgründigen Gedanken aufgeschreckt worden.

»Hast du mehr als vier?«

»Nee, weg.«

Götz Hindelang, der als Geber und vierter Mann in diesem
Spiel aussetzen musste, blickte in Mephistos Karten und fragte:
»Sag mal, was wolltest du mit dem Schrott eigentlich spielen?«

Mephisto zuckte mit den Schultern. »Kommt auf den Stock
an. Ein kaputter Null ist schließlich immer drin.«

»Der wäre aber sehr kaputt gewesen.«

»Mein lieber Freund«, Mephisto legte die Karten verdeckt
vor sich auf den Tisch und drehte seinen mächtigen Oberkörper dem Kunstmaler zu, »gewinnen kann schließlich jeder.
Mit Anstand verlieren: Das hat Größe!« Dabei hob er den
rechten Zeigefinger, als verkünde er wie früher von der Kanzel die absolute Wahrheit oder zumindest eine nur philoso-
phisch nachvollziehbare Weisheit.

»Dann hättest du ja automatisch gewonnen«, stellte Leander fest, während er den Skat in seine Karten einsortierte.

»Weshalb? Weil ich ein so begnadeter Spieler bin, dem
noch dazu durch seine Verbindung zu allen höheren Mäch-
ten das Glück des Universums hold ist?«

»Nein, weil du alles besitzt, nur keinen Anstand.« Leander zog zwei Karten aus seinem Blatt, überlegte kurz und
steckte sie wieder zurück.

»Jetzt tust du mir aber unrecht«, beschwerte sich Mephisto
mit beleidigter Miene. »Ich wollte dir doch nur einen Freundschaftsdienst erweisen.«

»Indem du sein Spiel kaputt machst?« Götz verengte die
Augen zu einem schmalen Schlitz.

»Das bleibt ja nun erst noch abzuwarten, ob der Mann überhaupt ein Spiel hat.«

»Hat er«, antwortete Leander leichthin. »Und zwar einen todsicheren Kreuz.«

Mephisto zog die Stirn kraus und donnerte mit der Faust seine erste Karte auf den Tisch: das Herz-As. Leander stach es mit dem Kreuz-As und bekam von Tom die Herz-Sieben dazugeworfen.

»Noch zwei solche Stiche und ich habe gewonnen«, kommentierte er das, ohne eine Miene zu verziehen. Dann spielte er die Trumpf-Sieben auf. »Die Kleinen holen die Großen.«

Tom stach mit den Worten »Den kann ich, vielleicht hast du ja was zum Reinbuttern« mit dem Herz-Buben, aber Mephisto übernahm den Stich mit dem Kreuz-Buben.

»Nichts da, Kollege. Ich will weiterkommen. Das Spiel gehört in Mittelhand.« Dann spielte er die Herz-Zehn nach. »Stechen sollst du!«

Leander überlegte einen Moment, aber da seine Gegner keinen Buben mehr haben konnten, übernahm er mit der Trumpf-Zehn, was Tom zu einem ungehaltenen Stöhnen veranlasste.

»Verflucht!«, rief der Lehrer an Mephisto gewandt und warf die Karo-Sieben ab. »Ich wollte den eigentlich gewinnen.«

»Dann hast du dir den falschen Mitspieler ausgesucht«, beschied Götz leichthin.

Mephisto zuckte mit den Schultern, als könne man gegen sein unvermeidliches Schicksal ohnehin nichts machen. Leander hatte nun leichtes Spiel. Er zog, angefangen mit den beiden verbliebenen Buben, seinen Gegnern die letzten Trümpfe weg und sicherte sich bis auf den letzten Stich den Rest mit seiner Stehfarbe Karo.

»Schneider sind auch Leute«, verkündete er. »Oder wollt ihr erst nachzählen?«

»Wer hat da doch eben noch erklärt, Henning würde das Spiel verlieren?«, presste Tom zwischen zusammengebissenen Zähnen hervor.

»Ach was.« Mephisto wischte jede Kritik mit der rechten Hand beiseite. »Die ersten Pflaumen sind madig.«

»Wohl wahr«, entgegnete Leander. »Aber wahr ist auch: Der frühe Vogel fängt den Wurm. Und damit ihr aus euren Fehlern auch etwas lernt, dürft ihr jetzt bezahlen. Das war ein einfacher Kreuz-Schneider, macht sechsunddreißig, also vier Mark, die Damen.« Berechnet wurde nämlich jeder Punkt mit einem Zehntelcent, immer auf den nächsten Cent aufgerundet.

Alle, auch Götz, schoben Leander vier Cent hinüber und Mephisto kratzte die Karten zusammen, um nun seinerseits zu mischen und auszuteilen. In diesem Moment kam Diana mit zwei großen Holzplatten an den Tisch. Auf der einen türmten sich Scheiben von Mephistos selbstgebackenem Brot mit Käse belegt, auf der anderen mit Schinken. Während sich Tom bei dem Anblick die Hände rieb und Leander ein anerkennendes »Jawoll!« vernehmen ließ, teilte Mephisto die Karten aus und stellte lapidar fest: »Zu etwas müssen Frauen ja nütze sein.«

Dafür fing er sich von Diana einen heftigen Schlag auf den Hinterkopf ein. »Das erhöht das Denkvermögen«, sagte sie. »Und genau das scheinst du nötig zu haben.«

»Kannst du das noch mal machen?«, fragte Götz Diana. »Ich höre so gerne diesen dumpfen Klang, gerade so, als trommelte man auf einen hohlen Baumstamm.«

»Unsinn!«, beschied Mephisto. »Diana hat mich bloß mit der hohlen Hand geschlagen. Was heißt geschlagen? Angestupst. Gestreichelt gar.«

Diana lachte und entfernte sich kopfschüttelnd in Richtung Haus. Mephisto rief ihr noch schnell die Bestellung vierer Krüge Bier hinterher, die sie mit einem Winken über die Schulter bestätigte.

»Sag mal, Mephisto«, meldete sich Tom zu Wort, während der Angesprochene die Karten zusammensuchte und gründlich zu mischen begann. »Ich hatte da jüngst eine Erscheinung, die du mir vielleicht erklären kannst.«

»Erscheinungen sind mein Spezialgebiet! Nur frei heraus damit.«

»Gestern Abend sah ich einen kleinen, dicken und hässlichen älteren Mann auf einem nicht minder abscheulich klapprigen Fahrrad. Beide wirkten wie frisch vom Sperrmüll. Das wäre nicht weiter auffällig gewesen, wenn dieser hässliche Gnom nicht einen abgewetzten Talar getragen und wie dein Zwillingsbruder ausgesehen hätte, werter Mephisto.«

»Wo soll das gewesen sein?«, erkundigte sich der Angeredete mit einer Miene, die an sich schon ausdrückte, dass das gänzlich unmöglich sei.

»Auf dem Radweg von Wrixum nach Oevenum. Genauer gesagt, in Höhe der Wrixumer Mühle.«

Mephisto wiegte angestrengt nachdenkend den Kopf, schüttelte ihn dann heftig verneinend und sagte: »Oh ja, oh ja, das kann wohl sein.«

»Und was habt ihr da gemacht? Du, dein Fahrrad und dein Talar?«

»Wir waren gemeinsam auf dem Weg vom Kurgartensaal nach Hause.«

»Hast du da eine schwarze Messe gefeiert, oder was?«, zeigte sich Tom ungeduldig.

»In der Tat, so kann man das nennen. Da hat nämlich ein Skatturnier für Touristen stattgefunden.«

»Und daran hast du teilgenommen, obwohl du gar kein Tourist bist? Im Talar, den du überhaupt nicht mehr tragen darfst? Angereist mit einem Fahrrad, das seit einem halben Jahrhundert nicht mehr verkehrstauglich ist?«

»Zu Frage Eins: ja. Zu Frage Zwei: ebenfalls ja. Zu Frage Drei: jawoll!«

»Und das findest du nicht weiter erläuterungsbedürftig?«

»Lieber Tom. Auf diese Frage könnte ich dir nun mit einem entschiedenen Nein antworten, aber mich deucht, das würde dich in deiner unermesslichen Anmaßung nicht wirklich zufriedenstellen.«

»Nicht wirklich, stimmt«, bestätigte der Lehrer, während Leander und Götz dem sich anbahnenden Scharmützel belustigt folgten und sich erwartungsvoll zurücklehnten.

»Nun denn also: Dann will ich dich mal einweihen. Der Zweck heiligt bekanntlich die Mittel. Und einem armen alten Gottesmann, einem ehemaligen noch dazu, dessen Leben in Zucht und Aufopferung die drohenden Höllenqualen gleichsam vorwegnimmt, verwehrt man nicht den Zugang zu seiner einzigen irdischen Erquickung: dem Kartenspiel – Tourist hin oder her. Zudem spielen die Menschen mit einem Priester unter angemessener Zurückhaltung, was meine Chancen auf einen Rangplatz ungemein erhöht. In der ersten Serie hat das auch auf wunderbare Weise funktioniert. Ich hatte zwei Süddeutsche an meinem Tisch, einen Württemberger und einen Bayern. Gottesfürchtige Bergbewohner, die noch wissen, was man einem Geistlichen schuldig ist, zumal sie mich mit einem zünftigen ›Grüß Gott‹ begrüßt haben. Ich habe mich angemessen bedankt, indem ich sie vernichtend geschlagen habe. Haha! In der zweiten Runde dann wurde ich einem Sachsen und einem Ostwestfalen zugelost. Gottlose Ostvölker, das alles! Die hatten keinerlei Respekt vor meinem Camouflage.«

»Dann haben sie es dir blasphemischem Zwerg hoffentlich so richtig gegeben.«

»Mitnichten. Ich musste zwar mein ganzes spielerisches Genie in die Waagschale werfen, wovon ich bekanntlich nicht unerhebliche Mengen besitze, aber am Ende habe ich obsiegt. Und so wird deinem Adlerauge ja wohl nicht entgangen sein, dass mein armes altes Fahrrad einen großen, schweren Karton auf seinem schwächlichen Gepäckträger nach Hause bugsieren musste.«

»In der Tat: Du hast verdächtig geschwankt. Lass mich raten: die siebenunddreißigste Schlagbohrmaschine?«

»Oh nein! Mein erster Dampfreiniger«, triumphierte Mephisto. »Ein Kärcher noch dazu! Und das alles dank meines Talents und, ich gebe es durchaus zu, meiner Furcht einflößenden Kleidung.«

»Hast du nicht vor einiger Zeit in diesem Kreise gelobt, derartige Tricks nie wieder einzusetzen?«, beschwerte sich Tom.

»Ach, weißt du, mit Gelöbnissen ist das so eine Sache. Meine früheren Amtsbrüder hätten nicht mehr viel zu tun, wenn die Beichte bei ihren Schäfchen tatsächlich die offiziell vorgesehene Wirkung hätte. Machen wir uns nichts vor: Die Kirche lebt von der Sünde. Und wer bin ich, dass ich meinem früheren Arbeitgeber das Recht auf Leben verweigere?«

»Oh, du gütiger Mensch«, vollführte Tom eine verbale Verneigung vor Mephisto. »Dir gebührt wahrlich ein Orden.«

»Ich weiß. Aber diese Ansicht wird höheren Ortes zu meinem Leidwesen nicht geteilt.«

»Musst du eigentlich immer das letzte Wort haben?«, beschwerte sich Götz und deutete Leander an, die Karten endlich auszuteilen.

»Verzeih mir, lieber Freund«, lenkte Mephisto ein. »Trotz all meiner Gaben fehlt mir eine entscheidende: Ich bin kein

Hellseher. Wie also soll ich in meiner Unvollkommenheit bereits vor meinen unzweifelhaft beachtenswerten Beiträgen schon wissen, dass Tom nach denselben nichts mehr sagen kann?«

»Der Witz ist auch schon so alt, dass er den bekannten langen weißen Bart trägt«, zeigte sich Leander unbeeindruckt und teilte die Karten aus.

Aber Mephisto winkte ab und verkündete: »Das gilt auch für Moses und die zehn Gebote. Trotzdem werden sie bis heute und bestimmt in alle Zukunft tausendfach zitiert.«

»Dir ist auch kein Sakrileg so groß, dass du es nicht begehen würdest, was?«, beschwerte sich Tom und sortierte seine Karten.

»A propos Sakrileg«, wechselte Götz das Thema, bevor Mephisto noch einmal weit ausholen konnte. »Wie lange will Diana uns eigentlich noch auf dem Trockenen sitzen lassen?«

»Vielleicht ist es ja doch besser, wenn ich mich mal selber darum kümmere«, schloss Mephisto, erhob sich schwerfällig und marschierte in Richtung Haus. Direkt vor der Tür traf er auf seine Lebensgefährtin und entwand ihren Händen ein Tablett mit vollen Bierkrügen, die nicht für die Skatrunde gedacht waren. Aber statt zu protestieren, gab sie sich achselzuckend geschlagen und drehte um, während Mephisto an den Tisch zurückeilte.

Im weiteren Verlauf des Abends wechselte das Geld in alle Richtungen seine Besitzer. Keiner der Skatbrüder konnte sich über eine stabile Glückssträhne freuen. Angesichts einer geradezu ereignisarmen Stunde erwischte sich Leander schließlich dabei, dass er in Gedanken abschweifte und ein Spiel verlor, das eigentlich absolut sicher gewesen war.

»Ich weiß nicht, ich weiß nicht«, kommentierte Tom die Fehler, die Leander gemacht hatte. »Irgendwie bist du auch nicht mehr der Alte.«

»Kunststück«, meinte Mephisto.

»Willst du damit sagen, du hast eine Erklärung für Hennings geistige Abwesenheit?«, zeigte sich Tom so betont interessiert, dass Leander hellhörig wurde.

»Aber sicher.«

»Da bin ich aber mal gespannt«, stimmte nun auch Götz ein und beugte sich erwartungsvoll vor.

»Seht ihn euch doch an«, begann Mephisto in besorgtem Ton. »Wer ihn nicht kennt, könnte denken, er ruhe in sich selbst. Aber ich, sein bester Freund« – jetzt war es an Leander, missbilligend die Augenbrauen hochzuziehen – »ich sehe doch, dass er im Begriff ist, der Lethargie zu verfallen. Und das bereitet mir Sorgen.«

Götz nickte, als habe er genau das schon seit Langem gedacht.

»Ja, das musst du zugeben, Henning«, schwenkte Tom auf Mephistos Linie ein. »Seit du im letzten Jahr auf Helgoland warst*, bist du nicht mehr du selbst.«

»Kunststück«, wiederholte Mephisto. »Lena hat ihn abserviert, Eiken will auch nichts mehr von ihm wissen: Da muss der Mann doch von Selbstzweifeln zerfressen werden und der Depression verfallen.«

»Depression? Ich?« Leander, der eigentlich mischen und austeilen musste, legte den Kartenstapel auf den Tisch. Als sein Blick die unschuldigen Augen Mephistos traf, dämmerte ihm, was hier gerade gespielt wurde. Grimmig sah er seine beiden anderen Freunde an und sagte vorwurfsvoll: »Das glaube ich jetzt nicht.«

Götz wich ihm aus und blickte leicht verlegen auf die Tischplatte. Tom hingegen hatte Mühe, sein Grinsen im Zaum zu halten.

»Sagt mal, liebe Freunde«, Leander beugte sich zu Mephisto

---

* siehe »Leander und der Lummensprung«

und Götz vor, »was hat euch dieser durchtriebene Schulmeister versprochen, wenn ihr mich heute Abend weichklopft?«

»Ich? Versprochen?« Tom hob abwehrend die Hände.

»Was heißt denn hier *weichklopfen*?«, beschwerte sich Götz.

»Du verstehst das völlig miss«, beschied Mephisto in dem beschwichtigenden Tonfall eines Psychiaters, der einem besonders schweren Fall von Paranoia gegenübersaß. »Wir machen uns lediglich Sorgen um dich. Du musst wieder auf die Beine gestellt werden; brauchst eine Aufgabe; etwas, das dich fordert.«

»Ein Kriminalist, dessen Instinkte einschlafen, kann sich beerdigen lassen«, setzte Tom noch einen drauf. »Du lebst da in deiner Fischerkate vor dich hin und verkümmerst, mein Lieber.«

»Das ist wie mit dem berühmten Taucher, der nicht taucht«, quasselte Mephisto. »Der taucht auch nix!«

Leander lehnte sich zurück und grinste in die Runde, weil seine Skatbrüder es heute Abend doch etwas zu plump anstellten. »Jetzt mal Butter bei die Fische, Tom: Was soll ich für dich tun?«

»Das hat aber lange gedauert«, murmelte Götz, »bis du das geschnallt hast.«

»Quod erat demonstrandum!« Mephisto nickte selbstgerecht. »Sämtliche Instinkte sind eingeschlafen, wenn nicht gar verkümmert.«

»Tja«, gab sich Tom gönnerhaft. »Wenn du unbedingt etwas tun musst, will ich dich nicht hängen lassen. Dafür sind Freunde schließlich da. Du weißt, dass Carola und ich eine Auswandererausstellung planen, die 2020 ein Jubiläumsfest krönen soll. Natürlich ist bis dahin noch viel Zeit, aber du sagst ja selbst immer, dass man nicht früh genug anfangen kann.«

»Das sage ich immer?«, zweifelte Leander.

»Lenk jetzt nicht ab«, fuhr Tom ihn an. »Ich versuche, dir zu helfen, mein Lieber! Da könntest du ruhig etwas dankbarer sein. Also: Du darfst mich morgen auf meiner Tour durch die Dörfer begleiten. Ich möchte da Interviews mit ehemaligen Auswanderern führen, bevor die demnächst aussterben. Und wer weiß, vielleicht fällt da ja auch etwas für ein kleines Büchlein ab.«

Leander lehnte sich grinsend zurück. Er hatte sich schon gewundert, dass Tom ihn noch nicht darauf angesprochen hatte. Als führender Heimatforscher Föhrs war der Geschichtslehrer intensiv in die Vorbereitung der Jubiläumsausstellung des Carl-Häberlin-Museums eingebunden. Außerdem suchte er seit Jahren nach einem Thema, dem er sich in Form eines Buches widmen konnte. Sein anfänglicher Spleen, die Geschichte Nordfrieslands im Ganzen neu zu schreiben, hatte sich als so überambitioniert wie nicht leistbar erwiesen. Inzwischen war er bescheidener geworden und hatte sich auf den einen oder anderen Fachartikel für die Fering-Stiftung und das Carl-Häberlin-Museum beschränkt. Die Amerika-Auswanderer schienen Leander ein solch überschaubares Thema zu sein, das auch er selbst nicht ganz uninteressant fand.

»Also gut, mein Lieber«, sagte Leander schließlich. »Ich bin dabei. Wann soll es losgehen?«

»Das ging jetzt aber schnell«, kommentierte Götz.

»Wenn du mich fragst, zu schnell«, beschied Mephisto. »Ich hätte den Burschen gerne noch ein wenig in die Mangel genommen.«

»Ich hole dich um elf mit dem Fahrrad ab«, ignorierte Tom seine Skatbrüder, allerdings in einem Tonfall, der verriet, dass auch er über den schnellen Erfolg erstaunt war. »Alles Weitere erkläre ich dir auf dem Weg.«

Leander nickte, nahm die Karten hoch und fragte in die Runde: »Wer gibt?«

»Immer die Sau, die grunzt!«, antwortete Mephisto.

2 DONNERSTAG

»Der Ball kommt an«, brüllte der Kommentator. »Jetzt müsste er ihn machen. Und er macht ihn! Wahnsinn! Henning Leander schießt das alles entscheidende Tor in der 113. Minute!«

Leander riss die Arme hoch, die Mannschaftskameraden stürmten auf ihn ein, Mario Götze sprang ihm um den Hals, während um ihn herum das Stadion tobte. Es war der 13. Juli 2014, Leander und seine Jungs befanden sich in Rio und hatten gerade Lionel Messi und dessen Argentinier geschlagen, Deutschland war Weltmeister! Leander drehte sich im Freudentaumel, die Fernsehkameras verfolgten seinen Jubel im Close-up, die ganze Welt schaute nur auf ihn, Henning Leander, den Helden von Rio.

Bella räkelte sich geräuschvoll gähnend und schob sich wieder an Leanders Rücken heran. Er hatte es gewagt, sich im Siegestaumel umzudrehen, und so hatte sie den Körperkontakt verloren. Automatisch griff Leander hinüber und kraulte sie am Ohransatz. Nur mühsam fand er in die Realität zurück, der Sprung aus dem jubelumtosten Stadion in sein kleines Schlafzimmer und damit vom durchtrainierten Jungstar zum schlaffen Endvierziger kam einfach zu plötzlich. Während sich bei ihm mit der Erkenntnis auch die Enttäuschung breitmachte, begann Bella, tief und ausdauernd zu schnurren. Mit geschlossenen Augen hielt sie ihren Kopf unbeweglich in der Position und drückte ihn gegen die kraulenden Finger. Leander musste bei dem Anblick lachen: Bella verstand es zu genießen.

Der Wecker klingelte. 8 Uhr: Zeit, Poirot hereinzulassen. Seufzend rollte sich Leander auf die Bettkante, was bei Bella ein unwilliges »Mann, ey!« in Katzensprache zur Folge hatte.

»Mecker nicht, Bella«, sagte Leander. »Du kannst ja noch liegen bleiben.«

Aber die kleine schwarz-weiße Katze war schon auf ihren Pfoten und sprang mit einem Satz über seine Beine hinweg aus dem Bett. Im Flur wartete sie vor der Treppe und sah mit großen Augen zu ihm auf, als er nun steifbeinig und laut gähnend aus dem Schlafzimmer stakste. Sie empfing ihn mit einem langgezogenen »Miau« und nahm dann immer drei Stufen auf einmal, um vor Leander an der Hintertür zum Garten zu sein. Durch die verschlossene Holztür hindurch unterhielt sie sich angeregt mit ihrem Bruder Poirot, der draußen darauf wartete, dass Leander ihn hereinließ.

Während Bella nur tagsüber in der Umgebung des kleinen Fischerhäuschens herumstromerte und nachts grundsätzlich bei Leander im Haus schlief, war Poirot ein Nachtschwärmer. Gemäß dem Motto, dass das Böse grundsätzlich im Dunkeln sein Unwesen trieb, ermittelte er höchst erfolgreich in der Nacht in Mäusekreisen und verbrachte seine Tage im Wohnzimmer in dem komatösen Schlaf dessen, der von der Nachtschicht seiner gesamten Energie beraubt war. Für den sicheren Unterschlupf bedankte er sich regelmäßig bei Leander, und so lag auch heute wieder eine tote und reichlich angematschte Maus als Präsent auf der Türschwelle, als der Hausherr die Gartentür aufschloss.

Bella beschnupperte den kleinen Nager sofort mit größtem Interesse, bekam dafür aber einen Tatzenschlag von ihrem Bruder direkt auf die Nase. Die Maus war für Leander bestimmt!

»Danke, Poirot«, sagte der ernst und streichelte dem kleinen schwarzen Kater über den Kopf.

Im Unterschied zu der Schwester, die weiße Tatzen und ein weißes Lätzchen hatte, war Poirot komplett schwarz und hatte einen dickeren Schädel. Leander hatte die jungen Katzen im letzten Sommer nach seiner Rückkehr von Helgoland in seinem Garten gefunden. Die halbwilde Mutter, die täglich zum Fressen bei ihm aufgetaucht und von ihm auf den Namen Gitane getauft worden war, hatte ihm ihre vier Jungen anvertraut und war dann, von einem erbitterten Kampf unter Katzenclans gezeichnet, zum Sterben irgendwo in den Wyker Grünstreifen verschwunden. Nachdem er die Jungtiere aufgezogen und kastrieren lassen hatte, hatte er zwei von ihnen zu seinem Freund Mephisto gebracht, in dessen Bauernhof-Café und Biergarten sie nun für die Dezimierung des Nagerbestandes sorgten. Bella und Poirot hatte er selbst behalten, weil ihm die kleinen quirligen Biester ans Herz gewachsen waren. Nur wenn sie mit Vögeln ankamen, manchmal sogar mit jungen, die gerade erst aus dem Nest gesprungen waren, zweifelte er manchmal an seiner Katzenliebe. Im letzten Sommer aber, nach seiner Rückkehr von Helgoland, hatte ihm die kuschelige Nähe des Kätzchens gutgetan, und der kleine Kater erinnerte in seiner streunenden Lebensweise so sehr an Gitane, dass Leander ihm die Rechtsnachfolge in ihrem Revier nicht vorenthalten wollte.

Einträchtig zogen die beiden Katzen nun an dem Herrn des Hauses vorbei in die Küche und setzten sich nebeneinander vor die leeren Katzentröge. Erwartungsvoll beobachteten sie, wie Leander nach der Blechdose mit dem Trockenfutter griff und beide Näpfe füllte. Dann legten sie sich davor und begannen mit geschlossenen Augen laut schmatzend und knackend zu fressen.

Das war der Moment, in dem Leander an sich selbst denken konnte. Er bereitete die Kaffeemaschine vor und stellte sie an, um nach dem Duschen und Brötchenholen direkt mit dem

Frühstück beginnen zu können. Bella und Poirot schnurrten beim Fressen und ließen sich nicht stören, als er nun die Küche verließ und den Aufstieg ins Bad in Angriff nahm.

Das Ritual sah immer gleich aus: Nach der Morgentoilette ging Leander die wenigen Meter von seinem Häuschen in der Wilhelmstraße hinüber in die Mittelstraße und kaufte bei Bäcker Hansen seine Brötchen. Dann folgte ein kurzer Abstecher auf die Mittelbrücke, um einen ersten Blick auf das Meer und den Sandwall zu werfen.

Der blanke Hans lag ruhig vor ihm, die Halligwarften wirkten zum Greifen nah. Auch der Sandwall hatte noch nichts von der belebten Promenade, in die er sich in Kürze verwandeln würde. Das laute Tuten einer Fähre, die gerade auf den Hafen zusteuerte, kündigte bereits die erste Ladung an Tagesgästen an. Kurz entschlossen verließ Leander die Mittelbrücke und wandte sich dem Rathausplatz und dem Flutschutztor zu, das die Innenstadt im Falle einer Sturmflut vom Hafen abschottete. Dann lenkte er seine Schritte nach rechts in Richtung Anleger, wo er das Manöver beobachtete, mit dem die *Nordfriesland* gerade festmachte. Die Bordwand senkte sich ab und verwandelte sich in eine Rampe, über die zunächst die Passagiere ohne Autos das Schiff verließen. Familien mit kleinen Kindern waren darunter und Paare mittleren Alters mit Tagesrucksäcken.

Ein Mann jedoch fiel aus dem Rahmen: Er war großgewachsen und schlank und trug trotz der bereits hohen Temperaturen abgewetzte Jeans und hohe Lederstiefel. Dazu hatte er einen breitkrempigen Cowboy-Hut auf, unter dem schulterlange blonde Haare hervorquollen, und trug eine hellbraune Wildlederjacke mit Fransen an den Ärmeln. Der Mann wirkte, als wäre Old Shatterhand just den Kulissen in Bad Segeberg entstiegen und hätte sich direkt auf den Weg nach Föhr gemacht. Es fehlten nur das Pferd und der Bärentöter. Stattdessen trug er einen prall gefüllten Seesack auf der Schulter.

Leander beobachtete, wie er mit langen Schritten zielstrebig und ohne sich weiter umzusehen quer über die Wartereihen der Autoabfertigung lief und bei der ersten Gelegenheit durch eine Lücke in der Betonmauer den Strand betrat. Es hätte ihn nicht gewundert, wenn er dort unten auf ein bereitstehendes Pferd gestiegen und einfach davongaloppiert wäre. Dieser Gedanke erinnerte Leander an die Amerika-Auswanderer und daran, dass Tom demnächst vor der Tür stehen würde – überpünktlich, wie er befürchtete. Also riss er sich von dem Anblick los und machte sich auf den Weg nach Hause.

Eine Viertelstunde später saß er mit einem Kornkracher, zwei Dünenkrustis, selbst hergestelltem Holunderblütengelee und einer Kanne Kaffee im Garten unter dem Apfelbaum und lauschte dem Zwitschern der Vögel. So begannen bei gutem Wetter alle seine Tage und er war sich in Momenten wie diesen sicher, dass man das wohl Glück nennen konnte.

Poirot hatte sich inzwischen in Seitenlage in seinem Katzenbett im Wohnzimmer zusammengerollt und war mit ausgestreckten Vorderpfoten in einen tiefen Schlaf abgetaucht, während Bella irgendwo in der Nähe durch die Gärten streifte. Wahrscheinlich verscharrte sie gerade in einem der fein geharkten Blumenbeete von Johanna Husen ihre Exkremente, was die alte Dame wieder zur Weißglut bringen würde. Leander lachte, als er sich das wutverzerrte Warangesicht seiner Nachbarin vorstellte, und griff nach Kornkracher und Brötchenmesser.

Was zwischen Johanna Husen und ihm seit Jahren stattfand, konnte man nicht als offenen Nachbarschaftsstreit bezeichnen. Beide verachteten die Lebensweise des anderen so entschieden, dass sie einfach nicht mehr miteinander sprachen, seit Leander sich jede Einmischung in seine Haushaltsführung verboten hatte. Folgerichtig war der Kontakt inzwischen so gut wie vollkommen abgebrochen. Allenfalls über die Hecke hinweg laut geäußerte Gedanken trafen gelegentlich ihr Ziel und führten hin und wieder zu einer Replik. Die alte Dame konnte sich einfach nicht damit anfreunden, dass ein noch nicht einmal fünfzig Jahre alter Mann keinem Beruf nachging und stattdessen faul vom Erbe seines Großvaters schmarotzte, der schließlich sein Leben lang als Fischer hart gearbeitet hatte. In ihren Augen besaß Leander nicht ansatzweise so etwas wie friesische Tugenden. Und dass er noch dazu seinen Garten in einer Art und Weise verwildern ließ, die ihre eigene unkrautfreie Zone gefährdete, war für sie der Gipfel der Unverschämtheit. Leander seinerseits hielt Johanna Husen schlicht für eine borniertе Dörflerin, deren Horizont bereits am Wyker Spülsaum endete.

Plötzlich ertönte ein aufgeregtes Katzenkreischen aus dem Nachbargarten. Leander vermutete, dass die alte Hexe wieder mit irgendetwas nach dem Tier geworfen hatte. Dann schoss ein kleiner schwarz-weißer Blitz raschelnd durch die Ligusterhecke und stoppte direkt vor Leanders Füßen. Aufgeregt blickte Bella zu ihm auf und berichtete in hohen Tönen von der bösen alten Frau. Leander beugte sich zu ihr hinunter und streichelte sie beruhigend. »Du sollst auch nicht immer zu dem alten Drachen gehen«, sagte er so laut, dass Johanna Husen es hinter der Hecke hören musste. »Such dir Gärten von Menschen aus, die ein Herz in der Brust haben und keinen Eisklumpen.«

Die kleine Katze drückte ihm das Köpfchen in die Hand und schloss die Augen, als gelobe sie Besserung.

»Das habe ich gehört«, drang Johanna Husens schrille Stimme durch die Ligusterhecke.

Leander grinste zufrieden, antwortete aber nicht.

»Dabei habe ich gar nichts gemacht«, fuhr seine Nachbarin unbeirrt fort. »Das Kätzchen hat mich gesehen und sofort gekreischt.«

Das konnte Leander sehr gut nachvollziehen und so nickte er Bella verständnisvoll zu. Die sprang auf einen der Gartenstühle, rollte sich auf dem Polster zusammen, legte den Kopf auf ihre Vorderpfoten und schloss nach einem letzten blinzelnden Blick auf Leander die Augen, um der feindlichen Welt in einem Traum heldenhaft zu begegnen.

Leander lächelte und freute sich über das Vertrauen des Tieres. Dann griff er nach dem *Inselboten* und wollte sich gerade in die Nachrichten aus dem kleinen, geschlossenen Universum der Nordfriesischen Inseln versenken, als erneut die Stimme seiner Nachbarin ertönte: »Herr Leander? Sind Sie da?«

»Ja, Frau Husen, ich bin hier«, reagierte Leander genervt, verkniff sich aber ein »Wo sollte ich denn sonst sein?«

»Das ist gut. Ich möchte nämlich mal mit Ihnen reden. So geht das doch nicht weiter!«

Leander erhob sich seufzend von seinem Stuhl und ging zur Hecke hinüber, gefasst darauf, dass er nun einen Schwall an Vorwürfen über seinen Lebenswandel, den Zustand seines Gartens und die Zumutung zweier schwarz befellter Kotverbuddeler über sich ergehen lassen musste.

Schon wollte er vorsorglich zum Angriff übergehen, als Frau Husens Stimme versöhnlich verkündete: »Ich finde, wir sollten noch einmal ganz von vorne anfangen. Schließlich werden wir ja wohl für viele Jahre nebeneinander leben. Und da finde ich, dass wir versuchen sollten, friedlich miteinander auszukommen.«

»Äh, ja, das ist ja jetzt … Das kommt aber …«

»Etwas unverhofft, ich weiß. Nichtsdestotrotz wird es Zeit, dass wir uns vertragen. Schließlich war ich, wie Sie wissen, Ihrem Herrn Großvater lange Zeit eng verbunden.«

Oh ja, das wusste Leander, denn genau daraus hatte sie schließlich ihr Recht abgeleitet, ihm zu Anfang in alles, was Haus und Garten betraf, hineinreden zu wollen.

»Herr Leander?«

»Ja, Entschuldigung, ich war nur gerade … Also, das sehe ich im Grunde genau wie Sie, Frau Husen. Ich bin nur etwas in Eile, weil ich gleich weg muss.«

»Natürlich. Ich wollte ja auch nur … So als ersten Schritt, nicht wahr?«

Jetzt passierte etwas, das Leander bis zu diesem Moment für unmöglich gehalten hatte: Die alte Frau tat ihm tatsächlich etwas leid. »Was halten Sie davon, wenn Sie heute Abend zu mir rüberkommen und wir zusammen ein Glas Rotwein trinken?«, hörte er sich unvermittelt sagen.

»Oh, schade, heute Abend kann ich nicht.«

»Dann eben morgen«, schlug Leander vor.

»Großartig, das ist eine sehr gute Idee. Aber den Wein bringe ich mit.«

Leander war sich nicht sicher, ob seine Nachbarin ihm nur den Aufwand ersparen oder sichergehen wollte, dass sie keinen billigen Fusel vorgesetzt bekam. »Alles klar. Dann bis morgen Abend also«, antwortete er.

»Ich freue mich«, setzte Frau Husen noch einen drauf und ließ, als sie nun in Richtung ihres Hauses schlurfte, einen Mann zurück, der nicht glauben konnte, wozu er sich da gerade hatte hinreißen lassen.

»*Boring small pond*«, murmelte Falk Riewerts und verglich den ›langweiligen Tümpel‹ vor sich in Gedanken mit dem Atlantik. Dass er jemals wieder Wyker Sand unter den Füßen haben würde, hätte er bis vor wenigen Monaten selbst nicht gedacht. Doch dann war der entscheidende Brief des Vaters gekommen, ein langer Brief, der so versöhnlich wie verzwei-

felt geklungen hatte. Falk hatte lange überlegt, wie er darauf
reagieren sollte. Zu tief waren die Wunden, zu schmerzvoll
der Verrat, den er immer noch fühlte. Weitere Briefe waren
gefolgt und so hatte er am Ende alles Notwendige geregelt
und sich von New York aus auf den Weg gemacht. Schließlich gab es auch für ihn auf Föhr noch offene Rechnungen zu
begleichen. Und dann war da die Idee, die man nicht allein
in Amerika umsetzen konnte. Föhr war dazu genauso gut
geeignet wie jeder andere Ort auf der Welt – angesichts der
überschaubaren Insellage vielleicht sogar besser, wenn er es
recht bedachte.

Nun stand er am Spülsaum neben der Mittelbrücke und
blickte über die glatte Wasserfläche hinweg auf die Hallig
Langeneß. Die Warften schwammen so unverändert auf dem
Glanz der Nordsee, als hätte es die vielen Jahre seiner Abwesenheit gar nicht gegeben. Linkerhand glitt die *Nordfriesland*,
mit der er gekommen war, hinter der Plattform der Mittelbrücke hervor und nahm nun Kurs auf Amrum. Falk atmete den
Duft des Wattenmeeres, der vertraut und fremd zugleich war
und so ganz anders als der Geruch des Pazifiks. Er war sich
nicht sicher, ob ihm gefiel, was er da roch: diese Mischung
aus Heimat und Vertreibung.

Falk drehte sich um und ließ seinen Blick den Sandwall
entlanggleiten, von der Persil-Uhr rechts über die kleinen
Geschäfte – *Bu-Bus Bunter Buchladen*, ein Teegeschäft, das
Café Steigleder – bis zur Konzertmuschel. Die großen, alten
Platanen, die früher die Promenade abgeschattet hatten, gab
es nicht mehr. Schwindsüchtige Bäumchen gaben nun an ihrer
Stelle ein ärmliches Bild vor aufgeräumten Rasenflächen ab,
Café-Tischchen drängten sich auf kleinen gepflasterten Krei-
sen. Auch der Gezeitenbrunnen rechts, vor dem Zugang zur
Mittelbrücke, war 1999 noch nicht da gewesen. Die frühere
Natürlichkeit drohte einer touristisch opportunen Spießig-

keit zu weichen. Urlauber im schlabberigen Öko-Look, wie sie früher für Föhr typisch gewesen waren, suchte Falk vergeblich.

Er bemerkte, dass er automatisch nickte, als resigniere er vor der Erkenntnis, dass nichts ewig währte. Dann setzte er seinen Stetson auf, den er in der Hand gehalten hatte, und griff nach dem Seesack, der neben ihm im Sand lag. Schwungvoll warf er ihn sich über die Schulter und stapfte durch den lockeren Sand zwischen Volleyballnetz und Strandkörben hindurch auf die Promenade zu.

Falk wählte den Weg durch die Mittelstraße, die vom Sandwall aus vertraut wirkte. Links betrieb King immer noch seine Pizzaschmiede für den schnellen Hunger zwischendurch, dann folgte die Bäckerei Hansen, in der sich Touristinnen drängten und fünf Verkäuferinnen alle Hände voll zu tun hatten. Auf der rechten Seite allerdings hatte die kleine Straße ihr Gesicht verändert. Das Immobilienbüro hatte es vor zwanzig Jahren noch nicht gegeben – solche Mondpreise schon gar nicht – und auch der Weinladen mit seinen Holztischen in der Einbuchtung kam Falk unbekannt vor. Er passierte die Buchhandlung *Bücher und Me(e)hr*, die sich treu geblieben war und erfreulich viele Bücher über die Inselgeschichte in der Auslage zeigte. Das schnellimbissartige Fischrestaurant links an der Einmündung der Museumstraße fand er befremdlich, hingegen freute er sich, dass die Fleischerei Friedrichs immer noch den Mittagstisch anbot, der schon früher aus selbstgemachten Eintöpfen bestanden hatte. *No American fastfood* – ehrliche deutsche Hausmannskost.

Es war schon ein merkwürdiges Gefühl, nach so langer Zeit wieder nach Hause zurückzukehren, zumal er wohl kaum willkommen sein würde. Auf einmal fand Falk selbst die bekannte Ansicht der Fußgängerzone befremdlich, fast bedrohlich, als würde er von allen Seiten beobachtet. Ein

Liedtext aus den achtziger Jahren tauchte in seinem Kopf
auf, ein Hit von Klaus Lage:

Ich bin wieder zu Haus.
Die Kirche ist nicht mehr so groß.
Ich bin wieder zu Haus.
Und doch es geht wieder los.
Ich spür die Blicke hinter den Gardinen,
Die ham mir nicht verzieh'n.

A little paranoid, dachte Falk, schüttelte sich und setzte
seinen Weg fort. Niemand stand hier hinter zugezogenen
Gardinen und verfolgte den Ankömmling mit feindlichen
Blicken! Kein Mensch wusste schließlich, dass er wieder
da war. Außerdem war viel Zeit vergangen seit damals,
sehr viel Zeit.

Als Falk die *Wyker Buchhandlung* erreichte, bemerkte er,
dass er belustigte Blicke der Urlauber vor den Postkarten-
ständern auf sich zog. Ein Cowboy in Wyk, das sah man
nicht alle Tage. Allmählich fand Falk Gefallen an dem Aufsehen, das er erregte. Er zog seinen Stetson, erfüllte ihre
Erwartungen, indem er ein beherztes »*Howdy*!« rief und
setzte seinen Weg in Richtung Glockenturm fort, ohne
sich weiter für die Reaktion der Urlauber zu interessieren. Dort, an der Einmündung zur Großen Straße, blieb
er erschrocken stehen und konnte nicht glauben, was er da
sah: Das altehrwürdige *Hotel Kolosseum*, in dem er eigentlich übergangsweise Quartier hatte nehmen wollen, gab es
nicht mehr. In Falks Erinnerung hatte es das Gesicht der
Großen Straße geprägt. An seine Stelle war eine hässliche backsteinrote Ladenzeile getreten, wie es sie heute in
jeder großen Stadt auf dem Festland gab. Und das *Haus
der Landwirte* an der Ecke zur Badestraße, früher ein gut-
bürgerliches Restaurant mit Thekenbetrieb und Magnet für

die Marktbesucher am Samstag, hatte eine moderne Verwendung als Cocktailbar gefunden und wirkte gar nicht mehr einladend. *Holy shit!*

Falk überlegte, ob er beim *Inselboten* nachsehen sollte, ob Nelly noch dort arbeitete. Sie würde ihm sicher eine Unterkunft empfehlen können. Einen Moment lang erwog er, sogar ein Gästezimmer bei ihr anzunehmen, falls Nelly es ihm anbieten würde. Aber sie arbeitete nicht zufällig bei der Zeitung. Wenn sie von seiner Rückkehr erfuhr, würde diese auch im Handumdrehen auf der ganzen Insel bekannt und gerade das wollte er nicht. Die Zimmervermittlung am Hafen schied aus denselben Gründen aus. So eine Nordseeinsel war ein überschaubarer Kosmos, in dem jeder jeden kannte. Nur, wo sollte er hin? Er hatte keine Freunde auf Föhr, niemanden, zu dem er Kontakt gehalten hatte.

Doch, einen gab es: Cord fiel ihm ein, Cord Nickelsen in Süderende. Mit dem hatte er sich früher gut verstanden. Und der hatte immer schon schweigen können. Also wandte Falk sich kurzentschlossen der Bushaltestelle an der Boldixumer Straße zu.

Pünktlich um elf Uhr stand Tom vor der Tür. »Ich hoffe, du bist fertig«, begrüßte er den Freund mit krausgezogener Stirn und einem Unterton, der deutlich machte, dass er fest mit dem Gegenteil rechnete.

»Dir auch einen schönen guten Morgen, lieber Tom«, entgegnete Leander schmunzelnd. »Sekunde. Ich muss nur noch eben den Frühstückstisch abräumen.«

Tom folgte ihm in den Garten und beobachtete jeden von Leanders Handgriffen. »Mannmannmann, Frühstück morgens um elf. Sag mal, schämst du dich eigentlich gar nicht? Um diese Zeit haben andere Leute schon ein paar Stunden Arbeit hinter sich.«

»Und du? Keine Schule heute? Oder machst du blau?«

»Seit die Abiturienten weg sind, habe ich donnerstags nach der dritten Stunde frei. Und das ist auch gut so, dann komme ich wenigstens mit meinen Auswanderern ein bisschen weiter. Und wenn du mir jetzt auch noch hilfst …«

»Apropos helfen: Was soll ich denn überhaupt für dich tun?«

»Ich brauche einen Eckermann, sozusagen.«

Leander staunte, dass Tom angesichts der Überheblichkeit dieser Formulierung absolut ernst blieb. »Du hältst dich also für einen zweiten Goethe, oder was?«

»Jedenfalls brauche ich jemanden, der mitschreibt, während ich die Interviews führe und mir alte Familienfotos ansehe«, wich Tom aus. »Und du bist nun einmal der Einzige, den ich kenne, der seine Tage quasi nutzlos vertrödelt und dankbar sein sollte, dass sich jemand seiner annimmt und seinem Leben wieder einen Sinn gibt.«

»Danke, hab Dank, Sahib-Massa-Buana-Sir«, entgegnete Leander und verneigte sich mehrfach mit vor der Brust zusammengelegten Händen vor ihm.

»Da nicht für.« Tom winkte lässig ab. »Wozu hat man schließlich Freunde?«

Leander räumte das Geschirr in die Spüle und die Lebensmittel in den Kühlschrank. Dann holte er sein Fahrrad aus dem Schuppen, schob es um das Haus zur Straße, ging zurück und schloss die Gartentür ab. Als er das Haus verließ, stand Tom schon ungeduldig neben den Rädern und wippte auf den Schuhsohlen auf und ab. Seufzend registrierte er, wie gemächlich Leander sein Fahrrad bestieg.

Der ließ sich von alldem nicht beirren. Sein Leben hatte einen eigenen Rhythmus gefunden. »Wo lang, großer Meister?«

»Zunächst mal Richtung Oevenum, dann durch Alkersum

und Oldsum zu den Aussiedlerhöfen* draußen in der Marsch«, antwortete Tom und trat in die Pedalen.

Leander folgte ihm durch die schmalen Gassen zur Badestraße, dort nach rechts bis zum Heymannsweg und über den Großraumparkplatz auf den Radweg, der kurz darauf die Boldixumer Straße kreuzte. Von hier ab erstreckte sich die Bebauung entlang der Straße Ohl Dörp mit kleinen Reetdachhäusern nur noch auf der linken Seite, während sich nach rechts schon bald die Weiden und Felder der Marsch ausbreiteten. Sie konnten nun weitestgehend nebeneinander her radeln und sich dabei unterhalten. Wenig später gab es überall um sie herum nur noch Wiesen, Weiden und Ackerflächen.

Tom wurde, da sie endlich unterwegs waren, merklich ruhiger und war bald sogar zu einem ganz normalen freundschaftlichen Gespräch in der Lage. Leander berichtete ihm von seinem Traum, in dem er das Siegtor während der Weltmeisterschaft in Brasilien geschossen hatte, was Tom mit einem hämischen Lachen quittierte.

»Du und Weltmeister! Ja nee, is klar!« Er schüttelte den Kopf, als hätte er es mit einem völlig durchgeknallten Idioten zu tun, der am besten ohne Zwischenstation in die Psychiatrie eingeliefert werden sollte.

»Du sollst nur wissen, was für eine Koryphäe dir gleich den Stift führt, großer Meister«, antwortete Leander leichthin.

»Jetzt lass mal den Quatsch mit dem ›großen Meister‹!«

»Du nimmst den ›Eckermann‹ also zurück? Nun gut, dann lass mal hören, worum es bei der Sache eigentlich geht.«

Tom nutzte die Chance, der fruchtlosen Diskussion zu entkommen, und berichtete in druckreifem Stil: »Also, du wirst ja schon davon gehört haben, dass im neunzehnten Jahrhundert viele Menschen aus Europa nach Amerika ausgewandert

---

* »Aussiedlerhöfe« werden auf Föhr die Bauernhöfe genannt, die von den Ortskernen in die Marsch ausgesiedelt worden sind.

sind, um dem sicheren Hungertod für sich und ihre Familien zu entgehen. Die Nordfriesischen Inseln waren in großem Stil daran beteiligt. Die Landbevölkerung war verarmt und die Bauern konnten ihre kargen Höfe ohnehin immer nur einem Sohn, nämlich dem ältesten, vererben. Da sie aber mehrere Kinder hatten, mussten die jüngeren weggehen, um überleben zu können. Viele sind erst zur See gefahren, einige von ihnen haben ab Mitte des 19. Jahrhunderts in New York abgemustert, um am Goldrausch teilzunehmen. Nach dem Deutsch-Dänischen Krieg von 1864 gehörte Nordfriesland zu Dänemark und die Dänen machten einen dreijährigen Militärdienst verpflichtend. Davor sind dann vor allem viele junge Männer nach Amerika geflohen. Außerdem führten die Dänen hohe Steuern ein, die die Not auf den Inseln noch vergrößerten. In der Folge kam es zu einer regelrechten Kettenwanderung, weil jeder ausgewanderte Insulaner weitere Familienmitglieder nachzog. Die Reedereien haben das noch gefördert, denn die haben sich ja eine goldene Nase daran verdient. Sie haben Werber durchs Land geschickt und mit rosigen Aussichten in Amerika gelockt. Im Dritten Reich folgte die dritte große Auswanderungswelle. Allerdings waren da nur wenige Friesen dabei, die haben sich mit den Nazis nämlich gut arrangiert. Die Jacobsens, die wir heute besuchen, haben an der vierten Welle teilgenommen: Nach dem Zweiten Weltkrieg sind über tausend Insulaner ausgewandert, fast zehn Prozent der Bevölkerung unserer Inseln.«

Sie hatten inzwischen die Landstraße erreicht und hielten sich hier links in Richtung Alkersum. Die Hauptstraße führte mitten durch den Ort, vorbei am *Museum Kunst der Westküste* und weiter in Richtung Oldsum. Kurz vor dem Ortseingang bog Tom in die Straße Am Stig ein, die nach einem scharfen Linksknick mitten ins Dorf führte. Rechterhand lagen nun zahlreiche Stichstraßen, von kleinen Reetdachhäusern und Bauerngärten gesäumt. Hier bog Tom erneut ab. Leander war immer wieder fasziniert von der Dorfatmosphäre, die sich trotz des Tourismus über die Jahrhunderte hinweg bewahrt hatte. Am Dorfende stießen sie auf den Toftum Maaskwai, der sie wieder hinaus in die Weite der Marsch führte und vorbei an mehreren Aussiedlerhöfen, die verstreut zwischen den Wiesen und Feldern lagen. Schließlich bog Tom in eine Hofeinfahrt ein, an der eine amerikanische Flagge im leichten Wind wehte, und bremste vor der Tür zur Deele.

»Hier wohnen Janne und Enno Jacobsen«, erklärte er.

Als sie gerade ihre Räder abgestellt hatten, trat eine Frau von etwa achtzig Jahren durch die Deelentür und wischte sich ihre Hände an ihrer Kittelschürze ab.

»Da seid ihr ja«, begrüßte sie die beiden Männer, als wären es alte Freunde. »Enno ist hinten.«

Sie ging in schnellen Schritten um das Haus herum und wirkte dabei vital wie eine Fünfzigjährige. Leander und Tom folgten ihr. Auf der Rückseite stießen sie auf eine Terrasse aus Waschbetonplatten. An einem groben Massivholztisch saß ein Mann, den Leander auf etwa achtzig bis fünfundachtzig Jahre schätzte, auf einer Bank und blätterte mit verklärtem Blick durch ein Fotoalbum.

»So, da sind sie«, verkündete Janne Jacobsen. »Setzt euch, ich habe einen kleinen Begrüßungstrunk vorbereitet.«

»*Well*, habt ihr uns also gefunden, ja?« Enno Jacobsen erhob sich mühsam von seiner Bank. »Ich habe extra die *Stars and Stripes* gehisst. Normalerweise ziehe ich die nur am *4th of July* hoch, am *American Independence Day*.«

Während Leander und Tom sich dem alten Mann vorstellten und Platz nahmen, entschwand Janne durch die Hintertür ins Haus und kam nur Sekunden später mit einem Tablett zurück, auf dem vier Gläser mit einer rubinroten Flüssigkeit standen.

»Ein Manhattan muss sein, wenn wir Besuch haben«, sagte sie und stellte die Gläser auf den Tisch.

»Eines unserer Rituale«, sagte Enno mit amerikanischem Akzent und hob sein Glas an. »Abends sitzen wir immer hier, erinnern uns an Long Island und genehmigen uns den einen oder anderen Manhattan. *Cheers!*«

Tom nippte an dem Getränk. »Schön süffig«, meinte er. »Was ist da drin?«

»Zwei Teile Bourbon, ein Teil süßer roter Wermut und ein Schuss Orange Bitter«, zählte Janne auf. »Manche Leute nehmen Rum statt Whiskey, aber wir bevorzugen das Originalrezept. Etwas Eis hinein und fertig ist der Manhattan.«

»Ah, *well done, darling*«, lobte Enno, nachdem er vorsichtig genippt hatte.

Selbst Leander, der eigentlich kein Freund von Whisky war, fand Gefallen an dem bitter-süßen Cocktail. Tom merkte zu spät, dass alle anderen nur nippten, während er den Drink in einem Zug gekippt hatte, was einen belustigten Blickwechsel zwischen Enno und Janne hervorrief.

Etwas peinlich berührt überspielte Tom den Fauxpas und schob Leander Block und Stift hinüber. Indem er mit dem Zeigefinger in die Luft kritzelte und dann auf sein leeres Glas deutete, gab er ihm das Zeichen, das Rezept aufzuschreiben und begann nun sein Interview: »Wir möchten gerne von euch wissen, was euch nach Amerika getrieben hat und wie es euch da ergangen ist?«

»Natürlich, deshalb seid ihr ja hier.« Enno Jacobsen beugte sich vor und sah sie mit leuchtenden Augen an. »Das war damals nach dem Krieg, als viele Insulaner nach *America* gegangen sind, weil es hier keine Arbeit gab. Es herrschte große Armut. 1952 war das. Janne und ich wollten heiraten, aber wovon sollten wir denn leben? Meine Eltern waren zu jung, um den Hof abzugeben. Und für zwei Familien hätte er nicht gereicht. Da blieb ja nur, nach Amerika zu gehen, um ein paar Jahre lang Geld zu verdienen.«

»Warum Amerika?«, fragte Leander. »Warum seid ihr nicht einfach in eine große Stadt hier in Deutschland gegangen? Nach Hamburg zum Beispiel.«

»Da war es doch auch nicht besser als hier, Hamburg war völlig zerstört und der Wiederaufbau kam nur sehr schleppend in Gang. Und außerdem kannten wir da ja keinen.«

»In Amerika schon?«, wunderte sich Leander.

»Natürlich. Seit über hundert Jahren waren Friesen dorthin ausgewandert. Und die hielten zusammen da drüben. In New York gab es sogar einen *Föhrer und Amrumer Krankenunterstützungs-Verein*, an den man sich wenden konnte. Da wurden alle nötigen Kontakte hergestellt, Arbeit vermittelt, Hilfe im Krankheitsfall organisiert und so weiter. Das war für uns wie eine zweite Heimat in New York.«

»Viele Insulaner sind ja dauerhaft drüben geblieben und haben dort eine Art nordfriesische Gemeinde aufgebaut«, ergänzte Janne. »Das hatten wir allerdings nicht vor. Wir wollten nur Geld verdienen und dann wieder zurück, um uns hier etwas aufzubauen. Und dann sind auch wir fast dagebilieben, weil es uns irgendwann so gut ging in Long Island.« Sie lächelte Enno an und legte ihm eine Hand auf den Arm.

Leander, der von der Lebhaftigkeit und Begeisterung fasziniert war, mit der die alten Leute erzählten, musste sich zusammenreißen, um nicht nur zuzuhören, sondern alles mitzuschreiben. Ließ er seine Hand einen Moment ruhen, bekam er gleich von Tom einen Stups.

»Jetzt lass uns der Reihe nach erzählen«, unterbrach Enno Jacobsen seine Frau. »Am Anfang war das nämlich auch in Amerika nicht leicht. Wir hatten ja nicht mal das Geld für die Überfahrt. Ich habe mir das von einem Onkel geliehen, der schon drüben war, und bin vorausgefahren, ohne Janne.«

Je mehr er sich in seine Erinnerung steigerte, desto stärker rollte er das R nach amerikanischer Manier am Gaumen ein.

»Von Hamburg aus?«, erkundigte sich Tom.

»*No*, von Bremerhaven, vom Auswandererkai. Die Überfahrt nach New York hat zehn Tage gedauert. Wir hatten schlechtes Wetter damals. Bei gutem Wetter war das in acht Tagen zu schaffen. *Well*, ich bin zunächst bei meinem Onkel untergekommen und habe in seinem *Litter-Store* gearbeitet.«

»Einem Schnapsladen«, übersetzte Janne Jacobsen.

»*Right*. Zu dem Zeitpunkt hatten wir schon fünfhundert Dollar Schulden, die ich zunächst abarbeiten musste. Das war nicht leicht, weil ich überhaupt keine Einarbeitungszeit bekam. Gleich am ersten Tag hat mein Onkel mich *greenhorn* hinter die Theke gestellt. Englisch lernen musste ich im laufenden Betrieb: *sink or swim*!« Er zog ein Fotoalbum heran und schlug es gezielt auf. Dann deutete er auf ein Schwarz-Weiß-Bild, auf dem ein schmaler Ladenraum mit Theken und Regalen voller Schnapsflaschen auf beiden Seiten zu sehen war. Im Mittelgang standen fünf junge Männer in weißen Kitteln und grinsten stolz in die Kamera. »Das bin ich. *Me and my buddies*.«

»Ich dachte immer, die Föhrer hätten in New York nur Delikatessenläden betrieben«, wandte Tom ein.

»Die meisten schon, das stimmt«, antwortete Janne Jacobsen. »Wir Frauen konnten ja gut kochen und die Föhrer konnten sowieso gut rechnen und waren die geborenen Kaufleute. Da boten sich die Delikatessenläden geradezu an.«

»*One after the other!*«, unterbrach Enno wieder. »Der Reihe nach. Du bist ja erst ein Jahr später nachgekommen.«

»Das stimmt, 1953. Und ich war ganz schön schockiert, als ich die großen Häuser gesehen habe und das Straßengewirr. Ich kannte ja nur die kleinen Dörfer auf Föhr.«

»*Well*, als Janne ankam, hatte ich schon eine kleine Wohnung gemietet, zwei Zimmer, in denen wir leben konnten«,

fuhr Enno fort. »Ich habe inzwischen in einem Deli gearbeitet und den größten Teil unserer Schulden abbezahlt. Irgendwann hat Janne dann gemeint, das könnten wir doch auch auf
eigene Rechnung machen. Dann sind wir also auf die Suche
nach einem geeigneten *store* gegangen, der zu verkaufen war.
In Manhattan haben wir einen gefunden, total herunterge-
wirtschaftet.«

»Der Besitzer hat katastrophale Salate angeboten«, erzählte
Janne mit angewidertem Gesichtsausdruck. »Gelb und ange-
trocknet. Damit hat er die Kundschaft vergrault.«

»*But the store was great*«, übernahm Enno wieder und hob
den rechten Zeigefinger. »Das habe ich gleich gesehen. Der
store selbst war ideal: vorne der Laden, hinten eine Küche für
Janne, da konnte sie die *salads* zubereiten. Ich habe mir das
Geld von meinem Onkel geliehen und den Laden gepachtet.
Und dann ging das los.«

»1955 war das. Ich habe jeden Tag fünfzig Pfund Kartoffelsalat gemacht«, erzählte Janne stolz. »Es hat nicht lange
gedauert und mein Kartoffelsalat war berühmt in ganz Manhattan. Außerdem hatten wir Weißkohl-Salat, Reispudding,
Makkaroni-Salat und jeden Tag verschiedene Suppen. Ein-
töpfe waren der Renner, das kannten die Amis ja gar nicht.
Bei uns gab es alles frisch. Mittags sind immer die Sekretä-
rinnen aus den umliegenden Büros zu uns gekommen. Da
war der Laden dann rappelvoll – eine Goldgrube. Die meisten friesischen Läden liefen gut – und es gab viele friesische
Delis. Die Gegend um die 86. Straße in Manhattan wurde
German Broadway genannt.«

»*But the beginning was hard*«, wandte Enno ein und blätterte durch das Fotoalbum. Immer wieder deutete er auf Bilder, die ihn und Janne im Laden zeigten, zwei stolze junge
Geschäftsleute. »Wir sind gar nicht mehr aus dem Deli herausgekommen. Von morgens um sieben bis nachts um elf

haben wir hinter der Theke gestanden. Sonntags von acht bis zwanzig Uhr. Zweieinhalb Jahre kein freier Tag, bis wir unsere Schulden bezahlt hatten. Dann haben wir den Laden gekauft und schließlich für ein Häuschen gespart. *We wanted to have kids, right, darling?*«

Janne nickte lächelnd und streichelte Enno wieder über den Arm. »1958 ist unser erster Sohn geboren worden, 1960 der zweite. Enno hat uns ein Haus in Long Island gekauft. Von da an war ich jeden Tag mit den Kindern zu Hause und Enno im Laden. 1962 haben wir uns endlich einen Angestellten gegönnt, sonst wäre das alles gar nicht gegangen.«

»*By the way*: Das war sogar ein Föhrer«, erinnerte sich Enno. »Einer aus Toftum. Auf den war Verlass. Den konnte ich am Samstagnachmittag sogar mal alleine lassen.«

»Wir sind dann mit den Jungen zum Strand gefahren«, erzählte Janne. »Schwimmen, Eis essen, das war eine schöne Zeit damals.« Sie betrachtete mit verschleiertem Blick die Fotos, die Enno nach und nach durchblätterte und die eine glückliche junge Familie am Strand zeigten. »Die Strandhalle da hinten«, sie deutete auf einen hölzernen Pfahlbau im Hintergrund, »die wurde von einem Ehepaar von Amrum geführt. Die sind dann später auch zurückgegangen.«

»Und warum seid ihr nach Föhr zurückgekommen?«, erkundigte sich Leander. »Das hört sich doch wie ein sehr schönes Mittelstandsleben an, das ihr da geführt habt.«

»*The american dream*«, bestätigte Enno.

»Du hast doch gehört, dass sie von Anfang an zurückwollten«, antwortete Tom, als spräche er mit einem unaufmerksamen Schüler.

»Nein, nein, wir wären in Long Island geblieben«, widersprach Janne. »Das war inzwischen unser Zuhause und Föhr ganz weit weg – wie aus einer schlechteren Zeit.«

»*But my father* – mein Vater wurde älter und dann auch

noch krank«, erklärte Enno. »Das Herz. Er konnte die Farm nicht mehr alleine führen, obwohl das nur ein sehr kleiner Hof war. Da mussten wir uns entscheiden: Entweder wir bleiben in Long Island und der Hof wird verkauft …«

»Aber das konnten wir Ennos Eltern nicht antun«, wandte Janne ein. »Die wären auch nie nach Long Island gezogen.«

»… oder wir kommen zurück und übernehmen die Farm. *Well*, wir haben in *America* alles verkauft und sind zurückgefahren.« Enno seufzte schwer. Selbst heute, nach so vielen Jahren, merkte man, wie schwer ihm die Entscheidung gefallen war.

Janne streichelte wieder mechanisch über seinen Arm und fuhr mit glänzenden Augen fort: »Mit großen Überseekoffern sind wir hier angekommen. Da war alles drin: Kaffee, Tee, Thunfischdosen. Man wusste ja nicht, ob es das hier schon wieder gab. Mit dem Zug von Bremerhaven, das war eine schöne Schlepperei, was, Enno? Und die beiden Jungen auch noch im Schlepp. Die wollten ja gar nicht hierher. Ihre Heimat war Long Island.«

»Wir haben dann wieder ganz von vorne angefangen«, fuhr Enno mit schwerer Stimme fort. »Bei null.«

»So schlimm war das nicht«, widersprach Janne. »Wir haben uns schnell wieder eingelebt. Außerdem hatten wir ja jetzt Geld.«

»*That's right*, damals stand der Dollar bei 4,16 DM«, berichtete Enno und hob stolz seinen rechten Zeigefinger. »Unsere Ersparnisse waren in Deutschland sehr viel wert. Als Erstes bin ich nach Lübeck gefahren und habe Kühe gekauft. Erst mal vier. Und einen Trecker und andere Maschinen, die wir dringend brauchten. Die Geräte hier waren alle alt und kaputt, nicht mehr zu gebrauchen. Als wir dann hierher in die Marsch ausgesiedelt wurden, habe ich Land dazugekauft. Das kostete damals ja nicht viel und war für einen Landwirt die beste Geldanlage. Es wusste ja keiner, wie das hier mal wird.«

»Wir haben das alles nicht bereut, nicht, Enno?«

Enno Jacobsen wiegte seinen schweren Kopf, ohne dass klar wurde, ob er seiner Frau am Ende zustimmte oder nicht. Schweigend blätterte er in dem Fotoalbum zurück zu den Bildern seines Deli.

»Habt ihr da drüben noch weitere Föhrer getroffen, die heute wieder hier auf der Insel leben?«, wandte sich Tom an Janne.

»Ja, klar. Die haben aber alle ähnliche Sachen erlebt wie wir. Nur ein Haus in Long Island, das hatten sie nicht alle, nicht wahr, Enno?«

»Die Tadsens«, warf der ein und schlug schicksalsergeben das Album zu. »Die kamen von Amrum. Der Hauke war Schreiner, glaube ich, der hat nicht in einem Deli gearbeitet.«

»Stimmt, das waren nette Leute. Die sind nach Amrum zurückgegangen und haben da später Wohnungen vermietet. Aber die leben nicht mehr.«

»Schade«, sagte Tom. »Ich möchte gerne mehrere verschiedene Lebensgeschichten dokumentieren.«

»Da gibt es noch eine Schwiegertochter«, erinnerte sich Enno mit krausgezogener Stirn. »Ich glaube, die kommt sogar ursprünglich hier von Föhr.«

»Richtig, die Franziska Olsen«, half Janne aus.

»Franziska Olsen aus Alkersum?« Tom hob erstaunt die Augen.

»Genau, kennst du die?«

»Von früher, ja. Aus der Schule. Und die lebt jetzt auf Amrum?«

»Schon lange. Die hat bestimmt auch noch Fotoalben aus Amerika. Und die Geschichte ihrer Schwiegereltern wird sie sicher auch kennen.« Jannes Nicken sollte deutlich Mut machen.

Leander, der die letzte Zeit über schweigend zugehört und sich bemüht hatte, das alles mitzuschreiben, wunderte sich über Toms Tonlage, als er Franziska Olsens Namen ausgesprochen hatte. Und warum erwähnten die Jacobsens ihren Mann nicht, den Sohn der Tadsens? Der musste doch einiges über die Geschichte seiner Eltern wissen. Aber bevor er selber nachhaken konnte, stand Janne auf und sammelte die leeren Gläser ein.

»Ich mixe uns noch einen Manhattan«, sagte sie und lächelte Enno zu, der dankbar nickte. »Auf die schönen alten Zeiten.«

Falk Riewerts hatte sich in den Schutz des großen Silos zurückgezogen, das auf rostigen Stelzen neben dem Misthaufen aufragte. Von hier aus hatte er einen guten Überblick über den Hof und die verrotteten Gerätschaften, die überall herumstanden. Links stand die Scheune, daneben eine Remise mit Egge, Pflug und weiteren Landmaschinen, geradeaus das Wohnhaus mit der Deele. Daneben ein gepflegter und üppig blühender Bauerngarten. Das Deelentor stand halb offen, wirkte aber so gar nicht einladend, eher wie der Zugang zu einer finsteren Höhle. Daneben erkannte Falk die silber-rote Zündapp, die er als Jugendlicher gefahren hatte. Die uralte Schüssel tat es also immer noch.

Mitten im Hof balancierte Jan unsicher auf dem Vorderrad eines verrotteten Traktors, den Oberkörper und den rechten Arm in den Motorraum gebeugt, in dem er an irgendetwas herumschraubte. Ein ungefähr achtzehnjähriger Junge langweilte sich auf dem Fahrersitz, die Arme auf dem überdimensionierten Lenkrad abgelegt.

Jetzt hob Jan den Kopf aus dem Motorraum, gab dem Jungen eine Anweisung, schickte offenbar eine ungeduldige Wortsalve hinterher, weil der nicht gleich reagierte und dann erst lethargisch die Zündung bediente. Der Trecker hustete asthmatisch, spuckte eine schwarze Rauchwolke in den Himmel, tuckerte dann ungleichmäßig weiter. Hier gab es offenbar einen großen Investitionsrückstand. Falk erinnerte sich daran, wie penibel sein Vater früher immer alles in Schuss gehalten hatte. *What the hell has happened?*, dachte Falk. Was war passiert, dass der Riewerts-Hof dermaßen abgewirtschaftet hatte?

Jan wischte sich mit dem öligen Rücken der rechten Hand, in der er den Schraubenschlüssel hielt, über die Stirn und kletterte ungelenk vom Rad. Dann ließ er die rostige Motorhaube zufallen, gab dem Jungen über den Lärm des röchelnden Motors hinweg eine Anweisung und verschwand auf steifen Beinen im Dunkel der Remise. Der Bursche machte eine abfällige Handbewegung hinter ihm her und sprang sportlich aus dem Schalensitz auf den Hof. Flink lief er zu der Zündapp, schob sie vom Ständer, betätigte mehrmals den Kickstarter, bis der Motor aufröhrte, sprang auf den Sitz und drehte mit der rechten Hand das Gas auf, dass der Kies unter dem Hinterrad wegspritzte, als er nun auf die Hofausfahrt zuraste.

Jan kam stolpernd aus der Remise gerannt und rief mit drohend erhobenem rechtem Arm etwas hinter dem Jungen her, das im Röcheln des Traktors und dem Geknatter der Zündapp halb unterging. Nur »Elender Nichtsnutz!« drang zu Falk durch. Dann schüttelte sein Bruder den Kopf, kletterte schwerfällig auf den Schalensitz des Traktors, knallte kratschend den ersten Gang rein, fuhr hoppelnd an, ließ den zweiten Gang ebenfalls krachend folgen und trat das Gaspedal so tief durch, dass das verrottete Ungetüm einen erschrockenen Satz nach vorne machte. Der Kies spritzte auf, als Jan viel zu schnell aus der Hofeinfahrt auf die Straße schoss und sich in Richtung Marsch entfernte.

Still the same idiot, dachte Falk und schüttelte den Kopf. Er atmete tief durch und wollte gerade aus der Deckung treten, als Meret in der Deelentür auftauchte, resigniert auf das Tor blickte, durch das die beiden Männer verschwunden waren, und sich dann mit gesenktem Kopf dem Gemüsegarten zuwandte. Sie trug einen Weidenkorb über dem linken Unterarm. Im Garten zog sie ein Messer aus dem Boden und schnitt einen Salatkopf und ein paar Kräuter ab. Dann steckte sie das Messer wieder zurück, verließ den Garten und verschwand schließlich in der Deele.

Falk wartete noch einen Moment, bis er sich auf den Hof hinauswagte. Was er bisher gesehen hatte, wirkte so trostlos, dass er ernsthaft überlegte, ob er nicht einfach wieder gehen sollte. Was verband ihn noch mit diesem Hof, dieser Familie? Eine schmiedeeiserne Klammer schien sein Herz zuzuschnüren. Die letzten Jahre, in denen er tausende Kilometer von der Heimat entfernt gelebt hatte, waren um so vieles unbeschwerter gewesen, egal wie hart er hatte arbeiten müssen. Das alles hier wirkte auf ihn depressiv und hoffnungslos verfahren. Und es erinnerte ihn so sehr an seine Jugend, dass er Mühe hatte, gegen den Fluchtreflex anzukämpfen, der von ihm Besitz zu ergreifen drohte.

Er gab sich einen Ruck. Jetzt war er einmal hier und einer musste den ersten Schritt machen. Langsam bewegte er sich auf das Deelentor zu, immer darauf gefasst, dass der Vater plötzlich aus dem Stall kommen konnte und ihm unvermittelt gegenüberstand. Eine rotbraune Katze schlich aus der Remise, erblickte Falk und blieb abrupt stehen. Ihre Augen glommen feindselig, sie fauchte böse und erst jetzt wurde Falk bewusst, wie still es hier auf einmal war. Er machte die Andeutung, auf das Tier zuzuschnellen, so dass es seitlich wegsprang und zischend wieder zwischen den Gerätschaften in der Remise verschwand.

Langsam näherte sich Falk dem schwarzen Loch, das in die Deele führte. Erst als er es durchschritten hatte, gewann das Innere an Konturen. Durch kleine Sprossenfenster an den Seitenwänden, die fast völlig von Spinnweben verhangen waren, sickerte dünnes Licht in den Raum. Links waren die Boxen für die Kühe eingebaut, die leise mit ihren Ketten klirrten und schnaufend Heu fraßen. Blöde Blicke aus etwa zwanzig Augenpaaren trafen ihn. Rechts war das Fließband für die Heueinlagerung an der Wand entlang abgestellt, dahinter befanden sich Holztruhen, in denen wahrscheinlich wie früher das Kraftfutter lagerte. Geradeaus führte an der Stirnwand eine Holztreppe nach rechts zum Heuboden hinauf, links daneben befand sich die Tür, die in den Wohnbereich, und zwar in die Küche, führte. Hier hinten war es bereits wieder so schummerig, dass Falk Mühe hatte, alle Einzelheiten zu erkennen.

Vor der Tür blieb er stehen und lauschte durch das Kettenklirren und das Schnaufen und Kauen der Kühe, ob er dahinter etwas hören konnte. Erst als er sein Ohr an das Holz legte, vernahm er Töpfeklappern und leise Stimmen. Meret und der Vater befanden sich in der Küche. Was sie sprachen, konnte Falk nicht verstehen. Aber etwas hörte er nun klar und deutlich: eine innere Stimme, die ihn dazu aufrief, sich umzudrehen und den Hof zu verlassen; die ihn davor warnte, den nächsten Schritt zu machen, der Fakten schaffen würde.

Leander ließ sich nicht zweimal bitten, als Elke Brodersen ihm ein weiteres Stück von ihrem Rhabarber-Blechkuchen anbot und auch noch eine dicke Kugel Vanilleeis dazu auf den Teller schaufelte. Sie saßen auf der Brodersen'schen Terrasse in Boldixum mit Blick auf den Kirchturm von St. Nikolai und genossen die frühnachmittägliche Stille. Obwohl in der Nachbarschaft einige Lehrer wohnten, die um diese Uhrzeit schon zu Hause waren, herrschte absolute Ruhe im Kirchweg und die Carports dösten friedlich in der Sonne. Die schmucken kleinen Einfamilienhäuser mit ihren zum Wochenende regelmäßig frisch gemähten Rasenflächen waren fast alle etwa gleich aufgebaut und beherbergten im Souterrain eine Ferienwohnung, die die Tilgung der hohen Hypothek sichern sollte. Nur bei Brodersens befand sich an der Stelle Toms Arbeitszimmer.

Durch das gekippte Bürofenster drang Toms Stimme leise über die Abböschung zu Leander und Elke herauf, ohne dass sie jedoch etwas verstehen konnten. Nur hin und wieder hörten sie ihn ausgelassen lachen, was Elke kopfschüttelnd und schmunzelnd zur Kenntnis nahm.

»Sag mal, nervt dich das gar nicht, wenn Tom ständig an irgendeinem Insel-Thema arbeitet, anstatt seine Freizeit mit dir und den Kindern zu verbringen?«, fragte Leander.

Elke zuckte mit den Schultern und griff nach ihrer Kaffeetasse. »So ist er nun mal. Wenn Tom nicht mit seiner Heimatgeschichte beschäftigt ist, wird er unzufrieden. Und dann kann er ziemlich unerträglich sein.«

Das hatte Leander selbst mehr als einmal erlebt, vor allem, wenn sie zusammen etwas erforschten und zu lange auf der Stelle traten. Er erinnerte sich an die elende Friedhofskrabbelei zwischen den historischen Grabsteinen vor zwei Jahren. Es war fast schon Glück für Leander gewesen, dass sie damals über den Steinmetz Torge Hidding drei Wandergesellen kennengelernt hatten und anschließend in die Ermittlungen um eine große Einbruchserie hineingezogen worden waren.[*] Lange hätte er die Dokumentation historischer Grabsteine nicht mehr ausgehalten. Und jetzt waren es die Auswanderer, die Tom in ihren Bann gezogen hatten. Es war nur eine Frage der Zeit, bis er in seinem Eifer wieder über das Ziel hinausschießen würde. Anders als vor zwei Jahren konnte Leander diesmal allerdings nicht darauf hoffen, von einem Kriminalfall erlöst zu werden und im Zuge der Ermittlungen Lena wiederzusehen.

---

[*] siehe »Leander und die alten Meister«

Als er leise seufzte, betrachtete Elke ihn von der Seite, sagte aber nichts dazu. Weibliche Intuition, dachte Leander. Wahrscheinlich hatte sie zumindest eine Ahnung davon, was in ihm vorging, nachdem er in den letzten Jahren gleich mit zwei Beziehungen gescheitert war.

»So, mein Lieber«, tönte Tom und trat durch die Terrassentür zu ihnen. »Franziska hat zufälligerweise schon morgen Zeit für uns.«

»Morgen hast du Schule«, widersprach Leander. »Und Blaumachen kommt überhaupt nicht in Frage.«

»Nur bis zehn nach elf.« Tom winkte ab, als sei sein Hauptberuf ein zu vernachlässigender Zwischenfall. »Um zwölf können wir auf der Fähre sein.«

Leander seufzte. Da war wohl jeder Widerstand zwecklos.

»Franziska?« Elke klang ungewohnt vorsichtig. »Doch nicht etwa Franziska Olsen?«

»Tadsen«, antwortete Tom leichthin. »Sie heißt jetzt Tadsen und ist auf Amrum verheiratet.«

»Verwitwet«, korrigierte Elke. »Ihr Mann ist vor ein paar Jahren gestorben.«

»So?« Tom tat, als sei das für ihn so neu wie nebensächlich, linste aber vorsichtig von der Seite zu seiner Frau hinüber. In seiner Körpersprache fast schon übertrieben betont wandte er sich Leander zu: »Jedenfalls kann sie uns einiges erzählen. Ihre Schwiegereltern haben ihr Fotoalben hinterlassen und, wie sie sagt, zu jedem einzelnen Bild einen Roman erzählt.«

Elke schwieg, richtete ihre Augen aber provokativ direkt auf ihren Mann, der ihr mit einem ungeschickten Griff zur Kaffeekanne auswich und diese dabei fast umwarf. Leander, der das belustigt beobachtete, überlegte einen Moment, ob er nachhaken sollte, da hier offenbar etwas vorging, mit dem er Tom vorzüglich hätte aufziehen können. Aber aus Rücksicht auf Elke beschloss er, lieber zu schweigen. So auf der Hut hatte er sie noch nie erlebt.

»Also gut.« Er stand auf. »Es dürfte ja wohl reichen, wenn du mich morgen um Viertel vor zwölf abholst. Danke für den Kuchen, Elke.« Er schlug Tom zum Abschied noch freundschaftlich auf die Schulter, dann schlenderte er zum Carport, griff nach seinem Fahrrad und schob es nach links den Kirchweg hinunter, am Tor zum Friedhof vorbei und über den Spiel- und Sportplatz in Richtung Boldixumer Straße.

3 FREITAG

Am nächsten Mittag stand Tom überpünktlich vor Leanders Tür und trieb wie üblich zur Eile an, als gelte es, einen notorisch lahmarschigen Pensionär aus seiner Lethargie zu reißen. Der reagierte leicht verschnupft, weil er das oberlehrerhafte Gehabe seines Freundes langsam satthatte.

»Wenn das so weitergeht, bleibe ich hier«, drohte er. »Ich bin nicht einer deiner Fünftklässler, denen du Benehmen beibringen musst, weil zu Hause keine Erziehung mehr stattfindet.«

Tom pumpte beruhigend mit der rechten Hand und enthielt sich einer Antwort. Stattdessen taxierte er Leander genau. »Sag mal, ist etwas? So kenne ich dich ja gar nicht.«

Also erzählte Leander ihm von der Begegnung der Dritten Art, die er gestern mit Johanna Husen gehabt, und von der Einladung, die er dummerweise für den heutigen Abend ausgesprochen hatte. Anstatt aber nun Mitleid zu ernten, stellte er fest, dass sein Freund nur mit einem halben Ohr zuhörte und dabei ungeduldig von einem Bein aufs andere wechselte. Dabei blickte er immer wieder demonstrativ auf das Zifferblatt seiner Armbanduhr. Wie du willst, dachte Leander, das kann ich auch. Provokativ langsam kontrollierte er, ob die Tür zum Garten ordnungsgemäß verschlossen war, und schaute auch noch einmal nach Poirot, der erwartungsgemäß in seinem Katzenbett im Wohnzimmer friedlich vor sich hin schnarchte.

Kurz bevor Tom explodierte, verkündete Leander schließlich: »So, kann losgehen!«

Was jetzt folgte, war ein Parforce-Slalom durch die Fußgängerzone. Tom hetzte durch den Touristenstrom und erkannte dabei jede sich bietende kleine Lücke bereits in der Andeutung ihrer Entstehung. Vorausschauendes Laufen, dachte Leander, der Mühe hatte, ihm zu folgen. Aber er war klug genug, sich nicht zu beschweren, denn schließlich hatte er selbst einen nicht unerheblichen Anteil an der Zeitknappheit bis zum Ablegen der Fähre. Bald schon musste er sich dem weit sportlicheren Freund geschlagen geben und ihn ziehen lassen. Als er schließlich schnaufend am Reedereigebäude ankam, stand Tom schon am Schalter und löste zwei Rückfahrkarten. Zur Ruhe kam der Lehrer erst an der Brücke, an der gerade die *Nordfriesland* rückwärts anlegte.

Die Fußgänger an Bord drängelten sich auf der Stahltreppe vom Oberdeck und warteten darauf, dass die Bordwand sich senkte und die Rampe freigegeben wurde. An der Reling lehnte ein Mann mit aufgestützten Unterarmen, auf den Leander sofort aufmerksam wurde. Er zeigte deutlich indianische Züge: eine drahtig-schlanke Figur, ein schmales wettergegerbtes Gesicht und lange, früh ergraute Haare, die er mit einem roten Tuch hinten zu einem Pferdeschwanz zusammengebunden hatte. Er trug die gleiche Kleidung wie der Cowboy, den Leander am Vortag gesehen hatte: hohe Lederstiefel, Jeans und eine hellbraune Lederjacke mit Fransen an den Ärmeln. Old Shatterhands Blutsbruder Winnetou, dachte Leander.

»Sag mal«, wandte er sich an Tom und deutete auf den Indianer, »sind auf der Insel irgendwelche Wildwest-Festspiele geplant?«

Tom brauchte einen Moment, um zu fassen, was er da sah. Dann schüttelte er den Kopf und antwortete: »Nicht, dass ich wüsste. Morgen findet das alljährliche Ringreiter-Turnier der Mitteldörfer in Alkersum statt. Aber von Westernreiten habe ich da nichts gelesen.«

Als sich die Rampe senkte, strömten zuerst die Fußgänger von Bord. Unter ihnen war der Mann nicht mehr zu entdecken. Erst als die Fahrzeuge folgten, stutzte Leander ein zweites Mal. Winnetou steuerte einen übergroßen amerikanischen Pick-up der Marke Chevrolet mit Kentucky-Kennzeichen und gewaltigem Pferdeanhänger von Bord.

»Anscheinend kommt der wirklich zum Ringreiten hierher«, wunderte sich Tom. »Wie viele Gäule passen da wohl rein? Sechs? Acht?«

Leander, der von Pferden nichts verstand und schon die Trainingsstunden seiner Tochter Pia beim Voltigieren früher immer stinklangweilig gefunden hatte, antwortete mit Schulterzucken.

Nun wurde der Bordzugang für die Wartenden im Hafen freigegeben, was Tom gleich wieder dazu verleitete, voranzupreschen und sich gute Plätze auf dem Oberdeck direkt an der Reling zu sichern. Erst als er saß, fiel die Hektik ganz von ihm ab, denn jetzt konnte er das weitere Tempo nicht mehr beeinflussen. Leander grinste ihn von der Seite an, was ein gereiztes »Ist was?« zur Folge hatte.

»Alles gut.« Leander blickte hinunter in den Hafen, wo jetzt die Fahrzeuge an Bord fuhren. Da es nach Amrum ging, waren es nur wenige Pkw und drei Lastenanhänger, die von einer Zugmaschine an Bord bugsiert wurden.

Schließlich glitt die *Nordfriesland* langsam am Südstrand vorbei, der dank des guten Wetters dicht bevölkert war. Leander bemerkte, dass Tom ihn von der Seite beobachtete und dabei den Kopf schüttelte.

»Spuck's aus«, forderte er seinen Freund auf. »Was stört dich jetzt schon wieder?«

»Du machst mich noch wahnsinnig mit deiner Gleichgültigkeit, ehrlich.«

»Das ist keine Gleichgültigkeit, mein Bester. Das nennt man Ausgeglichenheit, innere Ruhe. Im Gegensatz zu dir habe ich meine Mitte gefunden und bin ganz im Einklang mit mir selbst.« Leander musste selber grinsen, als er sich zuhörte.

»Schön für dich. Nur solltest du hin und wieder daran denken, dass der Rest der Welt nicht um Henning Leander kreist.«

»Kein Problem, von mir aus hättest du heute gerne alleine fahren können. Ich war nicht derjenige, der sich aufgedrängt hat. Aber wahrscheinlich ist es Elke ja ganz recht, dass du einen Anstandswauwau dabei hast, wie?«

»Elke? Wieso Elke? Was hat denn Elke damit zu tun?«

Leander blickte Tom mit hochgezogenen Augenbrauen an. »Sag mal, für wie blöd hältst du mich eigentlich? Elkes Reaktion auf den Namen Franziska war gestern ja wohl eindeutig. Bisher habe ich gedacht, deine Frau könnte gar nicht eifersüchtig sein, weil sie dich für viel zu vertrottelt hält, um fremdzugehen. Aber in diesem Fall haben bei ihr alle Alarmglocken geläutet. Raus mit der Sprache: Wer ist diese Franziska?«

»Frag lieber nicht.« Tom setzte ein Pokerface auf, winkte ab und bohrte seine Augen in die abgründige Tiefe des Himmels. »Eine furchtbare Frau. Und hässlich wie die Nacht. Allerdings ist sie, wie ich seit gestern weiß, die Schwiegertochter von Hauke und Levke Tadsen, die viele Jahre in Amerika verbracht haben und zu den letzten Zeitzeugen der Auswanderergeschichte hier auf den Inseln gehörten. Das, und allein das, macht sie für mich interessant. Na ja, da muss ich die Vogelscheuche halt in Kauf nehmen. Und Elkes Reaktion war rein fürsorglich: Sie macht sich halt Sorgen um mich.«

Er wandte sich ab, legte seine Arme auf die Reling und ließ seine Augen über die blanke See gleiten, die, seit sie Langeneß passiert hatten, an Backbord unter einem tiefblauen Himmel in die Endlosigkeit driftete.

Leander folgte seinem Beispiel und war froh, dass der Freund nicht mehr wie ein HB-Männchen herumfuhrwerkte.

Selbst auf hyperaktive Choleriker wie Tom hatte die Nordsee also etwas Beruhigendes.

Bald schon kam Amrum in Sicht. Lange Pricken-Reihen führten in Schlangenlinien zwischen Untiefen auf den Anleger von Wittdün zu. Links hinter dem Ort häuften sich Dünenberge auf, auf dem höchsten stach der berühmte Leuchtturm rot-weiß geringelt in den Himmel.

Die *Nordfriesland* vollzog in ruhiger Routine ihr Anlegemanöver und so waren Leander und Tom wenige Minuten später im Strom der Tagesgäste auf der schrägen Rampe, die an Land führte.

Geradeaus standen die Fahrzeuge der Urlauber, die Amrum heute verlassen mussten. Links davon, am Straßenrand, wartete an ihr Auto gelehnt eine Frau, die etwa in Leanders Alter war und deren hervorstechendstes Merkmal ihre fein gelockten, leuchtend roten Haare waren, die wie ein Wasserfall über ihre Schultern und die Oberarme bis hinunter zu den Ellenbogen flossen. Leanders Blick hatte sie sofort eingefangen. Das war die imposanteste Frau, die er jemals gesehen hatte, und er war einigermaßen erstaunt, als sie Tom und ihm nun zuwinkte.

»Das ist Franziska«, sagte Tom und lachte hell auf, da er Leanders Blick bemerkt hatte. »Na? Habe ich zu viel versprochen? Potthässlich, oder?« Er schüttelte sich darüber aus, dass es ihm gelungen war, seinen Freund derart zu überrumpeln.

Leander hatte das Gefühl, dass Tom ihn nicht nur als Sekretär mitgenommen hatte, sondern tatsächlich irgendetwas im Schilde führte. Misstrauisch sah er seinen Freund an, der das aber entweder nicht mitbekam oder einfach ignorierte und mit ausgebreiteten Armen freudestrahlend auf Franziska zueilte.

Nachdem sie Tom mit einer Umarmung begrüßt hatte, reichte sie Leander lächelnd die Hand. »Franziska Tadsen.«

Augen, in denen man ertrinken möchte, dachte Leander und stammelte: »Leander. Henning. Äh, Henning Leander.«

Tom schüttelte lachend den Kopf und klopfte ihm freundschaftlich auf die Schulter. »Das macht dein Anblick«, erklärte er Franziska. »Normalerweise weiß er, wie er heißt, und kann auch schon in ganzen Sätzen sprechen. Wenn es um hübsche Frauen geht, verliert er aber schnell den Kopf. Bei dem musst du aufpassen: Unser Henning ist ein Bruder Leichtfuß. Der hat schon so manche verschlissen. Ich könnte dir da Geschichten erzählen … Aber lassen wir das.«

Franziska lachte ebenfalls und Leander fühlte zu allem Ärger über das alberne Auftreten seines Freundes, dass er jetzt auch noch rot anlief. Er hätte Tom erwürgen können. Schnell wandte er sich ab und deutete auf das Auto. »Wir sollten sehen, dass wir aus dem Hafen kommen, bevor die Fahrzeuge von der Fähre gelassen werden.«

Franziska und Tom nickten einander zwinkernd zu und stiegen ein. Der Lehrer ließ sich auf dem Beifahrersitz nieder, so dass Leander dankbar auf die Rückbank kriechen konnte und so Gelegenheit hatte, seine Sinne wieder einigermaßen unter Kontrolle zu bekommen. In solchen Momenten hatte die Theorie, dass wir Menschen im Grunde immer noch von unseren steinzeitlichen Instinkten gesteuert werden, für ihn etwas absolut Überzeugendes. Wie sonst war es zu erklären, dass er auf äußere Reize einer Frau derart unkontrolliert reagierte?

Sie fuhren zügig aus dem Hafenbereich hinaus und dann durch die Geschäftsstraße Wittdüns in Richtung Nebel. Schnell hatten sie die Häuserreihen hinter sich gelassen und befanden sich nun zwischen den weitläufigen Dünen mit ihren Ginster- und Heidetälern. Nachdem sie Süddorf passiert hatten, näherten sich links der Leuchtturm und rechts die weiße Kirche und die Windmühle, die am Ortseingang

Nebels standen. Die Straße machte eine 90-Grad-Kurve nach links, dann eine nach rechts und führte nun weiter in Richtung Norddorf. Leander war schwer beeindruckt von der weitläufigen Dünenlandschaft, die nur durch luftige und offenbar angepflanzte Wäldchen unterbrochen wurde. Auf Föhr gab es dergleichen nicht, die einzigen Dünen erstreckten sich entlang der Küste bei Utersum und waren kaum erwähnenswert.

Gleich hinter dem Ortseingang von Norddorf bog Franziska nach links ab in ein Gässchen namens Dünemwai, dann direkt wieder rechts in den Henershuuch, links in den Madelwai und zwei Straßen oberhalb wieder nach links in den Fleegamwai. Hier standen hinter Friesenwällen ein paar Ziegelhäuser auf großzügigen Grundstücken, zwischen denen hindurch wieder nichts als Dünen sichtbar wurden. Franziska parkte auf einem schmalen Grasstreifen vor einem der Häuser auf der rechten Seite, das sich auf einem geschnitzten Holzschild mit weißer Schrift als *Haus Dünenblick* vorstellte.

»So«, sagte sie, als alle ausgestiegen waren, und deutete mit einer schweifenden Handbewegung auf die drei Häuser vor sich. »Das sind meine.«

Leander pfiff durch die Zähne. »Alle Achtung, bei den Immobilienpreisen hier müssen die ein Vermögen wert sein.«

»Ganz so ist das nicht. Mein Mann hat mir nicht nur die Häuser hinterlassen, sondern auf zweien auch noch stattliche Hypotheken. Aber zum Glück tragen sie sich durch die Vermietung der Ferienwohnungen darin selbst. Und irgendwann werden sie sich auch amortisiert haben.«

Franziska ging auf das *Haus Dünenblick* zu und schloss die Haustür auf. Tom und Leander folgten und ließen sich in eine geräumige Wohnküche mit alten friesischen Möbeln führen. Alles war hier weiß, nur die Tapete war weiß-hellblau gestreift.

»Das ist mein bescheidenes Reich.« Franziska forderte die Männer mit der Hand auf, am Tisch Platz zu nehmen. »Ich habe diese Wohnung für mich reserviert, die anderen drei in diesem Haus sind Ferienwohnungen. In den Häusern links und rechts habe ich noch jeweils vier Wohnungen. Damit kommt man übers Jahr gerechnet ganz gut über die Runden.«

»Ist aber auch verdammt viel Arbeit, stelle ich mir vor«, wandte Tom ein.

»Klar. Nach jeder Abreise die Grundreinigung und zu reparieren ist auch immer was. Im Moment werden die Wohnungen hier im Haus renoviert. Deshalb habe ich nur nebenan Gäste. Bis zum Spätsommer muss das fertig sein, sonst ist der Verlust zu groß. Im Winter habe ich das Haus links renoviert. Es geht eben nicht alles auf einmal.«

»Heißt das, du machst das alles alleine?«, staunte Leander.

»Um Gottes willen, nein. Die Renovierungen lasse ich ausführen. Und auch für das Putzen an den Abreisetagen habe ich Hilfe. Schließlich muss ich ja auch noch Zeit für mein kleines Atelier in Wittdün haben.« Auf Leanders fragenden Blick hin erklärte sie, dass sie in einem kleinen Laden selbst angefertigte Schmuckstücke verkaufte, die sie größtenteils aus Fundstücken vom Strand kreierte. »Das ist allerdings eher Liebhaberei. Wenn man die Arbeitszeit rechnet, verdiene ich damit nichts. Aber ich habe immer eine Ausrede für lange Strandspaziergänge, denn schließlich brauche ich laufend neues Material.« Franziska lachte hell und unbeschwert und bot ihnen Kaffee an.

Leander beobachtete sie, während sie an der Kaffeemaschine hantierte. Die Frau machte einen uneingeschränkt lebenslustigen Eindruck auf ihn und gleichzeitig war in ihren Gesichtszügen etwas Geheimnisvolles, als hätte sie schon eine Menge hinter sich. Tom kommentierte Leanders Blick mit einem leisen Glucksen und stieß ihn in die Seite, was ihn gleich wieder wütend machte. Wenn der Idiot sich nicht langsam etwas zurücknahm, konnte er sich einen anderen Hilfs-willi suchen! Leander blitzte Tom an, was der mit gesenk-ten Augenlidern und beschwichtigenden Bewegungen seiner nach unten gerichteten Handflächen bedachte.

»So«, sagte Franziska schließlich, stellte dampfende Kaffee-becher, Zucker und Milch auf den Tisch und zog sich einen Stuhl heran. »Ihr wollt also etwas über meine Schwieger-eltern und ihre Zeit in Amerika wissen.«

»Nicht etwas«, berichtigte Tom grinsend. »Alles. Und du hast von Fotos gesprochen.«

Franziska lachte über Toms Eifer. »Amerika war hier immer ein großes Thema. Und Fotos habe ich eine ganze Menge, fein säuberlich in Alben eingeklebt und mit Kom-mentaren versehen. Ich habe mich oft darüber geärgert, dass meine Schwiegereltern ihr ganzes Leben auf die paar Jahre in New York reduziert haben.«

»Sind sie schon lange tot?«, hakte Leander nach.

»Nein, sie sind vor zwei Jahren gestorben«, antwortete Franziska knapp. »Kurz nachdem mein Mann verunglückt ist.« Dabei legte sich ein Schatten über ihr Gesicht. Sie deutete auf ein paar Fotos an der Wand. »Links, das ist mein Mann Hendrik. Daneben mein Sohn Lars. Der ist jetzt sechzehn und besucht das Gymnasium auf dem Festland. Das heißt, er ist nur alle paar Wochen mal für ein Wochenende hier.«

»Und die Unterlagen über Amerika hast du?«, unter-brach Tom, wobei sein Blick eine Mischung aus Ungeduld und erwartungsvoller Hoffnung ausdrückte. »Ich meine, du weißt, wo alles ist, und kannst es uns zeigen?«

»Klar, keine Sorge.« Franziska lachte wieder, als hätte es den kurzen traurigen Moment eben gar nicht gegeben. »Aber nun mal der Reihe nach: Was interessiert dich konkret?«

»Alles ist interessant. Wann sind deine Schwiegereltern nach Amerika gegangen und warum? Was haben sie dort erlebt? Warum sind sie zurückgekommen? Wie hat man sie wieder aufgenommen? Und und und …«

»Also gut.« Franziska atmete tief durch, als bereite sie sich nun auf eine lange Geschichte vor. »Meine Schwiegereltern sind in den fünfziger Jahren nach New York ausgewandert. Das war … warte mal … genau, 1956. Meine Schwiegermutter war eine einfache Hausfrau, aber sie konnte etwas, das in Amerika gefragt war: friesisch kochen. Sie hat eine Anstellung in einem der Delis bekommen, die damals in New York geboomt haben.«

»Das haben uns die Jacobsens gestern schon berichtet«, zeigte sich Tom ungeduldig. »Enno Jacobsen meinte, dein Schwiegervater hätte eine andere Geschichte, weil er Schreiner gewesen sei und nicht in einem Deli gearbeitet hätte.«

»Das stimmt auch: Hauke war gelernter Möbelschreiner und hat sofort Arbeit bei einer kleinen Firma gefunden. Die war auf Ladeneinrichtungen spezialisiert. Außerdem hat es zu der Zeit ständig irgendwo in New York gebrannt. Mein Schwiegervater musste die ausgebrannten Läden entrümpeln und alles wieder renovieren. In der ersten Zeit haben beide bis zu vierzehn Stunden am Tag geschuftet, weil sie ihre Schulden zurückzahlen mussten. Verwandte in New York hatten ihnen nämlich das Geld für die Überfahrt und eine Wohnung vorgeschossen. Dann haben meine Schwiegereltern angefangen zu sparen. Sie wollten ja nur ein paar Jahre in Amerika bleiben und dann zurück nach Amrum kommen und sich hier etwas Eigenes aufbauen. Wartet, ich hole mal die Fotoalben, dann wird das alles anschaulicher.«

Als sie zurückkam, legte sie ein dickes Buch in einem abgewetzten braunen Lederumschlag auf den Tisch. »Dieses Album hat bei meinen Schwiegereltern immer auf dem Wohnzimmertisch gelegen. Es ist wohl kaum ein Abend vergangen, ohne dass sie es durchgeblättert haben.«

Sie schlug zielstrebig eine Seite auf und deutete auf ein Schwarz-Weiß-Foto, das einen schlauchartig schmalen Gemischtwarenladen zeigte. Das Bild sah genauso aus wie das, das Enno Jacobsen ihnen von seinem Deli gezeigt hatte: Zwischen den Glastheken auf beiden Seiten hatten sich fünf Personen aufgestellt und lächelten in die Kamera.

»Das sind die Besitzer des Delis, meine Schwiegermutter und ein Lehrjunge.« Franziska deutete auf einen jungen Mann, der etwa fünfzehn Jahre alt war. »Der Gunnar kam übrigens auch von Föhr – Gunnar Hinrichs. Er hat später einen eigenen Deli eröffnet, hat ihn einige Jahre geführt und ist dann wieder nach Oldsum zurückgegangen. Da hat er es allerdings nicht lange ausgehalten und ist wieder nach Amerika geflüchtet.«

»Mich wundert sowieso, dass sich die Auswanderer wieder auf den Inseln einleben konnten, nachdem sie die große, weite Welt kennengelernt hatten«, sagte Tom.

Franziska nickte. »Auch für meine Schwiegereltern waren die Jahre in Amerika die schönsten ihres Lebens.« Sie blätterte im Fotoalbum weiter und deutete dann auf ein Bild, das mehrere junge Männer inmitten von Bauholz vor einem ausgebrannten Feinkostladen zeigte. »Mein Schwiegervater und seine Kollegen. Dafür, dass die alle so viel gearbeitet haben, sehen sie erstaunlich glücklich aus, finde ich.«

»Im Vergleich ging es ihnen ja auch gut«, fand Tom. »Anders als auf Amrum und Föhr hatten sie dort Arbeit, sie wurden gebraucht. Und dazu haben sie gut verdient und hatten eine Perspektive.« Mit einem betont angewiderten Blick auf Leander ergänzte er: »Für ein Gammelleben ohne Arbeit ist nämlich nicht jeder geschaffen.«

»Warum sind deine Schwiegereltern denn wieder nach Amrum zurückgekommen?«, ignorierte Leander die Attacke.

»Weil ihre Eltern hier lebten. Mein Schwiegervater hat später ein kleines Häuschen geerbt und ein Grundstück. Das Haus war allerdings so marode und voller Schimmel und Schwamm, dass er es abreißen ließ und mit dem Startkapital aus seiner Zeit in Amerika dieses Haus hier gebaut hat. Anfangs haben meine Schwiegereltern es als Pension geführt, dann hat mein Mann Ferienwohnungen einbauen lassen. Zum Glück hat mein Schwiegervater genug Weitsicht besessen, um auch die Nachbargrundstücke zu kaufen, als sie noch bezahlbar waren. Heute kann man sich ein Grundstück und ein Haus darauf nur noch leisten, wenn man es komplett an Feriengäste vermietet. Und eine Mietwohnung bekommt man auf Amrum auch nicht mehr. Im letzten Jahr wollte ich eine Verkäuferin vom Festland für meinen Laden in Wittdün einstellen. Ich hätte ihr nicht nur ihren Lohn zahlen, sondern auch noch eine Wohnung stellen müssen, weil sie sonst nicht gewusst hätte, wo sie schlafen soll. Na ja, und meine Ferienwohnungen muss ich ja selber vermieten, um mit den Hypotheken über die Runden zu kommen. Also musste ich auf die Verkäuferin verzichten und muss mit Schülerinnen klarkommen, die als Aushilfen bei mir arbeiten. Selbst die jungen Leute von der Insel finden schon lange keine Wohnungen mehr und müssen aufs Festland ziehen, wenn sie eine Familie gründen wollen.«

»Dass ihr euch das gefallen lasst!«, sagte Leander. »An erster Stelle müssten einmal die Menschen, die hier geboren worden sind und hier arbeiten wollen, Wohnraum zur Verfügung haben, bevor der Bau von Ferienwohnungen genehmigt wird. Man kann den Spekulanten doch nicht die ganzen Inseln überlassen. Und außerhalb der Saison ist dann dringend benötigter Wohnraum ungenutzt.«

»Die Verwaltung will jetzt auch etwas dagegen unternehmen. Es sollen Wohnungen mit öffentlichen Zuschüssen gebaut werden, die nicht an Feriengäste vermietet werden dürfen.«

Während Franziska und Leander soziale Probleme diskutierten, hatte sich Tom das Fotoalbum herübergezogen und darin zurückgeblättert. Plötzlich hielt er inne, wechselte zwischen zwei Seiten mehrfach hin und her und ließ sich schließlich mit einem gemurmelten »Wahnsinn!« in seinen Stuhl zurücksinken.

Falk galoppierte mit Tarantino, seinem hellbraunen Quarter Horse, über die Wiesen der Marsch und spürte, dass dem Pferd nach der Reise über den Atlantik der Auslauf genauso guttat wie ihm selbst das Gefühl der Freiheit auf einem Pferderücken. Fast übermütig schritt es aus und setzte über einen Zaun und den schmalen Graben auf die Zufahrt zum Hof. Immer eine Pferdelänge hinter ihnen folgten Klondike und sein Indy, ein brauner Appaloosa mit weißer Decke und dunklen Flecken. Beide Pferde hatten einen kürzeren Rücken als die üblichen Reitpferde und ein Stockmaß von nur etwa 160 Zentimetern. Auf dem Hof bremsten Falk und Klondike scharf ab, sprangen aus den Sätteln und klopften den Tieren, die heftig schnauften und die Köpfe schüttelten, den Hals. Vor einer Stunde erst war Klondike mit dem Pick-up und den Tieren hier angekommen. Sie hatten die Bewegung dringend nötig. Die anderen sechs Quarter Horses, die Klondike aus Amerika mitgebracht hatte, sprangen ausgelassen auf einer Weide neben dem Stall herum.

»Unglaublich.« Cord Nickelsen hatte den kurzen Ritt vom Tor aus verfolgt und offensichtlich seinen Augen nicht getraut. »So reitet hier keiner.«

»*In America*«, begann Falk und stockte, als ihm auffiel, dass er automatisch Englisch sprach, »also, bei uns drüben reiten alle so.« Er übergab Klondike die Zügel, damit der die

Pferde versorgen und dann auf die Weide führen konnte, was der auch umgehend schweigend machte.

»So, ›bei euch drüben‹«, ätzte Nickelsen. »Ihr seid jetzt aber nicht mehr ›bei euch drüben‹. Ihr seid jetzt hier bei uns. Das solltet ihr schnell kapieren, wenn es nicht sofort wieder böses Blut geben soll. – Und deinen affigen Akzent legst du auch besser ab!«

What the hell …, dachte Falk und wollte Cord schon grimmig zurechtweisen, konnte sich aber gerade noch beherrschen und klarmachen, dass Streit mit dem einzigen Freund auf Föhr das Letzte war, das er in seiner Situation gebrauchen konnte. »*Sorry*«, sagte er stattdessen und legte beschwichtigend die Hand auf Nickelsens Oberarm. »Entschuldige. Du hast ja recht. Es fällt halt nur verdammt schwer, hier wieder ganz anzukommen, wenn man so viele Jahre in den Staaten war.«

Cord Nickelsen nickte versöhnlich. »Die parieren aber gut, die Gäule«, meinte er und deutete mit dem Kopf zum Stall hinüber, wo Klondike neben dem Tor damit beschäftigt war, die Pferde abzureiben.

»Die sind das gewohnt. In Kentucky werden die Pferde für den Herdentrieb ausgebildet. Quarter Horses brauchen die Signale über die Zügel und das Gebiss gar nicht. Sie gehorchen auf jede Regung des Reiters. Das bedeutet für beide weniger Stress, muss aber auch gut eingeübt sein. Deshalb kann man auch anders mit ihnen reiten, viel ruhiger und ausgeglichener.«

»Wie John Wayne«, sagte Cord Nickelsen anerkennend.

»Wenn du willst, bringe ich es dir bei«, bot Falk leichthin an und merkte sofort, wie er durch seine großspurige Art gleich wieder den Zorn des Föhrer Landwirts auf sich zog. Auch das rollende R fiel ihm nun selber unangenehm auf, aber einfach so vermeiden konnte er es noch nicht. Er würde tatsächlich sehr sensibel mit den empfindsamen Insulanern umgehen müssen, wenn er wieder ein Bein an die Erde bekommen wollte. Und das wollte er unbedingt, denn immerhin hatte er auf der Insel Großes vor und dafür brauchte er Verbündete. Für die friesischen Sturköppe war sein Plan fast so etwas wie eine Revolution – und Revolutionen gewinnt man weniger durch Konfrontation als vielmehr über die Herzen der Menschen.

»Was ist mit Klondike?«, fragte Cord Nickelsen nun leise und deutete mit dem Kopf in dessen Richtung. »Kann man dem trauen?«

»Klondike ist ein Freund«, antwortete Falk bestimmt. »Für den lege ich meine Hand ins Feuer – genauso wie für dich.«

Das schmeichelte Cord Nickelsen. Ein vorsichtiges Lächeln schlich sich auf sein Gesicht, als er nun seinerseits Falk den Oberarm tätschelte.

»Lass uns reingehen«, forderte der den Landwirt auf, »und überlegen, wen wir noch auf unsere Seite ziehen müssen. Und dann will ich von dir alles über den Olsen-Hof wissen.«

»Wieso denn den Olsen-Hof?«, hakte Nickelsen misstrauisch nach.

»*Not here*«, wich Falk aus, stutzte, weil er schon wieder automatisch Englisch gesprochen hatte, und legte ihm entschuldigend die Hand auf den Arm. »Nicht hier draußen.« Dann ging er voran in Richtung Bauernhaus.

»Das ist Old Taddy.« Franziska deutete auf einen der vier bärtigen Männer. »So haben seine Freunde Rörd Tadsen genannt.«

»Wahnsinn«, wiederholte Tom. Zu mehr war er angesichts seines Fundes noch nicht in der Lage.

Vor ihnen lagen verblasste Schwarz-Weiß-Fotos mit gezackten Rändern, deren quadratische Form auf eine Plattenkamera des ausgehenden 19. Jahrhunderts hindeutete und heute so ungewöhnlich war wie der Anblick der Männer, die darauf abgelichtet waren. Alle vier sahen geradezu abgerissen aus in ihrer verschlissenen Kleidung, den breitkrempigen Hüten und den völlig verwachsenen Vollbärten. Sie stützten sich auf Schaufeln und Spitzhacken, im Hintergrund war der Eingang zu einem Tunnel oder Stollen zu sehen. Auf einem anderen Foto beugten sich zwei der Männer über eine Goldwäscherpfanne, die sie unter ein Rinnsal hielten, das von einer hölzernen Wasserleitung rieselte. Ein drittes zeigte dieselben Gestalten in einem reißenden Bach stehen und jeder eine Pfanne dicht über der Wasseroberfläche schwenken. Und dann gab es noch eines, auf dem sich die vier stolz aufgerichtet vor einem Blockhaus im Wald aufgestellt hatten und in der für damalige Aufnahmen typisch sturen Art in die Kamera blickten.

»Wie die anderen Männer heißen, weiß ich leider nicht«, fuhr Franziska fort. »Ich glaube, meine Schwiegereltern haben selber nicht so ganz viel über den Goldsucher in ihrer Familie herausbekommen.«

»Aber versucht haben sie es?«, hakte Tom hoffnungsvoll nach. »Könnte es da Aufzeichnungen geben? Irgendwelche Notizen oder Dokumente?«

»Keine Ahnung. Von Notizen weiß ich nichts.« Franziska zog die Schultern hoch und ließ sie langsam wieder sinken. Aber dann erschien ein Funkeln in ihren Augen, das Leander einen wohligen Schauer auf den Rücken trieb. Während er sich über die Gefühlsregung noch wunderte, verkündete sie: »Ein Tagebuch soll es gegeben haben!«

»Ein Tagebuch?« Tom hielt es nicht mehr auf seinem Stuhl. Er sprang auf und stützte sich mit beiden Händen auf den Tisch. »Etwa von diesem Old Taddy?«

»Vermutlich.« Franziska nickte, wurde aber gleich wieder etwas verlegen. »Ehrlich gesagt, weiß ich es nicht. Mein

Schwiegervater hat viele Jahre danach gesucht, es aber nicht gefunden. Das ist vielleicht auch nur so ein Familiengerücht.«

Jetzt tat Tom Leander geradezu leid, wie er geschlagen in sich zusammensackte und sich auf den Stuhl fallen ließ. Dabei entwich die Luft zischend aus seinen Lungen, als drohte gleich der letzte Atemzug.

»Was weißt du denn über den Goldsucher?«, versuchte Leander, Erste Hilfe zu leisten und das Schlimmste zu verhindern.

»Wenig. Wie gesagt, ich glaube nicht, dass Hauke viel herausgefunden hat. Er hat nur mal gesagt, dass alle vier Männer hier von den Inseln stammten. Sie sollen Seeleute gewesen und sich auf dem Schiff nach New York begegnet sein. Und dann haben sie wohl beschlossen, gemeinsam nach Gold zu suchen.«

»Jaja, das haben damals viele gemacht«, murmelte Tom automatisch und stierte vor sich hin. »Die Föhringer waren ja seit dem 16. Jahrhundert Seefahrer, als Fischer im Helgoländer Heringsfang. Im 17. Jahrhundert sind sie dann auf dänischen, niederländischen und englischen Schiffen auf Walfang gegangen und in die Handelsschifffahrt nach Ostindien und in die Neue Welt. Und in dieser Zeit« – er deutete auf die Fotos – »haben sie in New York abgeheuert und waren wieder bei den Ersten, die es in die Claims zum Gold zog. Verdammt noch mal, da muss es doch Aufzeichnungen geben.« Tom atmete tief durch und blickte auf, ohne dass er jedoch zu seiner üblichen Lebhaftigkeit zurückfand.

Franziska hatte während Toms Vortrag aus dem Fenster gesehen und wirkte, als sei sie gedanklich gar nicht mehr bei ihnen. Plötzlich holte sie tief Luft und wandte sich wieder den beiden Männern zu. Dabei begegnete sie Leanders forschendem Blick. Sofort wechselte ihr Gesichtsausdruck, sie grinste und zwinkerte ihm zu.

Diese Frau ist tiefgründig wie ein Ozean, dachte Leander. Die Oberfläche glänzt im Sonnenlicht, aber auf dem Grund, zu dem das Licht nicht vordringt, schlummert irgendein Geheimnis.

»Was ist?« Franziska sah ihn herausfordernd an.

»Oh, nichts.« Leander fühlte sich ertappt und wich ihrem Blick verlegen aus. Aber dann begriff er: Ihre offensive Art war eine Taktik, die auf seine Defensive abzielte. »Du hast nur gerade den Eindruck gemacht, als sei dir noch etwas eingefallen.«

Franziskas Lächeln wich einem ernsten Zug. Sie nickte und sagte: »Du hast recht. Ich habe mich plötzlich an etwas aus meiner Kindheit und Jugend erinnert.«

Tom wurde hellhörig und beugte sich etwas vor. »Hat das etwas mit Old Taddy zu tun?«

»Nein, nicht direkt. Oder vielleicht doch, ich weiß es nicht.«

»Jetzt spuck's schon aus!«

»Franziska zögerte noch einen Moment, als falle es ihr schwer, darüber zu reden. Dann holte sie tief Luft und fragte: »Du erinnerst dich an Falk?«

»Falk Riewerts?«

Franziska nickte.

»Oh ja!« Toms Stimme klang alles andere als begeistert.

»Wer ist Falk Riewerts?«, hakte Leander nach.

»Ein übler Bursche.« Tom verzog angewidert seine Mundwinkel. »Der Feuerteufel von Föhr.«

»*Feuerteufel von Föhr*?« Leanders Betonung machte deutlich, dass er die Bezeichnung für eine von Toms Spinnereien hielt.

Aber der nickte ernst. »In den Neunzigern war keine Scheune vor ihm sicher. Ständig hat es irgendwo gebrannt. Allerdings war ihm nie etwas nachzuweisen. Aber alle auf der Insel wussten, dass er der Brandstifter war.«

»Hm«, machte Leander zweifelnd. »Wie konntet ihr euch denn so sicher sein, wenn es keine Beweise gab?«

»Du kennst ihn nicht«, antwortete Tom. »Der hat sich an keine Regel gehalten. Gesetze galten für den nicht. Schließlich ist er zu weit gegangen. Er hat die große Scheune auf dem Olsen-Hof angezündet und dabei ist Olsens Tochter Wencke ums Leben gekommen.«

»Und das konnte man ihm nachweisen?«

»Nein«, antwortete Franziska verbittert. »Aber noch in derselben Nacht ist er von der Insel verschwunden und seitdem nie wieder aufgetaucht. Angeblich ist er nach Amerika ausgewandert.«

Leander nickte leicht, aber nicht, weil ihn das überzeugte, sondern weil er dieses Muster kannte. Derartige öffentliche Verurteilungen beruhten häufig nicht auf Beweisen, sondern auf Vorurteilen, die sich dadurch scheinbar bestätigten. »Aber was hat das mit Old Taddy zu tun?«

Franziska atmete noch einmal tief durch, als müsse sie zunächst das Korsett der traurigen Erinnerung sprengen, das ihre Brust umklammerte. »Die Brüder Falk und Jan Riewerts und ein paar Mädchen, zu denen auch Wencke und ich gehört haben, waren seit unserer Kindheit eine Clique. Wir haben oft auf dem Riewerts-Hof gespielt, oben auf dem Heuboden über der Scheune. Da gab es eine Kiste mit Sachen, die einem Vorfahren gehört haben sollen, so ein Goldgräberzeug.«

»Und das erzählst du uns erst jetzt?« Tom war ehrlich entrüstet.

»Wie gesagt, es ist mir eben erst wieder eingefallen. Das ist schon so lange her und hatte keine Bedeutung mehr für mich. Ich fand das damals, ehrlich gesagt, auch nicht so aufregend wie die Jungen.«

»Dann könnte also einer der Männer auf den Fotos ein Riewerts sein.« Tom war elektrisiert von der Erkenntnis. »Natürlich, es muss so sein! So viele Goldsucher von den Inseln gab es nicht. Wahnsinn, dann haben wir jetzt einen weiteren Namen. Ich werde auf Föhr gleich zu den Riewerts gehen. Vielleicht wissen die etwas über das Tagebuch.«

»Tja«, wandte Franziska verlegen ein. »Und genau da muss ich dich enttäuschen. Als Falk verschwunden war, durften wir uns von einem Tag auf den anderen nicht mehr auf dem Riewerts-Hof sehen lassen. Jan war stinksauer darüber, aber sein Vater hat getobt. Angeblich hat in der Kiste auf dem Heuboden nämlich auch ein Tagebuch gelegen, das plötzlich verschwunden war. Ich habe das nie ernst genommen und bis eben auch nicht mehr daran gedacht. Ich habe damals gedacht, Knut Riewerts könne es nur nicht mehr ertragen, Falks Clique auf seinem Hof zu sehen, nachdem sein Sohn weg war. Außerdem lastete der Verdacht gegen Falk wegen Wencke Olsens Tod auf der ganzen Familie. Die hatten es von da an schwer im Dorf.«

Tom stöhnte auf. »Also wieder nichts«, murrte er enttäuscht. »Das wäre ja auch zu schön gewesen. Hat Knut Riewerts wenigstens irgendwann einmal etwas über den Inhalt des Tagebuchs gesagt oder von den Goldsuchern erzählt?«

»Nein, nicht dass ich wüsste. – Obwohl …«

»Ja?«

»Jan hat später einmal gesagt, sein Vater machte einen Aufstand, als dürfte niemand außerhalb der Familie das Tagebuch lesen.«

»Ein Familiengeheimnis?«

Franziska schüttelte leicht den Kopf, als müsse sie alte Geister vertreiben. »Wie gesagt, das war Jans Wortlaut. Ich halte das für Unsinn. Die ganze Sache mit dem Tagebuch war bestimmt nur eine Ausrede, weil Knut uns dort nicht mehr sehen wollte, nachdem Falk verschwunden war.«

Tom blickte Leander hilfesuchend an, aber auch der zuckte nur mit den Schultern und versuchte dann, seinen Freund aufzumuntern. »Fragen kostet nichts. Vielleicht ist das Tagebuch ja inzwischen wieder aufgetaucht. Könnte aber auch sein, dass dein Feuerteufel es bei seinem Verschwinden mitgenommen hat.«

»Dann dürfte es für immer verloren sein«, sagte Franziska. »Von Falk hat nämlich seitdem keiner von uns mehr etwas gehört.«

»Falls das Tagebuch überhaupt jemals existiert hat und nicht einfach nur eine schöne Legende ist.«

»Mann!«, ächzte Tom auf. »Ihr versteht es wirklich, einem Mut zu machen.« Aber dann hatte er eine Idee. »Ich werde mit Karola sprechen. Vielleicht hat sie ja Unterlagen über die Goldsucher von Föhr und Amrum im Archiv oder weiß zumindest, wo wir suchen müssen.«

»Na, als Erstes doch wohl hier, schließlich sind wir hier auch auf die Fotos gestoßen«, warf Leander ein, der Toms Stehaufmännchen-Qualitäten bewunderte. Allerdings bereute er seinen naiven Vorstoß sofort wieder, als er ein fanatisches Glimmen in den Augen seines Freundes wahrnahm, die ihn so plötzlich fixierten, als hätte er ihn jetzt erst wahrgenommen.

»Du Goldjunge!«, rief Tom aus. »Genauso machen wir's: Ich vergrabe mich mit Karola im Archiv des Friesenmuseums und du suchst hier auf Amrum. Bestimmt hast du noch Sachen von deinen Schwiegereltern, Franziska. Die zeigst du Henning. Vielleicht gibt es ja doch irgendwo Aufzeichnungen oder amtliche Dokumente von damals. Und dann habt ihr in Nebel doch auch ein Heimatmuseum. Da drehst du jeden Zettel um, Henning.«

»Stopp!«, ging Leander dazwischen, der nicht fassen konnte, wie hemmungslos Tom ihn und Franziska für sich einspannen wollte. »Du spinnst doch wohl. Ich suche hier nach gar nichts. Eckermann, erinnerst du dich? Nicht Howard Carter und auch nicht Heinrich Schliemann!«

»Papperlapapp! Du warst es doch, dem der Job als Eckermann nicht gereicht hat. Bitte: Jetzt hast du deine wahre Bestimmung gefunden. Wir brauchen Hinweise, Namen. Wir müssen wissen, wo wir anfangen können. Ich muss nebenbei noch ein paar Wochen arbeiten, wie du weißt. Und du hast Zeit! Außerdem freut sich Franziska, wenn du ihr hilfst.«

»Mir hilfst?« Jetzt war auch Franziska fassungslos. »Das ist ja wohl …«

»Wirklich, Tom, du gehst zu weit«, wies Leander ihn zurecht. »Was fällt dir eigentlich ein, uns wie deine Lakaien zu behandeln?«

»So meine ich das doch gar nicht«, wiegelte Tom ab, der offenbar langsam begriff, was er da angerichtet hatte. Also wechselte er seine Taktik. »Ihr müsst doch einsehen, dass ich alleine nicht vorankommen kann. Ich brauche eure Hilfe.«

Angesichts der Theatralik und des nun hilflos flehenden Hundeblicks musste Franziska grinsen und auch Leander hatte Mühe, ernst zu bleiben.

»Weißt du was?«, sagte Franziska versöhnlich und stieß Tom aufmunternd an. »Ich krame alles aus den Ecken und suche nach Dokumenten, die du gebrauchen kannst. Außerdem höre ich mich um, wer sonst noch etwas wissen oder besitzen könnte. Die Familie meines Mannes ist ja nicht die einzige, die eine Reihe von Auswanderern aufweisen kann. Wenn ich etwas in Erfahrung bringe, gebe ich euch Bescheid und dann kommt ihr noch einmal her.«

Tom nickte wenig begeistert, aber da ihm nichts anderes übrig blieb, stimmte er schließlich zu. Leander atmete hörbar auf.

Franziska blickte ihn an, aber er bemerkte das erst, als sie schon wieder zu grinsen begann. »Und was ist nun mit dir? Warst du schon einmal hier auf Amrum?«

»Im vorletzten Sommer. Ich habe an einer Wattwanderung teilgenommen und dann den Nachmittag am Kniepsand verbracht.«

»Richtig«, erinnerte sich Tom, »mit Eiken.« Er merkte offenbar, dass sich die Windrichtung für ihn günstig änderte, und kniff Franziska schelmisch ein Auge zu. »Du weißt schon, die wilde, streunende Eiken Jörgensen. Haha! Die beiden waren am FKK-Strand.«

»Eiken Jörgensen, sieh mal einer an.« Franziska lachte hell.

»In erster Linie haben wir Kapitän Fischer befragt«, stellte Leander richtig und funkelte Tom grimmig an. Auf Franziskas fragenden Blick hin erklärte er: »Auf Föhr und auch bei euch hier in Norddorf hat es vor zwei Jahren eine Einbruchserie gegeben. Ich war mehr oder weniger an den Ermittlungen beteiligt.«[*]

»Mehr weniger«, warf Tom ein. »Henning war mal bei den Bull... – ich meine bei der Polizei – und kann das Ermitteln nicht lassen. Allerdings hätte er den Fall ohne die Hilfe seiner Freunde – womit ich selbstredend auch mich meine – nicht aufgeklärt. Und privat hat er auch einen ziemlich hohen Preis dafür gezahlt. Seine Freundin Lena war nämlich ...«

»Das ist eine andere Geschichte«, unterbrach ihn Leander etwas zu laut. »Und es gehört jetzt auch nicht hierher. Jedenfalls war ich deshalb einen Tag lang auf Amrum.«

»Ich erinnere mich«, sagte Franziska nickend. »Da hat damals was im *Inselboten* gestanden. Das heißt also, du kennst den Weg durchs Watt und unseren tollen Strand, aber nicht den Rest der Insel?«

Leander nickte.

»Dann solltest du mal ein paar Tage hierherkommen. Ich bin eine ziemlich gute Fremdenführerin, weil ich Amrum mit den Augen der Zugezogenen sehe. Die Einheimischen erken-

---

[*] siehe »Leander und die alten Meister«

nen die wahre Schönheit ihrer Insel ja gar nicht mehr, weil sie die seit ihrer Geburt täglich vor Augen haben.«

»Das ist doch mal ein Angebot«, meinte Tom grinsend und schlug Leander auf die Schulter. »Schlag lieber schnell ein, bevor sie es sich anders überlegt.«

Leander blitzte seinen Freund an und sagte an Franziska gerichtet: »Danke. Ich komme gelegentlich darauf zurück. – Und jetzt solltest du dich vielleicht daran erinnern, Tom, weshalb wir hier sind.«

Immer noch grinsend wandte sich der Lehrer wieder dem Fotoalbum zu, zog sein Handy aus der Tasche und fotografierte einige der Bilder ab.

Drei Stunden später setzte Franziska die beiden an der Fähre in Wittdün ab. Sie verabschiedete sich lächelnd per Handschlag von Leander und umarmte Tom kurz, der eine Stofftasche mit weiteren Fotoalben trug, die er sich ausgeliehen hatte. Dann winkte sie ihnen nach, als die beiden Männer zum Anleger gingen, an dem die Fähre bereits Fahrzeuge aufnahm.

Plötzlich blieb Tom stehen, drückte Leander die Tasche in die Hand und sagte: »Warte mal einen Moment. Ich habe etwas vergessen.«

Leander beobachtete, wie er zu Franziska zurückrannte und kurz mit ihr sprach, woraufhin sie lachend nickte. Dann kam Tom mit einem Ausdruck diebischer Freude im Gesicht zurück und schob Leander vor sich her in Richtung Fähre.

»Was war denn noch?«, erkundigte sich der.

»Nichts Besonderes«, winkte Tom ab. »Sieh mal, da oben an der Reling ist noch eine Bank frei. Mach hin, damit uns keiner zuvorkommt.«

Leander schüttelte den Kopf über das befremdliche Benehmen seines Freundes, beschloss aber, nicht weiter nachzuhaken, da er allmählich genug davon hatte und froh war, wenn er mal keinen Vortrag gehalten bekam. Sie stiegen die Stahlstufen hinauf zum Oberdeck und setzten sich direkt an der Reling in die Sonne. Leander stellte die Tasche mit den Fotoalben zwischen sich und Tom ab und gewann so etwas Abstand.

»Wie müssen dieses Tagebuch finden«, sagte Tom nachdrücklich. »Ich fühle, dass da etwas drinsteht, das eine Sensation sein könnte.«

»Du und deine Gefühle!«, entgegnete Leander spöttisch. Dann hielt er sein Gesicht in Richtung der inzwischen in den Dunst eintauchenden Sonne. Das Licht verfärbte sich bereits gelb und überzog Insel und Meer mit einer warmen Atmosphäre. Leander freute sich auf eine ruhige Überfahrt und den Ausblick über die Ansammlung von Inseln und Halligen. Er schloss die Augen und nahm im ersten Moment einen roten Schimmer wahr, den die Sonne in seinen Lidern hervorrief. Dann formten sich rote Lichtstreifen, die sich wellten, und daraus lange lockige Haare. Franziskas Gesicht tauchte strahlend vor ihm auf.

»Was grinst du denn so dämlich?«, riss Tom ihn aus seiner Fata Morgana.

Leander warf ihm einen ärgerlichen Blick zu, antwortete aber nicht.

»Sag mal«, ließ Tom sich nicht beirren, »ist es etwa das, von dem ich denke, dass es das ist?« Er beugte sich vor und betrachtete Leander aus zusammengekniffenen Augen wie ein Psychologe einen besonders schwierigen Fall. »Das kann doch wohl nicht wahr sein!« Er lachte laut auf. »So schnell? Alter Schwede! Aber ich habe dir ja gleich gesagt: Franziska ist eine verdammt eindrucksvolle Frau.«

»Du hast gesagt, sie sei potthässlich«, erinnerte Leander ihn grimmig.

»Also ist es das wirklich?«, triumphierte Tom. »Holla, die Waldfee, da hat es aber auch ziemlich geknistert zwischen euch. Glaub mir, ich habe eine Antenne für so was. – Und du hast dich an einem einzigen Nachmittag verknallt?« Er schüttelte ungläubig den Kopf. »Wenn ich das den anderen erzähle!«

»Verknallt!«, fuhr Leander wütend auf und merkte einen Moment zu spät, dass er laut genug gewesen war, um die Blicke der um sie herum Sitzenden auf sich zu ziehen. »Du tickst doch nicht richtig«, fuhr er deutlich leiser fort. »Überhaupt habe ich von deinem Gekasper allmählich die Nase voll. Du bist ja schon schlimmer als Mephisto. Und noch etwas: Wenn du mich noch einmal so vorführst wie heute Nachmittag, kündige ich dir die Freundschaft. Das meine ich absolut ernst.«

»Henning ist verknallt«, ignorierte Tom kopfschüttelnd den Anranzer. »Da kannst du aber von Glück reden, dass du Freunde wie mich hast.«

»Was soll das denn wieder heißen?« Leander kannte seinen Freund gut genug, um zu merken, wenn der etwas im Schilde führte.

»Wir wollen doch mal ehrlich sein«, begann Tom mit verdächtig verständnisvollem Unterton. »Du bist nicht gerade ein Weiberheld. Deine Fähigkeit, Frauen auf dich aufmerksam zu machen, ist, wenn ich das mal so sagen darf, ausgesprochen unterentwickelt. Und das liegt nicht nur daran, dass du aus der Übung bist. Du hast einfach kein Talent in Liebesdingen. Du weißt nicht, wie Frauen ticken. Denk an das Desaster mit Lena und Eiken.«

»Aha. Und das kannst ausgerechnet du beurteilen.«

»Kann ich, mein Lieber, kann ich.« Er nickte bekräftigend. »Und du kannst froh sein, mich deinen Freund nennen zu dürfen. Allerdings entspricht es ganz meiner selbstlosen Art, keinen Dank dafür zu erwarten, dass ich für dich die Initiative ergriffen habe.«

Alarmiert wandte sich Leander nun ganz zu Tom um und funkelte ihn an. »*Was* hast du?!«

»Sag ich doch: Ich habe mir deine momentanen Verpflichtungen vor Augen geführt und bin zu dem Ergebnis gekommen, dass in deinem Kalender gähnende Leere herrschen dürfte. Also habe ich für Montag bei Franziska ein Date für dich ausgemacht.« Er wischte Leanders Aufbegehren noch in der Entstehung mit der rechten Hand weg und fuhr fort: »Und wenn du schon einmal bei Franziska bist, kannst du mit ihr auch genauso gut Familienfotos und Unterlagen sichten. Vielleicht fällt ihr ja noch jemand ein, der etwas wissen kann, und stellt dir den einen oder anderen Kontakt auf Amrum her, der uns bei unseren Forschungen weiterbringt. Außerdem haben die Jacobsens eine Familie erwähnt, die die Norddorfer Strandhalle übernommen hat. Die kannst du auch ohne mich befragen. Wie das geht und was uns interessiert, hast du ja inzwischen mitbekommen.«

Leander seufzte. Der Dreistigkeit dieses Schmarotzers fühlte er sich nicht gewachsen. Außerdem, wenn er es sich recht überlegte und in diesem Moment tauchte Franziskas Lachen wieder vor seinen inneren Augen auf –, dann musste er Tom tatsächlich fast dankbar sein. Er würde diese wunderbare Frau schon viel eher wiedersehen, als er zu hoffen gewagt hatte. Trotz oder gar Stolz waren in diesem Moment also völlig unangebracht.

»Einverstanden.« Leander schlug seinem Freund, dessen erstaunter Gesichtsausdruck verriet, dass er sich die Sache nun doch nicht ganz so leicht vorgestellt hatte, kräftig auf die Schulter. »Aber eines muss ich vorher wissen – und ich warne dich, keine Ausflüchte jetzt: War da mal was zwischen dir und Franziska?«

Tom antwortete in jovialem Tonfall: »Unsinn, die hübsche Franziska Olsen hatte doch gar keine Augen für den unscheinbaren Tom Brodersen. Aber eines tröstet mich: Am Ende war ihr keiner von Föhr genug.«

Leander nickte. »Jetzt verstehe ich Elke.« Er lehnte sich wieder zurück, wandte sich der tiefstehenden Sonne zu und schloss die Augen.

Als sie sich dann später in der Wilhelmstraße vor Leanders Haus voneinander verabschiedeten, fragte Tom: »Sehen wir uns morgen beim Ringreiten?«

»Mal sehen. Nach einem ganzen Tag mit dir freue ich mich jetzt erst einmal auf einen Abend ohne Nervensäge an meiner Seite, nur in Gesellschaft meiner Katzen hier im Garten unter den Apfelbäumen.«

Tom grinste hämisch. »Du hast es vergessen, oder?«

»Was habe ich vergessen?«

»Na, du selbst hast mir doch heute Vormittag genau hier erzählt, dass du heute Abend ein Date mit deiner Nachbarin hast.«

Wie in einem Horrorfilm tauchte das zerknitterte Warangesicht Johanna Husens vor Leander auf. Als Tom sah, was er bei seinem Freund ausgelöst hatte, klopfte er ihm übertrieben mitfühlend auf die Schulter und verließ grinsend das Haus. Erst als sich die Haustür hinter ihm geschlossen hatte, erlaubte er sich ein lautes Lachen, das Leander endgültig in sich zusammensinken ließ.

Der Abend mit Johanna Husen wurde dann wider Erwarten sehr angenehm und Leander war anschließend fast versucht, ihn schön zu nennen. Aber der Reihe nach:

Die alte Dame erschien geradezu schüchtern in dem kleinen alten Fischerhaus. Als würde sie sich überhaupt nicht auskennen, ließ sie sich in den Garten geleiten und setzte sich artig an den Tisch unter dem großen Apfelbaum, während Leander den mitgebrachten und gut gekühlten Rosé-Wein entkorkte und Gläser aus dem Haus holte. Sogar eine Baguette-Stange hatte Johanna Husen gekauft. Leander steuerte Käse bei und schon war der perfekte Snack für einen Sommerabend zusammen.

Auch als sie schließlich zusammensaßen, fiel kein böses Wort über das Unkraut in Leanders Garten oder die streunenden Katzen, mit denen der Frühpensionär seit einiger Zeit zusammenlebte. Johanna Husen sorgte aktiv dafür, dass sie zügig vom Smalltalk zu ernsthaften Gesprächsthemen wechselten. Sie interessierte sich ehrlich für Leanders Ermittlungen im Fall der Einbrecherbande vor zwei Jahren und hatte auch noch einige Fragen zu dem Kojenmord, den er vor drei Jahren aufgeklärt hatte.* Damals hatte sie trotz ihrer engmaschigen Vernetzung auf der Nordfriesischen Insel erst durch die Zeitungsberichte von der Arbeit des Vereins *Elmeere* und dem sogenannten *Inselkrieg* erfahren und war immer noch bestürzt über die Umtriebe bestimmter Gestalten und Gruppierungen auf Föhr.

Leander erzählte ihr von Tom Brodersens aktuellem Thema und davon, dass er, Leander, mal wieder vollständig in die Recherchen eingebunden wurde. Johanna Husen lachte laut und nickte bei Leanders Darstellung, als sei Toms Wesen damit hundertprozentig getroffen.

Auch dem Wein sprach die alte Dame freimütig zu und hatte nichts dagegen, als Leander anbot, die leere Flasche gegen eine volle aus seinem Vorratsraum auszutauschen. Nach dem nächsten Glas waren sie beim Du und als Johanna ihren Nachbarn Henning schließlich weit nach Mitternacht und angemessen angeheitert verließ, blieb nicht nur ihr Angebot zurück, sich bei Gelegenheit um die Katzen zu kümmern, sondern sie beteuerten sich gegenseitig, dass sie sich auf ein

---

* siehe »Leander und die Stille der Koje«

Wiedersehen am heutigen Samstag beim Ringreiter-Turnier der Mitteldörfer in Alkersum freuten.

Als Leander schließlich beschwingt zu Bett ging, konnte er gar nicht aufhören, über den unerwarteten Wechsel in den nachbarschaftlichen Beziehungen den Kopf zu schütteln. Der Lachkrampf beim Anblick des kopfschüttelnden Henning Leander im Badezimmerspiegel führte schließlich zu der Erkenntnis, dass es an diesem Abend vielleicht doch ein Gläschen Wein zu viel gewesen war.

Aus dem Reisetagebuch
des Föhrer Bauernsohnes Volckert Olsen

18. April 1898

Nun ist es so weit. Vor diesem Tag habe ich mich seit Jahren gefürchtet. Heute musste ich Föhr verlassen und bin in die Welt aufgebrochen.

Bei Tagesanbruch Abschied im Hafen von Wyk. Nur Mutter und Ingle waren da, Vater und Gerrit waren auf den Feldern draußen in der Marsch. Der Weizen wächst schlecht an in diesem Jahr. Immer wieder gibt es Nachtfrost. Von Westen her zieht Schlechtwetter auf. Keine Zeit für lange Abschiede.

Mutter hat geweint und gesagt, dass wir uns vielleicht nie mehr wiedersehen. Alles liegt in Gottes Hand, hat Ingle gesagt. Sie sind gegangen, als wir die Hafenausfahrt noch nicht durchfahren hatten.

Knudt Riewerts ist mit an Bord. Auch er muss Föhr verlassen, weil er der Zweitgeborene ist, wie ich. Auch er hat keine Zukunft auf der Insel. Uns bleibt nur die Seefahrt. Für die Werber der Reedereien sind wir fette Beute. Knudt und ich heuern in Hamburg auf der Henriette an. Dann geht es hinüber nach Amerika.

Von Dagebüll aus fahren wir mit der Kutsche weiter nach Husum. Dort nehmen wir den Zug nach Hamburg. Auch einer von den Lunds ist mit an Bord. Ich kenne ihn vom Sehen, ein grober, unsympathischer Genosse wie alle Lunds. Vater nennt sie Nichtsnutze und Tagediebe. Sie halten sich mit Gelegenheitsarbeiten über Wasser, die sie aber nur bekommen, wenn in der Ernte wirklich Not am Mann ist. Niemand will mit den Lunds etwas zu tun haben. Man sieht sie nie in der Messe. Gottlose Gesellen, die selbst schuld sind an ihrer Lage. Nickels Lund fährt ebenfalls nach Hamburg. Verhüte Gott, dass er auch eine Heuer auf der Henriette hat. Ich frage ihn nicht. Mit den Lunds redet keiner, wenn er nicht muss.

In letzter Zeit verdient Hinrich Petersen mit dem Fährdienst mehr als mit der Fischerei, sagt Vater. Auch schlechte Zeiten haben für manch einen etwas Gutes. Viele gehen weg von den Inseln, weil von dem bisschen Land immer nur einer mit seiner Familie überleben kann. Und auch das mehr schlecht als recht. Aber einer muss ja bleiben, wegen der Eltern und des Hofes. Die anderen gehen nach Hamburg oder Bremerhaven, heuern auf den großen Seglern an, die meist den Holländern gehören. Das ist das Los der Nordfriesen seit über hundert Jahren. Wer die Navigationsschule in Nieblum besucht hat, hat es gut bei den Holländern und wird schnell zum Maat befördert. Manch einer ist schon Kapitän geworden und als wohlhabender Mann nach Föhr zurückgekehrt. Für die anderen bleiben nur harte Arbeit und karger Lohn. Nicht viel, aber besser als nichts.

Viele wandern ganz aus in diesen Tagen, nach New York in Amerika. Da soll es schon eine friesische Gemeinde geben. Aber für die Überfahrt braucht man Geld und von irgendetwas muss man da auch leben, bis man eine Arbeit findet und eine Wohnung. Knudt Riewerts und ich werden als Matrosen fahren. Wir sind Bauernsöhne. Keiner von uns hat Geld oder eine Ausbildung, aber wir sind harte Arbeit gewohnt. So schlimm wird es schon nicht werden. Und so Gott will, werden auch wir in ein paar Jahren als wohlhabende Männer nach Föhr zurückkehren.

Zum Glück habe ich lange die Schule besucht, als Einziger in der Familie bis zum Schluss; ein kleiner Vorzug des Zweitgeborenen. Gerrit musste schon mit zehn Jahren die Dorfschule verlassen und auf dem Hof helfen, genauso wie Ingle im Haushalt. Ich war ein guter Schüler, geübt im Rechnen, Lesen und Schreiben. Lehrer Boysen hat uns viel über das gefährliche Leben der berühmten Föhrer Walfänger erzählt. Matthias Petersen, der Glückliche Matthias, soll 373 Wale gefangen haben. Auch von den Amrumer Kapitänen Harck Oluff und Harck Nickelsen hat er erzählt, die als Sklaven im Orient gewesen sind und später reich nach Hause kamen. Lehrer Boysen hat dafür gesorgt, dass ich immer etwas zu lesen hatte, weil ich so interessiert war und

mir nie die Fragen aufgegangen sind. Besonders beeindruckt haben
mich die Abenteuer des Föhrer Seefahrers Jens Jacob Eschels. An
seinen Berichten und Erzählungen will ich mir ein Vorbild nehmen.

Und so beginne ich, Volckert Olsen, Bauernsohn auf Alkersum auf
Föhr, heute, am 18. April im Jahre des Herrn 1898, an Bord des
Kutters Levke auf der Überfahrt von Wyk nach Dagebüll mein Reise-
tagebuch und lege von diesem Tage an meine Geschicke allein in Gottes Hand.

4 SAMSTAG

»Hast du herausbekommen, wem das alles hier jetzt gehört?«, fragte Falk Cord Nickelsen und erhielt als Antwort zunächst nur ein Kopfschütteln.

Erst als er den Landwirt herausfordernd ansah, ließ der sich zu einer widerwilligen Erklärung herab: »Gekauft worden ist der Hof von Rechtsanwalt Petersen. In wessen Auftrag, konnte mir keiner sagen.«

»*But why* … – ich meine, warum kauft jemand über einen Strohmann einen Bauernhof?«, wunderte sich Falk und trat einen Schritt weiter auf das Haus zu.

»Vielleicht war das der Wiese«, überlegte Nickelsen. »Kann sein, dass der keinen Widerstand riskieren will, bis hier alles unter Wasser steht.«

Falk drehte sich zu dem Landwirt um. »Verstehe ich nicht. Wer ist Wiese?«

»Günther Wiese vom Verein *Elmeere*«, erklärte Nickelsen. »Der kauft Bauernland auf, gräbt die Drainage ab und guckt seelenruhig zu, wie alles absäuft, damit Seevögel da nisten können. Das nennt der Naturschutz. Wir kämpfen seit Jahren gegen den Spinner, aber gegen den kommt man nicht an. Der macht immer weiter. Nicht mal isolieren kannst du den. Der ist sowieso schon alleine und fühlt sich wohl dabei. Freunde braucht der anscheinend nicht.«[*]

Falk nickte und wechselte einen zweifelnden Blick mit Klondike. Dabei hatte er schon eine Ahnung davon, was jedem hier bevorstand, der mit neuen Ideen kam und in der

---

[*] siehe »Leander und die Stille der Koje«

Landwirtschaft etwas verändern wollte. Einen Vorgeschmack vermittelte ihm der missbilligende Blick von Cord Nickelsen, den er selbst dann noch in seinem Nacken spürte, als er nun das Haupthaus eingehend taxierte.

Not bad at all, dachte Falk. Der Hof machte einen weitaus besseren Eindruck, als er nach Cords Bericht über den jahrelangen Leerstand erwartet hatte. Die Wagenremise rechterhand war sogar in einem hervorragenden Zustand und sicher nicht älter als dreißig Jahre. Ein Schrägdach aus rot lackiertem Blech schützte die Gerätschaften. Das Haus hingegen sah verwahrlost aus, schien aber von seiner Substanz her in Ordnung zu sein. Rechts von der Remise schwebte über einem Grasflecken auf einer drei Meter langen Stange das alte Taubenhaus, das Falk noch aus Jugendzeiten kannte und wegen seiner ungewöhnlichen Größe immer bewundert hatte. Es war inklusive Reetdach der alten Scheune originalgetreu nachgebildet und hatte seinerzeit einen ganzen Flug Brieftauben beherbergt. Nur die Scheune selbst, die einmal links vom Haus gestanden und das u-förmige Ensemble komplettiert hatte, war nicht wiederaufgebaut worden. Bis heute lag dort ein Schuttberg, dem Sturm und Regen deutlich zugesetzt hatten. Ablaufrinnen hatten sich zwischen den verwitterten Backsteinen in ein Gemisch aus Sand und Mörtel gegraben. Einen Moment lang sah Falk die brennende Scheune wieder vor sich und hatte Mühe, die Bilder aus seinem Kopf zu vertreiben.

Zwischen Schutthaufen und Haus hindurch fiel sein Blick auf einen alten Kuhstall. Von hier aus wirkte der intakt. *Will be sufficient*, dachte Falk. Für den Anfang wird das gehen, auf die Dauer aber ist er zu klein für die Zucht von Quarter Horses.

»Lasst uns sehen, ob wir irgendwo reinkommen.« Er ging auf das Wohnhaus zu.

»Ohne mich«, entgegnete Cord Nickelsen. »Das ist Einbruch.« Der Landwirt machte kehrt und verließ mit eiligen Schritten das Grundstück.

Falk sah ihm kopfschüttelnd nach. Cord hatte einfach keine Eier, das war schon immer so gewesen. »Und was ist mit dir?«, wandte er sich an Klondike. »Hast du etwa auch Schiss?«

Der Freund, der die ganze Zeit über wie unbeteiligt abseits gestanden hatte, zog gleichgültig die Schultern hoch und folgte Falk schweigend mit den Händen in den Hosentaschen. Sie umrundeten das Bauernhaus, fanden aber nirgendwo einen Zugang. Alle Türen waren verschlossen, die Fenster unversehrt und mit einzelnen Brettern vernagelt. Der Respekt vor dem Olsen-Hof war offenbar so groß, dass noch nicht einmal Jugendliche hier eingedrungen waren, um ungestört herumhängen zu können.

Schließlich kehrten sie zur Hintertür zurück. Falk nahm einen Stein und schlug damit die kleine Scheibe in der oberen Türhälfte ein. Dann griff er vorsichtig durch das Loch und tastete nach dem Schlüssel im Schloss. Glück gehabt, er steckte tatsächlich und ließ sich knirschend drehen. Falk hätte nur ungern die Tür aufgehebelt.

»*All right, just as I thought*«, murmelte er zufrieden und drehte sich zu Klondike um. »*What about you?*«

Klondike blickte ihn fragend an.

»Du musst nicht mitkommen. Bisher hast du dich noch nicht strafbar gemacht.«

Ohne Regung in seinen Gesichtszügen schob Klondike ihn zur Seite und betrat entschlossen als Erster das Haus. Falk grinste und folgte dem Freund. Auf Klondike konnte er sich eben in jeder Situation verlassen.

Es stank faul und moderig in dem dunklen Flur mit seinem beige gefliesten Boden und braun geblümter Tapete, die in Fetzen von den Wänden hing. Falk hielt sich die Nase zu und folgte Klondike, der den Muff gar nicht wahrzunehmen schien, in die Küche. Der Raum war, wie auf Bauernhöfen üblich, sehr geräumig. In der Mitte stand ein ausladender Tisch mit zehn Stühlen, an dem früher die Familie mit den Landarbeitern ihre Mahlzeiten eingenommen hatte. Die Küchengeräte machten einen etwas vernachlässigten, aber insgesamt brauchbaren Eindruck. Neben einem modernen Herd stand ein großer, mehrflammiger, mit Holz zu befeuernder Ofen, weiß lackiert und mit Eisenringen für verschiedene Topfgrößen. Er stammte wahrscheinlich noch aus den Zeiten von Olsens Großeltern und war aus nostalgischen Gründen mit in die Marsch umgezogen, wirkte aber voll funktionsfähig.

»Einmal gründlich durchputzen«, meinte Falk, »dann dürfte das hier gehen.«

Klondike verließ kommentarlos den Raum und betrat das gegenüberliegende Zimmer. Falk folgte ihm und fand sich in der Wohnstube wieder, die traditionell friesisch eingerichtet war. Die Möbel waren verstaubt, wirkten aber dennoch unversehrt und waren sicher nur an hohen Feiertagen benutzt worden. Das alltägliche Leben einer Bauernfamilie spielte sich in der Regel in den Gemeinschaftsräumen wie der Küche ab. Klondike, der in den letzten fünf Jahren, seit er mit Falk zusammen war, nie viel geredet hatte, verharrte in fast versteinertem Schweigen. Wie eine Skulptur aus Eis stand er da, was Falk einen Moment lang irritierte. Klondike hatte nie viel geredet und es immer verstanden, einfach da zu sein und dabei kaum wahrgenommen zu werden. Aber seit sie auf Föhr waren, wirkte er fast so, als hätte ihn jemand aus seinem natürlichen Lebensraum in eine fremde, ja geradezu feindliche Welt verpflanzt. Ob Falk wohl je verstehen würde, was in ihm vorging?

Er riss sich davon los und stieg die knarrende Treppe zu den Schlafräumen hoch. Das Elternschlafzimmer war düster mit massiven Möbeln in Eiche Brutal, die sicher über mehrere Generationen in Gebrauch gewesen waren. Hier würde gründlich auszumisten sein. Ebenso im Zimmer gegenüber, das als Abstellraum genutzt worden war. Aller möglicher Krempel stand hier herum: Kleinmöbel, zum Teil aufeinandergestapelt und ineinander verkeilt, Berge von Kisten und Kartons, ein paar alte Stühle, mit den Sitzflächen aufeinandergestellt. *Trash,* Sperrmüll.

Das dritte Zimmer war von der hellen Tapete und der IKEA-Kiefer-Einrichtung her ein fröhlicherer Raum. Es hatte eindeutig als Jugendzimmer eines weiblichen Teenagers gedient. Stofftiere waren auf dem Kopfkissen aufgereiht, 9oer-Jahre-*Bravo*-Poster von Céline Dion, Janet Jackson, den Ärzten und ein Starschnitt von Scooter hingen an den Wänden über dem Bett, über das sich eine bunte Tagesdecke mit Pferdemotiven spannte. Abgesehen von der Staubschicht wirkte das Zimmer, als wäre die Bewohnerin nur mal eben unterwegs und käme gleich zurück.

Falk sah Wencke vor sich, wie sie zwischen ihren Kuscheltieren auf dem Bett lag, die *Bravo* in den Händen, und hörte dröhnende Bässe, die die Regale vibrieren ließen. *Shit!* Ein Schauer lief ihm über den Rücken, diese Vorstellung konnte er nicht ertragen. Er drehte sich um und als er das Zimmer wieder verließ, sah er, wie Klondike ruhig in die Mitte des Raumes trat, sich langsam um die eigene Achse drehte und die Atmosphäre geradezu aufsog.

Das Badezimmer war wieder sehr düster. Ein schmales Fenster spendete kaum Licht, was auch nicht wesentlich besser werden würde, wenn man es putzte. Die dunkelgrünen, in der welligen Struktur mitunter golden schimmernden Fliesen waren bis zur weiß gestrichenen Decke hochgezogen. In

den Ecken und überall in den Fliesenfugen blühte schwarzer
Schimmel, der einen muffigen Geruch verbreitete. Gar nicht
auszudenken, wie viele Sporen hier in der Luft herumflogen!
Eine fleckige Badewanne mit abgeplatzter Emaillebeschich-
tung stand gegenüber der dunkelbraunen Toilette, das einzelne braune Waschbecken an der Wand starrte vor Schmutz.
Am besten würde Falk gleich einen Container bestellen, um
all den Müll zu entsorgen – vorausgesetzt, er machte den
Besitzer des Hofes ausfindig und es gelang ihm, das Anwesen zu kaufen. Angewidert verließ er das Badezimmer und
stieg wieder die Treppe hinunter. Erst jetzt kam Klondike
mit versteinerter Miene aus dem Jugendzimmer und folgte
ihm schweigend nach unten.

Sie besichtigten noch die Wirtschaftsräume, die in einem
heruntergekommenen, aber sanierbaren Zustand waren, und
verließen dann das Haus auf dem Weg, auf dem sie eingedrungen waren. Falk zog den Schlüssel der Hintertür ab,
verschloss sie von außen und steckte den Schlüssel in die
Hosentasche. Dann gingen sie hinüber zu dem Schutthaufen, der einmal die Scheune gewesen war. Schon auf dem
Weg dorthin überfiel Falk wieder dieser Schauer und ein
plötzliches Magenkneifen ließ ihn kurz innehalten. *Bloody
memory*! Klondike stapfte wie ferngesteuert an ihm vorbei. Irgendetwas, auf das sich Falk keinen Reim machen
konnte, war mit ihm geschehen, als sie in Wenckes Zimmer gewesen waren.

Die Reiter in den schwarzen Jacken wirkten edel, auch wenn
der eine oder andere schon etwas schräg auf seinem Pferd saß.
In Doppelreihen schritten die gestriegelten Gäule kurz aus
und folgten der scheppernden Blaskapelle durch das Dorf –
eine Parade, die Leander an Schützenfeste erinnerte, nur eben
hoch zu Ross.

»Das ist der König vom letzten Jahr«, rief Tom und deutete auf einen Mann, der eine breite bunte Schärpe mit der goldenen Aufschrift *König* schräg über der Jacke trug.

»Die anderen Ringreiter haben ihn zu Hause abgeholt und sind natürlich gut bewirtet worden«, ergänzte Elke Brodersen.

»Das sieht man.« Leander wechselte einen Blick mit Götz Hindelang, der dem Geschehen etwas gelangweilt folgte. »Wirken jetzt schon etwas angeschlagen, die Herren Reiter.«

Tom überhörte den abfälligen Unterton in seiner Stimme und erklärte: »Das kommt von der Friesenbowle: eine nicht zu unterschätzende Mischung aus Limo, Wasser und einem ordentlichen Schuss Korn.« Dabei betonte er jede Zutat in einer Art und Weise, als handelte es sich um ein besonders ausgefeiltes Rezept.

Der Zug schwenkte auf den Turnierplatz beim Reiterhof Jacobs in Alkersum ein. Dort standen schon mehrere Galgen nebeneinander: jeweils zwei Holzstangen, zwischen die ein Seil gespannt war. In der Mitte des Seiles hing ein Ring an einem Magneten. Diesen Ring mussten die Reiter mit Hilfe einer Lanze erbeuten. Stechen wurde das genannt.

Mephisto, der mit Diana direkt neben ihnen stand, erklärte seiner Freundin die Regeln des Ringreitens. Während Tom und Elke sich über bekannte Gesichter unter den Reitern austauschten und Götz den Bierstand nicht aus den Augen ließ, als fürchte er, dass dieser sich in Luft auflösen könnte, bevor die Freunde hinreichend versorgt waren, nutzte Leander die Chance und folgte Mephistos Beschreibung: Die Ringe müssen im Galopp gestochen werden, wobei die Reiter mindestens vier Galoppsprünge vor dem Ring und vier nach dem Ring ausführen müssen. Es gibt vier verschiedene Ringgrößen von 11 bis 32 Millimetern, von denen nach absteigender Größe jeweils acht gestochen werden müssen. Mephisto rechnete vor, dass das bei 40 Reitern 1280 Runden ergibt, die ausgeritten werden müssen. Deshalb wird auf vier Galgen gleichzeitig geritten. Derjenige, der anschließend als Erster dreimal einen noch kleineren, den Königsring, gestochen hat, ist der neue König. Bei Gleichstand in Runden wird solange weitergeritten, bis der Sieger feststeht.

»Auf Föhr gibt es vier Ringreiter-Vereine«, ergänzte Tom, »die drei Männervereine der Mitteldörfer mit schwarzen Jacken, der Osterlandföhrer mit grünen Jacken, der Westerlandföhrer mit weißen Jacken und einen Frauenverein mit roten Jacken. Jeder Verein veranstaltet ein eigenes Königsreiten. Am Ende findet dann das Bundesringreiten aller Föhrer Vereine in Oevenum mit mehr als 120 Reitern statt. Das ist immer ein richtiges Großereignis.«

Leander war genau wie Diana ehrlich beeindruckt und beide verfolgten nun mit großem Interesse zusammen mit Elke, Tom und Mephisto, wie die ersten Reiter an den Start gingen, während Götz sich in Richtung Bierbude entfernte. Kurz darauf hörte man nur noch das dumpfe Trommeln der Hufe auf dem Rasen und das Stimmengewirr des Publikums. Jedes Mal, wenn einer einen Ring gestochen hatte, wurde das mit Applaus seiner Anhänger bedacht. Stach jemand daneben, ging ein bedauerndes Raunen von den einen aus, während die anderen erleichtert aufatmeten. Je länger geritten wurde, desto greifbarer wurde die Spannung auf dem Turnierplatz und selbst Leander, der allgemein nichts für lokalpatriotische Volksfeste übrighatte, konnte sich dem nicht entziehen.

»Moin, Henning«, sagte plötzlich eine Stimme an seiner Seite, die sofort ein Kribbeln in der Magengegend bei ihm auslöste. Franziska war neben ihm aufgetaucht und richtete ihre ganze Aufmerksamkeit nun auf das Geschehen auf dem Platz.

»Was machst du denn hier?«, wunderte sich Leander.

»Na, das ist ja eine nette Begrüßung!«, beschwerte sich Franziska grinsend. »Als eingeborene Föhringerin kann ich mir doch das Ringreiten nicht entgehen lassen. Ich kenne schließlich jeden der Teilnehmer.«

Wie zur Bestätigung winkte einer der Männer, der jetzt an den Start ging, zu ihr herüber. Doch dann ging plötzlich eine merkwürdige Bewegung durch die Zuschauer und alle Aufmerksamkeit richtete sich auf einen Mann, der in einer ganz eigenen Art von Uniform auf den Festplatz geritten kam und den Leander sofort wiedererkannte. Tom stand wie versteinert neben ihm, als hätte er einen Geist gesehen.

Falk merkte gleich, wie die Stimmung kippte, als er auf den Festplatz ritt, vom Pferd sprang und es mit dem Zügel an einem Querbalken der Turnierplatz-Umzäunung festband. Die Botschaften in den Blicken reichten von offener und unbefangener Neugier an dem Cowboy bei den jüngeren Festgästen bis zu kalter Feindseligkeit bei den älteren. Damit hatte er gerechnet und beschlossen, sich nicht beeindrucken zu lassen. Er zog seine Lederjacke aus, warf sie sich über die Schulter und grüßte lässig den einen oder anderen Bekannten, als er sich nun langsam auf den Weg zum Familientisch der Riewerts' machte. Dort saßen sein Vater, sein Bruder Jan und seine Schwägerin Meret, Letztere in ein Gespräch mit einer Frau vertieft, die Falk nicht kannte.

Fast wäre ihm ein gewohnheitsmäßiges »*Hi*!« herausgerutscht, aber im letzten Moment besann er sich. Je weniger er zumindest in seinem Verhalten aus dem Rahmen fiel, desto leichter würde es den anderen fallen, ihn zu akzeptieren. »Moin, moin«, grüßte er also. »Ist hier noch ein Plätzchen frei?«

Jan sprang erschrocken auf und starrte seinen Bruder mit offenem Mund an. Anscheinend hatte ihm noch niemand zugetragen, dass Falk wieder auf Föhr war. Entrüstet richtete er seine Augen auf Meret und den Vater, als erwarte er von dort Unterstützung in seiner Ablehnung. Aber die bekam er nicht. Jans Gesichtsausdruck wechselte zu einem verletzten Grinsen, als ihm klar wurde, dass weder sein Vater noch seine Frau überrascht waren.

»Ihr wusstet es also?«, fragte er tonlos. »Ihr alle?«

Knut Riewerts und seine Schwiegertochter Meret schlugen schuldbewusst die Augen nieder. Die Frau, die Falk nicht kannte, sprang erschrocken auf, stammelte: »Ich geh dann mal zu den anderen.« und eilte davon.

»Was willst du hier?«, fuhr Jan den Bruder wütend an. »Wir wollen dich nicht. Keiner will dich mehr auf der Insel haben.«

»Bist du dir da so sicher?«, entgegnete Falk betont gleichmütig und grinste seinen Bruder provokativ an. »Ich besorge mir etwas zu trinken. Kann ich jemandem was mitbringen?« Als er keine Antwort bekam, schlenderte er schulterzuckend in Richtung Bierbude davon.

Von dort aus beobachtete er unauffällig, was am Familientisch geschah. In Jan kochte es, das war zweifelsfrei an seinem verzerrten Gesichtsausdruck und der knallroten Farbe zu erkennen, wenngleich Letztere ihre Ausprägung sicher auch durch übermäßigen Genuss von Friesenbowle bereits am Vormittag bekommen hatte. Er redete wütend auf seinen Vater und Meret ein und hatte sichtlich Mühe, dabei die Lautstärke im Griff zu behalten.

Falk bestellte vier Krüge Bier, ignorierte dabei das eisige Schweigen der Umstehenden, bezahlte und trug die Getränke an den Tisch seiner Familie. Dort stellte er die Krüge vor den anderen ab und setzte sich an Merets Seite, ohne auf eine Aufforderung zu warten. An den Nebentischen waren inzwischen alle Gespräche verstummt, die Aufmerksamkeit richtete sich nur noch auf den Riewerts-Tisch. Einige Urlauber, die in unmittelbarer Nähe saßen, griffen nach ihren Getränken und traten vorsichtshalber den Rückzug an. Diese merkwürdige Stimmung war ihnen nicht geheuer.

Das brachte Jan zusätzlich in Wallung. »Hast du nicht gehört? Verschwinde von hier! Wir wollen deinetwegen keinen Ärger. Und überhaupt: Was soll eigentlich dieser alberne Aufzug? Hältst du dich jetzt für einen Cowboy, oder was?«

»Jan, bitte«, meldete sich Meret leise zu Wort. »Er macht doch gar nichts.« Dafür kassierte sie einen giftigen Blick ihres Mannes, unter dem sie regelrecht zusammenzuckte.

Nun kam Leben in Knut Riewerts. Er ergriff die Initiative, indem er einen der Bierkrüge nahm und ihn Falk entgegenhielt. Der schlug auch gleich mit seinem Krug an, woraufhin Knut Riewerts laut und für alle um sie herum Sitzenden vernehmlich sagte: »Willkommen zu Hause, Junge.« Dann trank er aus dem Krug und setzte ihn hart wieder ab. Die Gespräche an den Nebentischen kamen leise wieder in Gang und hatten nun, den scheuen Seitenblicken nach zu urteilen, alle dasselbe Thema.

Jan schien das Verhalten seines Vaters so zu deuten, dass sich seine Familie gegen ihn verschworen hatte. Unschlüssig stand er vor dem Tisch. Falk war sich nicht sicher, ob er im nächsten Moment mit einem Angriff zu rechnen hatte, und machte sich auf dessen Abwehr gefasst. Da griff eine junge Frau am Nebentisch in das Geschehen ein: »Jetzt reitet euer Kai!«

Meret warf ihr einen dankbaren Blick zu, sprang auf und zog Jan an den Rand des Turnierplatzes. Der ließ das in seiner offensichtlichen Unentschlossenheit geschehen, warf aber immer wieder einen grimmigen Blick auf Falk.

»Der Junge reitet wie du früher«, sagte Knut Riewerts. »Das sollten wir uns ansehen.« Und dann fügte er etwas leiser und leicht verlegen hinzu: »Er hat sowieso viel von dir. Leider!«

Falk, der wusste, wie das zu verstehen war, nickte, lächelte nachsichtig und folgte dem Vater zum Turnierplatz. Dort preschte der junge Mann, den er vor zwei Tagen auf dem Hof seines Vaters am Steuer des Traktors gesehen hatte, ungestüm und respektlos auf den Galgen zu. Im letzten Moment stieß er zielsicher mit der Lanze in die Luft und stach einen großen Ring. Sein Pferd stieg leicht, als er in vollem Tempo wendete und zurückgaloppierte.

»Der Bengel reitet wie der Teufel«, hörte Falk jemanden in der Nähe sagen. Als er sich umwandte, erkannte er Helge Jacobsen, der seinerseits Falk mit einem Seitenblick bedachte. »Kein Wunder bei der Abstammung.«

»Wie der Teufel ist gut«, entgegnete sein Nebenmann. »Feuerteufel wäre treffender. Der Scheunenbrand bei Oldsum in der letzten Woche geht doch garantiert auch wieder auf sein Konto.«

»Hat halt dasselbe Hobby wie sein Onkel«, warf Helge Jacobsen ein. »Das liegt bei den Riewerts in den Pösten.«

Falk beschloss, die Sticheleien zu ignorieren. Damit hatte er rechnen müssen. Und wenn er jetzt nicht aufpasste, versaute er sich gleich zu Anfang alle Chancen.

Andernorts am Feldrand brandete der Jubel immer weiter auf, je mehr Ringe Kai stach. Falk sah einen Trupp Mädchen, die wie ein Kai-Fanclub zusammenstanden und den Reiter anfeuerten. Dabei wurden sie von jungen Männern in der Nähe wütend beobachtet, die immer heftiger diskutierten, je aufgeregter die Stimmung bei den Mädchen wurde.

Falk musste grinsen, als er Parallelen zu seinen eigenen Jugendjahren zog. Genauso hatte er sich damals zwischen der Bewunderung der Mädchen und der Eifersucht der Jungen in Alkersum befunden. Kai schien wirklich aus seinem Holz geschnitzt zu sein. Nur der Hinweis auf den Scheunenbrand in der vergangenen Woche behagte ihm nicht.

»Was meint der Jacobsen?«, erkundigte sich Falk bei seinem Vater. »Ist der Junge ein Brandstifter?«

Knut Riewerts zuckte mit den Schultern. »Niemand hat ihm je etwas nachweisen können. Aber er hat den schlechten Ruf halt weg.« Dabei sah er Falk traurig an.

»Und was meinst du? Haben die Kerle recht?«

Wieder zuckte Knut Riewerts resigniert mit den Schultern. »Keine Ahnung. Ich sage ja, er hat viel von dir. Da blickt man nicht so durch.«

Kai hatte inzwischen jeweils acht Ringe der beiden größten Umfänge gestochen und ließ in seinem Tempo nicht nach, als er nun die vorletzte Größe anging. Die Mädchen skandierten seinen Namen und übertönten alle anderen Anfeuerungsrufe. Das führte zu einer handgreiflichen Intervention einzelner junger Männer, die ihre Freundinnen aus dem Trupp herauszogen, begleitet von Proteststürmen in schrillen Tonlagen.

»Ich frage mich, wie lange sich die Jungs das noch gefallen lassen«, kommentierte Helge Jacobsen das Verhalten der Mädchen. »Würde mich nicht wundern, wenn Kai eines Morgens irgendwo in einem Entwässerungsgraben gefunden würde.« Wieder dieser spöttische Seitenblick auf Falk.

You bloody bastard!, schoss es dem durch den Kopf. Er drehte sich wütend zu ihm um und wäre auf ihn losgegangen, wenn sein Vater ihn nicht festgehalten hätte.

»Gib ihnen keinen Vorwand«, warnte der alte Mann. »Das wollen die doch bloß. Und glaub ja nicht, dass du hier von irgendjemandem Unterstützung bekämst.«

Falk wandte sich ab und ging zum Tisch zurück. Sein Vater folgte ihm und setzte sich ihm gegenüber. Beide tranken schweigend ihr Bier.

»Bist du mit deinen Plänen schon vorangekommen?«, fragte der alte Mann schließlich.

Falk schüttelte den Kopf. »Ich brauche erst den passenden Hof. Dann kümmere ich mich um Gleichgesinnte.«

»Mit Jan kannst du nicht rechnen.«

»Das habe ich schon kapiert. Warum ist der so? Wovor hat er Angst?«

»Das weißt du nicht?« Knut Riewerts kniff die Augen zusammen.

Falk schaute ihn fragend an, aber sein Vater senkte plötzlich den Blick. »Zu uns kannst du jedenfalls nicht zurück. Der Hof gehört Jan.«

»Das will ich auch gar nicht.«

»Kai hat als Erster den letzten Ring gestochen«, rief Meret und ließ sich auf die Bank fallen. »Der Junge ist König!« Sie griff nach einem Bierkrug, nahm einen großen Schluck und wischte sich mit dem Handrücken den Schaum vom Mund.

In diesem Moment wirkte sie auf Falk wieder wie das junge Mädchen, das sein Bruder vor über zwanzig Jahren ergattert und das auch ihm, Falk, seinerzeit gut gefallen hatte. Ihre Augen strömten für einen Moment so viel Energie aus, als hätte es all die Jahre und das Leben an Jans Seite nicht gegeben. Als sie Falks Blick spürte, verschwand das Strahlen aus ihren Augen und sie verkroch sich wieder in ihrer unnahbaren Hülle.

Leander hatte die heiße Phase des Turniers am Feldrand verfolgt und sich von der Begeisterung einfangen lassen, als der junge Kai Riewerts seinen letzten Ring stach und damit König der Mitteldörfer war. Jetzt trugen einige uniformierte Jungen und eine ganze Horde Mädchen den Helden auf ihren Schultern in Richtung Bierstand.

»Da vorne ist Platz«, tönte Mephisto und deutete auf den Tisch, der zuvor von den Urlaubern freigegeben worden war. Er eilte mit seinen kurzen Beinen voraus, dicht gefolgt von

Diana und Elke, die sich lachend über Volksfeste und die damit verbundenen Männlichkeitsrituale austauschten.

Leander sah zu, dass an seiner Seite ein Platz für Franziska freiblieb, die das lächelnd zur Kenntnis nahm und sich setzte. Götz nahte mit einem Tablett und stellte vor jeden einen Bierkrug. »Ein Glück für euch, dass ich vor dem großen Run am Stand war«, sagte er zufrieden. »Jetzt kriegt man da kein Bein mehr an die Erde.«

»Ich wusste sofort, dass du einen Plan verfolgst, als du dich vorhin verzogen hast«, kommentierte Leander grinsend.

»Das gibt's doch nicht«, rief Franziska plötzlich und sprang auf. »Bin gleich wieder da.« Sie lief zum Nebentisch hinüber, an dem der Cowboy saß, der vorhin für Aufsehen gesorgt hatte, und setzte sich neben eine Frau, die sie gleich wie eine gute Freundin in den Arm nahm. Der Cowboy stand auf, gab Franziska die Hand und war Sekunden später in ein offensichtlich sehr anregendes Gespräch mit ihr vertieft.

Leander bemerkte Elkes Blick in Franziskas Richtung und wusste nicht recht, was er mit dieser Mischung aus Eifersucht und Befriedigung anfangen sollte.

»Sag mal«, wandte er sich an Tom, »wer ist das da drüben eigentlich?« Er deutete mit dem Kopf auf den Cowboy am Nebentisch.

Er musste Tom, der ebenfalls wie gebannt hinüberstarrte, erst anstoßen, bevor der reagierte. »Falk Riewerts«, kam es dann gepresst zurück.

»*Der* Falk Riewerts?«

Tom nickte. »Und die anderen sind sein Vater und seine Schwägerin Meret. Der versoffene Kerl da hinten«, er deutete auf eine schrägstehende Gestalt am Bierstand, die den Tisch nicht aus den Augen ließ, »ist Jan, Merets Ehemann und Falks Bruder.«

»Dann kann Falk ja damals wohl kaum der Brandstifter gewesen sein«, stellte Leander mit der Befriedigung dessen fest, der die Vorurteile richtig eingeschätzt hatte.

»Wieso? Wann verjährt denn eine Brandstiftung?«

»Brandstiftung mit Todesfolge eben gar nicht. Darauf steht Lebenslänglich wie auf Mord, wegen der besonderen Heimtücke. Folglich kann er ja wohl kaum der Täter gewesen sein, sonst säße er jetzt nicht unbehelligt hier, sondern wäre längst festgenommen worden. Allerdings würde Falk wohl noch nach Jugendstrafrecht verurteilt, weil er zum Zeitpunkt der Tat ja sicher noch nicht volljährig war.«

»Doch, war er. Vielleicht sollte ich nicht so lange warten, bis ich ihn wegen der Goldgräbergeschichte interviewe«, überlegte Tom und machte Anstalten, ebenfalls aufzustehen. »Wer weiß, ob er nicht demnächst im Gefängnis sitzt.«

»Das ist jetzt wohl kaum der richtige Moment.« Leander zog ihn auf die Bank zurück. »Der wird uns nicht weglaufen. Und mal abgesehen von den Vorurteilen, gab es damals denn noch irgendetwas Handfestes, das Falk mit dem Todesfall in Verbindung gebracht hat?«

Tom fügte sich widerwillig und nickte auf Leanders Frage hin. »Damals gab es wilde Gerüchte, nach denen Falk etwas mit Wencke Olsen gehabt haben soll. In der Scheune soll es an dem Abend ein Schäferstündchen gegeben haben und danach habe Falk sie in Brand gesteckt.«

»Das hört sich für mich eher wie Dorftratsch an«, zweifelte Leander. »Ein junger Mann schläft mit seiner Freundin im Heu und steckt dann die Scheune an, in der sich das Mädchen noch befindet?«

»Vielleicht hat sie ihm gesagt, dass sie Schluss macht. Enttäuschte Liebe oder Eitelkeit, was weiß ich?«

»Unsinn«, sagte Leander. »Sagte Franziska nicht, er sei nach Amerika ausgewandert? Wenn es für seine Schuld

Beweise gegeben hätte, wäre Falk von den USA ausgeliefert worden. Bei Kapitalverbrechen verstehen die Amis auch keinen Spaß.«

»Da ist natürlich was dran«, gab Tom zu. »Wie gesagt, damals kochten die Gerüchte hoch. Und Falk hatte sowieso mehr Feinde als Freunde.«

»Wieso das?«

»Na, schau doch mal da rüber.« Franziska und Falk hatten sich weit über den Tisch einander zugebeugt und sprachen lachend miteinander. »Der hat noch nie was anbrennen lassen. Deshalb glaube ich auch nicht, dass das mit der Wencke damals was Ernstes war. Falk hatte immer mehrere Eisen im Feuer. Vor dem war kein Rock sicher. Der von Meret angeblich auch nicht. Wenn du wissen willst, was für ein Typ das damals war, musst du dir seinen Neffen ansehen, den frischgebackenen König Kai Riewerts. Das ist quasi Falk in jung. Von dem erzählt man sich auch so allerhand.«

»Und Franziska?«, fragte Leander. »Hatte die auch etwas mit Falk?«

»Weiß man's? Franziska war immer schon ein heißer Feger. Na ja, ich hatte jedenfalls nicht die Hand dazwischen.« Tom lachte.

»Sag mal, Tom, woher weißt du das eigentlich alles?«, mischte sich nun Elke ein.

»Falk und ich sind ein Jahrgang. Wir waren zusammen in der Schule. Ich habe zwar nicht zu diesem Freundeskreis gehört, aber man bekommt schon so einiges mit, wenn man im selben Dorf aufwächst.«

Franziska kam zurück und setzte sich neben Leander, der sie skeptisch ansah. Sie bemerkte seinen Blick und wandte sich ihm zu. »Unglaublich, gestern haben wir noch gedacht, Falk wäre für alle Zeiten verschwunden, und heute taucht er einfach hier auf dem Fest auf.« Sie blickte zum Nebentisch hinüber. »Er hat sich verändert. Trotz seiner merkwürdigen Kluft wirkt er seriöser als früher.«

»Sieht so aus, als hätte er sich mit seinem Vater versöhnt«, stellte Tom fest.

»Ja. – Ist schon komisch, wie die Zeit die Menschen verändert. Ich weiß gar nicht, wie lange ich schon nicht mehr mit Meret gesprochen habe. Sie wirkt irgendwie traurig auf mich.«

»Ich dachte, ihr wärt Freundinnen«, wunderte sich Leander.

»Das waren wir auch. Aber nach Wenckes Tod war alles plötzlich anders. Na ja, Meret hat später Jan geheiratet und ich Hendrik Tadsen auf Amrum. Wir haben uns so ziemlich aus den Augen verloren. Wenn es Feste wie dieses nicht gäbe, hätten wir uns womöglich nie wiedergesehen.«

Am Nebentisch wurde nun Jubel laut. Kai kam mit einem Gefolge aus mehreren Mädchen und ließ sich von seiner Mutter und seinem Großvater gebührend feiern. Dabei war klar zu erkennen, dass der junge Mann bereits mehr getrunken hatte, als gut für ihn war.

Auch Jan wankte mit einem Bierkrug in der Hand an den Tisch und grolte: »Sieh da, der König beehrt uns! Sag mal, Junge, wer soll das eigentlich alles bezahlen, wenn du jetzt Hof hältst? Wenn du glaubst, dass ich das zahle, hast du dich geschnitten.«

»Das kriegen wir schon hin«, antwortete Meret für ihren Sohn, zog Jan jovial zu sich und warf Kai einen flehenden Blick zu.

Aber der war genauso auf Krawall gebürstet wie sein Vater. »Keine Angst, Vater. Von einem Säufer wie dir erwarte ich gar nichts. Du hast ja selber nichts mehr auf der Tasche. Ich verdiene mir das Geld schon, das ich brauche.«

Jan sprang auf, hob die Hand und machte einen wankenden Schritt auf Kai zu, aber Falk war schneller. Entschlossen sprang er zwischen die Beiden. »*Shut up*! So spricht man nicht mit seinem Vater«, tadelte er Kai. »Auch nicht im Suff, merk dir das. Und jetzt geh mit deinen Mädels feiern, bevor du dafür selber zu viel getankt hast.«

»Wer ist er denn?«, brauste Kai auf und blickte seine Mutter an. »Hat der Penner hier auch was zu sagen? Hä, Cowboy?«

»Das ist dein Onkel Falk aus Amerika«, antwortete Meret, die sich sichtlich für ihren Mann und ihren Sohn schämte und Falk einen entschuldigenden Blick zuwarf.

Schlagartig veränderte sich Kais Gesicht. Statt des ungebändigten Zorns trat nun offene Neugier in seine Augen. Schweigend taxierte er Falk, der ihm beruhigend zunickte.

»Misch du dich nicht in unsere Familienangelegenheiten!«, brüllte Jan seinen Bruder an. »Damit hast du nichts mehr zu tun. Mach, dass du wegkommst! Am besten verschwindest du gleich ganz von der Insel! Niemand will dich hier mehr haben.«

Falk sah seinen Vater herausfordernd an. Jetzt war es Zeit, dass er endgültig Position bezog. Aber der alte Mann beugte sich vor und wich Falks Blick aus.

Jan, der das ganz genau registrierte, warf sich in die Brust. Leicht schwankend baute er sich vor Falk auf und zischte mit triumphierendem Unterton: »Und lass gefälligst die Finger von meiner Frau und meinem Sohn.«

Meret wich einen Schritt zurück. In ihren Augen konnte man blanke Angst erkennen. Kai jedoch wandte sich wieder seinem Vater zu und sagte mit hasserfülltem Blick: »Du versoffenes altes Schwein!« Dann winkte er den Mädchen, die verschreckt in der Nähe standen, und zog mit ihnen in Richtung Bierbude davon.

Jan wehrte den Arm seiner Frau heftig ab, spuckte vor Falk auf den Boden und schwankte in der Gegenrichtung davon.

»Tut mir leid«, murmelte Falk betroffen. Während Meret die Tränen hinunterliefen, senkte er den Kopf und ging zu seinem Pferd. Ohne sich noch einmal zu seiner Familie umzudrehen, band er es los, sprang hinauf und ritt im Galopp davon.

Knut Riewerts sackte plötzlich stöhnend in sich zusammen. Meret sprang erschrocken zu ihm und hielt ihn auf der Bank fest. »Vater, mein Gott!«

Franziska lief zum Getränkestand und holte ein Glas Wasser, das sie dem alten Mann langsam einflößte, während Meret ihn aufrecht hielt.

Langsam erholte sich Knut Riewerts von dem Schwäche-anfall. »Das habe ich nicht gewollt«, murmelte er, während Meret ihm aufhalf und sich seinen rechten Arm um die Schultern legte. Mit der Linken stützte er sich schwer auf den Tisch. »Das habe ich alles nicht gewollt.«

Franziska kam zu Leander zurück und sagte: »Ich muss Meret helfen. Wir sehen uns am Montag in Wittdün. Weißt du schon, wann du kommst?«

»Eine Fähre geht um Neun, die nächste um halb Elf«, warf Tom ein. »Am besten nimmst du die erste, dann bist du um zehn drüben.«

»Also um halb zwölf am Anleger«, entschied Leander. »Ich muss ja nicht schon vor dem Aufstehen losfahren.«

»Fauler Sack!«, rüffelte Tom ihn.

Franziska lachte und half dann Meret, den alten Knut Riewerts von der Festwiese zu führen.

»Die arme Meret hat es auch nicht leicht«, kommentierte Elke das Geschehen. »Die ganze Familie ist hoffnungslos zerstritten und sie muss alles auffangen.«

»Da hast du aber Glück, dass du nicht so einen Suffkopp als Mann hast«, beschied Tom. »In diesem Sinne: Ich hole uns erst mal was zu trinken. Wer möchte noch ein Bier haben?«

Aus dem Reisetagebuch
des Föhrer Bauernsohnes Volckert Olsen

20. April 1898
Hamburg. Amerika-Kai.

Ich habe noch nie so viele Schiffe gesehen. Ein Meer von Masten und dazwischen die Schornsteine der modernen Dampfsegler, die nur noch 30 Tage brauchen bis nach Amerika. Wenn man am Ufer steht, sieht man die Elbe gar nicht mehr, so viele Schiffe fahren hier. Die meisten kommen mit Baumwolle, Tabak, Tee, Kaffee und Zuckerrohr aus Amerika und fahren mit Auswanderern an Bord wieder zurück. Das ist besser, als leer zu fahren oder nur mit Ballast, und es bringt sogar mehr Geld als das Fahren mit Fracht. Außerdem braucht in Amerika keiner Waren aus Europa. Da gibt es alles im Überfluss und viel besser als hier.

Das Mannschaftsdeck auf der Henriette ist eng. Immer zwei Matrosen teilen sich die Koje. Wenn einer arbeitet, kann der andere schlafen. Knudt und ich haben unsere Kojen nebeneinander und zum Glück dieselbe Schicht. Nickels Lund ist tatsächlich auch an Bord, aber der liebe Gott hatte ein Einsehen und hat ihn nicht in unserer Nähe untergebracht.

In Dagebüll ist noch ein Mann von Amrum in die Kutsche gestiegen. Rörd Tadsen ist Fischersohn und hat die Koje neben Nickels zugewiesen bekommen. Er scheint ein netter Kerl zu sein, ist aber sehr schweigsam.

Die Henriette ist ein Dreimaster und fährt nur auf der Amerika-Route. Immer volle Laderäume von New York nach Hamburg und dann Auswanderer hinüber in die Neue Welt. Als reines Segelschiff braucht es länger für die Route als die Dampfsegler, je nach Strömung und Wind etwa 35 bis 45 Tage. Wenn im Herbst und Winter das Wetter im Ärmelkanal schlecht ist, kann es auch ein paar

Wochen länger dauern, weil die Henriette dann auf besseres Wetter warten muss, bis sie zum Atlantik weiterfahren kann.

Der Laderaum im Zwischendeck wird für die Auswanderer mit Kojen bestückt, die in Amerika schnell wieder aufgebaut werden können. Etwa 250 Leute bringen wir so unter. Dort unten ist es noch enger als im Mannschaftsdeck. Nicht einmal ein halber Quadratmeter steht einem Auswanderer zu, eine Koje von 50 Zentimetern Breite und 180 Zentimetern Länge muss für zwei Menschen reichen, egal wie groß sie sind. Außerdem bekommt jeder ein bisschen Platz für das Gepäck im unteren Laderaum zugewiesen. Pro Familie ist eine Kiste zugelassen, mehr Stauraum haben wir nicht. Aber die Menschen sind arm, sie besitzen ohnehin nicht mehr. Unter den Kojen stehen Eimer, am Aufgang ist ein großes, leeres Fass festgebunden. Vielleicht können die Passagiere sich hier mit Wasser versorgen, wenn wir erst auf Fahrt über den Ozean sind.

Die Menschen kommen aus allen Teilen Deutschlands, viele aus dem Süden, aus Bayern oder Schwaben. Anwerber haben im ganzen Reich Büros eröffnet und versorgen die Aufreisewilligen mit den nötigen Papieren, mit Schiffspassagen und mit Unterkünften im Hafen für die Wartezeit. Eine Passage nach Amerika kostet so viel, wie ein Handwerker im ganzen Jahr verdient. Die meisten Menschen sind bettelarm. Falls sie überhaupt etwas besessen haben, haben sie es verkauft, um die Überfahrt bei den Werbern im Voraus zu bezahlen und die Wucherpreise bei ihren Zimmervermietern hier in Hamburg. Wenn sie an Bord kommen, haben sie meist nur noch ein bisschen Proviant, das ihnen viel zu teuer verkauft worden ist. Ihre Kleidung ist ärmlich und überwiegend schwarz. Ich verstehe ihre Sprache nicht. Kleine Kinder und Alte sind darunter, sie wirken schwach und verängstigt. Auch Frauen, die aussehen, als ständen sie kurz vor der Niederkunft, wagen die lange Reise. Wie verzweifelt muss ihre Lage sein, wenn sie das auf sich nehmen. Es gibt viel Streit unter den Männern, weil es so eng ist und ständig etwas gestohlen wird. Wie soll das erst werden, wenn sie über einen Monat lang zusammengepfercht leben müssen? Die Luft ist schlecht im Zwischendeck. Vielleicht wird das besser, wenn wir erst auf Hoher See sind.

Knudt und ich sind den ganzen Tag mit dem Verstauen des Gepäcks beschäftigt und weisen den Leuten ihre Kojen zu. Die älteren Matrosen haben Erfahrung mit Auswanderern und gehen ruppig mit ihnen um. Einer, ein richtiger Seebär mit Namen Matthias, dessen Alter ich nicht schätzen kann und der mir von dem großen Geschäft der Werbeagenturen erzählt hat, spuckt aus, wenn er einem Auswanderer begegnet. Die machen nur Schwierigkeiten, sagt er. Und die stinken. Schweine zu transportieren wäre ihm lieber, die machen nicht so viel Ärger und fressen, was man ihnen vorsetzt.

23. April 1898

Stechen bei Sturm und Regen in See. Zuerst die Elbe hinunter, morgen dann durch die Nordsee in den Ärmelkanal. Matthias sagt, da ist meistens raue See und dann geht die Kotzerei im Zwischendeck los. Mir ist auch schon schlecht, obwohl wir noch auf der Elbe sind. An Deck muss ich mich festhalten, sonst werde ich auf dem schwankenden Schiff hin und her geworfen. Knudt geht es genauso. Rörd als Sohn eines Fischers ist das gewohnt. Wie soll das erst auf hoher See werden?

5 NACHT AUF SONNTAG

Er schaute auf das Leuchtzifferblatt seiner Armbanduhr: 3 Uhr 17. So langsam wurde es Zeit. Franziska war vor etwa einer Stunde gegangen und hatte Meret und den Alten allein zurückgelassen. Es war zwar kaum damit zu rechnen, dass Jan oder Kai vor dem Morgengrauen hier auftauchen würden, aber man konnte ja nie wissen. Wenn er die Sache in dieser Nacht nicht durchzog, würde er wohl kaum so bald wieder eine so gute Gelegenheit dazu bekommen.

Vorsichtig löste er sich aus der Deckung des Traktors und scannte vorsichtshalber noch einmal den Hof ab. Haus und Scheune lagen friedlich unter einem überdimensional erscheinenden Mond, auf dessen Oberfläche er in dieser Nacht sogar einzelne Krater auszumachen glaubte. Derartige Bilder kannte er sonst nur aus Hollywoodfilmen. Das ideale Bühnenbild für das, was er vorhatte.

Er huschte geduckt hinüber zur Deelentür. Eine Katze machte ein paar Schritte aus der Remise, sah ihn, stutzte kurz und flüchtete dann mit großen Sprüngen zurück in den Schutz der Dunkelheit zwischen den rostigen Maschinen. Vorsichtig drückte er den vernarbten Eisengriff hinunter. Leise knarrend schwang ihm die Tür entgegen. Na bitte, auf die Föhringer war Verlass. Niemand verschloss hier nachts seine Stall- und Deelentüren. Warum auch? Wer sollte schon Vieh stehlen? Das bekam man ja nicht unbemerkt von der Insel. Und sonst war auf den Höfen nichts zu holen.

Die Kühe klirrten mit ihren Ketten, eine stieß ein leises dumpfes »Muuh« aus, als er die Taschenlampe anknipste und mit der linken Hand abschirmte. Da vorne war die Küchentür, der Weg dorthin war unverstellt. Wenige Schritte, ein leises Quietschen der Klinke und er befand sich in dem großen Raum. Auf dem Esstisch standen zwei Gläser und eine fast leere Flasche Rotwein. Die Frauen hatten es sich offensichtlich gemütlich gemacht, nachdem sie den Alten ins Bett verfrachtet hatten. Er schnupperte an der Flaschenöffnung. Der erdig-rauchige Geruch eines Spätburgunders stieg ihm in die Nase. Nicht sein Fall, zu schwer.

Der Lichtstrahl fand die Tür zum Flur. Ab jetzt musste er besonders vorsichtig sein. Wenn Meret einen leichten Schlaf hatte, würde sie jedes Geräusch bemerken. Die Treppe hinauf zu ihrem Schlafzimmer hatte Holzstufen, die ihn warnen würden, falls sie herunterkäme. Vom Ende des Flurs drang leises Schnarchen herüber. Dort hinten lag das Zimmer des Alten.

Lautlos huschte er an der Treppe vorbei und blieb einen Moment vor dem Schlafzimmer stehen. Die Tür war nur angelehnt, geräuschlos schwang sie in ihren Angeln auf. Da lag Knut Riewerts mit offenem Mund und schlief tief und fest. Der rechte Arm lag auf der Bettdecke, der linke hing schlaff herab. Mit zwei Schritten war er am Bett, ein schneller Griff an den Hals. Der Alte riss die Augen auf, blickte wie irr um sich. Nun erkannte er ihn, der Schreck wich einer Art Fassungslosigkeit, dann begriff der Alte. Aber da war es auch schon zu spät für eine ernsthafte Gegenwehr. Fest und gleichmäßig drückte er dem Alten die Kehle zu. Der schlug noch einmal nach dem Kopf des Angreifers, aber diesen unsicher geführten Schlägen konnte man leicht ausweichen. Dann krallten sich die alten Hände in die muskulösen Arme, doch sie waren zu schwach, um den Würgegriff zu lockern.

Er fühlte, wie dem Alten die Kraft ausging. Die Beine schlugen noch ein paarmal von unten gegen die Bettdecke, zuckten dann leicht nach, als die Hände schon aufgegeben hatten und seitlich wegrutschten. Jetzt nur nicht zu lange drücken, das Zungenbein durfte nicht brechen, der Tod sollte später eintreten. Er zerrte den schmächtigen Alten aus dem Bett, warf ihn sich über die Schulter und trat den Rückweg durch den Flur an. Oben war immer noch alles ruhig.

Mit der freien Hand zog er leise die Küchentür hinter sich zu, schleppte den leblosen Alten durch die Deele, vorbei an den Kühen, die selbst jetzt in der Nacht noch schmatzend widerkäuten. Vor der Deelentür verharrte er kurz, lugte hinaus in die Nacht, vergewisserte sich, dass der Hof verlassen dalag. Jetzt musste er sich beeilen, damit der Alte nicht vor der Zeit wieder zu sich kam.

Er überquerte den Hof und lief direkt zum Scheunentor, das er einen Spalt breit aufschob, drückte sich mit dem leblos herabhängenden Körper auf seiner Schulter hindurch, knipste die Taschenlampe wieder an und leuchtete so gut es ging den Raum aus. Rechts waren Strohballen gestapelt. Dorthin trug er den alten Mann und legte ihn schwungvoll darauf ab.

Genauso schnell, wie er die Scheune betreten hatte, war er auch wieder draußen auf dem Hof. Er rannte zum Traktor und holte den Kanister, den er dort bereitgestellt hatte. Zurück in der Scheune legte er eine Benzinspur von den Strohballen bis hinüber zum Tor. Schon jetzt konnte er die Ballen brennen sehen, die Glut aufstieben. Die Vorfreude jagte Adrenalin in seinen Körper, als er sich vorstellte, wie in wenigen Minuten das Inferno seinen Lauf nehmen würde. Der Alte rührte sich nicht und gab auch keine Geräusche von sich. Hoffentlich war er nicht doch schon tot, das konnte seinen Plan zunichtemachen.

Er schob das Tor zu und legte den Fallriegel vor. Den Rest des Benzins verteilte er entlang der Holzwand. Dann verschraubte er den Kanister wieder und stellte ihn einen

Moment beiseite, um die Streichhölzer hervorzuholen. Das altbekannte, wunderbare Gefühl kündigte sich wieder an, das leichte Zittern in den Beinen, das Kribbeln in der Magengegend. Verflucht, wie lange hatte er das schon nicht mehr erlebt! Und wie lange hatte er auf diesen Moment warten müssen! Hier und jetzt würde er endlich Rache nehmen.

Er riss ein Streichholz an, hielt es leicht schräg und sah zu, wie die harmlos flackernde Flamme sich stabilisierte und allmählich schüchtern größer wurde. Nun ließ er es fallen, beobachtete, wie es trudelte, bevor es mit der brennenden Spitze aufkam und sich einen Moment zu überlegen schien, ob es nicht doch wieder erlöschen sollte. Mit einem Zischen fing der getränkte Schmutz vor seinen Füßen Feuer, rauschend schoss es die Wand hoch, verbreitete augenblicklich einen heißen Hauch, vor dem er zurückwich. Das war die Initialzündung, von jetzt ab würde alles seinen Lauf nehmen – das beruhigte ihn: Von nun an nahm alles seinen natürlichen Lauf.

Er griff nach dem Kanister und lief gebückt hinüber zum Trecker, zurück in die Deckung, aus der heraus er sein Werk beobachten konnte. Das Feuer leckte unter dem Tor hindurch. Er wusste, was jetzt da drinnen geschah: Die Flamme folgte der Benzinspur, erreichte die Strohballen und explodierte darin zu einem gelbrot glühenden Funkenregen, der den ganzen Raum in Sekundenschnelle in ein brennendes Höllenfeuer verwandelte. Der leblose Körper würde sich aufbäumen und wieder zusammensacken. Schade, dass der Alte davon kaum etwas, vielleicht sogar gar nichts merken würde. So viel Gnade hatte er nicht verdient.

Jetzt war es so weit. Die Explosion des Strohs drang durch das brennende Holztor. Wie eine gewaltige Verpuffung, dann ein Rauschen, das zu einem Tosen anschwoll. Das Adrenalin strömte durch seinen Körper und er musste sich zusammenreißen, um nicht laut loszubrüllen und so die Urgewalt des Feuersturms zu unterstützen. Rote und gelbe Zungen leckten durch die Lücken in den Brettern der Seitenwände.

»Feuer!«, brüllte plötzlich eine Stimme. »Verfluchte Scheiße, Feuer!«

Jan taumelte von der Hofeinfahrt her in Richtung Scheune, wurde aber von der Hitzewand zurückgeworfen und wich schwankend mit vor dem Gesicht erhobenen Armen seitlich aus. Und dann war auch Meret plötzlich da, erfasste, was passierte, schrie und rannte zurück ins Haus. Jan zog einen Schlauch aus der Remise und drang mit einem kläglichen Wasserstrahl in Richtung Scheunentor vor. Das Feuer hatte das Dachgebälk erreicht und brach mit einem Brüllen durch die Balken. Die Betondachpfannen explodierten und prasselten wie ein Hagelschauer auf den Hof. Alles hier war nun in ein grell flackerndes Rot getaucht. Die Hitze brandete wie Höllenatem über den Hof.

Er wurde ganz ruhig jetzt. Alle Anspannung ließ nach, er war ganz eins mit sich und den Flammen da vorne. Das Werk war vollbracht, das Schauspiel perfekt in seiner Farbenpracht. Langsam drang die Stimme der Vernunft zu ihm durch: Du musst weg hier, sofort! Solange noch keine Feuerwehr da war, solange Jan noch gegen die Flammenwand kämpfte und Meret im Haus war. Bestimmt war sie gerade im Schlafzimmer des alten Mannes, um ihn zu wecken. Sie würde ihn nicht vorfinden und ihn suchen, im Bad zuerst, in der Küche, dann auf dem Hof. Noch konnte er weg, ohne erkannt zu werden. Mit ein paar Sätzen war er am Staketenzaun des Bauerngartens, schwang sich hinüber und rannte achtlos durch die Gemüsebeete. Er erreichte die feuerabgewandte Seite des Hauses und schlug sich von hier aus in die Dunkelheit der Wiesen und Äcker. Sekunden später verschluckte ihn die Marsch, während in den Dörfern Sirenen dreimal aufheulten und die Martinshörner der Feuerwehr ertönten.

Aus dem Reisetagebuch
des Föhrer Bauernsohnes Volckert Olsen

24. April 1898

Seit gestern Abend nehmen wir Kurs auf den Ärmelkanal. Der Regen hat aufgehört und der Wind hat sich gelegt. Das Meer ist ruhig. Ein Glück, so kann ich mich etwas daran gewöhnen, keinen festen Boden mehr unter den Füßen zu haben. Etwas besser geht es schon, aber wenn ich nicht aufpasse, verliere ich an Deck immer noch den Halt.

Matthias ist unser Vormann. Er nimmt keine Rücksicht auf die Neuen. Wir müssen in die Wanten wie die anderen, die schon seit Jahren zur See fahren. Aufentern heißt das hier an Bord. Wir üben das Hissen und Raffen der Segel. Wenn wir erst auf dem Atlantik sind, muss das sitzen, sagt Matthias. Jeder Handgriff muss dann automatisch gehen, davon kann unser Leben abhängen. Nach der Schicht fallen wir müde in die Kojen. Ich schlafe unruhig und träume von Föhr, von Mutter, Vater, Ingke und Gerrit. Das ist Heimweh, sagt Knudt. Aber dann machen wir uns klar, wie hart das Leben auf Föhr im Winter sein wird, weil das Korn in diesem Jahr so schlecht steht, und sind froh, unseren Familien nicht zur Last zu fallen.

Am Morgen tun mir alle Knochen weh, aber es nützt nichts, niemand nimmt darauf Rücksicht. Wenn ich nicht in die Wanten klettern muss, liege ich auf den Knien und schrubbe das Deck mit einer Wurzelbürste. Danach spüre ich meine Arme kaum noch. Nickels Lund scheint das alles nichts auszumachen. Er hat schnell Anschluss bei den älteren Seeleuten gefunden und scherzt mit ihnen, als würde er sie seit Jahren kennen. Das ist vielleicht der Vorteil, wenn man so ein hartes, ärmliches Leben gewohnt ist. Der hat es hier an Bord besser als zu Hause auf Föhr.

Der Ärmelkanal liegt hinter uns. Ich habe mehr über der Reling gehangen als geschlafen, obwohl die See außergewöhnlich ruhig ist. Ich weiß nicht, was mir mehr zu schaffen macht: das endlose Rollen des Schiffes oder dass vor uns kein Land mehr in Sicht ist. Von jetzt ab werden uns Strömung und Wind über den Atlantik bringen. Da draußen sind wir dann allein in Gottes Hand.

Am Nachmittag hat der Kapitän mit Nickels Lund und Körd Tadsen gesprochen, die das Deck am Ruderhaus schrubben mussten. Er heißt Ketels und ist ein großgewachsener, muskulöser Mann, vor dem die Mannschaft Respekt hat. Selbst Matthias senkt den Kopf, wenn er ihm begegnet. Kapitän Ketels und Nickels Lund haben gelacht und Lund hat schließlich auf Knudt und mich gedeutet. Der Kapitän ist zu uns gekommen und hat gefragt, ob wir auch von Föhr sind. Dann sind wir Nachbarn, hat der Kapitän gesagt, ich komme von List auf Sylt. Nachbarn hat er gesagt! Zu Hause auf Föhr sind die Leute von Langeneß und Amrum schon Fremde für uns, wie viel mehr erst die von Sylt, weil es dorthin selbst bei Niedrigwasser keine Verbindung durchs Watt gibt. Hier auf dem Ozean sind wir plötzlich Nachbarn. Ich begreife, dass die Fremde auch etwas Gutes haben kann, weil sie Menschen verbindet.

6 SONNTAG

Leander zögerte das sonntägliche Frühstück in seinem Garten hinaus. Es war noch sehr spät geworden in der letzten Nacht und so war er gegen halb zehn mit schwerem Kopf aufgewacht. Beim Brötchenholen hatte er sich den Abstecher auf die Mittelbrücke gespart, da für seinen Geschmack bei dem schönen Wetter schon viel zu viele Urlauber in der Fußgängerzone unterwegs gewesen waren, und nun wagte er sich nach einer halben Kanne Kaffee und nachlassenden Kopfschmerzen an den ersten Bissen fester Nahrung.

Durch das Laub des Apfelbaumes rieselten vereinzelte Sonnenstrahlen. Spatzen balgten sich zwitschernd in einer Sandkuhle neben dem Holzschuppen. Aus dem Nachbargarten drang leises Pfeifen zu ihm herüber: Johanna Husen flötete halbwegs melodisch irgendeinen alten Schlager vor sich hin. Bella lag auf dem Stuhl neben ihm, den Kopf auf ihren weißen Tatzen abgelegt, ignorierte das Geschehen um sich herum und blinzelte Leander müde zu. Poirot schlief bereits den Schlaf des Gerechten im Katzenbett im Wohnzimmer und würde, abgesehen von kurzen Besuchen an Futternapf und Tränke, bis heute Abend nicht wieder auftauchen.

»Nie wieder fasse ich ein Glas Bier an, Bella«, versprach Leander und versuchte, die aufsteigende Übelkeit zu unterdrücken, die er von unzähligen Tagen vergleichbar folgenloser Versprechungen kannte.

Bella glaubte ihm nicht und kommentierte den Vorsatz mit einem langgezogenen Gähnen unter Präsentation ihrer spitzen Fangzähne, wobei ihr ein quietschender Laut entwich. Dann hob sie den Kopf und begann, sich ausgiebig zu putzen, indem sie mit geschlossenen Augen mehrfach ihre rechte Tatze ableckte und sich dann langsam über das rechte Ohr bis zur Nasenspitze wischte. In etwa zehn Minuten würde sie auf der linken Seite genauso ausgiebig genau das Gleiche machen und sich anschließend endgültig in den wohlverdienten Schlaf sacken lassen. Diese innige Katzenwäsche hatte etwas Meditatives. Bella war in solchen Phasen immer ganz bei sich und mochte es gar nicht, wenn Leander sie störte, indem er sie beispielsweise streichelte.

Der bemühte sich jedoch immer, zu ergründen, was in seinen Tieren vorging, und ihnen gerecht zu werden. Also gönnte er dem Kätzchen nun die weltvergessene Selbstbeschäftigung und griff nach der Wochenendausgabe der *Süddeutschen Zeitung*, die er bei Bäcker Hansen gekauft hatte. Sonntags hatte er Muße und meistens auch die Lust dazu, aus seinem selbstgewählten Exil aufzutauchen und sich mit dem Weltgeschehen zu befassen.

Gleich auf der Titelseite wurde er mit dem Elend konfrontiert, das seit Monaten Top-Thema in allen Medien war: Hunderttausende von Flüchtlingen kamen in wrackähnlichen Fischerbooten über das Mittelmeer oder zu Fuß über die Balkan-Route und schienen in der überwiegenden Zahl vor allem ein Ziel zu kennen: Deutschland. Schlepper verdienten sich an der Not eine goldene Nase und waren für Hunderte von Toten auf dem Meer und einmal sogar in einem Tiefkühltransporter verantwortlich. Waren diejenigen, die nicht auf der Flucht nach Europa ihr Leben verloren hatten, schließlich in Deutschland angekommen, wurden sie von einer chaotischen Bürokratie und inzwischen oft von Menschenaufmärschen mit Hass und Fremdenfeindlichkeit empfangen. Bereitgestellte Unterkünfte wurden angezündet und dabei sogar Tote in Kauf genommen. Der Vizekanzler bezeichnete den marodierenden deutschen Mob als ›Pack‹, der Bundespräsident sprach angesichts der Tatsache, dass vor allem in den Neuen Bundesländern die Fremdenfeindlichkeit hochkochte, von ›Dunkeldeutschland‹, der Innenminister agierte sogar noch hilfloser als die irrlichternde Kanzlerin und Europa bewies in seiner Uneinigkeit vor allem eines: dass es Europa zwar als Kontinent, nicht aber als Verwirklichung einer Utopie von Zusammenhalt, Menschlichkeit und Frieden gab.

Seit Silvester 2015 befand sich die ›Willkommenskultur‹ in der Defensive und die Beschützer des ›deutschen Volkskörpers‹ waren unbeirrt auf dem Vormarsch. Und inmitten dieses Ausbunds an Hilflosigkeit hatten Leanders ehemalige Kollegen für die Sicherheit der Flüchtlinge und der deutschen Bundesbürger zu sorgen, wohl wissend, dass sie, wenn etwas schiefging, von der Politik im Regen stehen gelassen wurden. Polizist zu sein, war ein undankbarer Job, heute mehr denn je.

Leander hätte gerne geglaubt, dass die Materie einfach nur zu kompliziert sei, als dass die Politiker sie verstehen und problemlösend handeln konnten. Dann hätte er wenigstens noch Nachsicht oder Mitleid haben können. Aber ihn beschlich immer mehr der Verdacht, dass die Strippen längst von anderen gezogen wurden: von denen, die seit Jahrzehnten eine Umverteilung von Süden nach Norden verfolgten und an den Kriegen in der Welt verdienten. Während Europa noch verzweifelt seine gemeinsamen Werte und sich selbst suchte, waren Großbanken und Rüstungskonzerne längst globalisiert. Und niemand in der Regierung dachte daran, die Kosten von denen tragen zu lassen, die die Krise verursacht hatten. Stattdessen waren neue Steuern im Gespräch, am besten noch auf Benzin oder gleich eine Mehrwertsteuererhöhung, damit die Verlierer in der Gesellschaft auch mitzahlen durften. Das war dann erst recht Wasser auf die Mühlen der rechten Volksverhetzer.

Zum Glück gab es aber auch noch ein paar andere, wie Leander im Innenteil der Zeitung lesen konnte: die hilfsbereiten Menschen und die, die sich in Demonstrationen dem braunen Pöbel entgegenstellten. Wenigstens die hatten sich ihre Menschlichkeit bewahrt und machten der großen Politik vor, wie nun zu handeln sei.

Leander dachte an die Jacobsens, die Tadsens und die unzähligen anderen Amerika-Auswanderer und daran, dass gerade die Deutschen sich mit Wirtschaftsflüchtlingen auskennen mussten, denn allzu oft waren gerade sie vor den schlechten Verhältnissen zu Hause ins Ausland geflüchtet. Gar nicht auszudenken, wie diese Menschen heute über Amerika reden würden, wenn sie damals dort so empfangen worden wären wie jetzt hilflose Menschen überall in Deutschland empfangen wurden. Stattdessen hatten sie die Chance bekommen, ihre Fähigkeiten und Tugenden zu nutzen, zum eigenen Vorteil und zum Wohle der Nationen, die sie aufgenommen hatten. Leander nahm sich vor, Tom diesen Aspekt vor Augen zu führen, damit seine Aufarbeitung der Föhrer Auswanderergeschichte einen höheren Sinn bekam und nicht in eine verklärende Heimattümelei abdriftete.

Falk wurde unsanft aus dem Bett gerissen. Zwei Polizeibeamte zerrten ihn hoch, warfen ihn auf den Boden, drückten ihm ihre Knie in den Rücken und drehten seine Arme in den Schultergelenken etwas zu weit nach oben.

»*What the fuck* … Hey, ist ja gut, Jungs, ihr habt mich«, quetschte er hervor und ärgerte sich darüber, dass er im ersten Überraschungsmoment vor Schmerz aufgestöhnt hatte.

Als er vorsichtig seinen Kopf auf die Seite legte, erkannte er im Türrahmen einen dritten Polizisten mit gezogener Waffe, die er schräg nach unten richtete. »Bist du das, Olufs?«

»*Polizeihauptkommissar* Olufs! Und *Sie*! Herr Riewerts, ich verhafte Sie wegen des Verdachts, Ihren Vater ermordet zu haben.«

Die Nachricht traf Falk wie ein Faustschlag direkt in den Magen. Ihm blieb die Luft weg, bunte Kreise drehten sich vor seinen Augen und er hätte sich gerne gekrümmt, aber das ließen die beiden Gorillas auf seinem Rücken nicht zu.

»Wenn wir Sie jetzt loslassen«, fuhr Olufs fort, »denken Sie daran, dass ich meine Waffe auf Sie richte. Bleiben Sie ruhig und ziehen Sie sich etwas an. Sie werden uns jetzt begleiten.«

»Alles klar, Olufs«, keuchte Falk. »Aber das muss ein Irrtum sein. Mein Vater ist Knut Riewerts und der war gestern Nachmittag, als ich ihn das letzte Mal gesehen habe, noch lebendig.«

»Das ist er jetzt nicht mehr, nachdem Sie ihn gegrillt haben. Machen Sie hin, Riewerts. Die Kripo wartet.«

Die beiden Polizeibeamten ließen vorsichtig seine Arme los und standen aus der Hocke auf. Allerdings nutzten sie dabei die Gelegenheit, sich ausgerechnet mit den Knien hochzudrücken, die in Falks Rücken stachen.

»*Shit, folks*, muss das sein?«

»Spiel hier nicht die Memme, verfluchter Brandstifter«, bekam er von einem etwas untersetzten Beamten zur Antwort.

»Ist gut, Jörn«, sagte Olufs bestimmt. »Warte draußen auf uns.« An Falk gerichtet ergänzte er: »Ich entschuldige mich ausdrücklich für Polizeihauptmeister Vedders Wortwahl. In der Sache stimme ich ihm allerdings zu.«

Verächtlich schnaufend verließ der Getadelte den Raum und polterte auf der Treppe nach unten.

»Jetzt mach dir mal nicht ins Hemd, Olufs.« Falk stand auf. »Dafür kenne ich dich zu gut. Oder hat dir die Uniform den Charakter umgedreht?« Er griff nach seinen Kleidungsstücken, die er am Abend zuvor auf den Stuhl neben dem Bett geworfen hatte.

Olufs ignorierte die Anzüglichkeiten. »Sind das die Kleidungsstücke, die Sie gestern getragen haben?«

»Mhm.«

»Ziehen Sie sich bitte etwas anderes an. Die Sachen sind beschlagnahmt. Die KTU wird sie auf Brandspuren untersuchen.« Er gab dem dritten Beamten ein Zeichen, alles einzupacken.

Als sie schließlich die Treppe hinunterstiegen – Falk diesmal in Handschellen mit den Händen auf dem Rücken –, stand Cord Nickelsen unten in der Haustür und blickte verlegen zu Boden.

»*Don't worry*, Cord«, sagte Falk. »Ist schon gut. Die können mir gar nichts. In ein paar Stunden bin ich wieder hier.«

Draußen versuchte Klondike, an Jörn Vedder vorbeizukommen, der ihn jedoch mit beiden Armen daran hinderte. »*I've told them* … Ich habe denen gesagt, dass du das nicht gewesen sein kannst«, rief Klondike Falk zu und warf dabei einen Seitenblick auf die Polizisten, um deutlich zu machen, an wen die Botschaft eigentlich gerichtet war. »Du warst die ganze Nacht hier auf dem Hof, das kann ich bezeugen.«

Falk nickte Klondike beruhigend zu. »*It's okay*. Das klärt sich alles auf, mein Freund.«

Jens Olufs führte ihn zu dem Polizeiwagen und drückte seinen Kopf in der offenen Tür nach unten, damit er sich nicht anstieß. Das hatte Falk in tausend Krimis genauso gesehen und entsprechend unwirklich erschien ihm die Situation.

Leander legte die Zeitungsblätter zusammen und lehnte sich in seinen Gartenstuhl zurück. Mit hinter dem Kopf verschränkten Händen und geschlossenen Augen versuchte er, an schönere Dinge zu denken als an das, was er da in der Zeitung gelesen hatte. Aber es gelang ihm nicht. Vielleicht sollte er jemanden anrufen, der ihn auf andere Gedanken brachte. Aber wen?

Seine Tochter Pia fiel ihm ein, die auf Helgoland in der Biologischen Anstalt arbeitete. Aber die hatte er erst vor ein paar Tagen angerufen und sie würde sich wundern, wenn er schon wieder am Telefon war. Vielleicht würde sie sich sogar Sorgen um ihn machen, denn gewöhnlich hatten sie nur alle paar Wochen Kontakt. Und von seinem Sohn Hanno kannte er nicht mal die Telefonnummer. Überhaupt waren Leanders Familienverhältnisse eine Baustelle, die noch jede Menge Arbeit mit sich bringen würde.

Verflucht, das hatte er nun davon, dass er statt des *Inselboten* mit seinen Idyllenschilderungen die *Süddeutsche Zeitung* gelesen hatte! Jetzt hatte er den Blues und er wusste ganz genau, dass er ihn heute nicht mehr loswerden würde. Da nutzte es auch nichts, dass er sich in Erinnerung rief, wie fürchterlich ein Familienleben auch auf Föhr schieflaufen konnte, wenn die Dinge so verfahren waren wie zum Beispiel in der Familie Riewerts, deren Trostlosigkeit er gestern am Nebentisch beobachtet hatte. Es würde ihn nicht wundern, wenn die Brüder sich demnächst gegenseitig umbrachten.

Dieser Falk war schon ein merkwürdiger Vogel. Und wie der rumlief! Ein Cowboy auf einer Nordseeinsel. Da musste er sich nicht wundern, wenn die Insulaner auf Distanz gingen, zumal die Gerüchte über seine Vergangenheit nun wirklich keinen Grund dafür lieferten, ihm auch nur ansatzweise zu vertrauen. Diese Brandserie damals in den Neunzigern war demnach noch unaufgeklärt. Und sie musste aufgehört haben, nachdem Falk Riewerts die Insel verlassen hatte, denn sonst käme er ja als Täter nicht mehr in Frage.

Leander hätte zu gerne gewusst, warum seinerzeit in der Brandsache mit Todesfolge nicht konsequent gegen den jungen Mann ermittelt und ein Auslieferungsantrag an die amerikanischen Behörden gestellt worden war. Das konnte ja nur bedeuten, dass es keine Beweise gegen ihn gab oder vielleicht sogar eindeutige Hinweise auf seine Unschuld. Der *Inselbote* hatte damals doch bestimmt darüber berichtet. Leander nahm sich vor, bei Gelegenheit das Zeitungsarchiv aufzusuchen.

Aber vorerst hatte er für den morgigen Tag andere Pläne. Er würde nach Amrum fahren und dort Franziska wiedersehen. Sie würden nicht nur alte Fotos anschauen, dafür würde er schon sorgen. Stattdessen wollte er sich von Franziska die Insel zeigen lassen und vielleicht würden sie den Kniepsand entlangwandern und auch mal ins Wasser springen. Leander sah das genau vor sich: weißer Sand, die Wogen der Nordsee, Sonne pur und dieses bildhübsche Wesen an seiner Seite.

»Aaach!«, machte Leander und schloss die Augen.

»Henning?«, rief Johanna Husen über die Hecke. »Ist was mit dir? Geht's dir nicht gut? Warte, ich komme rüber.«

»Scheiße!«, stöhnte Kriminalhauptkommissar Dieter Bennings dumpf hinter dem Taschentuch, das er sich ins Gesicht drückte. »Ich hasse Brandleichen.«

»Ich finde Leichen generell nicht gut«, wagte Jens Olufs einen Einwand und hielt sich mit Daumen und Zeigefinger die Nase zu.

Falk stand in Handschellen neben den beiden Polizeibeamten. Zwei Männer in weißen Overalls hoben vorsichtig eine gekrümmte schwarze Gestalt in einen Zinksarg, von der Olufs behauptet hatte, das sei Falks Vater. So wenig konnte also von einem langen Leben übrigbleiben. Knut Riewerts, der Mann, der früher so ein unnachgiebiger Vater gewesen war, war nun nicht mehr als ein Stück Kohle. Hätte Falk jetzt nicht so etwas wie Trauer fühlen müssen? War er als Sohn nicht geradezu dazu verpflichtet und wurde es nicht auch von ihm erwartet? Falk fühlte tief in sich hinein, aber da war keine emotionale Regung, die er eindeutig hätte fassen können. So viele Jahre hatte er den Mann gehasst, der ihn von der Insel gejagt und ihm sein Erbe gestohlen hatte. Hatte er ihn eigentlich jemals geliebt? Ganz früher vielleicht, als kleines Kind? Falk hätte es nicht mehr sagen können. Wenn der alte Mann gestern wenigstens Jan in seine Schranken gewiesen und einmal zu seinem älteren Sohn gehalten hätte. Aber selbst dazu hatte ihm der Mut gefehlt. Woher also sollte jetzt die Trauer kommen?

Die Scheune war vollständig abgebrannt, rauchende schwarze Balken ragten aus dem Schutthaufen, von dem ein bestialisch brandiger Gestank ausging. Das Löschwasser hatte die gesamte Umgebung in eine Schlammwüste verwandelt. Kriminaltechniker in weißen Overalls bewegten sich vorsichtig durch die Überreste und suchten unter der Führung von Paul Woyke nach Spuren, soweit der glimmende und qualmende Tatort das schon zuließ.

Der Brandsachverständige löste sich aus der Gruppe und kam zu Bennings herüber. »Eindeutig Brandstiftung. Ich konnte auf Anhieb vier Stellen lokalisieren, von denen der Brand ausgegangen ist. Drei liegen in relativer Nähe zum Leichenfundort, eine am Tor.« Er hielt ein paar gasdichte Plastikbeutel hoch, in denen Falk schwarze Stofffetzen und verkohlte Holzreste erkennen konnte. »Ich tippe auf Spiritus oder irgendeinen Treibstoff. Genaues lässt sich erst im Labor feststellen. Aber wenn es Spiritus war, wird der Nachweis schwierig.«

Bennings nickte resigniert und sah zu, wie der Brandsachverständige sein Equipment in einem weißen Kastenwagen verstaute. Dann fixierte er Falk, der den bohrenden Blick geradezu körperlich spürte. Er musste seine Sinne beisammen haben und verdammt vorsichtig sein, sonst würde der Bulle ihm hier einen Strick um den Hals legen.

»Du Schwein!«, dröhnte plötzlich eine heisere Stimme über den Hof.

Als Falk sich umwandte, sah er seinen Bruder Jan aus dem Haus stürzen und mit erhobener Faust auf sich zu rennen. Zwei Polizeibeamte waren sofort zur Stelle und fingen ihn ab. »Ich bringe dich um, du verdammter Mörder!«

Meret tauchte hinter ihrem Mann auf. Sie wirkte völlig verstört und hatte ein verweintes Gesicht. Falk machte ein paar Schritte auf sie zu, aber Jens Olufs hielt ihn zurück.

»Wird Zeit, dass wir uns unterhalten, Herr Riewerts«, sagte Bennings und gab Olufs ein Zeichen, ihm mit dem Festgenommenen zu folgen.

Sie gingen über den Hof und durch die Deele. In der Küche deutete Bennings auf einen Stuhl. Olufs drückte Falk darauf und stellte sich hinter ihn, während Bennings den Platz direkt gegenüber einnahm.

»Haben Sie mir etwas zu sagen, Herr Riewerts?« Bennings Tonfall war ruhig und einfühlsam. Seine Augen drückten ehrliche Anteilnahme aus.

Guter Trick, Bulle, dachte Falk und blickte fragend zurück.

Bennings erkannte offenbar, dass er so nicht weiterkam und atmete tief ein und aus, als wenn er sagen wollte: Na gut, dann eben auf die lange Tour. Entsprechend geschäftsmäßig und distanziert war von nun an sein Tonfall. »Ihr Bruder hat den Brand gegen 3 Uhr 40 entdeckt. Wo waren Sie zu dieser Zeit?«

»Im Bett.« Falk stellte erstaunt fest, wie unmittelbar er

inzwischen schon wieder auf Deutsch antworten konnte, ohne den gedanklichen Umweg über das Englische.

»Kann das jemand bezeugen?«

»Mein Freund Klondike. Er hat das auch schon Ihren Kollegen gesagt.«

»Das glauben wir Ihnen aber nicht, Herr Riewerts.«

»Das ist Ihr Problem.« Selbst der Akzent war schon deutlich abgeschwächt.

Meret betrat die Küche. Olufs machte einen Schritt auf sie zu, um sie wieder hinauszukomplimentieren, aber Bennings gab ihm ein Zeichen, sie ruhig bleiben zu lassen.

»Meret …« Falk stand mit auf den Rücken gefesselten Händen mühsam auf. »Es tut mir so leid.«

Wieder bedeutete Bennings Jens Olufs, die beiden gewähren zu lassen.

Meret nickte und blickte zu Boden.

»Ich weiß, dass du ihm von uns allen am nächsten gestanden hast«, sagte Falk. »Hast du denn nichts bemerkt?«

Meret schüttelte kaum wahrnehmbar den Kopf und ließ sich auf einen Stuhl sinken.

»Setzen Sie sich bitte wieder, Herr Riewerts«, sagte Bennings.

Falk folgte der Aufforderung und stellte erstaunt fest, dass er zwar keine Trauer, aber Mitleid empfand – Mitleid mit Meret, die sichtbar unter dem Tod seines Vaters litt. »Ich war das nicht, Meret. Das musst du mir glauben.«

Diesmal reagierte seine Schwägerin nicht.

»Wo ist Kai? Weiß er es schon?«

Meret zuckte nur leicht mit den Schultern.

Wütend wandte sich Falk an Dieter Bennings: »Was soll das eigentlich alles hier? Ich habe ein Alibi. Wenn Sie wirklich daran interessiert sind, den Täter zu finden, fragen Sie meinen Bruder Jan.«

Nun blickte Meret auf und fixierte Falk. Einen Moment lang glaubte er, so etwas wie Kampfgeist in ihren Augen aufglimmen zu sehen, aber genauso schnell, wie diese Regung gekommen war, erlosch sie auch schon wieder. Zumindest funktionieren ihre Reflexe noch, dachte Falk. Jan hat sie also noch nicht vollständig zerstört.

»Was meinen Sie damit, Herr Riewerts?«, hakte Bennings nach. »Warum soll ich Ihren Bruder fragen und nicht Sie?«

»Weil er im Gegensatz zu mir hier gewesen ist, als das Feuer ausbrach. Und jetzt machen Sie mich los.«

»Ihr Bruder hat versucht, den Brand zu löschen. Dass Ihr Vater in der Scheune war, wusste er nicht. Das hat er erst mitbekommen, als die Feuerwehr alles unter Kontrolle hatte und Ihr Vater nirgendwo zu finden war.«

Falk schnaufte verächtlich. Jan glaubten sie also, aber ihn hatten sie trotz seines Alibis festgenommen.

»Sie kommen erst einmal mit auf die Wache«, ordnete Bennings an. »Herr Vedder wird Sie begleiten. Und Sie, Herr Olufs, fahren bitte zu dieser Franziska Tadsen und lassen sich Frau Riewerts' Aussagen bestätigen.«

»Wo finde ich Franziska?«, erkundigte sich der Polizeihauptkommissar bei Meret.

»Sie hat auf dem Hof ihrer Eltern übernachtet. Heute Morgen wollte sie aber zurück nach Hause, nach Amrum. Kann sein, dass sie schon wieder in Norddorf ist.«

Auf dem Weg nach draußen trafen sie auf Jan. Bennings hielt Jörn Vedder und Falk noch einmal auf und fragte im Plauderton: »Ich habe gehört, dass Sie erst seit Kurzem wieder auf Föhr sind. Ihr Bruder hat uns von einem heftigen Streit erzählt, den Sie gestern auf dem Fest hatten. Worum ging es genau?«

Während Falk berichtete, ließ Bennings Jan nicht aus den Augen. »Können Sie das so bestätigen?«

»Quatsch«, brauste der Landwirt auf. »Falk ist hier aufgekreuzt, um Stunk zu machen. Der will mich vom Hof verdrängen, weil mein Vater ihn enterbt hat. Sie hätten mal sehen sollen, wie er den armen Mann in die Enge getrieben hat. Deshalb hatte mein Vater ja einen Schwächeanfall. Falk ist der Einzige, der einen Grund hätte, meinen Vater zu töten. Wäre ja auch nicht der Erste, den er auf dem Gewissen hat.«

»Was heißt das?«

»Fragen Sie ihn doch mal nach Wencke Olsen«, brüllte Jan. »1999 hat Falk die Scheune auf dem Olsen-Hof angezündet, die Wencke ist dabei verbrannt. Deshalb hat mein Vater ihn von der Insel gejagt und enterbt. Ein Brandstifter und Mörder ist Falk, das ist er! Mein Vater hat ihn gehasst und für immer verstoßen. Und jetzt hat mein Bruder ihn auf die gleiche Weise getötet wie Wencke damals. Aus Rache!«

Bennings blickte zunächst Olufs, dann Falk an und war sichtlich alarmiert.

»*Bullshit!* Das ist Unsinn«, beeilte sich Falk. »Ich hatte mit dem Brand nichts zu tun. Außerdem hatte ich ein Alibi, das können Sie in Ihren Akten nachlesen. Als das Feuer ausbrach, war ich gar nicht in der Nähe des Olsen-Hofes.«

»Aha, und wo waren Sie da? Wer hat Ihnen das Alibi gegeben?«

Falk blickte verlegen auf Jan und antwortete: »Es wäre mir lieber, wenn Sie das nachlesen würden. Und was das Verhältnis zu meinem Vater angeht: Wir waren im Reinen miteinander. Seit ein paar Jahren haben wir brieflich in Kontakt gestanden. Er hat mir inzwischen geglaubt, dass ich nichts mit Wenckes Tod zu tun habe. Und dass ich nach Föhr zurückkommen würde, war mit ihm abgesprochen.«

»Unsinn!«, brüllte Jan. »Er hätte mir davon erzählt.«

»Ich kann es beweisen«, entgegnete Falk ruhig. »Die Briefe meines Vaters liegen in meinem Zimmer auf dem Hof von Cord Nickelsen in Süderende.«

Bennings richtete sich an Jens Olufs: »Schicken Sie einen Mann zu diesem Nickelsen. Er soll die Briefe holen. Und sagen Sie dem Kollegen Woyke Bescheid. Einer seiner Leute soll sich sofort das Zimmer des Toten ansehen. Da müssten die Briefe seines Sohnes zu finden sein. Stellen Sie sicher, dass niemand das Zimmer betritt, bevor die Spusi da durch ist.« Dann gab er Falk mit dem Kopf ein Zeichen, ihm zu folgen.

Der wandte sich noch einmal seiner Schwägerin zu. »Sag Bescheid, wenn ich etwas tun kann.« Dabei warf er einen Seitenblick auf seinen Bruder, der ihn hasserfüllt anstarrte. »Ich bin jederzeit für euch da, Meret – für deinen Sohn und dich.«

Als sie auf den Streifenwagen zugingen, raste Kai in einer Staubwolke mit seinem Moped auf den Hof. Er ließ die Maschine fallen und starrte auf die Reste der Scheune. »Was ist hier los? Was ist passiert?«

Hauptkommissar Bennings beeilte sich, um zu dem jungen Mann zu kommen, und fragte: »Wer sind Sie?«

»Das ist mein Sohn«, antwortete Meret tonlos.

»Ich will wissen, was hier passiert ist!«, schrie Kai außer sich vor Zorn.

Bennings informierte ihn knapp über den Tod seines Großvaters.

»Das kann nicht sein«, flüsterte Kai. »Nicht Großvater.«

Plötzlich war Meret neben ihm und nahm ihren Sohn weinend in den Arm. Da begriff Kai und versenkte sein Gesicht an der Schulter seiner Mutter. Aber statt zu weinen, drang es dumpf aus dem Stoff ihres Kleides: »Das warst du.«

Erschrocken wich Meret zurück. Auch Falk hatte einen Moment den Eindruck, der Junge könnte seine Mutter gemeint haben, aber dann hob Kai den Kopf und starrte seinen Vater an. Falk las in den Augen seines Neffen denselben Hass, der ihm eben von seinem Bruder entgegengeschlagen war.

»Das ist deine Schuld!«, schrie Kai. Dann riss er sich los, hob sein Moped aus dem Staub, startete es mit mehreren verzweifelten Tritten und gab schon Gas, bevor er richtig auf dem Sattel saß. Steine spritzten zu den Seiten auf, als er den Hof verließ und auf die Straße raste.

»Mein Gott«, flüsterte Meret und Falk glaubte zu spüren, wie ihr in diesem Moment das Herz zerriss.

Bennings ließ Falk fast drei Stunden lang in der Arrestzelle schmoren. Als sie sich schließlich im Vernehmungszimmer gegenübersaßen – Olufs hatte an einem Schreibtisch seitlich von ihnen Platz genommen –, hatte sich etwas verändert, das konnte Falk geradezu mit Händen greifen.

»Herr Riewerts, wir haben inzwischen mit Frau Tadsen gesprochen. Sie bestätigt Ihre Angaben zu dem Streit auf dem Fest. Allerdings konnte sie über Ihren weiteren Verbleib an dem Abend keine Angaben machen.«

»Natürlich nicht. Das habe ich ja auch gar nicht behauptet.«

Bennings nickte. »Ihr Freund bleibt dabei, dass Sie den Hof von Cord Nickelsen seit gestern Abend nicht mehr verlassen haben, bis wir heute dort aufgetaucht sind.«

Nun war es an Falk, zufrieden zu nicken. Auf Klondike war Verlass, der würde ihn nie hängen lassen.

»Wir haben auch die Briefe gefunden, von denen Sie uns erzählt haben. Der Kollege Olufs hat sie grob gesichtet und fand Ihre Angaben bestätigt. Auch im Zimmer Ihres Vaters haben wir Briefe gefunden, die Sie an ihn geschrieben haben.«

»Dann wissen Sie ja auch, dass wir uns ausgesprochen haben und dass er mich bei meiner Rückkehr nach Föhr unterstützen wollte. Ich werde mir hier einen Hof kaufen und Landwirtschaft betreiben, so wie mein Vater sich das früher gewünscht hat, bevor ich die Insel verlassen musste.«

»Tja, Herr Riewerts, da sind wir bei einem Thema, das mir Kopfschmerzen bereitet. Die Umstände auf dem Olsen-Hof damals und der Brand auf dem Hof Ihres Bruders tragen dieselbe Handschrift.«

Falk nickte. Er hatte sich so etwas schon gedacht. Jedenfalls hatte er den Gedanken, das Feuer in der letzten Nacht könnte durch ein Unglück ausgebrochen sein, in seiner Zelle schnell wieder verworfen.

»Sie wundern sich nicht darüber?«, kam es lauernd von Bennings.

»Halten Sie mich nicht für naiv«, entgegnete Falk grimmig.

»Keine Angst, Herr Riewerts, den Fehler werde ich nicht begehen.« Bennings Stimme hatte einen fast drohenden Unterton.

»Halten Sie es für möglich …«, begann Falk, »ich meine, könnte mein Vater …«

»… Selbstmord begangen haben? Solange uns keine Ergebnisse aus der Gerichtsmedizin vorliegen, schließen wir zwar nichts aus, aber ich halte das, ehrlich gesagt, für sehr unwahrscheinlich.«

Falk fiel ein Stein vom Herzen. Er hatte befürchtet, dass der Streit mit Jan seinen Vater dazu gebracht haben könnte, sich das Leben zu nehmen, weil er es nicht ertragen konnte, dass seine Söhne verfeindet waren wie Kain und Abel. »Haben Sie meinen Bruder überprüft?«

Bennings blickte Olufs an und zog die Stirn kraus. Als er ein Nicken des Polizeihauptkommissars zurückbekam, räusperte er sich und gab sich einen Ruck. »Die Männer, mit denen Ihr Bruder die Nacht verbracht hat, waren nur in Grenzen ansprechbar. Allerdings haben sie bestätigt, dass Ihr Bruder bis etwa drei Uhr mit ihnen zusammen auf dem

Festplatz gewesen ist. Danach dürfte er zu betrunken gewesen sein, um noch eine Scheune in Brand zu setzen.«

»Ach ja? Die Mistkerle werden doch alles bezeugen, wenn sie Jan helfen und mich damit drankriegen können.« Falk schüttelte den Kopf. »Ich habe darüber nachgedacht. Zeit genug haben Sie mir ja dazu gelassen. Der Einzige, der einen Nutzen vom Tod meines Vaters hat, ist mein Bruder. Schließlich hätte er damit verhindert, dass mein Vater mich und nicht seinen eigenen maroden Hof finanziell unterstützt. Und wenn er es dann noch so arrangiert, dass ich unter Verdacht gerate, weil alles so ist wie damals auf dem Olsen-Hof, hat er zwei Fliegen mit einer Klappe geschlagen.«

»Sie trauen Ihrem Bruder so etwas tatsächlich zu?«

»Er ist ein Säufer!« Falk machte eine kurze Pause und ergänzte dann leise: »Und er hasst mich.«

»Dann lassen Sie uns über 1999 reden. Warum wollten Sie uns heute Morgen keine Antwort auf die Frage nach Ihrem Alibi geben?«

»Wegen Meret. Wenn Jan erfährt, dass sie mir damals das Alibi gegeben hat, bringt er sie um.«

Bennings nickte und zog sich eine Akte heran, die bisher neben ihm gelegen hatte. Er blätterte sie auf und tat, als müsse er sich noch einmal versichern, was darin stand. »Sie waren damals auf dem Ringreiterfest in Alkersum, Sie, Ihr Bruder, seine damalige Freundin Meret und einige Verwandte.«

»Richtig. Ich habe den Königsring gestochen, das hat Jan gestunken, weil er mir knapp auf den Fersen war. Meret hat mir gratuliert, indem sie mir einen Kuss gegeben hat. Jan war auf Hundertachtzig damals. Fast wäre es zur Prügelei gekommen. Meret hat ihn zurechtgewiesen, da ist er mit seinen Freunden abgezogen und hat sich volllaufen lassen.

Später hat Merets Großmutter dann einen Schwächeanfall bekommen und weil Jan nirgendwo zu finden war, habe ich ihr geholfen, die alte Frau nach Hause zu bringen. Das war mein Glück, denn während wir auf dem Hof von Merets Eltern waren, ist die Scheune auf dem Olsen-Hof abgebrannt. Auf dem Rückweg zum Festplatz habe ich die Flammen gesehen und bin hingerannt. Das liegt ja alles nicht weit auseinander. Dort haben mein Vater und Jan mich dann entdeckt und für den Brandstifter gehalten. Alles Weitere wissen Sie.«

»Und das sollen wir Ihnen glauben?« Bennings tauschte ein hämisches Grinsen mit Olufs.

»Meret hat es damals bestätigt, das steht ja wohl in Ihrer Akte. Ich wusste nichts davon, dass sie mir ein Alibi gegeben hat, denn da war ich schon im Flieger nach New York.«

»Warum sind Sie nicht zurückgekommen, als durch das Alibi keine Gefahr mehr für Sie bestand?«

»Weil ich es nicht wusste. Ich habe erst viele Jahre später davon erfahren und bis dahin immer damit gerechnet, dass ich von den amerikanischen Behörden irgendwann ausgeliefert werden würde. Schließlich hatte ich nach meiner Abreise keinen Kontakt mehr nach Föhr. Mein Vater hat mir erst in einem seiner Briefe vor ein paar Jahren gestanden, dass ich nie mit einem Auslieferungsantrag rechnen musste, weil ich Olsens Scheune nachweislich nicht angezündet haben konnte.«

»Und Sie haben vorher nie nachgefragt?«

»Nein! Ich bin es schließlich wirklich nicht gewesen. Außerdem war ich froh, von all dem Theater hier nichts mehr mitzubekommen. In New York hatte ich endlich Ruhe vor dem Terror hier.«

»Das können wir jetzt glauben, oder eben auch nicht.« Bennings blickte Olufs mit hochgezogenen Brauen an und bekam als Reaktion ein Schulterzucken.

Falk hatte langsam genug. »Das ist ja wohl Ihr Problem. Suchen Sie den Mörder meines Vaters, verdammt. Und lassen Sie mich endlich in Frieden. Ich habe ein Alibi.«

»Haben Sie noch einen weiteren Vorschlag, wer Ihren Vater getötet haben könnte?«, ignorierte Bennings den Ausbruch. »Außer Ihnen oder Ihrem Bruder?«

Die Frage klang in Falks Ohren geradezu hämisch. Er musste sich zusammenreißen, als er nun gepresst antwortete: »Nein. Es gibt meiner Kenntnis nach niemanden, der meinen Vater ermorden wollte. Der Mann hat keinem was getan.«

»Genau das ist der Punkt«, sagte Olufs in seinem beiläufigen Tonfall und betrachtete seine Finger mit krauser Nase, als bedürften sie dringend einer Maniküre. »Niemand hatte etwas gegen Ihren Vater.«

»Nur Sie«, übernahm Bennings wieder. »Er hat Ihnen Ihr Erbe weggenommen. Sie sind der Erstgeborene. Trotzdem hat Ihr Vater den Hof 2003 Ihrem jüngeren Bruder überschrieben. Das muss Sie doch gewurmt haben.«

»Hat es auch. Ich war stinksauer, wenn Sie es genau wissen wollen, weil ich in Amerika saß – unschuldig! – und mein Bruder in der Zeit seine Chance genutzt hat.«

»Sehen Sie? So etwas nennen wir Kriminalisten ein Motiv«, belehrte Bennings ihn und lehnte sich lässig im Stuhl zurück, als sei er nun endlich am Ziel.

»Weil Sie davon ausgehen, dass ich heute immer noch sauer bin.«

»Und das sind Sie nicht?« Bennings zog erstaunt die Augenbrauen hoch.

»Nein. Ich weiß inzwischen, dass mein Vater einen guten Grund hatte, so zu handeln.«

»Sicher«, warf Olufs ein. »Er glaubte nicht an das Alibi, das Meret dir gegeben hat. Er hielt dich für einen Brandstifter und Mörder. Genau deshalb hat er dich ja von der Insel gejagt und nie wiedersehen wollen. Logisch, dass er auch nicht gewartet hat, bis du den Hof eines Tages doch erbst.«

Bennings blickte Olufs erstaunt über diesen Gefühlsausbruch und den Wechsel in der Anrede an.

»Nein« entgegnete Falk. »Das heißt ja, 1999 war das so. Aber später hat er mir geglaubt, dass ich mit dem Feuer bei Olsen nichts zu tun hatte. Warum, weiß ich nicht. Er hat mir die Frage in seinen Briefen nie beantwortet. Den Hof hat er überschrieben, weil kurz zuvor meine Mutter gestorben war und er wollte, dass wieder eine Frau ins Haus kam.«

»Das hätte er mit der Hochzeit deines Bruders auch ohne Überschreibung haben können«, sagte Olufs leichthin.

»Eben nicht. Jan hat ihm die Pistole auf die Brust gesetzt: Entweder er bekommt den Hof und damit die Sicherheit, nicht irgendwann ohne Besitz dazustehen, oder er wandert zusammen mit Meret ebenfalls nach Amerika aus. Was sollte mein Vater denn machen? Er musste davon ausgehen, dass ich tatsächlich niemals zurückkommen würde nach alldem, das vorgefallen war. Und alleine kam er nun mal nicht klar. Das weißt du doch, Olufs. Du kennst meine Familie. Was soll das also alles hier?«

»Woran ist Ihre Mutter gestorben?«, hakte Bennings nach.

Falk konnte seinen Augen ansehen, dass er es ganz genau wusste. »An gebrochenem Herzen. Sie hat sich das Leben genommen.«

»Du warst der Grund!« Jens Olufs' Anwurf kam in seiner Brutalität und Härte unvorbereitet und nahm Falk einen Moment den Atem.

»*Bullshit*!«, fuhr Falk auf, beruhigte sich aber sofort wieder, als er an Olufs' Grinsen erkannte, dass er ihm mit seiner Reaktion auf den Leim gegangen war. Der wollte doch nur, dass er hier die Kontrolle verlor. Außerdem war da noch das eigene schlechte Gewissen, das dem Polizeibeamten erbarmungslos recht gab. »Okay, ich bin sicher nicht ganz unschuldig«, gab er schließlich mit gepresster Stimme zu und wandte sich an Bennings. »Ich war schwierig in meiner Jugend. Zu Hause fand ich es unerträglich: immer nur Streit, nie so etwas wie Liebe. Da bin ich halt ausgebrochen in meiner Hilflosigkeit. Entweder war ich besoffen oder mit meinen Kumpels unterwegs. Meine Mutter hat alles versucht, aber ich habe sie nicht mehr an mich rangelassen. Sie wurde mit der Zeit immer schwermütiger.« Falk sah das traurige Gesicht seiner Mutter vor sich und musste hart schlucken. »Und dann der Verdacht nach dem Brand bei Olsen. Es muss meiner Mutter das Herz zerrissen haben, dass ihr Sohn das Leben eines jungen Mädchens auf dem Gewissen haben sollte. Aber das kann nicht der einzige Grund gewesen sein, dafür lag zu viel Zeit zwischen dem Vorfall und ihrem Selbstmord. Es muss noch etwas anderes vorgefallen sein.«

»Können Sie sich vorstellen, was das gewesen ist?«

Falk dachte einen Moment darüber nach, wie er es formulieren sollte, damit es nicht zu hart klang und ihm wieder ein Motiv unterstellt wurde. »Mein Vater war ein Mann mit sehr wenig Empathie, wenn es um die Familie ging. Er war nicht nur hart gegen sich selbst, sondern auch sehr ungerecht und jähzornig gegenüber meiner Mutter. Sie hatte es nicht leicht mit ihm. Ich gehe davon aus, dass sie es irgendwann einfach nicht mehr ausgehalten hat.«

»Die Scheunenbrände 1998 und 1999«, wechselte Olufs unvermittelt das Thema, »das warst du, oder?«

Falk nickte und senkte seinen Blick. Die Brände waren verjährt, die konnte er ruhig zugeben.

»Alle?« Olufs Frage kam lauernd.

»Alle außer dem auf dem Olsen-Hof. So nah an Wohnhaus und Stall hätte ich niemals Feuer gelegt.«

»Oho! Ein Pyromane mit Prinzipien«, spottete Bennings. »Man könnte Sie ja fast ›edel‹ nennen.«

»Ich erinnere mich gut daran«, berichtete Olufs an Bennings gewandt. »Ich war ein junges Streifenhörnchen und Torben Hinrichs hatte gerade die Leitung hier in Wyk übernommen. Ende der Neunziger hat es an fast jedem Wochenende irgendwo auf der Insel gebrannt. Immer nur kleine Feldscheunen. Hinrichs hatte schnell Herrn Riewerts hier in Verdacht, aber selbst die betroffenen Bauern haben uns nicht bei den Ermittlungen unterstützt. Wahrscheinlich hat Knut Riewerts dafür gesorgt, dass entweder keine Anzeige erstattet oder sie später zurückgezogen wurde. Er wird für die Schäden aufgekommen sein. War das so, Falk?«

Die letzte Frage hatte Olufs wieder ohne Vorwarnung aus der Hüfte abgeschossen, aber Falk kannte die Strategie des Polizeihauptkommissars inzwischen und hatte damit gerechnet. »Das stimmt. Mein Vater hat immer alles bezahlt. Aber das hat mich noch mehr angespornt. Ich hatte einen Weg gefunden, ihm wirklich zu schaden, und zwar genau da, wo es ihm am meisten wehtat: im Portemonnaie.«

»Da war Ihr Vater aber sehr großzügig«, wandte Bennings ein. »Er hätte Sie auch einfach in ein Jugendgefängnis gehen lassen können.«

»Wahrscheinlich wäre das sogar wirklich besser gewesen«, gestand Falk. »Aber das hätte meine Mutter ihm nie verziehen.«

»Nur mit dem Olsen-Hof bist du dann zu weit gegangen«, stellte Olufs leichthin fest. »Da hat er dich weggejagt.«

Falk grinste. So leicht war er nicht zu überrumpeln.

»Und dann hat er Sie auch noch enterbt«, setzte Bennings nach.

»Das hat ihm in den letzten Jahren leidgetan.« Falk hatte langsam genug von den alten Geschichten. Er musste dafür sorgen, dass das Verhör voranging und er endlich hier rauskam. »Die Übertragung des Hofes an Jan konnte er ja nicht mehr rückgängig machen. Dafür wollte er mir aber helfen, wenn ich nach Föhr zurückkomme und mir selbst einen Hof kaufe.«

Bennings machte sich eine kurze Notiz. »Sagen Sie, Herr Riewerts, warum darf Ihr Bruder nicht wissen, dass seine Frau Ihnen seinerzeit das Alibi gegeben hat?« Er schlug die Akte zu und schob sie wieder beiseite. »War da mehr zwischen Ihnen, nachdem Sie die Großmutter nach Hause gebracht hatten?«

»Nein«, antwortete Falk. »Obwohl das nicht an mir gelegen hat. Ich habe damals keine ausgelassen und war scharf auf Meret. Aber sie hat Jan geliebt und hätte ihn niemals betrogen.«

»Was war denn dann das Problem?«

»Ganz einfach: Jan war das Problem. Er war eifersüchtig und hätte Meret nicht geglaubt. Mein Vater hat in einem seiner Briefe vermutet, Jan könnte es sogar für möglich halten, dass Kai gar nicht sein Sohn ist, sondern meiner. So hat sich mein Vater erklärt, dass Jan Kai geradezu zu hassen scheint und dass die Ehe mit Meret schon wenige Jahre nach der Hochzeit zur Katastrophe verkommen ist.«

Bennings blickte Falk lange durchdringend an. Dann räusperte er sich und schob seinen Stuhl zurück. Mit den Händen drückte er sich auf dem Tisch hoch und sagte: »Ich glaube Ihnen nicht, Herr Riewerts. Allerdings kann ich Ihnen im Moment auch nicht beweisen, dass Sie Wencke Olsen und Ihren Vater ermordet haben. Irgendetwas stimmt an Ihrer Geschichte nicht, das fühle ich. Und ich werde Ihnen draufkommen, Herr Riewerts, das verspreche ich Ihnen.« Während er sich abwandte, ergänzte er: »Sie hinterlegen Ihren Personalausweis bei Polizeihauptkommissar Olufs und halten sich zu unserer Verfügung. Sollten Sie versuchen, die Insel zu verlassen, werde ich Sie wieder festnehmen lassen.« Mit diesen Worten wandte er sich der Tür zu, verharrte aber plötzlich im Rahmen und drehte sich noch einmal zu Falk um. »Eine Frage habe ich noch: Sie waren über fünfzehn Jahre in den USA. Dafür sprechen Sie erstaunlich akzentarm und flüssig Deutsch. Das ist ungewöhnlich nach so langer Zeit. Woher kommt das?«

»Die Familie meines Onkels in New York hat zu Hause nur Deutsch gesprochen. Auch in den Delis hatte ich es überwiegend mit deutschen Auswanderern zu tun. Na ja, und die Friesen bleiben ohnehin auch in Amerika, wenn immer es geht, unter sich. Da verlernt man die eigene Sprache nicht. Unter Amerikanern spricht und denkt man auf Englisch, unter Deutschen auf Deutsch. Das Umschalten geht irgendwann ganz automatisch.«

Bennings nickte und verließ ohne weiteren Gruß das Vernehmungszimmer. Olufs nahm Falks Personalausweis entgegen und deutete wortlos auf die Tür.

Falk dachte aber nicht daran, jetzt einfach so zu gehen. »Was ist eigentlich dein Problem, Olufs? Wir beide kennen uns seit unserer Kindheit.«

Jens Olufs richtete seine Augen kalt auf ihn und antwortete: »Ich konnte dich noch nie leiden, Riewerts. Du hast dich nie an Regeln gehalten und immer gemacht, was du wolltest. Es war dir egal, wer dabei auf der Strecke blieb.«

Verständnislos schüttelte Falk den Kopf. »Dir habe ich nie etwas getan, oder?« Als keine Antwort kam, hakte er nach: »Oder habe ich dir etwas getan, Olufs?« Wieder bekam er keine Antwort. Stattdessen trat ein Flackern in Olufs' Augen und da begriff er. »Wencke Olsen, stimmts? Du warst scharf auf Wencke. Mein Gott! – Aber ich war das nicht, das musst du mir glauben.«

»Ich kriege dich dran, Riewerts«, kam es kalt zurück. »Darauf kannst du dich verlassen. Und jetzt mach, dass du rauskommst!«

Als Falk in die Hitze des Wyker Innenhafens hinaustrat und die salzige Luft einatmete, hatte er das Gefühl, gerade noch einmal davongekommen zu sein. Aber Olufs würde keine Ruhe geben, das war ihm jetzt klar. Der würde ihn jagen und alles daransetzen, ihn zu überführen. Merkwürdig, dachte er, dass so ein Dorfbulle ihn derart beeindrucken konnte. Er hatte sich für abgebrühter gehalten.

Aus dem Reisetagebuch
des Föhrer Bauernsohnes Volckert Olsen

27. April 1898

In der Nacht hat der Wind aufgefrischt. Die Henriette rollt sehr stark in den Wellen, die hin und wieder sogar über die Reling kommen. Wenn wir nicht aufpassen, werden wir über Bord gespült und sterben den kalten Tod, den so viele Seefahrer schon vor uns gestorben sind. Um uns herum ist nur noch Wasser, nichts als Ozean bis zum Horizont.

Knudt und ich mußten gleich am Morgen hinunter ins Zwischendeck. Es war ein fürchterlicher Gestank dort. Der Raum hebt und senkt sich mit den Wellen und schaukelt so stark zu den Seiten, daß alle Passagiere die Seekrankheit haben. Sie hängen über den Eimern, manchmal mehrere gleichzeitig, und müssen sich übergeben. Der Gestank nach Erbrochenem mischt sich mit dem der Ausdünstungen und Fäkalien, denn dort unten hausen 250 Menschen und verrichten ihre Notdurft nur auf den Eimern. Und jetzt weiß ich auch, wofür das Faß am Aufgang gedacht ist. Dorthinein müssen die Passagiere ihre Eimer leeren. Knudt und ich hatten den Auftrag, das Faß auszuschöpfen und den Inhalt in Eimern an Deck zu schleppen und über Bord zu schütten. Nach der Schicht konnte ich nichts essen, so schlecht war mir. Das Gute ist, daß der Smutje bei diesem Seegang weniger kochen muß, sagt Matthias. Und dann hat er wieder ausgespuckt und gesagt, daß er die Auswanderer haßt und den Tag herbeisehnt, an dem er abheuern kann und nie wieder Menschen transportieren muß.

Endlich sind mir Seebeine gewachsen! Ich bewege mich an Deck so sicher wie an Land und habe keine Mühe mehr, das Rollen des Schiffes auszugleichen. Nur in den Wanten bin ich noch unsicher und viel zu langsam, sagt Matthias.

Nickels Lund und Nörd Tadsen dagegen bewegen sich in den Seilen und an den Segelstangen, als hätten sie nie etwas anderes gemacht. Sie scheinen sogar Spaß daran zu finden und sind richtige Freunde geworden.

Der Wind nimmt ständig zu und am Horizont tauchen Wolkenberge auf, die Sturm ankündigen. Ich denke mit Grauen an die Zustände unter Deck. Manchmal kommen Passagiere den Aufgang herauf, aber der Maat scheucht sie sofort zurück ins Zwischendeck. Wenn einer von denen über Bord geht, muss die Reederei Strafe an die Anwerbebüros zahlen, sagt Matthias. Jeder tote Auswanderer kostet zehn Dollar Strafe. Das ist der Wert eines Menschen hier auf hoher See. Wir Matrosen kosten nichts, wenn wir über Bord gehen.

Seit zwei Tagen schwere See. Wir werden gar nicht mehr trocken und frieren selbst nachts in der Koje in unseren Wolldecken. Knudt und ich sind uns einig: Die christliche Seefahrt ist auf Dauer nichts für uns.

Ein Auswanderer im Zwischendeck hat mir von dem Land erzählt, das man in Amerika zugewiesen bekommt. Zu Hause im Hunsrück hat er fünf karge Hektar besessen. Er hat alles verkauft, um die Überfahrt für seine Familie bezahlen zu können. Der Rest war für seine Farm in Amerika bestimmt gewesen, aber er hat fast alles in Hamburg aufgegeben, weil sie fünf Wochen auf die Passage warten mussten. Nun gibt es für seine Familie kein Zurück mehr. In Amerika darf er sich in der Prärie im Westen 60 Hektar Land abstecken, das er erst nach fünf Jahren bezahlen muß. In der Zwischenzeit kann er seiner Familie ein Haus bauen, das Land urbar machen, die Felder bestellen und das Geld ansparen. Wenn er erzählt, klingt es wie das Paradies. Knudt hat ähnliche Geschichten gehört. Am liebsten würden auch wir in Amerika bleiben.

Im Zwischendeck wird die Lage unerträglich. In der letzten Nacht ist die Ruhr aufgebrochen. Matthias sagt, das bringen die Auswanderer schon mit an Bord und dann stecken sie sich gegenseitig an. Es stinkt erbärmlich da unten. Wird Zeit, daß das Wetter besser wird und die Leute mal an Deck gehen können.

Mittags mußten wir zwei Tote heraufholen, ein Kleinkind und eine alte Frau. Gleich in der Koje neben der Alten ist dafür ein Kind geboren worden. Das wird in dem Gestank sofort den richtigen Eindruck vom Leben bekommen. Wir haben die Toten in Segeltuch eingeschlagen und über die Planke ins Meer geworfen. Zwanzig Dollar weniger für die Reederei, hat Matthias gesagt, und das werden nicht die letzten sein. Wir sollen da unten nur das Nötigste machen und aufpassen, daß wir uns nicht anstecken. Ich habe ihn gefragt, wie man das macht: aufpassen, während man überschwappende Eimer mit Scheiße den Aufgang hinaufträgt. Matthias hat nur mit den Achseln gezuckt und gelacht.

7 MONTAG

Als Leander die Fähre verließ, erwartete Franziska ihn bereits. »Wie war die Überfahrt?«, fragte sie.

»Ruhig. Und heiß.«

Leander hatte auf dem Oberdeck gesessen und auf den Fahrtwind gehofft. Aber der war so schwach ausgefallen, dass er kaum gekühlt hatte. Das Thermometer hatte bereits morgens um neun Uhr, als Leander gefrühstückt hatte, sechsundzwanzig Grad angezeigt und die Temperatur stieg stetig.

»Was hast du heute vor?«, erkundigte sich Franziska auf dem Weg nach Norddorf. »Ahnenforschung oder Erkundung der Insel?«

»Nun ja, Tom erwartet das Erste von mir, ich bin eher für die zweite Variante. Vielleicht verbunden mit einer Abkühlung im Meer?«

Franziska lachte. »Dann schlage ich vor, wir laufen am Watt entlang nach Nebel und am Strand zurück. Da können wir dann ins Wasser springen, wann immer wir wollen. Und du lernst nebenbei auch etwas von der Insel kennen.«

»Tom wird mich lynchen, aber was soll's?«

Franziska parkte das Auto vor ihrem Haus, holte noch schnell eine Stofftasche mit zwei Handtüchern und dann schlugen sie den Weg in Richtung Wattseite ein. Nachdem sie an der Bäckerei Schuldt vorbei den Ortskern verlassen hatten, führten kleine Gassen mit schmucken reetgedeckten Häusern hinunter zur Wasserkante. Von hier aus hatte Leander freie Sicht auf den südwestlichen Zipfel Föhrs. Ein befestigter Fußweg knickte nach rechts ab, gesäumt von Weiden auf der rechten Seite und dem leicht plätschernden Wasser des Wattenmeeres an der linken. Gelegentlich mussten sie Radfahrern ausweichen, sonst war es hier sehr ruhig.

Nach anfänglicher Unsicherheit vor allem auf Leanders Seite fanden sie dank Franziskas offener und fröhlicher Art schnell in ein lebhaftes Gespräch. Der Anknüpfungspunkt war die gemeinsame Verbindung zu Tom Brodersen. Auf Leanders Nachfrage hin erzählte Franziska aus ihrer Schulzeit und davon, dass Tom zwar immer wieder auffällig um sie herumscharwenzelt sei, sich aber einfach zu tölpelhaft angestellt habe.

»Falk war da schon ein ganz anderes Kaliber«, sagte sie lachend, »obwohl auch er nie für mich in Frage gekommen ist. Der war zu flatterhaft und hat mitgenommen, was sich ihm geboten hat.«

Leander rief sich den Anblick des Cowboys in Erinnerung. »War der immer schon so ... besonders?«

»Du meinst wegen seiner Kluft und dem Cowboy-Gehabe? Nein, das muss er sich in Amerika angewöhnt haben. Aber anders als alle anderen war er auch früher schon. Der kannte einfach keine Grenzen und hat sich genommen, was er wollte. Das hat uns Mädchen imponiert. So eine Art Pirat, verstehst du? Ein Freibeuter, ja, das trifft es wohl. Er hatte immer irgendwie den Reiz von Freiheit und Abenteuer.«

»Wie in der Marlboro-Werbung«, warf Leander lachend ein und sah den Cowboy im Werbespot nach der harten Arbeit des Tages abends am Lagerfeuer sitzen und rauchen. »Das passt dann ja auch wieder zu seinem aktuellen Outfit.«

»Ja, genau so. Alle Mädchen fanden ihn cool und fast alle Jungen waren eifersüchtig auf ihn und haben ihn gehasst. Außerdem hatte er etwas Verruchtes, seit er als Jugendlicher die eine oder andere Scheune abgefackelt hatte. Für uns Dorfmädchen hatte er die Aura von Al Capone. Da konnte man schon mal ins Träumen kommen, so à la Bonnie und Clyde, wenn du verstehst, was ich meine.«

Leander nickte. Da er sich aber nicht ohne Grund beruflich für die andere Seite des Gesetzes entschieden hatte, hatte er noch nie verstanden, worin der Reiz solcher Gestalten für die Frauen lag. Dass es den gab, war ihm immer ein Dorn im Auge gewesen. Auch jetzt fühlte er so etwas wie den Stachel der Eifersucht, weil Franziska fast schwärmerisch von dem jungen Falk Riewerts erzählte.

Die sah ihn von der Seite an und spürte offenbar, was in ihm vorging. »Wie gesagt, für mich kam er nie in Frage. Sein Bruder Jan allerdings auch nicht. Der war das genaue Gegenteil von Falk – ein Muttersöhnchen und Spießer. Ich erinnere mich noch, wie Falk immer mit polnischen Münzen, die so gut wie nichts wert waren, Zigaretten aus dem Automaten gezogen hat. Das war natürlich Diebstahl oder Betrug, aber wir fanden das lustig. Nur Jan wollte nie dabei sein. Der hatte einfach Schiss, erwischt zu werden. Irgendwie hat der immer im Schatten seines Bruders gestanden und um Anerkennung gekämpft. Und Falk wusste das auszunutzen. Der hat ihn für sich springen lassen und ihm dann bei der nächsten Gelegenheit in den Hintern getreten.«

»Nicht gerade sympathisch«, warf Leander ein.

Franziska schüttelte leicht den Kopf. »Nein, wirklich nicht. Falk hatte auch keine richtigen Freunde, nur Schleimscheißer, die da waren, solange alles gut lief und sie etwas von seinem Ruhm absahnen konnten. Sobald es irgendwie eng wurde, haben die sich in ihren Löchern verkrochen. Aber das hat ihn nicht gestört. Und Jan, Meret, Wencke und ich waren eigentlich immer wie eine Art Fanclub um ihn herum, auch wenn wir nicht viel Beachtung von ihm bekommen haben. Er war einfach ein Einzelgänger und brauchte, glaube ich, keinen von uns.«

»Und dann ist er nach Amerika gegangen?«

»Genau. Der Brand auf dem Olsen-Hof war zu viel für alle auf der Insel. Man hat ihm nie nachweisen können, dass er der Brandstifter war, und ein Alibi soll er auch gehabt haben. Aber für die meisten Föhringer ist er bis heute der Mörder von Wencke. In meiner Familie jedenfalls hat da nie ein Zweifel bestanden. Und als mein Onkel dann auch noch an seinem Kummer zugrunde gegangen ist ...«

»Dein Onkel?«

»Leif Olsen, ja. Wencke war doch meine Cousine.«

Jetzt erinnerte sich Leander, dass Elke Brodersen sie Franziska Olsen genannt hatte. »Und du glaubst nicht, dass Falk am Tod deiner Cousine schuldig ist?«

Franziska zuckte mit den Schultern. »Wie gesagt, wenn er ein Alibi hatte, kann er es nicht gewesen sein.«

»Weißt du denn, was für ein Alibi das war? Wer es ihm gegeben hat?«

»Tut mir leid, Herr Kommissar«, entgegnete Franziska mit einem ironischen Grinsen.

»Entschuldige«, sagte Leander verlegen. »Das nennt man wohl *déformation professionelle*.«

Franziska sah ihn ernst an. Einen Moment schien es, als ringe sie mit sich selbst, ob sie etwas sagen sollte oder nicht.

»Was ist los?«, hakte Leander nach. »Du kannst offen zu mir sein.«

»Also gut. Ich möchte dich um etwas bitten. Nur eines vorweg: Du kannst ablehnen, ich werde nicht sauer sein.«

Leander bemühte sich, sie so aufmunternd wie möglich anzusehen.

»Ich möchte dich bitten, den Tod meiner Cousine aufzuklären. Falk ist wieder auf Föhr und falls er Wenckes Mörder ist, will ich, dass er dafür bezahlt.«

Leander nickte nachdenklich. »Das wird schwer werden.

Der Fall liegt lange zurück und wenn es damals eindeutige Hinweise gegeben hätte, wäre die Polizei ihnen nachgegangen.«

»In Ordnung«, sagte Franziska enttäuscht. »Es war auch nur so eine Idee, weil du doch beim LKA gewesen bist. Ich dachte …«

»Ich habe nicht gesagt, dass ich es nicht mache«, unterbrach Leander sie. »Aber ich will dir auch keine allzu großen Hoffnungen machen. Natürlich werde ich versuchen, etwas herauszufinden. Immerhin habe ich immer noch ganz gute Kontakte zur Polizei. Reicht dir das?«

»Mehr wollte ich nicht.« Franziska lächelte dankbar.

»Gut, dann brauche ich noch ein paar Informationen von dir. War der Brand auf dem Olsen-Hof der letzte in der Serie?«

»War er. Nachdem Falk verschwunden war, hat lange Zeit keine Scheune mehr gebrannt, jedenfalls nicht durch Brandstiftung. Damit war dann auch dem Letzten klar, dass Falk der Föhrer Pyromane gewesen sein musste.«

»Gut, ich werde versuchen, Einsicht in die alten Akten zu bekommen. Aber angenommen, Falk war es nicht: Dann muss es ein anderes Motiv für die Brandstiftung gegeben haben. Hatte dein Onkel Geldsorgen?«

»Du meinst, ob er seine Scheune selbst angezündet hat, um die Versicherungssumme zu kassieren? Mein Gott, dann hätte er seine eigene Tochter auf dem Gewissen!«

»Hatte er Geldsorgen?«

»Nein. Der Hof lief sehr gut. Erst nach Wenckes Tod hat er angefangen zu trinken und alles verkommen lassen.«

»Gab es jemanden, mit dem dein Onkel Streit hatte? Der ihm vielleicht eins auswischen wollte?«

Franziska schüttelte den Kopf. »Davon weiß ich nichts. Leif war gut in die Dorfgemeinschaft integriert. Er war sogar der Vorsitzende der Föhrer Abteilung des Bauernverbands. Aber ich kann ja mal meine Eltern fragen, ob es da Probleme gab.«

»Mach das. Es gibt auch noch eine andere Möglichkeit: Könnte jemand anderer den Brand gelegt haben, um ihn Falk anzuhängen? Gab es jemanden, der ihn loswerden wollte? Sein Bruder vielleicht?«

»Jan? Nein, das kann ich mir nicht vorstellen.«

»Immerhin ist er erst durch Falks Auswanderung zu seinem Hof gekommen. Er war doch der Zweitgeborene, nicht wahr? So etwas zählt auf Föhr doch noch.«

Franziska nickte nachdenklich. Dann schien sie etwas sagen zu wollen, entschied sich aber offenbar dagegen.

»Ja?«

»Na ja, es gab damals Gerüchte, dass Kai nicht Jans Sohn sei, sondern der von Falk.«

»Und? Ist da was dran?«

Franziska zuckte zunächst mit den Schultern, schüttelte aber dann vorsichtig den Kopf. »Vorstellen kann ich es mir nicht. Nicht bei Meret.« Sie schwieg einen Moment und fühlte der alten Zeit nach. Dann atmete sie tief durch und fuhr fort: »Jan und sie haben dann ja auch geheiratet. Und als ich meinen Mann kennengelernt habe, bin ich nach Amrum gegangen. Da habe ich die beiden aus den Augen verloren. Mehr kann ich dazu wirklich nicht sagen.«

Leander merkte, wie sehr die alten Geschichten Franziska bewegten und immer noch belasteten. Er wollte sie nicht weiter quälen. Zudem würde er hier und jetzt ohnehin keine neuen Erkenntnisse gewinnen. Es war allerdings schon seltsam, dass sowohl im Umfeld der Brände und des Todes von Wencke Olsen als auch in der Goldgräbersache immer der Name Riewerts auftauchte. Irgendeine Verbindung schien es da zu geben.

»Hast du über Old Taddy und seine Freunde noch etwas herausgefunden?«, fragte er Franziska.

»Leider nein. Weitere Unterlagen scheint es nicht zu geben. Jedenfalls nicht in meiner Familie. Mir ist allerdings noch etwas eingefallen. Ob das wichtig ist, weiß ich nicht. Mein Schwiegervater hat mal erwähnt, dass die vier in Amerika eine eingeschworene Gemeinschaft gewesen sein sollen, so richtige Freunde fürs Leben. Hendrik hat damals gefragt, warum es dann heute keine enge Freundschaft mehr zwischen den Familien gebe. Mein Schwiegervater meinte, man habe sich nach der Rückkehr auf die Inseln eben doch wieder aus den Augen verloren. Als Tom und du neulich wieder weg wart, habe ich mich plötzlich daran erinnert. Damals habe ich mir nichts dabei gedacht, aber heute kommt es mir komisch vor. Freunde fürs Leben verlieren sich nicht einfach aus den Augen.«

»Meret und dir ist das doch auch passiert.«

Franziska sah ihn an und schwieg. Doch dann schüttelte sie den Kopf. »Nein, das ist nicht das Gleiche. Als wir uns am Samstag wiedergetroffen haben, haben wir uns auf Anhieb wieder verstanden und einen schönen Abend gehabt. Aber zwischen den Tadsens und den anderen Goldgräberfamilien ist der Kontakt offenbar komplett abgebrochen. Sonst gäbe es doch auch Geschichten und Informationen über die Zeit. Dass wir fast nichts wissen und außer ein paar Fotos auch keine Unterlagen haben, ist doch nicht normal.«

Je mehr Leander darüber nachdachte, desto logischer erschien ihm Franziskas Theorie. Toms Vermutung kam ihm wieder in den Sinn, dass sich in dem ominösen Tagebuch auf dem Dachboden des Riewerts-Hofes möglicherweise ein Familiengeheimnis finden lassen könnte, von dem niemand etwas wissen durfte. Und wenn es gar kein Geheimnis der Familie Riewerts war, sondern eines, dass alle vier

Familien betraf? War damals in Amerika etwas vorgefallen zwischen den Männern, das die verschworene Gemeinschaft für immer zerstört hatte? Und warum hatte der alte Riewerts ausgerechnet nach Falks Verschwinden nach dem Tagebuch gesucht? Gab es vielleicht sogar irgendeine Verbindung bis in die neunziger Jahre? Eines war klar: Wenn er den alten Todesfall aufklären wollte, würde Leander sich in Ruhe eine Strategie überlegen und all diese Dinge zusammenführen müssen.

Aber jetzt war er erst mal auf Amrum und sollte vor allem eines nicht machen: seine kostbare Zeit mit dieser wunderbaren Frau an seiner Seite ungenutzt verstreichen lassen. »Sag mal, wie lange müssen wir eigentlich noch durch diese Hitze tigern?«, wechselte er also das Thema.

»Wir sind fast da. Dort liegt Nebel. Was hältst du von einem Stück Kuchen?« Franziskas Stimme hatte den Klang gewechselt. Es war, als hätte es die traurigen Erinnerungen gerade eben gar nicht gegeben.

»Sehr viel!« Leander lachte erleichtert. Er hatte das Gefühl, von dieser Frau noch viel lernen zu können.

»Dann versuchen wir unser Glück mal im *Friesen-Café*. Das ist die erste Adresse hier in Nebel, allerdings ist es schon lange kein Geheimtipp mehr und deshalb meistens überfüllt.«

Sie passierten die ersten Häuser und folgten den Dorfstraßen bis zu einem weißen Reetdachhaus, vor dem hinter einem niedrigen weißen Lattenzaun einige Tische standen. Links neben dem Haus befand sich der Café-Garten, aber hier draußen war alles belegt, also traten sie durch die niedrige blau-weiße Tür im Friesenerker ein.

Das Stimmengewirr und die Enge wirkten im ersten Moment erdrückend auf Leander und er hatte Mühe, seinen Fluchtreflex zu unterdrücken. Jeder Quadratzentimeter in den beiden Räumen war so ausgenutzt worden, dass möglichst viele Gäste unterzubringen waren. Mehrere junge Frauen wuselten mit Kuchentellern und Getränketabletts zwischen den Tischen hindurch wie durch Nadelöhre. Geradeaus erstreckte sich eine Theke mit einer gewaltigen Auswahl an Kuchen und Torten.

»Da drüben wird gerade etwas frei«, rief Franziska und steuerte auch schon durch die Enge zu einem kleinen Tisch am Fenster, bevor ihnen jemand zuvorkommen konnte.

Leander folgte ihr, so gut es ging. Er hatte Mühe, sich an einem Kinderwagen vorbeizuzwängen, den tatsächlich jemand in dieses ohnehin schon enge Café gequetscht hatte. Folgerichtig fing er dabei einen verständnislosen Blick der jungen Mutter auf, die ihr Baby auf dem Schoß hatte und mit einer Milchflasche versorgte. Und dann musste er auch noch bis zum Gang zurückgehen, weil die Gäste, die ihren Tisch freigemacht hatten, zunächst irgendwie rauskommen mussten. Am liebsten wäre Leander ihnen direkt wieder auf die Dorfstraße gefolgt.

»Ist das hier überall so voll?«, erkundigte er sich entnervt, als er endlich Franziska gegenübersaß.

»Ein Zeichen dafür, dass es wirklich erstklassig ist.« Sie lächelte ihn an.

Als die Bedienung kam, wählte Franziska den gedeckten Apfelkuchen mit Sahne und Leander die Eierlikör-Torte. Beide bestätigten Franziskas vorheriges Urteil: Selten hatte Leander so guten Kuchen gegessen.

Entsprechend besänftigt kam er auch mit der Überfüllung des Cafés zurecht und als sie es schließlich wieder verließen, konnte er sich vorstellen, es bei seinem nächsten Besuch in Nebel noch einmal aufzusuchen.

Sie verließen das Dorf über einen Sandweg, der an schattig gelegenen Grundstücken am Waldrand vorbeiführte, und folgten der Beschilderung in Richtung Vogelkoje. Heideflächen und Waldstücke wechselten einander ab. Parallel dazu führte in einiger Entfernung die gut befahrene Straße von Wittdün nach Norddorf.

Nun war Leander an der Reihe, Stationen aus seinem Leben zu erzählen. Franziska hörte interessiert zu und fragte immer wieder nach. Er erzählte von Ilka und den Kindern, von Lena und den Differenzen, die es immer wieder gegeben hatte, weil er sich trotz seines vorgezogenen Ruhestandes in ihre Arbeit eingemischt hatte.

Sie hatten inzwischen die Holzstege vor der Vogelkoje erreicht und mussten leicht versetzt hintereinander über die Bohlenwege gehen, die hier über Gräben und Teiche hinwegführten. Die Anlage war ganz anders als die Boldixumer Vogelkoje auf Föhr. Hier war alles viel offener und weitläufiger, da der gesamte Kojenwald unter Wasser stand. Den eigentlichen Teich mit seinen geschwungenen Pfeifen erreichten sie erst ganz zum Schluss. Dann folgten sie einem Sandweg nach links, der wieder in Holzbohlen mündete. Ein breiter Steg bog sich wie eine Welle über die Dünen und durch die Dünentäler, vorbei an einem Ausgrabungsfeld mit dem Nachbau eines Hauses aus der Eisenzeit. Schließlich erreichten sie das Quermarkenfeuer, einen kleinen Leuchtturm hoch oben auf einer Düne, zu dem Treppenstufen hinaufführten. Leander setzte sich neben Franziska auf eine Bank am Fuß des Turmes. Von hier aus hatte man einen weiten Blick über den breiten Strand, über die niedrigen Wanderdünen und die offene See bis weit draußen nach Hörnum-Odde, der Südspitze Sylts.

»Ich komme oft hierher«, sagte Franziska. »Dann sitze ich auf dieser Bank und gucke einfach nur auf das Meer hinaus. Manchmal habe ich das Gefühl, ich bräuchte bloß meine Flügel auszubreiten und könnte mit den Möwen in die Welt fliegen. Und Sekunden später bin ich wieder froh, dass es nicht so ist, weil ich meine Wurzeln hier auf den Inseln habe.«

»Flügel und Wurzeln«, entgegnete Leander, der Franziskas Gefühle sehr gut nachempfinden konnte, nachdenklich. »Man müsste beides haben.«

Einen Moment saßen sie schweigend nebeneinander. Leander traute sich nicht, Franziskas Gedanken zu unterbrechen. Allerdings wurde ihm die Sonne, der sie bereits während des ganzen Weges durch die Dünen schutzlos ausgeliefert gewesen waren, allmählich zu viel.

»Jetzt ein Sprung ins kühle Nass«, sagte er so sehnsüchtig, dass Franziska lachte.

»Damit kann dem Herrn gedient werden. Allerdings müssen wir noch ein gutes Stück über den Kniep, bis wir da sind.«

Sie sollte recht behalten. Der Strand war sehr breit an dieser Stelle und zudem mussten sie zuerst einen kleinen See und dann auch noch einige Wanderdünen umrunden, bis sie endlich den Spülsaum erreichten. Hier ließ Leander die Tasche fallen, die er seit dem *Friesen-Café* getragen hatte. Franziska entkleidete sich in Windeseile und war schon in die flachen Wellen eingetaucht, als er noch mit seinem verschwitzten T-Shirt kämpfte, das er kaum über den Kopf gezogen bekam, weil es so am Rücken klebte. Er ärgerte sich über sich selbst. Warum stellte er sich nur immer so tölpelhaft an, wenn eine Frau in der Nähe war, die ihn interessierte?

Schließlich war aber auch er im kühlen Wasser und schwamm ein paar Züge hinaus, bis er Franziska erreicht hatte. Die tauchte mit geradezu jugendlichem Elan unter der nächsten Welle hindurch und ließ sich dann auf dem Rücken liegend treiben. Dabei war es offenbar das Natürlichste der Welt für sie, dass Leander ihre Nacktheit betrachten konnte. Und auch er wunderte sich über seine eigene Unbefangenheit, denn vor zwei Jahren, als er mit Eiken am Kniepsand gebadet hatte, war das FKK-Erlebnis für ihn noch sehr befremdlich gewesen.

Schließlich entstieg Franziska den Wellen und schüttelte ihre langen roten Haare, die sofort wieder in kleine Locken fielen. Als sie Leanders Blick bemerkte, lachte sie ihn offen an. »Naturkrause«, sagte sie. »Ich muss nichts dafür tun. Bei mir ist übrigens alles Natur.« Sie zwinkerte ihm schelmisch zu.

Dann lagen sie mit geschlossenen Augen auf ihren Handtüchern im Sand und ließen sich in der Sonne trocknen. Leander spürte das Stechen des Salzes auf der Haut und die Hitze, die von dem hellen Sand um ihn herum reflektierte.

Er wandte den Kopf nach links und betrachtete Franziska, die auf dem Rücken lag und die Arme weit abspreizte. Das Salz hatte eine matte Kruste über ihre Haut gezogen. Um die Brustwarzen herum glänzten feine Sandkörnchen in der Sonne. Leander grinste. So schön also konnte die Natur sein.

»Und?«, fragte Franziska plötzlich, ohne die Augen zu öffnen. »Gefällt dir, was du da siehst?«

»Scheiße, war das so offensichtlich, ja?«

»Ich will mal so sagen: Pferdehändler sind subtiler.«

»Entschuldige, ich …« Leander drehte sich wieder auf den Rücken und schloss die Augen. Da hatte er sich ja mal wieder mächtig blamiert.

»Nein, nein, schon gut«, entgegnete Franziska.

Dann schwiegen beide eine Weile, bis Leander schließlich feststellte: »So lässt es sich aushalten. Schade, dass schon um halb sechs die letzte Fähre geht.«

»Du kannst jederzeit wiederkommen«, entgegnete Franziska und nach einer kurzen Pause schob sie nach: »Oder bleib doch einfach jetzt schon ein paar Tage.« Dabei legte sie ihre Hand auf seine. »Tom wird ohnehin nicht erfreut sein, wenn er hört, dass du seinen Auftrag nicht erledigt hast.«

Tom kann mich mal, hätte Leander am liebsten geantwortet, verkniff es sich aber.

»Also, was sagst du?«, ließ Franziska nicht locker. »Bleibst du hier?«

Die letzte Fähre fuhr ohne Leander und auch die am nächsten Tag sollte ihn nicht nach Hause zurückbringen.

Als er am Montagabend Tom anrief, entnahm er der Stimme des Freundes, dass der so etwas wie einen Rapport erwartete. Entsprechend enttäuscht war er, als er hörte, dass Leander und Franziska den ganzen Tag über nur spazieren gegangen waren und gebadet hatten.

»Deshalb bleibe ich ja auch noch etwas hier«, beruhigte Leander ihn und ergänzte auf das spöttische »Ha!«, das ihm entgegenschlug: »Wenn ich aber nur auf Amrum bleibe, um für dich zu recherchieren, wirst du dich um meine Katzen kümmern. Und zwar morgens und abends! Einen Hausschlüssel findest du im Holzschuppen in der alten Nivea-Blechdose links im Regal.«

Er wies den Freund in seine Aufgaben bezüglich Bellas und Poirots ein, um keine Zweifel daran aufkommen zu lassen, dass er es ernst meinte. Tom nahm alle Anweisungen gelassen auf und wurde erst missmutig, als er begriff, dass er tatsächlich jeden Morgen und jeden Abend zu Leanders Haus fahren musste und pünktlich für den Wechsel der beiden Tiere zwischen Innen- und Außenbereich zu sorgen hatte. Leander kostete seine Schadenfreude aus, indem er jede Kleinigkeit, auf die zu achten sei, maßlos übertrieb.

»Du hast die Viecher aber auch verwöhnt«, beschwerte sich Tom. »Kannst du nicht Katzen halten wie jeder andere normale Mensch auch? Draußen?«

»Du musst es nur sagen, wenn dir das zu viel ist. Dann komme ich morgen früh zurück«, wandte Leander ein.

»Nee, nee, schon gut. Auf Amrum bist du für mich nützlicher.«

»Noch etwas«, sagte Leander. »Hast du schon mit Falk Riewerts gesprochen?«

»Nein, den will ich morgen aufsuchen.«

»Warte bitte damit, bis ich wieder auf Föhr bin. Ich möchte dabei sein.«

»Wieso das denn?«, fragte Tom verdutzt.

»Ganz einfach: Dein Auswandererthema fesselt mich inzwischen dermaßen, dass ich gerne dabei wäre, wenn du dir die Geschichte des Cowboys anhörst.«

»Du willst mich verarschen, oder?«

»Nein, natürlich nicht. – Also, wie ist es? Wartest du? Denk dran, ich habe einiges gut bei dir.«

»Na schön, wenn dir soviel daran liegt.« Tom klang immer noch nicht überzeugt. Seiner Stimme konnte Leander anhören, dass er irgendeine Hinterhältigkeit vermutete, aber keine Ahnung hatte, was das wohl sein könnte.

Nach dem Telefonat schaltete Leander sein Handy ab, um in den nächsten Tagen nicht von Tom gestört zu werden.

Aus dem Reisetagebuch
des Föhrer Bauernsohnes Volckert Olsen

1. Mai 1898

Heute wurde ich zum zweiten Mal geboren!

Gegen ein Uhr in der Nacht bin ich aufgewacht, weil ein Matrose so laut gestöhnt hat. Er hat auch die Ruhr bekommen und sich
in seiner Koje gekrümmt. Er ist nicht der einzige. Der Gestank nach
Durchfall war fürchterlich. Knudt hat gesagt, ich soll mir die Nase
zuhalten und weiterschlafen, die Nacht ist kurz und der Dienst morgen wieder hart. Ich bin trotzdem aufgestanden und an Deck gegangen. Da war es erträglicher, auch wenn die See hoch ging und ich
keinen geschützten Platz gefunden habe.

Knudt hatte recht, am Morgen war ich völlig übermüdet. Matthias
hat Lund, Tadsen und mich in die Wanten geschickt, um das Haupt-
segel zu reffen. Ich hatte Mühe, mich festzuhalten, an das Festma-
chen des Segeltuchs mit den Leinen war gar nicht zu denken. Nickels
Lund war plötzlich neben mir und hat meinen Teil der Arbeit mit
ein paar Handgriffen erledigt. Der Kerl scheint als Seemann geboren worden zu sein. Er hat gelacht und mir auf die Schulter geklopft.
Dann sind wir zusammen wieder an Deck geklettert.

Beim Übergang über die Reling auf Steuerbord ist es dann passiert:
Ein gewaltiger Brecher von Backbord hat mich erfasst und hätte mich
über Bord gespült, wenn Lund mich nicht gepackt und festgehalten
hätte. Er hat die Welle zum Glück auf uns zukommen gesehen. Nörd
Tadsen war schon an Deck und hat uns mit einem Tau gesichert. Als
wir wieder Planken unter den Füßen hatten, hat Lund gelacht. Für
ihn ist das alles nur ein großes Abenteuer, aber ich hätte heute mein
Leben verloren, wenn er mich nicht gerettet hätte. Ich wollte ihm
danken, aber er hat nur abgewinkt. Wir Föhrer müssen doch zusammenhalten, hat er gesagt. Das hat mich beschämt.

Ich verdanke mein Leben Nickels Lund und das werde ich ihm niemals vergessen.

8 MITTWOCH

An den beiden folgenden Tagen unternahmen Franziska und Leander lange Strandwanderungen. Sie aßen im *Café Schult* Friesentorte und spazierten am Spülsaum entlang in Richtung Nebel bis zum Leuchtturm, wo sie ausgiebig die Wellen genossen. Sie sprachen so vertraut über alles und jeden, als hätten sie schon ihr ganzes Leben miteinander verbracht. Und ganz nebenbei machte Franziska ihn mit ein paar Leuten bekannt, die mit einer Amerika-Episode in ihrer Biografie aufwarten konnten. An diesen beiden Tagen stellte Leander fest, dass er schon lange nicht mehr so glücklich gewesen war, denn er hatte sich gleich zweimal verliebt: zuerst in Franziska, dann in Amrum. Wann das mit Amrum passiert war, konnte er ganz genau sagen: als er an der Odde stand und links auf Sylt und rechts auf Föhr blicken konnte, während vor ihm in den Wellen ein Seehund spielte. Und Franziska? Wann hatte er sich endgültig in sie verliebt?

Bei ihrem Abschied am Mittwoch gegen Viertel nach fünf am Anleger der *Schleswig-Holstein* küsste Franziska ihn lange und zärtlich und sagte schließlich scherzhaft: »Ich hoffe, wir sehen uns bald wieder, Fremder.«

»Keine Angst«, entgegnete Leander mit ernstem Ton. »Ich bin kein Mann für zwei Nächte. Ein paar mehr müssen es schon sein, damit sich der Aufwand lohnt.« Lachend wich er einer halbherzigen Ohrfeige aus.

Als Leander in Wyk die *Schleswig-Holstein* verließ, standen Dieter Bennings und Jens Olufs an der Brücke und verabschiedeten sich gerade. Leander winkte ihnen zu und ging hinüber, um den Kriminalbeamten zu begrüßen. Bei ihrer ersten Begegnung nach dem Tod seines Großvaters waren sie heftig aneinandergeraten, weil der leitende Ermittler sofort von einem Unfall ausgegangen war und den LKA-Kollegen Henning Leander mit seiner Mordhypothese hatte auflaufen lassen. Später dann, im Fall des Kojenmordes, hatten sie erfolgreich zusammengearbeitet und sich dank Lena und Eiken sogar angefreundet.

»Dieter, was machst du denn hier? Sag bloß, es hat einen Mord gegeben, von dem ich nichts weiß?«

»Henning«, freute sich auch Bennings und reichte ihm die Hand. »Schön, dich mal wieder zu sehen.«

Leander begrüßte Olufs, der aber sehr kurz angebunden war. »Wir hören voneinander«, sagte der Leiter der Wyker Polizei zu Dieter Bennings, winkte ihm zum Abschied zu und schlug den Weg zur Zentralstation ein.

»Also, was führt dich in unsere Friesische Karibik?«, versuchte Leander es noch einmal.

»Ein Todesfall auf einem Bauernhof in Alkersum«, erklärte Bennings, als Olufs außer Hörweite war.

»Wenn *du* hier bist, wird es wohl kein Unfall gewesen sein, oder?«

Bennings zögerte einen Augenblick, schüttelte aber dann den Kopf.

»Kenne ich das Opfer?«

»Knut Riewerts heißt der Mann.«

»Riewerts? Doch nicht der alte Bauer?« Schon wieder Riewerts, dachte Leander, das kann doch kein Zufall sein.

»Du kennst ihn wirklich?«, hakte Bennings nach.

»Ich habe die Familie beim Ringreiterturnier gesehen.« Leander erzählte seinem aktiven Kollegen von seinen Beobachtungen und den Streitigkeiten zwischen den beiden Brüdern, während die Fahrzeuge aus der ersten Wartespur anfuhren.

»Das bestätigt die Version von Falk Riewerts«, meinte Bennings. »Ein paar Stunden später brannte die Scheune mit dem Vater darin.«

»Gibt es denn Hinweise auf Fremdeinwirkung?«

»Noch nicht. Aber für einen Selbstmord wäre das schon ein sehr merkwürdiges Setting.« Er berichtete kurz über den Stand der Ermittlungen und die Befragung von Falk Riewerts. »Wir müssen jetzt auf die Ergebnisse aus der Gerichtsmedizin warten. Bis dahin fahre ich erst mal zurück nach Flensburg.«

»Ich habe noch eine Bitte«, beeilte sich Leander, weil sich die letzte PKW-Reihe bereits in Bewegung setzte. »Kannst du mir Zugang zu den Ermittlungsakten zum Olsen-Brand 1999 beschaffen?«

»Was willst du denn damit?«

»Ein Freundschaftsdienst. Die Cousine des Opfers hat mich gebeten, den Fall noch einmal durchzugehen.«

»Soso, die Cousine.« Bennings zwinkerte Leander verständnissinnig zu. »Tut mir leid, Henning, aber ich muss dich da enttäuschen. Ich habe die Akte selbst gerade erst durchgearbeitet. Die Kollegen haben damals nichts übersehen. Es gibt keinen Hinweis auf den Täter.«

»Was war mit Falk Riewerts? Der soll doch als Feuerteufel bekannt gewesen sein.«

»Wasserdichtes Alibi.«

»Von wem?«

»Du bringst mich in Teufels Küche, Henning.«

»Du weißt, dass du dich auf mich verlassen kannst.«

»Also gut, Meret Olsen, seine heutige Schwägerin. Aber lass bloß Olufs nicht merken, dass du an der Sache dran bist. Der scheint da noch eine persönliche Rechnung mit Falk Riewerts offen zu haben. Wenn es irgendeinen Beweis für dessen Schuld gäbe, hätte Olufs ihn schon an den Eiern.«

»Danke, Dieter, hast was gut bei mir. Halt mich bitte auch in deinem aktuellen Fall auf dem Laufenden. Möglicherweise gibt es da einen Zusammenhang. Und wenn du das nächste Mal auf Föhr bist, meldest du dich bei mir.« Leander hob drohend den Zeigefinger.

»Mache ich. Grüß Lena von mir.« Bennings wandte sich der Fähre zu.

Er drehte sich erstaunt noch einmal um, als Leander entgegnete: »Daraus wird wohl nichts. Wir haben keinen Kontakt mehr.« Auf Bennings fragenden Blick hin ergänzte er: »Das erzähle ich dir in Ruhe bei einem Glas Wein in meinem Garten.«

»Abgemacht.« Bennings winkte und betrat die Rampe zur *Schleswig-Holstein*, als ein Reedereimitarbeiter bereits nach der Fernbedienung griff, um die Bordwand hochzuklappen.

Leander wandte sich in Richtung Innenstadt. Auf dem Weg zum Sandwall zog er sein Handy aus der Tasche und rief Franziska an. »Ich habe gerade gehört, dass Knut Riewerts tot ist«, berichtete er. »Ich dachte, das solltest du wissen.«

Franziska schwieg einen Moment. »Wie ist das passiert?«, fragte sie dann.

»Das steht noch nicht fest.« Leander berichtete ihr, was er von Dieter Bennings erfahren hatte. »Das bleibt aber bitte unter uns, sonst erzählt er mir demnächst nichts mehr.«

»Danke, Henning. Ich werde Meret heute Abend anrufen.«

Auf dem Weg nach Hause dachte Leander über die Tatsache nach, dass die Brandserie nach Falks Verschwinden abgebrochen war und dass es nun, direkt nach seinem plötzlichen Auftauchen schon wieder einen Scheunenbrand gab. Und in beiden Fällen gab es Todesopfer, die in einer Verbindung zu Falk standen. Das konnte kein Zufall sein.

Wenn Bennings recht hatte und die alten Akten nichts hergaben, musste Leander woanders auf die Suche nach Informationen gehen. Die Beteiligten von damals schieden aus. Sie würden ihm, einem Fremden, der noch dazu kein Polizist mehr war, nicht mehr verraten, als sie seinerzeit ausgesagt hatten. Aber vielleicht gab das Zeitungsarchiv des *Inselboten* ja etwas her, irgendeinen Zusammenhang, wenn man die Brandserie zurückverfolgte. Leander beschloss, gleich morgen dorthin zu gehen.

Und dann war da noch Falk Riewerts selbst, der Cowboy, von dem er sich unbedingt ein Bild machen musste. Wenn der, kaum dass er zurück auf Föhr war, sich schon wieder als Feuerteufel betätigte, würde Leander ihm das Handwerk legen. Aber auch dafür brauchte er Informationen. Heute war Mittwoch und damit Skatabend. Vielleicht wussten Tom und vor allem Mephisto, der seine Ohren überall hatte, schon mehr über den aktuellen Brandfall.

Tom Brodersen kam ihm ungeduldig entgegen, als Leander Mephistos Biergarten betrat. »Mensch, Henning, wo steckst du denn so lange?«

»Dir auch einen wunderschönen guten Abend, lieber Tom.«

»Ach!« Tom winkte ungehalten ab, als habe er für derartige Nebensächlichkeiten nun wirklich keine Zeit. »Ich habe ständig versucht, dich anzurufen: immer nur die Mailbox.«

»Er wird halt Besseres zu tun gehabt haben, als mit dir zu telefonieren«, vermutete Mephisto, der gerade mit einem Tablett vorbeikam und es Leander hinhielt, damit der einen Bierkrug herunterangeln konnte, während er es gleichzeitig Toms Zugriff entzog. »Mir fallen da zauberhafte rote Locken ein.« Meckernd lachend entfernte er sich und ließ einen grinsenden Leander und einen mürrisch blickenden Tom hinter sich.

»Mit den Katzen alles klar?«, erkundigte sich Leander und nahm an ihrem Stammtisch Platz.

»Jaja, alles super. Nur die toten Mäuse, die ich da ständig wegräumen musste, waren echt ekelig. Ehrlich, ich weiß nicht, was du an diesen Katzenviechern findest. Und dann lässt du sie auch noch ins Haus. Was die dir für Parasiten einschleppen können!«

Leander lachte und freute sich, dass er Tom diesmal nicht ohne nennenswerte Gegenleistung einen Gefallen getan hatte.

Am Nebentisch nahmen ein paar Männer Platz, die ebenfalls Stammgäste in Mephistos Biergarten und Leander deshalb bekannt waren. Es handelte sich um den Landwirt Helge Jacobsen aus Alkersum und die Oevenumer Bauern Heino Fendrich und Arne Henken. Sie steckten gleich die Köpfe zusammen und unterhielten sich ungewöhnlich erregt. Immer wenn einer etwas lauter wurde, konnte Leander Wortfetzen verstehen, aus denen er ableitete, dass sich das Gespräch um den Brand auf dem Riewerts-Hof drehte.

»Hat es sich wenigstens gelohnt?«, drang Tom unvermittelt zu ihm durch.

»Was meinst du?« Leander hatte Mühe, den Wortfetzen vom Nebentisch möglichst unauffällig mit einem Ohr zu folgen, während er sich gleichzeitig auf Tom konzentrierte.

»Na, dein Besuch auf Amrum«, antwortete Tom ungehalten.

»Was willst du wissen? Wie es mit Franziska gelaufen ist?«

»Quatsch! Was interessiert mich Franziska? Jetzt sei doch nicht so schwer von Begriff. Was ist mit dem Goldsucher in Franziskas Familie?« Dann stutzte Tom, beugte sich gespannt vor und fragte ungläubig: »Da ist tatsächlich etwas gelaufen mit Franziska?«

»Keine Ahnung.«

»Wie: keine Ahnung?«

»Na, ich habe über den Goldsucher nichts Neues heraus-gefunden. Dafür kann ich dir aber Interessantes über eine Strandhalle auf Long Island berichten.«

»Erzähl.« Tom ließ sich enttäuscht wieder auf die Bank zurücksinken.

»Also: Die Familie, die in Norddorf die Strandhalle betreibt …«

»Ah, unser Frauenheld ist wieder da!« Götz Hindelang trat an den Tisch und klopfte zur Begrüßung auf die Holz-platte. »Und?«

»Was: und?«, entgegnete Leander. »Willst du auch wis-sen, was ich über die Auswanderer herausgefunden habe?«

»Quatsch! Was interessieren mich die Auswanderer? Wie ist es mit Franziska gelaufen?«

»Gut, glaube ich.«

»Aha. Und was heißt ›gut‹? Und wieso glaubst du das nur?«

»Meine Güte!«, erregte sich Tom, bevor Leander antwor-ten konnte. »Seid ihr eigentlich alle bescheuert? Henning soll endlich berichten, was er herausgefunden hat.«

»Ja.« Mephisto stellte ein Tablett mit Bierkrügen auf den Tisch. »Das musst du zugeben, Henning: Es fällt dir schwer, dich auf das Wesentliche zu konzentrieren.«

»Nicht wahr?«, freute sich Tom über die unerwartete Unterstützung.

»Also«, sagte Mephisto, »was war jetzt mit Franziska?«

Als Leander den Eindruck hatte, dass Tom gebührend gelit-ten hatte, erinnerte er ihn an die mögliche Verbindung des Goldsuchers Old Taddy von Amrum zur Familie Riewerts auf Föhr. »Damit hätten wir dann zwei der vier Männer iden-tifiziert.«

»Scheiße, Mann, vielleicht hätten wir auf Riewerts' Heu-boden weitere Hinweise gefunden. Jetzt ist alles verbrannt. Und Knut können wir auch nicht mehr befragen.«

Die Bauern am Nebentisch horchten auf, als sie den Namen hörten. Sofort verstummte ihr eigenes Gemurmel und sie konzentrierten sich auffällig auf den Stammtisch.

Leander dachte einen Moment über Toms Feststellung nach und sagte schließlich mit gedämpfter Stimme: »Falls es Fotos und Dokumente gibt, werden die nicht in der Scheune gewesen sein. Allerdings kannst du der Familie natürlich jetzt nicht wegen solcher Lappalien auf die Bude rücken. Da musst du schon etwas warten, zumindest bis die Beerdigung vorbei ist. Und das kann, so leid es mir tut, dauern, denn falls es eine Mordermittlung gibt, wird die Leiche wohl noch einige Zeit nicht freigegeben.«

»Mist!«

»Was hört man denn so auf der Insel über den Brand?«, wandte sich Leander an Mephisto.

Der deutete mit dem Kopf auf den Nebentisch und antwortete etwas zu laut: »Es rumort gewaltig unter den Bauern. Die sind sich sicher, dass Falk das Feuer gelegt hat, um sich an seinem Vater zu rächen.«

»Genau so ist das!«, rief Helge Jacobsen nun herüber. »Wer soll das denn sonst gewesen sein? Der Feuerteufel ist zurück und schon steht wieder eine Scheune in Flammen. Und der erste Tote, der auf sein Konto geht, ist das ja auch nicht.«

»Die Polizei ist aber offenbar davon überzeugt, dass er es nicht gewesen sein kann«, wandte Leander ein. »Sonst hätten die ihn nicht wieder laufen lassen.«

»Ach, die Bullen!« Jacobsen winkte ab. »Die haben ihn ja auch entkommen lassen, als er damals den Olsen-Hof angesteckt und die Wencke ermordet hat. Vergiss doch die Bullen!«

»Gibt es denn etwas, von dem die Polizei nichts weiß?«, hakte Leander nach. »Einen eindeutigen Beweis für seine Schuld?«

»Wir wissen, was wir wissen«, wich Jacobsen aus.

»Eben!«, ging Mephisto dazwischen. »Und das ist nichts. Alles nur üble Nachrede! Denkt eigentlich einer von euch Sturköpfen noch an das achte Gebot? Du sollst nicht falsch Zeugnis reden wider deinen Nächsten. Schreibt euch das mal hinter die Ohren!«

Jacobsen spuckte auf den Boden neben seiner Bank, sagte aber lieber nichts mehr darauf. Arne Henken legte ihm beruhigend eine Hand auf den Arm. Murrend steckten die Männer wieder die Köpfe zusammen und bemühten sich, so leise zu sprechen, dass Leander nichts mehr verstehen konnte.

Diana, die das Geschehen beim Abkassieren eines Tisches in der Nähe beobachtet hatte, schüttelte grimmig den Kopf in Mephistos Richtung, erntete dafür aber nur ein Schulterzucken.

»Ich sage ja«, raunte Mephisto Leander zu, »da ist reichlich Unruhe auf der Insel. Sollte mich nicht wundern, wenn das schlecht ausginge für Falk Riewerts.«

»Wird hier eigentlich heute Abend auch noch mal Skat gespielt?«, beschwerte sich Götz Hindelang, der schon seit geraumer Zeit den Kartenstapel mischte.

»Recht hast du«, stimmte Mephisto zu und hielt Diana, die gerade an ihrem Tisch vorbeikam, am Arm fest. »Bringst du uns bitte noch was zu trinken?«

»Für uns auch noch eine Runde«, rief Jacobsen vom Nebentisch aus.

»Kommt sofort«, antwortete Diana ihm und eilte davon.

Als sie kurz darauf die vollen Bierkrüge am Nebentisch abstellte, sagte sie so laut, dass Mephisto es hören musste: »Die Runde geht aufs Haus. Auf euer Wohl, Männer.« Dann brachte sie Bier an den Tisch der Skatbrüder und raunte Mephisto grimmig zu: »Gute Stammgäste verprellt man nicht. Das solltest du als Gastwirt eigentlich wissen.« Damit rauschte sie wieder ab in Richtung Haus.

Murrend stieß Mephisto mit seinen feixenden Freunden an und schluckte einen Kommentar mit einem langen Zug Bier hinunter. Auch die folgende Skatrunde sollte für ihn und Götz Hindelang keine Aufheiterung bringen. Tom und Leander waren derart unkonzentriert, dass jeder, der mit ihnen zusammenspielte, regelmäßig verlor. Das wurde sogar noch schlimmer, als Falk Riewerts mit ein paar Männern den Biergarten betrat und sich an einen Tisch am anderen Ende der Wiese setzte.

Nun richtete sich Leanders und Toms letzte Aufmerksamkeit auf den Cowboy. Auch die Stimmung der Landwirte wurde noch finsterer, vor allem Helge Jacobsen warf Falk feindselige Blicke zu.

»Nee, nee«, sagte Heino Fendrich plötzlich, »so was zahlt sich am Ende nie aus.«

Worum es ging, hatte Leander nicht mitbekommen, aber dass die Bauern über die Familienverhältnisse bei den Riewerts sprachen, wurde deutlich, als Fendrich fortfuhr: »Der Alte war aber auch gestraft mit seinen Söhnen: ein Nichtsnutz und ein Brandstifter.«

»Und der Enkel ist genauso ein Verbrecher wie sein Onkel«, ergänzte Arne Henken. »Wenn der Falk überhaupt Kais Onkel ist!« Er zog die Augenbrauen hoch, als wisse er etwas, das die anderen nicht wussten.

»Was willst du damit sagen?« Aus Fendrichs Blick sprach pure Sensationslust.

»Na ja, der Kai ist ja etwas früh geboren. Wenn das mal überhaupt neun Monate gewesen sind! Und der Falk hat damals auf der Insel nichts anbrennen lassen. – Wenn man von der einen oder anderen Scheune absieht!« Arne Henken lachte hämisch.

»Nee, nee«, sagte Heino Fendrich wieder, »so was hätte die Meret nicht getan. Die war 'ne ordentliche Deern. Nicht die Meret.«

»Weißt du's?« Henken machte eine vage, schüttelnde Geste mit der rechten Hand. »Hattest du die Hand dazwischen?«

Wieder lachten die Männer hämisch. Nur Helge Jacobsen hielt sich seit Mephistos Anranzer deutlich zurück und blickte hasserfüllt zu Falk Riewerts' Tisch hinüber.

Dort beobachtete Leander, wie Falk eine Runde nach der anderen schmiss, was zu einer gelösten Atmosphäre führte. Das Lachen der Männer scholl durch den ganzen Biergarten. Dann wurde es plötzlich ruhiger und es sah so aus, als hielte Falk einen Vortrag, dem erste vorsichtige Nachfragen folgten und der schließlich in eine hitzige Debatte mündete. Immer wieder machte Falk beschwichtigende Gesten und bemühte sich deutlich, die Stimmung nicht hochkochen zu lassen. Auch andere Männer in der Runde redeten vor allem auf zwei ein, die immer heftiger die Köpfe schüttelten. Nach einiger Zeit sprangen diese beiden auf, nahmen ihre Bierkrüge und wechselten schimpfend an den Tisch von Jacobsen und den Oevenumer Bauern.

»Wer sind die zwei?«, erkundigte sich Leander bei Tom.

»Der eine ist Gundolf Peters aus Oldsum, ein Großmaul. Den zweiten kenne ich nicht.«

»Das ist Hanno Hansen hier aus Oevenum«, ergänzte Mephisto. »Der hat seinen Hof auf der anderen Seite des Dorfes, gleich hinter der Kirche.«

»So ein Spinner!«, schimpfte Peters.

»Was war denn los?«, erkundigte sich Helge Jacobsen mit finsterem Blick.

»Ach!« Peters winkte in Falks Richtung ab.

»Reg dich nicht auf«, meinte Hanno Hansen. »Der hat sie doch nicht alle!«

Auf Drängen auch der anderen Bauern berichtete Gundolf Peters schließlich, was sich soeben zugetragen hatte: Falk hatte ihnen von seinem Amerikaaufenthalt erzählt, von der

Arbeit auf verschiedenen Farmen und von einer Anbautechnik, die er dort kennengelernt hatte und die angeblich die Umwelt und das Klima schonte. Perma-Kultur nannte er sie.

Helge Jacobsen nickte. »So nennt man das, wenn man seine Felder nicht pflegt und das Unkraut sprießen lässt. Stattdessen pflanzt man alles Mögliche durcheinander. Vor einiger Zeit stand da mal was in der *Agrar heute*. Und den Schwachsinn findet der Spinner gut?«

»Schlimmer noch«, grollte Peters. »Der will das hier einführen. Und wir sollen mit unseren Höfen mitmachen.«

»Außerdem sollen wir unsere Ernten nicht mehr aufs Festland verkaufen«, ergänzte Hanno Hansen. »Riewerts will, dass wir alles nur noch auf Föhr vermarkten.«

»Was anderes wird euch auch nicht übrigbleiben, wenn ihr da mitmacht«, entgegnete Heino Fendrich.

Mephisto beugte sich zu Leander hinüber und raunte ihm zu: »Fendrich hat vor Jahren zusammen mit zwei anderen eine eigene Molkerei gegründet. Die musste aber 2012 wegen des schlechten Absatzes wieder geschlossen werden.«

»Ihr werdet dann nämlich nicht mal mehr die Hälfte an Erträgen haben«, sagte Fendrich voraus. »Und was ihr erntet, hat mindere Qualität, das legt sich kein Supermarkt in die Gemüseabteilung. Außerdem kaufen die Insulaner keine heimischen Produkte, weil die fast immer teurer sind als die Supermarktangebote. Glaubt mir, ich bin gebranntes Kind. Der Riewerts wird mit seinem Schwachsinn auf die Schnauze fallen.«

»Aber zuerst einmal sorgt er für Unruhe und die können wir hier gar nicht gebrauchen.« Helge Jacobsen deutete mit dem Kopf auf Falks Tisch. »Was sagen denn die anderen dazu?«

»Die finden das interessant. Vor allem der Nickelsen ist auf Riewerts' Seite.«

»Keine Angst«, wandte Fendrich ein. »Wenn's hart auf hart kommt, knickt der wieder ein. Cord hat sich noch nie wirklich mit uns anderen angelegt. Der hat gar nicht die Eier dazu.«

»Aber es kommt noch dicker«, berichtete Gundolf Peters. »Riewerts will den Olsen-Hof kaufen. Cord versucht herauszukriegen, wem der jetzt gehört.«

Diese Nachricht erregte alle Gemüter am Tisch. Die Bauern waren sich einig, dass das schamlos sei.

Leander beobachtete, wie Jacobsen sich nun zufrieden zurücklehnte, da sich offensichtlich alles in seinem Sinne entwickelte.

»Erst fackelt er die Scheune ab und Leif Olsens Erbin gleich mit und dann reißt er sich den Hof selber unter den Nagel«, erhitzte sich nun auch Fendrich und schlug mit der Faust auf den Tisch.

»Männer!« Helge Jacobsen brachte die Bauern mit einer herrischen Handbewegung zum Schweigen. »Eins steht für mich fest: Noch so einen Spinner wie den Wiese und sein *Elmeere* können wir auf Föhr nicht gebrauchen.«

»Richtig!«, stimmte Fendrich zu. »Diesmal müssen wir rechtzeitig etwas unternehmen.«

»So sehe ich das auch. Den Riewerts müssen wir stoppen, bevor es zu spät ist.« Jacobsen beugte sich vor und sprach so leise weiter, dass Leander nichts mehr verstehen konnte.

»Da braut sich was zusammen«, meinte Tom.

Leander sah zu Falk Riewerts hinüber. Auch der behielt Jacobsens Tisch aufmerksam im Blick und machte einen etwas besorgten Eindruck. Aber dann winkte er der Bedienung, bestellte Bier nach und wandte sich wieder den Männern zu, die ihm gegenübersaßen.

»Ich sollte mich vielleicht beeilen, wenn ich Falk interviewen will«, überlegte Tom. »Wer weiß, wie lange der noch auf Föhr ist.«

»Ich wundere mich sowieso, dass der so kurz nach dem Tod seines Vaters schon wieder hier im Biergarten sitzt«, meinte Götz. »Aber das passt ja zu dem, was der Fendrich da vorhin gesagt hat. Scheint ziemlich skrupellos zu sein, wenn er genau den Hof kaufen will, den er selbst abgefackelt hat.«

»Falk Riewerts ist aber offenbar nicht nachzuweisen, dass er Olsens Scheune angezündet hat«, wandte Leander ein. »Sonst wäre der nicht mehr auf freiem Fuß.«

»Außerdem war er mit seinem Vater über Kreuz, weil der ihn damals von der Insel gejagt hat«, ergänzte Tom. »Die große Trauer darf man da nicht erwarten.«

Kurz darauf bezahlte Falk Riewerts bei Diana und verließ den Biergarten zusammen mit den anderen Männern.

Tom wollte aufspringen und hinterherlaufen, aber Leander hielt ihn am Arm zurück. »Nicht jetzt, der Jacobsen muss nicht mitkriegen, dass wir Kontakt zu dem Cowboy aufnehmen. Übrigens, dieser Indianer, den wir da neulich gesehen haben, ist dir der noch mal über den Weg gelaufen?«

»Nö.«

»Komisch. Ich hatte vermutet, dass er zu Falk gehört, aber er war weder auf dem Ringreiterfest, noch war er heute Abend mit hier.«

Tom zuckte mit den Schultern und machte damit deutlich, dass ihm das herzlich egal war.

Am Nebentisch wurde nun mit Bierkrügen angestoßen. Helge Jacobsen machte einen sehr zufriedenen Eindruck. Offenbar hatte er bei seinen Kumpanen erreicht, was er wollte.

»So, Leute«, sagte Götz Hindelang plötzlich und stand auf. »Ich mach mich dann mal vom Acker. Skat wird hier heute ja sowieso nicht mehr gespielt.« Er klopfte auf den Tisch und ging zum Haus hinüber, um dort bei Diana zu bezahlen.

Auch Leander fand, dass es Zeit war, nach Hause zu gehen. Als er das äußerte, erntete er ein hämisches Grinsen von Tom.

»War wohl doch zu anstrengend für dich auf Amrum, was?«

»Genau«, mischte sich auch Mephisto ein. »Darüber sind wir ja ganz hinweggekommen: Wie war das denn jetzt mit Franziska?«

Als Leander, der zusammen mit Tom zurückradelte, sich schließlich an der Wrixumer Mühle von seinem Freund verabschiedete, sagte der enttäuscht: »Jetzt haben wir gar nicht über die Strandhalle in Norddorf geredet.«

»Komm morgen Nachmittag zu mir«, entgegnete Leander. »Dann erzähle ich dir, was ich herausgefunden habe. Und sieh zu, dass wir einen Termin mit Falk Riewerts bekommen. Vielleicht weiß der, was aus dem Tagebuch geworden ist.«

Er winkte Tom noch zu, dann bog er von der Ocke-Nerong-Straße in den Holm und wählte damit den Weg durch die Siedlung mit den alten reetgedeckten Fischerhäuschen, die im gelblichen Laternenlicht noch malerischer wirkte, in Richtung Wyk.

Aus dem Reisetagebuch
des Föhrer Bauernsohnes Volckert Olsen

5. Mai 1898

In den letzten Tagen haben wir sieben Auswanderer über die Planke geschickt. Das Neugeborene und seine Mutter waren auch dabei. Sie hat das Kindbettfieber bekommen, was ja kein Wunder ist bei den Zuständen im Zwischendeck. Das Segeltuch, in das die Toten eingewickelt werden, wird jetzt immer festgehalten, wenn die Körper über die Reling gehen. Wer weiß, wie viele noch draufgehen, hat Matthias gesagt, und Segeltuch ist teuer.

Einige Männer haben sich beschwert, weil ihre Familien nicht genug zu essen bekommen. Matthias hat mir im Vertrauen erzählt, daß die Matrosen, die für die Verteilung der Verpflegung zuständig sind, sich bestechen lassen. Wer ihnen Geld zusteckt, bekommt größere Rationen. Für die anderen bleibt dann weniger übrig. Die Männer sind zum Maat gegangen, aber der hat sie abgewiesen. Es sollte mich nicht wundern, wenn er seinen Anteil an dem Nebenverdienst der Matrosen bekommt.

Überhaupt nimmt die Unruhe im Zwischendeck zu. Mehrere Passagiere behaupten, bestohlen worden zu sein. Heute Morgen ist es zu einer Schlägerei gekommen. Ein Mann mußte anschließend verarztet werden. Der Smutje hat ihm die Augenbraue mit einer extragroßen Segeltuchnadel genäht und mehr Stiche als nötig gemacht. Der Mann hat geschrien vor Schmerzen. Matthias sagt, das wird ihn und die anderen von weiteren Schlägereien abhalten. Der Smutje hat sich zunächst geweigert, die Wunde mit Köm zu reinigen, aber der Maat hat gesagt, daß der Kapitän toben wird, wenn noch ein Auswanderer stirbt. Wenn sich die Wunde entzündet, wird er dem Smutje die zehn Dollar von der Heuer abziehen, hat er gesagt. Das hat den Smutje zur Vernunft gebracht.

Knudt und ich sind jetzt viel mit Nickels und Rörd zusammen. Die beiden sind lustige Kerle, selbst Rörd wird gesprächig, wenn Nickels seine Späße macht. Ich kann gar nicht mehr verstehen, dass die Lunds auf Föhr so verachtet werden. Aber vielleicht ist er ja anders als die anderen.

Ein paar ältere Matrosen haben Nickels das Pokerspielen beige= bracht. Er sitzt jetzt oft mit ihnen an Deck und spielt um Geld. Mat= thias hat Knudt und mich davor gewarnt. Schon mancher Seemann hat auf der Überfahrt seine gesamte Heuer verspielt, bevor er den Hafen von New York erreicht hat. Und nicht wenige haben sogar anschließend noch Schulden gehabt. Ich habe mit Nickels darüber gesprochen, aber der hat nur gelacht und gesagt, dass er eine Glücks= strähne hat. Wenn das so weitergeht, hat er gesagt, dann kann ich mir bald einen eigenen Schoner kaufen. So ein Schiff wirft hohe Gewinne ab. Man müsste nur fünf Auswandererfahrten machen, dann hätte man den Kaufpreis wieder reingeholt. Matthias hat das bestätigt. Mit den armen Schweinen im Zwischendeck werden die Pfeffersäcke noch reicher und fetter, hat er gesagt.

9. Mai 1898

Endlich gutes Wetter und ruhige See. Der Maat hat alle Auswan= derer an Deck holen lassen. Sie haben überall gesessen und die frische Luft genossen. Viele von ihnen sehen bleich und krank aus, der Keuch= husten geht um im Zwischendeck. Bei manchen sieht man die ersten Anzeichen von Skorbut. Das liegt an der Mangelernährung, sagt Matthias. Die meisten sind ja schon unterernährt an Bord gekom= men. Kapitän Ketels hat den Smutje angewiesen, in den nächsten Tagen die Reste unserer Gemüsevorräte zu kochen. Außerdem sollen wir Matrosen in unserer Freizeit so viel Fisch fangen wie möglich. Ich weiß nicht, ob Kapitän Ketels Angst davor hat, dass noch mehr

Menschen sterben und die Reederei Geld kosten, oder ob er einfach nur ein christlicher Mann ist.

Als alle an Deck waren, hat der Maat mich und ein paar andere ins Zwischendeck geschickt. Wir haben die Bullaugen geöffnet, um gründlich aufzulüften, und die Strohsäcke und Wolldecken an Deck geschafft. Dann haben wir die Kojen mit Teer aufgebrannt, um die Krankheitserreger abzutöten. Man muss sehr vorsichtig sein dabei, damit kein Feuer ausbricht. Es sollen schon große Segelschiffe mit mehr als fünfhundert Passagieren untergegangen sein, weil ein Matrose beim Ausbrennen zu unvorsichtig gewesen ist. Der Maat hat anschließend alles kontrolliert. Sonst vermeidet er es, ins Zwischendeck zu gehen, und schickt immer uns hinunter. Auch die Eimer und das Fass haben wir an Deck geschleppt und mit Seewasser aufgewaschen. Zwei Matrosen sind auf Rattenjagd gegangen und hatten reiche Beute.

In der Zwischenzeit haben sich auch die Passagiere auf dem Achterdeck gewaschen, so gut es auf hoher See und mit Salzwasser möglich ist. Die Männer haben Decken hochgehalten, als Sichtschutz für die Frauen. Aber einige Matrosen sind in die Wanten geklettert und haben von oben zugeschaut, bis sich die Männer beschwert haben und der Kapitän dem Maat befohlen hat, dem ein Ende zu setzen.

Am Nachmittag ist uns ein anderes Segelschiff begegnet, das erste, seit wir den Ärmelkanal verlassen haben. Es war zu weit weg, um hinüberrufen zu können, aber die Matrosen an Deck konnte man deutlich erkennen. Kapitän Ketels hat Nickels in die Wanten geschickt und ihn eine Signalflagge setzen lassen. Der andere Kapitän hat ebenfalls mit einer Flagge geantwortet. Daraufhin sind unsere Auswanderer in Jubel ausgebrochen.

Wir sind noch keine drei Wochen auf See, aber wir alle können kaum erwarten, dass wir endlich wieder Land sehen und festen Boden unter den Füßen haben.

Nickels Glücksträhne ist zu Ende. Alles, was er am Anfang gewonnen hat, hat er schon wieder verloren. So machen die das immer, hat Matthias gesagt. Erst füttern sie die Neuen an, dann ziehen sie ihnen das Hemd aus. Heute hat sich Nickels von mir das letzte Geld geliehen, das ich noch hatte. Ich konnte es nicht abschlagen, schließlich verdanke ich ihm mein Leben. Nickels will es mir zurückgeben, wenn wir in New York unsere Heuer ausgezahlt bekommen. Knudt hat mich einen Dummkopf genannt. Nickels hätte schon bei vielen Matrosen Schulden. Das Geld würde ich nie wiedersehen.

21. Mai 1898

Heute Morgen ist Nickels zu mir gekommen und hat mir das Geld zurückgezahlt. Er hat die ganze Nacht gezecht und gespielt und am Ende hat er den anderen gezeigt, dass sie ihn nicht unterschätzen dürfen. Da war so ein fiebriges Glimmen in seinen Augen, das mir Angst gemacht hat. Matthias hat gesagt, nun hat ihn das Spielfieber endgültig gepackt. Ich muss daran denken, was Vater dazu sagen würde. Wahrscheinlich würde er sagen, dass so was nie gut ausgeht, weil es unchristlich ist. Und er würde sagen, dass das typisch für die Lunds ist.

9 DONNERSTAG

»Du bist also nicht nur um Franziska herumscharwenzelt«, stellte Tom fest und ließ sich auf einen Gartenstuhl fallen. »Das hätte ich dir auch sehr übel genommen. Schließlich warst du nicht zum Vergnügen auf Amrum.«

»Dessen war ich mir auch durchaus bewusst, lieber Freund«, entgegnete Leander schmunzelnd. »Immer wenn es vergnüglich wurde, habe ich an dich gedacht – und schon war es aus mit dem Vergnügen.«

»Blödmann!«

»Also, Spaß beiseite. Ich habe ein Gespräch geführt, das dich sehr interessieren dürfte.«

Leander legte eine Kunstpause ein, in der er in aller Ruhe Kaffee einschenkte und eine Schale in Richtung seines Freundes schob. »Kekse?«

Tom verdrehte die Augen.

»Na gut.« Leander zog ein paar zusammengefaltete Zettel aus der Hosentasche und setzte sich dem Freund gegenüber. »Dann will ich dich mal nicht länger auf die Folter spannen. Ich habe mit Christa und Ocke Feddersen in Norddorf gesprochen. Die betreiben dort die Strandhalle und vermieten nebenbei Strandkörbe. Ockes Vater ist Fischer gewesen. Die Familie war Anfang der fünfziger Jahre sehr arm. Ocke musste schon als kleines Kind morgens um vier Uhr aufstehen und am Strand nach Bernstein suchen, bevor andere Amrumer alles weggesammelt hatten. Unsere Nachbarn da drüben haben ja Strandräuberblut, wie du weißt. Das hat aber alles nicht zum Überleben gereicht. Ockes Eltern sind als junge Leute schon einmal in Amerika gewesen und beschlossen 1953, wieder dorthin zurückzukehren und in New York ihr Glück zu versuchen.«

Tom reckte sich immer wieder ungeduldig, um einen Blick auf Leanders Zettel werfen zu können, während der chronologisch und in aller Ruhe berichtete.

»Moin, Henning!«, rief Johanna Husen von jenseits der Hecke herüber.

»Moin, Johanna!«, antwortete Leander und grinste, als Tom ihm schelmisch ein Auge zukniff.

»Wo bin ich stehen geblieben? Ach ja, New York. Diesmal wollten Ockes Eltern nicht in den engen Straßen leben und in irgendeinem Deli arbeiten, also sind sie nach Long Island gezogen, quasi direkt an den Strand. Beide haben Anstellungen im Yachtclub bekommen, der Vater als Barkeeper und die Mutter als Köchin. Sie mussten jeden Tag zwölf Stunden arbeiten, an den Wochenenden sogar vierzehn.«

»Und wo haben sie Ocke in der Zeit geparkt?«, hakte Tom nach. »Ich meine, den Bengel konnten sie ja nicht einfach zu Hause lassen.«

»Das habe ich auch gefragt. Ocke hat gelacht und gesagt, das sei damals nicht so wie heute gewesen, mit Helikopter-Eltern und so. Damals seien die Kinder viel selbstständiger gewesen. Wenn er nicht in die Schule musste, war Ocke auch im Yachtclub. Er hat sogar schon sein eigenes Geld verdient, indem er sich um die kleinen Boote gekümmert und sie geputzt hat. Zwanzig Dollar hat ihm das jedes Mal eingebracht. Mit zwanzig Jahren hatte er umgerechnet stolze fünfzehntausend Mark gespart.«

Tom pfiff durch die Zähne. »Mühsam ernährt sich das Eichhörnchen. Und da sage noch mal einer, dass sich ehrliche Arbeit nicht lohnt.«

»Eben. Seine Eltern haben in der Zeit derart gut gearbeitet, dass sie schließlich, als der Pächter in den Ruhestand ging, die Leitung des Clubs übernehmen konnten. Der Yachtclub von Long Island war gerade wegen der friesischen Köchin weithin berühmt. In der Zeit haben Ockes Eltern sehr sparsam gelebt und konnten sich schließlich Mitte der Sechziger sogar einen Heimaturlaub leisten. Vor allem die Mutter hat immer Heimweh gehabt. Die Familie ist für drei Wochen nach Amrum gekommen und für immer hiergeblieben.«

»Was ist passiert?«

»Sie haben natürlich von ihrem Yachtclub und dem Erfolg in Amerika erzählt und Fotos herumgezeigt. Da hat der Bürgermeister von Norddorf ihnen angeboten, die marode Strandhalle wieder auf Vordermann zu bringen und sie zu übernehmen. Ockes Vater wollte das zuerst nicht, aber Ocke und seine Mutter haben ihn überredet. Tja, dann haben sie von Amrum aus auf Long Island gekündigt und ihr Häuschen verkauft. Ockes Großvater hatte ohnehin in der Zwischenzeit das Fischerhaus eines Nachbarn gekauft, falls seine Tochter wieder nach Hause kommen wollte. Da ist die Familie eingezogen und hat sich hier eine neue Existenz aufgebaut. Der Touristenstrom der Sechziger und Siebziger hat dann ein Übriges dazu getan. Ocke hat Christa geheiratet und die beiden haben die Strandhalle in den Neunzigern endgültig von den Eltern übernommen. Heute geht es den Feddersens auf Amrum sogar noch besser als seinerzeit auf Long Island, weil sie inzwischen auch noch einige Ferienwohnungen besitzen.«

»Tolle Geschichte«, freute sich Tom. »Allerdings brauche ich Fotos, wenn ich das in unsere Ausstellung übernehmen soll.«

»Bekommst du.« Leander schob Tom seine Zettel mit den Aufzeichnungen hinüber, der sie gedankenlos nahm und in die Tasche stopfte. »Wende dich einfach an Ocke Feddersen, wenn es so weit ist. Ich habe ihn schon vorgewarnt. Er freut sich, wenn er von Amerika erzählen kann.« Leander schenkte Kaffee nach und betrachtete belustigt seinen Freund, während der völlig in sich gekehrt und abwesend seine Unterlippe knetete. »Was bedrückt dich, mein Kleiner?«, fragte Leander mit übertrieben besorgtem Ton und streichelte Tom über den Kopf. »Erzähl's dem Onkel Henning.«

»Blödmann!« Tom wischte Leanders Hand weg. »Mich ärgert, dass wir in der Goldsuchersache nicht weiterkommen. Da muss es doch irgendwelche Unterlagen oder Fotos geben.«

»Kannst du nicht einmal mit dem zufrieden sein, was du hast?«

Tom zuckte mit den Schultern.

»Hast du denn inzwischen mit Karola gesprochen?«, hakte Leander nach.

»Habe ich. Aber im Friesenmuseum gibt es auch fast nichts dazu. Karola hat die gleichen Fotos gefunden, die Franziska in ihrem Album hat. Allerdings weiß sie nicht, woher das Museum die bekommen hat.«

»Vielleicht vom alten Tadsen?«

»Möglich, aber unwahrscheinlich, denn der hätte sie sicher dem Heimatmuseum auf Amrum gegeben und nicht dem auf Föhr. Warst du eigentlich inzwischen dort?«

»Dazu bin ich nicht gekommen. Aber ich hole es nach, wenn ich das nächste Mal drüben bin.«

»Typisch«, murrte Tom und schwieg einen Moment nachdenklich. Dann nahm er den Faden wieder auf: »Die Fotos hier auf Föhr stammen wohl eher aus dem Nachlass von einem der Föhringer, die damals dabeigewesen sind. Dummerweise gibt es keine Aufzeichnungen dazu. Wenn wir nur die anderen beiden Namen hätten, oder zumindest eine Bestätigung, dass ein Riewerts dabeigewesen ist, dann hätten wir wenigstens einen Anhaltspunkt und wüssten, wo wir ansetzen könnten.«

»Tja, da weiß ich jetzt auch nicht weiter. Aber wenn du willst, fahre ich sofort zurück nach Amrum und helfe Franziska beim Suchen.« Leander grinste breit. »Du müsstest dich dann nur wieder um die Katzen kümmern. Du weißt schon: Mäuse einsammeln und so.«

»Das könnte dir so passen. Wonach du da drüben suchst, weiß ich genau. Aber nicht auf meine Kosten, mein Lieber, nicht auf meine Kosten!« Tom hob scherzhaft den rechten Zeigefinger. »Und du konntest tatsächlich bei ihr landen? Mensch, bist du ein Glückspilz.«

»Mit Glück hat das nichts zu tun«, meinte Leander leichthin. »Das ist Können.«

Nun musste auch Tom lachen, während er sich aus dem Gartenstuhl hochstemmte. »Ich muss dann mal. Nächste Woche ist Noteneintragung und ich muss noch eine Klausur korrigieren.«

»Geschichte?«, erkundigte sich Leander und begleitete den Freund durch den Hausflur zur Tür.

»Deutsch. Die Theodizee-Frage in Joseph Roths Roman *Hiob*. Ehrlich, manchmal habe ich das Gefühl, dass Schüler heutzutage gar nichts mehr kapieren. Die schreiben einen Scheiß, als hätten wir den Roman nicht seit Wochen behandelt.«

»Das kann dann ja nur am Lehrer liegen«, meinte Leander.

»So wird's sein.« Tom drehte sich unvermittelt um und gab ihm die Hand. »Danke für deine Hilfe, mein Freund.«

Leander war dermaßen überrumpelt von dieser ungewohnten Anwandlung, dass er Tom sprachlos nachschaute, als der auf sein Fahrrad stieg und über die Schulter winkend davonradelte. Und den Anflug eines schlechten Gewissens bekam er auch, weil er ihm nichts davon erzählt hatte, dass er inzwischen einen Auftrag von Franziska angenommen hatte. Er blickte auf die Uhr und überlegte, ob sich ein Besuch beim *Inselboten* noch lohnte. Aber Archivarbeit kostete Zeit, man brauchte Ruhe dafür und zumindest ein bisschen Motivation. Letztere fehlte ihm heute besonders und so verschob er den Zeitungsbesuch auf den kommenden Tag.

Als er wieder in seinem Gartenstuhl saß, schob sich der Verdacht in sein Bewusstsein, dass Toms ungewohnt herzlicher Abschied möglicherweise der Vorbote eines weiteren Auftrags war. Schließlich waren Selbstlosigkeit und Dankbarkeit nicht gerade Eigenschaften, die Leander mit dem Lehrer in Verbindung brachte. Und dann meldete sich wieder das schlechte Gewissen. Musste Leander immer so negativ von anderen Menschen denken? Konnte Tom nicht einfach nur ein guter Kerl sein? Einer, auf den man bauen konnte, wenn es darauf ankam? Ein wirklicher Freund? Woher kam nur die chronische Skepsis, die Leander im Umgang mit Menschen immer gleich befiel? *Déformation professionelle*, dachte Leander erneut. Oder schlicht Erfahrung. Sein Beruf hatte ihn immer nur mit üblen Subjekten in Berührung gebracht, denen er keinen Millimeter weit über den Weg trauen konnte. Aber was hatten die Menschen hier auf Föhr mit den Verbrechern in Kiel zu tun? Nichts, rein gar nichts! Reiß dich mal zusammen, mein Lieber, schalt sich Leander selbst. Du musst lernen, Vertrauen zu den Menschen aufzubauen. Er nahm sich vor, gleich heute damit anzufangen und Toms herzlichen Abschied rückhaltlos so zu nehmen, wie er zweifellos gedacht war: als Ausdruck tief empfundener Freundschaft. Wenn das nicht der Anfang für ein ganz neues Lebensgefühl war!

Das Telefon riss ihn aus seinen Gedanken. Dieter Bennings war am Apparat. »Ich bin auf der Fähre nach Wyk.«

»Das ging aber schnell«, wunderte sich Leander. »Du bist doch gestern erst zurück nach Flensburg gefahren.«

»Tja, es gibt neue Erkenntnisse, die mich leider dazu zwingen. Ich rufe an, weil wir vereinbart hatten, uns zu treffen, wenn ich wieder auf deiner schönen Insel bin.«

»Das trifft sich ja prima. Was hältst du von einem guten Fläschchen Wein heute Abend in der *Alten Druckerei*?«

»Eigentlich hatte ich mich auf den Chaoten Mephisto und sein tolles Landbier gefreut«, wandte Bennings ein.

»Besser nicht. In *Mephistos Biergarten* haben wir nicht die nötige Ruhe. Da können wir ja morgen hingehen. Oder fährst du dann schon wieder?«

»Nein, ich fürchte, dass mein Aufenthalt diesmal länger dauern wird.«

»Das heißt, ihr habt Anzeichen für einen Mord?«

»Das erzähle ich dir heute Abend. Die Fähre legt gerade an. Um 19 Uhr in der *Alten Druckerei*?«

»Einverstanden. Bis heute Abend.«

Leander legte auf und dachte über Bennings' Andeutung nach. Da er ohne Informationen dabei aber zu keinem Ergebnis kam, rief er stattdessen in dem Weinlokal in der Fußgängerzone an und bestellte für 19 Uhr einen Tisch.

Kaum hatte er wieder aufgelegt, schob Johanna Husen ihren faltigen Hals über die Hecke. Leander musste sich zusammenreißen, um angesichts dieses Anblicks nicht laut loszulachen, weil das verdächtig an die eigentlich ausgestorbenen Langhalssaurier erinnerte.

»Henning?«

»Johanna?«

»Ich wollte euch nicht belauschen, aber …«

»Schon klar. Du konntest gar nicht anders, weil wir so laut waren.«

Johanna Husen ging nicht auf diese Stichelei ein. »Ich habe

da vielleicht etwas für dich. Ich meine, wegen der Geschichte mit den Goldgräbern.«

Nun horchte Leander auf. Johanna Husen war eine sehr eigenwillige Frau mit einem friesischen Sturkopf und nicht gerade umgänglich. Außerdem lehrte Leander die Erfahrung mit ihr, dass er besser vorsichtig war und sie nicht zu weit in sein Leben hineingreifen lassen durfte. Allerdings war sie auf Föhr aufgewachsen und in der älteren Bevölkerung sehr gut vernetzt. Auf der Insel geschah kaum etwas, von dem die alte Dame nichts wusste. Und das konnte ihm tatsächlich hilfreich sein. Wo ist denn nun *deine* Selbstlosigkeit, Henning?, flüsterte etwas in ihm, aber es war zum Glück so leise, dass er es leicht wegschieben konnte.

»Komm doch zu mir rüber«, schlug er vor. »Ich koche uns Kaffee.«

»Und ich habe frischen Blaubeerkuchen«, reagierte sie erfreut. »Bis gleich.«

Leander seufzte, nahm die Kaffeekanne vom Gartentisch und ging in die Küche. Das wurde ja langsam zur Gewohnheit mit Johanna Husens Hausbesuchen. Hauptsache, die alte Dame leitete daraus nicht demnächst wieder irgendwelche Mitspracherechte ab. Spätestens wenn sie ihm ihre Hilfe in Haus und Garten anbot, musste er vorsichtig werden. Gute Vorsätze und neues Lebensgefühl hin oder her, er war gebranntes Kind. Andererseits wusste seine Nachbarin schließlich auch, was ihr blühte, wenn sie sich zu viel herausnahm.

Der Kaffee lief noch durch, als es schon an die Haustür klopfte. Johanna Husen hatte gleich die ganze Platte Blaubeerkuchen mitgebracht, von der noch ein warmer, duftender Dunst aufstieg, und stapfte direkt durch den Flur in den Garten. Sie kannte sich schließlich aus.

»Bring ein Messer mit«, rief sie über die Schulter zurück. »Und Sahne wäre auch nicht schlecht.«

Als sie schließlich mit Kaffee, Kuchen und Sahne am Gartentisch saßen und Leander sich den ersten Bissen in den Mund schob, beschloss er, der alten Dame alles zu verzeihen, was sie ihm jemals zugemutet hatte. Wer so backte, konnte kein schlechter Mensch sein und verdiente allen Respekt.

»Was ist denn nun mit den Goldgräbern?«, erinnerte Leander sie an den eigentlichen Grund für ihren Besuch.

»Ach ja, genau.« Die alte Dame nahm mit spitzen Lippen und abgespreiztem kleinem Finger einen Schluck Kaffee und setzte die Tasse sanft auf den Tisch. »Wenn ich das richtig mitbekommen habe, dann sucht ihr Leute, die Goldgräber in der Familie haben.«

Leander nickte und schob sich die nächste Gabel Blaubeerkuchen in den Mund.

»Also, ich hab da mal so was gehört. Von wem, weiß ich nicht mehr, aber das lässt sich ja rauskriegen. Es soll mehrere Familien auf Föhr geben, deren Vorfahren in Amerika beim Goldrausch dabei waren. Ein paar von denen sollen als reiche Leute zurückgekommen sein.«

»Und du weißt nicht, wer das war?«

»Nein, leider.«

»Könnte einer aus der Riewerts-Familie dabei gewesen sein?«

»Weiß ich wirklich nicht. Aber am Sonntag ist nach der Frühmesse wieder Senioren-Frühstück und da kommen alle meine Freundinnen hin. Wenn du willst, frage ich rum. Irgendeine weiß garantiert etwas.«

»Das wäre natürlich klasse. Tom wird begeistert sein, wenn wir ihm Namen nennen können.«

»Also, abgemacht.« Johanna Husen hielt Leander ihre leere Kaffeetasse hin. »In der Zwischenzeit kannst du ja mal zu Ocko Hansen gehen.«

»Wie, gibt es den denn noch?« Leander dachte an den Freund seines Großvaters, der vor Jahren noch einen Fotoladen am Sandwall geführt hatte und inzwischen weit über neunzig sein musste. »Den Laden hat er doch gar nicht mehr. Da ist jetzt so eine moderne Fotogalerie drin.«

»Richtig, das Geschäft hat er abgegeben. Ocko lebt jetzt in Borgsum bei seiner Tochter und dem Schwiegersohn. Das soll alles nicht so toll sein da bei denen, wie man hört. Junge Leute, gerade mal so um die sechzig. Die sehen ja alles anders als wir Älteren. Na ja. Jedenfalls hat er auch sein Fotoarchiv dorthin mitgenommen. Du kannst dir vorstellen, was da in all den Jahrzehnten zusammengekommen ist.« Johanna Husen lachte. »Seine Tochter war ganz schön sauer, dass er den ganzen alten Kram angeschleppt hat. Aber Ocko ohne seine Fotos? Das geht nicht. Der wäre lieber in seinem Ramschladen geblieben, als auf sein Archiv zu verzichten. Wenn überhaupt einer historische Aufnahmen hat, dann er. Bestimmt findest du da auch etwas über die Goldgräber.«

»Johanna«, sagte Leander, »das ist eine hervorragende Idee. Was wäre ich eigentlich ohne eine Nachbarin wie dich?«

»Nicht wahr?«, freute sich die alte Dame.

Er schaufelte ihr ein weiteres Stück Blaubeerkuchen auf den Teller. Ihren Widerstand dagegen formulierte sie auch wohl nur rein pro forma, denn der brach augenblicklich zusammen, als Leander das Kuchenstück mit einer großen Portion Sahne krönte.

»So, und jetzt was anderes.« Johanna beugte sich verschwörerisch vor, senkte ihre Stimme und schaute von schräg unten zu ihm auf: »Von welcher Franziska war denn da eben die Rede?«

Die *Alte Druckerei* ist ein kleines Weinlokal mit Verkauf in einer Seitengasse der Mittelstraße. Direkt gegenüber der *Wyker Buchhandlung* weist ein Aufsteller auf die Gastronomie hin. Zwischen den Backsteinmauern der eng stehenden

Häuser hindurch gelangt man zunächst in einen schmalen Hinterhof, in dem ein paar Tische und Stühle stehen. Von hier aus hat man Zugang zu dem ebenfalls sehr schmal geschnittenen Lokal mit seinen Sitznischen und der Theke, das sich nach hinten hinaus schließlich weitet und sogar eine kleine Bühne beherbergt, auf der regelmäßig szenische Lesungen veranstaltet werden.

Als Leander die Weinstube betrat, herrschte bereits Hochbetrieb. Torsten Tews, der Inhaber, stand hinter der Theke und entkorkte im Akkord Weinflaschen, die von seinen Angestellten gleich zu den Tischen getragen wurden. Dazwischen kamen immer wieder duftende Flammkuchen aus der Küche, die ebenfalls sofort weiterexpediert werden mussten, weil die Theke kaum Abstellmöglichkeiten bot. Torsten wies auf Leanders Frage nach dem reservierten Tisch auf den hinteren Raum, nahm schnell einen Schluck aus einem Weinglas und widmete sich ohne weitere Worte direkt der nächsten Flasche, weil die Bedienung schon darauf wartete.

Leander drängte sich in den hinteren Bereich des Lokals durch und entdeckte Dieter Bennings an einem kleinen Tisch links in der Ecke. Er war in ein lebhaftes Gespräch mit einer üppigen Blondine am Nebentisch vertieft, das mit grimmigem Gesicht von ihrem Begleiter verfolgt wurde.

»Dieter, schön dich zu sehen.« Leander gab dem Kriminalhauptkommissar die Hand.

»Henning, setz dich. Das ist ja ein Betrieb hier.« Bennings zwinkerte der Blondine zu und wandte sich dann dem Neuankömmling zu, der sich auf einen Stuhl quetschte.

»Ich will dir ja nicht den Spaß verderben«, raunte Leander, »aber wenn du weiter an der Drallen rumbaggerst, kriegst du von ihrem Freund heute Nacht noch was aufs Maul.«

»Neidisch?« Bennings lachte.

»Nicht die Bohne. Die wäre gar nicht mein Typ.«

»Erzähl mal, wie geht es dir denn so in deiner Enklave?«
Bennings winkte der Bedienung, die ihm signalisierte, dass
sie gleich für ihn da sein würde. »Ist dir das immer noch nicht
zu langweilig hier?«

»Kein Stück. Ich fühle mich sauwohl auf der Insel und
bin froh, dass ich nicht mehr wie du im Sumpf der Republik
rumstochern muss.«

Bennings lachte und bestellte bei der herbeigeeilten Bedienung, die den Eindruck machte, als hätte sie eigentlich gar
keine Zeit, weitere Bestellungen aufzunehmen, zwei Gläser
eines leichten Sommerweins aus der Karte, die über fünfzig
verschiedene Weinsorten anbot.

»Du sagtest am Telefon etwas von neuen Erkenntnissen.
Heißt das, du kommst in dem Mordfall voran?«, erkundigte
sich Leander.

»Nee, nicht wirklich. Das Einzige, das ich inzwischen
sagen kann, ist, dass es eindeutig Mord war. Das Opfer hatte
keinen Rauch in der Lunge und kein Kohlenmonoxid im Blut.
Knut Riewerts war folglich schon tot, als das Feuer ausbrach.
Dafür hat er wunderschöne Würgemale am Hals und einen
gequetschten Kehlkopf.«

»Fingerabdrücke?« Leander wusste, dass die Kriminaltechnik heute schon Fingerprints von der Haut der Toten
abnehmen konnte.

»Fehlanzeige. Der Mörder muss Handschuhe getragen
haben. Sollte es davon Faserspuren an der Leiche gegeben
haben, sind sie in der Scheune verbrannt.«

»Schöne Scheiße«, beschied Leander.

»Das kannst du laut sagen. Allerdings trägt dieser Mord
dieselbe Handschrift wie der auf dem Olsen-Hof im Jahr
1999. Wencke Olsen war auch schon tot, als die Scheune in
Brand gesteckt wurde. Erdrosselt wie Knut Riewerts.« Bennings seufzte leicht. »Ehrlich, Henning, manchmal beneide

ich dich und dein Leben hier. Unser Beruf hat inzwischen schon fast etwas von Fließbandarbeit. Das eine Tötungsdelikt ist noch nicht aufgeklärt, da habe ich auch schon das nächste auf dem Tisch. Und so schöne altmodische Morde wie früher gibt es auch kaum noch: aus Eifersucht oder schlicht aus Habgier. Heutzutage schlagen und treten sich die Leute einfach so im Gewaltrausch gegenseitig tot.«

Leander nickte. Er wusste genau, wovon Bennings sprach, denn die Gewaltenthemmung in der Gesellschaft war einer der Gründe dafür gewesen, dass er den Polizeidienst letztlich quittiert hatte.

»Und die Kollegen sind auch nicht mehr das, was sie einmal waren«, fuhr Bennings fort. »Karrieregeile Selbstabsicherer, die zudem noch gerne pünktlich Dienstschluss machen.«

»Na, wenigstens hast du hier auf Föhr Jens Olufs an der Seite. Der sollte doch ganz nach deinem Geschmack sein.«

»Olufs ist klasse. Wir ergänzen uns perfekt. Der hat eine Verhörtaktik, von der man meinen könnte, dass sie voll auf meine abgestimmt ist. Das heißt aber auch, dass wir uns sehr ähnlich sind. Zu ähnlich manchmal. Es gibt Situationen, da fehlt mir mein alter Kumpel Klaus Dernau.«

Leander zog zweifelnd die Stirn kraus. Dernau war ihm zweimal begegnet: im Fall um den Tod seines Großvaters und im Fall des Kojenmordes. Beide Male war der Kriminalhauptkommissar wie ein Berserker aufgetreten und schließlich sogar strafversetzt worden.

»Mach nicht so ein Gesicht«, sagte Bennings grinsend. »Dernau ist ein Arschloch, aber ein verdammt guter Polizist. Und manchmal ist so ein Pitbull an deiner Seite ganz nützlich. Olufs ist eher ein Golden Retriever – so ein bester Freund des Menschen, verstehst du? Selbst wenn der bellt, weiß jeder, dass er niemals beißen würde.«

»Ich glaube, da unterschätzt du unseren Polizeichef. Bei Dernau hat mich gestört, dass der link war. Dem konntest du nicht mal trauen, wenn er mit dem Schwanz gewedelt hat, um in deinem Bild zu bleiben.«

»Kann sein, dass du recht hast. Allerdings habe ich auf seinen Schwanz auch nicht geachtet.« Bennings lachte und versuchte vergeblich, die Bedienung auf sich aufmerksam zu machen, weil ihre Weingläser leer waren.

»Habt ihr außer Falk Riewerts weitere Verdächtige?«, knüpfte Leander an den aktuellen Mordfall wieder an.

»Nein, auch wenn wir sein Alibi nicht entkräften können, bleibt er unsere am meisten versprechende Spur. Andererseits ist es ein Alibi unter Freunden und das wackelt manchmal schneller, als man am Anfang denkt. Wir müssen nur den Hebel finden oder halt hoffen, ihn beim nächsten Mal auf frischer Tat zu ertappen.«

»Wenn du mich fragst, scheint er sich momentan mehr Feinde als Freunde auf der Insel zu machen.«

Bennings hörte sich Leanders Beobachtungen vom vergangenen Abend mit Interesse an und wurde dabei sehr nachdenklich. »Das spricht ja doch eher dafür, dass er wirklich nichts mit dem Brand zu tun hat. Wenn er auf Föhr Pläne hat und ernsthaft wieder ansässig werden will, dann betätigt er sich doch nicht sofort wieder als Feuerteufel. Die Brände schaden ihm doch nur, weil alle sofort ihn verdächtigen.«

»Da könnte doch ein Ansatz liegen. Vielleicht legt jemand die Brände, der Falk Riewerts schaden und den Verdacht auf ihn lenken will.«

»Daran habe ich auch schon gedacht. Olufs soll gleich morgen diesen Jacobsen überprüfen.«

»Oder Riewerts kann einfach nicht anders«, wandte Leander ein. »Pyromanie ist eine Krankheit.«

»Stimmt, allerdings kommt sie nicht oft bei erwachsenen Männern vor. Die meisten Brandstifter sind junge Männer, bei denen die Pubertät zu einer seelischen Störung führt. Das passt zu dem jungen Falk Riewerts in den Neunzigern und ist nach Ansicht unseres Polizeipsychologen eher ein Indiz dafür, dass er heute kein Brandstifter mehr ist.«

»Ich hatte schon mit Tätern zu tun, die chronische Pyromanen waren.« Leander dachte an Fälle, die er in seiner aktiven Kieler Zeit auf dem Schreibtisch gehabt hatte. »Dann müsste er aber in all den Jahren weitergezündelt haben. Du solltest vielleicht Amtshilfe in den USA anfordern. Die Kollegen da drüben sollen mal überprüfen, ob es Fälle von Brandstiftung an den Orten gegeben hat, an denen sich Riewerts aufgehalten hat. Wenn da nichts ist, spricht das für seine Unschuld hier auf Föhr. Wenn doch …« Er hob beide Hände mit den Handflächen nach oben, als läge die Lösung des Falles dann offen vor Bennings.

»Gute Idee. Ich werde Olufs sagen, dass seine Leute nachforschen sollen, wo Falk Riewerts in den USA so gewesen ist und wann.«

»Vielleicht können wir das einfacher haben«, überlegte Leander.

»*Wir?*«

»Entschuldige, *ihr* natürlich.«

Bennings sah ihn misstrauisch an. »Muss ich mir Sorgen machen? Ich warne dich, Henning!«

»Quatsch! Ich habe nur daran gedacht, dass Tom mich momentan durch die Dörfer schleift, um Interviews mit Amerika-Auswanderern zu führen. Falk Riewerts steht ganz oben auf seiner Liste. Es würde euch doch eine Menge Arbeit und vor allem Formalitäten ersparen, wenn ich euch nach dem Interview eine Liste mit seinen Aufenthaltsorten zukommen lassen würde. Uns wird er sicher eine lückenlose Vita schildern. Wir sind schließlich nicht die Polizei und damit vertrauenswürdiger als ihr.«

Bennings war immer noch skeptisch, gab sich aber schließlich merklich einen Ruck. »Also gut. Aber wenn ich mitbekomme, dass du mir ins Handwerk pfuschst …«

»Ich doch nicht«, behauptete Leander entrüstet. »Sieh mal, da ist die Bedienung. Die greife ich mir jetzt.« Er sprang auf und lief hinter der jungen Frau her, so gut es die Enge zwischen den Tischen zuließ.

Sie wechselten später in die *Möwe* in der Großen Straße, weil dort die Getränke schneller flossen. Die dralle Blondine und ihr Begleiter hatten die gleiche Idee gehabt und so ergab sich für Dieter Bennings an der Theke die Gelegenheit, an sein Gespräch mit ihr vom Beginn des Abends wieder anzuknüpfen. Leander beschäftigte derweil den grimmigen jungen Mann an ihrer Seite, indem er ihm ein Bier nach dem anderen ausgab. Er hoffte, damit genügend Präventionsarbeit geleistet zu haben, als er sich weit nach Mitternacht von seinem immer noch heftig flirtenden Kumpel verabschiedete.

»Oder soll ich sicherheitshalber noch bleiben?«, fragte er Dieter Bennings leise und deutete mit dem Kopf auf den jungen Mann, der sich nur noch mühsam am Tresen festhalten konnte.

»Nicht nötig«, beschied Bennings ebenfalls so leise, dass die Blondine es nicht hören konnte. »Mit dem Waschlappen werde ich schon fertig. Dem gebe ich jetzt noch einen aus, dann fällt er vom Hocker.« Er wandte sich der Drallen wieder zu: »Und, Daisy, was machen wir zwei Hübschen jetzt mit dem angefangenen Abend?«

Daisys Antwort wollte Leander gar nicht hören und so brach er auf. Schon als er die Große Straße hinüber zur *Sparkasse* überquerte, überlegte er, wie er Tom möglichst unauffällig dazu drängen konnte, gleich morgen oder spätestens übermorgen Falk Riewerts zu interviewen. In der schmalen Gasse vor dem Fischrestaurant *Klatt's gute Ştuben* lief ihm Poirot über den Weg. Der schwarze Kater stutzte kurz und maunzte ihn dann an, als wollte er fragen: ›Na, Kollege, auch noch so spät auf Streife?‹

Leander, der inzwischen ein gutes Gespür für die Katzensprache hatte, das noch dazu durch die alkoholischen Getränke des Abends geschärft worden zu sein schien, lachte und antwortete: »Du witterst einen Detektiv auf hundert Meter Entfernung, was, mein Freund? Ich bin tatsächlich wieder auf dem Kriegspfad.«

Dabei nahm er halb erstaunt, halb erfreut wahr, wie gut sich seine Reaktivierung anfühlte. Die skeptischen Blicke eines genau in diesem Moment an ihm vorbeigehenden Pärchens ignorierte er einfach.

Auf dem Reisetagebuch
des Föhrer Bauernsohnes Volckert Olsen

29. Mai 1898
Ankunft in New York.

Alle Auswanderer waren an Deck und auch die Matrosen, die keinen Dienst hatten, sind in die Wanten geklettert, um die Freiheitsstatue zu sehen. Was für ein Gefühl nach 37 Tagen auf See!

Nachdem wir angelegt hatten, fing für uns alle die Plackerei an. Wir mussten das Gepäck der Auswanderer auf dem unteren Laderaum an Land bringen. Von den 250 Menschen sind noch 231 am Leben. Die anderen sind über die Planke gegangen und liegen nun in ihrem kalten Grab am Grund des Atlantischen Ozeans. Ein guter Schnitt, hat Matthias gesagt, bei Passagen im Herbst und im Winter verliert die Reederei mehr Geld.

Die Auswanderer müssen nun mit der Fähre hinüber nach Ellis Island. Insel der Träume wird sie genannt. Dort werden alle, die nach Amerika einwandern wollen, überprüft und registriert, bevor man sie ins Land lässt. Die Religion spielt hier keine Rolle, aber wer in Deutschland mit dem Gesetz in Konflikt geraten ist, darf nicht einreisen. Auch die Gesundheit wird überprüft, vor allem die Augen, das Herz und die Lunge, sagt Matthias. Wer eine ansteckende Krankheit hat, kommt in einem Krankenhaus auf Ellis Island in Quarantäne. Anschließend werden die Kranken zusammen mit den Verbrechern auf Kosten der Reederei zurückgeschickt.

Wir werden morgen mit dem Ausbau der Kojen im Zwischendeck beginnen. Dann wird es gesäubert und steht für die Rückfahrt wieder als Laderaum zur Verfügung. Wie lange wir in New York bleiben, ist ungewiss. Es hängt davon ab, wann der Agent die Rückfracht für uns zusammen hat. Manchmal geht das schnell, sagt Matthias. Wir alle hoffen, dass wir nicht so bald wieder lossegeln.

Aber heute wollen Knudt, Rörd, Nickels und ich nicht darüber nachdenken. Wir bekommen unsere Heuer aufgezahlt und dann geht es von Bord. Zu unserem ersten Landgang in Amerika!

5. Juni 1898

An den ersten Tagen haben wir von Sonnenaufgang bis Sonnenuntergang Pakete und Ballen mit Baumwolle, Tee, Tabak und Kaffee in den Laderäumen verstaut. Nun wartet die Henriette auf eine größere Lieferung Tierfelle. Der Agent, der sie vermittelt hat, sagt, daß es im Landesinneren Kämpfe mit den Indianern gegeben hat, die die Lieferung verzögern. Um uns herum werden ununterbrochen Dutzende von Schiffen geleichtert und neu beladen. Unzählige Dampfsegler landen hier an mit Tausenden armer, abgerissen aussehender Menschen, die im Land der unbegrenzten Möglichkeiten ihr Glück suchen.

Solange wir warten, haben wir Zeit, uns die Stadt anzusehen. Eine Heuer bekommen wir für diese Tage nicht. Nickels arbeitet lieber gegen Handgeld im Hafen und verschwindet anschließend in einer der Spelunken, um zu trinken und Karten zu spielen. Knudt, Rörd und ich aber können nicht genug bekommen von all den fremdländischen Ansichten und Gerüchen.

New York ist ein gewaltiger Hexenkessel. Die Straßen quellen über von Menschen auf allen Teilen der Welt. Es haben sich ganze Stadtteile nach Nationalitäten gebildet: Chinatown, Little Italy, sogar Little Germany gibt es hier mit einer großen friesischen Gemeinde. In der Lower Eastside haben sich lange Straßenzüge mit Geschäften gebildet, in denen Delikatessen aus Deutschland verkauft werden. In einem Schaufenster habe ich Dosen mit Föhrer Krickente gesehen und bin hineingegangen. Der Inhaber stammt auf Boldixum, Helge Christiansen heißt er. Zusammen mit seiner Frau ist er schon zur Jahrhundertmitte hierher ausgewandert und wollte eigentlich nur ein paar

Jahre bleiben. Heute besitzt er mehrere Stores und verkauft friesische Lebensmittel zu akzeptablen Preisen überwiegend an Deutsche, die in Richtung Westen weiterziehen und dort Farmen gründen wollen.

Knudt, Rörd und ich denken darüber nach, hierzubleiben und in einem der Stores zu arbeiten.

10 FREITAG

Das Prunkstück der Wyker Mühlenstraße ist der Galerieholländer *Venti Amica*, gleich gegenüber dem *Park an der Mühle* gelegen, in dessen Teich sich die gewaltigen Flügel bei schönem Wetter spiegeln.

Diese hervorragend erhaltene Windmühle war der Wohnsitz des Rechtsanwalts und Notars Petersen, dessen Kanzlei sich direkt daneben in einem langgestreckten Gebäude aus rotem Backstein befand. Falk öffnete das Törchen zum Grundstück und folgte dem roten Backsteinweg bis zu der inseltypischen Friesentür mit großem Messingklopfer in der Mitte. Eine junge Rechtsanwalts- und Notargehilfin öffnete ihm und stutzte einen Moment, als sie mit seiner Cowboykluft konfrontiert wurde. Nach einem verlegenen Räuspern gab sie aber den Weg frei.

»Rechtsanwalt Petersen hat mich hergebeten.« Falk ließ seinen Blick durch den Empfangsbereich gleiten, der von schlichter Eleganz war.

»Einen Moment bitte«, entgegnete die junge Frau und deutete auf eine Tür an der Seite. »Wenn Sie dort bitte Platz nehmen würden?«

Falk folgte der Aufforderung und betrat den Raum, der sich als Wartezimmer entpuppte. Chromsessel mit Lederpolstern standen um einen Tisch, auf dem Fachzeitschriften aus den Bereichen der Jagd und der Landwirtschaft lagen. Das verriet, welche Klientel der Inseljurist gewöhnlich vertrat. Mittelformatige Bilder mit auf Seekarten gezeichneten Meeresmotiven und Leuchttürmen hingen locker verteilt an den weiß gestrichenen Wänden. Die Signatur verriet Falk, dass der Maler G. Hindelang hieß. Von dem hatte er noch nie gehört.

Er warf seinen Stetson auf den Tisch und ließ sich in einen der Sessel fallen. Von der Wand gegenüber glotzte ein Meeresungeheuer mit spitzen Zähnen in seinem aufgerissenen Maul den Fremdling in der Cowboykluft an. Wieso malte jemand so einen Blödsinn, wenn es doch in der Realität jede Menge lohnende Motive gab? Nichts konnte zum Beispiel beeindruckender sein als eine Herde Büffel, die über die Prärie donnerte, Wildpferde in den Weiten der Landschaft Arizonas, ja selbst Schafe auf dem Föhrer Deich. Falk dachte an seine acht prächtigen Quarter Horses und die Zucht, die er mit ihnen aufbauen würde. Bald schon würde seine Herde das Bild der Föhrer Marsch prägen.

Er griff nach einer Landwirtschaftszeitschrift und blätterte sie durch, ohne wirklich wahrzunehmen, was dort behandelt wurde. Seine Gedanken folgten der Frage, weshalb der Rechtsanwalt ihn wohl hergebeten hatte. In dem Brief, den Falk gestern gleich nach seiner Rückkehr vom Polizeirevier vorgefunden hatte, war von einer Familienangelegenheit die Rede gewesen, in der Dr. Petersen ihn gerne sprechen würde. Falk war schlagartig beunruhigt gewesen, denn Familie war für ihn seit jeher der Inbegriff von Ärger. Eine schnelle Terminabsprache war telefonisch glücklicherweise kein Problem gewesen, was Falk zu der Annahme veranlasste, dass es für Juristen auf Föhr nicht unbedingt volle Terminkalender gab.

Die Anwaltsgehilfin öffnete die Tür und sagte, Dr. Petersen habe nun Zeit für Falk. Er nahm seinen Hut und folgte ihr in ein Büro am Ende des langen Ganges links vom Empfang. Als sie die Tür öffnete und beiseitetrat, stand direkt gegenüber ein gut fünfundsechzigjähriger Mann von seinem Schreibtisch auf und knöpfte sein Jackett zu, während er dem

Besucher freudig entgegenlächelte. Vom ersten Moment an konnte Falk diesen schleimigen Lackaffen nicht leiden.

»Herr Riewerts, schön, dass das so schnell geklappt hat.« Dr. Petersen schüttelte ihm die Hand wie einem besonders guten alten Freund, über dessen Besuch er sich wirklich sehr freute. Und dann wurde Falk Zeuge einer ausgefeilten professionellen Mimikry, denn der Rechtsanwalt wechselte in Sekundenschnelle zu einer perfekten Betroffenheitsmiene. »Der Tod Ihres Herrn Vaters tut mir aufrichtig leid. Er war ein wunderbarer Mensch.«

Falk bezweifelte, dass Dr. Petersen seinen Vater gut genug gekannt hatte, um das beurteilen zu können. Er nahm den angebotenen Platz gegenüber dem Schreibtisch ein und grunzte ein beiläufiges »Danke.«

»Darf ich Ihnen etwas anbieten? Kaffee, Wasser – oder etwas Männlicheres?« Bei dem letzten Begriff deutete Dr. Petersen lachend auf die fransenbesetzte Lederjacke seines Klienten. »Whiskey?«

»Nein, danke. Lassen Sie uns lieber gleich zur Sache kommen. In Ihrem Brief war von Familienangelegenheiten die Rede. Was darf ich mir darunter vorstellen?«

Dr. Petersen zog eine Mappe heran und schlug sie auf. »Ihr Herr Vater hat bei mir einen Brief für Sie hinterlegt, den ich Ihnen im Falle seines Ablebens umgehend zukommen lassen sollte.« Er entnahm der Mappe einen DIN-A5-Umschlag und schob ihn Falk hinüber. Dann faltete er die Hände über der Schreibtischplatte und blickte ihn erwartungsvoll an.

Falk war sich einen Moment lang nicht sicher, ob er den Umschlag tatsächlich öffnen sollte, aber das auffordernde Nicken des Juristen ließ daran keinen weiteren Zweifel. Also griff er nach dem Umschlag, riss ihn auf und entnahm ihm ein paar zusammengefaltete Zettel. Die unsichere Handschrift seines Vaters, die er aus den Briefen der letzten Jahre gewohnt war, weckte zum ersten Mal seit der Konfrontation mit der verkohlten Leiche so etwas wie Trauer. Falk lehnte sich zurück und begann zu lesen:

Lieber Junge!

So hatte sein Vater ihn noch nie angeredet. Falk fühlte einen Kloß im Hals und schluckte hart.

Wenn du diesen Brief liest, bin ich tot und kann nicht mehr persönlich mit dir sprechen und die Missverständnisse auf- klären, die unser Leben zerstört haben. Du hast es mir frü- her nicht leichtgemacht, das weißt du. Allerdings habe ich inzwischen verstanden, dass ich daran nicht unschuldig bin. Ich war einfach zu hart zu euch allen. Jan hält mir immer vor, dass eure Mutter meinetwegen so früh von uns gegan- gen ist. Vielleicht hat er damit sogar recht. Glaub mir, es tut weh, dass ich das nicht mehr ändern kann.

Falk blickte den Rechtsanwalt an und fragte: »Kann ich viel- leicht doch ein Glas Wasser haben?«

Dr. Petersen nickte verständnisvoll und anstatt zur Tele- fonanlage zu greifen, verließ er persönlich das Büro. Falk atmete tief durch und las weiter.

Als ich dich damals weggeschickt habe, war ich von deiner Schuld überzeugt. Du hattest uns zu oft belogen, als dass ich dir noch hätte glauben können. Außerdem hatten Jan und ich dich ja bei der brennenden Scheune gesehen. Ich habe auch nie geglaubt, was Meret ausgesagt hat. Bis vor Kurzem war ich überzeugt, dass sie das nur gesagt hat, weil sie dich schüt- zen wollte. Einmal habe ich gehört, wie Jan ihr das auch vor- geworfen hat. Er hat sogar gesagt, dass Kai nicht sein Sohn sei, sondern deiner. Das will ich nicht glauben, obwohl dir der Junge sehr ähnlich ist. Viel zu ähnlich, wenn du mich fragst. Das ist wohl auch der Grund dafür, dass Jan und er sich nicht verstehen. Manchmal denke ich, dass Jan den Jungen hasst. Weder er noch Meret sind in der Ehe glücklich. Aber daran kann ich nichts ändern.

Was ich aber wiedergutmachen kann, ist die Sache mit dem Hof. Ich habe ihn Jan aus Gründen überschrieben, die du kennst. Das war nicht richtig, denn du bist der Ältere und dir steht der Hof eigentlich zu. Ich habe dir versprochen, dich zu unterstützen, wenn du nach Föhr zurückkommst. Weil ich aber nicht weiß, ob ich dann noch lebe, will ich das hiermit tun.

Du findest in dem Briefumschlag einen Vertrag, den ich mit Rechtsanwalt Petersen abgeschlossen habe. Er hat in meinem Auftrag den Olsen-Hof gekauft und wir haben ihn direkt auf dich übertragen. Nach meinem Tod soll Rechtsanwalt Petersen dir die Übertragungsurkunde übergeben. Der Hof, der dir und uns allen bisher so viel Unglück gebracht hat, gehört jetzt dir. Dort kannst du deine Pläne umsetzen, von denen du mir so begeistert geschrieben hast. Und ich habe damit deinen Anteil an dem Erbe gut angelegt. Jan wird nicht begeistert sein, aber mit dem Testament wird er von Dr. Petersen einen Brief bekommen, der das alles erklärt.

Ich habe nur eine Bitte an dich: Wenn Kai damit einverstanden ist, dann sollst du ihn dort aufnehmen und bei dir arbeiten lassen. Wenn ihn überhaupt einer versteht und wieder auf den rechten Weg bringen kann, dann du, mein Junge. Und falls du keine eigenen Nachkommen haben solltest und er sich bewährt, sollst du ihn als deinen Erben einsetzen. Das ist keine Bedingung, versteh mich da nicht falsch. Aber du würdest mir damit einen großen Gefallen tun und dem Jungen eine Chance geben.

Und eine letzte Bitte noch: Versuch, dich mit Jan zu ver-
tragen. Er ist kein schlechter Mensch. Spring als Erster über
deinen Schatten, vielleicht kann er es dann auch.

Leb wohl, Junge. Verzeih mir und mach das Beste aus dei-
nem Leben, damit es dir am Ende nicht so geht wie mir.

Dein Vater, Knut Riewerts
Wyk auf Föhr am 17.3.2014

Falk ließ den Brief sinken und starrte auf die Tischplatte vor
sich. Dr. Petersen, der inzwischen wieder hereingekommen
war und ein Glas Wasser vor ihn gestellt hatte, reichte ihm
nun ein Taschentuch. Da erst merkte Falk, dass Tränen über
seine Wangen liefen. Er trocknete sie schnell ab und griff
nach dem Wasserglas.

Dr. Petersen nahm eine mit einer bunten Kordel und einem
roten Siegel versehene Urkunde aus der Mappe und schob sie
Falk zusammen mit einem weiteren Zettel und einem Kugelschreiber hinüber. »Das ist die notariell beglaubigte Übertragungsurkunde für den Olsen-Hof. Jetzt gehört er Ihnen, Sie
müssen nur den Empfang bestätigen. Beglaubigt worden ist
die Übertragung von einem Kollegen aus Niebüll, der nicht
zu meiner Kanzlei gehört, weil ich ja schon als Käufer für
Ihren Vater aufgetreten bin.«

»Sie wissen also, was in dem Brief steht?«

»Ihr Vater hat mich um Rat gefragt, bevor er ihn geschrieben hat.«

Falk wusste nicht, wie er auf all das reagieren sollte. Er
hatte sich seine Rückkehr nach Föhr anders vorgestellt. Und
ob er unter den aktuellen Bedingungen überhaupt bleiben
würde, konnte er noch gar nicht sagen.

»Sie müssen nicht gleich unterschreiben«, sagte Dr. Petersen. »Die Übertragungsurkunde kann ich Ihnen allerdings

nur aushändigen, wenn Sie die Quittung unterzeichnet haben.«

»Also gut.« Falk nahm den Kugelschreiber, überflog den Text auf dem Zettel und unterzeichnete ihn.

Dr. Petersen zog alles wieder zu sich herüber. »Ich habe mir erlaubt, ihren Neffen ebenfalls herzubitten. Im Sinne Ihres Vaters wäre ich gern als Zeuge dabei, wenn Sie ihn fragen, ob er bei Ihnen leben möchte.«

Falk nickte, erstaunt über dieses Eigenengagement des Rechtsanwalts. Offenbar war er sehr gründlich in dem, was er tat.

»Er müsste eigentlich jeden Moment kommen.« Dr. Petersen betätigte die Telefonanlage. »Ist Kai Riewerts inzwischen da?«

»Ja, Herr Doktor, er sitzt im Wartezimmer.«

»Schicken Sie ihn bitte zu mir.«

Kurz darauf betrat Kai das Büro und blieb wie angewurzelt stehen, als er Falk erblickte. Dr. Petersen zog ihm einen Stuhl heran und erklärte ihm, warum er hergebeten worden war. Die Augen des Jungen verengten sich immer mehr, je klarer ihm die Zusammenhänge der Hofübertragung wurden.

Als Dr. Petersen seinen Bericht beendet hatte, blickte Kai Falk kalt an. »Sag mir eins, bevor ich mich entscheide: Bist du mein Vater?«

»Nein«, antwortete Falk mit fester Stimme. »Deine Mutter und ich hatten nie etwas miteinander. Du bist der Sohn von Meret und Jan.«

Kai nickte und wandte sich dann wieder an den Rechtsanwalt: »Ich bin einverstanden, sofern mein Onkel mich auch haben will. Wenn nicht, komme ich damit klar. Dann bin ich hier weg, sobald ich auf dem Festland einen Ausbildungsplatz bekomme.«

»Herr Riewerts? Was sagen Sie dazu?«

Falk nickte. »Also gut. Du kannst bei mir wohnen und arbeiten, Junge. Allerdings erwarte ich, dass du dich einfügst und deine Arbeit gewissenhaft erledigst.«

Kai zeigte keine Regung. »Noch weitere Bedingungen?«

»Keine.«

Nun sah der Junge ihn mit großen Augen erstaunt an. »Einverstanden. Mein Vater wird allerdings im Dreieck springen, wenn er das hört.«

»Den überlässt du einfach mir. Kannst du morgen früh um neun auf dem Olsen-Hof sein? Wir haben eine ganze Menge Arbeit vor uns.«

Kai stand auf und gab Falk die Hand. Einen Moment lang schien er geradezu gerührt zu sein, aber dann setzte sich die harte Fassade wieder durch. »Bis morgen.« Er verließ den Raum und zog die Tür lautstark hinter sich zu.

Dr. Petersen grinste. »Herzlichen Glückwunsch, Herr Riewerts. Ich wünsche Ihnen ein gutes Händchen mit dem Hof und mit dem Jungen. Und denken Sie immer daran: Ihr Vater hat großes Vertrauen in Sie gesetzt.«

»Eine Frage noch: Musste mein Vater mit seinem Tod rechnen? Oder warum hat er dieses Arrangement getroffen?«

»Er wollte einfach nur sichergehen, dass seine Pläne auch umgesetzt werden. Wenn Ihre Frage darauf abzielt, ob er sich bedroht gefühlt hat, kann ich sagen: Davon ist mir nichts bekannt. Der Hof sollte nur nicht in die Erbmasse fallen, falls ihm etwas zustieße.«

Falk nickte, gab dem Rechtsanwalt wortlos die Hand und verließ mit seinen Dokumenten die Kanzlei. Als er draußen auf der Straße stand und die Worte aus dem Brief seines Vaters ihm nachhingen, wurde ihm schlagartig klar, dass Jan seit vielen Jahren von Merets Alibi wusste und seiner Frau ein voreheliches Verhältnis mit seinem Bruder unterstellte. Daher der unbändige Hass, dachte Falk. Er glaubt tatsächlich, wir hätten ihm ein Kuckuckskind untergeschoben. Wie unglücklich musste diese Ehe sein! Wie weit, dachte Falk, würde Jan wohl gehen, um ihn für immer loszuwerden? Und als hätte dieser Gedanke einen Damm in ihm eingerissen, traf ihn plötzlich der Verdacht mit ungebremster Wucht: Wie weit war Jan vielleicht schon gegangen?

Tom hatte einigermaßen erstaunt reagiert, als Leander ihn mittags angerufen und für den Abend in Mephistos Biergarten gebeten hatte. Als er jedoch gehört hatte, dass es Neuigkeiten zu den Aussiedlern gebe, war er sofort Feuer und Flamme gewesen.

Sie hatten sich einen kleinen Klapptisch aus der Scheune geholt und saßen etwas abseits vom Getriebe, das an diesem Freitagabend wieder ungehemmt seinen Lauf nahm. Mephisto hatte glücklicherweise so viel zu tun, dass Leander und Tom ungestört waren.

Diana brachte zwei Krüge Bier vorbei und warnte sie vorsorglich, Mephisto von seiner Arbeit abzuhalten. »Sonst kriegt ihr es mit mir zu tun, Freunde! Ich bin froh, dass er mir mal hilft.«

»Keine Angst«, entgegnete Tom lachend. »Es reicht, wenn du hin und wieder auf deinem Besen vorbeifliegst und die leeren Krüge gegen volle austauschst. Mephistos Schwefelgeruch brauchen wir heute Abend nicht.«

Mit einem letzten skeptischen Blick enteilte Diana wieder.

»Also«, begann Leander. »Es gibt ein paar neue Entwicklungen in unserer Auswanderersache.« Befriedigt nahm er zur Kenntnis, dass das bewusst gebrauchte Possessivpronomen den Lehrer erfreute. Damit hatte er ihn am Haken.

Er berichtete Tom von Johannas Erinnerung an Auswanderer, die am Goldrausch teilgenommen haben sollten, und davon, dass sie an diesem Wochenende möglicherweise Namen erfahren konnte. Tom wurde zunehmend unruhig. Und auch von der Idee, Ocko Hansen aufzusuchen und sich die umfangreiche Fotosammlung des alten Mannes anzusehen, war er begeistert.

»Dass ich da nicht selbst draufgekommen bin«, wunderte er sich. »Dabei liegt das so nahe.«

»Danke, Tom«, beschwerte sich Leander. »Du verstehst es wirklich, die Leistungen anderer kleinzumachen.«

»Papperlapapp! Sei nicht so empfindlich, du Mimose. Wir dürfen also hoffen, dass wir schon bald Namen von Föhrer Familien mit Goldgräbergeschichten haben werden.« Tom legte seine Stirn in Falten. »Da kommt einiges an Arbeit auf uns zu. Und Falk Riewerts will ich ja auch noch interviewen, bevor die Holzköpfe ihn wieder vertrieben haben.«

»Dann dürfen wir keine Zeit verlieren. Die Goldsucher sind so tot, die laufen uns nicht weg, Falk Riewerts vielleicht schon. Du solltest möglichst schnell einen Termin bei ihm machen.«

Tom nickte nachdenklich. »Heute ist Freitag. Johanna hat frühestens Sonntag die Namen. Das heißt, dass Riewerts locker morgen noch in unseren Terminplan passt. Zur Not auch noch am Sonntag.« Sein Gesicht heiterte sich schlagartig auf. »Ich kümmere mich darum, alter Freund. Und du stehst Gewehr bei Fuß. Wann, meinst du, kannst du zu Ocko fahren?«

»Immer langsam mit den jungen Pferden. Für einen Besuch bei Ocko muss ich viel Zeit einplanen. Wenn der erst sein Archiv auspackt …«

»Gut, dann schlage ich folgenden Schlachtplan vor: Zuerst befragen wir Falk Riewerts. Sobald wir dann Johannas Infos haben, klappere ich die Goldsucherfamilien ab und du nimmst dir Ocko vor. Wenn der weitere Namen ausgräbt, besuchen wir die Leute wieder zusammen. Einverstanden? Natürlich bist du einverstanden! Der Plan ist schließlich genial. So, und jetzt suche ich mal unauffällig nach Diana. Die alte Hexe scheint unseren Tisch hier weiträumig zu umfliegen. Ich bin schon vollkommen unterhopft.«

Leander grinste breit, als er seinem Freund nachsah. Das hatte besser geklappt, als er es sich vorgestellt hatte.

Aus dem Reisetagebuch
des Föhrer Bauernsohnes Volckert Olsen

7. Juni 1898

Heute ist Nickels auf einer Hafenspelunke gekommen und war zum ersten Mal, seit wir hier sind, nicht betrunken. Ein Mann hat ihm von Goldfunden in Alaska erzählt. Da soll es so viel Gold geben, daß man es nur auf den Flüssen sammeln muß. Ein Jahr war der Mann dort. Jetzt ist er reich und wartet auf seine Passage zurück nach Europa.

Nickels Augen glühen wie im Fieber, wenn er davon erzählt. In Kalifornien soll so viel Gold gefunden worden sein, daß sich Glücksucher zu Tausenden aufmachen, um am Goldrausch teilzunehmen. Bis nach Alaska rauf würde das Land komplett umgegraben. Wenn wir genügend Geld hätten, könnten auch wir mit dem Zug an die Westküste fahren, meint Nickels, nach San Francisco und dann mit dem Dampfer weiter hinauf zur Yukon-Mündung, um dort unser Glück zu machen.

Wir haben am Abend noch lange über Alaska gesprochen. Auch Knudt meint, wir sollten nicht mit der Henriette nach Deutschland zurückfahren, sondern erst einmal in New York bleiben. Arbeit gibt es hier genug. Nörd und ich sind uns nicht sicher, ob das eine gute Idee ist. Und wenn ich ehrlich bin, sehne ich mich nach Allersum zurück, nach Mutter und Ingke. Nörd geht es genauso, glaube ich. In seinen Augen schimmert dasselbe Heimweh. Aber was sollen wir dort? Wir könnten ja nicht mal uns selbst ernähren.

12. Juni 1898

Die Henriette hat New York verlassen und nimmt Kurs auf Hamburg. Nörd und ich haben am Kai gestanden und ihr nachgesehen, bis sie ver-

schwunden war. Wir haben uns ein Bett in einer Unterkunft für Hafen=
arbeiter gesucht. Dort ist es fast noch schlimmer als auf dem Mannschafts=
deck an Bord. Vor allem vor Diebstahl müssen wir uns in Acht nehmen.
Nörd und ich sind uns einig: Das ist keine Dauerlösung. Wenn wir länger
in New York bleiben, suchen wir uns ein Zimmer in der Lower Eastside.

Nickels kommt jede Nacht mit neuen Geschichten über die Goldfel=
der zurück. Auch die Zeitungen sind jetzt voll davon. Der New York
Chronicle berichtet fast von nichts anderem mehr als vom Goldrausch
in Alaska. Da oben kann jeder sein Glück machen, egal was er gelernt
hat oder woher er kommt. Man muss nur ein Stück Land abstecken, das
noch keinem gehört, und es registrieren lassen und schon darf man nach
Gold graben. Claim nennt man das. Alles Gold, das auf dem Claim
gefunden wird, gehört dem registrierten Besitzer. Das erste Gold am
Yukon ist erst vor einem Jahr gefunden worden und in diesem Jahr
sollen mehrere Millionen Dollar auf dem Boden und auf den Flüssen
geholt worden sein. Sogar eine ganze Stadt hat sich in so kurzer Zeit
gegründet. Sie liegt an der Mündung des Flusses Klondike und heißt
Dawson City. Dort soll der Goldstaub sogar mit dem Dreck auf den
Saloons auf die Straße gefegt werden.

Einer der Männer, mit denen Nickels jeden Abend pokert, will dort=
hin aufbrechen, sobald er das Geld für eine Goldgräberausrüstung zusam=
mengespielt hat. Man braucht angeblich eintausend Dollar pro Mann.
Der Weg zu den Goldfeldern soll sehr beschwerlich sein und über Berg=
pässe, mehrere Seen und reißende Flüsse führen. Knudt hat vorgeschla=
gen, eine gemeinsame Kasse anzulegen und das Geld für die Ausrüstung
zu sparen. Eintausend Dollar pro Person! Wie lange sollen wir denn
arbeiten, um so viel Geld zusammenzubekommen? Nickels vertraut lieber
der Gunst der Karten und setzt jeden Abend seinen Tageslohn ein. Bis
jetzt hat er immer alles verspielt.

Nörd sagt, wir brauchten uns keine Gedanken zu machen. Das Geld
für Alaska bekommen wir nie zusammen. Spätestens im nächsten Früh=
jahr werden die anderen das auch so sehen und dann heuern wir wieder
auf einem Schiff an und fahren zurück nach Deutschland.

14. Juni 1898

Im Hafen herrscht jetzt Hochbetrieb. Von früh bis spät beladen wir Schiffe mit Baumwolle. Die Webereien in England können davon nicht genug bekommen. Man hört schlimme Dinge über die Zustände auf den Baumwollfeldern im Süden. Sklaven aus Afrika sollen dort unter unmenschlichen Bedingungen arbeiten. Ganze Schiffsladungen von im Urwald eingefangenen Menschen sollen gleich in den südamerikanischen Häfen auf Sklavenmärkten an die Baumwollfarmer und Plantagenbesitzer verkauft werden wie Vieh. Knudt, Rörd und ich sind uns einig, dass das zweifellos unchristlich ist. Nur Nickels schweigt, wenn wir darüber reden, und sieht uns ganz merkwürdig an. Manchmal verstehe ich nicht, was in ihm vorgeht.

Knudt hat sich von Helge Christiansen eine Liste erstellen lassen, was man braucht, wenn man in die Goldfelder von Alaska geht. Nickels hatte recht, allein für die Ausrüstung kommen schon fast eintausend Kilogramm zusammen. Dazu der Proviant für ein halbes Jahr, denn im langen Winter im Norden kann man keinen Nachschub holen. Christiansen soll fast wehleidig geworden sein, als er Knudt die Liste gegeben hat. Er hat gesagt, dass er am liebsten mitkommen würde. Für den großen Goldrausch in Kalifornien zur Jahrhundertmitte ist er zu spät nach Amerika gekommen, für den in Alaska ist er nun zu alt.

23. Juni 1898

Nickels, der Teufelskerl, hat seit Tagen eine Glückssträhne. Heute Morgen hat er dem Goldgräber seinen Claim abgenommen. Das ist einfach nur ein Stück Papier, auf dem eine Nummer, ein paar Unterschriften und ein Stempel stehen. Klondike 126 steht da, das ist die Nummer von dem Claim. Der Goldsucher hat die ganze Nacht verloren. Am

Ende hat er Nickels die Urkunde angeboten und gesagt, dass sie mehr wert ist als das, was er ihm schuldet, und dass er sie ja nun auch nicht mehr braucht, weil er nach Europa zurückgeht.

Das ist unsere große Chance, hat Nickels gesagt. Auch Knudt ist begeistert. Jetzt haben wir eine Goldmine, hat er gesagt, eine eigene Goldmine. Da müssen wir jetzt so schnell wie möglich hinkommen. Nörd ist skeptisch. Und wenn der nichts wert ist, der Claim?, hat er gefragt. Das ist doch gar kein Risiko, hat Nickels geantwortet. Schließlich hat uns die Mine nichts gekostet. Ich finde, er hat recht. Was haben wir schon zu verlieren?

Nickels hat den halben Tag mit Christiansen verhandelt, damit er uns das Geld leiht, das wir für die Ausrüstung brauchen. Wir Föhrer können einander vertrauen, hat Nickels gesagt. Wenn nicht wir, wer dann? Das hat Christiansen überzeugt. Der Preis für das Darlehen sind zehn Prozent unserer Goldfunde, wenn wir zurück sind. Seine Frau hat getobt, aber das war ihm egal. Wenn ich schon nicht selbst in die Goldfelder komme, kann ich wenigstens unsere Landsleute unterstützen, hat er gesagt und den Kontrakt aufgesetzt.

Wir werden mit dem Zug durch das ganze Land fahren, drei Wochen lang über Chicago bis nach San Francisco an der Westküste. Dort gibt es auch einen Hafen, in dem wir arbeiten können, bis wir einen Anschluss auf einem Dampfer bekommen.

Nickels sagt, wir müssten im Spätsommer aufbrechen, wenn wir vor dem Winter an unserem Claim sein wollen. Bis dahin will er die nötige Summe zusammen haben und dann fahren wir von San Francisco auf mit einem Ozeandampfer die Küste hinauf bis zur Yukon-Mündung. Dort werden wir unsere Ausrüstung kaufen und dann den Landweg bis in den Klondike-Distrikt nehmen. Nickels hat sich genau erkundigt und von dem Goldgräber in der Spelunke eine Karte dazubekommen, auf der die genaue Lage unseres Claims eingezeichnet ist.

So langsam packt auch mich das Goldfieber. Nur Nörd scheint noch gegen das Abenteuer zu sein. Knudt ist ja schon länger auf Nickels Seite. Wenn unser Plan aufgeht, sind wir vielleicht schneller wieder auf Föhr, alſ wir eſ zu träumen gewagt haben. Mein Gott, waſ wird Vater für Augen machen, wenn ich alſ reicher Mann vor ihm ſtehe.

Morgen geht eſ loſ. Auf nach San Franciſco!

11 SAMSTAG

»*No*, das gefällt mir noch nicht«, murmelte Falk und deutete auf eine Stelle der grob skizzierten Pläne, die Klondike gerade eben vor ihm und Kai auf ein Blatt Papier geworfen hatte. Sie hatten sich am Morgen auf dem Olsen-Hof getroffen. Nun saßen sie in der Küche, wo Falk seinen Neffen in seine Pläne einweihte, während Klondike versuchte, sie mit flinken Strichen anschaulich zu machen. »Der Stall ist zu klein. Mir schwebt eher so etwas wie auf der Carter-Farm vor. Erinnerst du dich?«

Klondike nickte, griff nach dem Bleistift und machte mit wenigen Linien aus dem klassisch friesischen Gebäude mit der Dachform eines Haubargs ein texanisches, das von seinem Grundriss her sogar das daneben grob skizzierte Haupthaus in den Schatten stellte.

»*That's it!*«, rief Falk begeistert. »Und das Dach mit ganz steilem Krüppelwalm und oben wie eine langgezogene Kuppel.« Er verfolgte Klondikes flinke Stiftführung. »So habe ich mir das vorgestellt. Ganz genau so. Mit diesem Stall werden wir ein Zeichen setzen. Ist das machbar? Von der Statik her, meine ich?«

»Kein Problem«, antwortete Klondike. »Kostet aber. Und eine Menge Leute brauchen wir, wenn du das selber machen willst. Oder soll Andresen da ran?«

Falk schüttelte den Kopf. »Nein, das machen wir selbst. Andresen ist zu teuer. Wenn wir dir auch einen Hof kaufen wollen, Klondike, dann werden wir das Geld noch nötig haben. Und für die Helfer wird das ein Erlebnis, das uns alle zusammenschweißt.« Falks Blick wanderte aus dem Küchenfenster über den Hof und verlor sich irgendwo im Nichts. »Wisst ihr was? Wir machen ein Prinzip daraus. Jeder, der eine neue Scheune, einen Stall oder eine Remise braucht, muss nur das Material kaufen. Die Arbeit erledigen wir als eine Gemeinschaftsaktion – kostenlos für alle, die zu uns gehören. Im Herbst nach der Ernte und im Winter haben die meisten doch Zeit.« Er deutete auf Klondikes Zeichnung. »Auf der anderen Seite des Hauses bauen wir eine Scheune in genau demselben Stil. Wir reißen die Remise ab, dann haben wir genügend Platz dafür. Und sobald die Quarter-Zucht angelaufen ist, kümmern wir uns um die Umstellung unserer Äcker auf Permakultur und um den Aufbau einer regionalen Vermarktung. In zehn Jahren wird von der alten Form der Landwirtschaft auf Föhr nichts mehr übrig sein. Wir drei werden auf dieser Insel Geschichte schreiben!«

Plötzlich wurde die Tür aufgerissen und Nickelsen stürmte herein.

»Cord!« Falk sprang auf und deutete auf die Pläne auf dem Küchentisch. »Sieh dir das an!«

Cord Nickelsen dachte gar nicht daran, Falks Begeisterung zu folgen. Wie von wilden Furien gehetzt stand er da und starrte die Männer aus flackenden Augen an. »Sie kommen. Ihr müsst weg!«

»Wer kommt? Was hast du denn? Du bist ja leichenblass.«

»Los!«, brüllte Cord Nickelsen und lief augenblicklich blutrot an. »Zuerst waren sie bei mir auf dem Hof. Als ihr nicht da wart, hat Jacobsen vermutet, dass ihr hier seid. Ich bin direkt über die Felder gekommen und habe nur einen knappen Vorsprung.«

Klondike setzte sich schweigend an den Tisch und wartete auf Falks Reaktion. Der schüttelte verständnislos den Kopf und legte Nickelsen eine Hand auf den Arm. »Jetzt beruhig dich doch erst mal. Was ist denn passiert?«

»Freverts Scheune in Midlum ist letzte Nacht abgebrannt. Die Feuerwehr hat bis eben gelöscht. Und jetzt sind sie auf dem Weg hierher und wollen euch holen.«

»Wer will uns holen?«

»Frevert und die anderen. Der Jacobsen hat sie aufgehetzt. ›Das war der Riewerts‹, hat er gesagt. ›Der Feuerteufel ist zurück.‹«

Klondike sprang auf und wollte die Küche verlassen, aber Falk hielt ihn fest. »Feuerteufel, so'n Quatsch! Wir werden nicht weglaufen!«, befahl er barsch. »Wir haben nichts gemacht. Du weißt das, Cord. Du weißt, dass wir seit gestern Abend auf deinem Hof waren und ihn nicht mehr verlassen haben.«

Nickelsen hob und senkte verzweifelt die Schultern. »Sie werden uns nicht glauben. Ihr müsst hier weg. Sofort! Mit Jacobsen ist nicht zu spaßen.«

Demonstrativ setzte sich Falk wieder an den Tisch und faltete die Hände über der Skizze. Klondike folgte seinem Beispiel und nahm ebenfalls wieder Platz, blickte aber unsicher zwischen ihm und Nickelsen hin und her.

»Wenn wir jetzt weglaufen«, insistierte Falk, »dann haben wir endgültig verloren und kriegen auf Föhr kein Bein mehr an die Erde. Unsere Pläne können wir dann vergessen. Wollt ihr das?«

Während Klondike und Cord Nickelsen betreten die Köpfe schüttelten, lief Kai zum Fenster und beobachtete die Einfahrt. »Sie kommen!«

Draußen rasten jetzt Autos auf den Vorplatz und ließen den Schotter aufspritzen, als sie vor dem Haus bremsten. Türen schlugen, Schritte stürmten durch den Flur, die Tür flog auf und schlug krachend vor den Herd.

»Da ist er ja!« Helge Jacobsen stand mitten im Raum, hinter ihm drängten Gero Frevert, Arne Henken, Heino Fendrich und Gundolf Peters nach.

»Helge«, sagte Falk mit ruhiger Stimme. »Was kann ich für dich tun?«

Einen Moment schien Jacobsen irritiert von der Gelassenheit, die Falk ausstrahlte, aber er fing sich schnell wieder. »Du Drecksau! Jetzt bist du zu weit gegangen. Diesmal entkommst du uns nicht.« Er griff nach Falks Arm, aber der schüttelte ihn resolut ab.

»Geht es um deine Scheune, Frevert?«, wandte sich Falk an den Landwirt, der sich hinter Jacobsens breite Schultern zurückzog. »Wir haben nichts damit zu tun. Frag Cord.«

»Das stimmt«, krächzte Nickelsen. »Die können das nicht gewesen sein mit der Scheune. Die waren die ganze Zeit bei mir.«

»Halt du dich da raus«, fauchte Jacobsen ihn an. »Überleg dir gut, auf welcher Seite du stehst. Der Riewerts ist bald wieder weg und dann stehst du ganz alleine da.«

»Lass dich nicht einschüchtern, Cord«, sagte Falk. »Die können uns gar nichts. Ich gehe nirgendwo hin, das könnte denen so passen. Und du hast nichts zu befürchten, wenn du bei der Wahrheit bleibst.«

Cord Nickelsen machte ein wenig überzeugtes Gesicht, schwieg aber nun, während die anderen Männer in die Küche drängten.

»Was soll das Gequatsche?«, meldete sich Heino Fendrich. »Machen wir kurzen Prozess. Riewerts ist ein Brandstifter und Mörder. Schnappen wir ihn uns endlich. Und sorgen wir dafür, dass der nie wieder eine Scheune in Brand stecken kann.«

»Was ist hier los?«, donnerte plötzlich die Stimme von Jens Olufs durch den Raum.

Niemand hatte den Polizeihauptkommissar kommen hören und so waren alle überrumpelt genug, um einen Moment innezuhalten. Diesen Moment nutzte Olufs und quetschte sich durch die Männer bis zum Küchentisch vor.

»Falk Riewerts, ich muss Sie bitten, mich auf die Wache zu begleiten. Wir haben Fragen im Zusammenhang mit dem Scheunenbrand auf dem Frevert-Hof in Midlum in der vergangenen Nacht.«

»Das dürfte nicht nötig sein«, wandte Falk ein. »Ich war die ganze Nacht über auf dem Hof von Cord Nickelsen. Er und mein Freund Klondike können das bezeugen.«

»Der lügt doch!«, erregte sich Helge Jacobsen.

»Du hältst den Rand«, entgegnete Olufs bestimmt. »Was du und deine Freunde hier treibt, ist Hausfriedensbruch und Nötigung. Wenn du nicht willst, dass ich dich ebenfalls mitnehme, machst du besser, dass du hier rauskommst. Und zwar dalli, oder willst du mich auch noch an der Ausübung meiner Dienstpflicht hindern?«

Jacobsen wollte etwas erwidern, aber Olufs hatte sich schon wieder Falk zugewandt, als wäre mit seiner Ansage der Fall Jacobsen endgültig erledigt.

»Lasst uns gehen«, meinte Fendrich kleinlaut und zog sich zusammen mit den anderen Männern zurück.

Als Helge Jacobsen sah, dass sich das Blatt gegen ihn gewendet hatte, brummte er in Falks Richtung: »Damit kommst du nicht durch, dafür werde ich sorgen.«, und verließ ebenfalls, mit einem drohenden Blick auf Cord Nickelsen, die Küche. Kurz darauf wurden auf dem Hof mehrere Autos gestartet, die deutlich langsamer wegfuhren, als sie gekommen waren.

»Puh, das war ja man knapp.« Nickelsen wischte sich den Schweiß von der Stirn und ließ sich auf einen freien Stuhl fallen. »Wenn du nicht gekommen wärst, Jens …«

»Also, Riewerts, was ist jetzt?«, ignorierte Olufs den Land-wirt. »Kommst du, oder muss ich dich vorläufig festnehmen?«

»Weshalb denn? Ich sage doch, dass ich ein Alibi habe. Die beiden hier können das bezeugen.«

Olufs blickte die beiden Männer an und registrierte, dass sie ihm bestätigend zunickten. »Die ganze Nacht?«

»Keiner von uns hat den Hof verlassen«, antwortete Falk.

»Cord?« Olufs fixierte den Landwirt mit drohendem Blick.

»Das stimmt. Falk war die ganze Nacht bei mir auf dem Hof. Wir haben bis ungefähr zwei Uhr geredet, dann sind wir alle ins Bett gegangen.«

»Und das können Sie auch bestätigen?«, fragte Olufs Klon-dike.

»Bis zwei Uhr, ja. Ich bin dann in den Stall gegangen, weil die Pferde unruhig waren. Ab drei Uhr war ich in meinem Zimmer.«

»Das heißt, Sie können nicht bezeugen, dass Herr Rie-werts nach zwei Uhr für den Rest der Nacht auf dem Hof geblieben ist«, stellte Olufs fest. »Oder schlafen Sie im sel-ben Zimmer?«

Etwas unsicher blickte Klondike Falk an. »Äh, nein. Aber wenn Cord das sagt, stimmt das auch.«

Falk zog die Augenbrauen zusammen und fixierte seinen Freund. Was war denn in den gefahren? Seit wann legte er seine Aussagen derart auf die Goldwaage? Konnte es sein, dass Jacobsens Auftritt ihn so eingeschüchtert hatte?

»Trotzdem muss ich dich bitten, mitzukommen, Rie-werts. Ich habe nicht nur Fragen zu dem Brand in der letz-ten Nacht.« Jens Olufs trat zur Seite und machte eine auf-fordernde Handbewegung von Falk in Richtung Tür. »Und ihr beide kommt morgen Vormittag und unterschreibt eure Aussagen«, ordnete er Nickelsen und Klondike gegenüber an.

Falk erhob sich, warf Klondike einen grimmigen Blick zu und sagte zu Cord Nickelsen: »Geh zurück zu den Pferden. Denen darf nichts zustoßen, sie sind mein wichtigstes Kapital.« Dann verließ er vor dem Polizeihauptkommissar die Küche.

Draußen erwartete sie Polizeiobermeister Dennis Groth am Dienstfahrzeug. Er nickte Olufs zu und quetschte sich hinter das Steuer. Olufs schob Falk auf den Rücksitz und schlug die Tür von außen zu. Kaum saß er selbst auf dem Beifahrersitz, gab Groth auch schon Gas. Falk drehte sich um und sah Cord Nickelsen in der Haustür stehen und ihnen nachblicken. Von Klondike war nichts mehr zu sehen.

Gleich nach dem Frühstück rief Leander Franziska an. Er hatte seit dem vorletzten Abend nichts mehr von ihr gehört und fühlte so etwas wie Sehnsucht, was er teils erfreut, teils erstaunt zur Kenntnis nahm. Entsprechend machte sein Herz einen Sprung, als sie sich meldete, aber dann versetzte der Klang ihrer Stimme ihn in Alarmbereitschaft. So bedrückt hatte er sie bisher noch nicht erlebt.

»Ich habe gestern mit Meret telefoniert«, berichtete Franziska. »Die Arme ist völlig fertig. Das jahrelange Theater mit ihrem Mann und ihrem Sohn und jetzt auch noch der Tod ihres Schwiegervaters.«

»Es kommt noch schlimmer«, sagte Leander. »Inzwischen steht fest, dass es kein Selbstmord war.«

»Ich weiß. Die Polizei hat Meret darüber informiert. Einerseits war sie erleichtert, andererseits ist die Vorstellung natürlich furchtbar, dass vielleicht jemand aus ihrer Familie damit zu tun haben könnte. Und dann auch noch die Briefe, die die Polizei bei Knut und Falk gefunden hat. Jan gefällt das gar nicht. Der hasst seinen Bruder und behauptet steif und fest, Falk hätte den Vater getötet. Und mit seinem Sohn versteht er sich auch überhaupt nicht. Der alte Riewerts war so etwas wie ein Prellbock zwischen Jan und Kai. Gestern ist der Junge dann zu Hause aufgetaucht und hat seinen Eltern eröffnet, dass er zu Falk auf den Olsen-Hof ziehen wird. Meret ist völlig verzweifelt, sie steht jetzt vollkommen alleine zwischen den Fronten. Ich habe ihr angeboten, ein paar Tage zu mir nach Amrum zu kommen, aber sie fürchtet, dass es dann Mord und Totschlag zwischen Jan, Falk und Kai gibt.«

»Meine Güte, was für Verhältnisse.«

Franziska schwieg und Leander spürte die Klammer, die sich um seinen Brustkorb legte, weil ihr Mitgefühl mit Meret Riewerts schmerzhaft zu greifen war.

»Warum trennt sie sich nicht von ihrem Mann, wenn das alles so furchtbar ist?«

»Wo soll sie denn hin?« Franziskas Stimme klang belegt und schwer. »Außerdem hat sie Jan ja mal geliebt. Der geht doch völlig unter, wenn Meret ihn verlässt.«

»Aber so geht *sie* unter. Glaub mir, Franziska, ich weiß, wovon ich rede. Manchmal ist es besser, wenn jeder seiner Wege geht. Besser für beide.«

Wieder schwieg Franziska lange. Leander spürte, dass er nicht genug von ihr wusste, um genau erfassen zu können, was da gerade in ihr vorging. Wie sollte er auch? Er hatte sie ja erst vor ein paar Tagen kennengelernt.

»Irgendwie habe ich das Gefühl, dass sie sich selbst die Schuld für alles gibt, was da passiert ist«, sagte Franziska plötzlich.

»Wieso das denn?«

»Weiß ich nicht. Wie gesagt, es ist so ein Gefühl. Wir hatten lange keinen Kontakt mehr und es scheint bei Meret viel passiert zu sein in den letzten Jahren.«

Nun war es Leander, der schwieg.

»Hast du eine Ahnung, wann in solchen Fällen die Leiche freigegeben wird?«, fragte Franziska schließlich. »Ich glaube, da kehrt erst wieder so etwas wie Ruhe ein, wenn Knut beerdigt ist und Meret und Jan wieder in den Alltag eingespannt sind.«

»Das kann man nie so genau sagen. Bei Fremdverschulden bleibt die Leiche so lange in der Gerichtsmedizin, bis der Fall abgeschlossen ist oder die Ermittlungen eingestellt werden.«

»Ich glaube nicht, dass Meret das noch lange aushält. Gestern hat sie gesagt, Knut sei da fast schon besser dran, weil er das alles nicht mehr miterleben muss. Auf dem Ringreiterfest ging es doch schon wieder genauso los wie früher.«

»Ich weiß nicht«, wandte Leander zweifelnd ein, der für derart fatalistische Gedanken wenig Verständnis hatte.

»Jedenfalls ist es fast schon eine Gnade für ihn, dass er das mit dem Brand auf Freverts Hof nicht mehr erleben musste.«

»Was denn für ein Brand?«

Franziska berichtete von dem nächtlichen Scheunenbrand in Midlum.

»Und woher weißt du das, wenn es erst letzte Nacht passiert ist?«

»Ich habe eben mit meinen Eltern telefoniert. Mein Vater hat mir davon erzählt. Er ist bei der Freiwilligen Feuerwehr und war bei den Löscharbeiten dabei. Es geht das Gerücht, dass Falk das Feuer gelegt hat und schon verhaftet wurde. – Mein Gott, was wird denn dann jetzt aus Kai?«

»Warum sollte Falk Riewerts die Scheune angezündet haben? Hat ihn jemand gesehen?«

»Das nicht, aber es ist ja schon komisch, dass es jahrelang kein Feuer auf Föhr gegeben hat, und kaum ist der Mann wieder da, der früher mehrere Brände gelegt hat, wird zuerst Jans und dann Freverts Scheune abgefackelt.«

»Das kann auch Zufall sein«, wandte Leander wenig überzeugend ein. »Oder jemand will ihm das anhängen. Da war so eine merkwürdige Stimmung vorgestern Abend in Mephistos Biergarten.« Leander erzählte ihr von den Gesprächen, die er mitgehört hatte. »Dieser Jacobsen scheint der Wortführer zu sein.«

»Der Helge ist mit Vorsicht zu genießen«, bestätigte Franziska. »Dem traue ich eine Menge zu, aber dass er die Scheune von Gero Frevert anzündet, nur um Falk etwas anzuhängen ...«

»Ich weiß nicht, wozu Jacobsen fähig ist«, sagte Leander. »Aber ich weiß, was schon alles auf Föhr passiert ist und wie so mancher Bauer vorgeht, wenn er einen Gegner ausschalten will. Bei den Anschlägen auf Günther Wiese damals waren sie jedenfalls nicht zimperlich. Die haben zumindest schwere Verletzungen in Kauf genommen, wenn nicht sogar Wieses Tod.«

»Meine Güte, wenn das jetzt alles wieder von vorne anfängt ...« Schließlich fragte sie: »Begleitest du mich, wenn es so weit ist? Ich meine, zur Beerdigung?«

»Natürlich. Du kannst auch jetzt schon für ein paar Tage zu mir kommen, wenn du willst.«

»Nicht nötig. Ich habe mit der Betreuung der Renovierungen genug zu tun. Außerdem bin ich im Moment ganz froh, dass ich nicht so nah dran bin an dem Elend auf dem Riewerts-Hof.«

Und an mir?, dachte Leander. In diesem Moment fühlte er wieder eine merkwürdige Distanz, die immer noch zwischen ihnen herrschte, und war fast schon froh, als Franziska sich schließlich verabschiedete und das Gespräch beendete.

Er holte eine Flasche Wasser aus der Küche und setzte sich in den Garten. Bella hatte ihn gehört und schlenderte mit lässigen Hüftschwüngen vom Holzschuppen aus auf ihn zu. Mit einem Satz war sie auf dem Stuhl neben ihm und hielt ihm den Kopf hin, damit er sie hinter den Ohren kraulte. Dabei schnurrte sie ausdauernd und für so ein junges Kätzchen erstaunlich tief. Schließlich ließ sie sich fallen, drehte sich auf die Seite und schlief ein.

Das Telefongespräch klang noch in ihm nach und er kam zu dem Schluss, dass er sich keine Sorgen machen sollte. Franziska war bedrückt, weil es ihrer Jugendfreundin schlecht ging. Das war verständlich. Mit Meret Riewerts wollte auch Leander wahrlich nicht tauschen. Für ihn klang das alles wie ein völlig verpfuschtes Leben, in dem gerade alles in Scherben ging. Da schien der heimgekehrte Falk Riewerts sogar noch der Vernünftigste von allen zu sein, abgesehen von der angeblichen Neigung, Scheunen in Brand zu stecken. Wie ein Pyromane hatte der Cowboy allerdings eigentlich nicht auf Leander gewirkt. Aber woran erkannte man schon einen Pyromanen, wenn man ihn nicht gerade auf frischer Tat erwischte? Und dann waren da noch die Pläne, die Föhrer Landwirtschaft zu revolutionieren. Ob der Mann ahnte, was ihm da von den anderen Bauern drohte? Er schien ein besonderes Talent dafür zu haben, alle Welt gegen sich aufzubringen. Eigentlich war er also genau der Typ, der Leander interessierte.

Was an den neuerlichen Vorwürfen wohl dran war? Die Antwort darauf konnte ihm nur Dieter Bennings geben. Leander beschloss, ihn unter dem Vorwand anzurufen, ihn über das bevorstehende Interview mit Falk Riewerts zu informieren. Dann konnte der Kriminalbeamte gar nicht anders, als über die Verhaftung zu sprechen. Leander holte das Telefon in den Garten und wählte Bennings Handynummer.

Der Kriminalhauptkommissar war auch sofort am Apparat. »Sei mir nicht böse, Henning, aber ich habe keine Zeit.«

»Ich will dich auch nicht lange aufhalten, sondern dir nur kurz sagen, dass ich in den nächsten Tagen mit Falk Riewerts sprechen werde.«

»Lass uns später darüber reden. Jetzt muss ich in eine Befragung. Mach's gut, Henning.«

Leander war erstaunt über den abweisenden Tonfall. Aber vielleicht stand Bennings einfach nur unter Druck, oder ihm steckte die Nacht mit Daisy noch in den Knochen.

Falk hatte Mühe, seine Unruhe nicht zu zeigen und stattdessen demonstrativ gelangweilt auf dem Stuhl in Jens Olufs' Büro auszuharren. Er wartete jetzt schon über eine Stunde, aber der Polizeihauptkommissar studierte in aller Seelenruhe Akten und schaute nur hin und wieder auf seine Armbanduhr statt ihn über den Grund seines Hierseins zu informieren. Gelegentlich blickte er Falk direkt an, wobei er keinen Hehl aus seiner Ablehnung machte. Falk war mehrmals kurz davor gewesen, einfach aufzustehen und zu gehen, aber jedesmal hatte ihn der Gedanke zurückgehalten, dass Olufs genau darauf aus sein könnte. Der Polizeibeamte wollte ihn weichkochen. Auch Olufs schien auf jemanden zu warten und die Übergangszeit zu nutzen, um Falk so vorzubereiten, dass er bei der anschließenden Befragung die Nerven verlor. Und genau das durfte nicht passieren!

Nach einer gefühlten Ewigkeit betrat Kriminalhauptkommissar Bennings den Vernehmungsraum. Olufs sprang auf, verließ den Platz hinter dem Schreibtisch und gab ihm wortlos die Hand. Dabei tauschten sie sich in Sekundenschnelle durch Blicke aus. Falk hatte einmal mehr den Eindruck, dass er hier ein eingespieltes Team vor sich hatte, vor dem er sich in Acht nehmen musste.

»So, Herr Riewerts, jetzt kann es losgehen«, sagte Bennings statt einer Begrüßung und ließ sich auf Olufs Schreibtischstuhl fallen. »Ich bin leider beim Arzt aufgehalten worden.«

Falk musste einen Moment länger hinsehen, denn etwas war heute anders als bei ihrem letzten Gespräch: Bennings trug eine Augenklappe. Olufs grinste und schob ihm die Akte zu, in der er eben noch geblättert hatte.

»Danke, Herr Olufs.« Auch seine Stimme war deutlich rauer als sonst. Irgendwie wirkte der Mann angeschlagen. »Könnte ich bitte ein Glas Wasser haben?«

Der Polizeihauptkommissar nickte und verließ den Raum.

»Mein Kollege hat Ihnen gesagt, weshalb ich Sie hergebeten habe?«, eröffnete Bennings das Gespräch und blätterte flink durch die Akte.

»Hergebeten ist gut«, entgegnete Falk. Das war ja wohl die Höhe. Da fiel es nicht leicht, ruhig zu bleiben. »Er hat mich abgeholt wie einen Verbrecher. Von einer Bitte habe ich nichts gehört.«

»Das kann ich mir nicht vorstellen. Ich bin sicher, dass Herr Olufs Sie nicht beschuldigt hat.« Letzteres war halb an den Polizeihauptkommissar gerichtet, der mit einem Glas Wasser wieder den Raum betrat. »Es handelt sich hier lediglich um eine Befragung, nicht um eine Vernehmung. Sie sind kein Beschuldigter.«

»Genau das habe ich Herrn Riewerts gesagt«, stimmte Olufs zu und stellte das Glas vor Bennings auf den Tisch. Dann zog er sich einen Stuhl seitlich an den Schreibtisch, setzte sich rittlings darauf und legte die Unterarme auf die Lehne. Sein Blick fixierte Falk grimmig.

»Gut, wenn das geklärt ist, können wir ja anfangen.« Bennings richtete seine ganze Aufmerksamkeit nun auf Falk. »Herr Riewerts, unsere Rechtsmediziner haben bei der Untersuchung Ihres Vaters Hinweise auf Fremdverschulden nachgewiesen.«

»Was heißt das?« Falk war einen Moment irritiert, da er angenommen hatte, wegen des Brandes auf dem Frevert-Hof hier zu sein. »Heißt das etwa …?«

»Richtig: Ihr Vater ist ermordet worden.«

Falk hatte plötzlich das Gefühl, als schnüre ihm jemand den Hals zu. »Entschuldigung, könnte ich auch ein Glas Wasser haben?«

Bennings nickte Olufs zu. Der erhob sich widerwillig und verließ noch einmal den Raum. Als er mit dem Wasserglas zurück war, nahm Falk einen großen Schluck, aber die Beklemmung ließ nicht nach.

»Schildern Sie uns bitte noch einmal, wie Sie den Abend nach dem Ringreiterfest verbracht haben.« Bennings legte seine Finger zusammen und sah Falk direkt in die Augen.

»Ich bin direkt vom Fest nach Hause geritten und habe den Rest der Nacht geschlafen. Sie werden sich ja wohl vorstellen können, dass ich über eine Menge nachzudenken hatte, nachdem mein Bruder sich auf dem Fest so aufgeführt hatte und mein Vater dem offensichtlich nicht mehr gewachsen war.«

»So, nach Hause *geritten* sind Sie, Cowboy. – Zu Hause, das ist der Hof Ihres Freundes Cord Nickelsen?«

Falk nickte. »Zu dem Zeitpunkt noch, ja.«

»Und Ihr Freund kann bezeugen, dass Sie den Rest der Nacht zu Hause waren?«

»Nein, kann er nicht. Er war nämlich nicht da, sondern auf dem Fest. Aber Klondike kann es bezeugen. Der war ebenfalls die ganze Nacht auf dem Hof.«

»Das ist der, der Herrn Riewerts auch das Alibi im Fall des Frevert-Brandes gibt« erklärte Olufs seinem Kollegen. »Das heißt, so wasserdicht ist das nicht, weil Herr Riewerts das Haus in der Nacht unbemerkt hätte verlassen können.«

»Aber Cord war letzte Nacht zusammen mit mir im Haus«, wandte Falk trotzig ein. »Und der bezeugt das ebenfalls.« Was wollten die ihm hier eigentlich noch alles anhängen? »So, und jetzt will ich wissen, was Sache ist. Wieso kommen Sie auf die Idee, dass das kein Selbstmord war?«

»Weil Ihr Vater weder Rauch in der Lunge noch Kohlenmonoxid im Blut hatte. Als das Feuer gelegt wurde, war er also schon tot. Erwürgt, um genau zu sein.«

»Erwürgt?«

Bennings nickte.

»Also, ich sehe das so«, sagte Olufs und blickte vor sich auf die Stuhllehne, während Bennings Falk nicht aus den Augen ließ. »Dein Vater ist unter dem Eindruck deines Streits mit deinem Bruder zusammengebrochen. Alle Festbesucher in eurem Umfeld haben das mitbekommen. Der alte Mann hat die Last der Familienfehde nicht mehr ausgehalten. Du bist in der Nacht noch einmal zu ihm – geritten –, um zu sehen, wie es ihm geht. Da hat dein Vater dich aufgefordert, Föhr zu verlassen, damit hier wieder Ruhe einkehrt. Du hast erkannt, dass für dich auf der Insel nichts mehr zu holen ist, wenn er dich wegschickt. Und da hast du deinen Vater erwürgt.«

»Das ist Schwachsinn, Olufs!«, fuhr Falk auf. »Ich war nachts nicht mehr auf dem Hof meines Bruders. Und mein Vater wollte mich auch nicht wieder wegschicken. Er hat mir sogar angeboten, mir zu helfen, wenn ich hier einen Hof kaufen wollte. Das habe ich euch doch alles schon gesagt. Ich hatte also überhaupt keinen Grund, mich für irgendetwas zu rächen und ihn zu töten.«

»Ah ja?« Bennings Stimme klang nun eiskalt. »Wie wollte er Ihnen denn helfen? Wir haben seine Konten überprüft. Da war kaum noch etwas drauf. Von den paar Kröten hätte er Ihnen nicht mal ein paar Kühe kaufen können, geschweige denn einen ganzen Bauernhof.«

»Und das hat er dir gestanden, nicht wahr?«, übernahm nun Olufs wieder mit einfühlsamer Stimme. »An dem Abend in der Scheune hat er dir gesagt, dass du nichts zu erwarten hast und besser wieder verschwindest. Er hatte den Hass deines Bruders unterschätzt, den Unfrieden, den du mitbringen würdest. Du warst enttäuscht, Riewerts. So enttäuscht und verletzt, dass du deinen Vater getötet hast. Und weil es nach Selbstmord aussehen sollte, oder weil du einfach nur alle Spuren beseitigen wolltest, hast du die Scheune in Brand gesteckt. War es so, Riewerts? Mach nicht wieder den gleichen Fehler wie 1999. Steh zu deiner Schuld.«

Jetzt war es Falk, der sich zurücklehnte und zuerst Bennings und dann Olufs direkt in die Augen schaute. »Tja, ihr Herren Hauptkommissare, da hat hier aber einer von euch seine Hausaufgaben nicht gründlich genug gemacht.« Ein Grinsen machte sich auf seinem Gesicht breit und wurde immer hämischer, je unsicherer Olufs zurückschaute. »Die Konten meines Vaters sind leer, weil er von dem Geld den Olsen-Hof gekauft und mir übertragen hat. Gestern hat der Notar Dr. Petersen mich darüber informiert.«

Bennings warf Olufs einen wütenden Blick zu. Der zuckte verunsichert mit den Schultern, als wollte er sagen: »Wie soll ich denn so etwas ahnen?« und versuchte so etwas wie Routine auszustrahlen, indem er sich an Falk wandte: »Dr. Petersen, ja? Das lässt sich ja nachprüfen.«

»Ich bitte darum.« Falk spürte, wie sich das Selbstbewusstsein der Polizeibeamten mit einem Schlag als das offenbarte, was es war: purer Schein. Die hatten in Wahrheit von Anfang an nichts gegen ihn in der Hand gehabt, nichts als Vermutungen und Hypothesen. Sie brauchten ein Geständnis. Deshalb nahmen sie ihn hier zu zweit in die Mangel und versuchten, ihn in die Enge zu treiben. Aber nicht mit ihm. Nicht mit Falk Riewerts!

»Meine Herren«, sagte er so gelangweilt, wie es ihm möglich war. »Wenn Sie weiter keine Fragen haben, möchte ich jetzt gehen. Ich habe eine Menge Arbeit und Sie haben ja sicher auch Besseres zu tun, nicht wahr? Da draußen läuft schließlich ein Mörder rum, während Sie hier Ihre und meine Zeit vertrödeln.« Er beobachtete mit Genugtuung, dass seine Arroganz für die Polizeibeamten nur schwer zu schlucken war.

Bennings seufzte tief und schlug die Akte vor sich zu. »Wie Sie meinen. Sie halten sich zu unserer Verfügung und verlassen die Insel nicht.«

»Warum sollte ich auch? Sie finden mich ab morgen auf meinem eigenen Hof. Wo der ist, weißt du, Olufs. Du hast mich ja auch heute dort gefunden.«

Dann stand er auf und verließ ohne weiteren Gruß den Raum. Bevor die Tür hinter ihm ins Schloss fiel, hörte er Bennings noch zischen: »Scheiße, Mann! Ich hasse es, so vorgeführt zu werden.«

Als Falk in den inneren Hafenbereich hinaustrat, verharrte er einen Moment und atmete tief durch. Er spürte, wie die Anspannung nachließ und seine Knie zu zittern begannen, jetzt, da alles vorbei war. Nur nicht direkt vor der Wache schlappmachen, dachte er und wandte sich in Richtung Deich, um in der Kneipe *Klein Helgoland* ein Bier zu trinken und erst einmal zur Ruhe zu kommen.

»War das der Freund von der drallen Blondine?«, amüsierte sich Leander und deutete auf Bennings' Augenklappe, um die herum sich allmählich ein gelber Rand ausbreitete.

»Weil du ihn nicht richtig unter den Tisch gesoffen hast«, konterte Dieter Bennings, grinste aber dann breit. »Zum Glück hat er die entscheidende Stunde auf der Kneipenbank gepennt. Erst als ich Daisy wieder zur *Möwe* begleitet habe, stand er vor der Tür – erstaunlich fit und mit einem verdammt guten rechten Haken ausgestattet.«

»Hat er wenigstens auch so ein Andenken?«

»Darauf habe ich verzichtet. Erstens konnte ich ihn gut verstehen, zweitens wollte ich Daisy seinen Frust ersparen, wenn ich ihn aufs Pflaster geschickt hätte. Die Arme wird schon genug Ärger bekommen haben.«

»Das war aber sehr rücksichtsvoll von dir«, spottete Leander und schickte ein »Käpt'n Hook!« hinterher.

Mephisto tänzelte wie ein Flusspferd mit einem Tablett durch den Biergarten und stellte zwei Krüge vor Leander und Bennings ab. »Hat es sich wenigstens gelohnt?« Er deutete ebenfalls auf die Augenklappe des Kriminalbeamten.

»Da kannst du aber einen drauf lassen«, antwortete Bennings, während Leander mit beiden Händen zwei überdimensionale Brüste formte.

»Glückwunsch!« Meckernd lachend entfernte sich Mephisto wieder, um seine anderen Gäste zu versorgen.

»Genau das habe ich heute Abend gebraucht.« Bennings hob seinen Krug an. »Ein kühles Blondes, frisch gezapft, und euch Idioten als Aufheiterung.«

»So schlimm?« Leander musste weder Mitgefühl noch Interesse heucheln, weil er den Kriminalbeamten nicht um seinen Dienst beneidete. Er erinnerte sich nur ungern an die langen Durststrecken, die häufig mit Mordermittlungen verbunden waren.

»Schlimmer!« Bennings berichtete in knappen Zügen von dem Verhör des Verdächtigen Falk Riewerts. »Mann, hat der uns vorgeführt. Olufs kann ich gar keinen Vorwurf machen. Schließlich hat auch ein Polizeibeamter keinen Einblick in Unterlagen, die bei einem Notar hinterlegt sind. Ein Testament, ja, das hätten wir bei Mord einsehen können, aber es gibt ja keines.«

»Jetzt mal unter uns Gemeindeschwestern«, sagte Leander und stieß Bennings in die Seite, »Falk Riewerts müsste doch was am Kopf haben, wenn er seinen Neuanfang hier aufs Spiel setzen würde, indem er irgendeine blöde Scheune anzündet. Das stinkt doch geradezu nach Fake. Da will euch jemand auf ihn hetzen, um ihn loszuwerden.«

Bennings nickte auf zweideutige Weise, indem sein Kopf immer auch etwas zu den Seiten pendelte. »Das liegt zwar nahe, da stimme ich dir zu, aber das macht die Sache nicht leichter. Außerdem haben wir ja immer noch die Theorie von der krankhaften Pyromanie nicht ausgeräumt. Und da kommst du ins Spiel. Wann kann ich mit Ergebnissen rechnen?«

»Was soll der Frühpensionär denn für dich tun?« Ohne dass die beiden es bemerkt hatten, war Tom Brodersen an ihrem Tisch aufgetaucht und ließ sich auf Leanders Bank fallen.

»Ich soll herausbekommen, ob eine dralle Blondine, die Dieter gestern Abend kennengelernt hat, mit dem Typ, der ihm das blaue Auge verpasst hat, fest liiert ist«, griff Leander zu einer Notlüge.

Wie erfolgreich die war, zeigte sich, als Tom sich nun ganz auf das Veilchen in Bennings Gesicht konzentrierte und mit krauser Nase und zusammengekniffenen Augen fragte: »Tut das nicht weh?«

»Geht so«, presste Bennings heraus, der sich allmählich offensichtlich ein anderes Thema wünschte und nur mitspielte, weil er Leanders Ausweichmanöver sofort durchschaut hatte.

»Und warum machst du dann so was?« Tom schüttelte den Kopf.

»Er sagt, es habe sich gelohnt«, erklärte Leander und deutete wieder die drallen Brüste an.

Elke Brodersen näherte sich vom Haus her. »Störe ich euch bei Männergesprächen? Dann wurde es ja Zeit, dass ich komme. Sprecht ihr zufällig über Franziska?« Etwas irritiert blickte sie Tom und Dieter Bennings an, die nun laut loslachten, während Leander rot wurde.

»Na, hier ist ja Stimmung«, freute sich Mephisto, der Bier für die Neuankömmlinge brachte. »Hat einer einen Witz erzählt?« Kopfschüttelnd entfernte er sich wieder, als nun alle vier laut lachten. »Vielleicht sollte ich die Biermarke mal wechseln. Da scheint irgendetwas drin zu sein …«

Als alle sich wieder beruhigt und angestoßen hatten, wandte sich Tom an Leander: »Bevor du weitere Aufträge annimmst, mach erst mal deine Arbeit für mich vernünftig.«

»*Meine Arbeit für dich*?« Leander betonte die Frage so, als müsste er sich verhört haben.

»Lenk nicht ab.« Tom wischte die Nachfrage mit der rechten Hand weg. »Morgen Vormittag um elf haben wir einen Termin bei Falk Riewerts. Das Interview, du weißt schon. Bevor der Föhr wieder verlässt. Wusstet ihr übrigens, dass er jetzt auf dem Olsen-Hof wohnt? Sein Vater hat ihm den vermacht.«

»Wussten wir, Tom. Wussten wir.« Leander nickte mit geschlossenen Augen. »Und deshalb eilt das mit dem Interview auch gar nicht mehr. Er wird die Insel sicher nicht so bald wieder verlassen.«

Bennings wollte etwas sagen, aber Tom kam ihm zuvor: »Egal. Der Termin steht. Ich hole dich um zehn mit dem Fahrrad ab.«

Leander blinzelte Bennings zu, der zufrieden nickte.

»Seht mal, wer da kommt«, sagte Elke leise und deutete mit dem Kopf in Richtung Biergarteneingang.

Eine Gruppe aus sechs Männern marschierte auf einen freien Tisch zu. Leander erkannte die Landwirte Helge Jacobsen, Gundolf Peters, Arne Henken und Heino Fendrich. Außerdem war Jan Riewerts dabei. Den sechsten kannte er nicht.

»Gerd Frevert«, antwortete Tom auf seine Frage hin. »Das ist der, dessen Scheune letzte Nacht abgebrannt ist. Also, wenn ihr mich fragt: Die Konstellation gefällt mir nicht.«

Auch Dieter Bennings, der nur Jan Riewerts und Frevert kannte, ließ sich die Zusammensetzung erklären. »Das ist also die Truppe, von der du mir erzählt hast?«, fragte er Leander. »Die etwas gegen Falk Riewerts unternehmen will?«

»Genau die. Allerdings: Wenn Frevert dazugehört, erledigt sich ja wohl die Theorie, dass die hinter dem Brand stecken, um dem Cowboy etwas anzuhängen. Der wird kaum seine eigene Scheune abfackeln.«

»Es sei denn, sie war gut versichert«, wandte Elke ein.

»Dann würde er zwei Fliegen mit einer Klappe schlagen.«

»Das werde ich gleich morgen überprüfen.« Bennings nahm mit grimmigem Gesicht einen Schluck Bier.

Die Männer gaben ihre Bestellung bei Mephisto auf und steckten die Köpfe zusammen. Hin und wieder linste Jan Riewerts zu Bennings herüber. Es schien ihm nicht zu gefallen, dass der Kriminalbeamte sie hier zusammen sah.

»Jedenfalls wissen wir, wer es war, wenn der Cowboy morgen an irgendeinem Ast baumelt«, unkte Tom.

»Jetzt mal aber den Teufel nicht an die Wand«, entgegnete Bennings erschrocken. »Ich habe keine Lust, bis zu meiner Pensionierung hier auf eurem Kleihaufen zu versauern, weil ihr Inselaffen nicht in Frieden leben könnt.«

Mephisto versorgte die Landwirte mit Bier, wobei er sich selbst für seine Verhältnisse ungewöhnlich ungelenk anstellte. Als er wieder gehen wollte, blieb er mit dem Fuß an einem Tischbein hängen und ließ ungeschickt sein leeres Tablett fallen. Umständlich ging er auf die Knie und hob es wieder auf. Dann entschwand er in Richtung Haus. Kurz darauf kam er mit fünf Bierkrügen zurück an den Tisch seiner Freunde. Er tauschte die leeren Behältnisse gegen volle und setzte sich selbst mit dem fünften dazu.

»Was war das denn eben?« Leander deutete mit dem Kopf zu dem Tisch der Landwirte hinüber. »Ein Schwächeanfall?«

»Reine Taktik, mein Lieber.« Mephisto trank ausgiebig von seinem Bier, seufzte hingebungsvoll und wischte sich mit der Hand den Schaum vom Mund. »Und wenn es ungeschickt ausgesehen hat, dann sage ich: Gut so, das sollte es auch.«

»Jetzt verkauft der uns seine Altersschwäche schon als Taktik«, wunderte sich Tom kopfschüttelnd. »Ich wette, der arbeitet längst an seiner Pflegestufe.«

»Es mag ja sein, dass du eleganter gefallen wärest«, entgegnete Mephisto. »Du hast ja auch mehr Übung im Straucheln als ich. Allerdings bezweifele ich bei dir tatsächlich, dass sich dahinter eine Strategie verborgen hätte.«

»Der kennt dich aber gut«, sagte Elke grinsend zu ihrem Mann.

»Ich hingegen weiß nun etwas, das ihr alle nicht wisst.« Mephisto schlug die Augen nieder und wartete mit vor dem Bauch zusammengelegten Händen auf Nachfragen.

»Wahrscheinlich ist das sowieso etwas, das wir gar nicht wissen wollen«, winkte Leander ab.

»Geschweige denn sollten«, stimmte Tom zu. »Oder gar müssen.«

Dieter Bennings hatte offensichtlich Spaß an dieser Frotzelei. Er verfolgte sie breit grinsend und wechselte mit Elke zwinkernde Blicke.

»Andererseits sollten wir dem armen alten Mann vielleicht eine Freude machen«, wandte Leander ein, weil Mephisto von sich aus immer noch nicht mit seinen Neuigkeiten herausrückte. »Seit er nicht mehr auf der Kanzel steht, hört ihm ja sonst niemand mehr zu.«

»Du meinst, wir sollen tatsächlich nachfragen?« Toms Mimik ließ ernsthafte Zweifel erkennen und dann einen inneren Kampf, in dessen Folge er sich durchrang: »Na gut, aber auf deine Verantwortung. Dann frag ihn halt.«

Leander richtete sich nun an Mephisto: »Also, du geschickter Taktiker, was hast du gehört?«

Der konterte den vorausgegangenen Disput, indem er zu überlegen schien, ob er seine Perlen der Weisheit tatsächlich mit einem derart unwürdigen Auditorium teilen sollte.

Schließlich gab er sich betont schweren Herzens einen Ruck und ließ sich in der für ihn üblichen Rhetorik zu einer ausschweifenden Erzählung herab. Deren Essenz war, dass die Bauern sich gegen Falk Riewerts verschworen hatten. Dem müsse man jetzt mal so richtig zeigen, wer hier das Sagen habe, wollte Mephisto von Helge Jacobsen gehört haben. Auch Jan sei der Ansicht gewesen, dass man seinen Bruder ein für alle Mal von der Insel vertreiben müsse, und da sei jedes Mittel recht. Frevert habe es unerträglich gefunden, dass Falk nun ausgerechnet den Hof besaß, dessen Eigentümer er ins Unglück gestürzt habe.

»Und das alles hast du gehört, während du auf dem Boden herumgekrochen bist?«, staunte Leander.

»Da kannst du mal sehen«, freute sich Mephisto. »Ich bin eben ein ungewöhnlich aufmerksamer Mensch – vor allem gemessen an euch ignoranter Bande.« Die aus Pflichtgefühl mehrstimmig gemurmelten Proteste wischte er mit einer entschiedenen Handbewegung weg und griff dann selbstgefällig grinsend nach seinem Bierkrug.

Die Bauern hatten inzwischen offenbar bemerkt, dass von dem Tisch des Kriminalhauptkommissars verdächtig viele Blicke zu ihnen hinübergeworfen wurden.

»Zahlen!«, rief Helge Jacobsen und winkte Mephisto mit seinem Portemonnaie.

»Bin schon da!«, rief der Gastwirt zurück und eilte hinüber.

Dieter Bennings war bei Mephistos Bericht sehr nachdenklich geworden. »Das hört sich alles nicht gut an«, sagte er leise zu Leander. »Morgen werde ich mit Jens Olufs reden. Vielleicht können wir Falk Riewerts wenigstens in der nächsten Zeit nachts eine Streife vorbeischicken.«

Mephisto kam mit sorgenvollem Gesicht zurück und orakelte: »Wenn ihr mich fragt, wird das alles noch ein böses Ende nehmen.«

Auf dem Reisetagebuch des Föhrer Bauernsohnes Volckert Olsen

19. Juli 1898

San Francisco ist so, wie ich mir den Wilden Westen immer vorgestellt habe. Die Menschen sind anders gekleidet. Sie tragen Cowboyhüte, Lederjacken mit Fransen an den Ärmeln, Stiefel und Revolvergurte. Kein Mann ist hier unbewaffnet. Manche haben sogar Gewehre in den Händen, wenn sie über die Straßen gehen. Die Frauen tragen weite, bunte Kleider und gewaltige Hüte mit Federn und allerhand Seidenblumen und Schleifen.

Überhaupt sind die Straßen voll von Menschen. Aber nicht nur das: Ganze Schafherden werden durch die Straßen getrieben, dazu Pferde und Maultiere. Kutschen transportieren ununterbrochen Kisten, Fässer und Säcke zum Hafen. San Francisco ist vom Goldfieber gepackt. Alle wollen eine Schiffspassage ergattern.

Der Hafen ist auch ganz anders als der von Hamburg oder New York. Die Bucht, die Golden Gate heißt, ist angefüllt von Dampfbooten, die schwarze Rauchfahnen hinter sich herziehen. Ihre Aufbauten sind schmutzig. Hinzu kommen Fähren und Segelschiffe, die vom Pazifischen Ozean hier einlaufen und Waren in unvorstellbaren Mengen bringen.

Nickels wird immer unruhiger, wenn er all das sieht. Mit jedem Dampfboot kommen Neuigkeiten von den Goldfeldern im Norden. Das Gold wird hier säckeweise angelandet und mit Kutschen zu den Aufkäufern in der Stadt transportiert. Alle Schaufenster zeigen in ihren Auslagen die Nuggets, wie die kleinen Goldklumpen heißen. Hunderte von Männern stehen davor, in ihren Augen flackert das Goldfieber.

Die Klondike-News haben eigene Seiten in den Zeitungen und berichten von immer neuen reichen Goldfunden und den Erlebnissen erfolgreicher Goldgräber und veröffentlichen Karten von den neu erschlossenen Gebieten. Die Berichte gehen von Hand zu Hand und werden einander vorgelesen. Jeder hier scheint Angst zu haben, nicht rechtzeitig dort zu sein. Das Goldfieber ist wie eine Epidemie, die niemanden verschont.

Einem Goldgräber, der gerade von Dawson eingetroffen ist, ein verwegener Kerl mit einem Bart, den er sicher seit Jahren nicht gestutzt hat, hat Nickels unsere Urkunde gezeigt. Der Claim ist echt, hat der Mann gesagt. Das ist ein gutes Gebiet, wo er liegt. Allerdings hat er gefragt, ob wir auf das Datum geachtet haben. Man muss seinen Claim jedes Jahr erneuern lassen und unser Besitzanspruch läuft in drei Monaten auf. Wenn wir bis dahin nicht in Dawson sind und uns neu registrieren, verlieren wir jeden Anspruch.

Auch auf einem anderen Grund wird die Zeit für uns knapp. Der Goldgräber hat Nickels von den Routen durch die Berge erzählt. Es gibt die bequeme, aber lange und unbezahlbar teure Route mit den Dampfschiffen bis ganz hinauf zum Yukon. Und für Leute wie uns, die nur das Nötigste besitzen, gibt es die Poor Mans Route bis Skagway und dann über die Elias-Bergkette. Von Dawson aus muss man die Bergroute über den Chilcoot-Pass nehmen. Der Weg ist hart und selbst für Lasttiere kaum zu schaffen. Und man muss spätestens im Herbst von Dawson aus aufbrechen, denn im Winter sind die Berge unpassierbar.

Nörd hat getobt. Das ist der Haken an der Sache, hat er gesagt. Was denn für ein Haken?, hat Nickels ihn angebrüllt. Wir müssen eben eher nach Alaska als geplant, das ist alles. Nun setzt er alles daran, eine Dampferpassage zu bekommen. Dabei rückt jeder Tag, den wir hier verbringen, unser Vorhaben in weitere Ferne, weil die Ticketpreise explodieren, denn die Plätze auf den Dampfbooten, die die Küste hinauffahren, sind begrenzt.

21. Juli 1898

Wir haben vier Karten für die Excelsior ergattert, ein Dampfschiff, das für die Pacific Coast Steamship Company fährt. Es hat heute Morgen in San Francisco angelegt. Die Karten waren in zwei Stunden ausverkauft. Der Ticketpreis enthält auch die Anschlussboote, die uns über den Yukon nach Dawson bringen werden.

Die Excelsior ist vollgestopft mit Menschen. Es geht das Gerücht, dass die Passagierliste durch Bestechung aufgeweitet worden ist. Auf Deck stapeln sich Säcke und Kisten mit der Ausrüstung der Männer, die in die Goldfelder wollen. Als wir ablegen, stehen Hunderte Menschen am Kai und winken. Sie haben diesmal keine Fahrkarten bekommen und müssen auf das nächste Schiff warten.

28. Juli 1898

St. Michaels. Seit Tagen warten wir auf die Flussschiffe, die uns nach Dawson bringen sollen. Wir waren nach Plan hier, aber im Hafen lagen nur Transportschiffe der North American Transportation and Trading Company und der Alaska Commercial Company, keines von der Pacific Coast Steamship Company. Wir haben beschlossen, nicht länger zu warten, und stattdessen am Nachmittag ein Boot der Konkurrenz genommen, das weiter die Küste hinauffährt.

Die Willammette ist ein Dampfschiff, das auch Kohlen transportiert. Sie ist unglaublich schmutzig, aber das scheint hier niemanden zu stören. Wir haben Pferde und Maultiere an Bord und große Mengen Heu und Stroh. Im Laderaum liegt Kohle für die Dampfschiffe im Norden. Wenn an Bord ein Feuer ausbricht, wird es für niemanden eine Rettung geben.

30. Juli 1898

Seattle. Obwohl das Schiff bereits überladen ist, nehmen wir weitere Passagiere, Fracht und Tiere an Bord. 800 Menschen drängen sich jetzt hier, dazu all das Vieh. Wir haben kaum mehr Platz zum Stehen, an einen Platz zum Schlafen ist nicht zu denken.

31. Juli 1898

Haben gerade den Kanal zwischen Vancouver Island und dem Festland passiert. Nun geht es zwischen Hunderten von bewaldeten Inseln und kargen Felsen hindurch. Die Route ist so gefährlich, dass wir zwei Lotsen auf Alaska an Bord genommen haben, die die Gewässer kennen. Sie haben als Erstes Patrouillen angeordnet, die auf Deck kontrollieren sollen, dass kein Feuer ausbricht.

Die Passagiere kommen auf allen Teilen der Welt. Es gibt wohl keinen Beruf, der hier nicht vertreten ist. Viele haben jahrelang hart gearbeitet und gespart, um das Geld für die Passage zusammenzubekommen. Manche Männer haben sogar ihre Frauen dabei.

Knudt, Nörd und ich wissen inzwischen zu schätzen, was wir an Nickels haben. Ohne ihn und sein Talent beim Polern wäre jetzt keiner von uns hier und wir müssten noch viele Jahre, vielleicht Jahrzehnte als einfache Matrosen unseren Lebensunterhalt verdienen. Ob wir unsere Heimat jemals wiedersehen werden, ist ungewiss.

1. August 1898

Die Küste ist bergig, die ersten schneebedeckten Bergspitzen kommen in Sicht. Wir haben heute Morgen eine Indianerstadt mit Namen Metlakatla passiert. Der Ort soll von einem Pater Duncan gegründet worden sein, der die Indianer zivilisiert und christianisiert hat. Nachdem er sich mit der Kirche überworfen hat, ist er zusammen mit den Indianern in Richtung Norden gezogen und hat dort New Metlakatla gegründet. Geschichten von solchen Pionieren gibt es hier viele. An Bord haben sich inzwischen Gruppen gebildet und jeder weiß irgendeine Geschichte zu erzählen, die meistens von erfolgreichen Goldsuchern handelt.

Am Nachmittag haben wir Juneau erreicht. Indianerkanus waren auf dem Wasser. Alle sind von Bord gegangen, um sich den Ort anzusehen, der auf einem Hochplateau liegt und fast ausschließlich auf Zelten, in denen Indianer leben, besteht. Aber es gibt auch ein paar Holzhäuser mit Saloons und Tanzhallen. Die Straßen sind sehr schmal und matschig. Überall sitzen Indianer und verkaufen Blaubeeren und Schuhe, die wie Pantoffeln aussehen und Mokassins genannt werden.

In einem Saloon essen wir Bohnen und trinken Whisky. Nickels hat sofort wieder ein paar Männer zum Kartenspielen gefunden und wird wohl den Rest der Nacht hier verbringen. Morgen früh geht es weiter die Küste hinauf.

3. August 1898

Haben unsere Endstation Skagway erreicht und beim Löschen der Ladung geholfen. Es gibt kaum Arbeitskräfte hier und wir können jeden Dollar Zuverdienst gebrauchen. Alle Männer sind auf dem Weg in die Goldfelder. Dabei muss die gesamte Fracht der Schiffe an Land geflößt werden, weil es keinen Ankerplatz gibt. Der Tidenunterschied ist zu groß, er misst 22 Fuß. Selbst die Flöße können nur bei Hochwasser mit Tauen an Land gezogen werden. Für uns von den Nordfriesischen Inseln ist das normal.

Alle Passagiere müssen ihre Ausrüstung direkt vom Floß in Empfang nehmen und gleich wegtragen, weil mehrere Schiffe gleichzeitig abgefertigt werden. Es herrscht ein riesiges Durcheinander und ständig gibt es Streit, weil jeder seinen Besitz sucht und gegen ungerechtfertigte Ansprüche verteidigt.

Am Abend sind wir in den Ort gegangen. Skagway besteht aus etwa 100 Zelten und drei festen Gebäuden. Es ist erst vor einem Jahr gegründet worden, als der Goldrausch hier im Norden angefangen hat. Eine einzige Straße führt durch den Ort, gesäumt von Zelten, in denen sich Verkaufsgeschäfte und Saloons befinden und sogar ein Arzt. Dazwischen ziehen Männer mit abenteuerlichen Gefährten, aneinandergebundenen Pferden oder Maultieren hindurch. Manche haben sich ihr Gepäck mit Seilen auf den Rücken und die Schultern gebunden.

Der zentrale Treffpunkt ist der Pack-Train-Saloon. Hier bekommt man ein warmes Essen und natürlich Whisky. Die Goldsucher berichten, dass die Preise für Ausrüstung und Proviant von Tag zu Tag steigen. Unser Geld reicht schon jetzt nicht mehr, aber Nickels hat einen neuen Plan: Während wir Geld für Verpflegung mit unserer Arbeit bei den Flößen verdienen sollen, wird er von nun an um Ausrüstung spielen. Die meisten Männer gehen mit dem Whisky so sorglos um, dass er glaubt, leichtes Spiel mit ihnen zu haben.

12 SONNTAG

»Die Gründe für deine Auswanderung sind ja bekannt«, behauptete Tom. »Was mich interessiert …«

»Ach ja? Du kennst die Gründe?« Falks Stimme klang angriffslustig, was Leander, der sich zum Mitschreiben an den Küchentisch gesetzt hatte, aufblicken ließ.

»Na, der Brand hier auf dem Hof«, antwortete Tom so erstaunt, als werde plötzlich ein Naturgesetz in Frage gestellt. »Und Wenckes Tod 1999. Danach hast du dich nach Amerika abgesetzt.«

»Ich habe mich nicht abgesetzt. Mein Vater hat mich weggejagt, weil er nicht an meine Unschuld geglaubt hat. Ich hatte aber mit dem Brand absolut nichts zu tun.«

»Wie gesagt, das ist jetzt auch gar nicht so wichtig. Ich habe nicht vor, das überhaupt zu erwähnen. Was mich interessiert, ist deine Zeit in den USA. Du warst bei deinem Onkel in New York?«

Falk überlegte einen Moment, ob es sich lohne, weiter auf der Ursache für seine Auswanderung herumzureiten. Wenn es in Toms Darstellung keine Rolle spielte, konnte ihm eigentlich egal sein, ob man ihm heute glaubte oder nicht. »Mein Onkel Gerrit hatte in New York ein paar Delis«, ging er schließlich auf Toms Stoßrichtung ein. »Er war in den Siebzigern ausgewandert und ist nie mehr zurückgekommen. Das war mein Glück – oder Pech, ganz wie man es nimmt. Jedenfalls hatte ich dadurch einen Anlaufpunkt und ein neues Zuhause für die ersten Jahre.«

»Du hast also auch in einem Deli gearbeitet?« Toms Stimme klang etwas enttäuscht, als erwarte er nun keine wirklich neue

Geschichte mehr, aber Falk sollte ihn und Leander überraschen.

»Richtig. Zuerst habe ich mich geweigert. Ich wollte zurück nach Hause. Mein Onkel hat mich ein paar Wochen einfach in Ruhe gelassen. Das war ich von zu Hause aus nicht gewohnt und es hat mir imponiert. Nachdem ich dann kapiert hatte, dass aus meiner Rückkehr nach Föhr so schnell nichts wird, habe ich mich auf den Job eingelassen. Irgendwann hat er mir sogar Spaß gemacht. Nach einer gewissen Einarbeitungszeit hat mir mein Onkel mehr und mehr freie Hand gelassen. Ich konnte Vorschläge einbringen und sogar das Sortiment beeinflussen. Die Kunden kamen zu uns, weil es bei uns Qualität gab und nicht den Fast-Food-Scheiß wie in den Supermärkten und Schnellrestaurants. Außerdem waren die meisten ganz gut bei Kasse. Darin habe ich eine Chance gesehen. Als die Öko-Welle Amerika erreicht hat, habe ich eine entsprechende Produktlinie eingeführt. Auf die Aussagen der Lieferanten konnte ich mich natürlich nicht verlassen. Wenn es nach denen ging, waren die Produktionsbedingungen überall optimal. Also habe ich mich selbst davon überzeugt. Ich bin durch das ganze Land gefahren und habe Lieferanten gesucht, die uns mit Bio-Lebensmitteln versorgen konnten. Dadurch habe ich eine Reihe Farmen kennengelernt, die vollkommen anders bewirtschaftet werden, als ich das von Föhr her kannte. Die Kunden haben uns bald die Bude eingerannt. Mein Onkel war begeistert und hat mich zunächst zum Einkäufer für drei seiner Läden gemacht. Ich war so eine Art Food-Scout. Immer auf Achse, das war die ganz große Freiheit. Ich habe mir die Produktion angesehen und die Lebensmittel vor Ort verkostet. Sogar Preisverhandlungen durfte ich führen. Da war ich gerade einmal Mitte zwanzig. Meine Delis haben überproportionale Gewinne gemacht, wir sind gewachsen. Schließlich hat mein Onkel mir den Einkauf für die ganze Kette übertragen – mir, dem Föhrer Jungen, der bis zu seiner Auswanderung immer nur kritisiert und gemaßregelt worden war; der zu nichts getaugt hat als zum Feuerlegen und als Prügelknabe.«

Hatte Falk von seinen Erfolgen mit so viel Begeisterung erzählt, dass Leander sich fragte, wie man eine solche Karriere für ein Leben auf Föhr aufgeben konnte, so hatte sich am Schluss eine gehörige Portion aufgestauter Wut hineingemischt. Aber er fing sich genauso schnell wieder.

»In Arizona habe ich dann auf einer Rinderfarm Rob Hopkins kennengelernt. Der war auf Vortragstour durch die ganzen USA.«

Leander blickte Tom fragend an, doch auch der zuckte nur mit den Schultern. »Wer ist Rob Hopkins?«, hakte Leander deshalb nach und notierte den Namen auf seinem Zettel.

»Der Begründer der *Transition-Town-Bewegung*, wenn du so willst. Rob hat als einer der Ersten die Ansicht vertreten, dass die Wachstumsideologie auf Dauer nur ins Elend führen kann, weil es inzwischen nicht mehr um die Menschen geht, sondern nur noch um den Profit der Konzerne.«

»War das denn jemals anders?«, warf Tom ein.

»Wahrscheinlich nicht. Aber inzwischen fliegt uns doch alles um die Ohren. Die Ernährung ist ungesund, es wird Raubbau an den Ressourcen betrieben, die Regenwälder werden rücksichtslos abgeholzt, in manchen Inselstaaten in der Südsee wird durch den weltweiten Bauboom sogar der Sand knapp, in weiten Teilen der Welt gibt es kaum Nahrung und schon gar kein sauberes Wasser. Das Einzige, was weiterwächst und gedeiht, ist der Reichtum derer, die unsere natürlichen Lebensgrundlagen ausbeuten. Rob hat einen Wandel in der Wirtschaft gefordert. Das Problem ist nur, dass selbst die Regierungen, die das alles erkennen, sich kaum mehr aus der Abhängigkeit der Konzerne befreien können. Im Gegenteil, sie begeben sich immer noch weiter hinein – zum Beispiel mit CETA und TTIP. Außerdem haben die meisten Politiker keine Vision von einer besseren Welt. Stattdessen leihen wir uns immer mehr Kapital von den kommenden Generationen, indem wir die Folgen unseres wirtschaftlichen Handelns in die Zukunft schieben. Denkt nur an die Entsorgung des Atommülls oder an das Fracking. Was machen unsere Enkel denn, wenn wir das Wasser endgültig vergiftet haben? Statt unsere Ressourcen an transnationale Konzerne zu verschachern, hat Rob eine Regionalisierung der Wirtschaft gefordert. Die Menschen sollten ihre Belange wieder selbst in die Hand nehmen, vor Ort, wo sie sich am besten auskennen und vernetzt sind.«

»Das ist doch alles nichts Neues«, warf Leander ein, der Falks Begeisterung übertrieben fand. »Überall findest du Hofläden und Bauernmärkte.«

»Stimmt, aber das ist nie konsequent und strategisch umgesetzt worden. Selbst *Demeter* und *Bioland* sind doch am Ende wieder überregionale Strukturen mit zentraler Steuerung und Kontrolle. Bei seinen Vorträgen hat Rob Ansätze aus der ganzen Welt vorgestellt, die zeigen, dass das auch anders funktionieren kann. Inzwischen gibt es Banken, die nur ökologische Projekte finanzieren, deren Nachhaltigkeit belegt ist. Es gibt regionale Produktions- und Vertriebsverbünde, die sich von den tier- und menschenfeindlichen Produktionsweisen gelöst haben. Die englische Hafenstadt Bristol hat sogar eine eigene Währung eingeführt, die nur im regionalen Handel verwendet werden kann. Und das funktioniert. Robs Vision greift in die Ursachen der Fehlentwicklungen ein: in das Bankensystem und die quantitative Wachstumswirtschaft.« Falks Augen funkelten, während er all das erklärte.

Leander, der ohnehin Mühe hatte, dem schnellen Redefluss zu folgen und alles mitzuschreiben, hatte längst den

Stift an die Seite gelegt und nur noch zugehört. Auch Tom schien ausnahmsweise einmal so gebannt zu sein, dass ihm die Nachlässigkeit seines Eckermann nicht auffiel.

»Na ja«, fuhr Falk fort, »jedenfalls habe ich damals erkannt, dass ich selbst mit meinen Einkaufstouren ja auch längst auf diesem Weg war. Nur die letzte Konsequenz hatte ich noch nicht im Blick. Wahrscheinlich hat der Farmer mich deshalb mit Rob zusammengebracht. Ich bin nach New York zurückgekehrt, aber losgelassen hat mich diese Vision von einer besseren Wirtschaftsweise nicht mehr. Mein Onkel hat natürlich gemerkt, dass ich nicht mehr der Alte war. Irgendwann habe ich ihm dann von Rob erzählt. Ob ich ihn wirklich überzeugt habe, oder ob er mich einfach nur nicht verlieren wollte, weiß ich nicht. Jedenfalls hat er mir die finanziellen Mittel zur Verfügung gestellt, um mich an so einem nachhaltigen Projekt zu beteiligen. Als er dann vor fünf Jahren gestorben ist, hat er mir die drei Delis vererbt, mit denen ich angefangen habe. Aber ich wollte nicht mehr sesshaft sein, also habe ich die Läden an einen Geschäftsführer abgegeben und meine Reisen fortgesetzt. Allerdings habe ich mir diesmal vor allem regionale Projekte angesehen, die von Robs Ideen beeinflusst waren.«

»Wieso bist du denn dann wieder zurück nach Föhr gekommen?«, wunderte sich Tom. »In Amerika hattest du doch alle Möglichkeiten, dich an solchen Projekten zu beteiligen.«

»Ganz einfach. Mein Vater hat mir geschrieben, dass er nicht mehr an meine Schuld glaubt. Wir haben bald regelmäßig Briefe ausgetauscht. Schließlich hat er mir angeboten, mich auf Föhr zu unterstützen, wenn ich zurückkomme. Da ist dann die Idee gewachsen, ein eigenes Projekt in Deutschland zu starten; hier auf Föhr. Eine Insel ist doch ideal, um ein regionales Produktions- und Vermarktungskonzept aufzubauen und vielleicht irgendwann sogar eine eigene Währung einzuführen.« Einen Moment schweifte Falks Blick aus dem Fenster. »Und am Ende war da wohl auch Heimweh im Spiel. Es gibt sicher Ausnahmen wie meinen Onkel, aber die meisten Insulaner sind irgendwann nach Föhr und Amrum zurückgekehrt. Irgendwie ist das fast so etwas wie ein Naturgesetz.«

»Sag mal, pennst du?«, fragte Tom plötzlich und tippte auf den Block, der nahezu jungfräulich vor Leander auf dem Tisch lag.

»Keine Angst, ich fasse das nachher schon gut zusammen.« Leander hob beruhigend die linke Hand. Da fiel ihm Dieter Bennings' Auftrag wieder ein. »Allerdings wäre eine komplette Übersicht ganz hilfreich«, wandte er sich an Falk. »Zeit- und Ortsangaben zu deinen Reisen und Projekten. Ich glaube nicht, dass es noch einen Auswanderer von den Inseln gibt, der mit solch einer Geschichte aufwarten kann.«

»Da hat er recht, Falk«, unterstützte Tom Leander unerwartet. »So eine Art Chronologie würde sich tatsächlich klasse machen – in der Ausstellung und auch in meinem Buch.«

Falk nickte und wandte sich Leander zu, der nun alle Zeit- und Ortsangaben chronologisch mitschrieb.

»Das steckt also hinter deinen Plänen«, sagte Tom schließlich, als Falk seinen Bericht beendet hatte. »Allerdings wird das auf Föhr nicht so leicht für dich werden. Kennst du den Verein *Elmeere*?«

Falk schüttelte den Kopf. »Nie gehört.«

»Kein Wunder. Der wird auf Föhr auch geschnitten, wo es geht. Henning, erzähl doch mal.«

Leander berichtete kurz von der Idee hinter dem Verein, von dem Kojenmord vor drei Jahren und von den Anschlägen auf Günther Wiese.

»Siehst du«, meinte Tom, »und jetzt schießen die sich auf dich ein. Die Stimmung unter den Bauern ist extrem schlecht, seit du wieder da bist. Die werden alles machen, um deine Pläne zu verhindern.«

»Das ist mir egal. Ich habe Mitstreiter und ich bin sicher, dass es mehr werden, wenn sich die ersten Erfolge einstellen. Der Bauernmarkt in Oevenum ist doch jetzt schon der Renner bei den Touristen. Das werden wir ausbauen und in Zukunft nur noch so unsere Produkte vermarkten.«

»Wenn du da mal recht behältst«, zeigte sich Tom wenig überzeugt. »Außerdem hängt dir immer noch der Brand von 1999 an. Ich weiß nicht, ob das eine gute Idee war, ausgerechnet den Olsen-Hof zu kaufen.«

»Verdammt noch mal, ich war das nicht! Die Polizei hat mir nie etwas beweisen können, weil ich damit nichts zu tun hatte.«

»Mag sein«, sagte Tom achselzuckend. »Aber für die Bauern reicht es nicht, dass die Polizei deine Schuld nicht beweisen kann.«

»Das stimmt«, fiel Leander ein, der unverhofft eine Chance für sich sah, offensiv an Franziskas Auftrag heranzugehen. »Du musst deine Unschuld beweisen.«

Tom war plötzlich ganz nachdenklich geworden und hatte begonnen, seine Unterlippe zu kneten. »Henning«, sagte er schließlich, »eigentlich wäre das doch ein Fall für dich.«

»Was meinst du damit genau?«, fragte Leander und bemühte sich um einen drohenden Unterton.

»Na, Falk braucht Hilfe, wenn er seine Unschuld beweisen will. Und da wärst du als Ex-Bulle der geeignete Mann.«

Falk richtete seine Augen auf Leander, als drohe ihm plötzlich eine Gefahr von Toms Schreiberling. »Du bist Bulle?«

»Ich war Polizist beim LKA«, korrigierte Leander. »Die Betonung liegt auf ›war‹!« An Tom gewandt fuhr er fort: »Du hörst sofort auf damit, sonst sind wir zwei geschiedene Leute!«

»Was meinst du?«

»Du weißt ganz genau, was ich meine. Ständig verplant mich einer von euch und am Ende stecke ich dann in irgendeinem Mordfall. Denk an die Wandergesellen vor zwei Jahren oder an das letzte Jahr auf Helgoland. Ich wäre fast draufgegangen, wenn du dich erinnerst.«

»Damit hatte ich nichts zu tun!«, warf Tom ein.

Aber Leander ließ sich nicht beirren: »Ich entscheide selbst, ob ich jemandem helfe oder nicht.«

»Sollst du doch auch, mein Lieber, sollst du.« Tom machte einen erstaunten Eindruck, als könne er gar nicht nachvollziehen, wie Leander das überhaupt anzweifeln konnte. Doch dann setzte er sein Siegesgrinsen auf. »Aber dass Falk Hilfe braucht, siehst du selber auch ein, nicht wahr?«

Leander tat noch einen Moment so, als ringe er mit sich, dann sagte er zu Falk: »Also gut, ich werde sehen, wie ich dir helfen kann.«

Als sie das Interview schließlich beendet hatten und auf den Hof hinaustraten, fiel Leanders Blick auf den Geröllhaufen, der vor fast zwanzig Jahren eine Scheune gewesen war. Schwarz verkohlte Balkenreste ragten hier und da aus grauem Schutt und machten einen jämmerlichen Eindruck. Ob es sich nach so langer Zeit wohl lohnte, da noch einmal einen Brandsachverständigen durchzuschicken? Vielleicht gab es unter all dem Müll ja noch Stellen, an denen der Regen nicht die letzten Spuren zerstört hatte. Leander nahm sich vor, Bennings darauf anzusprechen. Der wusste besser, wie weit die Analysetechnik inzwischen in solchen Fällen war.

Er deutete auf die Scheunenruine und fragte Falk: »Was hast du damit vor?«

»Kommt alles weg. Der Bagger ist schon bestellt. Und die Container sollen auch morgen oder übermorgen hier eintreffen. Dann bauen wir dort einen Stall. Und dort drüben« er deutete auf die Remise, »wird eine Scheune entstehen, aber so, wie hier noch keiner eine Scheune gebaut hat.«

Toms Aufmerksamkeit war geweckt, doch Falk sagte nur: »Lass dich überraschen. Aber du wirst staunen. Alle hier auf Föhr werden staunen.« Mit den Worten drehte er sich um und ging zurück ins Haus.

Den Rückweg legten Leander und Tom weitgehend schweigend zurück. Leander musste sich vorsehen, seinen Freund nicht merken zu lassen, wie zufrieden er mit der Entwicklung war. Indem er Dieter Bennings mit Informationen versorgte, erfüllte er Franziskas Auftrag, den Mörder ihrer Cousine zu finden. Und Tom hatte ihm soeben unbewusst den Weg dazu geebnet, im direkten Umfeld des Hauptverdächtigen zu ermitteln, ohne dass der misstrauisch wurde. Eine solche Konstellation, in der er gleichzeitig für die Polizei und für den Tatverdächtigen arbeitete, hatte es für ihn noch nie gegeben.

Zum Abschied winkte er Tom hinter der Wrixumer Mühle nur kurz über die Schulter zu und radelte weiter in Richtung Wyk.

»Und was ist mit deinen Aufzeichnungen?«, rief Tom ihm hinterher. »Wann bekomme ich die?«

»Wenn sie fertig sind.«

Leander radelte gleich durch bis zum Hafen und bog vor dem inneren Becken ab zur Zentralstation. Er hatte Glück: Dieter Bennings war da. Der Kriminalhauptkommissar führte ihn in Olufs' Büro und bot ihm einen Kaffee an. Jens Olufs machte sich auch sofort auf den Weg nach draußen, aber Bennings hielt ihn zurück. »Lass mal, das mache ich schon. Du bist schließlich nicht mein Laufbursche.«

»Ist lange her«, sagte Olufs, während Bennings den Raum verließ.

»Zwei Jahre«, entgegnete Leander.

»Und was liegt jetzt an?«

»Dieter hat mich um einen Gefallen gebeten, mehr nicht.«

Olufs nickte. Ob er Leander glaubte, konnte der nicht erkennen. Der Polizeibeamte hatte sich deutlich herausgemacht, seit er vor etwas über zwei Jahren die Leitung der Zentralstation übernommen hatte. Er wirkte routiniert und selbstbewusst.

»So, hier ist der Kaffee.« Bennings stellte eine Tasse vor Leander, eine vor Olufs auf den Tisch und mit einer setzte er sich Leander gegenüber. »Was können wir für dich tun?«

»Umgekehrt. Ich habe die Informationen, die du brauchst.« Leander zog die Zettel aus der Tasche und las die Daten vor, die Falk ihm genannt hatte.

Olufs hatte auf ein Zeichen von Bennings mitgeschrieben. »Ich werde das gleich überprüfen und eine Anfrage an die amerikanischen Kollegen stellen«, sagte er und verließ den Raum.

»Noch etwas«, sagte Leander. »Ich habe die Ruine von der Scheune auf dem Olsen-Hof gesehen, die 1999 abgebrannt ist. Der Schutthaufen liegt immer noch da. Glaubst du, es ließen sich noch Spuren nachweisen, wenn ein Brandsachverständiger da durchgeht?«

»Keine Ahnung. Ich frage mal in der KT an.«

»Du musst dich allerdings beeilen, die Trümmer sollen in den nächsten Tagen weggeräumt werden.«

»Gut, dann rufe ich gleich in Kiel an. Danke, Henning. Du hast mir sehr geholfen. Toms Interview war unverdächtig. Bei einer Befragung hier hätte Falk Riewerts alle Angaben weggelassen, die ihn verraten würden. Der Knabe hat Übung im Umgang mit der Polizei und das lässt er uns genüsslich spüren.«

Leander trank seinen Kaffee aus und verabschiedete sich. Dann fuhr er direkt nach Hause, um die Aufzeichnungen für

Tom fertigzustellen. Der Quälgeist würde keine Ruhe geben, bevor er sie ausgearbeitet in Händen hielt.

Kaum saß er im Garten, lugte Johanna Husen über die Hecke. Leander atmete tief ein und aus.

»Ich hab was für dich in Erfahrung gebracht«, begann die alte Dame vorsichtig. »Dafür müsste ich aber nochmal rüberkommen. So über die Hecke …«

Leander stand auf und fragte: »Kaffee?«

»Gerne.« Schon war das Warangesicht wieder verschwunden.

»Also, das ist tatsächlich eine spannende Geschichte«, begann Johanna Husen. »Es gibt drei Familien auf Föhr, die mit dem Goldrausch zu tun hatten. Hermine Olsen hat mir das erzählt. Die ist entfernt mit Leif Olsen verwandt, dessen Scheune damals abgebrannt ist. In ihrer Familie ist früher oft von den drei Helden geredet worden. Das waren ein gewisser Volckert Olsen, ein Bauernsohn namens Knudt Riewerts und Nickels Lund, der Sohn eines Landarbeiters. Volckert Olsen und Knudt Riewerts sollen sogar ziemlich wohlhabend zurückgekommen sein. Die haben angeblich eine Goldmine gefunden.«

»Und dieser Lund?«

»Von dem wusste Hermine nichts. Ob der überhaupt zurückgekommen ist, konnte sie nicht sagen. Aber sie hat ein Foto von zu Hause geholt.« Johanna legte eine ins Sepiafarbene vergilbte Schwarz-Weiß-Fotografie auf den Tisch, beugte sich selbst so weit darüber, dass Leander ihr unangenehm nahe kommen musste, um etwas sehen zu können, und stach mit ihrem knöchernen Zeigefinger auf einen der vollbärtigen Männer. »Das hier soll Hermines Vorfahre sein, Volckert Olsen.«

Der Mann war derart mit Haaren zugewachsen, dass Leander unmöglich das Alter schätzen konnte. Insgesamt hatten sich vier Männer ablichten lassen, die alle gleich verwahrlost aussahen. Sie hatten sich offenbar seit Monaten nicht rasiert. Ihre Kleidung bestand aus zerschlissenen Hosen, Hemden und schlabberig herabhängenden Jacken. Dazu trugen sie schwere Stiefel. Alles an ihnen wirkte dreckig und heruntergekommen. Die Männer blickten ernst und starr in die Kamera und stützten sich auf Hacken und Schaufeln.

Leander nahm Block und Stift zur Hand und notierte: *Zweiter von links Volckert Olsen.*

»Konnte deine Bekannte die anderen Namen zuordnen?«

»Nein. Auch wer der vierte Mann ist, wusste sie nicht. Allerdings erinnert sie sich grob an die Geschichte. Die drei Föhrer sollen damals zusammen nach Amerika losgezogen sein und erst dort beschlossen haben, nach Gold zu suchen. Und sie sollen fündig geworden sein. Dieses Foto ist wohl vor ihrer Goldmine aufgenommen worden, nachdem sie auf eine Ader gestoßen sind. Jedenfalls wurde das so in ihrer Familie überliefert.« Johanna deutete auf einen dunklen Fleck im Hintergrund, den man mit etwas Fantasie als Eingang zu einem Stollen deuten konnte.

»Also war dieser Lund zu dem Zeitpunkt noch dabei und hat demnach genau wie die anderen drei Gold gefunden«, schlussfolgerte Leander.

»Sieht so aus«, sagte Johanna Husen. »Wenn auf dem Foto wirklich Olsen, Riewerts und Lund zu sehen sind.«

Leander notierte auch die Namen Knudt Riewerts und Nickels Lund. »Knudt Riewerts«, hakte er nach, »ist das ein Vorfahre von dem Cowboy? Falk Riewerts?«

»Verwandt sind die alteingesessenen Föhringer Familien ja alle irgendwie.« Johanna lachte. »Aber im Ernst: Es gibt keine andere Familie Riewerts auf Föhr. Am besten fragt ihr da mal nach. Allerdings würde ich vielleicht warten bis nach der Beerdigung vom alten Knut.«

Leander nickte nachdenklich. »Franziska hat uns erzählt, dass jemand aus der Familie ihres verstorbenen Mannes ebenfalls Goldsucher gewesen sein soll. Rörd Tadsen, genannt Old Taddy. Kann das der vierte Mann sein?«

Johanna zog die Schultern hoch und ließ sie wieder sinken. »Damals sind viele junge Männer von Föhr und Amrum in Amerika gewesen. Schon möglich, dass die drei Föhringer und dieser Taddy sich dort begegnet sind. Die sind ja alle als Seeleute gefahren, weil es auf den Inseln keine Arbeit gab. Dass Hermine von drei Föhringern gesprochen hat und über den vierten gar nichts weiß, könnte tatsächlich daran liegen, dass er von Amrum kam. Vielleicht hat das Friesenmuseum mehr Informationen darüber.«

Leander holte sein Handy aus dem Haus und fotografierte das Bild ab. »Das hilft uns sicher weiter. Immerhin haben wir jetzt ein paar Namen.«

»Wenn Hermine noch etwas einfällt oder sie weitere Fotos findet, sagt sie mir Bescheid.« Johanna nahm das Foto und stand auf. »Und wenn ihr etwas herausbekommt …«

»… werde ich dich informieren.«

»Vielleicht bei Kaffee und Kuchen?« Johanna lachte wieder und wandte sich dem Haus zu.

Leander begleitete sie hinaus und wunderte sich über den Wandel, der mit der alten Dame in der letzten Zeit vor sich gegangen war. Er hatte sich immer gefragt, wie sein Großvater mit ihr klargekommen war, denn den hatte Leander als lebenslustigen Mann kennengelernt und so gar nicht mit dem griesgrämigen Drachen aus dem Nachbarhaus in Verbindung bringen können. Inzwischen bekam er eine Ahnung davon, dass auch Johanna Husen früher einmal eine fröhliche und bestimmt auch ganz hübsche junge Frau gewesen war. Wahrscheinlich hatte er, Leander, sich am Anfang einfach nur ungeschickt angestellt und ihr Misstrauen auf sich gezogen. Kein Wunder, dass sie seine Lebensweise abgelehnt hatte.

Wieder im Garten, schickte er Tom das Foto auf sein Handy und schrieb knapp dazu, was er von Johanna erfahren hatte. Wenige Minuten später kam die Antwort: *Super! Vergleiche sofort mit Franziskas Fotos und spreche mit Karola. Melde mich dann wieder.*

Tom war jetzt erst einmal beschäftigt.

Bella kam auf Samtpfoten durch die Hecke, begrüßte Leander kurz mit einem etwas verunglückten Miauen, sprang auf den Stuhl neben ihm, rollte sich gleich zusammen und schloss die Augen. Katze müsste man sein, dachte Leander und tat es ihr nach, indem er sich in seinem Stuhl weit zurücklehnte, die Hände im Nacken verschränkte und die Augen schloss.

Auf dem Reisetagebuch
des Föhrer Bauernsohnes Volckert Olsen

10. Auguſt 1898

Sind nach einer Woche von Slagway in Richtung Chilcoot aufge‐
brochen. Der Paß liegt auf 3600 Fuß hoch oben in den ſchneebedeck‐
ten Bergen. Bevor wir ihn erreichten, mußten wir jedoch noch eine
Flußetappe zurücklegen, die bei der Indianerſiedlung Dyea beginnt.
Dyea iſt mehr ein Camp als ein Dorf. Der Rauch unzähliger Lager‐
feuer hängt in der Luft. Hier leben Indianer mit ihren Frauen, Kin‐
dern und Hunden in Zelten. Wir haben ihnen dicke Winterkleidung
und Mokaſſins aus Fell abgekauft und auch ein Zelt, weil es von nun
an keine feſten Unterkünfte mehr gibt, bis wir Dawſon erreichen.

Ruderboote, Flöße und tief im Waſſer liegende kleine Flußdamp‐
fer lagen am Ufer des Dyea River. Hunderte Menſchen wollen von
hier aus mitſamt ihrem Gepäck und ihren Tieren flußaufwärts beför‐
dert werden. Gleichzeitig kommen Indianer in Kanus mit Tierhäuten,
die zu großen Paketen geſchnürt ſind, hier an.

Am Mittag ſind wir mit einem Boot, das von einem Maultier
gezogen wurde, den Dyea River hinaufgefahren bis zu einem Ort,
der Finnegans Point genannt wird. Ab hier iſt der Fluß nicht mehr
befahrbar. Wir haben zum erſten Mal in einem Camp zwiſchen unzäh‐
ligen anderen Männern in unſerem Zelt übernachtet.

Der Weg zum Chilcoot‐Paß iſt ſteil und felſig. In Serpentinen
geht es durch Geröllfelder den Berg hinauf. Nach ein paar Stun‐
den haben wir die Baumgrenze erreicht. Vor uns lagen Berggipfel,
die von Eis und Schnee bedeckt waren. Als wir das erſte Schneefeld
überqueren mußten, wurde uns bewußt, wie gefährlich der Weg iſt.

Am nächſten Tag ging es zu Fuß weiter durch ein bewaldetes Tal,
immer am Fluß entlang, bis wir den nächſten ſteilen Aufſtieg erreicht
hatten. Von nun an konnten wir unſere Ausrüſtung nur noch in Etap‐

pen transportieren. Knudt blieb unten, während wir anderen einen
Teil des Gepäcks den Berg hinaufschleppten. Überall am Wegesrand
lagen die Kadaver gestürzter Pferde und Mulis. Sie hatten sich die
Beine gebrochen und mussten erschossen werden. Dead Horse Trail
wird der Weg über den Chilcoot auch genannt.

Oben blieb Nickels bei unserem Gepäck. Nörd und ich machten uns
gleich wieder an den Abstieg, um den nächsten Teil der Ausrüstung zu
holen. Diesmal blieb ich unten und Nörd und Knudt schleppten die
Last den Berg hinauf, wo Nörd dann mit Nickels tauschte. Gegen
Abend war unser gesamtes Gepäck auf dem ersten Felsabsatz, auf dem
wir ein Lagerfeuer entzündeten und unser Zelt aufschlugen.

Nach zwei Tagen erreichten wir die Schneegrenze. Vor uns lag
ein unbewaldeter, weißer Hang, der sich in den tief hängenden Wolken verlor und kein Ziel mehr erkennen ließ. 1500 Stufen sind hier in
das Eis gehackt worden, die sogenannte Goldene Treppe. Der Anblick
war unbeschreiblich. In einer endlosen schwarzen Kette zogen die Menschen durch den Schnee. Stürzte einer und blieb liegen, machten die
anderen einen knappen Bogen um ihn herum, ohne sich weiter um
ihn zu scheren. Wir alle sehen nun verwegen aus mit wilden Bärten
und dicken Fellmützen. Hier in der schneebedeckten Bergwildnis werden Menschen zu Namenlosen und verlieren ihr Gesicht.

Die Nächte sind mörderisch kalt, allein das Lagerfeuer verhindert,
dass wir erfrieren. Allerdings geht unser Brennholz, das wir mit uns
schleppen, allmählich zur Neige und muss gut eingeteilt werden. Am
Tag marschieren wir wie Automaten in der langen Reihe den Berg
hinauf. Ein eisiger Wind zerschneidet uns das Gesicht und lässt die
Lippen aufplatzen. Blutige Krusten zwischen weiß vereisten Vollbärten. Inzwischen hat sich ein zweiter schwarzer Menschenzug gebildet,
der in die Gegenrichtung treibt. Es ist die Gruppe derer, die aufgegeben haben und es im kommenden Frühjahr erneut versuchen wollen. Sie lassen ihren Ballast zurück, der überall verstreut liegt. Wertvolle Ausrüstung, aber niemand hat mehr die Kraft, sich damit auch
noch zu belasten.

13 NACHT AUF MONTAG

Was war das? Falk hielt den Atem an und horchte in die Dunkelheit. Doch da war nichts zu hören, absolut gar nichts. Sollte er sich getäuscht haben? Konnte es ein Traum gewesen sein? Er versuchte, sich Bilder in Erinnerung zu rufen. Aber auch das blieb erfolglos. Dass er geträumt hatte, wusste Falk genau, dann war er durch irgendetwas aufgeschreckt und der Traum war gelöscht worden wie durch einen nassen Schwamm, der nicht einmal Konturen hinterlassen hatte.

Ein Zischlaut drang durch die geschlossenen Vorhänge, ein plötzlicher Lichtschein, flackernd, ungleichmäßig, dann hell aufstrahlend. Stimmen, undeutlich und leise. Nun Schritte, kurz und schnell hintereinander, die sich rasch entfernten. Falk sprang aus dem Bett und war in zwei Sätzen am Fenster. Er riss die Vorhänge zur Seite und wurde schlagartig geblendet. Links vor dem Haus schossen Flammen in die Luft, ausgehend vom Gras, das sie gelb beleuchteten, aufstrebend über eine lange Gerade, dann ausufernd und wild um sich schlagend, während glühende Strohfetzen in alle Richtungen stoben. Das Taubenhaus, dachte Falk. Das konnte nur das Taubenhaus sein. Und dann war das Bild von der brennenden Scheune wieder da: eine fast zwanzig Jahre alte Erinnerung, aber lebendig, als hätte Falk es gerade erst erlebt.

Er angelte sich sein Jeanshemd vom Stuhl und warf es über, ohne es zuzuknöpfen. Die Jeans streifte er halb im Laufen über seine Beine, stolpernd und weit nach vorne gebeugt, bereits auf dem Weg zur Tür. Im Flur rief er: »Klondike, es brennt!«, wartete aber nicht auf Antwort, sondern stürmte die Treppe hinab, mehr stürzend als rennend. Er stieß die Haustür auf und sprang in den Hof, der nun hell erleuchtet in wogendem Gelb und Rot vor ihm lag.

An der Hauswand gab es einen Wasseranschluss. Hektisch blickte Falk sich um. In der Remise entdeckte er einen Schlauchwagen, halb verdeckt von allerhand Plunder. Er rannte hinüber, riss den Wagen unter dem Schrott hervor und hoffte, dass der Schlauch funktionsfähig war und nicht so durchlöchert, dass er keinen Druck mehr aufbaute. Falk hatte Glück: Das kurze Verbindungsstück war intakt und besaß eine Kupplung, die auf das Gegenstück am Wasserkran passte. Er drehte den Hahn auf und rannte mit dem Schlauch in Richtung Taubenhaus. Dabei öffnete er die Düse und verengte den Strahl so, dass er einen kleinen Radius behielt, der aber beim Aufprall des Wassers noch Wirkung zeigte.

Das Taubenhaus neigte sich zur Seite und stürzte krachend von dem brennenden Pfahl. Falk sprang zurück, um nicht von den auseinanderstiebenden brennenden Holzteilen getroffen zu werden. Dabei trat er auf ein glühendes Stück und schrie auf. Erst jetzt bemerkte er, dass er keine Stiefel angezogen hatte, sondern barfuß hinausgerannt war. Er wetzte die schmerzende Sohle im Staub, um sie von der Glut zu befreien, und bewegte sich dann wieder ein paar Meter vor, den Wasserstrahl direkt auf den flackernden Haufen gerichtet, der bis vor wenigen Minuten die Nachbildung einer Scheune gewesen war. Zischend wichen die Flammen und hinterließen einen schwarz glänzenden Kohlehaufen.

Der Pfahl verlor das obere Drittel, als Falk nun auch ihn zu löschen begann. Und plötzlich war Klondike an seiner Seite. Er hatte eine Forke in der Hand und schob die glühenden Holzstücke zusammen, als handelte es sich um eine Sicherheitsmaßnahme beim Biikebrennen. Ruhig und bedacht führte er das Werkzeug und rief Falk dadurch ins

Bewusstsein, dass keinerlei Gefahr bestand. Das Taubenhaus hatte weit genug vom Hauptgebäude weg gestanden
und auch die Remise war durch den Brand nicht bedroht
gewesen. Der Schreck hatte Falk überreagieren lassen, vielleicht war es auch die Erinnerung an den Brand im Jahre
1999 gewesen, der hier auf diesem Hof stattgefunden und
Falk mehr beeindruckt hatte, als er es sich bis zu diesem
Zeitpunkt hatte eingestehen wollen.

Als hätte Klondike seine Gedanken lesen können, sagte
er plötzlich: »Das sind die Schatten der Vergangenheit. Die
lassen uns niemals los.«

Falk blickte ihn erstaunt an, aber es folgte keine weitere
Erklärung. Wortlos drückte er Klondike den Schlauch in die
Hand und humpelte so zum Haus, dass er die verbrannte
Sohle möglichst wenig belastete. Und dann sah er es. Wie
angewurzelt blieb er stehen und starrte auf die Botschaft, die
die Brandstifter ihm hinterlassen hatten.

Falks Anruf riss Leander aus dem Schlaf. Er erzählte irgendetwas von einem Brandanschlag, klang aber nicht panisch. Leander war noch nicht richtig aufnahmefähig und fragte nicht
nach, versprach aber, sofort zu kommen. Er zog schnell seine
Kleidung über, warf sich im Bad etwas Wasser ins Gesicht
und machte sich auf den Weg zum Parkplatz am Heymannsweg, auf dem er sein Auto dauerhaft abgestellt hatte. Sofern
das Wetter es zuließ, bewegte er sich grundsätzlich mit dem
Fahrrad über die Insel und so hatte er den Volvo seit Wochen
nicht benutzt. Eine dünne, gelbe Sandschicht bedeckte den
Wagen, zerstob aber bereits auf dem ersten Stück in Richtung
Oevenum im Fahrtwind.

Kurz vor dem Olsen-Hof kam Leander ein Einsatzfahr-
zeug der Feuerwehr entgegen. Die Signalanlage war ausgeschaltet, das Tempo der Straßenverkehrsordnung angepasst,

also war der Einsatz beendet und konnte so dramatisch nicht gewesen sein. Auf dem Hof stand noch der rote Passat des Brandmeisters, direkt daneben ein silberblauer Einsatzwagen der Polizei. Polizeiobermeister Groth betrachtete mit seiner Mütze in der Hand einen verkohlten Haufen und kratzte sich nachdenklich die Stirn. Vor dem Haus sprach Jens Olufs mit dem Brandmeister, als Leander hinzutrat.

»Das war's dann erst mal«, sagte der Feuerwehrmann gerade.

»Was macht denn die Feuerwehr hier?«, erkundigte sich Leander. »So groß war der Brand doch nicht.«

»Vorsichtsmaßnahme nach Herrn Riewerts' Anruf«, antwortete Olufs kurz angebunden.

Der Brandmeister wandte sich ab, um zu seinem Fahrzeug zu gehen.

»Haben Sie Proben genommen?«, fragte Leander ihn.

Der Brandmeister blickte zunächst Leander, dann Olufs fragend an. Als der Polizeihauptkommissar ihm wortlos mit einem Nicken zu verstehen gab, dass er Leander antworten sollte, sagte er: »Nein, wieso?«

»Weil das Brandstiftung gewesen ist und es in letzter Zeit mehrere Brände gegeben hat. Ich an Ihrer Stelle würde Proben sichern, sonst reißt Ihnen der Brandsachverständige der Kripo den Hintern auf.«

Der Brandmeister ließ nachdenklich den Blick sinken. Ihm war anzusehen, dass ihm der Rat eines Zivilisten nicht gefiel.

»Mach, was er sagt, Ole«, meldete sich nun Jens Olufs zu Wort. »Kann ja nicht schaden. Außerdem hat er recht.«

Ohne einen weiteren Kommentar fügte sich der Brandmeister und ging zum Kofferraum seines Fahrzeugs, dem er einige durchsichtige Plastikbeutel entnahm. Leander wandte sich dem Haus zu.

Olufs trat ihm in den Weg. »Was machen Sie eigentlich hier?« Seine Stimme klang unfreundlich lauernd.

»Herr Riewerts hat mich angerufen.«

»Warum? Was haben Sie denn noch mit Herrn Riewerts zu tun? Sagten Sie nicht, Sie hätten nur ein Interview mit ihm geführt?«

»Habe ich«, antwortete Leander ausweichend mit einem angedeuteten Grinsen. »Ist Bennings in der Küche?«

»Kriminalhauptkommissar Bennings liegt im Bett und bekommt hoffentlich mehr Schlaf als ich in dieser Nacht.«

»Heißt das, Sie haben ihm nicht Bescheid gesagt?«

»Wozu? Das ist ein Fall für die Schutzpolizei. Es ist niemand zu Schaden gekommen, oder sehen Sie hier irgendwo eine Leiche?«

»Mensch, Olufs«, entgegnete Leander kopfschüttelnd. »Wenn das mal kein Fehler war. Wie ich Dieter Bennings kenne, wird ihm das gar nicht gefallen. Offensichtlich steht der Brand ja wohl in Zusammenhang mit den anderen Fällen.« Er deutete mit dem Kopf auf die Hauswand.

Dort stand auf einem langen Mauerstück links neben der Haustür mit weißer, in dicken Striemen verlaufener Farbe: *Letzte Warnung!* Rechts neben der Haustür waren die Lettern größer und nach dem dritten Buchstaben vom Küchenfenster unterbrochen: *MÖRDER!!!* Der Farbeimer lag umgekippt darunter inmitten einer weißen Lache.

Olufs wandte sich wortlos ab und ging zu dem Brandmeister hinüber, der dabei war, mit einer kleinen Schaufel Proben von den verkohlten Holzresten und auch vom verbrannten Gras drumherum zu nehmen und einzutüten.

Leander betrat das Haus und ging gleich rechts in die Küche. Dort saß Falk Riewerts am Tisch, den linken Fuß auf einen Stuhl gelegt, und ließ sich von Klondike verbinden.

»Schlimm?«, erkundigte sich Leander und zog sich ebenfalls einen Küchenstuhl heran.

»Geht schon«, antwortete Falk und nickte Klondike dankend zu. »In ein paar Tagen ist das vergessen. Hast du das da draußen gesehen?«

»Natürlich, ist ja groß genug. Hast du irgendwas gehört oder gesehen?«

»Ich bin von einem Geräusch aufgewacht. Wahrscheinlich, als einer der Kerle den Farbeimer umgeworfen hat.«

»Das heißt, es waren mehrere?«

»Den Schritten nach zu urteilen, mindestens zwei. Die Kerle sind weggerannt, nachdem sie das Feuer gelegt hatten.«

Klondike sammelte Brandsalbe und Verbandszeug ein und verließ den Raum. Draußen wurden zwei Autos gestartet. Der Brandmeister und Jens Olufs verließen den Hof.

»Dann erzähl mal der Reihe nach und ganz genau«, forderte Leander Falk auf.

Der Bericht war knapp und erstaunlich emotionslos.

»Tja.« Leander atmete tief durch, als Falk geendet hatte. »Das war eindeutig eine Drohung, die mit dem Brand von 1999 zusammenhängt. Warum sollte sonst jemand ausgerechnet das Taubenhaus anzünden, das der Scheune von damals nachgebaut worden ist? Und die Schmierereien passen auch dazu.«

»Du hattest recht«, entgegnete Falk. »Wenn ich meine Unschuld nicht beweise, habe ich auf Föhr keine Chance. Kann ich also mit dir rechnen?«

Leander nickte. »Aber ich kann dir nicht versprechen, dass ich nach so langer Zeit noch etwas finde.«

»Versuch's wenigstens. Ich will hier nicht wieder weg.«

»Wer kann mir über die Vorfälle damals Näheres sagen? Wen hast du am Brandabend 1999 hier auf dem Hof gesehen?«

»Da waren viele Leute. Eigentlich alle, die vorher auf dem Ringreiterfest gewesen sind. Aber von denen wird dir kaum jemand Auskunft geben, wenn herauskommt, dass du mir helfen willst. Meinen Bruder habe ich damals gesehen und meinen Vater. Auch Jan wird nicht mit dir sprechen. Der ist davon überzeugt, dass ich der Brandstifter war.«

»Kannst du dich an noch jemanden erinnern?«

Falk blickte aus dem Küchenfenster in die Dunkelheit, als könne er dort noch einmal die Bilder der damaligen Nacht aufziehen lassen. »Meret und Franziska Olsen«, sagte er schließlich. »Die waren auch da.«

»Haben wir von deiner Schwägerin Hilfe zu erwarten?«

»Bestimmt. Schließlich hat sie damals ja auch bezeugt, dass ich es nicht gewesen sein kann.«

Leander fixierte Falk und sah ihm direkt in die Augen. »Eine Bedingung habe ich«, sagte er und bemühte sich, keinen Zweifel an seiner Aussage aufkommen zu lassen. »Du musst mir jetzt und hier die Wahrheit sagen, wenn ich dir helfen soll. Hattest du damals wirklich nichts mit dem Brand zu tun?«

»Ehrenwort.« Falk hielt dem bohrenden Blick stand.

»Na, mit Ehrenwörtern ist das so eine Sache, seit Barschel seines gegeben hat«, entgegnete Leander. »Sollte ich bei meinen Recherchen Beweise gegen dich finden, werde ich sie Bennings geben. Bei Mord verstehe ich keinen Spaß.«

»Einverstanden«, sagte Falk. »Ich habe nichts zu verlieren.«

»Also gut, dann stelle ich dir jetzt ein paar Fragen und erwarte offene Antworten. Ist auf dem Fest damals etwas vorgefallen, das der Auslöser für den Scheunenbrand gewesen sein könnte?«

»Ich verstehe nicht, was du meinst.«

»Hast du zum Beispiel mit Meret geschlafen? Könnte Jan das mitbekommen und die Scheune angezündet haben, um dir das in die Schuhe zu schieben?«

»Nein, ich habe nicht mit Meret geschlafen. Und selbst wenn Jan da etwas vermutet hätte, hätte er niemals die Eier gehabt, eine Scheune anzuzünden, um mich loszuwerden. Der lässt sich lieber volllaufen, als sich zu wehren. Das war schon damals so.«

Leander zog missbilligend die Stirn kraus. »Na ja, Brandstiftung halte ich nicht gerade für eine Heldentat. Weiter: Was war mit Wencke Olsen? Hattest du etwas mit ihr?«

Falk zögerte und wich Leanders Blick aus.

»Also ja?«, hakte der nach.

Wieder zögerte Falk mit der Antwort, dann gab er sich einen Ruck. »Ja, aber das war viel früher am Abend, lange vor dem Brand. Als Merets Großmutter zusammengeklappt ist, war ich schon wieder auf dem Festplatz.«

»Und Wencke?«

»Die ist noch in der Scheune geblieben.«

»Ihr hattet euch also in Olsens Scheune getroffen?«

»Wie immer, ja.«

»Das heißt, du hattest eine längere Beziehung mit Wencke Olsen?«

»Quatsch, Beziehung kann man das nicht nennen. Wir haben halt gelegentlich gevögelt.«

»Hatte Wencke neben dir einen festen Freund?«

»Keine Ahnung. Nee, glaube ich eigentlich nicht. Die war auch eher auf Spaß aus. Wir waren uns da einig. Deshalb war das mit uns ja auch nichts Festes.«

Leander versuchte, Falks Blick festzunageln, aber der wich immer wieder aus. »Dir ist klar, dass du nach diesen Informationen erst recht der Verdächtige Nummer eins bist, oder? Trotz Merets Alibi, denn das lässt sich heute nicht mehr nachprüfen.«

»Und nicht widerlegen!« Nun klang Falk trotzig.

»Na gut, ich werde mit Meret und Franziska reden.« Leander stand auf, klopfte Falk auf die Schulter und riet: »An deiner Stelle würde ich ab sofort nachts Wache halten. Beim nächsten Mal stecken die dir vielleicht das Haus unterm Hintern an. Kennst du Leute, die dich dabei unterstützen können?«

»Klondike ist ja hier. Und vielleicht kann Cord Nickelsen abends für ein paar Stunden herkommen und die erste Schicht übernehmen.«

»Ich melde mich, wenn ich etwas habe.« Leander grüßte zum Abschied mit der Hand und verließ das Haus.

Falk trat auf den dunklen Hof hinaus und sah Leanders Wagen nach. Plötzlich stand Klondike neben ihm. Er stieß die Forke in den Staub, mit der er zuvor die glühenden Holzstücke zusammengeschoben hatte. »Gut, dass die Tiere noch bei Cord sind«, sagte er. »Dessen Stall werden die Mistkerle ja wohl nicht anstecken.«

Falk nickte. Die Pferde waren in der Tat seine Schwachstelle. Wenn denen etwas geschah, konnte er seine Pläne zumindest zum Teil aufgeben. So gut ausgebildete Quarter Horses waren nicht leicht zu bekommen. Außerdem hing Falk an Tarantino. »Wir lassen sie nur so lange bei Cord, bis der Stall fertig ist. Lange dauert das ja nicht mehr«, sagte er und griff nach der Forke. »Leg dich noch etwas aufs Ohr. Ich kann sowieso nicht mehr schlafen und behalte den Hof im Auge.«

Der Freund nickte kurz und wandte sich dem Eingang zu.

»Klondike«, hielt Falk ihn noch einmal zurück. »Wo warst du eigentlich so lange, als das Feuer ausgebrochen ist? Ich habe nach dir gerufen.«

»Im Bett. Und dann habe ich meine Sachen nicht so schnell gefunden, weil ich sie gestern Abend im Bad liegen gelassen habe.«

Falk blickte ihm nach, als er ohne weitere Erklärungen im Haus verschwand. Klondike war merkwürdig in letzter Zeit. Erst das halbherzige Alibi, das er Falk auf Cords Hof gegeben hatte, und jetzt das. Vielleicht überforderte ihn das alles und er hatte Angst. Klondike war noch nie besonders mutig gewesen und im Grunde war es ja auch nicht sein Kampf, der hier ausgefochten wurde. Falk durfte seine wenigen Freunde nicht überfordern, sonst stand er am Ende ganz alleine da. Und dann hatte er verloren, das war ihm klar. Er nahm die Forke hoch und setzte sich auf die Bank unter dem Küchenfenster. Wenn wenigstens dieser Leander etwas herausfinden würde!

Auf dem Reisetagebuch
des Föhrer Bauernsohnes Volckert Olsen

17. August 1898

Der Paß liegt hinter uns und wir haben ihn überlebt! Vor uns geht die Schneelandschaft in niedrigen Kiefernwald über. Auf abschüssigen Geröll-pisten geht es ins Tal zu unserer nächsten Etappe, dem Lake Linderman.

20. August 1898

Haben unser Zelt am Ufer des Lake Linderman aufgeschlagen und sind mit unseren Kräften am Ende. Um uns herum werden Boote gebaut. Es gibt hier kein Sägewerk, also müssen wir jeden Baum nicht nur selbst schlagen, sondern auch mit der Zugsäge von Hand zu Brettern sägen. Geeignete Bäume sind in Ufernähe knapp. Wir beschließen, erst morgen loszugehen.

Niemand von uns spricht es auf, aber ich weiß, daß alle dasselbe fühlen: Hätte ich vorher gewußt, was auf mich zukommt, hätte ich mich niemals auf den Weg gemacht. Ich selbst sehne mich geradezu nach der Arbeit auf der Henriette zurück.

21. August 1898

Haben unseren ersten Baum gefällt. Mußten dafür drei Meilen den Berg hinauflaufen, bis wir einen geeigneten Stamm fanden, der dick genug und gerade gewachsen war. Wir haben ihn über einen Bach zum See transportiert und gleich mit der Herstellung der Bretter begonnen.

Die Zugfäge muff von zwei Männern bedient werden. Da wir alle
völlig überanftrengt find, geht die Arbeit nur langfam voran. Morgen
werden wir uns aufteilen: Zwei von uns werden fägen, während die
anderen den nächften Baum holen. Dann wird gewechfelt. So hof=
fen wir, daf Boot in einer Woche fertiggeftellt zu haben.

24. Auguft 1898

Jeden Tag legen hier mehr alf hundert Boote ab. Manche finken
fchon nach wenigen Metern, weil fie fchlecht vernagelt find. Andere
machen fich fchwankend auf den Weg über den See. Der Lagerplatz
quillt trotzdem über. Ich habe den Eindruck, daff für jeden Mann,
der weiterzieht, zwei neue vom Chilcoot nachdrängen.

Zu allem Überfluff hat Regen eingefetzt. Wir find vollkommen
durchnäfft und werden überhaupt nicht mehr warm. Die erften
Gerüchte gehen um, daff bald Schnee einfetzen wird. Gefchichten
von Geröll= und Schneelawinen, die ganze Camps verfchüttet haben,
machen die Runde. Ef wird Zeit, daff wir weiterkommen.

Unfer Boot nimmt Geftalt an. Wir haben einen Rumpf auf Span=
ten geformt und belegen ihn nun dicht mit unferen felbftgefägten Bret=
tern, die wir gründlich vernageln. Die Ritzen dichten wir mit Harz ab
und hoffen, daff daf ausreicht. Daf Boot muff immerhin vier Männer
und unfere Ausrüftung tragen. Holz haben wir nun genug und fo kön=
nen fich immer zwei von uns ausruhen, während die anderen arbeiten.

26. Auguft 1898

Die Mühe hat fich gelohnt. Daf Boot hat uns in zwei Stunden
fechf Meilen über den See getragen bif zum Abfluff. Eine Nacht

im Zelt am Ufer, dann laſſen wir unſ mit der Strömung zum Laſe Bennett treiben.

27. Auguſt 1898

In der Nacht hat eſ Froſt gegeben. Am Ufer deſ Laſe Linderman hat ſich eine dünne Eisſchicht gebildet. Die Berggipfel ſind nicht mehr zu ſehen. Ob eſ Wolſen ſind oder ein Schneeſturm, iſt von hier unten nicht auszumachen.

Der Verbindungsfluſſ zum Laſe Bennett iſt reißend und mit Felſen geſpickt. Wir beſchließen, daſ Boot lieber am Ufer entlang zu ziehen, ſo wie eſ auch die anderen Männer machen.

Am Abend Camp am Laſe Bennett. Wenn doch endlich der Regen aufhören würde!

28. Auguſt 1898

Der Laſe Bennett iſt 30 Meilen lang und 15 Meilen breit. Am Ufer ragen Granitberge auf, die nicht ſelten mehrere tauſend Fuß hoch ſind. Daſ Waſſer deſ Seeſ iſt extrem tief und ſchwarz. Wir ſind den ganzen Tag gegen die Wolſen angerudert, die biſ zum Abend einen Sturm herangetragen haben. Kaum waren wir im Zelt, brach er mit gewaltigen Waſſermaſſen über unſ herein, die daſ Camp in kürzeſter Zeit in eine Schlammwüſte verwandelt haben.

29. Auguſt 1898

Über Nacht iſt daſ Waſſer deſ Seeſ um zehn Zentimeter geſtie= gen. Wir hocken dicht zuſammengedrängt in unſerem Zelt, während draußen ein Blizzard tobt. Wenn das der frühe Wintereinbruch ist, sind wir gescheitert.

3. September 1898

Der Winter ist noch nicht gekommen. Nach 48 Stunden im Zelt konnten wir weiterfahren. Inzwischen liegen der Lake Bennett und der Tagish Lake hinter und. Wir sind ein kurzes Stück über den Six-ty-Miles-River bis zum Marsh Lake gerudert. Damit haben wir die kanadische Grenze überschritten.

Am Ufer dümpeln Tausende Enten auf dem Wasser, die hier vor ihrem Flug in den Süden rasten. Sie lassen sich leicht schießen und einsammeln, so dass wir gestern Abend seit Wochen zum ersten Mal wieder frisches Fleisch über dem Lagerfeuer braten konnten.

Plötzlich standen Männer der Mountain Police vor uns und woll-ten unsere Ausrüstung überprüfen. Seit dem letzten Winter gilt in Kanada ein neues Gesetz: Niemand darf die Grenze passieren, der nicht mindestens eine Tonne Ausrüstung und Proviant mit sich führt. Damit soll sichergestellt werden, dass man in der Wildnis mindestens ein halbes Jahr überleben kann. Zum Glück haben wir vorgesorgt und dürfen weiterreisen.

Heute haben wir den Marsh Lake in Angriff genommen. Mitten auf dem See fiel plötzlich ein heftiger Wind ein, der das Wasser zu riesigen Wellen auftrieb. Wir hatten Angst, dass sie das Boot zum Kentern bringen könnten, als sie über uns hereinbrachen, aber nach einer halben Stunde herrschte plötzlich wieder Flaute.

5. September 1898

Nach dem Lake Le Barge liegen nun die Stromschnellen der White Horse Rapids vor uns. Der Fluss verengt sich zwischen den aufragenden Felsen am Ufer, so dass eine reißende Strömung entsteht. Nach dem schmalen Canyon rast er in einen Pool, den er als Welle durchläuft, und geht dann in die Squaw Rapids über. Weitere Stromschnellen werden folgen.

Wir werden nur kurze Strecken mit dem Boot wagen. An den längsten Teilstücken werden wir es vom Ufer aus mit einem Seil durch die Strömung ziehen.

6. September 1898

Die zahlreichen Stromschnellen liegen hinter uns. Das Boot hat sich als erstaunlich stabil erwiesen. Die meiste Zeit über konnten wir in der Mitte des Flusses bleiben und mussten nur mit den Rudern für Stabilität sorgen.

Wir haben nun Fort Selkirk erreicht, wo alle Goldsucher, die über den Chilcoot-Pass kommen, seit Beginn des Goldrausches registriert werden. Das Fort ist ein Handelsposten, in dem Felle von Füchsen, Bären und Bibern umgeschlagen werden. Indianer liefern die Tierhäute in großen Ballen an. Nach der Registrierung werden wir gleich morgen wieder aufbrechen. Nächste Station: Dawson City!

10. September 1898

Haben über den Stewart River endlich Dawson City am Zusammenfluss von Yukon und Klondike erreicht. Die Stadt übertrifft alles, was ich erwartet habe. Fast 25 000 Menschen leben hier. Es gibt zahlreiche Spiel- und Tanzhallen, Theater und Saloons, Geschäfte, Goldhändler und sogar ein Krankenhaus und einen Friedhof.

Die Hauptstraße ist ein Fluss auf knöcheltiefem Schlamm. Unglaubliche Menschenmassen bewegen sich hier durch, Muli-Ketten transportieren Ausrüstung in alle Richtungen. Es ist ein ständiges Kommen und Gehen.

Im Pioneer Saloon, dem größten in der Stadt, gibt es Tische für Poker, Black Jack und Roulette, eine Bühne für die Tänzerinnen und an der langen Bar an jedem Ende eine Goldwaage. Die Männer können ihren Whisky hier mit Goldstaub bezahlen, den sie auf Ledersäckchen in die Waagschalen schütten. Überhaupt werfen viele mit Gold nur so um sich. Die Stimmung ist aufgelassen, als gelte es, zum letzten Mal zu feiern, bevor die große Depression kommt. Einige der völlig verwahrlosten Gestalten sollen so viel Gold gefunden haben, dass sie Millionäre sind, heißt es.

Aber nicht nur Goldsucher gibt es hier. Hauptberufliche Spieler und Unterhaltungskünstler ziehen den Männern ihr Geld und Gold aus der Tasche. Nickels ist hier voll in seinem Element. Während wir anderen immer noch Mühe mit der englischen Sprache haben und im Grunde nur die Worte beherrschen, die man für die Arbeit im Hafen und an Bord eines Schiffes benötigt, hat Nickels nahezu spielend ein fließendes Englisch gelernt.

Morgen werden wir unseren Claim verlängern und uns mit Nahrungsmitteln für den Winter eindecken, bevor wir uns zu unserer Goldmine aufmachen. Aber heute Abend wird erst einmal gefeiert!

14 MONTAG

Nach dem Frühstück überlegte Leander, was als Nächstes sinnvoll war. Wenn er Falks Rolle bei dem Brand von 1999 klären wollte, lag es nahe, zuerst Meret Riewerts und Franziska zu befragen. Er griff zum Telefon und rief auf Amrum an. Franziska nahm nicht ab. Also suchte er aus dem Telefonbuch die Nummer der Familie Riewerts in Alkersum heraus und rief dort an.

»Riewerts.« Die Stimme war weiblich, folglich musste Meret selbst am Telefon sein.

»Moin, Frau Riewerts. Mein Name ist Henning Leander. Ich bin ein Freund von Franziska Tadsen und ein Bekannter von Ihrem Schwager Falk.«

»Ich weiß, wer Sie sind. Franziska hat mir von Ihnen erzählt.«

»Das ist gut. Frau Riewerts, ich würde Sie gerne treffen, um mit Ihnen über den Brand auf dem Olsen-Hof 1999 zu sprechen.«

»Wozu soll das gut sein?« Leander hörte deutlich heraus, dass sie auf der Hut war. »Das ist lange her.«

»Es geht um Falk und seine Rolle damals. Sie haben ihm ein Alibi gegeben, aber das nützt ihm leider heute wenig. Die anderen Bauern glauben trotzdem, dass er der Brandstifter war.«

»Und was geht Sie das alles an?«

»Falk hat mich um Unterstützung gebeten und ich möchte ihm helfen. Ich soll beweisen, dass er unschuldig ist, damit die anderen Bauern Ruhe geben. Falk möchte nur eine Chance für einen Neuanfang haben.«

»Was wollen Sie denn dann von mir? Meine Aussage habe ich schon damals gemacht. Sie sagen ja selbst, dass das die anderen nicht überzeugt.«

»Vielleicht ist Ihnen im Laufe der Jahre noch etwas eingefallen, das uns bei der Suche nach dem Täter weiterbringt. Sie waren damals vor Ort und ich suche nach weiteren Zeugen, die Sie vielleicht auf dem Olsen-Hof gesehen haben. Können wir uns irgendwo treffen?«

Meret überlegte einen Moment. Dann sagte sie: »Heute kann ich nicht. Und bei mir zu Hause ist es schlecht. Kennen Sie die *Alte Schule* in Midlum?«

»Ich bin schon einmal dagewesen, ja.« Leander hatte gleich das Bild des urigen Cafés mit der Einrichtung einer Volksschule aus alten Zeiten vor Augen. »Wann?«

»Morgen Mittag um 14 Uhr? Vorher schaffe ich es nicht und später bekommen wir da keinen Tisch mehr. Ich werde allerdings zuerst Falk anrufen und mich nach Ihnen erkundigen. Wenn Sie mir nicht die Wahrheit gesagt haben und nicht für ihn arbeiten, komme ich nicht.«

»Einverstanden. Wir sehen uns dann morgen um 14 Uhr.«

Noch bevor er sich verabschieden konnte, hatte Meret aufgelegt.

Leander suchte die Telefonnummer der *Alten Schule* heraus und reservierte für 14 Uhr einen Tisch bei der Inhaberin Maureen Reifegerste-Döring. Dann legte er den Hörer beiseite und dachte über das Telefonat mit Meret Riewerts nach.

Warum war sie so vorsichtig, wenn es um den Olsen-Brand ging? Dass sie Leander nicht auf ihrem Hof treffen wollte, war verständlich, da es durchaus zu Schwierigkeiten mit ihrem Mann führen konnte, wenn der erfuhr, dass Leander in Falks Auftrag unterwegs war. Aber ihre Aussage über die Brandnacht konnte sie doch ganz offensiv vertreten. Es sei denn, an den Gerüchten, die Franziska erwähnt hatte, war doch etwas dran. Wenn Meret damals etwas mit Falk gehabt hatte und ihr Sohn möglicherweise sogar das Ergebnis dieser Liaison war, wurde Jan Riewerts' Haltung verständlich. Entsprechend konnte Meret kein Interesse daran haben, heute wieder in Falks Nähe gerückt zu werden, sofern ihr etwas am Erhalt ihrer Ehe lag. Leander beschloss, ihr auf den Zahn zu fühlen. In diesem Moment registrierte er, dass er mit seinen Überlegungen Falks Beteuerung, nicht mit Meret geschlafen zu haben, in Frage stellte. Vielleicht war es doch keine so gute Idee gewesen, einen Auftrag von einem Mann anzunehmen, dem er so wenig vertraute.

Leander fiel auf, dass sich sowohl im Fall seiner Brand- und Mordermittlung als auch bei den Recherchen zu den Goldsuchern alles auf die Familie Riewerts zuspitzte. Schließlich hatte nach Johannas Informationen ein Knudt Riewerts am Goldrausch teilgenommen und sein Nachfahre, der noch dazu den gleichen Vornamen trug und jüngst im Zusammenhang mit einem weiteren Brand umgebracht worden war, hatte 1999 nach dem verschwundenen Tagebuch eines Goldgräbers gesucht.

Das Foto der vier bärtigen Männer tauchte in Leanders Erinnerung auf und plötzlich fiel ihm auch Johanna Husens Rat wieder ein, doch einmal mit Ocko Hansen zu sprechen, der über ein historisches Fotoarchiv verfügte und die Hintergründe vieler Föhrer Familien kannte. Leander beschloss, zunächst einmal dieser Spur zu folgen. Also wählte er die Telefonnummer von Ocko Hansens Tochter in Borgsum.

»Ah, Hinnerks Enkel«, begrüßte ihn Merle Johanson, als wären sie alte Freunde. Und auf die Frage, ob Leander ihren Vater einmal besuchen dürfe, schlug sie unerwartet offen vor: »Wissen Sie was, Herr Leander? Was halten Sie denn davon, wenn Sie sofort vorbeikommen? Mein Vater ist heute wieder so unerträglich, dass ich froh bin, wenn ich zum Einkaufen hier rauskomme. Und alleine lassen möchte ich ihn nicht so gerne. Wer weiß, was er dann wieder anstellt?!«

»Sie meinen, jetzt gleich?«

»Genau. Und falls Sie an einer Apotheke vorbeikommen, bringen Sie mir ein halbes Pfund Arsen mit. Sonst ist der alte Tyrann nämlich nicht totzukriegen. – Nein, lassen Sie das mit dem Arsen. Ich fürchte, das ist auch nicht stark genug.«

Leander war einigermaßen überfordert mit dem derben Humor, zumal er die Frau nicht einschätzen konnte, da er ihr nie begegnet war. Aber das schien zumindest Merle Johanson nicht zu stören und erst recht nicht zu hemmen.

»Also gut«, sagte er. »Aber eine halbe Stunde werde ich brauchen, bis ich mit dem Fahrrad bei Ihnen draußen bin.«

»Ich setze mich dann schon mal ins Auto und warte auf Sie.« Nun lachte Merle Johanson. »Bis gleich. Der alte Griesgram wird sich freuen, Hinnerks Enkel einmal wiederzusehen.«

Da war sich Leander nicht so sicher, denn ihr Kontakt vor ein paar Jahren, als sein Großvater gerade verunglückt war, hatte unter keinem guten Stern gestanden und Ocko war auch nicht wirklich unschuldig gewesen. Trotzdem war er gespannt darauf, in welcher Verfassung der alte Mann, der einmal zu den besten Freunden Heinrich Leanders gehört hatte, inzwischen war.

Die halbe Stunde war längst verstrichen, als Leander schwitzend das Ortseingangsschild von Borgsum passierte, denn der Weg durch den Grünstreifen bis Nieblum, weiter auf dem letzten Stückchen Jens-Jacob-Eschels-Straße und dann über die Rundföhrstraße zog sich. Im Ort war Leander vor dem *Landbäcker* vom Taarepswoi rechts in den Neiwoi abgebogen und so zum Noorderwoi gelangt, Ocko Hansens aktueller Adresse.

Merle Johanson saß natürlich nicht in ihrem Auto, als Leander mit dem Fahrrad in die gepflasterte Einfahrt einbog. Aber sie schien ihn erwartet zu haben, denn die Haustür öffnete sich nur Sekunden nach dem Klingeln. Ockos Tochter war etwa Mitte bis Ende sechzig. Am Telefon hatte ihre Stimme viel jünger geklungen, aber eigentlich hätte Leander klar sein müssen, dass sie zur Generation seines eigenen Vaters gehörte.

»Schön, Sie einmal kennenzulernen«, begrüßte sie Leander. »Wir trinken nachher ein Tässchen Tee zusammen, wenn ich zurück bin.« Sie griff nach einem Einkaufskorb, der auf der niedrigen Ablage der Garderobe stand, und angelte ihren Autoschlüssel von einer Keramikplatte an der Wand. »Sofern Sie bis dahin nicht schon die Flucht ergriffen haben«, schob sie nach und wandte sich der Tür zu.

»Äh, wo …?« Leander war leicht verdutzt, dass sie ihn einfach so in der Diele stehenlassen wollte.

»Ach so, Sie finden den alten Nörgelpit hinten im Garten. Einfach da durch die Küche. Und wenn er Sie bittet, ihm eine Zigarre und Cognac aus dem Holzschuppen zu holen, machen Sie's. Der Arzt hat es zwar verboten, aber irgendwann wollen mein Mann und ich ja auch unsere Freiheit zurück.« Wieder lachte sie frei heraus und schon zog sie die Haustür hinter sich ins Schloss.

Leander musste grinsen. Merle Johanson gefiel ihm mit ihrer unbeschwerten und offenen Art. Er ging durch die Küche hindurch auf die Terrasse. Vor ihm öffnete sich ein weitläufiger Garten, eingefasst von unterschiedlich breiten Blumenbeeten, auf denen üppige, farblich sortierte Stauden wuchsen. Schmetterlinge taumelten zwischen den Blüten hin und her, überall surrten Bienen und Hummeln. Für Insekten war dieser Garten ein Paradies. Weiter hinten befand sich in der rechten Ecke ein Gartenhäuschen mit einer überdachten und dadurch schattigen Holzveranda. Darauf saß Ocko Hansen in einem Schaukelstuhl und schien eingeschlummert zu sein.

Als Leander sich jedoch näherte, schlug der alte Mann die Augen auf, blinzelte den Gast an und fragte statt einer Begrüßung: »Ist sie weg?«

»Ihre Tochter? Ja, die ist einkaufen gefahren.«

»Wunderbar!« Ocko Hansen richtete sich auf, rieb sich die Hände und raunte ihm in verschwörerischem Ton zu: »Hinter dem Gartenhäuschen ist ein Anbau für das Kaminholz. Da gehen Sie jetzt rein. Rechts hinter der mittleren Lage Holz finden Sie eine Zigarrenkiste, eine Flasche Cognac und Gläser. Die holen Sie uns jetzt.«

»Was sagt denn Ihr Arzt dazu?« Leander hatte Spaß an der diebischen Vorfreude des alten Mannes. »Nicht, dass ich nachher schuld bin, wenn Sie einen Herzinfarkt bekommen.«

»Quatsch, der Doc beißt eher ins Gras als ich. Da verwette ich das Häuschen meiner Tochter drauf. Machen Sie schon, bevor sie wieder zurück ist und uns erwischt. Mit der ist nämlich nicht gut Kirschen essen. Die ist wie meine Frau, möge ihre Seele ruhen und mir meinen Frieden lassen.« Ocko Hansen lachte meckernd, wurde aber sofort von einer Hustenattacke dafür bestraft.

Leander folgte den Anweisungen und holte Zigarren und Cognac aus dem Schuppen. Gierig grapschte der alte Mann in die Spankiste, biss an dem zusammengerollten Ende eine Kerbe aus der Zigarre, kramte ein Feuerzeug aus der Hosentasche und entzündete die dicke Tabakrolle paffend mit selig geschlossenen Augen. Dann deutete er auf den Cognac und die Schwenker, die Leander unentschlossen in den Händen hielt, und wedelte ungeduldig mit der qualmenden Zigarre. »Na, nun machen Sie schon.«

Leander lachte und goss ein.

Ocko ließ den edlen Brand in dem bauchigen Glas sanfte Kreise ziehen und lehnte sich wieder zurück, so dass der Schaukelstuhl nach hinten kippte. »Prost, mein Junge.« Er nahm genüsslich einen Schluck, den er eine Zeitlang im Mund behielt, bevor er sanft schluckte, und fragte dann: »Schön, Hinnerks Enkel einmal wiederzusehen. Ist lange her, was? Viel passiert seit damals. Haben Sie sich inzwischen eingelebt?«

Leander staunte, wie Ocko Hansen sich verändert hatte. Er hatte ihn als kleines, unscheinbares Männchen in brauner Strickjacke hinter seinem Tresen im Fotoladen in Erinnerung. Davon war jetzt nichts mehr übrig. Auch das schlechte Gewissen, das er nach Heinrich Leanders Tod gehabt hatte, schien ihn nicht mehr zu plagen. Stattdessen wirkte er befreit und irgendwie glücklich.

»Föhr ist mein Zuhause geworden«, antwortete Leander, stellte Zigarrenkiste und Cognacflasche auf den Tisch und angelte sich einen Gartenstuhl heran. »Ich habe das Gefühl, als hätte ich nie woanders gelebt.«

»Natürlich.« Ocko nickte leicht. »Sie gehören hierher. Das hat Hinnerk immer gesagt. Mein Gott, würde der sich freuen, wenn er Sie in seinem Haus sehen könnte. Was glauben Sie? Sieht er uns jetzt von irgendwo da oben zu?«

Leander zog zweifelnd die Mundwinkel breit. »Ehrlich gesagt, glaube ich nicht an das Ewige Leben, das Paradies und all die Sachen.«

Ocko wiegte den Kopf hin und her. »Ich denke, da bleibt schon irgendwas von uns übrig. Was, weiß ich auch nicht, aber ich werde das ja bald erfahren.« Diese Erkenntnis schien ihm überhaupt nichts auszumachen. Er lachte leise vor sich hin und richtete dann seine hellwachen Augen wieder auf Leander. »Sie sind nicht hier, um einen alten Mann zu besuchen. Was kann ich für Sie tun?«

Leander erzählte ihm von Toms und seinen Recherchen über die Amerika-Auswanderer und von den Goldsuchern, auf die sie dabei gestoßen waren. »Ich hatte gehofft, dass Sie Fotos für uns haben und vielleicht sogar etwas mehr wissen, als wir bisher herausgefunden haben.«

»Da sind Sie bei mir goldrichtig.« Ocko hob die Hand mit der Zigarre als Bekräftigung und lachte wieder über das kleine Wortspiel. »Ich habe etwas ganz Besonderes für Sie. Allerdings müssen wir auf Merle warten, damit sie es uns herausholt. In der Zwischenzeit erzähle ich Ihnen, was ich weiß. Vorher gießen Sie mir aber noch mal nach, das fördert die Durchblutung und das Erinnerungsvermögen.« Er hielt Leander seinen Cognacschwenker entgegen. »Außerdem weiß ich nicht, wann ich das nächste Mal etwas kriege.«

Leander nahm die Flasche und folgte der Aufforderung so zögerlich, dass Ocko ungeduldig mit dem Kopf Zeichen gab, er möge jetzt mal ordentlich eingießen.

»So ist es gut«, sagte der alte Mann schließlich und nippte an dem bernsteinfarbenen Getränk. »Also, das waren drei Goldgräber von Föhr damals: Knudt Riewerts, Volckert Olsen und Nickels Lund.«

Während Ocko erzählte, zog Leander seinen kleinen Spiralblock aus der Tasche und schrieb in Stichworten mit.

»Knudt und Volckert waren Bauernsöhne, aber nicht die Erstgeborenen. Das heißt, sie mussten ihren älteren Brüdern auf dem elterlichen Hof den Vortritt lassen. Arbeit gab es auf Föhr keine, schon gar nicht außerhalb der Erntezeit. Deshalb haben sie wie alle anderen jungen Männer auf einem Segelschiff angeheuert, das nach Amerika gefahren ist. Nickels Lund war auch dabei. Der war der Sohn eines einfachen Landarbeiters, eines Tagelöhners, der oft nicht wusste, wie er seine Familie ernähren sollte, und nicht selten von Almosen lebte.« Ocko nahm einen Zug von der Zigarre und paffte den Qualm in die Luft. Dabei schien er regelrecht durch Leander hindurchzusehen bis in das 19. Jahrhundert zurück. »Auf Föhr hatten Knudt und Volckert nie etwas mit Nickels am Hut gehabt, aber auf dem Schiff sind sie sich nähergekommen, nachdem Nickels Volckert im Sturm das Leben gerettet hat. Der wäre nämlich von einem Brecher über Bord gespült worden, wenn Nickels nicht rechtzeitig mit einem Tau zur Stelle gewesen wäre und sich und Volckert am Besanmast festgebunden hätte. Danach waren sie dann Freunde. In Amerika haben sie abgeheuert und ihr Glück an mehreren Orten versucht. Schließlich hat Nickels beim Kartenspielen einen Claim gewonnen, das Schürfrecht auf einem Stück Land irgendwo in Alaska. Sie haben alles Geld zusammengesucht und sind losgezogen. Was in der Zeit danach genau passiert ist, weiß ich nicht. Jedenfalls haben sie Gold gefunden und Knudt Riewerts und Volckert Olsen sind wohlhabend nach Föhr zurückgekehrt.«

»Was war mit Nickels Lund?«

»Tja, das ist das Komische. Der kam viel später zurück, völlig verarmt. Dabei war er doch derjenige gewesen, der den Claim gewonnen hatte. Vielleicht hat er alles Geld wieder beim Kartenspielen verloren. Ich weiß es nicht. Jedenfalls hat er sich später mit seiner Familie auch wieder nur als Tagelöhner durchgeschlagen. Knudt und Volckert haben sich nie wieder mit ihm abgegeben. Es soll sogar eine regelrechte Feindschaft der Familien Riewerts und Olsen mit der Familie Lund ausgebrochen sein, die über Generationen angehalten hat. – Ja, so war das damals.« Ocko Hansen schwieg, kehrte aber nicht sofort aus der Vergangenheit zurück. Sein Blick drang weiter tief durch Leander hindurch.

»Haben Sie davon gehört, dass auch ein Amrumer dabei gewesen ist? Ein Mann namens Rörd Tadsen, genannt Old Taddy?«

Ocko zögerte einen Moment, dann sah er Leander erstaunt an und sagte: »Das sind vier Männer gewesen, das stimmt. Aber wie der vierte hieß, das weiß ich nicht. Rörd Tadsen? Nee, sagt mir nichts.« Dann driftete der alte Mann wieder sichtbar weg.

»Woher wissen Sie das eigentlich alles?«, erkundigte Leander sich, ohne jedoch zunächst eine Antwort zu bekommen. »Herr Hansen?«

»Wie?«

»Woher kennen Sie die Geschichte?«

»Ach so, ja.« Ockos Augen kehrten in die Gegenwart zurück. »Ich habe immer schon Fotos gesammelt. Erinnern Sie sich an meinen Laden am Sandwall? Da hatte ich ein ganz ansehnliches Archiv alter Aufnahmen. Tja, und natürlich bin ich auf meinen Touren durch die Dörfer immer auch mit den Leuten, die mir ihre Familienfotos verkauft haben, ins Gespräch gekommen. Ich habe mir die Geschichten der Fotografien erzählen lassen. Das sind ja nicht einfach nur Bilder. Damit sind Schicksale verbunden, viel Glück, aber auch viel Leid.«

»Wer hat Ihnen denn die Goldgräbergeschichte erzählt?«

»Tede Olsen, der Vater von Leif, dessen Hof in Alkersum vor einigen Jahren abgebrannt ist. Den Bauernhof und das Land hatte Volckert seinerzeit von dem Geld gekauft, das er aus Amerika mitgebracht hat. Das war ein schöner Hof damals, einer der größten auf der Insel neben dem, den Knudt Riewerts nach seiner Rückkehr gebaut hat. Und dann kam dieses schreckliche Unglück über seine Familie, als die Wencke in der Scheune verbrannt ist.« Ocko nahm einen Schluck Cognac und paffte dann gedankenverloren an seiner Zigarre.

»Haben Sie wirklich alles, was Sie mir gerade erzählt haben, von Tede Olsen?«

»Wieso? Ist das wichtig?«

Leander stutzte. Er konnte selbst nicht sagen, warum er die Frage gestellt hatte, aber aus der Erfahrung jahrzehntelanger Verhöre wusste er, dass keine Frage ohne Grund gestellt wurde. Jede Frage, auch eine, die unbewusst passierte, hatte einen Sinn, selbst wenn er momentan noch nicht ersichtlich war. »Das weiß ich noch nicht. Aber bitte denken Sie nach. Hat Tede Olsen Ihnen nur die Geschichte seines Vorfahren Volckert erzählt, oder auch die von Knudt Riewerts und die von Nickels Lund.«

Ocko Hansen grübelte angestrengt nach, das war deutlich zu erkennen. Dabei schüttelte er immer wieder leicht den Kopf. Schließlich richtete er seinen Blick auf und sagte: »Die Geschichte von Nickels Lund nicht. Von dem hat er gar nichts erzählt. Das fällt mir jetzt erst auf. Dass Nickels damals dabei war, hat mir Knut Riewerts irgendwann einmal erzählt.«

Mist, den kann ich nun nicht mehr fragen, dachte Leander. Der hätte die Lücke in der Story vielleicht schließen können.

»Der arme Knut«, sagte Ocko plötzlich. »Dass der am Ende auch verbrennen musste … Wie Wencke Olsen damals in der Scheune.«

Leander hatte plötzlich eine Idee. »Haben Sie eigentlich 1999 auch fotografiert? Ich meine, auf dem Ringreiterfest?«

»Natürlich. Ich habe die Ringreiter in ihren Uniformen und mit ihren Pferden portraitiert, jeden einzeln und die ganze Gruppe zusammen. Und natürlich habe ich Fotos von dem Turnier gemacht und von dem Sieger. Das war der Falk Riewerts damals, ein strammer junger Bursche, wenn auch mit einem sehr schlechten Ruf. Geritten ist der wie der Teufel. Gegen den kam keiner an.«

»Und das Feuer, haben Sie das auch fotografiert?« Wenn es Fotos von dem Brand gab, sah man vielleicht auch die Schaulustigen darauf.

»Nein, da war ich längst zu Hause in meiner Dunkelkammer und habe die Fotos vergrößert. Ein paar davon sollten ja in das *Flensburger Tageblatt* und in den *Insel-Boten* am Montag darauf. Von dem Brand habe ich erst am folgenden Morgen gehört. – Leider!«

Enttäuscht legte Leander den Spiralblock auf den Tisch.

Plötzlich kam Bewegung in Ocko Hansen. Er schnellte mit seinem Schaukelstuhl vor und drückte Leander seine Zigarre und sein Glas in die Hand. »Merle ist zurück. Schaffen Sie das in den Schuppen, schnell!«

Leander blickte zum Haus hinüber. Hinter dem Küchenfenster konnte er tatsächlich Bewegungen wahrnehmen, die darauf schließen ließen, dass Merle Johanson gerade ihre Einkäufe in den Kühlschrank räumte.

»Nun machen Sie schon«, fuhr Ocko Hansen ihn an.

»Ihre Tochter kann wohl ziemlich ungemütlich werden, was?« Leander grinste.

Ockos Gesicht hingegen war todernst. »Glauben Sie mir, das möchten Sie nicht erleben.« Der alte Mann schien wirklich keine Ahnung zu haben, dass seine Tochter ihn längst durchschaut hatte.

Also folgte Leander der Aufforderung und brachte Zigarrenkiste, Cognacflasche und Gläser in ihr Versteck zurück. Den glimmenden Zigarrenstumpen löschte er im Regenfass und drückte ihn in die Erde eines Staudenbeetes, wo er von nun an gute Dienste als Dünger leisten würde.

Kaum saß er wieder Ocko gegenüber, kam Merle Johanson mit einem Tablett durch den Garten. »Na, ist der alte Tattergreis heute erträglich?«, fragte sie und funkelte ihren Vater dabei an.

»Wir haben uns hervorragend unterhalten«, entgegnete Leander, während sie drei Tassen vor ihnen verteilte und Tee eingoss. »Ihr Vater hat ein bemerkenswert gutes Gedächtnis.«

»Ach ja? Komisch. Wenn ich von ihm wissen will, wer im Wohnzimmer so viel Unordnung gemacht hat, ist er immer ganz verwirrt und kann sich an nichts erinnern.«

»Immer soll ich an allem schuld sein«, brummte Ocko zurück. »Fasst euch mal an eure eigenen Nasen, du und dein Mann.« Er verfiel in grimmiges Schweigen und ignorierte die Teetasse, die seine Tochter ihm reichte.

Die grinste Leander an und prostete ihm mit ihrer Tasse zu. Das schien ein eingespieltes Szenario zwischen den beiden zu sein. Sie keiften sich an und gaben dem anderen keinen Millimeter weit nach, aber insgeheim waren sie sehr glücklich miteinander, da war Leander sich sicher.

»Hol mal die Daguerreotypien von den Goldgräbern aus meinem Zimmer«, forderte Ocko seine Tochter im Befehlston auf.

»Wie heißt das Zauberwort?«

»Zackzack!«

Merle Johanson schüttelte den Kopf. »Wundere dich nicht, wenn dir nach dem Abendessen schlecht wird. Dann habe ich dir Arsen untergemischt, du alter Giftzwerg.« Sie stand auf und lief in Richtung Haus davon.

»Da werden Sie gleich etwas ganz Besonderes sehen«, versprach Ocko unbeeindruckt. »Schade, dass wir den Genuss nicht mit einem kleinen Cognac abrunden können. Aber die Hexe gönnt mir ja nicht die kleinste Freude.«

Leander lachte. »Ihr seid schon zwei. Langweilig wird das mit euch bestimmt nie, was?«

»Na ja«, gab Ocko grinsend zu, »besser als im Altersheim ist das hier allemal. Aber wenn Sie meiner Tochter verraten, dass ich das gesagt habe, streite ich alles ab. Die wird sonst noch überheblicher.«

Merle Johanson kam aus dem Haus zurück und reichte Leander einen schweren Messingrahmen mit fünf kleinen, an den Ecken abgerundeten Schwarz-Weiß-Bildern, die merkwürdig metallisch schimmerten und ungewöhnlich klar waren. Die Einzelheiten waren viel deutlicher zu erkennen als auf den alten Fotos von Franziska und Johanna Husen. Dabei ähnelten die Motive sich sehr. Auch auf diesen Aufnahmen waren verwahrloste Gestalten mit Vollbärten und Grabegeräten zu sehen. In der Mitte zeigte ein etwas größeres Foto vier Männer vor ihrem Stollen, drumherum waren alle vier als Einzelportraits abgelichtet.

»Sehen Sie den Glanz?«, schwärmte Ocko. »Diese Klarheit? Das ist sensationell für den Stand der Technik damals. Louis Daguerre hat 1829 das Verfahren erfunden. Er hat zunächst mit Asphalt, Jod und Silber beschichtete Kupferplatten belichtet. Ab 1837 hat er dann Silberplatten mit Silberiodid beschichtet, nach dem Fotografieren mit Quecksilberdämpfen entwickelt und anschließend in einer Kochsalzlösung fixiert. Solche Silberplatten sind das hier. Unikate, wertvolle Sammlerobjekte. Ich habe sie bei Tede Olsen gegen die Familienfotos eingetauscht, die ich bei der Hochzeit seiner Tochter gemacht habe.« Ocko grinste wieder diebisch. »Er war nach einer schlechten Ernte knapp bei Kasse damals, das war mein Glück.« Dann wandte er sich wieder den Daguerreotypien zu und streichelte liebevoll über den Rahmen. »Anfangs mussten die Menschen, die sich fotografieren ließen, 15 Minuten lang stillhalten. So lange dauerte es, bis die Platten belichtet waren. Unvorstellbar heute, was? Daguerre hat das Verfahren schließlich auf 45 Sekunden verkürzt. Das war eine Sensation.«

»Fantastisch«, sagte Leander, »wie deutlich die Gesichter zu erkennen sind.«

»Ja, nicht wahr?« Ocko freute sich darüber, dass jemand seine Begeisterung teilte. »Der Knut Riewerts hatte auch so eine Daguerreotypie im Wohnzimmer an der Wand hängen.

Allerdings hätte er die nie verkauft, für kein Geld der Welt. Jetzt erinnere ich mich auch wieder: Durch die Bilder sind wir damals auf Nickels Lund gekommen.«

»Aber den vierten Mann kannte er auch nicht?«, versuchte Leander es noch einmal.

»Ich erinnere mich nicht.« Ocko war selbst enttäuscht darüber, dass er die Frage nicht beantworten konnte. »Ich weiß noch nicht einmal, ob wir überhaupt über ihn gesprochen haben.«

»Macht nichts, Herr Hansen, Sie haben mir wirklich sehr viel weitergeholfen. Eine letzte Frage noch: Hat einer von beiden mal ein Tagebuch der Goldsucher erwähnt?«

»Ein Tagebuch? Nein. Das wäre eine Sensation gewesen, wenn es so etwas gegeben hätte. Davon wüsste auf Föhr jeder etwas, allen voran Karola de la Court-Petersen vom Carl-Häberlin-Museum. Oder hat die Ihnen etwas darüber erzählt?«

»Nein, sie weiß auch nichts von einem Tagebuch.«

»Sehen Sie! Dann gibt es auch keins.«

»Darf ich die Daguerreotypie abfotografieren? Tom Brodersen plant eine Ausstellung über die Amerikaauswanderer von Föhr und Amrum. Er wird bei Gelegenheit sicher noch einmal auf Sie zukommen.«

»Natürlich, machen Sie nur.«

Leander fotografierte mit seinem Smartphone alle fünf Bilder zusammen inklusive Messingrahmen und dann noch einmal jedes einzeln. Mit wenigen Clicks verschickte er sie umgehend an Tom. Mit diesen Fotos würden sie weiterkommen, das spürte er. »Vielen Dank«, sagte er schließlich und steckte sein Handy wieder in die Hosentasche. »Darf ich mich noch einmal melden, wenn ich noch Fragen habe?«

»Selbstverständlich, jederzeit. Es hat mich sehr gefreut, Sie wiederzusehen«, sagte der alte Mann. »Besuchen Sie mich, wann immer Sie mögen.«

Leander gab ihm die Hand und folgte Merle Johanson dann zum Haus.

»Wie sieht es mit dem Cognac-Vorrat aus?«, fragte sie plötzlich. »Geht er schon zur Neige?«

Leander sah sie verständnislos an.

»Was glauben Sie denn, wo er den Schnaps herbekommt?« Sie lachte leise. »Ich fülle die Flasche regelmäßig auf. Der alte Querkopf merkt gar nicht, dass sie nie leer wird.«

»Ich glaube, da irren Sie sich«, meinte Leander grinsend. »Der spielt genauso ein Spiel mit Ihnen, wie Sie mit ihm. Meiner Ansicht nach ist er noch ausgesprochen wach im Kopf.«

»Meinen Sie? Dann werde ich in Zukunft noch mehr Spaß daran haben.«

»Finden Sie es richtig, ihm die Cognacflasche aufzufüllen, wenn der Arzt ihm Alkohol verbietet?«

»Ach, Herr Leander! Was wissen Ärzte denn davon, was ihre Patienten wirklich brauchen? Wenn Ocko morgen tot umfällt, hat er ein wunderbares Leben gehabt. So alt wie er müssen wir beide erst einmal werden. Weshalb soll ihm denn in seinen letzten Jahren irgendetwas abgehen, an dem er Spaß hat?«

»Wenn ich einmal alt bin, wünsche ich mir eine Tochter wie Sie«, entgegnete Leander und gab ihr zum Abschied die Hand.

Merle Johanson stand noch in der Tür und lächelte, als er mit seinem Fahrrad das Grundstück verließ und in Richtung Wyk davonradelte.

Falk beobachtete mit vor der Brust verschränkten Armen, wie der Brandsachverständige sich durch die Reste der Scheune wühlte. Kriminalhauptkommissar Bennings stand mit krauser Stirn und in die Hosentaschen versenkten Händen schweigend neben ihm.

»Warum erst jetzt?«, fragte Falk. »Da finden Sie doch nichts mehr nach der langen Zeit.«

»Unterschätzen Sie die Kriminaltechnik nicht. Außerdem wurden 1999 auch Spuren gesichert und Proben gezogen. Seitdem hat sich die Analysetechnik weiterentwickelt. Natürlich werden wir auch die alten Proben noch einmal durchlaufen lassen.« Er wandte sich Falk zu und sah ihn direkt an. »Wo ist eigentlich Ihr Kollege, dieser Indianer?«

»Sie meinen Klondike? Der ist bei Cord Nickelsen und kümmert sich um unsere Pferde.«

»Hauptkommissar Olufs hat mir erzählt, dass er erstaunlich gut Deutsch spricht, sogar fast ohne Akzent«, sagte Bennings.

»Weshalb erstaunt Sie das?«

»Na ja, als Indianer.«

Nun musste Falk lachen. »Klondike ist kein Indianer, auch wenn er so aussieht. Er ist nicht mal Amerikaner, sondern Deutscher wie Sie und ich.«

Bennings sah ihn ungläubig an und wollte nachhaken, aber in diesem Moment kletterte der Brandsachverständige über die verkohlten Holzbalken und kam mit Plastikbeuteln in der Hand zu ihnen herüber.

»Und?«, fragte Bennings.

Statt einer Antwort zog der Mann zweifelnd die Augenbrauen hoch und ging weiter zum Polizeiwagen.

»Das war's dann erst mal«, sagte Bennings und wandte sich ebenfalls ab.

»Was ist mit den Schmierereien?«, fragte Falk.

»Haben wir registriert. Sie können die Wand wieder abwaschen.« Er ging zügig zum Polizeifahrzeug, blieb aber plötzlich noch einmal stehen, als hätte er gerade eine Idee gehabt, und drehte sich um. »Haben Sie Terpentin auf dem Hof?«

Falk nickte und deutete mit dem Kopf auf die Remise.

»Davon hätte ich auch gerne eine Probe.« Bennings kam zurück und hielt Falk ein Papiertaschentuch hin.

Der schlenderte in die Remise und holte die Blechdose. Dann schraubte er sie auf, tränkte das Taschentuch mit der stinkenden Flüssigkeit und ließ es in einen Plastikbeutel fallen, den Bennings ihm offen hinhielt.

Der Kriminalbeamte nickte ihm noch einmal zu und ging zu seinem Fahrzeug. Er stieg ein und fuhr vom Hof.

»Abwaschen!«, murmelte Falk und trat ein Steinchen vor sich her. »Als wenn es damit getan wäre.« Er wandte sich der Wagenremise zu, um alte Lappen zu holen.

Am Abend erreichte Leander Franziska am Telefon. Sie freute sich offenbar ehrlich, seine Stimme zu hören, und auch er wäre in diesem Moment am liebsten bei ihr auf Amrum gewesen.

»Ich habe heute Morgen versucht, dich anzurufen«, erzählte Leander.

»Da war ich zuerst am Strand, um Material zu sammeln, und dann im Laden. Meine Aushilfe kann nur nachmittags, solange noch Schule ist. In den Ferien bin ich wieder flexibler.« Sie schwieg einen Moment, dann schob sie nach: »Was wolltest du denn?«

»Deine Stimme hören«, antwortete Leander.

»Was denn, du stehst morgens auf und denkst als Erstes an mich?«

Leander war sich nicht sicher, ob Franziska ihn auf den Arm nehmen wollte. »Logisch«, meinte er betont leichthin. »Zumal ich schon die ganze Nacht von dir geträumt habe.«

Nun lachte Franziska. »Ich verfolge dich also bis in deine Träume? Für mich hört sich das nach Paranoia an. Da pass aber mal auf, dass das nicht chronisch wird.«

»Ich kann mir schlimmere Krankheiten vorstellen. Außerdem kenne ich ein Gegenmittel.«

»Nämlich?«

»Ich muss dich sehen und am besten nicht alleine einschlafen.«

Wider Erwarten lachte Franziska nicht. Mit ernstem Unterton sagte sie: »Bist du dir über die Nebenwirkungen in Klaren?«

»Das Risiko nehme ich in Kauf. Und so schlimm können die nicht sein.«

»Na gut. Wann kommst du?«

Leander war überrascht über die Richtung, die das Gespräch unvermittelt nahm, und musste einen Moment überlegen. »Morgen habe ich noch etwas für Tom zu erledigen. Übermorgen ist Mittwoch, also Skatabend. Da kann ich natürlich nicht fehlen.«

»Unter gar keinen Umständen.« Franziska betonte ihre Worte, als sei alleine der Gedanke daran schon eine Unverschämtheit. »Was dann wohl für Gerüchte über uns in Umlauf kämen.«

»Eben«, ging Leander auf den Tonfall ein. »Und da ich natürlich um deinen guten Ruf besorgt bin, denn das fiele ja letztlich wieder auf mich zurück, schlage ich vor, dass ich am Donnerstag zu dir komme.«

»Hol mich um eins in meinem kleinen Laden ab. Wir gehen dann irgendwo essen und laufen am Strand entlang zu mir nach Hause. Also: Leichtes Gepäck ist angesagt.«

»Das hört sich gut an. So wie ich das sehe, brauche ich gar kein Gepäck, nicht mal eine Badehose. Eine Zahnbürste reicht.«

Franziska lachte. »Ich habe übrigens jemanden aufgetrieben, der uns etwas über Old Taddy erzählen kann.«

»Wirklich? Und was?«

»Lass dich überraschen. Ich freue mich auf dich. Also bis Donnerstag.«

Leander hielt den Hörer noch an sein Ohr, als sie längst aufgelegt hatte, und spürte dem Gefühl nach, das vom Solarplexus aus durch seinen Körper strömte. Er konnte sich nicht erinnern, wann er zum letzten Mal so etwas Schönes erlebt hatte.

Auf dem Reisetagebuch des Föhrer Bauernsohnes Volckert Olsen

25. September 1898

Wir haben nach einem zweiwöchigen Marsch durch die Wildnis unseren Claim direkt unter einem bewaldeten Bergrücken oberhalb des Klondike erreicht. Ohne die Karte hätten wir ihn niemals gefunden. Der erste Jubel war schnell verflogen, als wir sahen, wie heruntergekommen hier alles ist.

Das Blockhaus ist auf Baumstämmen zusammengezimmert. Das Dach auf Holzschindeln ist undicht. Ein dicker Ast hat es bei einem Sturm durchschlagen. Die Inneneinrichtung besteht aus einem grob mit der Axt bearbeiteten Tisch, zwei ebensolchen Bänken und einem großen Ofen, der auf einem alten Faß hergestellt wurde. An den Seiten des Raumes stehen drei Bettgestelle aus Brettern mit durchnäßten Strohsäcken. Wir werden sie herausreißen und vier neue bauen. Aber zunächst muß das Dach erneuert werden, sonst werden wir den Winter hier nicht überleben können. Das Wetter hält sich zum Glück, der frühe Kälteeinbruch war wohl nur eine Vorwarnung auf das, was jederzeit auf uns zukommen kann.

30. September 1898

Die Mine scheint erschöpft zu sein. Nachdem wir das Haus hergerichtet haben, sind wir in den engen Stollen gestiegen und haben damit begonnen, Erde und Steine ans Tageslicht zu befördern. Der Wasserzufluß, der mit grob behauenen Holzrinnen von einem nahen Bach zur Mine geleitet wird, ist zum Glück funktionsfähig. Dort haben wir die ersten Erd- und Steinmengen ausgewaschen, aber es hat sich nicht ein Goldkörnchen gezeigt.

Am Abend haben wir enttäuscht in der Hütte gesessen und uns angeschwiegen. Sollten all die Strapazen umsonst gewesen sein?

15. Oktober 1898

Seit zwei Wochen arbeiten wir 14 Stunden am Tag und haben bisher nicht einmal eine Spur von Gold gefunden. Tagsüber schneit es nun. Den Schnee können wir gerade jetzt nicht gebrauchen, denn Knudt hat vorgeschlagen, daß wir den ausgebeuteten Stollen aufgeben sollen. Stattdessen wollen wir weiter oben in Richtung Bach einen neuen anlegen und dort unser Glück versuchen.

18. Oktober 1898

Hier oben gibt es nur zwei frostfreie Monate im Jahr: Juli und August. Aber selbst dann steckt der Permafrost tief im Boden. Jetzt im Oktober ist er so hartgefroren, daß wir die Erde zunächst mit einem Feuer auftauen müssen, bevor wir sie zentimeterweise abtragen können. Wir arbeiten uns an einer Felswand entlang nach unten vor. Auch das Wasser zum Auswaschen des Lehms muß immer erst über dem Feuer hergestellt werden. Noch erwartet keiner, daß wir bereits so dicht unter der Erdoberfläche Gold finden. Allerdings wird die Stimmung immer schlechter und ich wage gar nicht daran zu denken, was passiert, wenn wir den Winter über weiterhin erfolglos bleiben.

Nickels wird immer schweigsamer. Ich glaube, er hat sich bislang nicht vorstellen können, daß sein Glück irgendwann enden könnte. Noch hat es niemand ausgesprochen, aber wir alle halten es für möglich, daß der Goldsucher in New York ihn mit dem Claim übers Ohr gehauen hat. Verbissen arbeitet er den ganzen Tag über vor sich hin, gräbt sich Zoll für Zoll in den Boden und überwacht die Wäsche mit Argusaugen. Abends liegt er nach dem Essen schweigend auf seiner Pritsche und starrt an die Decke. Anfangs haben Knudt, Rörd und ich noch versucht, ihn aufzumuntern, inzwischen ignorieren wir ihn einfach.

15 DIENSTAG

Midlum lag im Mittagsschlaf. Leander radelte durch die Hitze der Marsch und über den Schulweg, bis er geradeaus auf die Dörpstrat traf. Die *Alte Schule* befand sich in der Hausnummer 28, gleich schräg gegenüber der Straßeneinmündung hinter einem mit Löwenzahn bewachsenen Grasstreifen, eingefriedet durch einen Staketenzaun und niedrige Hecken. Das Haus selbst war eigentlich unscheinbar, weiß verputzt mit rotem Ziegeldach. Aber die Gartenanlage mit ihrem dichten Bewuchs und den kleinen Sitznischen strahlte urige Gemütlichkeit aus.

Leander betrat das Haus durch einen schmalen Flur und fand sich plötzlich in einem friesischen Ambiente wieder, das man von draußen kaum erahnen konnte. Die Räume des Cafés trugen schultypische Namen wie *Klassenzimmer*, *Lehrerzimmer*, *Rektorat* und *Konferenzraum*. Sie waren klein und boten nur wenige Sitzplätze, von denen die meisten bereits besetzt waren.

Im Klassenzimmer war ein kleiner Tisch direkt in der Ecke zwischen zwei Fenstern mit Blick auf den Garten für Leander reserviert. Ein paar Urlauber, die mitten im Raum Platz gefunden hatten, blickten neidisch herüber, als er sich setzte. Pünktlich um 14 Uhr betrat Meret das Café, blickte sich kurz um und steuerte dann direkt auf Leander zu. Sie reichte ihm förmlich die Hand und setzte sich ihm gegenüber.

»Falk hat Ihre Angaben bestätigt«, sagte sie zur Begrüßung.

»Natürlich«, entgegnete Leander gleichmütig.

Die Inhaberin kam in einer Tracht in Friesenblau und Rosa an ihren Tisch und zündete eine Kerze an. »Wisst ihr schon, was ihr essen möchtet?«, wandte sie sich an Meret.

»Mir kannst du ein Stück deiner herrlichen *Weißen Dame* bringen, Maureen«, bestellte Meret. »Und ein Kännchen Friesentee.«

»Und der Herr?« Maureen blickte Leander mit schräggelegtem Kopf an.

»Ich weiß nicht. Was können Sie denn besonders empfehlen?«

»Nehmen Sie die Heidelbeerbaisertorte oder die Knietschen«, mischte sich Meret ein. »So etwas Feines bekommen Sie auf der ganzen Insel nicht noch einmal.«

»Knietschen hört sich interessant an«, sagte Leander. »Und einen Cappuccino, bitte.«

Als Maureen sich wieder entfernt hatte, beugte Meret sich vor und legte die Unterarme verschränkt auf dem Tisch ab. »Falk klang ehrlich besorgt am Telefon. So kenne ich ihn gar nicht.«

»Hat er Ihnen erzählt, was passiert ist?«

»Nein, er sagte, ich soll mit Ihnen über alles reden.«

Leander berichtete von dem nächtlichen Brand, dem das Taubenhaus zum Opfer gefallen war, und von den Schmierereien an der Hauswand.

»Diese Idioten!« Meret sah ehrlich entrüstet aus. »Aber was kann ich in der Sache tun?«

»Ich hatte den Eindruck, dass Falk Ihren Mann dahinter vermutet.«

»Jan? Unsinn. Obwohl …«

»Sehen Sie? Sie sind sich auch nicht sicher, dass er nichts damit zu tun hat. Der Schlüssel liegt in dem Vorfall von 1999, als Olsens Scheune abgebrannt ist und die Tochter dabei ums Leben kam. Falk beteuert, nichts damit zu tun zu haben, aber

Ihr Mann und seine Freunde glauben ihm nicht. Verständlich, dass sie ihm nicht verzeihen können, wenn sie von seiner Schuld überzeugt sind.«

»Er kann es aber nicht gewesen sein. Er hat mir mit meiner Großmutter geholfen. Als wir zurückkamen, herrschte bereits helle Aufregung, weil die Flammen vom Olsen-Hof bis zum Festplatz zu sehen waren.«

Maureen kam mit einem Tablett zurück. Sie stellte ein Stück Torte vor Meret ab, das wie ein Kunstwerk aussah mit seiner Verzierung aus Sahne und Amarettini. Leander bekam ein Blätterteigteilchen und war im direkten Vergleich im ersten Moment enttäuscht.

»Was ist das jetzt genau?«, fragte er Meret.

»Die Weiße Dame ist eine Sahnetorte mit Maraschinolikör und Amaretto und die Knietschen ist ein Blätterteigteilchen mit Quarkcreme, einer Mousse aus Pflaumen und Marzipan und obendrauf Karamellstückchen und eine Glasur nach einem Rezept, das Maureen niemandem verrät. Probieren Sie. Wenn Sie Pflaumen mögen, werden Sie begeistert sein.«

»Sie kommen wohl öfter hierher?«

»Leider nicht. Mir fehlt normalerweise die Zeit dazu.«

Leander stach mit der Gabel ein Stückchen seiner Knietschen ab. Meret hatte nicht zu viel versprochen. Die Aromen explodierten förmlich in seinem Mund. Auch Meret schien von ihrer Torte begeistert zu sein und den einzelnen Zutaten nachzuschmecken.

»Vielleicht erzählen Sie mir einfach den ganzen Abend nach, angefangen vom Ringreiterturnier bis zum Brand der Scheune«, forderte Leander sie auf.

Meret dachte einen Moment nach, dann begann sie: »Falk hat das Turnier gewonnen. Fast alle Mädchen auf dem Fest haben ihm zugejubelt, selbst die, deren Freunde er besiegt hatte. Das hat denen natürlich gewaltig gestunken, wie Sie sich vorstellen können. Bei so einem Ringreiterfest wird sehr viel Alkohol getrunken. Das fängt schon mit der Friesenbowle an, wenn der alte König abgeholt wird. Auf dem Festplatz geht es dann mit Bier und Schnaps weiter. Meistens ist das Wetter auch sehr gut und die Sonne heizt den Reitern zusätzlich ein. Falk konnte immer schon mehr vertragen als die meisten anderen und er provozierte gern. Also hat er eine Deern nach der anderen in den Arm genommen und sich gebührend feiern lassen.«

»Wer war alles dabei? Und wem hat er besonders auf die Füße getreten?«

»Na, Jan und ich waren dabei, Franziska und Wencke Olsen, die ganze Dorfjugend eben. Auf die Füße getreten hat er eigentlich jedem immer wieder. Es hat ihm Spaß gemacht, wenn er der Held war und alle anderen jungen Männer auf ihn sauer waren.«

»Wie hat Jan sich verhalten?«

Meret zögerte einen Moment, dann antwortete sie: »Der war stinksauer. Wie sehr, habe ich allerdings erst viel später am Abend begriffen, als ich ihn am Olsen-Hof getroffen habe. Da stand er mit seinem Vater. Ich kam gerade von meiner Großmutter zurück und bin natürlich wie alle anderen zum Olsen-Hof gelaufen, als die Flammen hochschossen. Das konnte man auf dem Festplatz ja deutlich sehen. Jan hat nach meinem Arm gegriffen und mich angebrüllt, wo ich gewesen sei. Noch Tage später hatte ich blaue Flecken.« Sie deutete auf ihren linken Oberarm.

»Haben Sie eine Erklärung dafür, warum er sich so brutal verhalten hat?«

»Brutal«, entgegnete Meret. »Was heißt schon brutal? Er war eifersüchtig, weil ich vom Festplatz verschwunden und lange weggeblieben war. Dabei hatte ich doch nur meine Großmutter nach Hause gebracht, nachdem sie einen Schwächeanfall bekommen hatte.«

»Haben Sie ihm das nicht gesagt?«

»Doch, schon, aber Falk hat mir geholfen und da hat er Verdacht geschöpft. Jan ist immer furchtbar eifersüchtig.«

»Hatte er denn einen Grund dazu?«

»Natürlich nicht. Ich konnte ihn einfach nicht finden, als meine Großmutter zusammengebrochen war. Was blieb mir also anderes übrig, als ohne ihn zu gehen? Zum Glück war Falk ja zur Stelle.«

»Frau Riewerts, was Sie mir hier erzählen, bleibt unter uns. Wenn Sie nicht nur Ihre Großmutter nach Hause gebracht haben, sondern bei der Gelegenheit auch etwas mit Falk hatten, wird Jan das von mir nicht erfahren.«

»Ich hatte nichts mit Falk!« Meret war unbeabsichtigt etwas zu laut geworden und blickte sich verschämt zum Nebentisch um. »Ich hatte nichts mit Falk«, wiederholte sie dann leise. »Er hat mir mit meiner Großmutter geholfen und weil ich nicht sofort zum Fest zurückwollte, ist er alleine wieder losgezogen. Ich bin erst gut eine Stunde später zurück zum Festplatz gegangen, als es meiner Großmutter besser ging und sie eingeschlafen war.«

»Das heißt, Falk ist doch nicht bei Ihnen geblieben?« Als Meret einen genervten Blick aufsetzte, machte Leander eine beschwichtigende Geste mit der Hand. »Frau Riewerts, wenn Sie sich in Widersprüche verstricken, schaden Sie Falk. Sie müssen mir offen und ehrlich sagen, wie das damals alles abgelaufen ist. Hat Falk Ihnen später einmal erzählt, was er gemacht hat, während Sie bei Ihrer Großmutter geblieben sind?«

»Ich habe ihn nicht danach gefragt. Warum auch?«

»Weil Sie der Polizei gegenüber behauptet haben, Falk sei bei Ihnen und Ihrer Großmutter gewesen, als der Brand gelegt worden ist.«

Betreten blickte Meret auf den Tisch vor sich. Den Kuchenteller schob sie zurück, obwohl noch ein Rest Torte darauf war. »Wir sind uns auf dem Festplatz wiederbegegnet und dann zusammen zum Olsen-Hof gelaufen. Falk hatte doch gar keinen Grund, die Scheune anzuzünden.«

»Hatte er bei allen anderen Scheunen einen Grund?«

»Das waren immer nur kleine Feldscheunen. Nie war Vieh darin, niemals war ein Nebengebäude gefährdet, schon gar kein Wohnhaus. Er hat die Verschläge nur angezündet, weil er sich immer benachteiligt gefühlt hat. Sein Vater hat es ihm nicht leichtgemacht, obwohl er der ältere Sohn war. Aber an diesem Abend war Falk der Held, der Ringreiter-König. Es gab einfach keinen Grund, verstehen Sie?«

Leander nickte und schob sich das letzte Stück Knietschen in den Mund. »Das war hervorragend«, sagte er und deutete auf den leeren Teller.

»Das freut mich.« Meret lächelte verlegen. Dann blickte sie ihm direkt in die Augen. »Ich habe damals nicht ganz die Wahrheit gesagt. Aber das habe ich nur gemacht, weil ich mir hundertprozentig sicher war – und bin –, dass Falk mit dem Brand nichts zu tun hatte.«

»Angenommen, Ihr Mann Jan hätte vermutet, dass Sie und Falk in der Scheune etwas miteinander hatten: Können Sie sich vorstellen, dass er das Feuer gelegt hat?« Leander wusste, dass er sich mit der Frage auf dünnes Eis wagte. Wenn Meret jetzt aufsprang und das Café verließ, würde er volles Verständnis dafür haben.

Aber Meret sprang nicht auf. Sie blickte auf ihren Teller, als hätte sie sich genau das Szenario auch schon einmal vorgestellt. Dann schüttelte sie leicht den Kopf. »Er hätte niemals mein Leben in Gefahr gebracht, nur um seinen Bruder zu bestrafen.«

»Sonst würden Sie ihm so etwas zutrauen?«

Meret wich seinem Blick aus und schwieg. Sie zog ihren Teller wieder heran und aß den Kuchen auf.

»Wie ist das mit dem Mord an Ihrem Schwiegervater?«, insistierte Leander. »Könnte Ihr Mann etwas damit zu tun haben?«

»Niemals!« Meret schüttelte entschieden den Kopf. »Jan hat Knut geliebt.«

»Da habe ich aber etwas anderes gehört.«

»Die beiden hatten ständig Streit, das stimmt. Aber das lag doch nur daran, dass sie sich einfach zu ähnlich waren. Sturköppe, alle beide. Außerdem trinkt Jan zu viel und lässt die Arbeit auf dem Hof schleifen. Knut sah sein Lebenswerk gefährdet. Je mehr er an Jan herumgenörgelt hat, desto schlimmer wurde die Sauferei. Und als Knut dann noch offen bereut hat, Falk von der Insel vertrieben und ihm nicht den Hof übergeben zu haben, war Jan in seinem tiefsten Innern verletzt. Er hasst Falk, weil der immer leichter durchs Leben gekommen ist als er. Selbst nach seiner Vertreibung nach Amerika hat er dort wieder sein Glück gemacht, während Jan hier auf Föhr gescheitert ist. Die Nachrichten über Falks Erfolge in Amerika haben Knut beeindruckt, Jan hat ihn enttäuscht. Deshalb hasst Jan seinen Bruder. Aber seinen Vater hätte er niemals hassen können und schon gar nicht ermorden.«

Leander war beeindruckt von diesem Plädoyer. Meret hatte sich offenbar sehr intensiv mit den psychologischen Vorgängen bei Jan beschäftigt. Sie war eine kluge Frau und es bestand für Leander kein Zweifel daran, dass er ihrem Urteil glauben konnte.

Plötzlich blickte sie auf und sagte: »Das mit dem Taubenhaus und den Schmierereien, das könnte er gewesen sein.«

Eine halbe Stunde später stieg Meret in ihren alten VW Golf, den sie am Rand der Dörpstraat auf dem Rasenstreifen abgestellt hatte, und fuhr zügig davon. Leander schloss sein Fahrrad auf und blickte zum Himmel. Es war immer noch sehr heiß, fast schon schwül. Erste Schleierwolken zogen auf – Vorboten eines Wetterwechsels oder doch zumindest eines Gewitters. Wenn die Urlauber Glück hatten, würde es in der Nacht über die Nordfriesischen Inseln hinwegziehen und morgen würde die Sonne wieder aus einem strahlend blauen Himmel scheinen.

Leander dachte über die Neuigkeiten nach, die er in der letzten halben Stunde erfahren hatte. Wenn es stimmte, was Meret ihm zuletzt über die Goldgräber und das Tagebuch erzählt hatte, zeigte sich auch hier ein Lichtstreifen am Horizont. Er beschloss, Tom auf dem Rückweg einen Besuch abzustatten und ihm gleich davon zu berichten. Vielleicht wusste der erfahrene Heimatforscher, wie in einem solchen Fall weiter zu verfahren war. Also radelte er auf direktem Weg nach Oevenum und von dort über die Buurnstraat und den Radweg zum Ohl-Dörp. Die Straße führte zwischen Weiden hindurch nach Boldixum. Am Neuen Weg bog er rechts ab in die Siedlung, überquerte die Ocke-Nerong-Straße und folgte ihr dann ein kurzes Stück bis zum Kirchweg. Hier radelte er auf St. Nikolai zu und direkt vor der Kirche nach links zu Tom Brodersens Haus.

Der Lehrer saß auf der Terrasse und hielt mehrere Fotografien vergleichend nebeneinander. »Ich habe die Fotos, die du mir geschickt hast, ausgedruckt«, rief er Leander entgegen. »Schau dir das an: Es sind dieselben Männer.«

»Ich freue mich auch, dich zu sehen«, entgegnete der.

»Wie? Ach so, ja, klar. – Die Bilder von Ocko sind eine Wucht. Unglaublich, wie detailliert die sind. Wenn ich die mit Franziskas Foto vergleiche, bin ich mir absolut sicher, dass das dieselben Männer sind. Also ist der vierte Mann logischerweise Rörd Tadsen. Sonst hätte das Bild ja wohl kaum im Familienalbum der Tadsens gesteckt.«

»Richtig«, antwortete Leander. »Meret hat das auch bestätigt.« Er erzählte Tom, dass er sie zum Abschluss ihres Kaffeekränzchens nach der Daguerreotypie gefragt hatte, von der Ocko behauptet hatte, dass die Riewerts' ebenfalls eine solche besäßen. Sie hatte bestätigt, dass Knut besonders an ihr gehangen und neben den Namen Knudt Riewerts, Volckert Olsen und Nickels Lund auch den von Rörd Tadsen immer wieder erwähnt hatte. Allerdings hatte er über die Zeit in Amerika und die Jagd nach dem Claim kaum etwas gewusst. Auch über Lund und Tadsen habe er nie Näheres erzählt. Nur die Familien Riewerts und Olsen waren bis zu Leif Olsens Tod immer eng befreundet gewesen.

»Und jetzt pass auf«, fuhr Leander fort und beugte sich zu Tom vor, um die Dramatik des Kommenden zu unterstreichen. »Meret hat bestätigt, dass es ein Tagebuch geben muss. Ihr Schwiegervater hat vor ein paar Jahren länger danach gesucht, aber nichts gefunden. Er habe den ganzen Dachboden umgekrempelt und eine Menge Wirbel um das Buch gemacht, sagt Meret. Knut Riewerts hat seinen Söhnen heftige Vorwürfe gemacht und ihnen unterstellt, dass sie für den Verlust verantwortlich seien.«

»Wieso das?«

»Jan und Falk haben als Kinder häufig zusammen mit ihren Freunden auf dem Dachboden gespielt. Sie haben die alten Kleidungsstücke angezogen und mit den Werkzeugen, die Knudt aus Amerika mitgebracht hat, Goldsucher gespielt. Na ja, ihr Vater hat logischerweise vermutet, dass dabei das Tagebuch verlorengegangen ist.«

»Also war er sich sicher, dass es da oben gewesen ist?«

»Richtig. Angeblich hat er das Buch als Kind einmal gesehen. Sein Vater habe es damals gelesen und dann wieder in die Kiste mit den Goldgräberutensilien gelegt.«

»Dann wusste Knut, was drinstand?« In Toms Gesicht leuchtete Hoffnung auf.

»Ja und nein.«

»Wie jetzt?« Tom verzog ungeduldig das Gesicht. »Mann, mach's nicht so spannend.«

»Er kannte den Anfang der Geschichte. Sein Vater hat von der Überfahrt der jungen Männer erzählt und von den ersten harten Jahren in Amerika. Was auf der Suche nach dem Claim und nach dem Fund des Goldes geschehen ist, hat er nicht berichtet, nur dass die Männer wohlhabend zurückgekommen seien. Deshalb wurde der Goldsucher Knudt früher in der Familie wie ein Held verehrt.«

»Ausgerechnet den spannendsten Teil der Geschichte kennen wir nicht«, fasste Tom enttäuscht zusammen. »Das Leben und die Arbeit am Claim.«

»Richtig. Und diese Lücke ist auch das eigentlich Merkwürdige an der Geschichte. Deshalb hat Merets Schwiegervater nach dem Buch gesucht. Sie erinnert sich, dass er gesagt hat, das Buch dürfe niemals in fremde Hände gelangen. Das habe sein Vater früher mehrmals betont.«

»Und er hat es auch später nicht gefunden?«

»So ist es. Das Tagebuch war verschwunden und ist bis heute nicht wieder aufgetaucht.« Leander drehte bedauernd die Handflächen nach oben.

»Es wäre ja auch zu schön gewesen, wenn es einfach bei Meret und Jan im Schrank gestanden hätte«, reagierte Tom resigniert. »Was hat Ocko denn dazu gesagt?«

»Von dem Tagebuch wusste er nichts. Allerdings hat er erzählt, dass nicht alle vier Goldsucher wohlhabend zurückgekommen seien. Nickels Lund sei erst viel später und völlig verarmt wieder auf Föhr aufgetaucht. Was aus seinem Anteil an dem Claim und dem Gold geworden ist, wusste Ocko allerdings auch nicht.«

Tom nahm die Fotos noch einmal hoch und hielt sie vergleichend nebeneinander. Dann schob er sie zusammen und legte sie beiseite. Sein Blick wanderte an Leander vorbei und verlor sich irgendwo im Nichts, während er sich gedankenverloren den Kopf kratzte. Schließlich schlug er sich mit beiden Händen auf die Oberschenkel und verkündete: »Okay, dann wollen wir einmal sehen, was wir haben. Wir kennen die vier Namen und können folglich in den Familien weitersuchen. Wir wissen, dass es ein Tagebuch gibt oder zumindest gegeben hat, das im Besitz der Familie Riewerts war. Entweder ist es noch dort, nur eben nicht auffindbar, oder Knut Riewerts' Vater hat es jemand anderem gegeben, ohne es der Familie zu sagen – dem Friesenmuseum vielleicht, dann kann Karola danach suchen, oder einer der anderen drei Familien, je nachdem, was in dem Buch stand und wen es in besonderer Weise etwas anging.«

»Oder er hat es am Ende doch vernichtet, ohne seinem Sohn Knut davon erzählt zu haben.« Leanders Einwand beantwortete Tom mit einem Stöhnen. »Na ja«, fuhr Leander erklärend fort, »den Grund dafür hat er ja selbst genannt: Es stand etwas in dem Tagebuch, das niemand wissen durfte. Etwas, das mit dem fehlenden Zeitabschnitt zu tun hat.«

»Ehrlich, Henning, manchmal wünsche ich mir, ich hätte nicht gerade ein Hobby, bei dem ich wie ein Detektiv im Nebel der Geschichte herumstochern muss. Briefmarken sammeln, Papageien züchten, einfach nur gut essen und trinken, so was in der Art.«

Leander lachte. »Jetzt sieh mal nicht so schwarz. Du kennst das doch: Am Anfang suchst du mühsam die Puzzle-Teile zusammen und hast das Gefühl, dass nichts zusammenpasst. Und dann plötzlich rutscht alles an seinen Platz und ergibt ein vollständiges Bild. Du musst halt nur das alles entscheidende Bindeglied finden.«

»Das sagt sich so leicht. Im Moment habe ich nur lose Fäden in der Hand.«

»Glaub mir, das Gefühl kenne ich nur zu gut. Aber ich weiß eben auch aus Erfahrung, wie schnell es am Ende dann doch gehen kann. Und du bist ja nicht alleine, du hast ja mich.«

Tom warf ihm einen skeptischen Blick zu. »Ist das jetzt Mitleid, oder wieso bist du plötzlich so hilfsbereit.«

Leander kniff Tom ein Auge zu und betonte das Folgende bewusst ironisch: »Das ist Freundschaft.«

»Ein Bier?«

»Wenn du mich so fragst …«

Tom nickte, stand schwerfällig auf und ging ins Haus. Er kam mit zwei geöffneten Flaschen und zwei Gläsern zurück und schenkte ein.

»Hast du von dem Brand bei Falk Riewerts gehört?« Leander griff nach seinem Glas und trank es halb leer. Dann griff er nach der Flasche und schüttete den Rest daraus ein.

»Ja, er hat in der Nacht zunächst mich angerufen, um nach deiner Telefonnummer zu fragen. Warst du schon da?«

Leander nickte und berichtete von den Vorkommnissen auf dem Olsen-Hof und dem Gespräch mit dem Cowboy.

»Oha«, entgegnete Tom. »Wenn die Polizei von dem Schäferstündchen mit Wencke erfährt, nageln Bennings und Olufs ihn fest.«

»So einfach ist das nicht. Ohne Zeugen kann niemand Falks Geschichte widerlegen. Der zeitliche Ablauf kann genauso gewesen sein, wie er es sagt. Dann stellt sich die Frage, weshalb Wencke Olsen Stunden später immer noch in der Scheune war, als die angezündet wurde.«

»Vielleicht hatte sie da schon den nächsten Knaben im Heu.«

»War sie so eine? Ich meine, du hast sie gekannt.«

Tom dachte einen Moment nach, dann schüttelte er den Kopf. »Nein, eigentlich nicht. Sie hat sich nicht auf einen

Jungen festgelegt, das stimmt schon, aber sie war auch kein Flittchen, das für jeden zu haben war.«

»Außer für Falk Riewerts«, wandte Leander ein.

Nun lachte Tom. »Falk kannst du so nicht zählen. Der war anders als wir anderen und wohl für alle Mädchen damals interessant. Auch für Franziska übrigens.« Er kniff Leander ein Auge zu. »Aber keine Sorge, ich glaube, da lief nichts.«

Leander gefiel diese Bemerkung überhaupt nicht. Das musste Tom aber nicht merken, deshalb fuhr er schnell fort: »Wenn Wencke Olsen also später niemanden mehr mit in die Scheune genommen hat, warum war sie dann noch da?«

»Vielleicht ist sie eingeschlafen.«

»Während auf dem Festplatz die Sau los war? Das kann ich mir nicht vorstellen. Sie war ein junges Mädchen, das doch bestimmt feiern wollte. Nein, ich glaube, sie hat die Scheune nicht mehr lebend verlassen, nachdem Falk weg war. Für mich gibt es zwei Szenarien. Entweder Jan hat Meret gesucht und nicht gefunden und deshalb angenommen, dass sie mit Falk im Heu war. Dann könnte er doch der Brandstifter gewesen sein, um sich zu rächen und Falk loszuwerden. Der Verdacht ist ja auch promt auf Falk gefallen. Das hätte auch den Vorteil gehabt, dass er den Hof erben konnte.«

»Und der Plan wäre dann ja auch aufgegangen. Was sagt Falk zu der Variante?«

»Er hält sie für ausgeschlossen, weil er Jan so etwas nicht zutraut.«

»Ich, ehrlich gesagt, auch nicht.«

»Dann wäre da noch Variante zwei«, fuhr Leander fort. »Angenommen, es war doch noch jemand hinter Wencke her und der hat mitbekommen, dass sie mit Falk in der Scheune war.«

»Du meinst, der könnte dann, als Falk wieder weg war, zu ihr reingegangen sein und sie umgebracht haben?«

Leander hob die Schultern und drehte die Handflächen nach oben. »Kann doch sein. Es muss ja auch nicht geplant gewesen sein. Ein Unfall oder Totschlag im Affekt, weil Wencke ihn ausgelacht hat.«

Tom nickte leicht, während er darüber nachdachte. »Und wie willst du das beweisen?«, fragte er schließlich.

»Tja, das genau ist das Problem. Wie gesagt, ohne Zeugen …«

»Sagt mal, ihr zwei, ist es nicht noch etwas früh am Tag für Alkohol?«, unterbrach Elke sie plötzlich. Sie kam mit zwei Einkaufstaschen vom Carport herüber.

Keiner der Männer hatte sie mit dem Auto kommen hören. Tom sprang auf und nahm ihr die schweren Taschen ab. »Was heißt schon früh«, sagte er. »Zeit ist doch relativ.«

»Na, ihr müsst es ja wissen.« Elke schwirrte an Tom vorbei ins Haus.

Der zog die Augenbrauen hoch und blickte wie ein kleiner Junge, der bei etwas Verbotenem erwischt worden war. Dann eilte er seiner Frau mit den Einkaufstaschen nach. Leander hörte das Klappen von Schranktüren und leise Stimmen aus der Küche, grinste und griff nach seinem Glas.

Während Tom im Haus war, dachte er über die beiden Varianten nach, die er eben entwickelt hatte. Sollte Wencke Olsen tatsächlich direkt nach dem Schäferstündchen von ihrem Mörder überrascht worden sein, dann war sie Stunden vor dem Brand getötet worden. Das ließe sich doch nachweisen. Dazu mussten die Laborergebnisse von damals Auskunft geben. Bennings würde da noch einmal nachhaken müssen. Und der Mörder war dann wahrscheinlich zunächst geflüchtet und hatte erst später beschlossen, die Spuren seiner Tat durch das Feuer zu vernichten. Jan Riewerts fiel in diesem Szenario durchs Raster. Er hatte nach Leanders aktuellem Wissensstand keinen Grund gehabt, Wencke zu töten.

Oder aber der Mord und der Brand hatten nichts miteinander zu tun. Dann konnte Jan durchaus der Brandstifter sein. Wenn er die Scheune in Brand gesteckt hatte, dann konnte das tote Mädchen darin gelegen haben, ohne dass er davon wusste. Für Leander ergab das alles durchaus einen Sinn, wenn das Feuer Jan dazu gedient haben sollte, seinen Bruder loszuwerden. Also war er möglicherweise der Brandstifter, auch wenn Falk und Tom ihm das nicht zutrauten, aber mit ziemlicher Sicherheit war er nicht Wencke Olsens Mörder. Dasselbe galt für Falk, selbst wenn er der Brandstifter gewesen sein sollte. Für den Mord hatte auch er kein Motiv – sofern sein Treffen mit Wencke so abgelaufen war, wie er erzählt hatte.

Leander musste also herauszufinden versuchen, ob das Mädchen vor annähernd zwanzig Jahren einen Verehrer gehabt hatte, dem es so viel bedeutet hatte, dass ihr Schäferstündchen mit Falk Riewerts ihn zu einem Tötungsdelikt getrieben hatte. Wen konnte er danach fragen? Franziska fiel ihm ein. Ein weiterer Grund, zusätzlich zu der neuen Quelle in der Goldgräbersache, die Franziska aufgetan hatte, um in den nächsten Tagen wieder nach Amrum zu fahren.

Tom kam zurück und ließ sich seufzend in seinen Stuhl sinken.

»Ärger?«, fragte Leander.

»Ach, frag nicht.« Tom winkte ab.

»Sag mal, Tom, könnte es sein, dass 1999 jemand Fotos von dem Brand auf dem Olsen-Hof gemacht hat?«

Tom dachte kurz nach, dann zuckte er mit den Schultern. »Was ist mit Ocko?«

»Der hat zwar Fotos von den Ringreitern gemacht, aber die helfen uns ja nicht weiter. Als es gebrannt hat, war er in seiner Dunkelkammer, weil die Bilder am nächsten Tag in die Zeitung sollten.«

»Na bitte, da sagst du es doch selbst.«

»Was sage ich selbst?«

»Dass die Zeitung Fotos haben muss. Und die hat ja nicht nur Bilder von Ocko gekauft, sondern sie hatte sicher auch einen Reporter, der beim Fest gewesen ist und darüber geschrieben hat. Vielleicht hat der ja auch den Brand mitbekommen oder die Zeitung hat anderweitig Fotos zugekauft.«

Leander sah Tom an und verzog das Gesicht. »Ich hatte gehofft, um das Zeitungsarchiv herumzukommen«, gestand er. »Dreckige Kellerlöcher überlasse ich lieber solchen verstaubten Bücherwürmern wie dir. Dann werde ich morgen wohl in den sauren Apfel beißen müssen.«

Tom lehnte sich schadenfroh grinsend zurück. Allerdings hatte er sich zu früh gefreut. Als Leander ihm eröffnete, dass er sich ab Donnerstag wieder für einige Tage um die Katzen kümmern musste, da Leander nach Amrum fahren würde, wechselte sein Gesichtsausdruck schlagartig. Allein Franziskas Ankündigung einer neuen Quelle in der Goldsucher-Sache verhinderte, dass er Leander die Freundschaft kündigte.

Aus dem Reisetagebuch
des Föhrer Bauernsohnes Volckert Olsen

7. November 1898

Der Schnee liegt jetzt mehrere Fuß hoch vor unserer Hütte. Jeden Morgen müssen wir zunächst das Loch freigraben, bevor wir ein Feuer entfachen und unsere Arbeit fortsetzen können.

In der Nacht haben wir Wölfe heulen gehört. Zu Hause auf Föhr sind die wildesten Tiere die Möwen und so haben Knudt, Rörd und ich die halbe Nacht ängstlich am Tisch gesessen, bis Nickels gesagt hat, dass wir in der Hütte sicher sind und uns endlich schlafen legen sollten. Er hätte keine Lust, am nächsten Tag wieder für uns alle mit-arbeiten zu müssen.

Seine Stimmung wird immer aggressiver. Ich weiß nicht, wie lange wir uns seinen Ton noch gefallen lassen. Ein ernsthafter Streit liegt geradezu greifbar in der Luft. Knudt ist kurz davor, aus der Haut zu fahren.

8. November 1898

Nachdem Nickels uns am Morgen nur herumkommandiert hat, haben Rörd und ich Knudt mit dem Gewehr auf die Jagd geschickt. Es ist besser, wenn er und Nickels sich heute aus dem Weg gehen.

Die Arbeit am neuen Stollen geht immer mühsamer voran. Wir kommen kaum noch in den Boden und haben nach stundenlanger Arbeit nur wenige Eimer Erde zu waschen. Dabei fehlt vom Gold bisher jede Spur.

Am Nachmittag hat Knudt uns geholt. Er hat einen Elch geschos-sen, den er alleine nicht zur Hütte tragen konnte. Als wir bei dem Kada-

ver anfamen, waren vier Wölfe dabei, ihn auseinanderzureißen. Knudt
mußte dreimal in die Luft schießen, bis sie von dem Fleisch abgelassen
und sich knurrend und zähnefletschend in den Wald zurückgezogen haben.

Wir haben den Elch an Ort und Stelle zerlegt und nur das Fleisch
zur Hütte getragen. Den Rest haben wir den Wölfen gelassen, vielleicht folgen sie uns dann nicht zur Hütte. Am Abend gab es ein Fest-
mahl mit Bohnen und gebratenem Elchfleisch. Wir haben gegessen,
bis wir Bauchschmerzen hatten, und zum ersten Mal seit Tagen war
die Stimmung wieder fröhlich und freundschaftlich. Nickels hat hinterher eine Flasche Whisky und ein Kartenspiel hervorgeholt und uns
das Pokern erklärt. Natürlich war er nicht zu schlagen und bekam von
Minute zu Minute bessere Laune. Als die Whiskyflasche nach Mitternacht geleert war, sind wir alle selig in unsere Betten gefallen.

17. November 1898

Es hat keinen Sinn mehr. Die Schneemassen und der Frost machen
die Arbeit unmöglich. Dazu herrscht draußen auch tagsüber ein eisiger Wind. Wir gehen abwechselnd immer zu zweit auf die Jagd,
aber bis auf ein paar Kaninchen haben wir in den letzten Tagen
nichts geschossen.

Daß wir nicht ununterbrochen aufeinanderhängen, tut allen gut.
Nickels ist wieder in sein Schweigen verfallen. Rörd bleibt bei ihm,
weil er sich von uns dreien am besten mit ihm versteht.

Hier in der Enge der Hütte tauchen die alten Vorbehalte wieder auf, die Knudt und ich auf Föhr gegen die Lunds gehegt haben.
Ich kann mich nicht dagegen wehren. Wenn Nickels nun immer
häufiger zum Whisky greift, kommt mir die Stimme meines Vaters
in den Sinn: Die Lunds sind Nichtsnutze und Tagediebe, gottlose
Gesellen, die selber schuld sind an ihrer Lage. Und nun hat Nickels
uns alle mit hineingezogen in sein Elend!

Seit Wochen hocken wir jetzt aufeinander und schweigen. Man kann es den Gesichtern ansehen, dass jeder nur auf ein falsches Wort wartet, um endlich seine Enttäuschung und seine Wut herausschreien zu können. Es ist die dunkle Seite, die jeder von uns in sich trägt und die in Lebenslagen wie diesen an die Oberfläche drängt. Verhüte Gott, dass es so weit kommt, denn niemand kann hier weg. Die Hütte ist zu unserem Gefängnis geworden, während draußen der Winter erbarmungslos regiert und es selbst am Tag nicht mehr richtig hell wird.

Körd hat angefangen, Figuren zu schnitzen. Vermutlich ist das seine Art, die bösen Geister, die auch ihn bedrängen, zu bändigen. Wenn ich nur auch so ein Talent hätte.

Anfangs sind wir noch zu zweit in den Wald gegangen, um Holz zu holen. Jetzt geht jeder im Wechsel lieber alleine, um wenigstens für eine halbe Stunde der schweigsamen Hölle zu entfliehen. Länger kann man es trotz unserer Pelzmäntel in der eisigen Kälte hier oben nicht aufhalten. Nur bei Nebel oder dichtem Schneetreiben verlässt niemand die Hütte, denn eines ist klar: Wer sich hier im Wald verirrt, wird sterben.

16 MITTWOCH

Toms Anruf erreichte Leander beim Frühstück. »Gut, dass ich dich erwische. Karola hat angerufen. Sie hat ein interessantes Dokument gefunden.«

»Aha«, sagte Leander. »Und was für ein Dokument ist das?«

»Keine Ahnung. Deshalb rufe ich ja aus der Schule an. Ich komme hier bis heute Abend nicht weg. Konferenz und dann noch Fachgruppenarbeit an den neuen Lehrplänen für das kommende Schuljahr. Du musst für mich ins Friesenmuseum gehen.«

Leander seufzte. »Eigentlich wollte ich gleich zum *Inselboten* und nach Berichten über den Brand 1999 suchen.«

»Das läuft dir nicht weg. Karolas Fund ist jetzt wichtiger. Du, pass auf, die Pause ist zu Ende. Ich muss in den Unterricht. Wir sehen uns ja heute Abend bei Mephisto, dann kannst du mir berichten.«

Bevor Leander antworten konnte, hatte Tom aufgelegt. Kopfschüttelnd griff er nach der Kaffeekanne. Jetzt bekam er schon regelrecht Aufträge erteilt, als wäre er Toms Laufbursche. Bella ließ von ihrem Stuhl aus ein quietschendes Gähnen hören.

»Recht hast du, Bella«, kommentierte Leander. »Nur nichts überstürzen.«

Das Dr.-Carl-Häberlin-Friesen-Museum war von Leanders Häuschen aus durch die Feldstraße in wenigen Minuten zu Fuß erreichbar. Immer wieder beeindruckend fand er die Wal-

Kieferknochen, die, zu einem spitz zulaufenden Tor aufgerichtet, den Zugang zum Museumsgelände bildeten und die
ungeheure Größe eines ausgewachsenen Wales erahnen ließen.

Durch den Stil der beiden Gebäude auf dem Museumsgelände fühlte sich Leander augenblicklich in die Zeit zurück-
versetzt, in der so viele Insulaner zu Auswanderern geworden waren, weil selbst der Besitz von Bauernhöfen keine
sichere Grundlage für die Ernährung großer Familien geboten hatte.

Er machte einen Abstecher in das altföhringer Haus *Olesen* aus dem Jahre 1617, das 1927 von Dr. Carl Häberlin in
Alkersum vor dem Abriss gerettet und auf dieses Gelände
überführt worden war, das älteste noch erhaltene Haus Nordfrieslands. Die niedrigen kleinen Räume und die typische Einrichtung eines altföhringer Bauernhauses nebst Wirtschafts-
teil vermittelten ein so enges Zusammenleben von Menschen
und Tieren, wie es für heutige Verhältnisse undenkbar schien.
Kopfschüttelnd stand Leander vor den Wandbetten, in denen
früher mindestens die Eheleute, manchmal zusätzlich noch
die Kinder im Sitzen geschlafen hatten, und stellte sich vor,
wie sein Rücken wohl auf solch eine Zumutung reagieren
würde. Der einzige Luxus waren die schmucken holländi-
schen Wandfliesen und selbst die waren früher nur als nützlicher Ballast von Schiffen aus Amsterdam mitgebracht worden.

Derart historisch eingestimmt, wechselte Leander zum
Haupthaus hinüber, das aus dem Jahr 1908 stammte und
eigens für das Museum erbaut worden war. Es führte den
Schiffsnamen *Drie Süsters* auf einem dem Original nachge-
bildeten Holzschild am Giebel und beherbergte in zehn Räumen den Hauptteil der Ausstellung.

Die Abteilung, die Leander interessierte, befand sich im
Hauptgebäude. Karola de la Court-Petersen begrüßte ihn
am Eingang.

»Tom schickt mich«, sagte Leander und ärgerte sich sofort über den devoten Beigeschmack dieser Feststellung. »Du hättest ein Dokument gefunden, das für uns interessant sein könnte.«

»Stimmt, es ist sogar sehr interessant. Bedenkt man, dass wir bisher zum Goldrausch noch gar keine Exponate hatten, ist es eine regelrechte Sensation. Dummerweise habe ich in fünf Minuten erst noch eine Touristengruppe im Haus Olesen. Wenn du Zeit hast, warte in der Auswandererabteilung auf mich. Ich komme, sobald ich kann.«

Also stieg Leander allein die Holztreppe ins Obergeschoss hinauf.

Er durchquerte die Abteilung Seefahrt, in der Schiffsmodelle, nautische Geräte, Ölgemälde berühmter Föhringer Kapitäne und das Original des Schiffsschildes *Drie Süsters* ausgestellt waren, und gelangte so zur Werkstatt des Nieblumer Goldschmieds Richard Goos aus dem 19. Jahrhundert samt Esse und Blasebalg. Wie jedes Mal, wenn er hier war, bewunderte er besonders den filigranen historischen Silberschmuck.

Er blieb einen Moment vor den Festtagstrachten stehen und dachte darüber nach, welch ungeheurer Wert im Vergleich zu den sonstigen Lebensverhältnissen der Menschen früher darin gesteckt hatte. Dann wandte er sich dem Raum 9 zu, der sein eigentliches Ziel war. Das Licht war schummerig, es roch nach der alten Zeit, nach schweren Eichenmöbeln und abgewetzten Lederkoffern, die von Auswanderern mitgeführt worden waren. Vor einer Vitrine mit Reisegepäck und Fotos von Auswandererschiffen und ihren Kapitänen blieb er stehen. Ein Gruppenbild des *Föhrer und Amrumer Kranken-Unterstützungsvereins* von New York erinnerte ihn an die Geschichte der Jacobsens und machte deutlich, warum sie in New York so leicht Anschluss gefunden hatten.

Leander setzte sich auf eine Holzbank und ließ die Atmosphäre des Raumes auf sich wirken. Dies also war die Zeit, in der Tom und er sich momentan bewegten. In dieser historischen Phase, ausgehend von der Mitte des 19. Jahrhunderts, waren neben zahlreichen jungen Insulanern auch Knudt Riewerts, Volckert Olsen, Nickels Lund und Rörd Tadsen auf einem Segelschiff in die Neue Welt aufgebrochen und hatten dort ihr Glück gesucht.

Das schummerige Licht, die überwiegend braunen Farbtöne, das Duftgemisch aus Holz, Leder, Ölfarbe und Firnis ließen Leander in die Geschichte abtauchen. Er hörte den Wind in den Wanten heulen und das Meer rauschen, er roch den Tang und das aufschäumende Wasser, schmeckte das Salz auf seinen Lippen. Und dann sah er sie vor sich, die jungen Männer in ihrer ärmlichen Kleidung, wettergegerbt und mager, aber zäh und muskulös. Sie hatten mitten auf dem endlosen Ozean Stürme zu bestehen gehabt, verbunden mit der lebensgefährlichen Arbeit an Deck und hoch oben an den Segeln. Sie hatten die Hafenstädte Amerikas erlebt, in denen die Menschen eine ihnen fremde Sprache benutzten und ebenfalls nur schwere körperliche Arbeiten beim Be- und Entladen von Schiffen auf sie warteten. Sie hatten den gefährlichen und entbehrungsreichen Weg zu den Goldfeldern gewagt und auch dort nur wieder harte körperliche Arbeit zu erwarten gehabt, immer jedoch angetrieben von der Hoffnung, dass sie reich in ihre Heimat zurückkehren würden. Was hatten sie auf der Jagd nach dem Gold erlebt? Welches Ereignis hatte Riewerts, Olsen und Tadsen schließlich von Lund getrennt? Welches Geheimnis barg die Geschichte der vier Goldsucher?

Leander schrak hoch, als sich Karola nun neben ihn setzte und gleichfalls auf die Bilder der Auswandererschiffe schaute. »Entschuldige«, sagte sie. »Jetzt hat es doch länger gedauert.«

»Macht nichts«, entgegnete Leander. »Ich habe mich nicht gelangweilt. Es ist schon erstaunlich, wie tief man hier in die Geschichte abtauchen kann. Ich war tatsächlich für ein paar Minuten ganz weit weg.«

»Ein paar Minuten ist gut.« Karola lachte. »Du bist seit fast zwei Stunden hier oben.«

Ungläubig blickte Leander auf seine Armbanduhr und fand Karolas Angabe bestätigt. »Du musst ein glücklicher Mensch sein«, sagte er. »Hier wird Geschichte wirklich lebendig.«

An ihrem halb nach innen gerichteten Lächeln erkannte er, wie sehr sie sich darüber freute, dass er ihren Antrieb verstanden hatte.

»Und jetzt pass auf«, sagte sie und schlug eine Mappe auf, die sie mitgebracht hatte. »Ich habe auf Toms Drängen hin unser Lager durchstöbert und bin auf Sachen gestoßen, die mein Vorgänger eingelagert haben muss. Sie stammen aus dem Nachlass einer Föhrer Familie, von der wohl niemand mehr auf der Insel lebt. *Lund* stand auf dem Pappkarton, in dem ich dieses Dokument gefunden habe.«

Karola zog einen vergilbten Bogen aus der Mappe und hielt ihn so, dass sie beide lesen konnten, was darauf stand. Es handelte sich um einen Zettel aus grobem Papier mit einem Stempel, ein paar Unterschriften und dem handschriftlichen Eintrag *Klondike 126.*

»Was ist das?«, fragte Leander.

»Das ist die Lizenz für einen Claim.« Karola strahlte ihn an. »Unglaublich, oder?«

Leander nahm den Bogen und hielt ihn sich näher vor die Augen, um die Unterschriften entziffern zu können. »Das hier könnte *Nickels Lund* heißen«, sagte er schließlich. »Mann, ist das ein Gekrakel.«

»Das habe ich auch daraus gelesen«, stimmte Karola zu.

»Und wenn ich das richtig sehe, wird Nickels Lund mit dieser Urkunde ein Claim mit der Nummer 126 in den Goldfeldern am Klondike River verlängert, der vorher diesem Mann hier gehört hat, dessen Namen ich nicht entziffern kann.« Sie deutete auf eine absolut unleserliche Unterschrift. »Der Stempel stammt von der Registrierungsbehörde, die in Alaska für die Vergabe von Schürfrechten zuständig war, das habe ich bereits überprüft. Na, was sagst du jetzt?«

Plötzlich begriff Leander, was er hier vor sich hatte. »Nickels Lund ist einer der vier Goldgräber, nach denen wir suchen«, berichtete er Karola und erzählte, was er bisher über die vier Männer herausgefunden hatte. »Und ebendieser Lund soll später völlig verarmt zurück nach Föhr gekommen sein, während seine drei Kollegen wohlhabend waren.«

»Das ist aber merkwürdig«, meinte Karola. »Ihm hat nach dieser Urkunde doch der Claim gehört.«

Leander betrachtete das Dokument noch einmal eingehend, entnahm der verschlungenen Schrift aber keine weiteren Erkenntnisse. »Wie dem auch sei: Das ist tatsächlich faszinierend«, gestand er schließlich. »Zum ersten Mal haben wir einen echten Beweis dafür, dass ein Föhringer eine Goldmine beim großen Goldrausch besessen hat. Und durch die überlieferten Fotos und Geschichten wissen wir, dass er mit zwei weiteren Männern von Föhr und einem von Amrum zusammengewesen ist.«

»Am besten mache ich euch gleich mal eine Kopie davon«, schlug Karola vor.

»Ist dieses Dokument denn schon alles?«, hakte Leander vorsichtig nach. »Wir suchen eigentlich nach einem Tagebuch, das einer dieser Männer geschrieben hat. Vermutlich Knudt Riewerts, denn es soll sich bis ungefähr 1999 im Besitz seiner Nachfahren befunden haben, ist seitdem aber verschollen.«

»Tut mir leid. Tom hat mir schon davon erzählt, aber außer diesem Dokument war nichts von Wert in dem Pappkarton. Ein Tagebuch lag nicht dabei.«

»Na gut, besser als nichts«, meinte Leander. »Dann müssen wir danach eben weitersuchen.«

Sie verließen zusammen die oberen Räume und stiegen die schmale Treppe hinab in den Vorraum des Museums. Karola machte eine Kopie mit dem Faxgerät und steckte sie für Leander in einen Umschlag.

»Haltet mich auf dem Laufenden, wenn ihr noch etwas findet«, sagte sie zum Abschied und schloss hinter Leander die Tür ab, da das Museum über Mittag geschlossen hatte.

Die Mittagshitze überfiel Leander, als würde er aus den kühlen Museumsräumen mit einem Kopfsprung direkt in einen dampfenden Jacuzzi eintauchen. Geblendet blieb er einen Moment vor dem Gebäude stehen und atmete tief durch. In der Nacht war ein Gewitter über die Nordfriesischen Inseln hinweggezogen. Während seines Aufenthaltes im Museum musste es noch einmal geregnet haben. Die Sonne, die nun wieder erbarmungslos herniederbrannte, sog das Wasser aus der Erde, und der Dunst hing schwer in der Luft. Schweiß lief Leander von der Stirn in die Augen.

Er überlegte, ob er den Rest des Tages unter den Apfelbäumen in seinem Garten verbringen sollte, aber das brachte ihn in seinen Recherchen nicht voran. Von nichts kommt nichts, dachte Leander, da musst du jetzt durch.

Nelli Niddessen war wenig erfreut, als Leander in der Geschäftsstelle des *Inselboten* sein Anliegen vortrug. »Da muss ich erst mal gucken, ob wir dazu überhaupt etwas hier haben«, sagte sie, ließ ihren Worten aber keinerlei Taten folgen.

»Das wäre nett.« Leanders Nicken sollte aufmunternd wirken, rief aber lediglich ein missmutiges Stirnrunzeln hervor. »Kann ich Ihnen beim Nachgucken irgendwie behilflich sein?«, schob er deshalb nach.

»Sie meinen, jetzt gleich?« Nelli Niddessen konnte offenbar eine derartige Unverschämtheit kaum fassen.

»Nein, ich meine jetzt und nicht erst gleich«, unterstrich Leander seine Ungeduld, die angesichts der Lahmarschigkeit und Arbeitsunlust der jungen Frau bedenklich zu brodeln begann.

Nelli seufzte und wandte sich widerwillig ihrem Computer zu. Sie tippte deutlich unmotiviert auf der Tastatur herum, schaute dann abwartend auf den Monitor, schüttelte den Kopf und tippte erneut. Das ging etwa zehn Minuten so, bis Leander sein ungeduldiges Wippen auf den Fersen aufgab und dazu überging, vor Nellis Schreibtisch auf und ab zu tigern.

Schließlich wurde auch die junge Frau ungeduldig und fauchte Leander an: »Können Sie das nicht mal lassen? Sie machen mich ganz nervös.«

»Vorschlag«, entgegnete Leander und holte tief Luft, damit die Situation hier nicht eskalierte, »Sie haben doch sicher noch so ein altmodisches Archiv, in dem die gedruckten Ausgaben in gebundenen Büchern aufbewahrt werden, oder? Was halten Sie davon, wenn Sie mich dorthin bringen und dann in Ruhe alleine weitersuchen?«

Nun ergriff ein Leuchten von Nellis Gesicht Besitz. »Natürlich, ja, das ist die Lösung. Warum bin ich da nicht gleich draufgekommen?«

Leander enthielt sich einer Antwort, obwohl sie ihm auf der Zunge lag. Er folgte ihr durch eine Seitentür und dann die Kellertreppe hinunter. Hinter einer Stahltür mit der Aufschrift *Archiv* befand sich ein Raum mit Regalen, in denen die gebundenen Jahrgänge aufbewahrt wurden.

Nelli ging zielsicher auf eines der Regale zu und deutete dann ausschweifend auf eine ganze Reihe von Büchern in

Augenhöhe. »Das hier sind die Ausgaben der neunziger Jahre. Und da drüben ist ein Tisch, an dem Sie in Ruhe lesen können.« Sie beugte sich verschwörerisch zu ihm und flüsterte: »Kopieren ist eigentlich verboten, aber wenn Sie Handyfotos machen wollen ...« Dabei kniff sie Leander ein Auge zu.

»Danke. Und wenn Sie jetzt wieder in ihrem Computerarchiv stöbern, sehen Sie doch gleich einmal nach, ob es gespeicherte Fotos von dem Scheunenbrand in Alkersum im August 1999 gibt – am Tag des Ringreitturniers.«

»Hmh«, machte Nelli und zog mit gesenktem Kopf wieder ab. Offenbar hatte sie geglaubt, nun aus dem Schneider zu sein.

Leander seufzte, suchte im Regal das Buch mit den Zeitungen vom zweiten Halbjahr 1999 und setzte sich damit an den Tisch. Er blätterte langsam vor und achtete genau auf Berichte über die Brandserie. Im Juli hatte es offenbar keinen Scheunenbrand gegeben. Dann stieß er auf einen Artikel über das Ringreiterfest. Falk Riewerts wurde im Großformat abgelichtet: *Neuer König der Mitteldörfer!*, stand in großen Lettern als Schlagzeile quer über der Seite. Der Text schilderte die Atmosphäre auf dem Turnierplatz so, wie Leander sie selbst vor ein paar Tagen erlebt hatte. Der erbitterte Kampf um den Königsring wurde ausschweifend beschrieben und am Ende stand der junge Falk als strahlender Sieger fest. Stimmen der Turnierbesucher waren eingefangen worden und vor allem die jungen Frauen schwärmten in ihren Beiträgen von dem neuen König. Kritische Stimmen gab es nicht. Hier auf der Insel war man selbst Falk Riewerts gegenüber loyal, wenn es der Außendarstellung des Vereins zugutekam.

Auf der nächsten Seite wurde dann von dem Brand auf dem Olsen-Hof berichtet. Ein Schwarz-Weiß-Foto der brennenden Scheune nahm die halbe Seite ein. Dass zu dem Zeitpunkt nichts mehr zu retten gewesen war, war auch für einen

Laien eindeutig. Das gleißende Licht der Flammen bestimmte kontrasttötend die komplette Szenerie, so dass die Gesichter der Umstehenden nicht zu erkennen waren.

In dem Begleitartikel kam der Brandmeister zu Wort. Er berichtete vom Zeitpunkt des Alarms und davon, dass bei dem Eintreffen der Feuerwehr auf dem Hof nur noch der Schutz der Nebengebäude möglich gewesen sei. Auf die Frage, ob es sich um Brandstiftung handele, antwortete er: »Dazu kann ich im Moment noch nichts sagen. Ich möchte dem Brandermittler da nicht vorgreifen. Aber als wir hier ankamen, haben wir schon die Vollbrandphase angetroffen. Wenn das Feuer sich zum Beispiel durch zu nasses Heu selbst entfacht hätte, wäre es eher bemerkt worden.« Na bitte, dachte Leander, jetzt hast du ja doch etwas gesagt. Nasses Heu war bei Feldscheunen eine der häufigsten Brandursachen. Die Hitzeentwicklung beim Faulprozess führte schnell zur Selbstentzündung und war in früheren Zeiten, als die Scheunen noch mit Reet gedeckt worden waren, die größte Sorge der Bauern gewesen. Genau dies wurde also heute immer noch zuerst vermutet, schied aber in diesem Fall eindeutig aus.

Auch Bauer Olsen berichtete, dass er zwei Stunden zuvor noch auf dem Hof gewesen sei, um sein Vieh zu versorgen. Hätte es da in der Scheune einen Schwelbrand gegeben, hätte er das durch die Rauchentwicklung bemerkt. »Das war Brandstiftung, ganz klar!«, wurde er zitiert.

Zu diesem Zeitpunkt war offenbar die Leiche noch nicht entdeckt worden, denn von ihr stand nichts in dem Bericht. Da es keine weiteren Fotos gab, auf denen Schaulustige abgebildet waren, blätterte Leander zum nächsten Tag weiter.

Leichenfund in Olsens Scheune! Brandserie fordert erstes Todesopfer! Der Reporter JJ schilderte die grausige Entdeckung, die die Feuerwehr noch in der Nacht des Brandes gemacht hatte, wie einen Edgar-Wallace-Krimi. Zwischen den verbrannten Balken des eingestürzten Scheunendaches hatte ein verkohlter Körper gelegen. Die Tatsache, dass die Tochter des Bauern vermisst wurde, und ein unter der Leiche gefundener und intakter Schuh, der von dem Vater zweifelsfrei identifiziert worden war, ließen den Schluss zu, dass es sich bei der Leiche um Wencke Olsen handelte.

Es folgte eine Schilderung ihres kurzen, vielversprechenden Lebenslaufes. Wencke hatte vorgehabt, Agrartechnik zu studieren und den Hof des Vaters zu übernehmen. Im Wintersemester hätte ihr Studium begonnen. Ein Foto der lebensfrohen jungen Frau vervollständigte das Bild der heilen Welt, die nun zusammengebrochen war. Der Vater war zu keiner Stellungnahme in der Lage, aber Nachbarn und Freunde des Mädchens trauerten wortreich. Jeder wollte sie am Abend des Ringreiterfestes noch gesehen haben. Angeblich verfolgte die Polizei bereits eine heiße Spur. Und dann las Leander einen der Sätze, die ihn im Umgang mit der Presse in seiner aktiven Zeit immer auf die Palme gebracht hatten: *Ein Zusammenhang mit dem Verschwinden des Alkersumer Bauernsohnes Falk R. lässt sich nach Angaben der Polizei gegenwärtig nicht bestätigen.* Derartige Formulierungen konnte man wie eine Entlastung lesen, aber Leanders Erfahrung nach wurden sie in der Öffentlichkeit stets wie eine Vorverurteilung aufgenommen. Nicht selten folgten der Veröffentlichung Jagdszenen, die der sogenannten ›gesunden Volksseele‹ entsprangen. Falk Riewerts hatte es nach dem Brand bei Frevert am eigenen Leibe erfahren.

Leander blätterte weiter. An den folgenden Tagen wurde die Arbeit der Polizei mit abnehmendem Interesse und immer größer werdenden Abständen verfolgt, zumal sie ergebnislos blieb. Mitte September hatte JJ seine Berichterstattung über den Fall eingestellt.

Leander blätterte noch einmal zurück zu dem Bericht über den Scheunenbrand. Auch hier stand als Kürzel JJ unter dem

Artikel. In der ersten Jahreshälfte hatte es mehrere Brandstif-
tungen gegeben, denen der *Inselbote* immer kurze Notizen
gewidmet hatte, alle ebenfalls verfasst von JJ. Keiner dieser
Vorfälle hatte jedoch das Ausmaß des Olsen-Brandes gehabt.

Nelli Niddessen kam zurück in den Kellerraum und blieb
vor Leanders Tisch stehen. »Und? Waren Sie erfolgreich?«

Statt einer Antwort tippte er auf das Kürzel unter dem
Artikel zum Scheunenbrand. »Wissen Sie, wer das ist?«

Nelli zog die Stirn kraus und dachte nach. »Jakob Jessen«,
sagte sie schließlich. »Das war zwar vor meiner Zeit, aber das
kann eigentlich nur der Jakob sein.«

»Können Sie mir sagen, wo ich Herrn Jessen finde? Vielleicht besitzt er die Negative von den Fotos noch. Wenn man
die mit der heutigen Digitaltechnik vergrößert, könnten die
Gesichter der Menschen besser zu erkennen sein.«

»Klar. Der lebt jetzt im Johanneshaus am Rebbelstieg. Aber
er wird Ihnen nicht weiterhelfen können. Er hatte im letzten
Jahr einen Schlaganfall und ist seidem nicht mehr ansprechbar.«

Mist, dachte Leander. »Und? Haben Sie auch etwas gefunden?«, fragte er in demselben Tonfall, den Nelli eben gebraucht
hatte.

»Ja. Das heißt nein. Ich meine: Wir haben nichts weiter über
den Brand gespeichert. Ich habe allerdings in Flensburg angerufen. Aber die hatten so schnell auch nichts parat. Falls sie
noch Fotos finden, bekomme ich die per Mail. Wenn Sie mir
ihre Mail-Adresse dalassen, schicke ich die Fotos an Sie weiter.«

Nun seufzte Leander und schlug die Zeitungsbücher zu.
Er schrieb seine E-Mail-Adresse auf einen Zettel und gab ihn
der jungen Frau. Dann trug er den Stapel Bücher zurück ins
Regal. Auf dem Weg nach oben bedankte er sich für Nellis
Einsatz und betonte, dass sie ihm sehr geholfen habe.

»Gern geschehen«, sagte sie erfreut. »Wenn Sie noch einmal etwas suchen …«

»… komme ich gerne auf Sie zurück.« Leander verabschiedete sich per Handschlag und trat hinaus in die Schwüle.

Die Sonne lastete schwer über der Großen Straße. Zwischen den Geschäftshäusern staute sich die Hitze. Cumulus-Wolken türmten sich auf und gaben dem ansonsten blauen Himmel eine dreidimensionale Tiefe. Wenn nicht bald Wind aufkam, würden sie sich verdichten und spätestens am Abend wieder in ein Gewitter münden.

Der Radladerfahrer entleerte polternd seine Schaufel auf die Ladefläche eines Lastwagens und gab dem Fahrer das Zeichen, dass er abfahren konnte, während der nächste Lkw schon an der Seite wartete. Seit dem Morgen wurde eine Fuhre nach der anderen vom Olsen-Hof abtransportiert. Der Schutthaufen, der einst eine Scheune gewesen war, war inzwischen fast vollständig abgetragen. Falk schaufelte den verkohlten Rest des Taubenhauses auf die Schubkarre, um ihn zu dem übrigen Schutt zu bringen, als ein Einsatzwagen der Polizei auf den Hof fuhr. Bennings und Olufs stiegen aus, beobachteten einen Moment die Aufräumarbeiten und schlenderten dann auf ihn zu, als machten sie bei einem Ausflug aufs Land einen kleinen Anstandsbesuch. Der zweite Lastwagen war nun ebenfalls beladen und da kein weiterer bereitstand, konnte der Radladerfahrer seine Maschine abstellen und eine Pause machen. Die plötzliche Stille legte sich wie eine Bleidecke über den Hof.

Falk stellte die Schaufel auf dem Boden ab und stützte sich mit beiden Händen auf den Stiel. Er blickte den Polizisten ausdruckslos entgegen und erwiderte ihren Gruß nicht. Mal sehen, was die schon wieder hier wollen, dachte er und hatte ein mulmiges Gefühl. Aber das würde er denen nicht zeigen. So viel hatte er schon in seiner Jugend gelernt: Unsicherheiten behältst du besser für dich. Sein prügelnder Vater war ein guter Lehrmeister gewesen.

»Schade drum.« Bennings deutete mit dem Kopf auf die Stelle, an der das Taubenhaus gestanden hatte.

»Ich werde ein neues bauen«, entgegnete Falk. »Wenn der Pferdestall und die Scheune fertig sind.«

»Aha? Große Pläne also? Na, da wird Sie der Grund unseres Besuches freuen.« Bennings wirkte freundlich, aber Falk machte sich nichts vor: Der Mann war ein *Cop* und die waren immer auf Empfang.

Klondike näherte sich mit skeptischem Blick und tief in den Hosentaschen versenkten Händen von der Remise. Bennings' und Olufs' Gruß erwiderte er mit einem vorsichtigen Nicken.

»Die Untersuchung der Brandrückstände hat nichts Neues ergeben«, fuhr Bennings fort, als bemerkte er die Kälte gar nicht, die ihm hier entgegenschlug. »Als Brandbeschleuniger wurde Spiritus verwendet; wir haben eine Probe von Ihnen mitgenommen, wie Sie ja wissen.«

»Terpentin, ich weiß.« Guter Versuch, aber nicht mit mir, dachte Falk und bemerkte einen Moment zu spät, dass ihm dabei ein Grinsen entwischt war. Das war ein Fehler, wie er in Bennings' Augen und an dem Anflug eines Lächelns sah, das nun über das Gesicht des Kriminalbeamten huschte.

»Ruf das Sägewerk an, Klondike, und frag mal, wo das Holz bleibt«, wich Falk der Situation aus. »Am Wochenende muss es losgehen. Wir haben schon genug Zeit verloren.«

Bennings verstand, dass das gegen ihn gerichtet war, und entgegnete: »Wir machen nur unsere Arbeit, Herr Riewerts. Es sollte ja wohl auch in Ihrem Interesse sein, dass wir die Brandstifter ermitteln.«

»Suchen Sie die überhaupt noch?« Falk deutete auf die verkohlten Reste in seiner Schubkarre, während Klondike keine Anstalten machte, seiner Aufforderung zu folgen.

»Natürlich. Wir ermitteln in verschiedene Richtungen.«
Bennings' Lächeln deutete an, dass er sich nicht provozieren ließ. »Und sobald wir neue Erkenntnisse haben, lassen wir es Sie wissen. Aber Spiritus … – na ja, das wissen Sie ja selbst, nicht wahr?« Er zwinkerte Falk zu.

Der verzog keine Miene, während Klondike neben ihm unruhig auf den Hacken wippte und von einem zum anderen blickte. Ihm schien nicht zu gefallen, was da gerade zwischen Falk und Bennings ablief. Vielleicht konnte er sich aber auch nur keinen Reim darauf machen und erwartete jeden Moment das dicke Ende.

Die Beamten wandten sich wieder ihrem Fahrzeug zu. Olufs, der die ganze Zeit über nur schweigend und mit verschlossenem Gesicht neben seinem Kollegen gestanden hatte, setzte sich grußlos hinter das Steuer. Bennings hielt in der Bewegung inne und nickte Falk und Klondike zum Abschied zu, bevor er auf den Beifahrersitz rutschte.

Als der Einsatzwagen langsam den Hof verließ, atmete Klondike hörbar aus. »Was war das denn jetzt?«

»Nur die Ruhe«, antwortete Falk. »Die können uns gar nichts.«

»Und die Sache mit dem Spiritus? Was hatte das zu bedeuten?«

Falk legte Klondike beruhigend eine Hand auf die Schulter. »Du hast Bennings doch gehört. Selbst wenn er eine Probe Spiritus bei uns gezogen hätte, würde ihm die gar nichts nützen.« Und auf Klondikes verständnislosen Blick hin erklärte er: »Spiritus kann man nur schwer nachweisen und schon gar nicht zuordnen. Die haben also absolut nichts gegen uns in der Hand.«

Der Skatabend stand heute für Leander unter einem schlechten Stern. Sein Blatt glich einer Katastrophe, die ihren Lauf nahm, ohne dass er auch nur ansatzweise Einfluss darauf nehmen konnte. Er schien ein Abonnement auf Neunen, Damen und Könige zu haben – Karten, die für kein eigenes Spiel taugten und auch dem Mitspieler keine Freude bereiteten.

»Kein Wunder«, kommentierte Tom die Pechsträhne und ergänzte auf Leanders fragenden Blick: »Das ist der sprichwörtliche Zusammenhang zwischen der Liebe und dem Spiel. Und mit Franziska läuft es doch im Moment ganz gut, oder?«

Leander, der sehr wohl merkte, dass sein Freund auf Detailinformationen aus war, schwieg und zog vielsagend die rechte Augenbraue hoch, was Tom sichtlich ärgerte. Überhaupt war die Stimmung des Lehrers heute Abend ebenfalls am Tiefpunkt, weil seine Recherchen genauso schleppend vorankamen wie die Leanders. In seiner Not hatte er bereits Mephisto gebeten, ihn tatkräftig zu unterstützen, was der freudig zum Anlass genommen hatte, sofort den gesamten Zeitplan für die kommenden Tage zu okkupieren. Leander konnte Tom ansehen, dass er das Hilfeersuchen an seinen schwergewichtigen Freund schon jetzt für einen Fehler hielt. Aber wenn Mephisto einmal Blut gerochen hatte, gab es kein Zurück mehr.

»Immerhin haben wir inzwischen ein wichtiges Puzzle-Teilchen dazubekommen«, versuchte Leander Tom aufzumuntern. Er hatte ihm bereits von der Claim-Lizenz berichtet, die Karola gefunden hatte, aber Toms Freude war gedämpft gewesen, weil dadurch gleich wieder neue Fragen aufgeworfen wurden.

»Diese verfluchten Goldsucher«, schimpfte Tom. »Jeder Aushilfsverkäufer in New York hat der Nachwelt seine Memoiren überlassen. Wir werden überschwemmt mit immer denselben Deli-Geschichten, aber an die Biografien, die wirklich neu und interessant sind, komme ich nicht heran. Wenn wir doch nur das ominöse Tagebuch finden würden!«

»Falls – ich betone *falls*! – es das überhaupt gibt«, erklärte Mephisto mit erhobenem rechtem Zeigefinger, »werden wir es auch finden. Vertrau da mal ganz auf mich, mein Freund.« Tom verzog schmerzhaft das Gesicht.

»Morgen fahre ich nach Amrum«, machte Leander einen neuen Aufmunterungsversuch. »Franziska hat Neuigkeiten angekündigt. Sie hat jemanden gefunden, der uns mehr erzählen kann.«

»Wie lange bleibst du diesmal?« Toms genervte Stimme verriet, dass er wenig optimistisch war. Er argwöhnte offenbar, dass Leanders Besuch auf der Nachbarinsel in erster Linie seiner neuen Flamme galt und darüber wieder einmal das Recherchieren in Vergessenheit geraten würde.

»Das wird sich zeigen. Aber ich verspreche dir, dass ich diesmal nicht zurückkommen werde, bevor ich etwas in Erfahrung gebracht habe.«

»Merkst du was?«, wandte sich Mephisto grinsend an Tom. »Der will dich darauf vorbereiten, dass du ihn in den nächsten Monaten nicht zurückzuerwarten brauchst.« Nur Götz stimmte leise in sein meckerndes Lachen ein.

Tom stöhnte. Er hatte nicht einmal mehr den Elan, der zwischen den Skatbrüdern eingespielten Frotzelei zu trotzen. Er warf die Karten auf den Tisch, anstatt zu mischen und auszuteilen, stemmte sich mühsam von der Bank hoch und schlug mit den Worten »Bin gleich wieder da.« den Weg zu den Toiletten ein.

»Unser Schulmeister macht mir ernsthaft Sorgen«, kommentierte Götz den Anblick der leicht gekrümmten Gestalt. »Schleicht daher wie Lehrer Lämpel nach der Pfeifenexplosion. So deprimiert habe ich den noch nie gesehen.«

»Der kriegt sich schon wieder ein, wenn in ein paar Wochen die Ferien anfangen«, prognostizierte Leander. »Dann kann er nur noch die Arbeit machen, die ihm wirklich Spaß macht:

Recherchieren, Bücher schreiben, der Geschichte nachschnüffeln, uns auf die Nerven gehen. Wirst sehen, der fängt sich wieder.«

»Aber nur, wenn er endlich vorankommt.« Mephisto beugte sich zu seinen Freunden über den Tisch und fuhr mit strenger Stimme fort: »Und dafür müssen wir sorgen, Henning – du und ich! Ein für alle Mal: Mit dem Scharwenzeln um Franziska ist jetzt Schluss!« Er wischte Leanders Protest bereits im Ansatz vom Tisch. »Du musst auf Amrum etwas finden. Und ich werde, wenn nötig, in die Katakomben der Dorfkirchen und die Abgründe der Föhrer Familiengeschichten hinabsteigen und alles zutage fördern, was da ist.« Mit entschlossenem Blick lehnte er sich wieder zurück und verschränkte die Arme vor der Brust, was Leander als Signal deutete, dass jeder Einwand zwecklos sein würde. »Wofür hat er schließlich Freunde wie uns?!«, setzte Mephisto grimmig nach.

Götz tauschte mit Leander zweifelnde Blicke aus.

In diesem Moment betrat Dieter Bennings das Gartenlokal, blickte sich kurz um und kam dann im Slalom zwischen den Tischen hindurch auf sie zu. »'n Abend, die Herren«, grüßte er und setzte sich auf Toms Platz. »Fehlt da nicht einer?«

»Du sitzt quasi drauf«, antwortete Mephisto und lachte meckernd.

Leander bewunderte die Fähigkeit seines Freundes, von einer Sekunde auf die nächste seine Stimmung zu wechseln. Eiken hatte ihm das einmal mit Mephistos früherem Beruf erklärt: Als Priester muss man in der Lage sein, die Atmosphäre eines Trauergespräches schnell wieder abzulegen, um sie nicht eine halbe Stunde später in ein Ehevorbereitungsgespräch zu tragen.

»Ein Bier?«, fragte Mephisto Bennings.

»Und was zu essen, bitte. Ich komme direkt aus der Zentralstation und hatte noch kein Abendbrot.«

»Dem Manne kann geholfen werden.« Mephisto sprang auf und eilte auf seinen kurzen Beinen davon.

»Das hört sich nach viel Arbeit an«, stellte Leander fest. »Gibt's was Neues?«

»Zumindest eine Menge Papier: Die Auswertung des Brandsachverständigen ist gekommen. Ungezählte Worte und Formeln, die wohl nur diese Feuerhanseln wirklich verstehen.«

»Heißt das, du weißt nicht, was drinsteht?«

»Quatsch. Den Kern habe ich schon kapiert: Die Spuren auf dem Olsen-Hof sind zu alt, um noch brauchbare Ergebnisse zu liefern. Aber das war ja auch nicht wirklich anders zu erwarten. Mit der Aktion wollte ich nur Falk Riewerts aus der Reserve locken.«

»Das wirst du bei dem nie schaffen«, entgegnete Leander.

»Vermutlich. Er war auch völlig unbeeindruckt, als ich ihm das heute mitgeteilt habe. Er schien sogar gewusst zu haben, dass ihm da überhaupt keine Gefahr drohte. Dafür gibt es andere Ergebnisse: Bei dem Brand in Freverts Scheune in Midlum handelt es sich genauso um Brandstiftung wie bei dem Feuer auf dem Riewerts-Hof. Die Brandsachverständigen haben an mehreren verteilten Stellen in den Scheunen Brandherde entdeckt. Es wurde mit einem flüssigen Brandbeschleuniger gearbeitet.«

»Na bitte«, reagierte Leander erfreut. »Dann müsst ihr jetzt nur noch bei den Verdächtigen auf die Suche nach dem Zeug gehen.«

»Leider nein. Mit Hilfe der Gas-Chromatografie und der Massen-Spektroskopie haben unsere Leute zwar Brandbeschleuniger nachgewiesen, aber es wurde wahrscheinlich Spiritus eingesetzt.«

»Wieso ›wahrscheinlich‹? Das wird man doch anhand der chemischen Zusammensetzung nachweisen können«, wunderte sich Leander.

»Eben nicht. Spiritus …«

Mephisto unterbrach die Ausführungen, indem er einen Bierkrug und eine Holzplatte mit Schinkenbroten vor Dieter Bennings auf den Tisch stellte.

Tom schlurfte ebenfalls heran, nahm resigniert zur Kenntnis, dass sein Sitzplatz nun vergeben war, und schob sich mit sanfter Gewalt neben Leander und Götz auf die Bank. »Schinken soll übrigens krebserregend sein«, erwähnte er beiläufig und schob ein müdes »Guten Appetit!« nach.

»Mein Schinken ist nicht krebserregend!«, stellte Mephisto mit grimmigem Blick fest.

»Igitt!«, entgegnete Tom und untersuchte demonstrativ Mephistos Hinterteil. »Der Schinken ist von dir?«

»Den ignorierst du heute besser«, riet Leander Dieter Bennings und deutete mit dem Kopf leicht auf Tom. »Also, weiter im Text: Was ist mit Spiritus?«

»Spiritus enthält eine Kombination aus verschiedenen Vergällungsmitteln, die dafür sorgen sollen, dass das Ethanol, also der Alkohol, aus dem Spiritus ja hauptsächlich besteht, nicht mehr trinkbar ist. Die prozentuale Kombination dieser Vergällungsmittel ist von Land zu Land unterschiedlich. Wenn man also Spiritus nachweisen kann, kann man lediglich feststellen, in welchem Land der hergestellt wurde.«

»Na prima: Ein Brand in Deutschland ist also mit Hilfe von deutschem Spiritus entfacht worden«, unkte Tom. »Wen soll das, bitte schön, als Täter überführen?«

»Da hast du leider recht«, gab Bennings zu. »Und es kommt noch schlimmer: Spiritus ist ein leicht flüchtiges Gemisch. Das heißt, dass er sich bei hohen Temperaturen schnell komplett verflüchtigt. Ihn in Brandrückständen eindeutig nachzuweisen, ist also fast unmöglich. Entsprechend haben unsere Brandsachverständigen lediglich Rückstände von Vergällungsmitteln gefunden und die sind kein eindeutiger Beweis und können schon gar keiner bestimmten Marke oder Herkunft zugeordnet werden.«

»Also könnte ich mein Haus anzünden und ihr könntet bei mir einen halben Kanister von dem Zeug in der Garage finden und hättet trotzdem keine Chance, mir die Tat damit nachzuweisen?« Leander schüttelte ungläubig den Kopf.

»Genauso ist das. Leider. Wenn wir Terpentin nachgewiesen hätten, wäre es leichter gewesen. Dafür hätte ich sogar eine Vergleichsprobe von Falk Riewerts gehabt.« Bennings drehte bedauernd beide Handflächen nach oben. »Übrigens weiß er ganz genau, dass Spiritus nicht nachweisbar ist. Das hat er mir heute unfreiwillig bestätigt.«

Die Freunde beobachteten schweigend, wie Bennings seine Schinkenbrote aß. Leander war klar, dass der Täter angesichts dieser wackeligen Beweislage wohl kaum überführt werden konnte. Das bedeutete aber auch, dass der Mörder von Knut Riewerts ungeschoren davonkommen würde, genau wie der von Wencke Olsen seinerzeit, und dass der Verdacht, der unter der Hand auf Falk lastete, nicht entkräftet werden konnte. Leander musste einen anderen Weg finden, den Täter zu erwischen. Dafür musste er ihn aus der Reserve locken und kontrolliert noch einmal zuschlagen lassen. Aber wie sollte er das anstellen?

Als er seinen Freunden diese Überlegung mitteilte, entgegnete Tom: »Sag mal, findest du nicht, dass du momentan auf zu vielen Hochzeiten gleichzeitig herumtanzt?«

»Nicht, wenn sie in derselben Familie stattfinden«, widersprach Leander und erklärte auf Toms verständnislosen Blick hin: »Das müsste doch auch dir inzwischen aufgefallen sein: Sowohl bei den Goldsuchern als auch bei den Brandserien stoßen wir immer auf dieselben Namen. In beiden Fällen tauchen die Familien Riewerts und Olsen auf. Und wenn du mich fragst, laufen die Fäden am Ende bei Falk zusammen.

Einfach so von einem Zufall auszugehen, wäre fahrlässig.«
Da niemand widersprach, fuhr er fort: »Ich stoße immer auf
dieselbe Frage: Wenn wir einmal davon ausgehen, dass Falk
Riewerts unschuldig ist, dann muss es jemanden geben, der
die Brände gelegt und seinen Vater ermordet hat, um den
Verdacht auf ihn zu lenken. Wer hasst Falk so sehr, dass er
so etwas macht, nur um ihm zu schaden?«

»Sein Bruder Jan«, antwortete Tom.

Leander schüttelte leicht den Kopf. »Meret hält das für
unmöglich und ich traue ihrer Einschätzung.«

»Ich nicht«, entgegnete Bennings. »Jan Riewerts hatte allen
Grund, auf seinen Vater wütend zu sein. Anstatt ihm in seiner misslichen Lage auf dem eigenen Hof zu helfen, hat der
alte Mann seinen anderen Sohn zurückgeholt und finanziell
unterstützt.«

»Das konnte Jan nicht wissen«, widersprach Leander.
»Dass Knut Riewerts den Olsen-Hof gekauft und Falk übertragen hat, hat er erst später erfahren.«

Bennings wiegte wenig überzeugt den Kopf.

»Wer außer Jan kommt als Täter in Frage?«, fuhr Leander
unbeeindruckt fort.

»Die anderen Bauern«, vermutete Mephisto. »Jacobsen,
Peters, Henken, Fendrich und Frevert.«

»Frevert wohl kaum.« Tom schien sich inzwischen gefangen zu haben und beteiligte sich nun ebenfalls an den Gedan-
kenspielen. »Der steckt doch nicht die eigene Scheune an.«

»Es sei denn, sie war gut versichert und er wollte ohnehin
vergrößern«, gab Tom nicht auf. »War sie gut versichert?«
Letzteres war an Bennings gerichtet.

Der nickte kauend und murmelte: »War sie. Aber ich hatte
bei meiner Befragung den Eindruck, dass er nichts damit zu
tun hat. Er schien wirklich betroffen zu sein, zumal ein paar
alte Möbel, die von seinen Großeltern stammten und die er

gerade restaurierte, ebenfalls in der Scheune standen. Und deren ideeller Wert war nicht versichert. Außerdem habe ich nicht das Gefühl, dass Frevert von irgendwelchen Veränderungsplänen getrieben wird. Der macht auf mich eher den Eindruck, als sei er froh, wenn er sich vor der Arbeit drücken kann.«

»Bleiben die anderen Bauern, allen voran Jacobsen. Ihr habt doch alle mitbekommen, wie der die Jagd auf Falk eröffnet hat.« Tom suchte mit den Augen in der Runde nach Bestätigung.

Leander dachte einen Moment darüber nach. »Glaube ich nicht«, sagte er dann. »Einen Brand zu legen, ist eine Sache. Aber den alten Riewerts zu ermorden, nur um Falk aus dem Weg zu räumen?«

»So sehe ich das auch. Der Tod des Alten war kein Unfall«, berichtete Bennings. »Knut Riewerts ist in seinem Zimmer ermordet worden. Die Spurenlage ist eindeutig. Erst anschließend wurde er in die Scheune verfrachtet und dann wurde der Brand gelegt. Ein Mord ist eine andere Hausnummer, als eine Scheune abzufackeln.«

»Fazit«, sagte Leander. »Es muss eine weitere Person geben, die Falk so sehr hasst, dass sie zu solchen Verbrechen bereit ist.«

»Richtig«, meinte Mephisto. »Und diese Person müssen wir finden.«

»Wenn es nicht doch Falk Riewerts selber war«, gab Bennings nicht auf und schob die leere Brotplatte von sich. »Immerhin ist er durch den Tod des Vaters in den Besitz des Olsen-Hofes gekommen.«

»Den hätte er doch auch so bekommen.« Leander stellte genervt fest, dass sie sich im Kreis drehten. »Falk und sein Vater hatten sich versöhnt.«

»Und wenn die Situation des Riewerts-Hofes so aussichtslos ist, dass nur der Verkauf des Olsen-Hofes ihn noch retten kann?« Das kam von Götz, der bislang schweigend zugehört hatte. »Vielleicht sah sich Knut Riewerts gezwungen, zuerst seinem Sohn Jan zu helfen, damit sein eigener Besitz nicht verloren ging. Wenn er Falk das eröffnet hat, dann musste der etwas unternehmen, sonst wäre ihm der Olsen-Hof vor der Nase weggeschnappt worden.«

»Das ist doch reine Spekulation«, entgegnete Leander.

»Noch.« Dieter Bennings griff nach seinem Krug, trank ihn in einem langen Zug aus und setzte ihn lautstark wieder auf dem Tisch ab. »Wir haben heute die Buchhaltung der Familie Riewerts beschlagnahmt und den Kollegen von der Wirtschaft in Flensburg geschickt. Die kriegen raus, wie die wahre Situation des Betriebes ist.«

»Hat deine Anfrage in den USA denn schon etwas ergeben?«, erkundigte sich Leander.

»Wie man's nimmt. In den ersten Jahren, als Falk in New York gelebt hat, hat es natürlich den einen oder anderen Brand gegeben. Klar, in einer Millionenstadt passiert täglich etwas. Aber da war nichts, das man mit ihm in Verbindung bringen könnte. Keine auffällige Serie oder dergleichen. Später, als er von Biohof zu Biohof gezogen ist, gab es allerdings schon Scheunenbrände, die auch deutlich an seiner Route lagen. Nach meiner Anfrage sind die Behörden hellhörig geworden, denn zwei Tage nach seiner Abreise aus Oregon ist auf dem Hof, auf dem er drei Monate lang gearbeitet hat, ein Stall abgebrannt. Sämtliche Pferde sind in dem Feuer umgekommen und ein Stallbursche, der noch versucht hat, ein wertvolles Turnierpferd zu retten. Allerdings hatten die Kollegen in den USA Falk Riewerts nicht auf dem Schirm. Deshalb gibt es keine Ermittlungsergebnisse, die in einen Zusammenhang mit ihm gebracht werden könnten. Sie haben mich gebeten, ihnen mitzuteilen, falls wir hier etwas gegen ihn in der Hand haben sollten.«

»Hm«, machte Leander. »Das ist wirklich nicht sehr erhellend.« Ihm wäre es lieber gewesen, wenn es eindeutig keine Hinweise gegeben hätte.

»Eben«, sagte Dieter Bennings. »Zusammenfassend kann man sagen: Kann sein, dass Falk Riewerts weiterhin als Feuerteufel unterwegs war, kann aber auch sein, dass er es nicht war.«

»Ein Grund mehr«, schloss Leander, »sich Gedanken darüber zu machen, wie wir den Täter zwingen können, aus seiner Deckung zu kommen.«

Aus dem Reisetagebuch des Föhrer Bauernsohnes Volckert Olsen

25. Dezember 1898

Weihnachten. Fest der Familie. Am Morgen des Heiligen Abends wäre ich am liebsten im Bett geblieben, denn ich hatte die ganze Nacht von Mutter, Vater und Ingfe geträumt und wollte von diesem Traum jeden noch so kleinen Fetzen festhalten.

Beim Frühstück hat Rörd seine geschnitzten Figuren herausgeholt und vor uns auf dem Tisch aufgebaut. Es stellte sich heraus, dass es Krippenfiguren waren. Maria, Josef, das Jesuskind, die Heiligen drei Könige, Esel, Ochsen und Schafe hat er in den letzten Wochen klammheimlich geschnitzt.

Als die Figuren so vor uns auf dem Tisch standen, hatte Knudt die Idee, ihnen gemeinsam eine Krippe zu bauen. Holz genug hätten wir ja, hat er gesagt und zum ersten Mal seit Wochen wieder gelacht. Und dann feiern wir Weihnachten, hat Rörd gerufen. Wie zu Hause!

Wir haben den Vormittag mit dem Bau der Krippe verbracht. Alles sollte jetzt perfekt sein. Sogar Futterraufen für die Tiere haben wir auf dünnen Ästen geflochten. Knudt hat uns plötzlich angesehen und gemeint, so könnten wir aber nicht Weihnachten feiern, so wie wir aussehen. Also haben wir Wasser erhitzt und uns gegenseitig die Bärte abgenommen. Was da zum Vorschein kam, hatten wir seit San Francisco nicht mehr zu sehen bekommen: vier zivilisierte junge Männer. Wir haben uns zuerst ungläubig angesehen, dann haben wir gelacht, aufgelassen und wie befreit.

Am Nachmittag haben wir das Abendessen vorbereitet. Es sollte etwas Besonderes sein, nicht die üblichen Bohnen. Rörd hat Elchfleisch aus dem Vorratsraum geholt und aufgetaut. Ich habe eine Flasche Rum geöffnet und mit Dosenfrüchten und Rosinen einen Rumtopf angesetzt. Knudt hat Zucker in der Pfanne aufgelöst und Karamell gegossen.

Nickels war plötzlich verschwunden. Keiner von uns hatte bemerkt, daß er sich seinen Mantel angezogen und die Hütte verlassen hatte, so sehr waren wir mit unseren Vorbereitungen und der Vorfreude beschäftigt gewesen.

Beim Abendessen dann war er plötzlich wieder da, so, als wäre er gar nicht weg gewesen. Knudt hat angefangen, von früher zu erzählen, von Weihnachten in seiner Familie. Bald hatte jeder von uns Geschichten beizusteuern, außer Nickels, der schweigend in unserer Mitte saß.

Wir haben bis spät in die Nacht zusammengesessen und gefeiert. So glücklich bin ich nicht mehr in mein Bett gefallen, seit ich Föhr verlassen habe.

Zum Frühstück gab es heute Pfannkuchen mit Ahornsirup. Knudt hat sie auf unseren Mehlvorräten gezaubert. Als wir uns an den Tisch setzen wollten, lag plötzlich ein in Tannenzweige verpacktes Geschenk auf jedem Teller, außer auf dem von Nickels. Und da begriffen wir: Er war gestern draußen gewesen, um Geschenke vorzubereiten. Aber er hat nicht einfach irgendetwas eingepackt, er hat sich für jeden von uns Gedanken gemacht. Rörd bekam ein Bowie-Messer, weil er das von Nickels immer so bewundert hatte. Daß Nickels zwei davon besaß, hatte er uns nie verraten. Ich hatte neue Mokassins in meinem Päckchen, weil meine schon kaputt waren, und Knudt Fellhandschuhe auf dem gleichen Grund.

Jetzt haben wir gar nichts für dich, hat Rörd gesagt und man hat gemerkt, daß er sich geschämt hat, genau wie Knudt und ich. Nickels hat ihn nur angelächelt und da wußte ich, daß wir ihm hier in den Wäldern am Klondike das größte Geschenk machen, das er sich vorstellen kann: Er hat zum ersten Mal im Leben Freunde.

17 DONNERSTAG

Franziskas Lädchen lag direkt neben der Buchhandlung Quedens an der Ortsdurchfahrtstraße in Wittdün, die den einfallsreichen Namen Inselstraße trägt. Im Fenster wurden nur wenige Stücke angeboten, die zum Teil aus Bernstein, zum Teil aus Treibholz gefertigt waren. Dabei legte Franziska offenbar Wert auf die Verbindung feiner Kunsthandwerksarbeit mit der groben Anmutung des Ausgangsmaterials – eine Gratwanderung, die ihr in beeindruckender Weise gelang, wie Leander fand.

Beim Betreten des Ladens wurde von der Tür ein Windspiel aus bleichen Holzstäbchen angestoßen, die sicher ebenfalls Strandgut waren und hell klackerten wie die Gebeine in Goethes *Totentanz*. Franziska bediente gerade eine Urlauberin, die sich für die Einschlüsse im Bernstein interessierte, sich ausführlich beraten ließ und am Ende dann doch nichts kaufte.

Als die Frau den Laden verlassen hatte, kam Franziska auf Leander zu und umarmte ihn zur Begrüßung. »Schön, dass du da bist. Ich räume nur eben die Stücke wieder weg, dann können wir gehen.«

Leander freute sich über die herzliche Begrüßung und Franziskas unbefangene Art. »Kannst du denn schon schließen? Oder kommt deine Aushilfe gleich?«

»Ach, du hast es ja eben erlebt: Die Urlauber lassen sich meine Arbeiten zeigen, aber sie kaufen kaum etwas, weil es ihnen am Ende zu teuer ist. Dabei berechne ich bei der Kalkulation schon nur einen Bruchteil der Zeit, die ich an solchen Arbeiten sitze.«

»Und dann reden immer alle vom Mindestlohn«, warf Leander ein.

»Der gilt für Angestellte, nicht für die Selbstständigen. Warte, ich bin gleich so weit.«

Während Franziska die Bernsteinschmuckstücke zurück in die Auslagen brachte, betrachtete Leander das Treiben auf der Straße. Die Lage des Geschäftes war erstklassig. Da draußen flanierten unzählige Urlauber vorbei, zumal der Buchladen Quedens nebenan brummte, wie Leander auf dem Weg hierher hatte sehen können. Trotzdem blieben nur hin und wieder Leute vor dem kleinen Schaufenster stehen, und niemand kam mehr herein.

»So, wir können gehen. Heute Nachmittag bleibt das Geschäft zu.« Franziska ließ Leander zuerst den Laden verlassen. Dann hängte sie ein *Geschlossen*-Schild in die Tür und schloss ab. »Und jetzt? Zum Strand?«

»Unbedingt. Ich habe auch deinen Rat befolgt und nur kleines Gepäck dabei.« Er deutete auf den Tagesrucksack, in dem er lediglich Wechselwäsche, eine Zahnbürste und seinen Rasierapparat mit sich führte.

»Heißt das etwa, du willst nicht lange bleiben?« Franziska betonte ihre Frage bewusst enttäuscht.

»Richtig, ich fürchte, ich muss schon in drei oder vier Wochen zurück. – Nein, Spaß beiseite, Tom würde mich schlachten, wenn ich so lange wegbliebe.«

Franziska lachte, hakte sich bei ihm ein und zog ihn durch eine kleine Seitenstraße in Richtung Kniepsand mit sich. Sie überquerten die Promenade und stiegen ein paar Stufen zum Strand hinab, der hier vor Wittdün dicht bevölkert war.

»Da links beginnt das Schutzgebiet«, erklärte Franziska. »Das dürfen wir nicht betreten. Wir müssen also quer rüber zum Spülsaum.« Sie deutete über die breiteste Stelle des Strandes, an dessen Ende man hinter den Sandverwehungen die weißen Kämme der leichten Brandung sehen konnte. Dazwischen hockten zahlreiche Seevögel und warteten auf das Niedrigwasser.

Die Sonne wurde immer wieder von weißen Schäfchenwolken verdeckt, aber wenn sie dazwischen hindurchlugte, war es schlagartig heiß hier draußen, denn der helle Sand und die unzähligen Schwertmuscheln reflektierten die grellen Strahlen erbarmungslos. Ein leichter Lufthauch zog von der offenen See aus herein. Nichts erinnerte mehr an die Gewitterfront, die in der letzten Nacht für Regen gesorgt hatte.

Sie überquerten den Sandstreifen und hatten schon bald die Badeurlauber hinter sich gelassen. Am Spülsaum kamen ihnen nur noch vereinzelt Strandwanderer entgegen. Dabei war es wirklich erfrischend, mit den Füßen durch das Wasser zu laufen und den Seewind auf der Haut zu spüren. Leander genoss vor allem den weiten Blick, den er hier über das Meer hatte. In Wyk lag immer etwas im Sichtfeld – und wenn es auch nur die Halligen waren. Hier vom Kniepsand aus wirkte die Nordsee offen und endlos. Auch die Breite des Strandes verstärkte dieses Gefühl. Dicht aneinandergereihte Strandmuscheln und -zelte gab es hier nicht. Als der Leuchtturm von Nebel weit vor ihnen in Sicht kam, waren sie sogar fast unter sich.

Franziska blieb abrupt stehen und blickte sich um. »Hier ist es gut.« Sie zog ihre Kleidung aus, trieb Leander mit Handzeichen an, es ihr gleichzutun, und zog ihn dann mit ein paar schnellen Schritten in die Wellen. Sie schwammen durch die Brandung hinaus bis zu einer Sandbank. Dort ruhten sie sich aus, immer wieder von leichten Wellen überspült, und ließen sich schließlich von der Dünung an den Strand zurücktragen.

Dann lagen sie nebeneinander in der Sonne, die sie schnell trocknete. Leander spürte das Salz, das auf seiner Haut übrig blieb und sie förmlich zusammenzuziehen schien. So hatte er sich früher im Dienst immer die große Freiheit vorgestellt: als einen endlosen Sommer am Strand mit einer schönen Frau an seiner Seite. Und dann war sein Weg nach Föhr vor einigen Jahren ganz anders gewesen. Er sah sich in der Erinnerung an der Reling der Fähre stehen und dem eisigen Sturm und Schneeregen trotzen, während auf der Insel der Tod des Großvaters und damit eine Kälte auf ihn wartete, von der er in dem Moment noch nichts geahnt hatte.

»Woran denkst du?«, riss Franziska ihn aus der Erinnerung und strich mit den Fingerspitzen über die Gänsehaut auf seinem Arm, die sich unwillkürlich gebildet hatte.

»An meinen ersten Winter auf Föhr.« Er erzählte ihr von den Schneemengen und dem klirrenden Frost, die seine Recherchen im Todesfall seines Großvaters begleitet hatten. Einmal wäre er auf dem Weg zu Eiken Jörgensen, die Dienst im Wagen der Schutzstation draußen auf dem Deich gehabt hatte, fast erfroren.

»Die Kälte kann tückisch sein hier auf den Inseln«, sagte Franziska. »Der Seewind kühlt einen sehr schnell aus. Wenn man damit nicht rechnet und zu weit von zu Hause entfernt ist, kann das gefährlich werden.« Nach einer Pause, in der Leander schwieg, ergänzte sie: »Das mit deinem Großvater hat auf Föhr damals für viel Aufregung gesorgt. Aber auch hier auf Amrum war das ein Thema. Über das Dritte Reich reden die Leute bis heute nicht gerne.«

»Da draußen ist er ertrunken.« Leander deutete in Richtung der Sandbänke, die dem Kniepsand vorgelagert waren. »Komisch, aber immer wenn ich auf Amrum bin, muss ich sofort an ihn denken.«

»Wahrscheinlich ist etwas von ihm noch hier«, sagte Franziska leise.

»Glaubst du an so was?« Leander richtete sich auf und sah sie erstaunt an.

Franziska zuckte nur leicht mit den Schultern. Ihre Augen blickten eher nach innen als hinaus auf das Meer. Aber plötzlich lächelte sie ihn wieder an. »Es geht mir genau wie dir. Hendrik ist auch ertrunken und hier draußen fühle ich mich ihm immer sehr nahe. Dann denke ich, dass seine Energie noch da ist und ich sie spüren kann. Blöd, oder?«

»Finde ich nicht«, antwortete Leander ernst. »Ich glaube zwar nicht an das Ewige Leben und den Quatsch, den uns die Kirchen so verkaufen wollen, aber irgendetwas bleibt von uns, da bin ich mir sicher.« Er stellte erstaunt fest, dass Franziskas Bekenntnis zu ihrem Mann nicht zwischen ihnen stand, sondern sie sogar auf eine geheimnisvolle Weise verband. Die Wärme, die seinen Körper nun durchflutete, vertrieb die Gänsehaut so schnell, wie sie durch die Erinnerung gekommen war.

»Wirst du eigentlich ständig in Kriminalfälle verwickelt?« Franziska griff nach seiner Hand. »Ich denke, du bist im Ruhestand.«

Leander lachte. »Irgendwie kann ich mich nicht dagegen wehren. Außerdem ist es besser, als nur in meinem Garten zu sitzen und Däumchen zu drehen.« Er wandte sich Franziska zu und strich mit den Fingern zart über ihren Arm. »Wenn Tom uns jetzt so sehen könnte, würde er mir den Hals umdrehen«, sagte er lachend. »Ich musste ihm versprechen, mich auf Amrum voll auf die Goldgräber-Recherchen zu konzentrieren.«

»Alles zu seiner Zeit«, meinte Franziska in gelassenem Tonfall. »Aber ich kann dich beruhigen. Morgen werde ich dir eine alte Dame vorstellen, die dich und vor allem Tom sicher begeistern wird.«

»Warum erst morgen?«

»Wie gesagt: Alles zu seiner Zeit. Heute stehe ich auf dem Programm.« Sie zwinkerte Leander zu. »Außerdem habe ich meine eigenen alten Fotoalben hervorgekramt und Bilder vom Ringreiterfest 1999 gefunden. Das sind zwar nur Schnappschüsse von mir und meinen Freunden, aber damit kannst du vielleicht auch etwas anfangen.«

Angesichts dieser Ankündigung drängte Leander bald zum Aufbruch. So gerne er einfach nur mit Franziska durch den Sommernachmittag gedriftet wäre, ihm fehlte momentan die Ruhe dazu. Und je eher Leander und Tom ihre Recherchen erfolgreich beendeten, desto mehr Zeit würde er für Franziska haben.

Sie liefen plaudernd an der Wasserlinie entlang, ohne darauf zu achten, dass sich rechts von ihnen ein Priel bildete. Erst als sie nicht mehr weiterkonnten, weil tiefes Wasser vor ihnen vorbeiströmte und stark ins Meer hinausgezogen wurde, merkten sie, dass sie in eine Sackgasse geraten waren, und mussten umkehren. Vom Quermarkenfeuer aus wählten sie schließlich den Weg durch die Dünen und über die Holzbohlen an der Uwe-Düne vorbei bis nach Norddorf.

»Puh«, stöhnte Leander, als Franziska die Haustür aufschloss, »das war ein Marsch. Ich spüre meine Beine kaum noch.«

»Das macht das Sandtreten. Wenn man das nicht gewohnt ist …«

Leander ging gleich ins Badezimmer. Franziska reichte Handtücher hinein, als Leander schon unter der Dusche stand und sich Salz, Sand und Schweiß von der Haut schrubbte. Einen Moment blieb sie vor der Duschtür stehen, dann streifte sie kurzentschlossen ihre Kleidung ab und schlüpfte ebenfalls hinein.

Als sie später nebeneinander im Garten auf ihren Liegestühlen lagen, wagte Leander einen erneuten Vorstoß: »Wie bist du denn auf die alte Dame gestoßen, die uns etwas über die Goldgräber erzählen kann?«

»Ich habe mich an den besten Freund meines Schwiegervaters erinnert, das war sein Cousin Jörn Sörensen. Wenn er überhaupt mit irgendjemandem über seine Familiengeschichte gesprochen hat, dann sicher mit ihm.«

»Und du meinst, der könnte auch etwas über das Tagebuch wissen? Dann sollten wir ihn unbedingt besuchen.«

»Das können wir gerne machen, aber es wird uns nichts nützen.«

»Aha. Und wieso nicht?«

»Weil er auf dem Friedhof in Nebel liegt. Jörn Sörensen ist schon seit Jahren tot.«

»Na prima! Da hattest du ja eine tolle Idee.« Leander merkte, wie er wütend wurde. Wollte Franziska ihn auf den Arm nehmen? Nahm sie Toms Anliegen nicht ernst?

»Jetzt warte doch erst mal ab. Das ist ja noch nicht alles. Jörn Sörensen ist nicht der Letzte dieses Familienzweigs hier auf Amrum. Seine zwar sehr alte, aber geistig fitte Mutter, also die Großtante meines Mannes Hendrik, lebt noch. Und die wohnt gar nicht weit von hier, gleich neben dem alten Gasthaus an der Wattseite von Norddorf. Wenn überhaupt jemand etwas von früher weiß, dann Gesche Sörensen.«

»Soso. Und wie alt ist die Dame, wenn sie die Großtante deines Mannes ist?«

»Nun ja, sie geht stramm auf die hundert zu.«

Leander stöhnte.

»Wie gesagt, sie ist geistig noch topfit. Aber wenn du meinst, dass das nichts bringt …«

»Neinnein, wir werden sie besuchen.« Schließlich muss ich Tom gegenüber wenigstens einen guten Willen beweisen, dachte er, aber er hütete sich, es laut auszusprechen.

»Ich habe uns für morgen um fünfzehn Uhr zum Tee bei ihr angemeldet.«

»Wunderbar. Dann können wir uns heute Abend deine Fotos vom Ringreiterfest 1999 ansehen.«

»Weißt du mit unserem ersten Abend nichts Besseres anzufangen, als Fotoalben zu wälzen?« Franziskas Stimme klang betont enttäuscht.

»Was denn? Wir haben doch gerade eben erst …«

»Entschuldige, ich habe nicht daran gedacht, dass du ja schon ein Pensionär bist. Und ältere Herren …«

»Biest!«, fauchte Leander und da er Franziskas Andeutung nicht auf sich sitzen lassen wollte, wuchtete er sich hoch und quetschte sich zu ihr auf die Liege.

»Das bin ich.« Franziska tippte mit dem Zeigefinger auf ein hübsches junges Mädchen in Friesentracht und mit strahlend roten Haaren. Allein die geflochtene Frisur musste Stunden an Vorbereitung gekostet haben. »Es ist schon komisch, wie nah mir die Zeit plötzlich wieder ist, wenn ich diese Fotos sehe. Als wenn das Turnier 1999 erst vor ein paar Tagen stattgefunden hätte. – Sieh mal, das ist Wencke.« Die blonde junge Frau, die auf dem nächsten Foto neben Franziska stand, lachte ausgelassen und legte ihrer Cousine einen Arm um die Schultern.

Ein paar Stunden später war sie tot, dachte Leander. »Ist das da rechts Meret Riewerts?«

»Genau. Da hieß sie allerdings noch Bohn. Aber sie war schon mit Jan verlobt. Wencke hat sich immer darüber lustig gemacht, dass ausgerechnet der stinklangweilige Jan bei ihr das Rennen machen sollte. Falk, der hat Pfeffer, hat sie immer gesagt. Dein Jan hat höchstens Baldrian. Wencke konnte schon ziemlich gemein sein, wenn sie jemanden auf dem Kieker hatte.«

»Und Meret hatte sie auf dem Kieker?«

»Irgendwie war jeder mal dran. Aber Meret hat das schon ziemlich viel ausgemacht, das stimmt. Sie war immer ernsthafter als wir anderen Mädchen. Das war schon in der Schule so.

Eigentlich hat es keinen gewundert, dass sie den Ersten, mit dem sie im Bett landet, gleich heiratet. Aber dass das ausgerechnet Jan sein musste, hielten wir alle für Verschwendung.«

»Wenn Falk so viel Pfeffer hatte, erklärt das, warum Wencke etwas mit ihm hatte.«

»Stimmt. Wencke hat nichts anbrennen lassen. Sie war von uns allen Falk am ähnlichsten. Der ist mit jeder im Heu gelandet, die das mitgemacht hat. Und Wencke hat das mehr als einmal mitgemacht.«

»Könnte das für sie ernster gewesen sein als für ihn?«

»Ich weiß, worauf du hinauswillst. Wencke war davon überzeugt, dass man sich nicht ernsthaft binden darf, bevor man mindestens fünfundzwanzig ist. Außerdem wusste sie, dass Falk nicht in der Lage war, eine feste Bindung einzugehen. Der hatte immer mehrere Sachen gleichzeitig laufen.«

»Woher weißt du so genau, was Wencke gedacht hat?«

»Frauengespräche.« Franziska grinste schelmisch. »Außerdem war Wencke nicht nur meine Cousine, wir waren beste Freundinnen und haben uns immer erzählt, was gerade so lief.«

Leander räusperte den Knoten im Hals weg, der sich angesichts der lockeren Art, mit der Franziska ihre Jungengeschichten andeutete, stetig vergrößerte. Er ermahnte sich innerlich, zu einer professionellen Distanz zu finden.

»Schockiert dich das?«, fragte Franziska lächelnd. »Du darfst das alles nicht so ernst nehmen. Wir waren Dorfmädchen und sind damit aufgewachsen, dass unsere Eltern schon nach einer guten Partie für uns Ausschau gehalten haben, während wir noch im Sandkasten spielten. Dagegen haben wir rebelliert, indem wir Jungengeschichten nicht ernst nahmen. Außerdem haben wir unseren Eltern mit Vorliebe ständig neue Freunde präsentiert, weil wir wussten, dass sie das auf die Palme treibt.«

»Wie sind denn die jungen Männer mit eurer Flatterhaftigkeit umgegangen?«

Franziska musste sich sichtlich zusammenreißen, um sich nicht über Leanders Wortwahl lustig zu machen. Ständig zuckte es um ihre Mundwinkel. Die Lachfältchen wichen nicht mehr von ihren Augen. »Das war ganz unterschiedlich«, antwortete sie schließlich, als sie sich einer festen Stimme sicher sein konnte. »Falk hat damit gespielt, Jan war ständig eifersüchtig, obwohl Meret ganz anders drauf war als wir.«

»Gab es vielleicht jemanden, der hinter Wencke her war und für den das alles gar kein Spiel war?«

Franziska nickte und musste nun doch laut lachen. »Da war tatsächlich einer, mit dem Wencke geradezu gespielt hat. Aber der kam überhaupt nicht in Frage. Für kein Mädchen in unserem Umkreis.«

»Das heißt, niemand von euch hat ihn ernstgenommen?«

»Nein, bestimmt nicht. Der hatte bei keinem Mädchen in Alkersum eine Chance.«

»Das hört sich für mich verdammt gefährlich an«, meinte Leander. »Solche Menschen neigen dazu, sich in eine Psychose hineinzusteigern. Glaub mir, ich habe in meiner Laufbahn einige solcher Fälle erlebt, in denen tiefe Verletzungen zu bestialischen Morden geführt haben. Fast alle Triebtäter hatten ähnliche Kindheitserlebnisse.«

»Sven ein Triebtäter? Jetzt spinnst du aber wirklich. Nee, Henning, ehrlich, wenn einer keiner Fliege was zuleide tun konnte, dann Sven Lund. Das war doch selber eine ganz arme Sau.«

»Wie heißt der? Sven Lund? Ist das etwa ein Nachfahre von dem Goldgräber, der damals völlig verarmt nach Föhr zurückgekommen ist?«

»Ich glaube schon, ja. Die Lunds waren immer schon bettelarm. Keiner von denen hat eine feste Arbeitsstelle gehabt, die waren immer nur Tagelöhner und haben meistens von der Sozialhilfe gelebt. – Moment mal, ich glaube, Sven ist auch auf einem der Fotos.« Franziska blätterte durch die Bilder, hielte das eine oder andere etwas länger in der Hand, wenn mehrere Personen darauf zu sehen waren, und schob Leander schließlich eines zu, das im Festzelt gemacht worden war.

Das Foto war aus einer etwas erhöhten Perspektive aufgenommen worden und zeigte tanzende junge Menschen in ihren Trachten und Ringreiteruniformen. Leander erkannte Meret und Jan wieder. Sie sah nicht gerade glücklich aus, obwohl sie doch mit ihrem Verlobten tanzte. Sie sah ihn auch nicht an, sondern blickte zur Seite. In ihrer Blickrichtung fand Leander Falk, der etwas verschwommen war, weil er sich gerade heftig im Tanz gedreht haben musste. Auch seine Partnerin, die er an beiden Händen hielt und herumwirbelte, war verwackelt. Aber dass es Wencke war, konnte Leander eindeutig erkennen. Etwas später mussten sie zusammen im Heu von Olsens Scheune gelandet sein.

»Das ist Sven.« Franziska tippte auf einen jungen Mann, der keine Uniform trug und mit den Händen in den Hosentaschen etwas abseits stand.

Er hatte ein volles Gesicht, brünette Haare mit Seitenscheitel und wirkte wie ein Milchbubi, fand Leander. Sein Blick war finster und auf Wencke Olsen gerichtet oder zumindest in ihre Richtung. So schaut einer, der kurz vor einem Wutausbruch steht, dachte Leander.

»Sieht so aus, als stinke ihm Wenckes Tanz mit Falk gewaltig«, stellte er fest. »Wie war denn seine Beziehung zu Wencke?«

»Wenn du das Wencke gefragt hättest, hätte sie gesagt: Es gab keine. Sie wollte absolut nichts von ihm wissen. Sven allerdings sah das wohl anders. Er war immer schon hinter Wencke her, schon in der Schule. Wie eine Klette hat er an ihr gehangen. Sie konnte so fies zu ihm sein, wie sie wollte, er ließ sich nicht vertreiben. Bei einem Feuerwehrfest hat Wencke sich dann mal hinreißen lassen. Sie war ziemlich betrunken und hat mit ihm getanzt. Auch als er angefangen hat, sie zu küssen, hat sie das noch nicht ernst genommen und mitgemacht. Als er ihr dann aber nach dem Fest aufgelauert hat und mit zu ihr nach Hause gehen wollte, hat sie ihm gehörig die Meinung gesagt. Das muss ziemlich heftig gewesen sein, denn sogar Wencke hatte ein schlechtes Gewissen, als sie mir davon erzählt hat.«

»Was hattet ihr denn alle gegen Sven Lund? Er sieht doch ganz harmlos aus.«

»Keine Ahnung. Wenn ich jetzt darüber nachdenke, kam er einfach von Anfang an nicht in Frage. Ob er nett war oder gut aussah, hat, glaube ich, keine von uns je interessiert. Mit den Lunds wollte niemand etwas zu tun haben. Die waren wie Aussätzige. Dabei hätte ich meine Eltern sofort auf Hundertachtzig gehabt, wenn ich den mit nach Hause gebracht hätte.«

»Gab es denn einen besonderen Grund für diese Abneigung?«

Franziska zuckte mit den Schultern. Sie überlegte lange, dann sagte sie: »Ich glaube, die hatten einfach das Pech, dass sie schon immer von niemandem akzeptiert wurden. Jedes Dorf hat doch irgendwelche Leute, die außen vor sind, mit denen keiner etwas zu tun haben will. Das sind entweder irgendwelche Dorftrottel oder eben sozial Deklassierte. Ganz früher hat man Familien ausgegrenzt, die behinderte Kinder hatten. Die armen Würmer sind deshalb von ihren Eltern im Haus versteckt worden und durften nicht raus und mit den anderen spielen. Und in Alkersum waren eben die Lunds die Aussätzigen. Das haben wir von klein auf so mitbekommen und nie in Frage gestellt.« Sie blickte verlegen zu Leander hinüber und senkte dann den Blick. »Ich weiß, das ist brutal und ungerecht. Aber Kinder denken über so was nicht nach. Schon gar nicht, wenn das in ihrer Umgebung normal ist.«

»Immerhin bestätigt das meine Theorie«, meinte Leander und erklärte auf Franziskas fragenden Blick hin: »Wencke Olsen muss nicht das Opfer eines jungen Mannes geworden sein, mit dem sie eine Liebesbeziehung oder eine sexuelle Affäre hatte. Es kann auch ein verschmähter Bewunderer gewesen sein, der sie getötet und die Scheune angezündet hat.«

»Sven Lund?« Franziskas Tonfall verriet, dass sie das für unmöglich hielt.

»Sieh ihn dir an.« Leanders Finger tippte auf den jungen Mann auf dem Foto. »Nach deiner Geschichte wirkt er auf mich tief verletzt. Er sieht, wie das Mädchen, dem er verzweifelt hinterherläuft und das ihn ständig ablehnt und sich sogar über ihn lustig macht, mit einem anderen ausgelassen tanzt. Und ausgerechnet mit Falk, der ohnehin keine ernsthaften Absichten hat. Lund weiß wahrscheinlich sogar, dass sie Falk anschließend ranlassen wird, während er es gerade einmal zu einem Kuss gebracht hat. Kannst du dir nicht vorstellen, was in ihm vorgeht? Das ist der blanke Hass, der da aus seinen Augen spricht.«

»Auf Falk vielleicht, aber doch nicht auf Wencke.«

»Gerade auf Wencke. Falk hat ihn nicht abgewiesen, Wencke Olsen schon.«

»Auch Falk war nicht nett zu Sven. Manchmal, wenn er etwas von ihm wollte, wenn er zum Beispiel einen Laufburschen brauchte oder einen, der irgendeine Drecksarbeit für ihn machen sollte, dann hat er Sven freundlich behandelt. Aber sonst hat er ihn mit dem Hintern nicht angeguckt.«

»Ein Grund mehr, warum Sven Lund so einen Hass entwickelt hat. Weißt du, was aus ihm geworden ist? Karola sagte, es gebe niemanden mehr aus der Familie auf Föhr.«

»Keine Ahnung. Nachdem Falk damals die Insel verlassen hat und Wencke tot war, haben wir uns alle irgendwie aus den Augen verloren. Von Lund habe ich nichts mehr gehört. Außerdem bin ich dann ja nach Amrum gegangen.«

»Ich werde Dieter Bennings darauf ansetzen«, überlegte Leander. »Lund hatte damals ein Motiv und wenn er doch noch auf Föhr lebt, wird es ihm nicht gefallen, dass Falk wieder da ist. Damit könnte er auch für die Brandanschläge verantwortlich sein und vielleicht sogar für den Mord an Knut Riewerts.«

»Ehrlich, Henning, du siehst Gespenster. Sven hatte doch nie etwas gegen Knut. Warum sollte er ihn töten?«

Leander antwortete nicht auf die Frage. Er musste selbst erst noch einmal alles genau durchdenken und sehen, ob seine Verdachtskette tatsächlich so sinnvoll war, wie sie ihm im Moment erschien. Er zog sein Handy aus der Tasche und fotografierte das Bild ab. Dann schickte er es mit ein paar Zeilen an Dieter Bennings, in denen er ihm kurz darlegte, warum der Hauptkommissar Lunds Aufenthaltsort in Erfahrung bringen sollte.

Franziska schlug das Fotoalbum zu und schob es zur Seite. »Lass uns jetzt über etwas anderes reden. Oder lass uns essen gehen, damit wir auf andere Gedanken kommen.«

Leander nickte, lächelte sie an und gab ihr einen Kuss. »Du hast recht. Wir sollten uns nicht die Stimmung verderben lassen.« Als er ihren Blick bemerkte, war er einen Moment lang versucht, so etwas wie »Ich liebe dich!« zu sagen. Stattdessen drückte er nur fest ihre Hand und schwieg.

Auf dem Reisetagebuch des Föhrer Bauernsohnes Volckert Olsen

9. Mai 1899

Die Frühlingssonne taut den Schnee um unsere Hütte herum genauso schnell weg, wie er gekommen ist. Keiner von uns hat so früh damit gerechnet, aber es wurde Zeit. Seit Weihnachten haben wir uns bemüht, die Stimmung zu halten, und uns einmal in der Woche gegenseitig rasiert, um nicht wieder so zu verwildern. Und doch kann jeder spüren, welche Spannung in der Luft liegt.

Als wir heute Morgen die Hütte verlassen haben, um Feuerholz zu holen, und die Sonne schien, wußte ich: Wir sind noch einmal davongekommen. Beim Frühstück haben wir uns bei allem, was uns heilig ist, geschworen, nicht noch einmal einen Winter hier oben in den Wäldern zu verbringen.

Noch heute werden wir die Arbeit an unserem neuen Stollen wieder aufnehmen.

17. Mai 1899

Wir kommen gut voran. Die Nächte sind zwar noch kalt, aber der Frost dringt nicht mehr so tief in den Boden ein. Wir graben uns entlang dem Felsen schräg in die Tiefe und stützen die Wände mit Baumstämmen ab. Bisher haben wir noch kein Gold gefunden.

Nickels scheint allmählich die Hoffnung aufzugeben. Immer öfter geht er auf die Jagd und übernimmt unsere Versorgung, während wir graben und Erde waschen. Wenn wir bis zum Herbst kein Gold finden, müssen wir den Winter über in Dawson versuchen, Geld zu verdienen, sonst endet unser Klondike-Abenteuer noch in diesem Jahr.

3. Juni 1899

Wir treiben unseren Stollen seit Wochen voran, ohne Erfolg. Knudt will, daß wir erneut eine andere Stelle suchen, aber Nörd sagt, wir könnten doch nicht schon wieder aufgeben. Mir ist das egal, wir werden ohnehin kein Gold finden, da bin ich mir jetzt sicher. Dieser Claim ist ausgebeutet, sofern er überhaupt jemals Gold geführt hat. Das sage ich aber nicht, die Stimmung ist ohnehin schon schlecht genug.

5. Juli 1899

Endlich liegen die Temperaturen dauerhaft über 0 Grad und es wird selbst in der Nacht fast gar nicht mehr dunkel. Die Bäche sind jetzt vollkommen eisfrei. So zieht hier in den Bergen der Sommer auf.

Beim Abendessen hat sich die Wut der anderen gegen Nickels gerichtet, weil der schon lange nicht mehr mitgräbt. Sie haben ihm vorgeworfen, die Hoffnung aufgegeben zu haben und nur uns noch schuften zu lassen. Da hat Nickels uns lange angesehen und ist dann wortlos aufgestanden und zu seinem Bett gegangen. Unter der Matratze hat er einen Lederbeutel hervorgeholt und darauf kleine Nuggets auf den Tisch geschüttet. Ich wollte es euch erst sagen, wenn ich mir ganz sicher bin, daß genug für uns zu holen ist, hat er gesagt. So lange solltet ihr unseren Claim nicht aufgeben.

Nickels hat vor vier Tagen auf der Jagd einen Hasen erlegt und ist zu einem kleinen Fluss hinabgestiegen, um sein Messer und seine Hände von dem Blut zu reinigen. Da hat im Wasser etwas geglitzert. Am nächsten Tag hat er eine unserer Goldpfannen mitgenommen, ohne daß wir etwas gemerkt haben. Der Inhalt des Ledersäckchens ist die Ausbeute von gerade einmal drei Tagen und dürfte etwa 1500 Dollar wert sein.

Nickels hat uns auf der Karte die genaue Lage gezeigt. Es handelt sich um einen kleinen Nebenfluss des Klondike, an dem noch niemand Gold wäscht. Wir sind die Ersten hier oben und wenn sich herausstellt, dass noch mehr Gold in dem Fluss liegt, müssen wir nach Dawson und einen neuen Claim anmelden, bevor uns jemand zuvorkommt.

Den Rest des Abends haben wir Pläne geschmiedet. Ein Claim darf 500 Fuß lang sein und umfasst die gesamte Breite des Flusses. Wenn jeder von uns einen Claim anmeldet, haben wir 2000 Fuß Flusslänge für uns. Eine Lizenz für 10 Dollar besitzen wir schon, jeder Claim kostet weitere 15 Dollar. Lächerlich, wenn man bedenkt, dass Nickels alleine an drei Tagen Gold im Wert von 1500 Dollar gewaschen hat. Doch bevor wir nach Dawson gehen, müssen wir erst einmal herausfinden, welcher Teil des Flusslaufes der goldreichste ist. Solange niemand sonst hierher kommt, können wir Gold waschen, wo immer wir wollen, und die Vorkommen ausbeuten.

10. Juli 1899

Seit Tagen waschen wir Gold und finden immer neue Stellen, an denen es sich noch mehr lohnt als an den alten. Unser Fluss führt Goldablagerungen in jeder Senke. Wir haben ihn Nickels-River genannt und die Taufe mit einer Flasche Whisky gefeiert.

Zum ersten Mal, seit wir hier oben sind, bin ich mir sicher, dass wir es geschafft haben. Jetzt werden wir reich! Und das verdanken wir nur Nickels.

18 FREITAG

Nach einem sehr späten Frühstück brachen Leander und Franziska zur Odde auf. Den Termin bei Gesche Sörensen hatten sie erst um 15 Uhr und so wollten sie den Rest des Vormittags für einen Spaziergang um die Odde nutzen. Der Weg führte am Dünensee und später an der Strandhalle vorbei, die Leander mit ganz anderen Augen sah, seit er ihre Geschichte und die ihrer Besitzer kannte.

Der Norddorfer Hauptstrand war gut besucht, obwohl klar gezeichnete und hoch aufgetürmte weiße Wolken mit grauen Rändern über den Himmel trieben und ein böiger Wind den Sand aufpeitschte. Wirbelnde Sandkörner stachelten an den nackten Beinen. Ein kleiner Hund, der eine Mischung aus allem war, was die Dorfstraßen so hergaben, stand mit dem Hinterteil und eingekniffenem Schwanz gegen die Windrichtung und rührte sich nicht vom Fleck. Sein Frauchen war bereits in Richtung Spülsaum vorgelaufen und rief vergeblich nach dem kleinen Kerl, der mit Recht nicht einsah, dass er sich ununterbrochen Sand in die Augen wehen lassen sollte. Franziska schnappte sich das Tier und trug es, bis der trockene Strandstreifen mit dem Pudersand aufhörte und es alleine weiterlaufen konnte.

Arm in Arm patschten sie und Leander durch die flache Dünung in Richtung Norden. Hin und wieder mussten sie einer Welle ausweichen, aber da Ebbe war, lief das Wasser verhältnismäßig sanft aus. Am alten Hafen, von dem nur niedrige Holzpflockreihen übriggeblieben waren, spiegelten sich im Windschatten der Stümpfe die Wolken in den zurückgebliebenen Pfützen.

»Nordseewetter«, sagte Leander. »Das liebe ich. Wenn einem der Wind den Kopf freipustet.«

Franziska drückte seinen Arm und legte für einen Moment den Kopf auf seine Schulter.

Der Boden wurde steiniger, je näher sie der Odde kamen. Bald schon glich er einem vom Wind gestalteten Relief. Muschelschalen und Kiesel stachen daraus hervor und zogen scharfe Sandkämme in ihrem Windschatten wie einen versteinerten Schweif hinter sich her. Franziska beachtete das gar nicht und lief barfuß darüber, als habe sie immer noch feinsten Sand unter den Füßen. Leander hingegen stakste wie ein Storch vorwärts und musste deshalb über sich selber lachen.

Kurz vor der Inselspitze begann die Schutzzone 1, aus der ein Zaun Strandwanderer ausschloss. Hier draußen waren sie allein. Sie steuerten die Aussichtsplattform an und setzten sich auf einen Balken. Wie immer bei Seewind war die Sicht nach Föhr hinüber so klar, dass die Nachbarinsel zum Greifen nah wirkte. Die Häuser Utersums hinter den niedrigen Bäumen des Küstenschutzstreifens glichen den Modellen auf der Eisenbahnplatte von Märklin, die Leander als Kind geliebt hatte.

»Warum kommen wir uns nicht einfach zu Fuß besuchen?«, schlug er vor. »Das wäre romantisch wie in alten Zeiten. Früher sollen ja sogar noch Pferdewagen zwischen den Inseln durchs Watt gefahren sein.«

»Da verlief der Priel aber auch anders«, wandte Franziska ein und zeichnete mit der rechten Hand den damaligen Verlauf nach: »Das Tief, das jetzt hier vorne vor dem Strand liegt und im Bogen dort nach Süden verläuft, knickt später wieder nach Norden ab und zieht sich bis nach Hedehusum vor Föhrs Küste entlang. Da kommst du immer nur für ganz kurze Zeit durch, dann läuft das Wasser schon wieder auf. Früher verlief das Tief weiter im Norden. Bei Ebbe fiel damals das gesamte Watt zwischen den Inseln trocken. Da konnte man tatsächlich leicht zueinanderkommen.«

»Und trotzdem sind die Insulaner auf Föhr und Amrum meistens unter sich geblieben. Dass jemand von Föhr hier herüber geheiratet hat, ist doch so gut wie nie vorgekommen.«

»Das stimmt. Heute ist das zum Glück anders. Die meisten Frauen auf Amrum stammen nicht von hier. Viele kommen vom Festland und haben sich im Urlaub in einen der überzähligen jungen Männer verliebt. Na ja, und wenn der dann auch noch Klei an den Hacken hatte, stand einer glücklichen Zukunft als Zimmervermieterin nichts im Wege.«

»So wie bei dir und Hendrik.« Leander bemühte sich um eine unverdächtige Stimme.

»So wie bei mir und Hendrik. Allerdings muss das schon wirkliche Liebe sein, wenn man nicht von einer Insel kommt, sonst erträgt man die sturen Friesenköppe auf Dauer nicht.« Franziska lachte.

Leanders Handy meldete mit einem Klopfgeräusch eine E-Mail. Er angelte das Smartphone hervor und tippte sich zu seinem Postfach durch. Nelli Niddessen hatte ihm eine kurze Nachricht mit Fotos im Anhang geschickt. *Bilder vom Scheunenbrand in Alkersum 1999*, schrieb sie. *Die Redaktion in Flensburg hat sie im Archiv gefunden. Hoffentlich können Sie damit etwas anfangen. Ihre Nelli Niddessen!*

Leander tippte auf das Büroklammersymbol und ließ sich die Fotos nacheinander anzeigen. Er hielt das Display schräg, damit Franziska ebenfalls etwas sehen konnte. Die Bilder zeigten Olsens Scheune, aus der gelbweiße Flammen in den schwarzen Nachthimmel schossen. Im Vordergrund wurden einzelne Gesichter mit viel zu starkem Kontrast angeleuchtet, aber die Personen waren dennoch erkennbar.

»Das ist Jan.« Franziska zeigte auf einen Jungen, der neben

einem Mann stand. »Und sein Vater Knut.« Die beiden blickten mit verkniffenen Gesichtern auf das Inferno.

»Erkennst du sonst noch jemanden?«

»Falk, da hinten hinter dem Weidegatter.« Der Gesichtsausdruck des jungen Mannes war nicht zu erkennen, dazu war der Abstand zum Fotografen zu groß.

Leander rief das nächste Foto auf, das aber nur die einstürzenden und Funken stiebenden Scheunenwände zeigte. Dafür wurde Franziska bei dem darauffolgenden Bild unruhig. »Sven«, rief sie. »Der da drüben im Profil, das ist Sven Lund.«

Leander zog das Bild etwas größer, um den jungen Mann genauer betrachten zu können. Er blickte eindeutig zu Falk, der leicht nach rechts versetzt hinter ihm zu sehen war. Allerdings war die Qualität so schlecht, dass die Gesichter grobkörnig verpixelt waren und damit durch das Aufziehen unscharf wurden. »Man erkennt nicht viel«, sagte er enttäuscht. »Aber er sieht irgendwie wütend aus, oder?«

»Hasserfüllt«, meinte Franziska und wurde nachdenklich. »Vielleicht hast du recht mit deiner Theorie, dass jemand mit dem Brand in Wahrheit Falk treffen wollte. Möglicherweise sogar Sven Lund.«

»Sag ich doch.«

»Oder es ist nur die angemessene Reaktion darauf, dass er glaubt, Falk hätte die Scheune angezündet. Schließlich gehörte sie dem Vater des Mädchens, hinter dem er her war. Mir ist übrigens eingefallen, dass er sogar einmal erzählt hat, er und Wencke seien verlobt. Als ich ihr davon erzählt habe, hat sie schallend gelacht und gesagt: ›Also ehrlich, der Lund wäre wirklich der Letzte, den ich ranlassen würde.‹ Von da ab hat sie sich oft auch öffentlich über ihn lustig gemacht. Wir haben ihn einfach nicht ernst genommen.«

»Das hört sich so an, als habe Sven Lund sich in einen regelrechten Wahn hineingesteigert. Und Wenckes Art, ihn nicht nur abblitzen zu lassen, sondern ihn lächerlich zu machen, kann so viel Hass hervorgerufen haben, dass er zum Mörder wurde.« Leander schaltete sein Handy aus und steckte es wieder ein.

Franziska war nun sehr nachdenklich. Schließlich nickte sie und sagte leise: »Mhm, kann sein. Mein Gott, wenn wir damals nur über so etwas nachgedacht hätten.«

Am Ende einer Stichstraße kurz vor dem *Ual Öömrang Wiartshüs* im Bräätlun lag Gesche Sörensens Häuschen. Fühlte man sich in diesem Teil Norddorfs ohnehin schon weit in die Vergangenheit versetzt, dann ruhte dieses Grundstück geradezu in einer Aura der alten Zeit, die man sonst nur noch in den Dorfgeschichten Theodor Storms nachfühlen kann. Vom Sandweg ging es durch ein weißes Holztörchen und dann ein paar Stufen in den Garten hinab, in dessen Mitte zwischen üppigen bunten Staudengewächsen und schwer an ihren apfel- und birnenförmigen Früchten tragenden Quittenbäumen das kleine Fachwerkhaus mit seinem moosbewachsenen Reetdach stand.

Nachdem Franziska geklopft hatte, dauerte es eine Weile, bis die Tür geöffnet wurde. Eine krumme, kleine Frau mit eingefallenem Gesicht blickte durch glasbausteinartige Brillengläser, die ihre Augen scheinbar auf ein Vielfaches vergrößerten, auf ihre Besucher.

»Franziska«, rief sie mit dünner, aber freudiger Stimme. »Dass du mich mal besöken kommst!«

»Tante Gesche, ich freue mich, dich zu sehen.« Franziska umarmte die kleine, gebrechliche Frau. »Das ist Henning. Er kommt von Föhr.«

»So, von Föhr. Na, da gehörst du ja eigentlich auch hin. Dann kommt mal rein, Kinder.« Sie drehte sich um und schlich vor ihnen her einen engen dunklen Flur entlang bis in die gute Stube.

Es roch etwas muffig hier drin, aber nicht so unangenehm, wie Leander es schon oft bei alten Leuten erlebt hatte. Alles war sauber und ordentlich, nur das Lüften war in diesen engen alten Häuschen unter Reet sehr schwierig.

»Hat sie eine Zugehfrau?«, erkundigte er sich bei Franziska.

»Nein, sie macht alles noch alleine.« Mit lauterer Stimme ergänzte sie: »Nicht wahr, Tante Gesche, du bist noch ganz gut beieinander für deine achtundneunzig Jahre.«

»Jaja, nur der Rücken, der macht mir manchmal zu schaffen, wenn das Wetter wechselt. Aber dieser Sommer ist ja schön. Da sitze ich oft im Garten. Man weiß ja nie: Vielleicht ist es mein letzter. Aber setzt euch doch, Kinder. Der Tee ist gleich fertig.« Sie schlurfte in einen Nebenraum davon, aus dem nun das Pfeifen eines Teekessels ertönte.

»Wie alt ist sie?«, fragte Leander ungläubig. »Achtundneunzig?«

»Weihnachten wird sie neunundneunzig«, bestätigte Franziska. »Ihr Ziel sind die hundert, sagt sie immer.«

»Die schafft sie locker, so drahtig, wie sie ist«, prophezeite Leander.

»So, Kinder, der Tee.« Gesche Sörensen trug mit zittrigen Händen eine Porzellankanne und eine Schale mit Waffelröllchen herein und stellte beides auf den Tisch. »Franziska, Liebes, bist du so nett und holst Tassen aus dem Schrank da drüben?«

Franziska nahm aus einer sehr alt aussehenden dunkelbraunen Vitrine drei Tassen und Untertassen in Friesenblau. Das Geschirr wirkte fein und sehr zerbrechlich, die Farben strahlten frisch, als wäre es gerade erst aus der Fabrik gekommen.

»Das ist noch von meiner Mutter«, erklärte die alte Frau. »Erst eine Tasse ist zerbrochen, sonst ist alles noch da. Aber jetzt setzt euch doch endlich, oder wollt ihr nicht bleiben?«

»Doch, doch, Tante Gesche«, beruhigte Franziska sie und deutete auf das blau bezogene Sofa, dessen Rücken- und Armlehnen Wangen aus dunklem und reich geschnitztem Holz hatten.

Während sie und Leander sich nebeneinandersetzten, schlich Gesche Sörensen noch einmal in die Küche und kehrte mit einer Schüssel Sahne und einem Kännchen zurück. Sie warf den Kluntje in die Tassen, goß Tee hinterher, so dass der Kandis in der heißen Flüssigkeit laut knisterte, und ließ dann vorsichtig vom Rand her von einem winzigen kellenförmigen Löffelchen fette flüssige Sahne in die Tassen laufen, die sofort in die schwarze Tiefe absackte und dann wolkenförmig von unten wieder aufwallte. Das war perfekt zelebrierte friesische Teekultur.

»Nehmt von den Eiserkuchen«, forderte die alte Frau sie auf. »Die habe ich frisch gebacken.«

»Gesche besitzt ein Eiserkuchen-Eisen, das noch auf dem Feuer ihres Holzherdes erhitzt wird«, erzählte Franziska. »Und die Motive stammen aus dem 19. Jahrhundert.« Sie füllte die goldbraunen, brüchigen Hörnchen mit Sahne und aß sie aus der Hand.

Leander folgte Franziskas Beispiel, drückte aber zu fest auf seinen Eiserkuchen, so dass das dünne Gebäck unter seinen Fingern in tausend Einzelteilchen zerbröselte und er um eine Serviette bitten musste, um die Schweinerei zu beseitigen.

»Ich hätte dich warnen müssen«, sagte Franziska. »So hauchdünne Röllchen bekommt nur Tante Gesche hin.«

Die alte Dame schlürfte lautstark ihren Friesentee und setzte die Tasse mit zittrigen Fingern ab. »Ihr kommt wegen Rörd Tadsen zu mir, nicht wahr? Hauke war auch oft bei mir, um über seine Vorfahren zu sprechen.«

»Ich habe Henning erzählt, dass du noch die alte Goldgräbergeschichte kennst und vielleicht auch etwas über das

Tagebuch weißt, von dem Hauke einmal berichtet hat«, bestätigte Franziska.

»Das stimmt nicht ganz«, wandte Gesche Sörensen ein. »Ich kenne nicht die ganze Geschichte, obwohl ich Rörd ja noch als kleines Mädchen erlebt habe. Ich weiß, dass er nach Amerika gegangen ist und dort reich wurde, weil er Gold gefunden hat. Er hat uns Kindern damals viel von seinen Abenteuern erzählt. Auf dem Schiff nach New York hat er drei Männer von Föhr kennengelernt, mit denen er von da an zusammengeblieben ist.«

»Knudt Riewerts, Volckert Olsen und Nickels Lund«, zählte Leander auf.

»Das waren die Namen, richtig. Nickels Lund hat einem von ihnen im Sturm das Leben gerettet. Danach waren sie enge Freunde. In Amerika hatten sie ein hartes Leben. Das muss eine schlimme Zeit gewesen sein damals. Und dann wurden alle verrückt, weil in Alaska Gold gefunden worden war. Die vier haben beschlossen, ebenfalls dort ihr Glück zu versuchen, und sind losgezogen, sobald sie das Geld für die Ausrüstung zusammenhatten.«

»Stimmt es denn, dass sie Gold gefunden haben?«, fragte Franziska.

»Jaja, das stimmt. Einer von ihnen hat beim Kartenspielen eine Goldmine gewonnen. Da sind sie hingereist und haben gegraben. Zuerst haben sie nichts gefunden und wollten schon aufgeben, aber dann sind sie in einem Fluss auf Gold gestoßen. Rörd hat nicht geglaubt, dass es wirklich Gold war. Da gab es ja auch noch das Katzengold, das war nichts wert. Also ist einer von ihnen in die nächste Stadt gegangen und hat es überprüfen lassen. Es war Gold. Von dem Geld, das er dafür bekommen hat, hat er sofort eingekauft: Lebensmittel, neues Werkzeug, Schnaps auch. Die Männer haben gefeiert, als er zur Hütte zurückgekommen ist. Und am nächsten Tag sind sie dann richtig an die Arbeit gegangen.«

»Was ist denn dann passiert, dass Knudt, Volckert und Rörd sich von Nickels Lund getrennt haben?«, fragte Leander nach.

»Das muss mit dem Schnaps zu tun gehabt haben und mit dem Kartenspielen. Rörd hat uns Kindern nichts darüber erzählt, ich habe nur hin und wieder etwas aufgeschnappt, wenn die Erwachsenen sich unterhalten haben. Allerdings haben wir schon gespürt, dass er nicht gerne darüber sprach. Nickels Lund ist jedenfalls nicht mit den anderen zurückgekommen. Erst Jahre später habe ich gehört, dass er irgendwann völlig verarmt auf Föhr aufgetaucht ist und den Männern Vorwürfe gemacht hat. Freunde sind sie nie wieder geworden. Knudt Riewerts und Volckert Olsen waren manchmal hier bei uns auf Amrum. Rörd ist auch hin und wieder nach Föhr gefahren, um sich mit seinen Freunden zu treffen und Geschichten aus Amerika zu erzählen. Aber Lund war nie dabei.«

»Sie sprechen von Vorwürfen, die Lund den anderen Männern gemacht habe«, hakte Leander nach. »Wissen Sie, was er ihnen genau vorgeworfen hat?«

»Sie sollen ihn betrogen haben.« Gesche Sörensen richtete ihren Blick an Leander und Franziska vorbei und dachte nach. »Nein, wenn ich es genau bedenke, dann war sogar von Diebstahl die Rede. Jedenfalls hat er gedroht, sie vor Gericht zu bringen. Rörd hat das nicht ernst genommen. Es gebe ja gar keine Beweise, hat er immer gesagt.«

»Hat er das so gesagt?« Leander beugte sich leicht vor. »Ich meine, hat er den Vorwurf an sich gar nicht abgestritten?«

»Das ist komisch, nicht wahr?« Die alte Frau nickte mit krauser Stirn. »Aber genau so hat er das gesagt. – Hauke hat sich übrigens auch dafür interessiert. Ich habe ihm von den

Tagebüchern erzählt, die Volckert Olsen geschrieben haben soll. Da ist er ganz aufgeregt geworden, das weiß ich noch.«

»Tagebücher?«, hakte Leander nach. »Nicht nur eines?«

»Nein, das weiß ich genau, es gibt mehrere. Das sind so Heftchen oder Kladden.«

»Also gibt es diese Tagebücher tatsächlich«, rief Leander erfreut. »Und Sie sind sich sicher, dass Volckert Olsen sie geschrieben hat?«

»Jaja, der Volckert Olsen. Das weiß ich genau. Rörd hat ja immer erzählt, dass Volckert der einzige von ihnen war, der länger die Schule besucht hat. Knudt musste schon als kleiner Junge auf den Feldern helfen und Rörd hat mit zehn Jahren die Volksschule verlassen. Er musste mit seinem Vater zum Fischen rausfahren; einen Gehilfen konnte der sich nicht leisten. So war das damals, da mussten selbst die Kinder für ihr Essen mitarbeiten. Und der Volckert Olsen war ja schon als Kind ein Bücherwurm. Der hat alles gelesen, was ihm in die Finger kam. Sein Lehrer hat das erkannt und dafür gesorgt, dass er immer Nachschub hatte.«

»Jetzt müssen wir die Tagebücher nur noch finden«, sagte Leander zu Franziska.

Gesche Sörensen blickte ihn erstaunt an. »Wieso? Sind die denn weg?«

»Heißt das etwa, du weißt, wo die Tagebücher sind?« Nun war es Franziska, die ihre Augen aufriss und sich zu ihrer angeheirateten Großtante vorbeugte.

»Natürlich. Die sind doch im *Öömrang-Hüs* in Nebel.«

Sprachlos blickten Leander und Franziska einander an. Da verzweifelte Tom bei der Suche nach den alten Aufzeichnungen und Gesche Sörensen brachte die Neuigkeit mit einer Selbstverständlichkeit hervor, als müsse das doch jeder wissen.

»Bist du sicher?«, hakte Franziska vorsichtshalber noch einmal nach.

»Aber ja. Hauke hat sie doch selbst dorthin gegeben, damit sie nicht verlorengehen.«

»Hauke? Wieso Hauke?« Leander hatte das Gefühl, irgendetwas nicht mitbekommen zu haben. »Wie ist er denn an Olsens Tagebücher gekommen?«

»Ganz einfach: Leif hat sie ihm gegeben.«

»Das musst du uns genau erklären, Tante Gesche«, sagte Franziska.

Die alte Dame lachte und freute sich sichtlich über die Überraschung, die ihr da offenbar gelungen war. Sie stemmte sich mit ihren dürren Ärmchen aus dem Sessel hoch und schenkte noch einmal Tee nach, der auf einem Stövchen warmgehalten wurde. Diesmal erschien Leander die Zeremonie unerträglich lang und überflüssig. »Nehmt von den Eiserkuchen, Kinder. Frisch schmecken die am besten.«

»Später, Frau Sörensen.« Leander hatte Mühe, seine Ungeduld nicht zu sehr zu zeigen. »Weshalb hat Leif Olsen Franziskas Schwiegervater die Tagebücher seines Vorfahren gegeben?«

»Da muss ich etwas ausholen.« Sie setzte sich ächzend wieder in ihren Sessel. Leander beschlich das Gefühl, dass sie nun absichtlich ausschweifend erzählen wollte, um die Spannung zu genießen und die Tatsache, dass ihr in ihrem Alter noch jemand so interessiert zuhörte. »Knudt Riewerts, Volckert Olsen und Rörd sind reich nach Hause zurückgekommen. Sie haben das Geld genutzt und sich eine Existenz aufgebaut. Rörd hat sich mehrere Fischerboote gekauft und Leute eingestellt. Hauke konnte das später alles wieder verkaufen und das Geld in zwei Häuser und ein paar Grundstücke hier in Norddorf stecken. Mit der Vermietung an Urlauber konnte er mehr Geld verdienen als mit der Fischerei. Heute profitierst du davon, Franziska.« Das klang einfach nur wie eine Tatsache und nicht wie ein Vorwurf, und trotzdem beobachtete Leander, dass Franziska den Blick verlegen senkte.

»Landwirtschaft gibt es hier auf Amrum ja kaum«, fuhr die alte Dame fort. »Auf Föhr ist das anders. Die Familien Riewerts und Olsen haben sich von dem Geld aus dem Goldrausch stattliche Bauernhöfe aufgebaut. Später sind sie in die Marsch ausgesiedelt worden und haben noch viel mehr Land dazugekauft. Bei Riewerts ist das auch gutgegangen, aber bei Olsen nicht. Leif hat nicht viel Glück gehabt in seinem Leben. Hauke hat einmal erzählt, dass er Pech an der Börse hatte. Da ging es um Weizen aus Amerika, den er gekauft hat, als der noch gar nicht reif war. Das macht man heute wohl so und dann hofft man, dass der Preis steigt. Ich kenne mich da nicht so aus.«

»Warentermingeschäfte«, warf Leander ein. »Das ist sehr riskant, quasi eine Wette auf die Zukunft.«

»Genau. Und Leif hat die Wette verloren. Da hat es einen Tornado gegeben in Amerika und die ganze Ernte war zerstört. Das kann hier natürlich auch passieren, aber in Amerika müssen die Felder viel größer sein. Jedenfalls war der Leif danach pleite und hätte seinen Hof verkaufen müssen, wenn Hauke ihm nicht geholfen hätte.«

»Das heißt, Hauke Tadsen hat Leif Olsen die Tagebücher von Volckert Olsen abgekauft«, fasste Leander zusammen. »Das ist ja ein Ding.«

»Jaja, so war das«, freute sich Gesche Sörensen. »Das war Glück. Hauke hat vorher oft versucht, die Bücher zu kaufen, aber natürlich wollte Leif sie nicht hergeben. Das kann man ja verstehen. So was gibt es ja nicht zweimal. Und dann hat er die Chance ergriffen. Zuerst sollten die Bücher nur zur Sicherheit sein, als Pfand. Leif Olsen wollte das Geld später zurückzahlen. Aber dann kam der große Brand, bei dem seine Tochter gestorben ist. Danach war alles anders. Leif hat nur noch getrunken und alles verfallen lassen. Einmal war ein Orkan angesagt, aber Olsen hat seinen Weizen trotzdem nicht reingeholt. Ein Hagelsturm hat die Felder verwüstet. Da war nichts mehr zu retten. Man könnte denken, das Schicksal hätte die Familie Olsen für etwas bestraft.« Gesche Sörensens Blick tauchte in fremde Sphären ab.

»Und die Tagebücher«, hakte Leander schnell nach, bevor die alte Frau vielleicht ganz wegdriftete. »Wollte er die nie zurückhaben?«

Es dauerte einen Moment, bis die alte Dame wieder im Hier und Jetzt war und ihre Augen sich geklärt hatten. »Die Tagebücher haben ihn nicht mehr interessiert. Der Schmerz war wohl zu groß. Das ist schlimm, wenn die eigenen Kinder eher sterben als man selbst. Das ist nicht richtig. Schließlich hat er sich dann auch das Leben genommen.« Gesche Sörensens Blick driftete für einen Moment weit in die Vergangenheit. Sie räusperte sich und fuhr fort: »Irgendwann hat dann ein Rechtsanwalt von Föhr nach Leifs Tod die restlichen Schulden bezahlt.«

»Dr. Petersen«, bestätigte Leander. »Der hat den Hof für Knut Riewerts gekauft, damit er an Falk weitergegeben werden konnte.«

»Das weiß ich nicht«, entgegnete Gesche Sörensen. »Aber die Bücher waren da schon längst im *Öömrag-Hüs*. Da hat auch wohl keiner mehr nachgefragt. Nur ein Buch fehlt, das wurde gestohlen.«

»Wie, ›gestohlen‹?« Leander hatte den Eindruck eines Wechselbades: Zuerst gibt es ein Buch, aber das ist nicht auffindbar, dann sind es mehrere Bücher und die sind plötzlich ganz selbstverständlich im Heimatmuseum und nun fehlt doch wieder eines.

»Naja, kurz nachdem Hauke die Tagebücher ins *Öömrang-Hüs* gegeben hat, ist da eingebrochen worden und das letzte Buch wurde gestohlen.«

»Nur das letzte?« Auch Franziska verstand die Zusammen-

hänge nicht ganz und blickte fragend zwischen ihrer Großtante und Leander hin und her.

»Jaja, nur das letzte Tagebuch. Die anderen haben die Einbrecher dagelassen.«

»Wenn es überhaupt mehrere Einbrecher waren«, wandte
Leander ein und dachte über das Gehörte nach. »Hat Hauke
mal erwähnt, was Knut Riewerts dazu gesagt hat, dass er
nun die Tagebücher hatte und sie ans Heimatmuseum geben
wollte? War Riewerts vielleicht auch daran interessiert?«

»Das war er wohl. Aber der Knut hatte damals kein Geld,
um Leif Olsen zu helfen. Deshalb hat Leif ja Hauke gefragt.
Knuts Hof lief auch nicht so gut und Hauke hatte ja rechtzeitig auf den Tourismus gesetzt. Seine Wohnungen waren
immer vermietet.«

Gesche Sörensen sank in ihren Sessel zurück. Ihr Blick
war abwesend, die durch die Brillengläser stark vergrößerten
Augen wirkten vernebelt. Es war ohnehin erstaunlich, wie
lange sie in ihrem Alter durchgehalten hatte und wie klar sie
noch im Kopf war.

Leander griff nach seiner Tasse und trank einen Schluck.
Der Tee war kalt und schmeckte nun bitter. Selbst der Rahm
und auch die Zuckerlösung am Grund konnten das nicht
retten.

Franziska lächelte, als sie seinen Gesichtsausdruck sah, und
stand auf. »Wir sollten jetzt auch gehen. Ich spüle nur eben
die Tassen, damit Gesche das nicht machen muss.«

Kaum war sie mit dem Geschirr in der Küche verschwunden und man hörte Wasser in die Spüle rauschen, war die alte
Frau wieder hellwach, als hätte sie nur auf diesen Moment
gewartet. Sie beugte sich zu Leander vor und blickte ihm tief
in die Augen. »Franziska ist ein gutes Mädchen«, sagte sie
leise, aber eindringlich. »Sie hat schon viel durchgemacht in
ihrem Leben. Lieben Sie sie?«

»Ich glaube schon.« Leander war zu perplex, um mehr als diese knappe Antwort zustande zu bringen.

»Das ist gut. Sie hat ein bisschen Glück verdient.«

Als Franziska mit den gespülten Tassen zurückkam und sie in die Vitrine zurückstellte, lehnte sie sich wieder zurück in ihren Sessel und gab ihren Augen den fernen Schleier zurück, als hätte es das kurze Gespräch zwischen ihr und Leander gar nicht gegeben.

»Unglaublich, wie gut sich Gesche an alles erinnern kann, das früher passiert ist«, bewunderte Franziska die alte Frau, als sie durch den Taft in Richtung Dünemwai gingen. »Nur was gestern war, weiß sie heute schon nicht mehr genau.«

»Unterschätz sie mal nicht«, entgegnete Leander. »Die alte Dame ist wacher, als du denkst.« Franziskas fragenden Blick beantwortete er mit einem Augenzwinkern.

»Aha«, sagte sie. »Habe ich mich also doch nicht getäuscht. Als ich aus der Küche kam, war mir schon so, als sei da etwas zwischen euch gewesen.«

»Dir kann man wohl nichts vormachen, was?«

»Versuch es besser nicht, mein Lieber.«

Leander war sich nicht sicher, ob der drohende Unterton in Franziskas Stimme wirklich so scherzhaft war, wie er klingen sollte. Sicherheitshalber wechselte er das Thema: »Wann sehen wir uns die Tagebücher im Heimatmuseum an?«

»Hm, wann immer du willst. Das *Öömrang-Hüs* hat in der Woche vormittags geöffnet und am Samstag zusätzlich von 15 bis 17 Uhr. Wenn du willst, gehen wir morgen Vormittag dorthin.«

»So machen wir das«, stimmte Leander zu. »Und was fangen wir mit dem Rest des Nachmittags an?«

»Strand?«

»Strand!«

Sie holten sich Handtücher von zu Hause und gingen gleich weiter durch die Dünen zum Kniepsand. Der Wind hatte sich gelegt und so waren jetzt wieder mehr Strandwanderer unterwegs.

»Sag mal«, fragte Franziska, »wieso bist du eigentlich vorhin darauf gekommen, dass Knut Riewerts auch Interesse an den Tagebüchern gehabt haben könnte?«

»Ganz einfach: Ich habe kombiniert.«

»Respekt, Herr Kommissar!«

»Herr Hauptkommissar bitte. So viel Zeit muss sein.«

»Respekt, Herr Hauptkommissar«, korrigierte sich Franziska übertrieben respektvoll. »Dann aber auch a.D., wenn du schon Wert auf die korrekte Anrede legst.«

»Geschenkt.« Leander winkte ab.

»Also, mein Lieber, lässt du mich nun Anteil an deiner genialen Kombinationsgabe haben, oder nicht?«

»Ich will mal nicht so sein.« Leander wich halbwegs geschickt dem Ellenbogen aus, der plötzlich in seine Seite stieß. »Meret hat mir im Café von einem Tagebuch erzählt, das auf dem Dachboden des Riewerts-Hofes in der Kiste mit den Goldgräbersachen gelegen haben soll. Ihr Schwiegervater hat es angeblich einmal gesucht. Wenn es also seinerzeit im Besitz von Knut Riewerts gewesen ist, nachdem es zuvor im *Öömrang-Hüs* war, muss Knut es irgendwie von dort bekommen haben. Da liegt doch der Verdacht nahe, dass er etwas mit dem Einbruch ins Museum zu tun hatte. Also muss in dem Band etwas stehen, das ihn sehr interessiert, vielleicht sogar belastet hat; etwas, das Lunds Behauptung, bestohlen worden zu sein, betreffen könnte. Er soll einmal gesagt haben, dass niemand außerhalb der Familie das Buch lesen dürfe. Und wenn Knut Riewerts sogar einen Einbruch begeht, um an das belastende Beweisstück zu gelangen, dann dürfte an dem Vorwurf etwas dran sein.«

»Und warum hat er das Buch schließlich selber gesucht?«

»Weil es plötzlich verschwunden war. Meret hat erzählt, Jan und Falk hätten als Kinder immer mit den Goldgräbersachen gespielt. Also hat ihr Vater sie beschuldigt, das Buch verklüngelt zu haben.«

»Das wäre aber ärgerlich«, wandte Franziska ein.

»Richtig. Hinzu kommt, dass ich das gar nicht glaube.«

»Sondern?«

»Ich vermute, dass jemand anderer das Buch genommen hat. Jemand, der ebenfalls ein großes Interesse an dem Inhalt hatte.«

»Nun mach es nicht so spannend! Wen hast du in Verdacht?«

»Sven Lund.«

»Unsinn! Warum sollte der denn ein Tagebuch stehlen? – Aah! Jetzt verstehe ich: Natürlich hatte Sven ebenfalls ein Interesse daran, herauszubekommen, was damals passiert ist. Wenn sein Urahn nämlich bestohlen wurde, sind die Diebe schuld an der Armut seiner Familie, während sie sich selbst im Wohlstand vergnügen.«

»Siehst du? Wir passen doch ganz gut zusammen, Frau Hilfspolizistin i. s.«

»Was heißt i. s.?«

»In spe. Wir wollen ja mal nicht zu voreilig sein. Und du magst ja Abkürzungen hinter Amtsbezeichnungen.« Wieder musste er einem Schlag in Richtung seiner Rippen ausweichen. »Allerdings hat die ganze Theorie einen Haken: Woher wissen wir, ob Sven Lund jemals auf dem Dachboden des Riewerts-Hofes gewesen ist?«

»Frag doch deine Hilfspolizistin. Bedingung ist aber, dass das i. s. ein für alle Mal gestrichen wird.«

»Einverstanden. Also: Was weißt du darüber?«

»Nicht viel eigentlich.« Nun war es Franziska, die einen Ausfallschritt zur Seite machen musste. Lachend ergänzte

sie: »Meret, Wencke und ich haben auch oft dort oben mit-
gespielt, als wir noch Kinder waren. Und anfangs war Sven
Lund ebenfalls dabei. Später ist er uns dann zu sehr auf die
Nerven gegangen mit seinen Spinnereien. Aber du hast recht:
Er hat ständig von dem berühmten Goldgräber aus der Lund-
Familie erzählt, der bestohlen worden sei. Er hatte also tat-
sächlich ein Interesse an der ganzen Geschichte. – Hilft dir
das weiter?«

»Und ob! Auch wenn ich noch nicht weiß, was das für die
heutigen Fälle bedeutet, den Mord an Knut Riewerts und
die aktuellen Brandanschläge. Lund bietet sich nach unserer
Theorie als Täter an.«

»Und an der Stelle berufe ich mich dann mal auf meinen Hilfswilli-Status«, erklärte Franziska, »und überlasse
alles Weitere deinem Genie. – Übrigens: Wie weit wollen
wir eigentlich noch laufen? Das Wasser ist hier überall gleich
herrlich.«

»Ooch, wo wir doch gerade so schön kombinieren!«

»Mach, was du willst. Ich jedenfalls lasse jetzt gleich hier
auf der Stelle meine Hüllen fallen.«

Fasziniert sah Leander zu, wie sie ihren Worten Taten folgen ließ.

Auf dem Reisetagebuch
des Föhrer Bauernsohnes Volckert Olsen

17. Juli 1899

Es ist so weit: Heute ist Nickels nach Dawson aufgebrochen, um das Gold zu verkaufen und unsere Claims anzumelden. Wir anderen haben ihm Vollmachten aufgestellt. So können wir hierbleiben und weiter Gold waschen. Wir arbeiten wie im Rausch von fünf Uhr morgens bis elf Uhr abends. Jede Stunde zählt.

Knudt hat einen Wettkampf aufgerufen: Jeden Abend vergleichen wir, wer den größten Nugget gefunden hat. Dass er seit Tagen vorne liegt, stört niemanden. Überhaupt ist die Stimmung untereinander glänzend wie das Gold, das wir jeden Abend wiegen.

24. Juli 1899

Nickels ist zurück. Er hat uns unsere Registrierungen gezeigt. Unsere Claims tragen die Nummern Klondike 1337 bis 1340. Der Name Nickels-River ist vom Commissioner nicht akzeptiert worden. Seis drum!

Im Saloon ist Nickels bestürmt worden. Jeder wollte wissen, wo wir das Gold gefunden haben. Er hat einen Ort jenseits des Klondike angegeben und sofort sind alle losgerannt, weil jeder von ihnen der Erste dort sein wollte.

Von unserem Geld hat Nickels Lebensmittel gekauft. Den Rest hat er auf der Bank eingezahlt und für jeden von uns Vollmachten eingerichtet. Hier draußen weiß man nie, was passiert. Jeden Tag kann einem von uns etwas zustoßen. Da ist es gut, wenn das Geld für die anderen zugänglich ist, hat Nickels gemeint. Knudt wollte den Beleg sehen und hat sich anschließend aufgeregt, weil Nickels nur 2000 Dollar eingezahlt hat. Unfer Gold muff mindeftenf daf Zehnfache wert gewefen fein. Alf Nickelf dann zugeben muffte, daff er den Reft beim Pokern verloren hat, mufften Rörd und ich Knudt zurückhalten, fonft hätte er ihn umgebracht.

Daf Gold hat unf allen gehört, hat er gebrüllt. Du haft unfer Geld verfpielt. Ohne mich wärt ihr gar nicht hier, hat Nickelf zurückgefchrien. Daf hier ift mein Claim und ich habe daf Gold im Fluff gefunden!

Am Ende haben wir unf darauf verftändigt, daff Nickelf beim nächften Mal nicht mehr alleine nach Dawfon geht. Rörd wird ihn begleiten und aufpaffen, daff er nur fein eigenef Geld verfpielt. Daf Gold, daf wir in den letzten Tagen gewafchen haben, wird nur unter Knudt, Rörd und mir aufgeteilt.

Ich bin froh, daff wir den Winter in Dawfon verbringen werden. Wenn wir noch einmal Monate lang zufammen hier eingefperrt find, bringen wir unf irgendwann gegenfeitig um. Schon jetzt merke ich, wie daf Gold unf verändert hat.

7. Auguft 1899

Nickelf wäfcht jetzt außerhalb unferer Claimf Gold, denn ef ift nur eine Frage der Zeit, bif unf andere Goldfucher gefunden haben werden. Irgendein Mitarbeiter der Regiftrierungfftelle wird fich für die Information gut bezahlen laffen, oder vielleicht erinnert fich auch nur jemand an unfere Vorgänger. Dann können wir immer noch unferen Teil def Fluffef aufbeuten, meint Nickelf. Ef ftört ihn nicht, daff er damit gegen daf Gefetz verftößt. Wer foll ihm daf auch nachweifen?

Morgen werden Nickelf und Rörd noch einmal nach Dawfon aufbrechen und unfer Gold einzahlen. Wir haben fo viel gefchürft, daff beide mit vollen Ruckfäcken gehen werden. Sie werden aufpaffen müffen, daff fich bei ihrer Rückkehr niemand an ihre Ferfen heftet. Wenn unfer Gebiet nicht mehr geheim ift, wird ef mit der Ruhe hier oben vorbei fein. Ich will mir den Trubel gar nicht vorftellen.

19 SAMSTAG

Ein stolzes Schiff glitt auf dem Tableau unter vollen Segeln über eine glatte See. Die sechzehn kunstvoll bemalten Kacheln des Bildes waren der Mittelpunkt einer Fliesenwand mit Blumendekor in Friesenblau. Vor dreihundert Jahren waren sie Ausdruck von besonderem Wohlstand gewesen, der in dieser Wohnstube bewundert werden konnte. Davor stand ein Beilegeofen, der von der Küche aus mit Brennholz beschickt wurde und so die Wohnstube mitheizte, in der sich auch die Alkoven befanden – kurze Schrankbetten, in denen die früheren Besitzer dieses Hauses, ein Kapitän und seine Familie, im 18. Jahrhundert im Sitzen geschlafen hatten.

Die Besucher des *Öömrang-Hüs* im Waaswai 1 in Nebel bekamen aber nicht nur die Wohnräume im Originalzustand geboten. Es gab darüber hinaus eine Ausstellung über den Amrumer Kapitän Harck Nickelsen, der unvorstellbare Abenteuer erlebt hatte, bevor er auf seine Heimatinsel zurückgekehrt war.

Wie viele Insulaner zur damaligen Zeit war Nickelsen zusammen mit seinem Cousin Harck Olufs zur See gefahren, weil das Überleben auf Amrum anders nicht gesichert war. 1724 waren sie auf dem Weg von Nantes nach Hamburg von algerischen Piraten entführt, nach Algier verschleppt und dort als Sklaven verkauft worden. Von nun an machten beide Cousins sehr unterschiedliche Karrieren, die sie in den kommenden Jahren trennten.

Harck Olufs stieg zunächst vom Lakai zum Schatzmeister des Beys von Constantine auf, wurde dann Kommandeur der Leibgarde und schließlich sogar Oberbefehlshaber der Kavallerie. Er konvertierte zum Islam, nahm zusammen mit seinem Herrn an einer Pilgerfahrt nach Mekka teil und eroberte 1735 Tunis. Damit war er in der arabischen Welt auf dem Höhepunkt seines Ruhmes angelangt. Als Dank für seine hervorragenden Dienste wurde er freigelassen und kehrte als reicher Mann nach Amrum zurück.

Harck Nickelsen hingegen wurde 1727 von den Portugiesen freigekauft und fuhr wieder zur See. Ab 1740 beteiligte er sich als Kapitän der Dänisch-Westindisch-Guinesischen Kompanie am transatlantischen Sklavenhandel. Er erhielt Prämien für jeden Sklaven, den er transportierte, und durfte auf den Rückfahrten Zucker auf eigene Rechnung mitnehmen. So gelangte auch er zu Reichtum und kehrte ebenfalls nach Amrum zurück. Gemessen am damaligen Wert seines Geldes hinterließ er nach seinem Tod das größte Vermögen, das auf Amrum jemals vererbt wurde.

Leander hörte mit ungläubigem Staunen die abenteuerlichen Lebensgeschichten, die klangen, als seien sie den *Märchen aus 1001 Nacht* entnommen. Die Museumsführerin Nele Martensen erzählte, als sei sie seinerzeit dabeigewesen.

»Beide Kapitäne liegen übrigens auf dem Kirchhof von St. Clemens«, beendete sie ihren Vortrag. »Die prächtigen Grabsteine finden Sie gleich links vom Eingang inmitten anderer historischer Grabstätten.«

Nach einem kurzen Applaus verteilten sich die Besucher auf das Haus, während Franziska der Museumsleiterin Leanders Anliegen vortrug.

»Die Tagebücher von Volckert Olsen, ja, die haben wir hier. Kommen Sie, ich zeige sie Ihnen.«

Sie folgten der Frau, die in ihrer friesischen Tracht flott vorweg ging, zu einer Vitrine, in der sechs verschieden dicke Kladden ausgelegt waren. Dahinter standen Fotografien in

Schwarzweiß, die drei bärtige Männer vor einem Saloon und vier vor einer Holzhütte im Wald zeigten. Auf einem weiteren Bild standen die Männer mit Goldpfannen in den Händen in einem Fluss und schauten ernst in die Kamera.

»Tom wird sich nicht mehr einkriegen, wenn er das hört«, freute sich Leander und erklärte Nele Martensen das Ausstellungsprojekt des Wyker Heimatforschers und des Carl-Häberlin-Museums. »Meinen Sie, er kann die Bücher einsehen oder vielleicht sogar ausleihen?«

»Ausleihen? Nein, er selber wohl kaum. Frau de la Court-Petersen müsste für das Friesenmuseum offiziell anfragen, dann vielleicht. Aber auch nur für die Ausstellung. Allerdings, wenn Herr Brodersen sie nur lesen will, dann muss er sie nicht ausleihen. Wir haben alle alten Schriften digitalisiert, damit sie nicht verlorengehen, falls hier mal ein Feuer ausbricht oder die Exponate auf andere Weise zerstört werden.«

»Und von dieser digitalen Version würden Sie uns eine Kopie überlassen?«

»Natürlich. Ich freue mich, wenn ich dem Friesenmuseum helfen kann.«

Leander war insgeheim froh, dass ihm die Vitrine nicht einfach aufgeschlossen wurde und er selber die Kladden in diesen engen, dunklen Räumen lesen musste, während draußen die Sonne schien und der Strand wartete. Sollte Tom sich ruhig alleine mit dem Inhalt der alten Schwarten vergnügen.

»Eine Frage habe ich noch«, sagte er. »Ich habe gehört, dass die Tagebücher nicht vollständig seien. Hier sei eingebrochen worden. Stimmt das?«

»Oh ja, das war Anfang der 1980er Jahre, kurz nachdem uns die Bücher überlassen worden waren. Ich war damals noch im Studium in Hamburg und habe nur in den Semesterferien im Museum ausgeholfen. Aber an den Einbruch erinnere ich mich gut. Die Diebe haben nachts einfach eine

Scheibe eingeschlagen. Das hat anschließend eine Menge Unruhe gegeben, weil hier noch nie eingebrochen worden war und sich niemand Gedanken über besondere Sicherungsmaßnahmen gemacht hatte. Heute verfügen wir natürlich über ein Alarmsystem. Seltsamerweise ist nur das letzte Tagebuch gestohlen worden. Wir haben nie herausbekommen, wieso. Und aufgetaucht ist es auch nicht wieder.«

»Und es gibt niemanden, der noch weiß, was genau darin gestanden hat?«

»Leider nein.«

Leander verabredete mit Nele Martensen, dass sie ihm eine Kopie der Daten anfertigen würde und er sie am Montag abholen konnte. Er freute sich schon auf Toms Gesicht, wenn er ihm die CD in die Hand drückte. Das hatte der gar nicht verdient, so wie er seine Freunde immer einspannte und nie einen angemessenen Dank für sie übrighatte, in der Regel sogar herumnörgelte, wenn ihm ihre Dienste nicht weit genug gingen. In diesem Moment hatte er eine Idee, die ihn für alles entschädigen und den Moment der Übergabe versüßen würde. »Vielen Dank, Frau Martensen.« Er reichte der Frau die Hand. »Im Gegenzug wird Herr Brodersen Ihrem Museum eine großzügige Spende überweisen.«

Leander wäre nun am liebsten direkt an den Kniepsand gegangen, aber Franziska wollte zunächst einen Abstecher zum Friedhof machen und sich die Grabsteine von Harck Nickelsen und Harck Olufs ansehen. Nach der Geschichtsstunde eben werde man die Sandsteinquader bestimmt mit ganz anderen Augen sehen, meinte sie. Also ergab sich Leander dem Wunsch und lief mit ihr den Waaswai entlang. Die Hitze drückte schwer auf die kleinen, malerischen Gassen des Inseldörfchens, so dass nur wenige Urlauber unterwegs waren. Sie schlenderten durch den Uasterstigh zur St.-Clemens-Kirche und betraten den kleinen Friedhof, über dem die Nachmittagsluft flimmerte. Der weiß verputzte Kirchturm reflektierte das grelle Sonnenlicht derart, dass sie ihre Augen abschirmen mussten. Selbst die hellgrauen und sandbeigen historischen Grabsteine aus der Seefahrerzeit, deren Reihen sich gleich hinter dem Eingangstor erstreckten, blendeten sie. Weitere Steinblöcke waren dicht an dicht an den Friedhofswall angelehnt. Eine Infotafel verriet, dass es hier insgesamt einhundertzweiundfünfzig solcher Grabsteine gab.

Franziska wandte sich nach links und blieb vor einem Steinblock stehen, der nach oben mit einem geschwungenen Rundbogen abschloss. »Sieh mal, hier liegt Harck Olufs.«

Der Name prangte groß in geschwungenen Buchstaben auf dem Stein. Im Kopf waren unter anderem eine Krone und ein orientalischer Säbel zu erkennen. Die Schrift war sauber herausgearbeitet und erzählte in groben Zügen die Geschichte, die sie vorhin von Nele Martensen gehört hatten.

»Daran sieht man wieder, dass wir Friesen früher in der ganzen Welt eine Rolle gespielt haben«, meinte Franziska.

»Aber auch nur, weil die Heimat so trostlos war«, wandte Leander ein. »Sonst hätte doch kein Insulaner je seinen Sandhaufen verlassen.« Er verkniff sich die Bemerkung, dass die Rolle des Friesen Olufs nun wirklich nicht für alle Beteiligten glücklich gewesen sei, und folgte Franziska zu Harck Nickelsens Grabstein.

Der trug deutlich weniger Schrift, dafür aber ein imposantes Schiff unter vollen Segeln, das das obere Drittel der Stele einnahm. Berichtet wurde in großen Lettern und nach heutigen Regeln fehlerhafter Schreibweise von der Gefangenschaft, die als *Wiederwärtigkeit* bezeichnet wurde. Dagegen wurde die Rolle im Sklavenhandel mit der Darstellung *Suchte nachgehends in Holland und Copenhagen sein Glück. Am letzten Ort gelang es ihm, als Capitain ein*

Schiff auf Westindien und der Küste von Guinea zu führen.
faktisch verschwiegen.

Geschichtsklitterung vom Feinsten, dachte Leander. Franziska zuckte mit den Achseln, als er sich dann nicht verkneifen konnte, es auch auszusprechen. »Möglicherweise hatten seine Nachfahren als Christen ja doch schon so etwas wie ein Unrechtsbewusstsein im Umgang mit Sklaven und haben es deshalb nicht einmeißeln lassen«, vermutete sie. »Oder Nickelsen hat ihnen nichts von seiner Fracht erzählt und das alles ist erst viel später herausgekommen.«

Vielleicht sollte man den Hinterlassenschaften von Zeitzeugen und Selbstäußerungen Betroffener doch nicht vorbehaltlos glauben. Leander begann plötzlich auch an dem Wert der gerade erst gefundenen Tagebücher zu zweifeln, schob den Gedanken aber schnell beiseite. Das sollte nicht sein Problem sein, sondern das von Tom. Er jedenfalls hatte die Nase allmählich voll von der Inselgeschichte und der Hitze und wollte nur noch so schnell wie möglich ins Wasser.

Franziska lachte, als er das mit leidendem Unterton vortrug, hängte sich bei ihm ein und zog ihn am Arm vom Friedhof.

»Weißt du, wem der gehört?« Falk schützte seine Augen mit der Hand vor der gleißenden Sonne und beobachtete den kleinen Bauernhof, der ohne direkte Nachbarn vor ihm in der Marsch lag. Dahinter ragte der unlängst auf zwölf Meter erhöhte Deich sattgrün auf, gesprenkelt von weißen Schafen, die sich in der Hitze keinen Millimeter bewegten.

»Da wohnt Hinrich Geerkens«, antwortete Kai und fügte mit verkniffener Stimme hinzu: »Eine richtige Drecksau. Ein Ausbeuter, wie er im Buche steht. Der zieht seinen Landarbeitern sogar das Trinkwasser vom Lohn ab.«

»Richtig, Geerkens«, sagte Falk. »Ich erinnere mich. Der hat tatsächlich mal auf mich geschossen, als ich auf einen seiner Kirschbäume klettern wollte.«

Kai lachte. »Ich finde auch, dass geklaute Kirschen besser schmecken als die im eigenen Garten.«

Falk grinste den Jungen an und freute sich darüber, wie frei und unbefangen sie miteinander umgingen. Kai hatte das anfängliche Misstrauen inzwischen überwunden und taute von Tag zu Tag mehr auf. Offenbar wusste der Junge die Freiheit, die ihm eingeräumt wurde, wirklich zu schätzen.

Falk bückte sich, um etwas Erde in der Hand zu zerbröseln. »Das wäre doch was für Klondike, oder? Nicht weit von meinem Hof entfernt, gutes Land, sichere Lage direkt hinter dem Deich. Was meinst du?«

»Ich glaube nicht, dass Geerkens verkauft«, meinte Kai. »Der ist zwar nicht mehr der Jüngste und hat auch keine Erben, aber ein paar Jahre wird der schon noch machen.«

»Am Ende kommt es immer auf den Preis an.«

»Hat Klondike denn so viel Kohle, dass er den Hof bezahlen kann?« Kai betonte die Frage, als halte er dies für gänzlich unvorstellbar.

»Ich kaufe ihm einen Hof. Das habe ich ihm in den USA versprochen und das halte ich auch.«

Kais Blick verriet Verständnislosigkeit. »Ich mag Klondike nicht«, wandte er ein. »Der ist so verschlossen, dass ich nie weiß, was in ihm vorgeht.«

»Seit wir uns in den USA begegnet sind, hat er mich begleitet. Er ist ein Freund, auf den ich mich verlassen kann. Außerdem brauchen wir so viele Bauernhöfe wie möglich, die sich an unserem Konzept beteiligen, wenn es funktionieren soll.«

Kai richtete seine Augen auf den Boden, spuckte aus und verrieb die Spucke mit seiner Stiefelspitze.

Falk wandte sich ab. »Lass uns rüberreiten und nachsehen.« Er schwang sich auf Tarantino, den er ohne Sattel und Zaumzeug ritt, nur mit einem Halfter, und trabte voran.

Als er einen Blick zurückwarf, sah er, wie Kai ihm zögernd auf einem von Falks Quarter Horses folgte. Es war ihr erster gemeinsamer Ausritt, den Falk vorgeschlagen hatte, um den Jungen auf den Geschmack zu bringen. Und Kai konnte reiten, als wäre er auf einem Quarter Horse zur Welt gekommen! Der Junge war goldrichtig, das fühlte Falk. Waren sie vorhin noch im Galopp über die Marschwiesen nebeneinander geritten, so hielt Kai nun Abstand und wirkte fast widerspenstig, als wolle er den fremden Hof nicht betreten.

Tarantinos Hufe klapperten gleichmäßig auf dem Pflaster und hallten von der Hauswand zurück, als Falk sich langsam dem Gebäude näherte. Er hielt das Pferd sanft zurück und sprang ab. Der rote Ziegelsteinbau wirkte stark vernachlässigt, aber die Substanz schien auf den ersten Blick in Ordnung. Auch die kleine Scheune nebenan und der Stall etwas nach hinten versetzt machten einen brauchbaren Eindruck.

Er hatte gerade zwei Schritte auf das Wohnhaus zu gemacht, da wurde die Scheunentür aufgeworfen und schlug krachend gegen die Bretterwand. »Was wollt ihr hier?«, donnerte eine tiefe Stimme. »Macht, dass ihr von meinem Hof kommt!«

Als Falk sich umdrehte, erkannte er Hinrich Geerkens. Der Mann war in die Jahre gekommen und wirkte grau und eingefallen, was man seiner Stimme aber nicht angehört hatte. In seinen Händen hielt Geerkens ein Jagdgewehr und richtete es auf Kai, der ihm mit seinem Pferd am nächsten stand. »Habt ihr nicht gehört? Verpisst euch, aber dalli!«

Falk pumpte beruhigend mit den Händen. »Ist ja schon gut, Geerkens, ich bin hier, um dir ein Geschäft vorzuschlagen.«

Geerkens spuckte mit verzerrtem Gesicht in seine Richtung auf den Boden und schwenkte sein Gewehr ruckartig auf

Falk. »Ich sage es zum letzten Mal: Verschwindet von meinem Grund und Boden. Das ist Hausfriedensbruch! Wenn ihr nicht bei Drei weg seid, erschieße ich euch.«

Während Kai, der gar nicht erst abgestiegen war, mit hasserfülltem Blick sein Pferd wendete und langsam auf die Straße zu ritt, versuchte Falk es noch einmal im Guten: »Jetzt mach aber mal halblang, Geerkens. Keiner will dir was. Im Gegenteil: Ich möchte dir ein Angebot für deinen Hof machen, falls du ihn verkaufen willst.«

Statt einer Antwort hob der Bauer das Gewehr so weit an, dass es auf Falks Kopf zielte. »Eins, zwei …«

»Okay, okay, ich bin schon weg.« Falk schwang sich auf sein Pferd und wendete es langsam. »Wenn du es dir anders überlegst, weißt du, wo du mich findest. Ich zahle gut, Geerkens!«

»… drei!« Der Landwirt feuerte schräg über Falks Kopf in die Luft, so dass Tarantino erschrocken wieherte und stieg.

Am liebsten wäre Falk wieder abgesprungen und hätte dem Idioten seine Meinung gesagt, aber der hatte das Gewehr schon wieder gesenkt und auf Falks Kopf gerichtet. »Du hast doch was an der Birne, Geerkens«, quetschte er also nur mühsam hervor und dirigierte Tarantino vom Hof.

Kai erwartete ihn in sicherem Abstand. »Ich habe ja gesagt: Der Kerl ist ein Arschloch. Dem müsste man mal so richtig was aufs Maul hauen.« Dann klopfte er seinem Pferd beruhigend den Hals, dirigierte es über den Straßengraben auf die Wiese und ritt im Galopp in Richtung Alkersum voraus.

Falk fühlte die Wut wie Lava in sich hochsteigen. Was fiel dem Mistkerl Geerkens ein, ihn zu bedrohen und wie Dreck zu behandeln? Ihn wie einen räudigen Köter vom Hof zu jagen? Bilder tauchten auf, schöne farbige, entlastende Bilder: Geerkens' Hof bei Nacht; Flammen schossen aus allen Fenstern; Geerkens am Fenster im ersten Stock schreiend mittendrin; Funkenwolken in den schwarzen Himmel schleudernd stürzte der Dachstuhl ein und riss den Mistkerl mit sich. Fahr zur Hölle, Arschloch!

Erschrocken registrierte Falk, dass sich ein Lächeln in sein Gesicht geschlichen hatte.

Dass etwas nicht in Ordnung war, erkannte Falk schon, als sie auf Cord Nickelsens Hof ritten. Der Landwirt stand breitbeinig und mit vor der Brust verschränkten Armen vor der Stalltür und schien auf sie zu warten. Klondike kam aus dem Stall, schob sich an dem Landwirt vorbei und stellte sich neben ihn. Falk sprang von seinem Pferd und reichte Kai die Zügel, damit er und Klondike die Tiere in ihre Boxen bringen und dort trockenreiben konnten. Nickelsen jedoch blieb, wo er war, und versperrte Kai so den Weg.

»Was ist los, Cord?« Falk versuchte, Nickelsens Blick zu fixieren, aber der wich verlegen aus.

»Ihr könnt die Tiere hier nicht mehr lassen«, antwortete der Landwirt. »Nimm sie mit auf deinen Hof, Falk.«

Kai blickte den Landwirt wütend von der Seite an, sagte aber nichts.

»Wenn der Stall fertig ist. So war es vereinbart.«

»Es geht aber nicht mehr.« Nickelsen bemühte sich merklich um eine feste Stimme.

»Was ist passiert, Cord?«

»Was soll passiert sein?« Nickelsen schlug den Blick nieder. »Nichts ist passiert. Ich habe einfach nur meine Meinung geändert.«

»Erzähl keinen Unsinn«, fuhr Falk ihn an. »Raus mit der Sprache! War Jacobsen hier?«

Als Nickelsen nicht antwortete, nickte Klondike Falk zu und sagte: »Zusammen mit Gerd Frevert.«

»Also das ist es«, sagte Falk zu Nickelsen. »Sie haben dir gedroht, ja? Was wollen sie machen? Dir den Hof anzünden?«

Erschrocken zuckte Nickelsens Kopf hoch. »Quatsch! Wieso den Hof anzünden? Die werden mir doch nicht den Hof anzünden, oder, Falk?« Sein Blick wanderte aufgeregt zwischen Falk und Klondike hin und her.

»Nicht, solange wir hier sind.« Falk wusste, dass dies eine gewagte Theorie war und in gewisser Weise auch unfair. Egal, die Situation durfte ihm nicht vollständig aus den Händen geraten. »Solange wir zusammenhalten, kann dir keiner etwas anhaben, Cord. Aber ich muss wissen, was Jacobsen gesagt hat.«

Nickelsen wand sich, als hätte jemand von ihm verlangt, seine eigene Mutter zu verraten. Aber dann gab er sich einen Ruck: »Wenn ich euch weiterhin helfe, werden sie mich ausschließen.«

»Ausschließen? Wovon denn ausschließen?«

»Aus der Genossenschaft. Mein Hof ist klein, Falk. Ich brauche die anderen Bauern, weil ich mir alleine keine teuren Geräte leisten kann. Was mache ich in der Ernte ohne den Mähdrescher der Genossenschaft?«

»Mähdrescher kann man sich auch woanders ausleihen«, widersprach Falk. »Zur Not auf dem Festland.«

»Nicht, wenn Jacobsen und die anderen das verhindern. Du kennst die Insel. Wer hier aus der Reihe tanzt, hat kein leichtes Spiel mehr. Die machen mich fertig, Falk!« Sein Blick war so verzweifelt wie flehend. »Bitte, Falk, ihr müsst hier verschwinden.«

Kai, der dem Gespräch bisher schweigend gefolgt war, wandte sich nun ebenfalls Falk zu. »Das Wetter hält sich eine Weile«, sagte er. »Die Pferde können übergangsweise in die Remise. Klondike und ich sichern sie notdürftig ab.«

»Nein, da ist kein Platz für alle Tiere. Und das war so auch nicht vereinbart. Pfeif auf Jacobsen und die anderen, Cord. Die brauchst du nicht mehr. Mach bei uns mit, dann kann dir keiner was.«

»Ach, du und deine Permascheiße!« Aus Nickelsen schrie nun die pure Verzweiflung heraus. »Du glaubst doch nicht im Ernst, dass Jacobsen das zulässt!«

»Jacobsen kann uns mal!«, brauste Kai auf. »Was glaubt der Arsch denn, wer er ist? Der König von Föhr, oder was?«

»Der Junge hat recht, Cord«, sagte Falk und legte Kai beruhigend eine Hand auf die Schulter.

»Unterschätz ihn nicht«, warnte nun auch Klondike. »Noch hat er die anderen auf seiner Seite.«

»Richtig: noch! Aber das wird sich schnell ändern, wenn die merken, dass keiner mehr ihren Scheiß kauft, weil unsere Produkte besser sind und gesünder.«

»Dafür musst du erst mal etwas ernten.« Nickelsen biss sich auf die Unterlippe, als hätte er ein Geheimnis verraten.

»Was heißt das, Cord?«, ging Falk darauf ein. »Was hat Jacobsen zu dir gesagt? Raus mit der Sprache.«

Nickelsen schüttelte verzweifelt den Kopf. »Der macht mich fertig, wenn ich dir das sage. Nimm deine Viecher und verschwinde von meinem Hof!«

»Die Tiere bleiben hier«, bestimmte Falk. »So war das besprochen und so machen wir das auch. Und ihr«, er nickte Klondike und Kai zu, »bleibt auch hier. Nimm dir Cords Gewehr, Klondike, und haltet Wache. Ich komme auf dem Olsen-Hof schon alleine klar.« Er umfasste mit beiden Händen Nickelsens Schultern und schob ihn zur Seite.

Klondike zögerte noch einen Moment, aber als er merkte, dass Falk keinen Widerspruch duldete, führte er Tarantino in den Stall. Kai folgte ihm auf Falks Nicken hin mit seinem Pferd.

»Nächste Woche bekomme ich das Holz«, sagte Falk in beruhigendem Tonfall zu Nickelsen. »Am Wochenende fangen wir mit dem Bau des Stalls an. Es sind also nur noch zwei oder drei Wochen, dann bist du uns los. Und wenn du dann nicht bei uns mitmachen willst, lasse ich dich in Ruhe. Das verspreche ich dir.«

»Und Jacobsen?« Nickelsens Stimme gab unter dem Druck der Verzweiflung fast nach. Mit verschleierten Augen schaute er zu Falk auf.

»Den überlässt du mir. Keine Angst, das ist nur eine Groß-schnauze. Solange Klondike, Kai und ich da sind, tut der dir nichts. Da kannst du dich drauf verlassen.«

Nickelsen machte eine Kopfbewegung, die irgendwo zwischen Nicken und Schütteln anzusiedeln war, und reichte Falk sein Gewehr. »Tut mir leid, Falk«, presste er leise hervor. »Ich weiß einfach nicht, ob ich das packe.« Dann drehte er sich um und schlich mit hängenden Schultern zum Haus hinüber.

»Scheiße«, murmelte Falk. »Wenn der mir umkippt, bevor ich Fuß gefasst habe, bin ich ganz auf mich allein gestellt.« Er blickte dem Landwirt noch einen Moment nach, dann wandte er sich der Scheune zu, um Klondike und Kai das Gewehr zu bringen.

Auf dem Reisetagebuch
des Föhrer Bauernsohnes Volckert Olsen

12. Auguſt 1899

Rörd und Nickelſ ſind zurück. Sie haben 527.000 Dollar für unſer
Gold bekommen, weil eſ von ſo hoher Qualität iſt. Eſ war gut, daſſ
Rörd mitgegangen iſt, ſonſt hätte Nickelſ wieder alleſ verſpielt. Rörd
hat darauf beſtanden, daſſ ſie 500.000 Dollar zur Bank gebracht
haben, bevor ſie in den Saloon gegangen ſind. Der Reſt iſt für Lebenſ=
mittel und für Nickelſ Pokerverluſte draufgegangen.

Eſ iſt der verfluchte Whiſky, hat Rörd geſagt. Der vernebelt Nickelſ
die Sinne. Er glaubt, daſſ er unbeſiegbar iſt, und dann läſſt er ſich von
den Berufſſpielern aufnehmen.

Aber auch die anderen Goldgräber haben ihnen zugeſetzt, weil Nickelſ
ſie in die Irre geführt hat. Schließlich ſind die beiden mitten in der Nacht
aufgebrochen, damit niemand ihnen folgt. Hoffen wir, daſſ daſ geglückt
iſt. Allerdingſ wird eſ beim nächſten Mal nicht funktionieren. Wir haben
beim Abendeſſen beſchloſſen, erſt im November alle gemeinſam nach Daw=
ſon zu gehen, wenn wir ohnehin den Winter dort verbringen wollen. Zu
viert werden wir unſere Goldfunde ſchon tranſportieren können.

9. Oktober 1899

Wintereinbruch. Seit Wochen herrſcht tiefer Froſt. Der Fluſſ iſt inzwi=
ſchen zugefroren. Zum Goldſchürfen müſſen wir jeden Morgen die Eiſ=
decke aufhacken, daſ iſt ſehr mühſam. In der Nacht iſt viel Schnee
gefallen und eſ ſieht nicht ſo auſ, alſ würde er noch einmal wegtauen.
Wir haben beſchloſſen, ſchon jetzt nach Dawſon zu gehen, bevor wir
hier oben wieder vollkommen eingeſchloſſen ſind.

Den Tag haben wir damit verbracht, zwei Schlitten zu bauen, um unsere Sachen und das Gold transportieren zu können. Morgen werden wir die Hütte winterfest machen, übermorgen brechen wir auf. Gebe Gott, dass wir dann noch durchkommen.

13. Oktober 1899

Ankunft in Dawson. Die Schlitten haben sich nicht nur als tauglich, sondern auch als notwendig erwiesen. Als Erstes haben wir das Gold schätzen gelassen und verkauft. Dann haben wir das Geld auf der Bank eingezahlt. Unser Konto weist nun über 900.000 Dollar auf. Wenn wir eine weitere erfolgreiche Saison haben, können wir als reiche Männer nach Deutschland zurückkehren und müssen nie wieder unsere Heimat verlassen.

Die Stadt platzt auf allen Nähten. In den letzten Wochen sind viele Goldsucher über die Chilcoot-Route gekommen und sitzen den Winter über hier fest. Wir teilen uns ein Zimmer im Pioneer Saloon und haben nun weniger Platz als in unserer Hütte. Dafür gibt es in Dawson viel Abwechslung. Im Saloon wird auf einer Bühne Theater gespielt, auf einer anderen treten Tänzerinnen auf.

Ich vermisse unseren Claim schon jetzt. Der einzige Trost ist, dass wir ohnehin nicht schürfen könnten und uns auf die Dauer nur streiten würden.

10. November 1899

Ununterbrochen strömen Menschen in die Stadt und müssen inzwischen Zelte aufschlagen, weil es keine Zimmer mehr gibt. Allein der Frost verhindert, dass man im Schlamm der Hauptstraße versinkt. Auch immer mehr Goldschürfer von den Flüssen in den Bergen kommen hierher, weil inzwischen sogar der Yukon und der Klondike zugefroren sind.

Nickels scheint am Pokertisch festgewachsen zu sein. Keiner von uns hat ihn bisher gewinnen sehen. Knudt war heute bei der Bank und hat festgestellt, dass er schon zweimal Geld abgehoben hat: jedes Mal 5000 Dollar. Wir haben Krisenrat gehalten und überlegt, wie wir uns davor schützen, dass er all unser Geld verspielt. Knudt hat vorgeschlagen, dass jeder von uns ein eigenes Konto einrichtet und seinen Anteil darauf einzahlt. Ich bin derselben Meinung. Wir werden uns für den Notfall gegenseitig Vollmachten erteilen, nur Nickels darf keinen Zugang haben. Wenn er seinen Anteil verspielt, ist das seine Sache. Rörd will zuerst mit ihm reden, bevor wir zur Bank gehen. Immerhin, sagt er, verdanken wir unseren Reichtum nur ihm und sollten ihm nicht das Vertrauen entziehen.

11. November 1899

Nickels hat getobt, als wir ihm von unserem Vorhaben erzählt haben. Schließlich hat er aber eingelenkt, weil er keine andere Wahl hatte. Er hat versprochen, den Whisky zu meiden, wenn er spielt.

Knudt, Rörd und ich waren anschließend bei der Bank und haben eigene Konten eröffnet. Das Geld haben wir zu gleichen Teilen dort eingezahlt und uns gegenseitig Vollmachten erteilt. Dabei haben wir festgestellt, dass Nickels inzwischen weitere 20.000 Dollar abgehoben hat, ohne uns davon zu erzählen. Das hat uns in unserer Handlung bestätigt.

20 MONTAG

Franziska winkte zum Abschied und blieb am Anleger stehen, bis die Fahrrinne zu den Halligen hin abknickte und Leander seine Freundin zwischen den Prickenreihen aus den Augen verlor. Er wandte sich ab und suchte sich einen Sitzplatz an der Reling.

Das Wochenende war mal wieder viel zu schnell vergangen. Am Sonntag hatten Leander und Franziska einen Spaziergang durch die Dünen bis nach Nebel gemacht. Da Franziska die Inhaber kannte und gleich nach dem Aufstehen angerufen hatte, hatte im *Preester's Hüs* im Waasterstigh ein romantischer Fenstertisch auf sie gewartet. Das Restaurant ist durch und durch friesisch mit seinen blau-weißen Fliesenwänden, dem Kachelofen, den Gemälden mit Dorf- und Seefahrtmotiven und den rustikalen Sitzmöbeln mit schwarzen Lederpolstern. Auf den Tischen liegen Häkeldeckchen und der Blick fällt durch kleine Sprossenfenster über einen niedrigen Friesenwall mit Wildrosen hinweg auf die Dorfstraße. Das Lokal ist zwar durchaus hochpreisig, aber sowohl Leanders gefülltes Rindersteak als auch Franziskas gebratener Glattbutt waren jeden Cent wert gewesen.

Den Nachmittag hatten sie dann am Strand verbracht. Hand in Hand waren sie zurück in Richtung Norddorf geschlendert und zwischendurch, was gefühlt alle hundert Meter war, immer wieder in die Wellen gesprungen. Sie hatten kaum geredet und einfach nur den Moment genossen, denn beiden war klar gewesen, dass am nächsten Tag der Alltag wiederbeginnen musste.

Nach dem Abendessen waren sie noch einmal zum Strand gegangen und hatten mit einer Flasche Rotwein den Sonnenuntergang begleitet. Der Verlauf des Naturschauspiels war Leander wie eine Zusammenfassung des ganzen Wochenendes erschienen: Zuerst hatten sie den Eindruck gehabt, als bewege sich der orangefarbene Ball im Zeitlupentempo und als würde der Abend niemals enden. Dann, als sich die Sonne blutrot eingefärbt hatte, war es plötzlich rasend schnell gegangen. Kaum hatte sie den Horizont berührt, war sie auch schon hinter einem schmalen Dunststreifen abgetaucht und hatte nur noch die glühend rote Erinnerung des eingefärbten Himmels hinterlassen. Dieser Moment war für Leander fast schmerzhaft gewesen, weil er das Ende eines unvergleichlich schönen Tages bedeutet hatte.

Heute hatten sie nach dem Frühstück noch einen kurzen Zwischenstopp im *Öömrang-Hüs* gemacht, um die CD abzuholen, und waren dann direkt nach Wittdün zum Hafen gefahren. Und so saß er nun auf dem Oberdeck der Fähre und nahm kaum wahr, wie an Steuerbord Langeneß an ihm vorbeizog und auf der Backbordseite der Strand von Nieblum und der anschließende Grevelinger Deich, hinter dem das Atelier seines Freundes Götz Hindelang lag.

Leander bemerkte mit zwiespältigem Gefühl, dass er sich nicht auf seine Insel freute, sondern sich nach Amrum zurückwünschte, nach Franziska und ihrer unbeschwerten Art. Er drehte das Gesicht in die Sonne und schloss die Augen, um wenigstens die Erinnerung so lange wie möglich festzuhalten.

»Du hättest die Idioten sehen sollen«, berichtete Klondike schadenfroh. »Frevert hat sofort auf dem Absatz kehrtgemacht, als er mich mit dem Gewehr gesehen hat, und Jacobsen hat gekocht vor Wut.« Er lachte und schüttelte dabei den

Kopf, als könne er noch gar nicht glauben, dass sein Auftritt solch eine Wirkung hervorgerufen hatte.

Falk bemerkte, dass sein Freund heute wie umgewandelt war. Nichts erinnerte mehr an den verschlossenen und zurückgezogenen Eigenbrötler. Das Wild-West-Klima in dem Konflikt mit den Bauern schien ihm geradezu Spaß zu machen. »Und Cord?«, fragte Falk. »Was hat der gemacht?«

»Ach, Cord!« Klondike machte eine wegwerfende Handbewegung. »Der hat sich in der Küche verkrochen, als er gesehen hat, wie die beiden auf den Hof fuhren. Ich habe mich mit dem Gewehr in der Hand mitten in die Tür gestellt, damit erst gar keine Zweifel aufkamen. Jacobsen hat noch irgendwas gerufen wie ›Warte nur, Cord, die Cowboys können ja nicht immer hier sein!‹ und ist dann auch wieder abgezogen.«

Falk knetete seine Unterlippe. Die Sache gefiel ihm nicht. Mit Jacobsen war nicht zu spaßen und Cord war nun einmal ein Hasenfuß. »Wo ist Cord jetzt?«

»Der hat sich erst vor fünf Minuten wieder blicken lassen. Wie ein geprügelter Hund ist er aus der Küche gekrochen.« Klondike lachte laut. »Jetzt ist er hinter dem Stall. Mais-Silo zusammenfahren.«

Wie zur Bestätigung wurde nun hinter dem Haus ein Trecker angeworfen.

»Bis der Stall auf dem Olsen-Hof fertig ist, dürfen wir die Pferde und Cord nicht mehr alleine lassen«, entschied Falk. »Auf den kann man sich nicht verlassen. Und die Tiere sind das Einzige, was uns angreifbar macht.«

»Keine Sorge, ich bleibe hier«, versprach Klondike und tätschelte das Gewehr.

Aber Falk schüttelte den Kopf. »Morgen kommt das Holz, dann brauche ich dich bei mir auf dem Hof. Sag Kai, er soll ein paar junge Burschen auftreiben, die sich etwas dazuverdienen wollen und sich nicht von Jacobsen einschüchtern lassen.

Die sollen tagsüber bei den Pferden bleiben. Das wird schon reichen, denke ich. Wenn Jacobsen sieht, dass die Tiere nicht unbeaufsichtigt sind, wird er nichts unternehmen. Nachts kannst du zusammen mit Kai Wache halten. Wo ist der überhaupt?«

»Wollte seine Mutter besuchen, solange sein Vater auf dem Feld ist. Müsste aber gleich wieder hier sein. Gefällt mir, der Junge. Er ist dir sehr ähnlich; ein bisschen hitzköpfig vielleicht.«

Als Falk den Hof wieder verließ, dachte er über Klondikes Benehmen nach. Der hatte schon seit Jahren nicht mehr so viel geredet. Es war doch immer wieder erstaunlich, wie sehr sich selbst Menschen, die sonst geradezu phlegmatisch waren, veränderten, wenn man ihnen eine Waffe in die Hand gab und damit das Gefühl von Macht. Hoffentlich machte der in seinem Übermut keine Dummheit. Quatsch, rief er sich dann zur Ordnung. Auf Klondike ist Verlass. Der macht keinen Blödsinn. Jetzt fang du nicht auch noch an, Gespenster zu sehen. Sei lieber froh, dass du überhaupt noch auf jemanden bauen kannst.

»Sieh dir das an!«, begrüßte Tom Leander und tippte mit dem Zeigefinger auf einen Spiralblock, der vor ihm auf dem Gartentisch lag. »Es ist gerade so, als jagten wir Gespenstern nach.«

»Was hast du denn jetzt schon wieder?« Leander musste sich ein Grinsen verkneifen, weil Tom auf seinen väterlich beruhigenden Tonfall hin geradezu unwirsch abwinkte.

»Ach, immer, wenn ich irgendeinen Namen erfahre und Land in Sicht ist, stellt sich heraus, dass es diesen Jemand auf Föhr nicht mehr gibt. Hier zum Beispiel: Mephisto hat herausgefunden, dass ein Nachfahre von Nickels Lund noch vor ein paar Jahren hier auf Föhr gelebt hat. Ole Lund hat als

Saisonarbeiter bei der Wyker Dampfschiff-Reederei gearbeitet. Blöderweise ist er vor drei Jahren an Krebs gestorben.«

»Das ist ja wirklich unverschämt von Ole Lund«, kommentierte Leander. »Er hätte wenigstens Rücksicht darauf nehmen müssen, dass du jetzt mit ihm sprechen willst.«

»Verarsch mich nicht«, brummte Tom. »Danach steht mir wirklich nicht der Sinn.«

»Das wird dann wohl jener letzte Lund sein, aus dessen armseligem Nachlass das Friesenmuseum die Claim-Urkunde hat«, schlussfolgerte Leander. »Karola hatte also recht mit der Vermutung, dass die Familie auf Föhr ausgestorben ist.«

»Leider. Ich habe gestern einen seiner ehemaligen Arbeitskollegen aufgesucht. Ole Lund muss ein ziemlich ungemütlicher Zeitgenosse gewesen sein. Freunde hatte er angeblich keine. Er hat sich immer alleine zugesoffen, wenn er keinen Dienst hatte.«

»A propos: alleine saufen.« Leander deutete auf die Wasserflasche auf dem Gartentisch.

Tom schob sie ihm hinüber, ohne jedoch ein Glas dazu anzubieten, und fuhr ansatzlos fort: »Und im Suff hat er dann bei jeder Gelegenheit behauptet, dass er eigentlich heute reich sein und einen eigenen Bauernhof besitzen müsste, wenn sein berühmter Vorfahre, der Goldsucher Nickels Lund, nicht beschissen worden wäre. Blöderweise hat er dichtgemacht, sobald Nachfragen gekommen sind. Der muss ständig unter Verfolgungswahn gelitten haben. Allerdings hatte er einen Sohn.«

»Sven Lund«, bestätigte Leander.

Tom blickte ihn fassungslos an. »Sag mal, da recherchiere ich mir einen Wolf und dann weißt du das alles schon? Kannst du mir denn vielleicht auch sagen, wo ich diesen Sohn finde?«

»Leider nein. Ich weiß auch nur, dass es einen Sven Lund gibt, der mit Wencke Olsen befreundet gewesen sein soll und ein bisschen auch mit den Riewerts-Brüdern. Du müsstest ihn doch eigentlich auch kennen.«

»Ich erinnere mich tatsächlich an einen Sven Lund, so eine farblose Type, die immer allen nur auf den Nerv gegangen ist. Aber dass er ein Nachfahre unseres Goldsuchers ist, wusste ich nicht. Na ja, jedenfalls dachte ich, dass ich nun eine Spur habe. Wenn Ole Lund die alte Geschichte gekannt hat, wird er sie ja wohl seinem Sohn erzählt haben. Also müsste ich nur Sven Lund auftreiben und schon wäre ich am Ziel. Aber Pustekuchen! Sven Lund ist spurlos verschwunden.«

Leander nickte.

»Das weiß er also auch schon«, kommentierte Tom, als spräche er ab sofort nur noch mit sich selbst, und ließ sich in seinen Gartenstuhl sinken.

»Ich bin durch den Scheunenbrand und das Ringreiter-Turnier auf Sven Lund gestoßen«, berichtete Leander unbeeindruckt. »Franziska hat ihn sogar auf einem Foto von damals erkannt. Er hat seinerzeit Wencke Olsen nachgestellt und sie sogar als seine Verlobte bezeichnet. Entsprechend sauer wird er gewesen sein, dass sie nichts von ihm wissen wollte und sich mit Falk Riewerts eingelassen hat. Das ist doch immerhin ein Motiv. Also habe ich von Amrum aus bei Dieter Bennings nachgefragt.«

»Und?«

»Noch keine Antwort. Er muss ja nun erst mal Lunds Aufenthaltsort ermitteln.«

»Wie lange kann so etwas dauern?« Toms Stimme wurde wieder ein wenig hoffnungsvoller.

»Wenn es Einträge bei irgendeinem Einwohnermeldeamt gibt, geht das schnell.«

»Wie schnell?« Tom machte einen derart ungeduldigen Eindruck, dass Leander sein Handy aus der Tasche zog und seufzend Bennings Nummer wählte.

Der Kriminalhauptkommissar nahm das Gespräch nach dem dritten Klingeln an und behauptete: »Dich wollte ich auch gerade anrufen.«

»Wegen Sven Lund, hoffe ich. Tom sitzt nämlich schon auf heißen Kohlen. Ich weiß nicht, waren wir in unserer Jugend auch so ungeduldig?«

Bennings lachte. »Du hast recht, ich habe nach Lunds Aufenthaltsort gesucht und habe ein Ergebnis. Das heißt, ich habe ihn nicht ermittelt.«

»Wie jetzt?«

»Wie ich sage. Es gibt keine Spur von ihm. Sven Lund ist Anfang der Zweitausenderjahre von Föhr verschwunden, ohne dass er sich behördlich abgemeldet oder irgendwo anders in Deutschland wieder angemeldet hätte. Deshalb habe ich auch nicht herausbekommen, wann er genau die Insel verlassen hat. Olufs hat erzählt, dass Sven Lund der Letzte seiner Sippschaft auf Föhr gewesen sei. Er sei genau wie sein Vater Ole gewesen: meistens arbeitslos, fast immer betrunken, nicht selten in der Arrestzelle. Olufs vermutet, dass er einfach von der Insel abgehauen ist, als es für ihn völlig aussichtslos wurde, auch nur einen Tagesjob auf einem der Bauernhöfe zu bekommen. Da es aber überhaupt keine Belege dafür gibt, könnte er theoretisch sogar irgendwo auf Föhr im Klei verbuddelt sein.«

»Schöner Mist.« Leander hob bedauernd seine Hände in Toms Richtung.

»Aber da ist noch etwas, das dich interessieren dürfte: Ich habe noch einmal die alten Akten von dem Brand 1999 gewälzt und bin auf eine interessante Sache gestoßen. Wencke Olsens Körper war zwar völlig verkohlt, aber die inneren Organe konnten damals trotzdem untersucht werden. In ihrer Lunge befand sich kein Rauch und die Flimmerhärchen waren auch nicht versengt. Der Kohlenmonoxidgehalt im Blut war minimal. Also war sie schon tot, als der Brand gelegt wurde.«

»Das ist ja spannend«, bestätigte Leander. »Wurde damals herausgefunden, wie sie gestorben ist?«

»Der Kehlkopf war zerquetscht, also ist sie erwürgt worden. Wie lange vor dem Brand, konnte allerdings nicht mehr festgestellt werden.«

»Oha. Das bedeutet ja dann, dass Falk Riewerts kein Alibi mehr hat. Er kann Wencke Olsen getötet haben, bevor er mit Meret und ihrer Großmutter nach Hause gegangen ist.«

»Richtig, aber es gibt auch keine Beweise für seine Täterschaft. Den Brand hat er jedenfalls nicht gelegt, falls Meret Riewerts' Alibi stimmt. Und wenn wir davon ausgehen, dass der Brand gelegt wurde, um den Mord zu vertuschen, passt Falk Riewerts nicht mehr ins Raster. Ergo: Wenn er den Brand nicht gelegt hat, ist er auch nicht der Mörder.«

»Dann solltest du dich auf Sven Lund konzentrieren«, fasste Leander zusammen. »Falls du noch etwas in Erfahrung bringst, sag mir Bescheid, ja?«

»Geht klar. Grüß Tom von mir.« Bennings drückte das Gespräch weg.

Leander berichtete Tom, was Bennings gesagt hatte. Ächzend sackte der noch ein Stück mehr in sich zusammen, als er hörte, dass selbst die Polizei keine Spur von Sven Lund hatte und auch keinerlei Anhaltspunkte, wo man ihn suchen könnte. Nun tat er Leander geradezu leid. Es wurde Zeit, dass er seinen Freund ein bisschen aufbaute.

»Aber ich habe etwas gefunden, das dich begeistern wird«, verkündete er und zog die Daten-CD aus der Tasche. »Die Tagebücher, nach denen du suchst.«

»Wie, die Tagebücher?« Die Information brauchte offenbar einen Moment, um durch Toms Depressionsmauer zu dringen. »Du meinst: *die* Tagebücher? Die Tagebücher der Goldsucher?«

»Genau die!«

Elektrisiert schoss Tom aus seinem Gartenstuhl und wandte sich dem Haus zu. Plötzlich blieb er stehen, drehte sich um und schnappte sich die CD aus Leanders Hand, als wollte er sichergehen, dass sie nicht verschwunden war, wenn er gleich zurückkam. Dann sprintete er durch die Terrassentür ins Wohnzimmer und verschwand aus Leanders Blick. Nur Sekunden später war er mit einem Laptop zurück.

Er startete das Gerät und schob den Datenträger in den Schacht. Auf dem Bildschirm öffnete sich ein Fenster mit einer Reihe PDF-Dateien. Tom öffnete die erste und stieß einen Jubelschrei aus. Das Display zeigte die eingescannte erste Seite der Kladden, die Leander in der Vitrine in Nebel gesehen hatte.

»Sieh dir das an!«, freute sich Tom. »Gestochen scharf.« Er scrollte die Seiten hinunter, die überwiegend mit Handschrift bedeckt waren. Gelegentlich gab es aber auch eine Skizze und einmal sogar eine handgezeichnete Landkarte. »Fantastisch!«

»Na ja, die Schrift ist schon etwas gewohnungsbedürftig«, zweifelte Leander. »Das muss man ja auch erst einmal entziffern können.«

»Kein Problem! Weißt du, was für eine Sauklaue meine Schüler haben? Das bin ich gewohnt. Dagegen ist diese Handschrift geradezu simpel.«

Leander zog zweifelnd die Stirn kraus. Er konnte das Gekrakel jedenfalls nicht lesen, zumal die Tinte im Laufe der Jahrzehnte auf dem groben Papier verblasst war.

Tom scrollte wieder an den Anfang zurück und begann zunächst stockend, dann immer flüssiger vorzulesen:

Nun ist es so weit. Vor diesem Tag habe ich mich seit Jahren gefürchtet. Heute musste ich Föhr verlassen und bin in die Welt aufgebrochen.

Bei Tagesanbruch Abschied im Hafen von Wyk. Nur Mutter und
Ingke waren da, Vater und Gerrit waren auf den Feldern draußen in
der Marsch. Der Weizen wächst schlecht an in diesem Jahr. Immer
wieder gibt es Nachtfrost. Von Westen her zieht Schlechtwetter auf.
Keine Zeit für lange Abschiede.

Mutter hat geweint und gesagt, dass wir uns vielleicht nie mehr
wiedersehen. Alles liegt in Gottes Hand, hat Ingke gesagt. Sie sind
gegangen, als wir die Hafenauffahrt noch nicht durchfahren hatten.

Knudt Riewerts ist mit an Bord. Auch er muss Föhr verlassen, weil
er der Zweitgeborene ist, wie ich. Auch er hat keine Zukunft auf der
Insel. Uns bleibt nur die Seefahrt. Für die Werber der Reedereien
sind wir fette Beute. Knudt und ich heuern in Hamburg auf der Henriette an. Dann geht es hinüber nach Amerika.«

»Respekt, großer Schriftgelehrter«, sagte Leander. »Bei dir
sind die Schwarten offensichtlich in den richtigen Händen.
Da wirst du ja nun einige Antworten finden.«

»Einige? Alle!« Tom war in seinem Überschwang nicht
zu bremsen.

»Nicht ganz. Da ist nämlich noch etwas, das ich dir sagen
muss.«

Toms Blick verfinsterte sich, als ahne er, dass Leander noch
eine besondere Gemeinheit gegen ihn parat hatte, die ganz
in seine aktuellen Erfahrungen passte. Geradezu drohend
beugte er sich vor. »Du sagst mir jetzt aber nicht, dass nur
die ersten Seiten erhalten sind, oder?«

»Nein, keine Angst, so schlimm ist es nicht. Allerdings ist
Anfang der achtziger Jahre in das *Öömrang Hüs* eingebrochen worden. Die Diebe haben den letzten Band gestohlen.«

»Den, in dem wir die Antwort auf die Frage gefunden hätten, was damals am Claim passiert ist«, vervollständigte Tom und Leander befürchtete einen Moment, dass sein Freund nun endgültig einem Herzinfarkt zum Opfer fallen könnte.

»Ich habe aber schon eine Ahnung, wo das Buch sein könnte«, beeilte er sich zu sagen, bevor es zu spät war. »Meret hat mir doch von so einem Tagebuch erzählt, das angeblich früher in der Kiste auf dem Dachboden der Riewerts gelegen haben soll.«

»Aber das ist doch auch verschwunden!«, rief Tom verzweifelt.

»Schon, nur wissen wir doch, wo wir mit der Suche beginnen können. Und die Riewerts sind noch nicht alle tot oder unbekannt verzogen.« Da Tom inzwischen ziemlich bleich geworden war, fügte er schnell hinzu: »Weißt du was, wir fahren jetzt sofort zu Falk raus und fragen ihn danach. Und wenn der nichts weiß, machen wir bei Jan weiter. Zur Not versuche ich, Bennings zu überreden, dass er seine Spusi noch einmal den Hof absuchen lässt. Ich sage einfach, das Buch könnte das Motiv für den Mord an Knut Riewerts sein.«

»Kannst du das alleine machen?« Tom wirkte geradezu ausgelaugt. »Ich lese inzwischen die Tagebücher, die wir haben. Wer weiß, vielleicht steht da ja doch noch mehr drin, als wir ahnen.«

»Na gut. Dann fahre ich alleine zu Falk.« Leander verkniff sich den Einwand, dass die Lösung des Rätsels garantiert nicht in diesen Scans zu finden war, denn sonst wäre mehr als nur ein Tagebuch gestohlen worden. »Übrigens gibt es da noch etwas, das ich dir sagen muss: Ich habe der Leiterin des Museums in Nebel versprochen, dass du dich für die Kopien erkenntlich zeigen wirst.«

»Aha!« Tom blickte seinen Freund alarmiert an. »Und wie, wenn ich fragen darf.«

»Ach.« Leander winkte beiläufig ab. »Nichts Bedeutendes. Warte mal, wie habe ich das doch gleich formuliert?« Er zog die Stirn kraus, blickte schräg nach oben und genoss die knisternde Spannung, die sich zwischen ihnen aufbaute. »Ja, genau, jetzt weiß ich es wieder: ›eine großzügige Spende‹, habe ich gesagt.« Er musste lachen, als er Toms dummes Gesicht sah, und konnte im letzten Moment dem Wasser ausweichen, das der Freund aus seinem Glas in Leanders Richtung schleuderte.

»Nicht da vorne!«, brüllte Falk gerade über den Lärm eines Lastwagenmotors hinweg, als Leander mit dem Fahrrad auf den Hof einbog, und wedelte zur Unterstützung mit den Armen. »Hier herüber!«

Jetzt hatte der Mann im Führerhaus begriffen und zeigte zur Bestätigung mit dem Daumen nach oben. Falk winkte ihn zu der Stelle, an der die Holzbalken abgeladen werden sollten. Als Falk Leander erblickte, machte er keinen erfreuten Eindruck. Allerdings bedeutete er Klondike, der die Anlieferung fast unbeteiligt vom Hofrand her beobachtete, dass der sich weiter darum kümmern sollte.

Leander stellte sein Fahrrad an der Stelle ab, wo einst das Taubenhaus gestanden hatte, und schlenderte zu Falk hinüber, der den Lkw nicht aus den Augen ließ.

»Geht's jetzt los, ja?«, begrüßte er den Cowboy.

Falk nickte, während der Lkw-Fahrer ausstieg und sich an die Fernbedienung des Ladekrans stellte. »Morgen fangen wir an. Die Balken und Sparren sind nach Klondikes Angaben schon fertig zugeschnitten. Wir müssen nur noch das Ständerwerk richtig zusammensetzen.«

»Ist Klondike Zimmermann oder so etwas?«

»Ach, der hat schon alles gemacht. Auf Klondike kann ich mich verlassen. Wenn der einen Stall berechnet, dann steht der hinterher wie eine Eins. In Kentucky hat er einmal auf einer Farm einen dreimal so großen Kornspeicher geplant. Da hat fast jedes Maß gepasst. Wir mussten kaum nachsägen. Der Farmer war begeistert. Seine Farm war riesig im Vergleich zu unseren kleinen Kleckerhöfen, aber so was hatte selbst der noch nicht gesehen.«

»Kann ich dich denn mal sprechen, oder ist das jetzt schlecht?«

»Komm mit.« Falk ging voraus zum Haupthaus und führte Leander in die Küche. »Kann ich dir etwas anbieten? Ein Bier?«

»Nicht bei der Hitze. Ein Glas Wasser wäre gut.«

Während Falk am Wasserkran zwei Gläser füllte, zog Leander sein Handy heraus und suchte in der Galerie nach Franziskas Fotos. Als sie sich am Tisch gegenübersaßen, hielt er Falk das Display so hin, dass der das Bild sehen konnte, auf dem er mit Wencke Olsen tanzte.

»Das war am Abend des Ringreiterturniers 1999«, begann er. »Erinnerst du dich? Das da bist du mit Wencke Olsen.«

»Natürlich erinnere ich mich. Wir haben getanzt, ja und?«

»Und anschließend wart ihr zusammen im Heu«, fuhr Leander fort.

»Das weißt du doch. Und ich habe dir auch gesagt, dass das lange vor dem Scheunenbrand war. Wencke war quicklebendig, als ich sie zurückgelassen habe. Ich bin erst wieder an der Scheune gewesen, als die schon lichterloh brannte. Und dass Wencke noch darin sein könnte, habe ich nicht ahnen können. Schließlich war das Stunden nach unserem …« Er suchte nach dem passenden Begriff. »… Schäferstündchen. Wieso, verdammt noch mal, war Wencke da immer noch in der Scheune?«

»Weil sie schon tot war. Sie wurde lange vor dem Brand erwürgt.«

Falk starrte ihn mit offenem Mund an. »Erwürgt?«

Leander nickte und ließ ihm Zeit. Dabei beobachtete er jede Regung bei seinem Gegenüber. Erstaunlich, dachte er, als ihm das auffiel. Berufsroutine kann man nicht ablegen. Die wird selbst nach Jahren noch automatisch aktiviert.

Falk schien ehrlich überrumpelt von den Informationen, die Leander ihm gegeben hatte. In ihm arbeitete es sichtbar, so, als versuche er, sie zu sortieren und irgendeinen Sinn darin zu erkennen. »Das heißt dann aber, dass sie vielleicht schon kurz nach unserem Treffen in der Scheune ermordet wurde«, fasste er schließlich zusammen und blickte plötzlich erschrocken auf. »Und dass mein Alibi nicht mehr funktioniert!«

Leander nickte zunächst, sagte dann aber beruhigend: »Die Polizei geht momentan nicht mehr davon aus, dass du der Täter bist. Der Brand war eine Vertuschungstat für den Mord. Also wurde er von demjenigen gelegt, der Wencke erwürgt hat. Da du für die Brandzeit ein Alibi hast, scheidest du auch als Täter für den Mord aus.«

»Aber warum liegt so viel Zeit dazwischen? Warum wurde der Brand nicht direkt nach dem Mord gelegt?«

»Das werden wir nur erfahren, wenn der Täter gefasst wird. Ich vermute allerdings, dass er Wencke Olsen im Affekt getötet hat und im Schock zunächst weggerannt ist. Später hat er dann begriffen, was passiert ist, und versucht, die Tat durch den Brand zu vertuschen.«

Falk drehte langsam den Kopf hin und her. »Unglaublich«, stieß er schließlich hervor. »Wenn ich nicht zusammen mit Meret nach Hause gegangen wäre, könnte man mir durch das Treffen mit Wencke in der Scheune also tatsächlich sowohl den Mord als auch den Brand anhängen.«

»Das ist richtig. Und falls du und Meret mich in Bezug auf das Alibi belogen haben solltet, werde ich dir Bennings auf den Hals hetzen, das garantiere ich dir.«

»Das haben wir nicht, ehrlich.« Der sonst so selbstsichere und abgebrühte Falk Riewerts blickte nun flehend wie ein Cockerspaniel, der bei Sauwetter vor die Tür gezerrt werden sollte. Sie schwiegen beide nachdenklich, bis Falk schließlich fragte: »Hast du schon etwas über den Brand hier auf dem Hof herausgefunden?«

»Nein, dazu bin ich noch gar nicht gekommen.«

Falk nickte und stand schwerfällig auf. »Ich muss wieder raus.«

»Moment«, hielt Leander ihn auf. »Ich habe noch eine Frage. Einer deiner Vorfahren, ein gewisser Knudt Riewerts – Knudt mit ›dt‹ – war bei dem großen Goldrausch um 1900 in Alaska dabei. Und zwar zusammen mit Volckert Olsen, einem Urahnen von Wencke.« Leander berichtete von den Tagebüchern, davon, wie Tom, Franziska und er darauf gestoßen waren, und von dem verschwundenen letzten Band. »Dein Vater hat nach deiner Auswanderung nach Amerika nach einem solchen Tagebuch gesucht. Wir vermuten nun, dass es sich um die verschollene Kladde gehandelt hat. Hast du eine Ahnung, wo sie zu finden sein könnte?«

Falk, der dem Bericht mit in Falten gelegter Stirn gefolgt war, als sei das eine wenig glaubwürdige Geschichte, schüttelte den Kopf. »Keine Ahnung. Von so einem Tagebuch weiß ich nichts. Und ehrlich gesagt, glaube ich auch nicht, dass es bei uns in der Kiste gelegen hat. Das wäre Jan oder mir doch aufgefallen.«

»Meret hat bestätigt, dass dein Vater außer sich war, weil er es nicht finden konnte.«

»Tja, dann.« Falk zog die Schultern hoch und ließ sie wieder sinken. »Frag Jan, vielleicht weiß der etwas darüber.«

Er wandte sich der Tür zu, drehte sich aber doch noch einmal um. »Da ist übrigens noch etwas, das du wissen solltest. Hendrik Geerkens hat Kai und mich von seinem Hof gejagt und auch auf uns geschossen. Und Jacobsen und Frevert haben Cord Nickelsen gedroht, ihm den Hof anzuzünden, wenn er uns weiterhin hilft.«

»Sieht so aus, als hättest du wirklich keine Freunde hier auf der Insel«, stellte Leander fest. »Du solltest in der nächsten Zeit gut auf dich aufpassen.« Er trank sein Glas Wasser aus und folgte Falk auf den Hof.

Das Holz war inzwischen abgeladen und der Lkw wieder weg. Klondike verglich die Holzbalken mit einem Stapel Lieferscheine, den er umständlich durchblätterte. »Sieht vollständig aus«, sagte er zu Falk. Leander ignorierte er. »Ein Lkw kommt nachher noch mit der Fähre. Die restlichen Ladungen kommen morgen.«

»Gut, dann können wir am Mittwoch mit dem Aufbau beginnen.« Falk war jetzt wieder ganz der Macher, der alles im Griff hatte. Die Unsicherheit, die er in der Küche gezeigt hatte, war hier draußen überhaupt nicht mehr vorstellbar.

Du bist ein Mann mit vielen Gesichtern, Falk Riewerts, dachte Leander, als er mit seinem Fahrrad den Hof verließ. Ihn beschlich das Gefühl, dass er sich bei Falk nicht nur auf seine Erfahrung verlassen konnte. Außerdem war das Umfeld unberechenbar, es brodelte an allen Ecken und Enden. Falk zog den Ärger geradezu magnetisch an. Besser, Leander behielt ihn ab jetzt im Auge. Er seufzte, als ihm klar wurde, was das konkret bedeutete, und verfluchte sich schließlich selbst dafür, dass er sich aber auch immer wieder in solche Sachen hineinziehen ließ.

Auf dem Reisetagebuch
des Föhrer Bauernsohnes Volckert Olsen

25. Dezember 1899

Weihnachten in Dawson City. Die Stadt ist außer Rand und Band. Im Saloon steht ein riesiger Weihnachtsbaum, an den jeder Gast etwas gehängt hat. Manche haben Strohsterne gebastelt, andere Misteln auf den Wäldern geholt. Nickels wohnt jetzt bei Chantal, einer der Tänzerinnen, und ist meistens betrunken. Er hat ihre roten Strumpfbänder an den Baum gehängt und dafür von anderen Männern grölenden Applaus bekommen.

Chantal kann unsere Namen nicht aussprechen, weil sie angeblich aus Frankreich kommt. Seitdem nennt sie Rörd »Old Tabby«. Nickels nennt sie »Lucky Nick«. Wenn er am Pokertisch sitzt und trinkt, scharwenzelt Chantal um Rörd herum. Der hat seinen Spaß daran, obwohl er gar nichts von ihr will. Hauptsache, Nickels kommt nicht auf falsche Gedanken.

Gegen Mitternacht haben Rörd, Knudt und ich uns in unser Zimmer zurückgezogen und alleine weitergefeiert. Rörd hat seinen Spitznamen jetzt weg: »Old Tabby«. Im Gegenzug hat er mich »Red Olli« genannt, wegen meiner roten Haare, und Knudt »Big John«, weil er mit zweitem Vornamen Johann heißt. Wir haben viel gelacht und vom letzten Weihnachtsfest am Claim erzählt, als sei das die gute alte Zeit gewesen.

Auch über Föhr und Amrum und unsere Familien haben wir geredet und sind wehmütig geworden. Wenn alles gutgeht, werden wir in zwei Jahren wieder Weihnachten zu Hause feiern.

Die Zeit in Dawson wird uns allen lang. Der ewige Lärm im Saloon und der raue Umgang der Männer untereinander hängen uns zum Hals heraus. Es vergeht kein Tag ohne eine Schlägerei. Meistens geht es darum, dass jemand die Heldengeschichten eines

anderen anzweifelt. Manchmal geht es auch um eine der Tänzerinnen. Außerdem gibt es jede Menge wilde Spekulationen über
neue lohnende Schürfgebiete. Jeder hat da so seine eigene Theorie.
Wird Zeit, dass der Frühling kommt und wir wieder in die Berge
aufbrechen können. Bestimmt wird sich dann auch das Verhältnis
zu Nickels wieder bessern.

1. Januar 1900

Der Jahreswechsel war eine riesige Sache. Ganz Dawson stand
Kopf. Erst jetzt ist uns so richtig bewusst geworden, dass wir auch in
ein neues Jahrhundert gestartet sind. Was das wohl bringen wird?
In Europa ist die Industrialisierung auf dem Höhepunkt. Maschinen machen in den Fabriken die Arbeit der Menschen. Die Eisen-
bahn verbindet die Metropolen und selbst die kleinen Städte in allen
Teilen Deutschlands. Nun bricht das Zeitalter der Dampfmaschine
erst so richtig an.

Im Saloon hat ein Fotograf das große Geschäft gemacht. Alle
wollten ein Foto haben, um sich an die große Zeit zu erinnern, wenn
sie einmal alt und grau sein werden. Nörd, Knudt und ich haben uns
auch fotografieren lassen, heute Mittag vor dem Saloon. Jeder von uns
bekommt einen Abzug. Auf die Rückseite werden wir das Datum und
unsere Spitznamen schreiben: Old Taddy, Big John und Red Olli.

Ein Jahr ist es jetzt her, dass wir den Winter in unserer Hütte verbracht haben. Mein Gott, wie sehr hat das Gold schon jetzt unsere
Freundschaft verändert!

Wir mußten Nickels auf dem Gefängnis freikaufen. Er konnte seine Spielschulden nicht mehr bezahlen. Fast 40.000 Dollar. Chantal hat ihn auch hinausgeworfen, so daß er jetzt wieder bei uns wohnt.

Wir haben darüber geredet, wie wir ihn vom Spielen abhalten können und unser Geld zurückbekommen. Nickels hat uns beruhigt. Im Frühjahr wird er in kürzester Zeit so viel Gold geschürft haben, daß er uns seine Schulden zurückzahlen kann. Knudt hat ihm klargemacht, daß wir ihn beim nächsten Mal im Gefängnis schmoren lassen werden.

21 NACHT AUF DIENSTAG

Die Luft war feucht und viel zu warm. Das Thermometer wollte selbst jetzt nach Mitternacht einfach nicht unter fünfundzwanzig Grad fallen. Leander saß in seinem alten Volvo und behielt den Olsen-Hof im Blick. Den Wagen hatte er rückwärts in einen schmalen, zwischen windschiefen Hecken gelegenen Schotterweg geparkt, der dem Anwesen mitten in der Alkersumer Marsch leicht versetzt gegenüberlag. Links hinter den Büschen ragte Mais bewegungslos empor, rechts erstreckten sich Wiesen bis zum entfernt liegenden Schattenriss des Deiches.

Leander hatte beide Seitenfenster heruntergelassen, aber es regte sich kein Windhauch. Der Schweiß rann ihm von der Stirn brennend in die Augen. Mücken summten um seinen Kopf und ließen sich nicht vertreiben. Morgen früh würde er aussehen wie ein Streuselkuchen. Irgendeinen Duft musste er ausströmen, der auf die Plagegeister wie eine Art Aphrodisiakum wirkte. Egal mit wie vielen anderen Menschen er unterwegs war, sie konzentrierten sich in Armeestärke immer nur auf ihn und führten regelrechte Paarungstänze um seinen Kopf herum auf.

Auf dem Hof war seit Stunden alles ruhig. Leander hatte gegen 20 Uhr seinen Posten bezogen und um 22 Uhr beobachtet, wie Falk mit einem Gewehr in der Hand einen letzten Rundgang um Haus, Stall und Remise gemacht und dann das Licht im Erdgeschoss gelöscht hatte. Als schließlich auch im Obergeschoss alle Fenster dunkel gewesen waren, hatte Leander seine Sitzlehne in eine halbe Liegeposition gekurbelt und versucht, eine einigermaßen bequeme Stellung einzunehmen. Seitdem herrschte absolute Stille auf dem Olsen-Hof.

Leander schaute auf die Uhr, wie er es in den letzten Stunden gefühlt alle fünf Sekunden getan hatte: o Uhr 57. Eine lange Nacht lag vor ihm. Irgendwo quakten ein paar Frösche, das Bellen eines Hundes wurde von weit weg herangetragen, die Mücken summten – und stachen, verflucht noch mal! Leander schlug sich mit solcher Wucht auf die rechte Wange, dass er erschrocken hochfuhr. In seiner Handfläche zeichnete sich ein Blutfleck mit den feingliedrigen Resten eines Mückenkörpers ab. Mistviecher!

Anti Brumm wäre jetzt gut gewesen. Seufzend registrierte Leander, dass die chemische Keule, die er sonst gegen diese Vampire einsetzte, gut und sicher verwahrt im Spiegelschrank seines Badezimmers stand, während er hier literweise zur Ader gelassen wurde. Dass sich jetzt auch noch seine Bandscheiben meldeten, weil sein Auto alt und die Sitze nicht ergonomisch geformt waren, ließ ihn daran zweifeln, dass dieser Einsatz tatsächlich sinnvoll war – und notwendig schon gar nicht. Immer dieser Übereifer! Warum hatte er sich überhaupt auf den Fall eingelassen? Und wenn er schon in zwanzig Jahre alten Brandsachen ermittelte, weshalb erlegte er sich dann auch noch ungefragt Falks Schutz auf? Statt hier zu schwitzen, zu bluten und sich seinen Rücken endgültig zu ruinieren, hätte er jetzt in seinem weichen Bett in der Wilhelmstraße liegen können. Oder besser noch: bei Franziska in Norddorf auf Amrum.

Genau so hatte er seine Ehe ruiniert! Bilder aus früheren Jahren kamen wieder hoch, von Einsätzen im Bereich der Rotlicht- und Drogenszene Kiels. Wie oft hatte er sich mit seinen Kollegen nächtelang in Folge vor einer Dealer-Wohnung oder einem Schmuddel-Puff den Hintern plattgesessen, während Ilka und die Kinder alleine zu Hause waren. Und wozu das Ganze? Am Ende war fast immer alles für die Katz gewesen, weil irgendein Kollegenschwein sich im Nebenjob als Maulwurf betätigte und die Szene längst gewarnt hatte. Und zu allem Überfluss hatte er den Müll der Straße auch noch mit nach Hause getragen, weil man so etwas eben nicht einfach abschütteln oder mit der Dienstkleidung im Spind zurücklassen konnte.

Einmal mehr beglückwünschte sich Leander, dass er aus dem Karussell heraus war. In den letzten Berufsjahren hatte er als Leiter der Abteilung OK beim LKA zwar nur noch Einsätze geplant und geleitet und die furunkelfördernde Arbeit anderer, vor allem jüngeren Kollegen überlassen, aber der Kampf gegen die internationale Organisierte Kriminalität war fast noch aussichtsloser gewesen als der gegen die Straßenkriminellen. Das alles war zum Glück Vergangenheit. Aber anstatt sich endgültig nur noch um die zweite Hälfte seines eigenen Lebens zu kümmern und mit Franziska nachzuholen, was er in der ersten verpasst hatte, mischte er schon wieder in Sachen mit, die ihn überhaupt nichts angingen. Sollten all die anderen doch selber sehen, wie sie mit ihrem Leben klarkamen!

Eine Eule huschte wie ein Schatten lautlos vor der Windschutzscheibe her. Im Gebüsch piepsten Mäuse. Leander schüttelte sich, als er eine fette Ratte sah, die vom Straßengraben aus quer über den Hof rannte und in der Remise verschwand. Mit dem nächsten Schlag vor seine Stirn zerlegte er gleich zwei Mückenviecher. Er drehte den Spiegel weiter zu sich und beseitigte notdürftig mit einem Papiertaschentuch die Spuren dieses Gemetzels. Dann konzentrierte er sich erneut auf den Hof.

Das Haus lag schwarz zwischen Maisfeldern und Marschwiesen wie ein weggeworfener Steinklotz. Alles war ruhig und dunkel, der Mistkerl schien zu schlafen. Es sollte sein letzter Schlaf sein. Jetzt würde das Arschloch bekommen, was es verdiente. Ruhe in Unfrieden!

Lautlos schlich er sich an, achtete genau darauf, wo er hintrat, in jeder Hand einen Spirituskanister, die Fenster fest im Blick. Vielfach erprobtes Szenario, pyromanische Routine. Er näherte sich dem Haus wie der Fleisch gewordene nordische Rachegott Vidar, was übersetzt ›der weithin Herrschende‹ hieß, trat dicht an die Wand heran und richtete sich auf. *Die Rache ist mein, spricht der Herr!*

Die Ratte tauchte wieder auf. Offenbar hatte sie zwischen den alten Geräten nichts Fressbares gefunden und rannte nun zum Haus hinüber, um dort ihr Glück zu versuchen. Leander beobachtete, wie sie seitlich um die Ecke und damit aus seinem Blickfeld verschwand. Er grinste, als er sich vorstellte, wie jetzt die Meldung im Rahmen eines Observationsteams lauten würde: »Föhr 1 an Föhr 2: Ratte nähert sich von Westen. – Föhr 2 an Föhr 1: Ratte in Sichtweite. Übernehme Ratte.« Dagegen war eine Ein-Mann-Observierung naturgemäß lückenhaft. Jeder konnte von der Rückseite her an den Hof herankommen, ohne dass er das hier in seinem Auto mitbekam. Konkret hieß das, dass Jacobsen und Fendrich hinter dem Haus vielleicht gerade in diesem Moment Falk den Hof unter dem Hintern anzündeten, während Leander hier vorne Wache schob. Und genauso unbemerkt und unerkannt konnten sie anschließend auch wieder verschwinden.

Fast dankbar für diese Erkenntnis und die daraus abzuleitende Konsequenz schob er den Vorwurf, dass er früher daran hätte denken müssen und dass seine Routine offenbar eingeschlafen war, beiseite. Besser spät als nie! Er öffnete die Fahrertür und wuchtete sich aus dem Auto. Nach ein paar

Dehnübungen gegen die verkrampften Muskeln und steifen Gelenke beugte er sich noch einmal hinein und kramte im Handschuhfach nach seiner Taschenlampe. Wenigstens daran hatte er gedacht. Leise drückte er die Tür ins Schloss und machte sich auf seinen ersten Rundgang in dieser Nacht.

Im Haus blieb alles ruhig. Er wartete noch einige Minuten ab, dicht an die Hauswand gedrängt, und lauschte in die Nacht. Irgendwo fauchte eine Katze, eine Kuh klirrte mit ihrer Kette, undefinierbares Knistern im Dunkeln, nichts von Bedeutung.

Leander schwenkte den Lichtkegel über die Gerätschaften der Remise. Eine Maus huschte seitlich weg, sonst gab es hier nichts zu entdecken. Langsam setzte er seinen Weg fort und umrundete das Haus von Osten her. Hier musste einmal der Gemüsegarten gewesen sein. Ungepflegte und von Unkraut überwucherte Beete lagen zwischen verwachsenen Buchsbaumhecken. Ein rostiger Spaten mit verfaultem Holzstiel steckte mittendrin. Der Staketenzaun war lückenhaft, das Tor zum hinteren Bereich des Grundstücks hing schräg in einer rostigen Angel. Leander schob es vorsichtig zur Seite und trat hindurch. Im letzten Moment erkannte er im Lichtkegel der Taschenlampe ein morsches Brett mit zwei in die Luft ragenden Nägeln und konnte gerade noch mitten im Schritt seitlich ausweichen. Dabei stieß er an das Törchen, das wie von einer Feder abgeschossen vor den Staketenzaun krachte. Erschrocken blieb Leander stehen und knipste die Lampe aus. Wenn irgendjemand hier in der Nacht unterwegs war, musste er nun gewarnt sein.

Plötzlich ein dumpfer Laut, gefolgt von einem wilden Rascheln von der Seite des Hauses her. Verflucht, was war das? So kurz vor dem Ziel! Er stand wie erstarrt und achtete auf jedes Geräusch. Die Bedrohung griff wie eine eiskalte Hand nach ihm.

Als nichts weiter zu hören war und auch im Haus kein Licht anging, atmete Leander tief durch, schaltete die Lampe wieder ein und setzte seinen Weg auf die Rückseite des Hauses fort. Dabei war er jede Sekunde darauf gefasst, dass ihn jemand aus dem Hinterhalt anfiel.

Er stellte einen der Kanister leise ab, hob den anderen mit beiden Händen in Kopfhöhe, ging in die Hocke und bereitete sich auf einen Überraschungsangriff vor. Der da kam, konnte nicht wissen, dass er hier in der Finsternis stand. Wenn er schnell genug war und hart genug zuschlug, gelang es ihm vielleicht, den Kerl zu überrumpeln und unerkannt zu entkommen.

Leander erreichte die Hausecke, drückte sich an die Wand, ging leicht in die Knie, schnellte mit dem Kopf vor und zog ihn genauso schnell wieder zurück.

Das Rascheln nahm zu, ein Kreischen, dann eine schnelle Bewegung wie ein Sprung, die plötzlich verharrte. Zwei phosphoreszierende Augen starrten ihn an. Er atmete auf und sackte in sich zusammen. Sein Atem ging hektisch, er musste die Luft angehalten haben angesichts der Bedrohung. Scheiß Katzenvieh!

Nichts. Hinter dem Haus war alles ruhig, keinerlei Anzeichen für etwas Ungewöhnliches, keine Gefahr weit und breit. Leander drückte die schmerzenden Knie durch und lehnte sich aufatmend mit dem Rücken an die Hauswand. In diesem Moment sehnte er sich nach seinem Auto und den unbequemen Sitzen zurück.

Endlich richtete er sich wieder auf. Es wurde Zeit, dass er zur Tat schritt, bevor im Haus doch noch jemand aufwachte. Hastig griff er nach dem ersten Kanister, schraubte ihn auf und begann damit, die Hauswand zu benetzen, die Hintertür, die Fensterbretter. Dann der zweite Kanister, mit dessen Inhalt er eine breite Spur zog, von der Tür aus weg vom Haus, um einen großzügigen Sicherheitsabstand zu bekommen. Er setzte den leeren Behälter neben sich ab, zog eine Streichholzschachtel aus der Hosentasche und riss drei Hölzchen gleichzeitig an. Er war ganz ruhig jetzt, vollkommen kontrolliert. Als die Flamme sich stabilisiert hatte, ließ er die Hölzchen vor seine Füße fallen und verfolgte die brennende Spur mit wachsender Vorfreude auf das Inferno, das da gleich vor ihm ausbrechen würde. Das Adrenalin breitete sich in ihm aus und erzeugte jene Euphorie, die diese Momente so besonders machte. Die Feuerspur erreichte die Holztür, schoss fauchend hoch und verwandelte die Hausfassade in Sekundenbruchteilen in eine Feuerwand. Fahr zur Hölle, Arschloch!

Leander wollte sich gerade wieder auf den Rückweg zum Auto machen, als er ein merkwürdiges Leuchten auf der Hauswand wahrnahm, die Andeutung eines schwankenden Flackerns, das an ein schwaches Polarlicht erinnerte. Was war das denn? Ein Lichtreflex? Er drehte sich um und dann sah er es: In etwa zwei Kilometern Entfernung schoss etwas hoch, Flammen züngelten in den Himmel, zerschnitten die Schwärze der Nacht. Sekunden später zerrissen Sirenen überall in den umliegenden Dörfern die Stille. Feueralarm!

Der Brandherd lag direkt vor dem Deich, der nun wie eine grüne Mauer unter einer gelbroten Kuppel lag. Die Aura des

Feuers erleuchtete das Umfeld bis weit in die Marsch hinein. Und dann traf ihn der Verdacht wie ein Faustschlag. Falk! Konnte es sein, dass er unbemerkt vom Hof verschwunden war, während Leander auf der anderen Straßenseite in seinem Auto gesessen hatte? War es Falk gelungen, trotz seiner Überwachung tatsächlich den nächsten Brandanschlag zu verüben?

Leander wandte sich der Hintertür zu und wollte gerade mit der Faust davordonnern, als er über sich eine gleichmütige Stimme hörte: »Das ist Geerkens' Hof.«

Er blickte zu den Fenstern im oberen Stockwerk hinauf. Falk stützte sich mit beiden Händen auf das Fensterbrett und beugte seinen nackten Oberkörper weit hinaus, den Blick auf das Feuer in der Ferne gerichtet. Der Widerschein der Flammen flackerte in seinen Augen.

»Was meinst du, wie lange wird es dauern, bis deine Kollegen hier sind?«

»Herr Riewerts, ich verhafte Sie wegen des Verdachts auf Brandstiftung und des versuchten Mordes an Hendrik Geerkens.« Dieter Bennings gab Jens Olufs mit dem Kopf ein Zeichen, dem Festgenommenen Handschellen anzulegen. Es hatte tatsächlich weniger als eine halbe Stunde gedauert, bis die Polizeibeamten auf den Hof gefahren waren.

»Das muss ein Missverständnis sein«, erwiderte Falk seelenruhig und behielt seine Hände in den Hosentaschen. »Ich war den ganzen Abend hier. Ihr Kollege kann das bezeugen.«

Dieter Bennings Blick traf Leander wie eine Speerspitze. »*Ehemaliger* Kollege!«, kam es frostig von dem Kriminalhauptkommissar, dessen Augenbrauen sich missbilligend zusammenzogen. »Stimmt das, Henning?«

»Herr Riewerts hat den Hof seit 20 Uhr nicht verlassen, ab 22 Uhr war er ununterbrochen im Haus«, bestätigte Leander.

»Na und?«, konterte Jens Olufs. »Es gibt ja auch so etwas wie Zeitzünder.«

»Wurde etwas in der Richtung sichergestellt?«, hakte Leander nach, worauf Olufs den Blick senkte und verkniffen schwieg.

»Tja, dann …« Leander hob und senkte betont bedauernd die Schultern. Dabei konnte er gerade Olufs' Enttäuschung gut nachvollziehen, dem Falk zum wiederholten Mal ungeschoren davonkam.

Bennings Blick verriet, dass er einen inneren Kampf ausfocht: hin und her gerissen zwischen der objektiven Erkenntnis, dass Falk nicht der Täter sein konnte, und dem Missfallen an Leanders Rolle in dem Fall.

»Sie sollten Jacobsen und Frevert fragen«, kam es wie beiläufig von Falk, als ginge ihn das alles hier eigentlich gar nichts an.

»Quatsch, warum das denn?«, fuhr Olufs auf. »Weshalb sollten die Geerkens' Hof anzünden? Er gehört doch zu ihnen.«

»Gerade deswegen!«, sagte Falk unbeeindruckt. »Die beiden haben Cord Nickelsen indirekt damit gedroht, ihm den Hof anzuzünden, wenn er mich weiterhin unterstützt. Da aber Klondike und Kai dort bewaffnet Wache halten und die Idioten schon einmal vertrieben haben, können sie ihre Drohung nicht in die Tat umsetzen. An mich und den Olsen-Hof trauen sie sich nicht heran, die Geschichte steht ihnen hier im Weg. Niemand hätte Verständnis dafür, dass sie den Hof anzünden, auf dem Wencke Olsen ermordet wurde.« Falk blickte vielsagend in die Runde. Da die Polizeibeamten aber immer noch nicht zu verstehen schienen, worauf er hinauswollte, fuhr er fort: »Garantiert hat Hendrik Geerkens seinen Kumpels Jacobsen und Frevert von unserem Streit erzählt. Da haben sie ihre Chance gewittert. Wenn sie den Geerkens-Hof anzünden, muss ich automatisch in Verdacht geraten. Und da ich alleine auf dem Olsen-Hof übernachte, kann ich diesmal auch kein Alibi haben.«

»Die konnten ja nicht wissen, dass ich hier auf dem Posten war«, ergänzte Leander, der Falks Gedankengang überzeugend fand.

Dieter Bennings dachte über das Gehörte nach und ließ sich Zeit dabei. »Sagen Sie mal, Herr Riewerts«, meinte er schließlich, »wenn das alles so ist, wie Sie es schildern, müssen Sie doch jederzeit damit rechnen, dass die anderen ihre Drohungen wahrmachen. Wie können Sie denn dann seelenruhig schlafen gehen?«

»Was soll mir denn passieren«, entgegnete Falk grinsend und deutete leicht mit dem Kopf auf Leander, »wenn vor meiner Tür das LKA auf mich aufpasst? Ich habe schließlich gesehen, dass Henning gegen acht seinen Posten bezogen hat.«

Bennings' Brauen wanderten wieder bedrohlich nach innen. »Also gut, es sieht so aus, als könnten Sie es tatsächlich nicht gewesen sein. – Und du«, er deutete mit dem Zeigefinger auf Leander, »kommst gleich morgen früh auf die Wache und gibst deine Aussage zu Protokoll. Ich brauche eine wasserdichte Aktenlage. Ich habe nämlich keine Lust, mir den Hintern aufreißen zu lassen, wenn Jacobsen sich über den Bauernverband im Innenministerium beschwert. – Wisch dir aber vorher das Blut aus dem Gesicht. Das sieht ja fürchterlich aus.«

Aus dem Reisetagebuch
des Föhrer Bauernsohnes Volckert Olsen

28. März 1900

Der Yukon und der Klondike sind wieder frei. Seit Tagen treiben Eis=
schollen an Dawson vorbei. Die ersten Goldgräber sind schon aufge=
brochen und auch wir werden morgen unsere Schlitten beladen. Wir
haben Hunde gekauft, die uns helfen werden, sie zu unserem Claim
zu ziehen.

Mein Gott, bin ich froh, dieses Drecksnest endlich verlassen zu kön=
nen. Komme, was wolle, im nächsten Winter werde ich Alaska verlassen
und mich auf die Heimreise machen. Und wenn ich alleine gehen muss!

6. April 1900

Wir sind zurück. Die Hunde haben gute Arbeit geleistet. Wie hätten
wir all die Lebensmittel und die Ausrüstung nur durch den Schnee
hier heraufbekommen? Nickels hat noch dazu einen riesigen Kasten
mitgeschleppt. Erst als wir alles abgeladen haben, hat er uns gezeigt,
was darin war: eine Plattenkamera, die er dem Fotografen in Daw=
son abgekauft hat. Er hat sich auch zeigen lassen, wie man damit
photographiert. Von nun an will er Bilder machen, die wir unseren
Familien auf Amrum und Föhr zeigen können.

Unsere Hütte hat den Winter gut überstanden, es sind nur kleine
Reparaturen nötig. Knudt und Rörd waren schon am Nickels=River.
Das Eis ist dünn genug, um mit dem Goldwaschen starten zu kön=
nen. Als Erstes werden wir die Hütte in Ordnung bringen, dann geht
es wieder los.

8. April 1900

Heute hat Nickels Photographien von uns gemacht: vor der Hütte und vor dem alten Stollen. Wenn er und Rörd demnächst nach Dawson gehen, um Gold zu verkaufen, will er die Platten entwickeln lassen.

Nickels scheint wieder ganz der Alte zu sein. Er lacht und scherzt, als hätte es die Schwierigkeiten und den Streit in Dawson nie gegeben.

11. April 1900

Als wir heute vom Fluss zurückgekommen sind, standen drei Männer vor unserer Tür, die wir auf dem Pioneer Saloon kennen: Ben Williams, Joe Carter und Jeremiah Hobson. Nickels hat oft mit ihnen Karten gespielt. Haben wir euch endlich gefunden, hat Ben gesagt und gelacht. Dabei hat er Nickels ein Auge zugekniffen und da haben wir es gewusst: Er hat ihnen die Lage des Claims verraten, vielleicht sogar verkauft oder einfach am Pokertisch verspielt.

Rörd, Knud und ich haben ihnen klargemacht, dass sie nicht auf unserem Besitz bleiben können. Sie haben gelacht und gesagt, deshalb hätten sie ja Zelte dabei. Morgen würden sie ihren eigenen Claim abstecken und ihn gleich in Dawson registrieren lassen. Dann würden sie sich ihre eigene Hütte bauen.

Jetzt ist es auch hier oben mit der Ruhe vorbei. Wenn die drei erst in Dawson waren, werden weitere Männer folgen.

Wir haben den Rest des Abends nicht mit Nickels gesprochen, um Streit zu vermeiden. Der ist daraufhin zu den anderen gegangen.

13. April 1900

Nickels verbringt die Nächte im Zelt der anderen. Sie trinken und
pokern und tauchen morgens am Fluss auf, als hätten sie gar nicht
geschlafen. Während wir Gold waschen und Williams, Carter und
Hobson ihren Claim abstecken, macht Nickels Photographien.

Morgen wird Ben Williams nach Dawson aufbrechen und den
Claim registrieren lassen. Dann ist es nur noch eine Frage von Tagen,
höchstens ein paar Wochen, und hier oben wird der Teufel los sein.

21. April 1900

Williams ist zurück. Er hat die Photographien mitgebracht, die Nickels
mit der Plattenkamera gemacht hat. Für jeden von uns eigene Abzüge.
Carter und Hobson haben inzwischen mit dem Bau ihrer Hütte begonnen. Nickels hilft ihnen jeden Tag ein paar Stunden, während wir
von Sonnenaufgang bis Sonnenuntergang Gold waschen.

Abends spielen sie Karten und trinken Whisky. Nickels spricht nicht
darüber, aber jeder von uns weiß, dass er das Gold, das er tagsüber
wäscht, in der Nacht wieder verspielt.

23. April 1900

Die Ruhe ist schneller vorbei, als wir befürchtet haben. Heute sind mehrere Gruppen am Fluss angekommen und haben gleich damit begonnen,
Claims abzustecken. Es bildet sich allmählich ein Camp aus Zelten, das bald
von Holzhütten ersetzt werden wird. Spätestens in einem Monat wird es
am Nickels-River ein neues Goldgräberdorf geben. Nun ist endgültig klar,
dass Rörd, Knudt und ich unseren letzten Sommer hier verbringen werden.

22 DIENSTAG

Leander hatte den Rest der Nacht zusammen mit Falk in der Küche verbracht, für den Fall, dass aufgebrachte Insulaner ihm auf die Bude rücken wollten, und war nach Sonnenaufgang zurück nach Wyk gefahren. Seinen Volvo hatte er wie üblich auf dem Großraumparkplatz am Heymannsweg abgestellt. Auf dem Weg nach Hause hatte er einen Abstecher zu Bäcker Hansen gemacht und nach einer schnellen Dusche erst einmal ausgiebig gefrühstückt. Gegen neun Uhr war er dann zur Zentralstation im Hafen gelaufen. Er wollte Bennings' Geduld nicht über Gebühr strapazieren, schließlich waren sie befreundet und das sollte auch so bleiben.

Jörn Vedder nahm im Beisein seines Dienststellenleiters und des Kriminalhauptkommissars Leanders Aussage auf, las sie noch einmal vor, druckte sie aus und legte sie Leander auf den Tisch. Nachdem der unterschrieben hatte, zog sich Vedder in die Wachstube zurück. Sowohl Bennings als auch Olufs schienen in den letzten Stunden gedanklich wieder abgerüstet zu haben. Olufs bot Leander Kaffee an, während sich Dieter Bennings ihm gegenübersetzte.

»Und?«, begann der Kriminalbeamte jovial. »Was hältst du jetzt von der Sache?«

»Schwer zu sagen. Mein Gefühl sagt mir, dass Falk Riewerts wirklich einen sauberen Neuanfang machen möchte. Da wird er sich nichts mehr herausnehmen, was ihm einen Strich durch die Rechnung machte. Mit diesem Feuer hat er jedenfalls nachweislich nichts zu tun.«

Bennings nickte.

»Ob Jacobsen und Frevert zu so einem Brandanschlag in der Lage sind?«, fuhr Leander fort. »Keine Ahnung. Die kenne ich nicht. Und Jan Riewerts? Mag sein. Er fühlt sich durch Falks Rückkehr offensichtlich bedroht.«

»Der war aber die ganze Nacht über zu Hause«, warf Jens Olufs ein. »Seine Frau bestätigt das.«

»Tja, dann …« Leander dachte einen Moment nach. »Was ist mit dem Jungen? Mit Kai Riewerts? Beim Ringreiterfest in Alkersum war die Rede davon, dass er in Falks Fußstapfen getreten sei und sich ebenfalls als Brandstifter betätigt.«

»Auch den haben wir überprüft. Er hat zusammen mit Cord Nickelsen und diesem Indianerverschnitt die Pferde auf dem Nickelsen-Hof bewacht. Die drei geben sich gegenseitig Alibis.«

»An den Gerüchten ist auch nichts Wahres«, warf Olufs nun ein. »Im letzten Jahr ist in Oldsum eine kleine Feldscheune abgebrannt. Höchstwahrscheinlich Selbstentzündung, weil das Heu zu feucht eingelagert wurde. Aber der Bauer will davon natürlich nichts wissen. Tja, und der schlechte Ruf des Jungen hat dann sein Übriges dazu getan, dass Kai von da an als Brandstifter gehandelt wurde.«

»Wenn die Bauern Falk Riewerts eins auswischen wollen«, überlegte Dieter Bennings, »würden die dann ernsthaft so weit gehen, dass sie einem der ihren den Hof abfackeln?«

»Wenn sie Falk damit ein für alle Mal loswerden«, meinte Leander. »Wir haben damals im Fall des Kojenmordes ja gesehen, dass die vor kaum etwas zurückschrecken.«

»Also, ich glaube das nicht.« Jens Olufs stellte Kaffeebecher vor jeden auf den Tisch. »Und Jan Riewerts traue ich das auch nicht zu. Was Falk angeht, bin ich Herrn Leanders Meinung: Der kann es nicht gewesen sein. Auch wenn mir persönlich die Lösung am liebsten wäre, das gebe ich offen zu. Bleibt also nur der große Unbekannte.«

»Scheiße«, fasste Dieter Bennings den Stand der Ermittlungen resigniert zusammen und Olufs stimmte ihm nickend zu.

»Gibt es denn wirklich niemanden, der einen Nutzen aus Knut Riewerts' Tod gezogen hat?« Leander blickte gezielt Jens Olufs an. Als der nur den Kopf schüttelte und dann schlürfend seinen heißen Kaffee trank, fuhr er fort: »Dann bleibt nur noch Rache als Motiv.«

»Rache wofür?« Bennings zog erstaunt die Augenbrauen hoch.

»So genau weiß ich das auch noch nicht«, gab Leander zu. »Aber Tom und ich sind da einer merkwürdigen Geschichte auf der Spur …« Er berichtete den Polizeibeamten, was sie über die Goldgräber herausgefunden hatten und dass nun ihre ganze Hoffnung auf den Tagebüchern lag. »Dummerweise fehlt das letzte, weil es vor über dreißig Jahren auf Amrum gestohlen wurde«, schloss er seinen Bericht.

»Immer wieder der Name Lund!«, ärgerte sich Dieter Bennings. »Das ist ja, als würde man einen Geist jagen.«

Als Leander zwei Stunden später im Garten unter den Apfelbäumen im Liegestuhl lag, Bella, der er das rechte Ohr kraulte, schnurrend eng an seine Seite gekuschelt, ließ er Dieter Bennings' verzweifelten Satz wieder und wieder vor sich auftauchen: »Das ist ja, als würde man einen Geist jagen.«

Auch wenn Mephisto und Diana ihm widersprechen würden, kam er doch zu dem Schluss, dass es keine Geister gab. Jedenfalls nicht im herkömmlichen Sinn. Dass Taten längst Verstorbener heute noch nachwirken konnten, hätte er nie in Frage gestellt. Aber derjenige, der in der letzten Nacht Geerkens' Bauernhof in Brand gesteckt hatte, war mit Sicherheit eine lebende Person und nicht irgendein transzendentes Wesen, das als Zombie aus Rache zündelte.

»Theoretisch könnte Sven Lund sogar irgendwo auf Föhr im Klei verbuddelt sein«, hörte Leander Bennings' Stimme wieder. War das vielleicht des Rätsels Lösung? Hatte jemand Lund um die Ecke gebracht und nun rächte sich ein Nachfahre, von dessen Existenz niemand etwas wusste? Oder Lund selbst? Als … Leander schüttelte den Unsinn ab. Es gab keine Geister, basta!

Was hatte eigentlich Falk zu Lunds angeblicher Freundschaft mit seiner Heugefährtin Wencke Olsen gesagt? Leander versuchte, sich zu erinnern. Hatte er ihn überhaupt danach gefragt? Die Fotos vom Fest hatte er ihm gezeigt, aber hatten sie in dem Zusammenhang auch über Sven Lund gesprochen? Er konnte sich an nichts dergleichen erinnern. Verflucht noch mal, war es möglich, dass ihm das wirklich durchgegangen war?

Ächzend stemmte er sich aus dem Liegestuhl hoch und erntete dafür ein unwilliges Fauchen Bellas. Grimmig miauend sprang das Tier von der Liege und trollte sich langsam in Richtung des Gartens von Johanna Husen. Hier fand man ja einfach keine Ruhe und dort würde sie sicherlich rücksichtsvoller behandelt.

Falk und Klondike dirigierten wieder einen Lkw-Fahrer, der mit seinem Kran Holzbalken ablud, als Leander mit dem Fahrrad auf den Hof fuhr. Die Stapel waren zu beachtlicher Größe angewachsen und ließen erahnen, dass Falks Pläne einen für diese Insel ungewöhnlich großen Stall vorsahen. Der Landwirt war offensichtlich nicht erfreut darüber, schon wieder gestört zu werden. Unwillig sagte er etwas zu Klondike und deutete mit dem Kopf in Leanders Richtung.

Der wartete, bis der Lastwagen vom Hof gefahren war, und versprach, nur kurz zu stören. Widerwillig nickte Falk, machte aber keine Anstalten, den Besuch ins Haus zu bitten. Leander stellte erstaunt fest, dass die letzte Nacht doch nicht so spurlos an dem Cowboy vorbeigegangen war. Er sah übernächtigt aus und wirkte gereizt. Leander zog sein Handy aus der Tasche und rief die Fotos vom Ringreiterfest 1999 auf. Er blätterte durch die Galerie, bis er das gefunden hatte, das er suchte.

»Brauchst du mich hier noch?« Klondike war unbemerkt herangekommen und warf wie beiläufig einen Blick auf Leanders Handy. »Ich habe kein gutes Gefühl, wenn Kai so lange alleine bei den Pferden ist«, fuhr er an Falk gewandt fort, ohne jedoch die Augen von dem Foto zu lassen.

»Nein, reite ruhig rüber. Ich komme jetzt alleine klar. Wir sehen uns morgen wieder hier.«

Klondike nickte, blickte Leander noch eine Sekunde lang skeptisch an und ging dann zur Remise hinüber, wo er sein Pferd festgemacht hatte. Er band es los, fasste den Zügel weit vorne und schwang sich auf Indys Rücken, als sei das eine seiner leichtesten Übungen. Ein Schnalzen setzte das Pferd in Gang. Leander blickte Klondike nach, als er vom Hof galoppierte.

»Lass uns reingehen«, forderte Falk ihn nun doch auf und wandte sich dem Haus zu.

Leander folgte ihm in die Küche und setzte sich an den Tisch. Falk füllte Gläser am Wasserhahn. Dann nahm er Leander gegenüber Platz.

»Also, was kann ich für dich tun? Hast du etwas über die Brandstifter herausgefunden?«

»Schon möglich. Franziska hat mir erzählt, dass Wencke einen angeblichen Verlobten gehabt habe«, berichtete Leander. »Ein gewisser Sven Lund soll sich da ernsthafte Hoffnungen gemacht haben.«

»Sven?« Falk lachte laut auf. »Ja, mag sein, dass er es auf Wencke abgesehen hatte. Aber die hätte sich niemals mit einem wie Sven Lund eingelassen. Mit keinem aus der Sippe. Die hatten doch nichts und wurden geradezu verachtet. Svens Mutter hat sich das Leben genommen, als er noch ganz klein war. Vor ein paar Jahren hat sich sein Vater totgesoffen. Keiner hier auf Föhr hätte einen Pfennig darauf gesetzt, dass Sven einen anderen Weg gehen würde als der Rest seiner Mischpoke.«

»So hat Franziska das auch geschildert.« Leander hielt Falk das Foto auf dem Display hin. »Das bist du mit Wencke Olsen. Und der da«, er deutete auf den jungen Mann im Profil, der das tanzende Paar beobachtete, »könnte das Sven Lund sein?«

»Meine Güte, waren wir damals jung. Ja, das ist Sven. Mann, sieht der sauer aus. Als hätte er tatsächlich geglaubt, dass Wencke ihm gehört.« Falk lachte, als sei es unfassbar, dass Lund so dumm gewesen sein konnte.

»Franziska und ich haben überlegt, ob Sven Lund vielleicht damals das Feuer in Olsens Scheune gelegt haben könnte«, fuhr Leander fort. »Aus Hass oder Rache an dir und Wencke. Vielleicht hat er euch beobachtet, als ihr zusammen vom Fest verschwunden seid. Und als du später alleine aus der Scheune gekommen bist, hat er Wencke zur Rede gestellt. Die hat ihn ausgelacht und ihm endgültig klargemacht, dass er sich keine Hoffnungen zu machen brauche. Da ist er durchgedreht und hat sie im Affekt getötet. Später hat er dann das Feuer gelegt, um seine Spuren zu verwischen und die Tat zu vertuschen.«

Falk lachte nicht mehr, er blickte Leander ernst an, schien aber nicht glauben zu können, was er da hörte. »Sven soll Wencke …? Unsinn.«

»Zweite Variante: Dein Bruder Jan hat Meret vermisst und befürchtet, sie könnte mit dir verschwunden sein. Er ist irgendwie zu Olsens Scheune gelangt, hat eindeutige Geräusche gehört und falsche Schlüsse gezogen. Na ja, und dann hat er in seiner Eifersucht das Feuer gelegt.«

»Unsinn! Erstens würde Jan so etwas nie tun und zweitens ist Meret erst später mit ihrer Großmutter und mir zusammen vom Festplatz gegangen. Als Wencke und ich in der Scheune waren, konnte Jan sie gar nicht vermissen, da saß Meret ja am Familientisch, für alle gut sichtbar. Außerdem hast du doch gesagt, Wencke sei lange vor dem Feuer getötet worden. Warum hätte Jan das machen sollen? Spätestens da hätte er doch gewusst, dass ich nichts mit Meret hatte.«

»So sehe ich das auch. Aber wenn du es nicht warst und Jan auch nicht, ist die Variante mit Sven Lund die einzige logische Erklärung für das, was damals vorgefallen ist. Bennings sieht das übrigens genauso.«

»Dann schlage ich vor, dass ihr Sven fragt.«

»Das würden wir ja gerne, aber er ist seit Anfang der Zweitausenderjahre spurlos verschwunden. Er wird in keinem Melderegister geführt. Deshalb befürchtet Bennings, dass er gar nicht mehr lebt.« Bei dem letzten Satz achtete er genau auf Falks Reaktion und war irritiert über das, was er nun zu sehen bekam.

Falk grinste hämisch, als hätte er es hier mit unfassbar großen Trotteln zu tun. »Schau an, der Sven. Ich hätte ihm gar nicht zugetraut, dass er derart geschickt seine Spuren verwischen kann.« Sein Grinsen wurde immer breiter. »Sven und ich haben uns in unserer Jugend nie gut verstanden. Er war einfach ein Waschlappen und gehörte nie dazu. Im Gegenteil, er ist uns sogar tierisch auf die Nüsse gegangen mit seinen alten Geschichten über irgendeinen Urahnen, der Gold gefunden habe und von seinen Kumpels übers Ohr gehauen worden sei. Und einer meiner Vorfahren soll zu den Gaunern gehört haben, die die Familie Lund ins Elend gestürzt haben.«

»War das die Zeit, als ihr auf dem Dachboden deiner Eltern mit den Goldgräbersachen gespielt habt?«

»Ja, genau. Anfangs war Sven noch dabei. Der ist uns einfach immer hinterhergewieselt. Aber irgendwann hatten wir die Faxen so dick von seinen Spinnereien, dass wir ihn weggejagt haben.«

»Damals soll auch das Tagebuch, das angeblich unter den Sachen auf dem Dachboden war, verschwunden sein.«

»Wie gesagt, davon weiß ich nichts.«

»Angenommen, es war so, wie Meret es erzählt hat: Könnte es sein, dass Sven Lund es gefunden und mitgenommen hat?«

Falk blickte Leander fragend an. »Sag mal, worauf willst du eigentlich hinaus?«

Leander erklärte ihm den Ansatz, den Tom und er verfolgten.

Falk hörte interessiert zu und nickte immer wieder, als finde auch er das, was ihm da präsentiert wurde, absolut logisch. Als er von dem Diebstahl auf Amrum erfuhr, huschte wieder ein leichtes Grinsen über sein Gesicht. »Das heißt also, mein Vater hätte das Buch aus dem Museum in Nebel geklaut? Sieh mal einer an, so was hätte ich ihm gar nicht zugetraut.« Er dachte einen Moment darüber nach. »Wenn das stimmt, muss etwas in dem Buch gestanden haben, das niemand erfahren durfte, zum Beispiel die Wahrheit über die Gauner, die Svens Vorfahren betrogen haben. Also könnte Sven tatsächlich mit seinen kruden Spinnereien recht gehabt haben, mit denen er uns damals genervt hat.« Falk schüttelte halb ungläubig, halb erstaunt den Kopf. Schließlich sah er Leander direkt in die Augen. »Aber ich sage noch mal: Am besten fragst du ihn das alles selbst.«

Leander seufzte angesichts dieser Begriffsstutzigkeit. »Wie gesagt: Das würden wir gerne, aber er ist spurlos verschwunden.«

Falk lachte und schüttelte den Kopf.

Leander spürte so langsam Wut hochkochen. Für wen

machte er das eigentlich alles hier? Für wen schlug er sich sogar seine Nächte um die Ohren? Hatte er es nötig, sich für sein Engagement auch noch verarschen zu lassen? Grimmig funkelte er Falk an und stand auf. Er würde den Hof verlassen. Sollte der Idiot doch sehen, wie er alleine klarkam.

Kaum hatte er sich abgewandt, brach Falks Lachen ab. »Na gut«, hörte Leander ihn sagen, »dann will ich dich mal nicht länger auf die Folter spannen.«

Skeptisch schaute Leander sich zu ihm um und blieb stehen.

»Ich habe dir erzählt, dass ich für die *stores* meines Onkels durch die gesamten USA gereist bin und Erzeuger von biologisch-dynamischen Produkten besucht habe«, berichtete Falk. »Auf einer Farm lief mir eines Tages Sven über den Weg.«

»Wie bitte?«

»Ja, du hast richtig gehört. Niemand hat ihn erschlagen und im Föhrer Sand verbuddelt. Er hat einfach nur die Insel verlassen und ist nach Amerika ausgewandert. Da ist er herumgereist und hat als Saisonkraft auf Farmen gearbeitet, bis der Zufall es wollte, dass wir uns schließlich getroffen haben. Wie aus dem Nichts war er plötzlich da. Zuerst habe ich das Zusammentreffen verflucht und befürchtet, dass er mir wieder wie eine Klette am Hintern hängen würde. Aber so war das nicht. Der Sven Lund, der in Amerika plötzlich vor mir stand, hatte nichts mehr gemein mit dem Sven Lund, den ich von Föhr kannte. Er war wie ein anderer Mensch, verstehst du?«

»Ehrlich gesagt, nein.«

»Sven freute sich aufrichtig, dass wir uns getroffen hatten. So ein Zufall in einem derart riesigen Land ist ja auch unfassbar. Föhr hatte er längst hinter sich gelassen und er hatte genau wie ich ein Ziel: auf den großen Farmen so viel wie möglich zu lernen, um irgendwann selbst eine Pferdezucht aufzumachen. Auch er war begeistert von den Quarter Horses. Abends beim Bier habe ich ihm schließlich von meinen Plänen erzählt. Er war sofort Feuer und Flamme. Ich kann das gar nicht beschreiben, Sven und ich sind in kürzester Zeit enge Freunde geworden. Auf Föhr wäre so etwas kaum möglich gewesen. Diese spießige dörfliche Enge mit all den sozialen Vorbehalten hätte nie zugelassen, dass wir uns offen aufeinander einließen. Aber in Amerika ist das anders: Da zählt nur, was du leistest, nicht, woher du kommst. Das ist genau das Klima, das einer wie Sven braucht, um sich von seinen familiären Fesseln zu lösen. Er wirkte wie befreit. Von dem Tag an haben wir unseren Weg gemeinsam fortgesetzt.«

»Heißt das, du weißt, wo er sich zurzeit aufhält?«

Wieder lachte Falk laut auf. »Klar weiß ich das. Er ist eben vom Hof geritten.«

»Moment mal, soll das etwa heißen …?«

»Natürlich, Klondike ist Sven. Ich habe dir doch erzählt, dass er uns früher immer mit seinen alten Geschichten von diesem Goldgräber genervt hat. Der war angeblich bei dem großen Goldrausch in Alaska dabeigewesen, am Klondike-River. Deshalb habe ich Sven den Spitznamen Klondike gegeben. Und so nenne ich ihn bis heute. Passt ja auch zu ihm. Findest du nicht auch, dass er ein bisschen aussieht wie ein Indianer?«

Leander radelte vom Hof und hatte Mühe, seine Gedanken zu sortieren. Was sollte er jetzt machen? Nach Wyk zurückfahren und Dieter Bennings informieren? Und wenn Sven Lund unschuldig war, hetzte er ihm damit die Polizei unnötig auf den Hals. Also selbst mit ihm reden und sich über dessen Rolle klarwerden, bevor er sich zu weiteren Schritten entschloss? Sven Lund kam als Brandstifter und Totschläger in Frage und war möglicherweise gefährlich. Also doch sofort Dieter Bennings einschalten? Sein Verstand riet ihm, alles Weitere der Polizei zu überlassen. Sein Selbstverständnis als

Ermittler jedoch sprach eher dafür, selbst mit Sven Lund zu sprechen. Scheiße, verdammt!

Leander bremste sein Fahrrad und blickte sich um. Hinter ihm lag die Marsch, direkt vor ihm Alkersum. Gleich würde er den Ort durchfahren, an der Hauptstraße ging es dann links nach Wyk, geradeaus nach Nieblum und rechts nach Süderende – zum Hof von Cord Nickelsen, wo Sven Lund sich gerade aufhielt.

Leander zog sein Handy aus der Tasche und wählte aus einem Anflug von Trotz gegen sich selbst und seine Zögerlichkeit Dieter Bennings' Nummer. Nach dreimaligem Klingeln meldete sich die Mailbox: »Hinterlassen Sie Ihre Nachricht nach dem Signalton.« Leander informierte den digitalen Knecht des Kriminalbeamten kurz über die aktuelle Entwicklung. Dann drückte er die rote Hörertaste. Na also, das Schicksal hatte für ihn entschieden.

Aber bevor er weiterradelte, wollte er wenigstens Tom mitteilen, dass er auf der Spur des verschwundenen Tagebuches war, und so wählte er als Nächstes dessen Nummer. Am anderen Ende klingelte es nervend lange.

Er wollte schon wieder auflegen, als sich schließlich doch die Stimme seines Freundes meldete: »Brodersen.« Er klang irgendwie abwesend, nicht ganz in dieser Welt, so als hätte er das Gespräch automatisch angenommen, während er weiter hochkonzentriert an irgendetwas anderem arbeitete.

»Henning hier. Tom, hör zu …«

»Wie? Ach, Henning. Sag mal, muss das jetzt sein? Ich bin gerade mitten …«

»Ja, muss es. Und wenn du mir einen Moment zuhörst, geht es auch schnell.«

»Na, meinetwegen. Was gibt's denn so Dringendes?«

Leander berichtete Tom in wenigen Sätzen das, was er bezüglich Sven Lunds herausgefunden hatte. »Ich bin jetzt auf dem Weg zu ihm und wollte dir nur sagen, dass wir vielleicht schon bald das fehlende Tagebuch in Händen haben werden.«

»Wahnsinn!« Toms Stimme hatte sich schlagartig verändert. Jetzt konzentrierte sich der Heimatforscher ganz auf Leander. »Meinst du, ich sollte schnell zu dir rüberkommen? Wir könnten zusammen …«

»Nein, das ist nicht nötig. Wenn Lund das Tagebuch hat, versuche ich, es mir auszuleihen. Ich melde mich heute Abend wieder bei dir.«

»Sei vorsichtig, der Kerl könnte gefährlich sein. Willst du nicht lieber Dieter Bescheid sagen?«

»Habe ich schon. Wenn ich mich bis heute Abend nicht wieder melde, kannst du ja eine Vermisstenanzeige aufgeben.« Letzteres sollte lustig klingen, kam aber bei Tom nicht so an.

»Mach bloß keinen Scheiß, Henning! Und wenn du das Buch hast, komm direkt bei mir vorbei, hörst du? Ich warte auf dich.«

»Versprochen, bis später.«

Leander steckte das Handy wieder weg und setzte sein Fahrrad mit ein paar Tritten in die Pedale in Gang, die entschlossener wirken sollten, als ihm in Wahrheit zumute war. Was willst du dir eigentlich beweisen?, wagte eine zaghafte Stimme in ihm einen letzten Vorstoß, aber sie war bereits so schwach, dass Leander sie mit Leichtigkeit niederkämpfen konnte.

An der Hauptstraße stellte sich die Frage nach der Richtung schon nicht mehr. Er bog nach rechts ab und folgte dem Radweg bis zum Uasternööswai, der links durch die Felder und Wiesen auf Süderende zu führte. Als er auf Cord Nickelsens Hof einbog, stand Kai Riewerts von der Holzbank neben der Haustür auf und kam ihm ein paar Schritte entgegen. In seinen Händen hielt er ein Jagdgewehr, das er sinken ließ, als er Leander erkannte.

Der stellte sein Fahrrad ab und versuchte einen ironischen Ton: »Das ist ja wie auf der Shiloh Ranch hier. Erwartet ihr einen Überfall der Sioux?«

»So ähnlich.« Kai war offenbar nicht zu Scherzen aufgelegt. »Ich möchte mit Klondike sprechen. Ist der hier?«

»Drüben im Stall.« Jetzt huschte auch über Kais Gesicht ein Grinsen, weil ihm offenbar bewusst wurde, wie sehr seine Antwort auf die Shiloh Ranch gepasst hätte. »Bei den Pferden.«

Leander nickte und schlenderte zum Stall hinüber. Klondike alias Sven Lund striegelte gerade Indy vor seiner Box und blickte ihm entgegen, als habe er mit dem Besuch gerechnet.

»Falk hat mir gesagt, dass Sie Sven Lund sind«, begann Leander ohne Umschweife.

»Und?«

»Alle denken, Sie seien für immer von der Insel verschwunden. Die Polizei hält Sie sogar für tot.«

»So, denken das alle.«

Leander ahnte, dass das Gespräch zäh würde. »Herr Lund ... – oder soll ich ›Klondike‹ sagen?«

Der Angeredete zuckte gleichgültig mit den Achseln und striegelte automatisch Indys Fell weiter, während sein Blick lauernd auf Leander gerichtet war.

Der atmete tief ein und fuhr fort: »Ich bin aus zwei Gründen hier. Zum einen suchen mein Freund Tom Brodersen und ich nach einem Tagebuch, das Sie haben könnten.« Er wartete auf eine Reaktion, die aber nicht kam. »Es handelt sich um Reisenotizen eines Goldsuchers. Wissen Sie etwas darüber?« Wieder keine Reaktion. Also Themenwechsel, vielleicht lockte den das aus der Reserve: »Und dann habe ich noch ein paar Fragen zu dem Brand in Olsens Scheune, bei dem Wencke Olsen ums Leben gekommen ist. Daran werden Sie sich ja wohl erinnern.«

»Was habe ich damit zu tun?«

»Genau das möchte ich herausfinden.«

Klondike warf die Bürste in einen Holzkasten, der neben ihm auf der Erde stand, und führte Indy in die Box. Dann schob er den Kasten mit dem Fuß in die freie Box nebenan. »Lassen Sie uns ins Haus gehen«, sagte er und deutete mit dem Kopf auf das Stalltor.

Leander nickte, drehte sich um und machte ein paar Schritte in die angezeigte Richtung. Da schoss ihm ohne Vorwarnung ein stechender Schmerz durch den Schädel und ihm wurde schwarz vor Augen. Er merkte noch, dass er zu Boden stürzte, und dann nichts mehr.

Falk verglich die neuen Holzstapel mit den Lieferscheinen, konnte sich aber nicht darauf konzentrieren. Immer wieder gingen ihm Leanders Verdächtigungen durch den Kopf und er sah das Foto vor sich, auf dem ein hasserfüllt blickender Sven Lund ihn und Wencke beim Tanzen beobachtete. Damals hatte er das gar nicht wahrgenommen. Aber da hatte ihn Sven ja auch nicht interessiert. Und selbst wenn er gewusst hätte, dass der Außenseiter Wencke als seine Braut betrachtete, hätte ihn das nicht von den Schäferstündchen mit der hübschen Bauerntochter im Heu abgehalten – im Gegenteil, dann hätte er noch viel mehr Vergnügen daran gehabt. Er war schon ein ziemlicher Halunke gewesen in seiner Jugend.

Und wenn an dem Verdacht wirklich etwas war? Konnte es sein, dass Sven Olsens Scheune angezündet hatte? Aber warum? Was hätte er davon gehabt? »Rache«, hörte Falk Leanders Stimme. Ja, möglich. Wenn damals irgendwo eine Scheune gebrannt hatte, war allen klar gewesen, dass nur Falk der Brandstifter gewesen sein konnte. Und fast immer hatten die Leute damit ja auch recht gehabt. Hätte man ihn nach dem Feuer bei Olsen ins Gefängnis gesperrt, wäre er Sven aus dem Weg gewesen. Der Idiot hatte wahrscheinlich wirklich geglaubt, dass Wencke sich dann für ihn entschieden hätte. Falk lachte leise auf und schüttelte den Kopf.

Wencke! Wenn Sven der Brandstifter war, war er auch ihr Mörder! Jetzt erst drang die ganze Tragweite von Leanders Verdacht zu ihm durch. Er sah Klondikes Gesicht vor sich, das verschlossene Gesicht des Mannes, den er seit Jahren als seinen engsten Freund bezeichnete und aus dem er doch nie wirklich schlau geworden war. Aber wenn Sven eines immer gewesen war, dann empfindlich. Und dieser sensible Mensch sollte ein Mörder sein? Unmöglich! Er hätte mit der Schuld an einem solchen Verbrechen nicht leben können. Zumindest wäre er doch sicher nicht mit nach Föhr zurückgekehrt, um dann sogar auf dem Hof zu leben, auf dem er seine große Liebe getötet hatte. Niemals!

Andererseits war Klondike zwar von Falks Plan einer Quarter-Horse-Zucht begeistert gewesen, aber nicht gerade erfreut darüber, dass er die ausgerechnet auf Föhr aufbauen wollte. Im Gegenteil, Klondike hatte sich lange Zeit dagegen gewehrt und war am Ende nur mitgekommen, weil Falk derjenige von ihnen war, der gewöhnlich die Entscheidungen traf. Falk ließ die Lieferscheine sinken, die er die ganze Zeit über hochgehalten hatte, ohne sie überhaupt noch wahrzunehmen. Er musste Antworten auf seine Fragen haben. Er musste Gewissheit haben, dass sein Freund Klondike nichts mit alldem zu tun hatte. Und das hatte der auch nicht, schließlich verteidigte er gerade Seite an Seite mit Falk, Kai und Cord ihre Zukunft auf Föhr gegen Jacobsen, Frevert und die anderen Schwachköpfe.

Entschlossen wandte sich Falk dem Haus zu, um die Papiere wegzubringen. Und dann würde er mit Tarantino zu Cords Hof hinüberreiten und Klondike zur Rede stellen.

Leander wusste im ersten Moment nicht, wo er sich befand und was überhaupt passiert war. Der Schmerz in seinem Kopf war unerträglich. Mühsam öffnete er seine Augen einen Spalt breit. Er lag auf Stroh und blickte vor eine halbhohe Bretterwand. Und seine Hände waren an den Gelenken zusammengebunden, ebenso wie die Füße an den Knöcheln. Irgendwo in der Nähe schnaubte ein Pferd. Langsam erinnerte er sich wieder: Er musste noch in Nickelsens Stall sein, in einer der Pferdeboxen. Aber warum? Was war …? Sven Lund! Natürlich: Leander hatte sich umgedreht, um mit Lund den Stall zu verlassen und ins Haus zu gehen. Lund musste ihn niedergeschlagen haben. Was bin ich für ein verdammter Idiot, dachte Leander.

Mühsam schob er sich an der Bretterwand hoch, bis er einigermaßen gerade saß. Das Blut pochte schmerzhaft in seinem Schädel und eine Welle von Übelkeit überkam ihn. Er konnte sich gerade noch zur Seite beugen, bevor er sich erbrach. Danach war ihm schwindelig. Die Bretterwand verschwamm vor seinen Augen und wich wieder der Schwärze, aus der er gerade eben erst aufgetaucht war.

Als Falk auf den Hof ritt, trat ihm Klondike mit dem Gewehr in der Hand aus der Haustür entgegen. Irgendetwas im Blick des Freundes irritierte Falk. Er schien Falk erwartet zu haben, obwohl sie doch erst für den nächsten Tag wieder verabredet waren. Eine ungewohnte Entschlossenheit sprach aus seinen Augen.

»Ist hier alles klar?«, erkundigte sich Falk und band Tarantino an der Armlehne der Holzbank fest. »Wo ist Kai?«

»Im Haus.« Klondike deutete mit dem Kopf hinter sich.

»Und Cord?«

»Auch.«

Da stimmte doch etwas nicht. Falk blickte dem Freund tief in die Augen. »Was ist hier los?«

Klondike hob das Gewehr und richtete es auf ihn. »Los, in die Küche.«

»Sag mal, spinnst du? Nimm das Gewehr weg. Ich will jetzt sofort wissen, was hier los ist!«

»In die Küche, habe ich gesagt«, brüllte Klondike plötzlich. »Oder soll ich dich gleich hier erschießen?« Sein Gesicht war zu einer zornigen Fratze verzerrt.

Mein Gott, der Kerl war irre, völlig außer sich. Falk hob beschwichtigend die Hände und ging langsam auf die Haustür zu. Was hatte der wohl mit Kai gemacht? Hoffentlich war dem Jungen nichts geschehen.

Klondike stieß mit dem Gewehrlauf in Falks Rücken, drängte ihn vorwärts, durch den Flur in die Küche. Da saßen Kai und Cord, mit Kabelbindern an ihre Stühle gefesselt. Dem Landwirt lief ein Blutstreifen von der Stirn aus über das Gesicht und er schien irgendwie weggetreten zu sein. Kai schien unversehrt, was Falk im ersten Moment aufatmen ließ, aber aus den Augen des Jungen sprach blanke Panik.

Falk trat zu ihm und legte ihm beruhigend eine Hand auf die Schulter. Kais Augen flackerten, Tränen quollen hervor und ein Beben lief durch seinen Oberkörper.

Bevor Falk etwas zu dem Jungen sagen konnte, traf ihn der Gewehrlauf im Rücken und Klondike befahl: »Hinsetzen! Nimm zwei davon und mach deine Beine am Stuhl fest.« Er deutete auf eine Packung Kabelbinder auf dem Küchentisch. »Aber vorsichtig. Wenn du Zicken machst, erschieße ich dich. Und die beiden da auch.«

Falk setzte sich auf einen Stuhl und folgte den Anweisungen.

»Und jetzt eine Hand.«

Falk legte einen Kabelbinder um die linke Armlehne und zog ihn leicht zur Schlinge zusammen. Dann steckte er die linke Hand hindurch und zog den Kabelbinder mit der rechten stramm. Klondike überprüfte die drei Fesseln. Dazu legte er das Gewehr auf den Tisch, griff nach einem Kabelbinder und schnürte schließlich Falks rechte Hand an der Armlehne fest.

»Was soll das alles?«, fuhr der ihn an. »Bist du völlig durchgeknallt?«

»Halt's Maul!«

Obwohl das nicht Kai gegolten hatte, zuckte der Junge wie unter einem Schlag zusammen. Tränen rannen ihm über das Gesicht.

Klondike griff wieder nach dem Gewehr und wandte sich der Tür zu. »Das gilt für euch alle. Maul halten, klar? Ich bin gleich wieder da.«

Als er die Küche verlassen hatte und Falk ihn durch das Fenster über den Hof auf den Stall zugehen sah, fragte er Kai: »Was war denn hier los?«

»Keine Ahnung«, schluchzte der Junge, bemühte sich dann aber um einen festeren Ton. »Dieser Typ, der deine Unschuld beweisen soll, ist auf den Hof gekommen und hat nach Klondike gefragt. Ich habe ihn in den Stall geschickt. Kurz darauf ist Klondike alleine wieder rausgekommen und war plötzlich wie irre. Ohne Vorwarnung hat er mir das Gewehr weggenommen und uns in die Küche gescheucht. Cord wollte nicht, da hat er ihm eins mit dem Gewehrkolben übergezogen. Das hat ganz merkwürdig geknackt. Seitdem ist der bewusstlos. Und dann hat Klondike uns gefesselt.«

»Das heißt also, Leander ist noch im Stall?«

Kai nickte.

Das hörte sich nicht gut an. Klondike musste Leander ebenfalls überwältigt haben. Was war bloß mit dem Kerl los? Alles sprach in diesem Moment dafür, dass Leanders Geschichte doch der Wahrheit entsprach. Falk erinnerte sich an Klondikes Blick auf das Foto, das Leander ihnen auf seinem Handy gezeigt hatte. In dem Moment musste er erkannt haben, dass der LKA-Mann ihm auf den Fersen war. Und als der dann auch noch auf Nickelsens Hof aufgetaucht war, hatte Klondike handeln müssen. Dieser Idiot! Das war ein 1a-Schuldeingeständnis. Dem hätte doch nach so langer Zeit niemand mehr etwas nachweisen können. Wieso war er nur so kopflos geworden?

»Gib dir keine Mühe«, sagte Klondike, als Leander wieder erwachte und sich noch einmal mit letzter Kraft an der Bretterwand in eine Sitzposition aufrichtete. »Du lebst eh nicht mehr lange.« Er lehnte hämisch grinsend an einem Holzpfosten und richtete das Gewehr auf den Gefangenen.

»Sie machen alles nur noch schlimmer«, brachte der undeutlich hervor.

»Im Gegenteil, ich bringe alles in Ordnung.«

»Was haben Sie vor?«

»Das wirst du schon sehen. Heute rechne ich ab.« Klondike griff nach einem dreckigen Tuch, das auf einer Boxen-Trennwand lag, schlang es zu einem dicken Tau und beugte sich zu Leander hinunter. »Dein Pech, dass du mir in die Quere gekommen bist. Hättest stattdessen deine Pension genießen sollen, Ex-Bulle. Jetzt wird der Staat eine Menge Kohle sparen.« Er lachte hämisch.

Vollkommen durchgeknallt, dachte Leander. Er wollte etwas erwidern, aber da steckte Klondike ihm das Tuch in den Mund und verknotete es blitzschnell hinter dem Kopf. Ein beißender Geschmack machte sich in Leanders Mund breit. Er saugte heftig Luft durch die Nase, doch dadurch drang nur der Gestank von Terpentin bis in seine Stirnhöhlen vor und trieb ihm Tränen in die Augen.

»Keine Sorge«, sagte Klondike lachend. »Du wirst das nicht lange ertragen müssen.«

Er griff nach einem Strick und riss Leanders Arme an der Schlinge am Handgelenk so hoch, dass ihm ein stechender Schmerz durch die Schultergelenke schoss. Dann band er seinen Gefangenen an einem Ring in der Boxenwand fest, griff nach dem Gewehr und verschwand wieder aus Leanders Blickfeld. Dem wurde jetzt erst so richtig klar, in welch einer aussichtslosen Lage er sich befand. Wenn der Irre Ernst machte, würde Leander den Abend nicht mehr erleben.

Dieter Bennings!, schoss es ihm durch den Kopf. Natürlich: Er hatte dem Kriminalhauptkommissar auf die Mailbox gesprochen. Bestimmt hatte der sie inzwischen abgehört und war schon auf dem Weg hierher. – Und wenn nicht? Tom! Der erwartete den Freund mit dem Tagebuch. – Aber erst am Abend, wenn alles schon vorbei war.

Franziskas lachendes Gesicht tauchte vor ihm auf. Dieses wunderschöne Gesicht mit den grünen Augen, umrahmt von langen roten Locken. Er hatte sie gerade erst kennengelernt, eben noch hatte er sich ein Leben an ihrer Seite gewünscht und schon war alles wieder vorbei.

Klondike kam zurück und stieß Falk zu Leander in die Box. Der Cowboy stöhnte leicht auf, als er mit dem Kopf dumpf vor die Holzwand knallte, warf sich aber sofort auf den Rücken und schob sich neben Leander an der Wand hoch. Noch ehe er das geschafft hatte, war Klondike über ihm, fixierte ihn mit einem weiteren Strick an demselben Ring und band die Füße mit einem Kabelbinder zusammen. Nachdem er die Haltbarkeit sicherheitshalber noch einmal überprüft hatte, verschwand er wortlos wieder.

Auf dieselbe Art gelangte Kai zu ihnen und kurz darauf auch Cord Nickelsen, der immer noch nicht wieder bei Bewusstsein war. Klondike hatte ihn sich einfach über die Schulter geworfen und ließ ihn nun aus voller Höhe hart im

Staub der Box landen. Der Landwirt gab keinen Laut von sich, was Leander befürchten ließ, dass er nicht mehr am Leben war.

Klondike hatte offenbar seinen Blick bemerkt. »Mach dir um den keine Sorgen«, sagte er mit eiskalter Stimme. »Der hat's hinter sich. Und damit hat er es besser als ihr drei.« Er wandte sich ab. Sein Lachen ließ Leander das Blut in den Adern gefrieren.

»Verdammt noch mal, Klondike«, versuchte es Falk auf die verständnisvolle Tour. »Das führt doch zu nichts. Warum bist du nicht einfach zu mir gekommen. Egal was passiert ist, ich hätte dich da doch rausgehauen.«

»Du? Ausgerechnet du?« Klondike hatte sich wieder seinem Gefangenen zugewandt. Seine Stimme klang nun schrill und hysterisch. »Du bist doch schuld an allem! Ohne dich wäre Wencke noch am Leben und ich wäre heute Bauer auf dem Olsen-Hof, nicht du!«

»Unsinn, Klondike, du machst dir etwas vor. Wencke hatte gar kein Interesse an dir, sie hätte dich niemals geheiratet. Oder meinst du etwa, sie wäre sonst mit mir ins Heu gegangen?«

Leander bezweifelte, dass diese Strategie des offenen Visiers nützlich war. Klondike war rasend vor Wut, da durfte man ihn nicht auch noch provozieren. Andererseits kannte Falk ihn besser als alle anderen.

»Du hast sie verführt«, kam es hasserfüllt von Sven Lund. »Du hast doch nur mit ihr gevögelt, um sie mir wegzunehmen. So wie ihr Riewerts' uns immer alles weggenommen habt.«

»Du meinst die Goldmine? Also gut, Klondike, wenn du Beweise für deine Geschichte hast, verspreche ich dir, dass du bekommst, was dir zusteht. Ich habe dir einen eigenen Hof versprochen. Das ist doch ein Anfang. Also lass jetzt den Scheiß hier und binde uns los.«

»Dafür ist es zu spät. Du wirst kriegen, was du verdienst und was du Wencke angetan hast. Du wirst brennen, Falk Riewerts.«

»Ich habe die Scheune damals nicht angezündet«, rief Falk. »Ehrlich, ich war das nicht. Als ich die Scheune verlassen habe, hat Wencke noch gelebt. Das musst du mir glauben.«

An dem hoffnungsvollen Tonfall erkannte Leander, dass Falk Sven Lunds Aktion für einen Irrtum hielt. Aber das hier war kein Irrtum, Lund wusste genau, was damals passiert war. Das hier war die lange geplante Rache eines Mannes, der sich um sein Leben betrogen fühlte.

»Natürlich warst du das nicht!«, brüllte Klondike zurück. »Ich war es! Ich habe Olsens Scheune angezündet! Du hast Wencke gevögelt und ich wollte mit ihr reden, ihr zu verstehen geben, dass du ihr keine Zukunft bieten würdest. Aber sie hat mich ausgelacht. ›Zukunft?‹, hat sie gesagt. ›Was weißt du denn von meiner Zukunft? Wenn du glaubst, dass ich mein Leben mit einer Niete wie dir verschwenden werde, bist du aber schief gewickelt!‹ Kapierst du das, Falk? ›Niete‹ hat sie gesagt. Niete, verstehst du? Da habe ich ihr den Mund zugehalten, aber sie hat immer weiter gelacht. Ich musste ihr den Hals zudrücken, damit sie endlich aufgehört hat.« Er wischte sich mit der linken Hand durch das Gesicht und atmete tief durch.

Seine Augen waren jetzt leicht nach oben gerichtet und verloren sich in seiner Erinnerung. »Ich war doch für euch alle immer nur die Niete, der Versager, einer von den Lunds, den Hungerleidern, denen man vielleicht mal einen Job für einen Tag gibt. Nicht mal eine feste Anstellung habt ihr meinem Vater gegeben. Nicht mal das! Dabei hätte uns der größte Hof der Insel zugestanden. Mein Vorfahre hat das Gold gefunden, das euch alle reich gemacht hat. Der Claim gehörte Nickels Lund. Und die anderen haben ihn bestohlen.«

Nun fixierte er Falk und fuhr mit eiskalter Stimme fort: »Du willst mir einen Hof kaufen? Du? Das ist aber wirklich zu gütig von dir! Dabei hast gerade du mich immer schon spüren lassen, was du von mir hältst. ›Klondike‹ hast du mich genannt. Für dich war ich immer nur der Spinner, der zwar die Wahrheit kennt, aber nie sein Recht bekommen würde, dem niemand seine Geschichten glaubt, den man verspotten kann: Klondike!« Sven Lund spuckte vor Falk auf den Boden. »Ausgerechnet du willst mir helfen? Du bist schuld an Wenckes Tod. Wenn du sie mir nicht weggenommen hättest, hätte sie mich nie so behandelt und ich hätte sie nicht erwürgt.«

»Das war ein Unfall, Sven«, sagte Falk eindringlich »Noch dazu einer, den dir niemand mehr nachweisen kann. Du hast damals ganze Arbeit geleistet. Dass du die Scheune angezündet hast, war verdammt schlau von dir.«

Leander blickte skeptisch zwischen Lund und Falk hin und her. Was für ein Spiel versuchte der Cowboy da eigentlich? Glaubte er ernsthaft, dass das jetzt noch ziehen würde?

»Du hast alle Spuren verwischt«, fuhr Falk fort. »Die Bullen können dir gar nichts. Und wenn du beweisen kannst, dass der Claim Nickels Lund gehört hat, bekommst du, was dir zusteht. Da soll es doch dieses Tagebuch geben. Hast du das, Sven? Steht da alles drin?«

»Ha! Das Tagebuch, ja? Das hat doch auch einer von euch geschrieben. Volckert Olsen! Und dein Vater hat es gestohlen. Aber ich habe es gefunden, damals auf dem Dachboden. Und ich habe es in Sicherheit gebracht, bevor ihr es vernichten konntet. In Amerika bin ich damit zu einem Rechtsanwalt gegangen. In New York. Eine große Kanzlei war das, eine, die sich mit Patenten, Urheberrecht und solchen Sachen auskennt. Der Anwalt sollte mir helfen. Aber er hat gesagt, dass da nichts zu machen ist. ›Keine Chance‹, hat er gesagt. Keine Chance, verstehst du? Wir Lunds hatten nie eine Chance. Volckert Olsen hat die Wahrheit in seinem Tagebuch so verdreht, dass kein Lund jemals sein Recht bekommen wird. Und

Gerechtigkeit schon gar nicht. ›Eine Schweinerei ist das, was die damals mit Nickels Lund gemacht haben‹, hat der Anwalt gesagt, ›eine Schweinerei, das schon, aber so, wie es in dem Tagebuch steht, war das rechtmäßig.‹ Rechtmäßig, verstehst du? Einen Mann um seinen Besitz zu bringen, kann rechtmäßig sein. ›Recht‹, hat der Anwalt gesagt, ›das hat nichts mit Gerechtigkeit zu tun.‹ Verstehst du das, Falk? Mir stand der Olsen-Hof zu. Mir ganz alleine. Volckert Olsen hat das Land mit dem Geld gekauft, das eigentlich Nickels Lund gehört hat. Meine Heirat mit Wencke hätte die Gerechtigkeit wiederhergestellt. Aber du hast das verhindert.«

Falk schüttelte den Kopf und wollte etwas einwenden, aber Klondike schnitt ihm mit einer herrischen Handbewegung das Wort ab.

»Nach Wenckes Tod hat der Alte nur noch gesoffen. Wenn ich nicht eingesprungen wäre und für ihn auf dem Hof geschuftet hätte, wäre hier bald alles unter den Hammer gekommen. Ich habe gedacht, wenn ich den Hof rette, wird der Alte ihn doch eines Tages mir überschreiben. Das war meine letzte Chance, zu kriegen, was mir zusteht. Und dann hat er sich umgebracht. Einfach aufgehängt hat er sich. Verstehst du, Falk? Weggeschlichen hat er sich, ohne auch nur eine Sekunde an mich zu denken. Da gab es für mich auf Föhr nichts mehr zu holen, also bin ich auch abgehauen.« Sven Lund blickte einen Moment weit in die Vergangenheit, aber dann fanden seine Augen wieder ins Hier und Jetzt zurück. »Gerechtigkeit muss man selber in die Hand nehmen, sonst gibt es die nicht. Das habe ich begriffen damals in dem Büro des Rechtsanwalts. Deshalb habe ich auf einer notariellen Übereinkunft bestanden, Falk. Nicht übel, was? Der dumme, nichtsnutzige Klondike hat dich, den großen Falk Riewerts, jahrelang an der Nase herumgeführt! Es war mein Plan, dem du gefolgt bist, Klondikes Plan!« Lund stieß ein irres Lachen aus.

»Es war also gar kein Zufall, dass wir uns in Amerika wiederbegegnet sind«, sagte Falk mit ruhiger und eindringlicher Stimme. »Das war Teil deines Plans.«

»Genial, nicht wahr?« Klondike blitzte ihn diabolisch an. »Und du bist darauf reingefallen. Zuerst habe ich dich in New York gesucht, bei deinem Onkel. Aber da warst du nicht. Ich musste zwei Wochen lang jeden Tag in einem deiner *stores* zu Mittag essen, bis eine der Angestellten mir verraten hat, dass du durch das ganze Land reist und Farmen besuchst. Sie hat mir die Adressen besorgt. Da habe ich mich dann auf deine Fährte gesetzt. Ich wollte dich büßen lassen für das, was du Wencke und mir angetan hast. Deshalb habe ich auf den Farmen Feuer gelegt, auf denen du gerade gewesen warst. Die Polizei sollte eine Serie vermuten und dir so auf die Spur kommen. Aber das hat nicht funktioniert. Keiner hat dich verdächtigt. Du hattest deinen legendären Ruf als Feuerteufel auf Föhr zurückgelassen. Und dann habe ich verstanden, dass die Vorsehung etwas anderes mit dir und mir vorhatte: Ich war ausersehen, die Gerechtigkeit wiederherzustellen.« Lund hob die Augen zur Stalldecke und lachte irre vor sich hin.

Dann fixierte er Falk wieder mit leuchtenden Augen und fuhr fort: »Von diesem Tag an war ich immer in deiner Nähe, Falk. Wie ein Schatten bin ich dir gefolgt. Erinnerst du dich, was ich dir vor ein paar Tagen gesagt habe? Es sind die Schatten der Vergangenheit, die uns immer wieder einholen. Ich bin der lange Schatten von Nickels Lund!«

Wieder dieses irre Lachen. Leander hatte keinen Zweifel daran, dass Lund völlig durchgedreht war. In dem Zustand war er garantiert für Falks Überredungsversuche nicht zugänglich.

»Und jetzt ist es so weit«, fuhr Sven Lund deutlich kontrollierter fort. »Ich habe lange auf diesen Tag warten müssen.

Und ich hätte noch länger gewartet. So lange, bis ich meinen eigenen Hof gehabt hätte. Und dann hätte ich es so angestellt wie Knudt Riewerts, Volckert Olsen und Rörd Tadsen damals: Ich hätte mir eine Beteiligung an deiner Quarter-Horse-Zucht gesichert. Und dann hätte ich dich in deiner eigenen Scheune verbrannt, Falk, so wie ich deinen Vater in seiner Scheune verbrannt habe. Niemand hätte mir etwas nachweisen können. Und die Zucht hätte mir gehört, mir allein. So, wie wir es beim Notar vereinbart haben für den Fall, dass einem von uns etwas zustößt. Alles war gut geplant. Aber dann musstest du ja diesen Bullen engagieren.« Sven Lunds hasserfüllter Blick traf Leander. »Und der hat die Fotos aufgetrieben und sich seinen Teil gedacht. Gut kombiniert, Bulle, aber damit hast du dein Todesurteil gefällt. Jetzt habe ich keine Wahl mehr, Falk. Jetzt kriegst du halt früher, was du verdienst. Und glaub mir, es wird ein qualvoller Tod werden und ›Klondike‹ wird es genießen, dich leiden zu sehen.«

Er spuckte Falk ins Gesicht und drehte sich um. Mit schnellen Schritten verließ er den Stall. Falk versuchte, sich die Wange an seiner schräg nach hinten hochgebundenen Schulter abzuwischen und verzog dabei vor Schmerz das Gesicht. Kai saß inzwischen apathisch vor seiner Bretterwand. Sein Gesicht wirkte wie ausgeknipst, er hatte sichtlich mit dem Leben abgeschlossen.

Leander war klar, dass ihnen jetzt ganz schnell etwas einfallen musste, wenn sie nicht gleich in diesem Stall sterben wollten. Lund war so in Rage, dass er in Kürze wahrmachen würde, was er da eben angekündigt hatte. Leander versuchte, sich durch den Knebel bemerkbar zu machen. Es kam zwar nur ein dumpfer Laut zustande, aber der reichte aus, damit Falk sich ihm zuwandte.

»Dreh dich mit dem Hinterkopf zu mir«, sagte der Cowboy. »Ich versuche, den Knoten mit den Zähnen zu lösen.«

Leander folgte der Anweisung und bog den Kopf so weit hinüber, wie der Schmerz in den Schultern es zuließ. Das brennt wie Feuer, dachte er und ihm wurde schlagartig klar, dass niemand, der diese Floskel benutzte, eine Ahnung davon hatte, wie schmerzhaft Feuer wirklich war. An seinem Hinterkopf fühlte er den Druck von Falks Mund. Mit den Zähnen riss der an dem Knoten und tatsächlich, er löste sich allmählich. Angewidert spuckte Leander den Terpentinlappen aus und sammelte mühsam Spucke, um den beißenden Geschmack hinterherzuschleudern.

Da tauchte Sven Lund wieder auf. Er trug zwei Kanister in den Händen und stellte einen ab. Den anderen schraubte er auf und hob ihn hoch. Mit Schwung schüttete er Terpentin über den leblosen Körper von Cord Nickelsen. Als er bei Falk weitermachen wollte, hielt er plötzlich inne. »Nein«, sagte er, »das geht zu schnell. Du sollst erfahren, wie sich das anfühlt, wenn die Flammen dich ganz langsam von unten her auffressen.« Er schüttete Terpentin auf Falks Beine und machte dann bei Leander ebenso weiter. Als er bei Kai ankam, schrie der Junge auf, als stünde er bereits mit den Füßen im Feuer. »Halt's Maul!«, fuhr Lund ihn an und schlug ihm den Kanister mit ganzer Kraft gegen die Schläfe. Kais Kopf sackte nach vorne.

»Du Schwein!«, brüllte Falk. »Was hat der Junge dir denn getan?«

»Er ist ein Riewerts«, kam es hasserfüllt von Sven Lund, der nun den Rest des Kanisterinhalts in den Staub der Box entleerte. Dann warf er ihn von sich und schraubte den zweiten auf.

»Was ist mit den Tadsens?«, rief Leander verzweifelt. »Haben Sie die auch getötet? Hauke und Hendrik?«

»Nein. Die hat Gott selbst gerichtet, als ich in Amerika war. Gott ist nicht so gnädig wie ich. Ich hätte den Tadsens nichts getan. Rörd war der einzige wirkliche Freund von Nickels, aber gegen Knudt Riewerts und Volckert Olsen konnte auch er nichts ausrichten.« Sven Lund hob den zweiten Kanister an.

»Was heißt das?«, versuchte Leander, das Grauen hinauszuzögern. »Was ist damals in Alaska passiert?«

Sven Lund lächelte hämisch. Leanders Vorstoß war zu leicht zu durchschauen. »Das werdet ihr nie erfahren.« Er begann damit, den Inhalt des zweiten Kanisters zu entleeren, indem er eine Spur weg von der Box legte.

Leanders Gedanken rasten. Wie konnte er den Irren aufhalten? Womit konnte er jetzt noch Zeit gewinnen? Kostbare Zeit, in der Dieter Bennings hierherkommen und sie retten konnte. ›Er ist ein Riewerts‹, schossen ihm Lunds Worte durch den Kopf. Natürlich, das war es!

»Was ist mit Jan?«, rief er und ärgerte sich über den panischen Unterton in seiner Stimme.

Sven Lund hielt inne und sah ihn an.

»Jan ist auch ein Riewerts«, fuhr Leander fort. »Warum ist er nicht hier, wenn Sie jetzt endgültig abrechnen wollen?«

»Weil er nicht kommen wollte«, antwortete Lund. »Ich habe ihn angerufen, als ich Cord geholt habe. Ich habe ihm gesagt, dass Falk ihn hier treffen möchte, um ihm ein Angebot zu machen, mit dem er seinen Hof wieder flottkriegt. ›Das Schwein soll sich zum Teufel scheren‹, hat er gesagt und einfach aufgelegt. Tja, Falk«, er grinste hämisch, »so sehr hasst dich dein eigener Bruder. Jetzt muss ich zuerst dich und Kai töten. Euren Hof werde ich in der Nacht anzünden, wenn Jan und Meret schlafen. Keiner von euch wird mir entkommen.«

Als er fortfuhr, mit dem Inhalt des Kanisters eine breite Spur weg von der Box in Richtung Stalltor zu ziehen, erkannte Leander, dass es keine Chance mehr gab, den Irren aufzuhalten. Verzweifelt blickte er in Falks Augen, aber auch der schüttelte nur den Kopf. Sie würden in diesem Stall gemeinsam sterben.

Darauf hatte Sven Lund Jahrzehnte gewartet. Nun endlich war es so weit. Er schüttete Terpentin an die Außenwände und legte dann eine Spur weg vom Stall, bis er in sicherer Entfernung war. Den leeren Kanister schleuderte er durch das offene Tor in das Gebäude zurück. Dann zog er eine Streichholzschachtel aus der Tasche und entnahm ihr so feierlich drei Schwefelhölzer, als gelte es nun, eine heilige Handlung zu vollziehen. Mit einem Ruck entzündete er alle drei Hölzer gleichzeitig und hielt sie vor sich. Die Flamme züngelte leicht in der heißen Luft des Nachmittags. Als sie sich beruhigt hatte, ließ er die Hölzchen in die Terpentinspur fallen und verfolgte den Weg der Flamme, die zunächst langsam, dann immer zügiger ihren Weg in Richtung Stall fand. Die reinigende Kraft des Elements Feuer würde in wenigen Minuten für Gerechtigkeit sorgen.

»Brennen sollst du!«, flüsterte Sven Lund und dann schrie er es heraus: »Brennen sollt ihr alle!«

Die Flamme hatte nun das Tor erreicht. Sie teilte sich nach links und rechts, fraß sich an den Holzbalken hoch, während eine dritte Linie durch die Mitte in den Stall lief und sich weiter in Richtung der Box vorarbeitete, in der Falk und seine Helfershelfer saßen und auf ihr sicheres Ende warteten.

Leander hörte, wie die Flammen explosionsartig an der Stallwand hochschossen und nach Sekunden in ein Rauschen übergingen. Verzweifelt zog er die Beine an und versuchte, den Staub um sich herum wegzuschieben und mit ihm das Terpentin. Falk erfasste sofort, was Leander da versuchte, und tat es ihm nach. Nur Kais Kopf hing leblos herunter und von Cord Nickelsen ging immer noch keinerlei Regung aus. Leander war sich sicher, dass der Landwirt längst tot war. Wenigstens er würde wirklich keine Schmerzen haben.

Sven Lund stand mit ausgebreiteten Armen auf dem Hof wie an einem Altar während der heiligsten Zeremonie: der Wandlung. Er war ganz ruhig jetzt, fühlte tief in sich hinein, spürte dem nach, was sich da zunächst schwach regte, sich dann aufsteigend ausbreitete und schließlich wie eine Woge sein Herz überflutete. So musste sich Glück anfühlen!

Der Stall stand im vorderen Bereich inzwischen vollständig in alles verzehrenden Flammen, die züngelnd und fauchend in den Himmel schossen. Durch das offene Tor beobachtete Sven Lund, wie die ersten Boxen von den Flammen erfasst wurden. Die Pferde schrien auf, schlugen mit den Hufen gegen das Holz. Eine der niedrigen Türen zerbarst unter den donnernden Schlägen. Ein schwarz-weiß gefleckter Hengst raste aus seiner Box, drehte sich orientierungslos im Kreis, bäumte sich auf und sprengte dann weg vom Feuer in den hinteren Teil des Stalls. Überall donnerten nun die Hufe gegen das Holz, schrien die Tiere in Todesangst.

Ein Ton drang Sven Lund über die Lippen, ganz leise erst und für ihn selbst kaum wahrnehmbar in dem Getöse des Infernos, das sich da vor ihm ausbreitete. Aber der Ton gewann an Volumen, wurde lauter, die Stimme immer fester, bis Sven Lund schließlich dastand, mitten auf dem Hof, die Arme in die Höhe gereckt, den Blick schräg nach oben gerichtet, und mit ganzer Kraft sang. Einem Oratorium gleich brüllte er sein Glück durch die Flammen zum Himmel hinauf, sein Glück darüber, dass der Tag der Rache nun endlich gekommen war, dass endlich die Gerechtigkeit wiederhergestellt wurde. Und er, Sven Lund, war der Gott der Rache!

Leander und Falk hatten sich so weit wie möglich an der Boxenwand hochgeschoben und damit den Druck von den Schultergelenken genommen. Das Feuer hatte vor der Box Halt gemacht, weil die Terpentinspur im Staub unterbrochen war, und fraß sich nun an dem Holz hoch. Mit aller Kraft rissen die Männer an ihren Fesseln, warfen sich mit dem Rücken gegen die Holzwand und versuchten verzweifelt, sie zu zerschmettern. Aber das Holz war fest, zu fest für zwei Männer, die noch dazu nicht richtig ausholen konnten, weil sie an ihren Ring gefesselt waren. Überall um sie herum schrien die Pferde. Einige von ihnen hatten sich aus ihren Boxen befreien können und waren an ihnen vorbei in den hinteren Teil des Stalles geflüchtet. Aber auch dort war kein Entrinnen vor den Flammen, die sich unaufhaltsam fortfraßen und längst schon das Dach über ihnen erreicht hatten.

»Es hat keinen Sinn«, schrie Leander schließlich. »Wir werden verbrennen.«

»Mach weiter!«, brüllte Falk zurück. Der Cowboy machte den Eindruck, als würde er niemals aufgeben.

Also nahm auch Leander alle Kraft zusammen und warf sich wieder und immer wieder mit dem Rücken gegen die Bretterwand.

Als die Flammen durch das Dach brachen und Funken in den Nachmittagshimmel schleuderten, verstummte Sven Lund. Andächtig folgte er dem großen Finale und lauschte in das Getöse hinein, ob er nicht vielleicht doch die Schreie von Falk, Kai und Leander hören würde. Bilder aus den Träumen der letzten Jahre tauchten vor ihm auf: Falks Körper, der langsam von den Flammen aufgefressen wurde und sich dabei ein letztes Mal aufbäumte; der aufgerissene Mund, aus dem noch einmal ein Schrei ertönte, der dann wie in heißer Lava für immer und ewig eingeschlossen wurde. Immer wieder hatte Sven Lund davon geträumt. Langsam ließ er sich auf die Knie nieder und legte sich die Arme um die Schultern wie in einem herrlichen selbstverliebten Akt.

Plötzlich brach etwas mit Getöse durch die hintere Wand des Stalles. Staub wurde aufgeschleudert und durch den Staub wirbelte Sonnenlicht herein. Die Schaufel eines Treckers steckte in der Stallwand und wurde nun mit Schwung zurückgerissen. Die Pferde bäumten sich auf, warfen sich zurück, aber da waren die Flammen, die ihnen den Weg versperrten. Noch einmal brach die Treckerschaufel durch das Holz, tiefer jetzt, dicht über dem Boden, gefolgt von dem ganzen Vorderteil des Fahrzeugs. Und wieder wurde es ruckelnd zurückgesetzt. Diesen Moment nutzten die ersten Pferde, um durch die Lücke ins Freie zu gelangen.

Da tauchte Tom Brodersen in dem Loch auf. Einen Moment verharrte er, schrie etwas, das Leander aber durch den Lärm des Feuers nicht hören konnte. Der Freund hielt sich die Hand schützend vor die Augen und kletterte über die am Boden liegenden Bretter in den Stall. Auch Jan Riewerts war auf einmal da und schob sich an Tom vorbei. Nun schien er sie entdeckt zu haben. Er rief Tom etwas zu und beide sprinteten durch die gleißende Hitze auf ihre Box zu. Tom erkannte, dass sie gefesselt waren, und sah sich panisch um.

»Die Kiste!«, schrie Leander. »Guck in der Kiste nach!«

Tom folgte mit den Augen dem Zeichen, das Leander ihm mit dem Kopf gab. Dann griff er nach der Holzkiste, in der die Bürste lag, mit der Sven Lund vorhin sein Pferd gestriegelt hatte. Hektisch suchte seine Hand darin herum, er stürzte den Inhalt schließlich auf den Boden. Jan griff nach einem Hufmesser. Mit einem flinken Schnitt kappte er die Kabelbinder, mit denen Leander und Falk an Knöcheln und Handgelenken gefesselt waren.

»Kümmert euch um die anderen!«, schrie Falk und stürzte aus der Box.

»Bleib hier!«, schrie Leander ihm nach. »Das hat doch keinen Zweck. Was hast du denn vor?«

Aber Falk hörte nicht auf ihn. Er lief durch die Flammen zu den Boxen schräg gegenüber, in denen noch drei Pferde wie wild um sich traten, und riss die Türen auf. Die ersten Balken stürzten brennend vom Dach und überzogen den Stall mit einem Feuerregen.

Während Jan Kai losmachte, zerrten Leander und Tom Cord Nickelsen aus dem Staub hoch. Leander warf ihn sich über die Schulter. »Los, raus hier!«, brüllte er Tom zu, der seinem Beispiel folgte und zusammen mit Jan Kai unter den Achseln fasste.

So schnell sie konnten, rannten sie hinter zwei hinausstürzenden Pferden her auf das Loch in der Stallwand zu. Sie stolperten über die zerborstenen Bretter, drängten sich an dem davorstehenden Trecker vorbei und machten erst Halt, als sie in sicherer Entfernung waren. Völlig erschöpft ließen sie zuerst Cord und Kai ins Gras gleiten, dann sanken sie selbst zu Boden. Ein Hustenreiz schüttelte Leander. Er spuckte schwarzen Ruß aus und bemerkte erst jetzt den Schmerz in seiner Brust.

»Falk!«, brüllte Jan. »Mein Gott, Falk!«

Indy preschte als letztes Pferd durch das Loch in der Stallwand und an dem Trecker vorbei. Da krachte das Dach mit einem riesigen Getöse zusammen und zerbarst auf dem Boden in einem gewaltigen Funkenregen.

Aus dem Reisetagebuch
des Föhrer Bauernsohnes Volckert Olsen

11. Mai 1900

In der Siedlung am Fluss entwickelt sich ein reges Nachtleben. Die Männer machen Musik, trinken und poltern. Nickels hat in der vergangenen Nacht nicht nur sein eigenes Gold verspielt, sondern darüber hinaus Schulden gemacht. Heute Morgen wollte er sich von uns 3000 Dollar leihen. Als Knudt sich geweigert hat, ihm zu helfen, hat er damit gedroht, den Claim zu verkaufen, auf dem unsere Hütte steht. Wir vermuten, dass seine Gläubiger ihn unter Druck setzen, und mit einigen der Männer ist nicht zu spaßen, das haben wir in Dawson erlebt.

Wir haben beraten und ihm anschließend einen Handel vorgeschlagen: Nickels überträgt uns den wertlosen Claim, sein Bankguthaben in Dawson, das noch etwa 20.000 Dollar aufweist, und verpfändet uns zusätzlich seinen Teil am Fluss. Dafür bekommt er 100.000 Dollar in Gold von uns. Bis er den Betrag zurückgezahlt hat, dürfen wir seinen Claim ausbeuten. Wenn er ihn auslöst, gehören alle Rechte wieder ihm alleine.

Der hohe Betrag, der Knudts Idee war, hat Nickels gereizt, so dass er auf den Handel eingegangen ist. Aber wenn ihr glaubt, dass ihr mich ausbooten könnt, hat er gesagt und uns wütend angesehen, irrt ihr euch. Ich werde meinen Claim schon bald wieder auslösen.

Weil ich immer in mein Tagebuch schreibe und mich gut ausdrücken kann, musste ich den Vertrag aufsetzen. Wir alle haben ihn unterschrieben.

Jetzt ist also der Tag gekommen, vor dem ich mich seit Langem gefürchtet habe: Unsere Freundschaft ist zum Gegenstand von Verträgen geworden und wird mit Geld bemessen.

19. Juni 1900

Am Morgen haben wir Nickels vor der Hütte gefunden. Jemand hat ihn zusammengeschlagen und in der Nacht bei uns abgelegt. Als wir ihn hineingetragen hatten, wurde das ganze Ausmaß deutlich. Nickels hat sich das rechte Bein gebrochen. Wir haben ihm Whisky zu trinken gegeben, bis er bewusstlos war. Dann haben wir das Bein mit vereinten Kräften gerichtet und Rörd hat es mit Ästen geschient. Eigentlich müsste er nach Dawson ins Krankenhaus, aber niemand von uns will den Claim alleine lassen. Wir trauen den Männern am Fluss nicht.

27. Juni 1900

Nickels hat jede Nacht Schmerzen und betäubt sie mit Whisky. Wir vermuten, dass der Knochen nicht richtig zusammenwächst, weil das Bein nicht gerade aussieht. Knudt hat vorgeschlagen, es noch einmal zu richten, aber wir sind keine Ärzte und niemand von uns traut sich, das zu machen.

Von seinen Pokerfreunden hat sich bisher niemand bei ihm sehen gelassen. Aus den Augen, aus dem Sinn. Bei Nickels ist nichts mehr zu holen und das wissen sie.

Wir arbeiten bis zum Umfallen im Fluss, um unsere Abschnitte bis zum Herbst so weit auszubeuten, wie es möglich ist. Die Ergebnisse werden von Tag zu Tag geringer. Morgen werden wir unseren Vertrag umsetzen und gemeinsam in Nickels Abschnitt Gold waschen. Rörd besteht darauf, dass wir nur so viel für uns behalten, wie wir durch Nickels im Laufe der gesamten Zeit verloren haben. Der Rest wird mit ihm gerecht geteilt. Knudt ist dagegen, aber ich habe dem Vorschlag zugestimmt. Zwar trägt Nickels ganz allein die Schuld an seiner Situation und wir haben ihn oft genug davor gewarnt, aber im Moment wäre er nicht mal in der Lage, selber am Fluss zu arbeiten, wenn er es wollte. Diese Notlage dürfen wir nicht ausnutzen, hat Rörd gesagt.

Im Goldgräberlager häufen sich in den letzten Tagen die Beschwerden über Diebstähle. Man kann hier niemandem mehr trauen. Wir sind dazu übergegangen, nur noch zu zweit zum Fluss zu gehen. Der Dritte bleibt bewaffnet in der Hütte zurück. Wir wechseln jeden Tag und sind selbst in der Nacht wachsam.

23. August 1900

Wir kommen gut voran. Nickels ist jetzt häufig bei uns am Fluss und sitzt am Ufer. Als Wache zurücklassen wollen wir ihn nicht. Er wäre bei einem Angriff zu schwach und unbeweglich, um sich zu wehren. Zwar kann er nicht richtig mitarbeiten, weil er ohne Krücke nicht gehen kann, aber zumindest seinen Teil waschen kann er, wenn wir ihm den Flusssand in Eimern zum Ufer tragen. Schmerzen hat er keine mehr und seit drei Wochen hat er keinen Tropfen Whisky mehr angerührt.

Rörd hat uns gestern Abend vorgerechnet, dass wir den Gegenwert für Nickels Pfand längst auf dem Fluss geholt haben. Auch seine Schulden des letzten Jahres sind inzwischen gedeckt. Entsprechend müssten wir Nickels den Claim nun zurückgeben. Knudt war dagegen, weil er ihm nicht mehr traut. Solange der glaubt, dass er nichts besitzt und auch keinen Cent mehr auftreiben kann, wird er auch nicht mehr spielen, sagt Knudt. Dafür hat er selbst zu viel Angst vor den anderen Männern. Mir hat das eingeleuchtet. Ich habe Knudt unter der Bedingung zugestimmt, dass Nickels nicht übervorteilt wird. Er muss weiterhin seinen gerechten Anteil bekommen. Knudt und Rörd waren einverstanden. Wir werden Nickels Anteil in Dawson auf sein Bankkonto zahlen.

17. September 1900

Heute Nacht hat es zum ersten Mal stark gefroren. Nickels sagt, dass es Schnee geben wird. Er spürt das Wetter in seinem Bein. Wir müssen uns also darauf vorbereiten, dass hier oben schon bald Schluss sein kann.

Die Hunde haben den Sommer gut überstanden. Kein Wunder, wir haben sie mit frischem Elchfleisch versorgt. Allerdings sind wir uns nicht sicher, ob sie nach der langen Ruhezeit noch als Gespann vor einem Schlitten taugen. Von nun an werden wir täglich eine Stunde mit ihnen trainieren.

5. Oktober 1900

Das Wetter ist endgültig umgeschlagen. Seit Tagen schneit es ununterbrochen. Die ersten Goldsucher am Fluss haben ihr Lager abgebrochen und sind nach Dawson aufgebrochen. Andere wollen den Winter über bleiben. Für uns ist das keine Frage mehr, wir packen zusammen und verlassen unseren Claim. Zu holen ist hier ohnehin kaum noch etwas. Wir müssten mindestens 30 Meilen flussaufwärts ziehen und dort neue Claims abstecken. Aber wozu? Der Wert unserer Goldfunde ist so groß, dass keiner von uns für den Rest seines Lebens als Matrose arbeiten muss. Zumindest für Rörd, Knudt und mich steht fest: Wir wollen nach Hause. Und vor allem wollen wir nichts mehr riskieren.

9. Oktober 1900

Morgen geht es los. Die Hunde spüren, dass der Aufbruch bevorsteht, und sind unruhig. Seit Schnee fällt, hören wir auch die Wölfe wieder heulen. Sie nähern sich von Nacht zu Nacht mehr an und würden die Hunde reißen, wenn wir länger hierblieben.

Das Lager am Fluss ist bis auf ein paar Hartgesottene inzwischen geräumt. Ich bin mir nicht sicher, ob die wissen, was im langen Winter hier oben auf sie zukommt. Aber das soll nicht meine Sorge sein. Für uns zählt jetzt nur noch, sicher nach Dawson zu kommen und unser Gold einzuzahlen.

Nickels ist sehr schweigsam in den letzten Tagen. Noch weiß er nicht, dass auch er nicht mit leeren Händen gehen wird. Wir werden es ihm in Dawson sagen, wenn wir ihm den Einzahlungsbeleg seines Anteils übergeben. Der Betrag wird zwar im Vergleich mit unseren Vermögen jämmerlich gering sein, aber für die Heimfahrt nach Föhr und ein spärliches Auskommen wird es reichen. Das ist er ja gewohnt, denn kein Lund dürfte bislang mehr besessen haben.

10. Oktober 1900

Ich werde für den Rest meines Lebens den Blick nicht vergessen, den Nickels auf die brennende Hütte geworfen hat. Es war Knudts Idee, sie in Brand zu stecken, um eine Rückkehr im nächsten Frühjahr unmöglich zu machen. Wir haben schweigend zugesehen, wie die Flammen sich durch das Dach fraßen.

Als ich in Nickels Augen sah, begriff ich, was wir da gerade taten. Für ihn war es mehr als nur unsere Unterkunft der letzten beiden Jahre, die wir vernichteten. Das Gemisch von Trauer und Wut, das in seinen Augen flackerte, machte mir plötzlich Angst. Als er meinen Blick bemerkte, wich er ihm aus und sagte mit klangloser Stimme, dass wir nun endlich aufbrechen sollten. Ich werde das Feuer in seinen Augen niemals vergessen.

23 MITTWOCH

»Ihr hättet das sehen sollen«, schwärmte Leander und unterdrückte ein Husten, »wie der durch das Loch in der Wand gekommen ist.«

»Jaja«, sagte Tom und sonnte sich in seiner Bescheidenheit. »Nun lass mal gut sein.«

»Nein, wirklich!« Leander ließ sich nicht beirren. »Das war heldenhaft, geradezu supermanmäßig.«

Tom wurde tatsächlich etwas rot. »Du übertreibst, so toll war das gar nicht.«

»Jetzt rede die Sache mal nicht klein. So etwas hätte nicht jeder gemacht. Die meisten hätten nur daran gedacht, ihre eigene Haut zu retten. Er nicht!« Leander erhob sich von der Bank und griff nach seinem Bierkrug. »Lasst uns auf ihn anstoßen, Freunde.«

Fast ehrfurchtsvoll erhoben sich Götz, Mephisto, Diana, Elke, Franziska und Dieter Bennings von ihren Bänken im Biergarten und nahmen ihre Krüge auf.

»Auf den Helden des Tages!«, rief Leander, woraufhin Tom, der seinerseits sitzen geblieben war, den Blick nun doch etwas peinlich berührt senkte. Noch einige Phon lauter vollendete Leander: »Auf Jan!«

»Auf Jan!«, riefen die anderen, hoben ihre Krüge, stießen an und tranken.

»Was? Wie?« Verdattert schaute Tom auf und ließ seinen Blick von einem zum anderen irrlichtern. »Wieso Jan?«

»Na, was hast du denn gedacht, von wem hier die Rede ist?«, entgegnete seine Frau, die sichtlich Spaß an seiner Verwirrung hatte.

»Also, äh, tja …«, stammelte Tom, fasste sich dann aber und sprang entschlossen auf. »Das ist ja wohl die Höhe!« Er hustete empört und heftig, was weniger seiner Wut als seiner leichten Rauchvergiftung geschuldet war, und fuhr dann mit etwas gequälter Stimme an Leander gerichtet fort: »Da setze ich mein Leben aufs Spiel, um euch zu retten, stürze mich völlig uneigennützig und gefahrvergessen in die Flammen – und dann das! Wirklich, mein Lieber, ein bisschen mehr Dankbarkeit darf man da ja wohl erwarten. Vielleicht denkst du mal darüber nach, dass wir anderen heute zu einer Trauerfeier hier zusammensäßen, wenn ich euch nicht den Arsch gerettet hätte!« Nun wurde er von einem trockenen Husten geschüttelt, der nicht mehr allein auf die Rauchvergiftung zurückzuführen war.

Als daraufhin alle in Gelächter ausbrachen und Leander ihm heftig auf die Schulter klopfte, merkte Tom, dass er seinen Freunden wieder einmal auf den Leim gegangen war. »Und dann wird man auch noch verarscht!«, grummelte er und wurde nun tatsächlich tiefrot.

Mephisto liefen vor Lachen Tränen über die Wangen. »Jetzt schaut euch dieses blöde Gesicht an. Herrlich!«

Leander merkte, dass der Spaß für Toms Geschmack zu weit ging, und sorgte mit ein paar pumpenden Handbewegungen für Ruhe. »Tut mir leid, Tom. Ich wollte dich nicht kränken. Du hast ja recht. Ohne dich wäre ich heute nicht mehr unter euch. Ich wäre jämmerlich verbrannt. Also Spaß beiseite: Das war eine grandiose Leistung, mein Freund. Ich verdanke dir mein Leben. Auf Tom, Freunde!«

»Auf Tom!«, kam es mehrstimmig zurück.

Diesmal war der Geehrte so überwältigt, dass er mit glänzenden Augen von einem zum anderen schaute und ihnen verlegen mit seinem Bierkrug zuprostete.

Als alle wieder saßen, fragte Diana: »Das musst du uns

noch erklären, Tom: Was hattest du eigentlich genau im richtigen Moment auf dem Hof zu suchen? Und wieso war Jan Riewerts bei dir?«

»Ach.« Tom winkte ab. »Ihr kennt mich doch. Henning hat mich angerufen und mir von Sven Lund und dem Tagebuch erzählt. Von da an saß ich natürlich auf heißen Kohlen und konnte mich gar nicht mehr auf die Amrumer Textdateien konzentrieren. Ich musste immer daran denken, dass Henning gerade versuchte, Lund das letzte Buch aus dem Kreuz zu leiern.«

»Du hast gedacht, ich würde die Sache versauen, gib's zu«, vermutete Leander.

»Na ja, nicht direkt versauen – aber wenn du es ungeschickt angestellt hättest, hätten wir das Buch endgültig abschreiben können.«

»Und da wolltest du die Sache lieber selber in die Hand nehmen.«

»Ja, wollte ich! Sei froh darüber, denn wenn ich mich nicht entgegen unserer Absprache auf den Weg gemacht hätte …« Tom ließ die Konsequenzen diplomatisch in der Luft hängen. »Jedenfalls kam ich genau in dem Moment draußen bei Cord Nickelsen an, als auch Jan Riewerts dort eintraf. Der hatte sich über Sven Lunds merkwürdigen Anruf gewundert. Er konnte nicht glauben, dass Falk ihm tatsächlich Geld für seinen Hof geben wollte. Na ja, da hat er Verdacht geschöpft. Und als er daran dachte, dass Kai ja auch bei Falk und Sven Lund war, hat er sich auf die Socken gemacht, um nach dem Rechten zu sehen.«

»Genau wie du, Tom. Zwei Dumme, ein Gedanke«, kommentierte Mephisto.

Tom ignorierte das Gefrotzel und fuhr fort: »Das Bild, das sich uns bot, sprach Bände: Sven Lund stand mitten auf dem Hof, hatte die Arme in die Luft gehoben und betete den brennenden Stall an. Unglaublich! Das sah aus wie Nero über dem brennenden Rom: *Oh, lodernde Flammen!*« Er hüstelte leicht, bevor er fortfuhr: »Hennings Fahrrad stand auf dem Hof und Falks Pferd war vor dem Haus angebunden, aber von den beiden war weit und breit nichts zu sehen.« Nun blickte er Leander an. »Da war uns klar, dass ihr in Lebensgefahr seid. Jan ist zu mir ins Auto gesprungen, ich habe Gas gegeben und bin auf dem Marschweg um den Hof herumgefahren. Auf der Rückseite steht der Kuhstall und daneben befinden sich Silohaufen. Cords Trecker stand davor, mit dem er offenbar immer Silage in den Stall bringt. Glücklicherweise lassen alle Bauern den Zündschlüssel stecken, um jederzeit ihre Trecker benutzen zu können. Jan also rauf auf das Mordsteil und den Zündschlüssel umgedreht. Er kennt sich ja mit Treckern aus.« Tom war jetzt ganz in seinem Element. Er hatte sich vorgebeugt und suhlte sich in der gespannten Aufmerksamkeit seiner Freunde. »Einmal hat er die Kiste abgewürgt, aber dann lief alles wie geschmiert. Er hat zurückgesetzt, ordentlich Anlauf genommen und die Schaufel hochgefahren. Und dann ist er mit voller Wucht vor die Stallwand gebrettert. Ich immer direkt daneben! In dem Moment war mir alles egal. An mich selber habe ich gar nicht mehr gedacht, weil ich ja geahnt habe, dass ihr da drin seid. Hoffentlich kommen wir nicht zu spät, habe ich nur gedacht.« Er machte eine kleine Kunstpause und blickte nickend in die Runde. »Die Schaufel ist durch die Holzwand gekracht, aber das hat noch nicht gereicht. Jan also wieder zurück, die Schaufel tiefer gestellt und noch einmal mit aller Kraft auf die Wand zu. Diesmal war das Loch groß genug, die halbe Stallseite war ja weggerissen. Jan hatte den Trecker noch nicht zurückgesetzt, da bin ich schon rein in das Inferno.«

»Den Moment werde ich nie vergessen«, bestätigte Leander. »Ich hatte uns schon aufgegeben und da kam plötzlich

Tom durch diese Wand. Das war wirklich Rettung in allerletzter Sekunde.«

»Zuerst habe ich euch gar nicht gesehen.« Tom wandte sich wieder an die anderen, die geradezu bewundernd an seinen Lippen hingen. »Da war ja alles voll Rauch und Feuer. Und heiß war es da drin, das glaubt ihr gar nicht. Außerdem musste ich auf die Pferde aufpassen, die da wie irre auf mich zu gerast sind. Aber dann habe ich Henning, Falk und Kai entdeckt. Sie hingen festgebunden an einer Wand in so einer Pferdebox. Cord lag auf dem Boden vor ihnen. Es ging um Sekunden, das war mir klar. Also bin ich da rein, mitten durch die Flammen. Und Jan direkt hinter mir. Zum Glück stand eine Holzkiste mit einem Hufmesser in der Box, sonst hätten wir es wohl nicht rechtzeitig geschafft. Kaum hatte Jan sie losgeschnitten, hat Falk nur an seine Pferde gedacht, aber Henning, Jan und ich haben uns Kai und Cord geschnappt und uns durch die Gluthitze nach draußen gekämpft. Um uns herum tobte das Inferno. Habt ihr *Backdraft* gesehen? Genauso war das: eine Feuerwalze über uns, herabstürzende brennende Balken um uns herum, die Rettung so nah und doch so unendlich weit weg in dieser brüllenden Gluthitze!«

»Oh, du mein Held!«, rief Elke grinsend und drückte ihrem Mann einen schmatzenden Kuss auf die Wange. »Ich bin wirklich stolz auf dich!«

»Und womit?«, entgegnete Tom, der sich schon wieder etwas gefoppt fühlte. »Mit Recht!«

Franziska rückte noch etwas näher an Leander heran und legte den Kopf auf seine Schulter. »Das war wirklich verdammt eng, was?«

»Allerdings. Ich hatte jedenfalls schon in Gedanken Abschied von dir genommen.« Auch Leander musste husten. Sie alle hatten in dem brennenden Stall zu viel Rauch eingeatmet und durch die heiße Luft ihre Flimmerhärchen eingebüßt.

»Solltest du nicht eigentlich im Krankenhaus sein?«, fragte Franziska besorgt.

»Ach was.« Leander winkte entschieden ab. »So schlimm ist die Rauchvergiftung nicht. Außerdem fängt man sich im Krankenhaus nur irgendwelche Keime ein. Da sitze ich lieber hier bei euch in der frischen Luft, genieße, dass ich noch lebe, lasse mich von dir verwöhnen und lausche Toms Heldengeschichte.«

»Seht euch diese junge Liebe an!«, frotzelte Elke.

»Na ja, so jung …« Mephisto wedelte zweifelnd mit der Hand in der Luft. »Allerdings muss ich zugeben, dass ich euch um euer Feuerabenteuer beneide, Tom und Henning. Ich wäre auch gerne dabeigewesen.«

»Das kann ich mir vorstellen«, meinte Diana und schüttelte den Kopf. »Du hättest doch nur im Weg gestanden und Anweisungen gegeben.«

Leander grinste, als er sich ausmalte, wie der korpulente Mephisto armwedelnd den Fluchtweg blockierte, während Diana auf einem Besen über die Szene ritt. Der ehemalige Priester und amtierende Ketzer Mephisto und seine Lebensgefährtin, die Heilerin Diana, wurden in ihrem dörflichen Umfeld nur als ›der Teufel und die Hexe‹ gehandelt. So ein Ritt durchs Feuer hätte wunderbar in dieses Bild gepasst.

»Wie geht es denn Cord Nickelsen inzwischen?«, erkundigte sich Götz.

»Der liegt immer noch im Koma«, berichtete Dieter Bennings. »Schädelbasisbruch. Die Ärzte wissen noch nicht, ob er durchkommen wird. Sven Lund muss völlig von Sinnen gewesen sein, dass er dermaßen hart zugeschlagen hat.«

»Wenigstens kannst du den Fall jetzt abschließen und wieder nach Flensburg zurückfahren«, sagte Tom zu Dieter Bennings. »Glückwunsch, du hast nicht nur den Mord an Knut Riewerts, sondern auch den an Wencke Olsen aufgeklärt.«

»Das bei Wencke Olsen war wohl eher Totschlag im Affekt«, wandte der Kriminalbeamte ein. »Ob Lund für die Tötungsdelikte aber jemals ins Gefängnis muss, steht zurzeit noch in den Sternen.«

»Wieso das denn?« Franziska klang ehrlich empört. »Es steht doch fest, dass Sven Wencke und Knut getötet hat. Totschlag hin oder her. Zumindest bei Knut dürfte es ja wohl Mord gewesen sein und dafür gibt es doch Lebenslänglich, oder etwa nicht? Ganz zu schweigen von dem Mordversuch an Henning, Falk, Kai und Cord Nickelsen.«

»Theoretisch schon, aber Sven Lund ist auf nicht absehbare Zeit nicht vernehmungs- und wahrscheinlich später auch nicht verhandlungsfähig. Als wir auf den Nickelsen-Hof kamen, saß er da und hielt sich quasi selbst im Arm. Der war vollkommen weggetreten und hat nicht auf unsere Ansprache reagiert. Wie in Trance hat er sich abführen lassen. Wir haben ihn gleich nach Flensburg überführt, wo sich jetzt die Psychiater um ihn kümmern. So wie ich das sehe, ist er durch seine Rachefantasien in eine andere Welt abgedriftet. Irgendwie war der ja schon immer wahnsinnig. Das Finale in den Flammen bei Nickelsen hat ihn wohl endgültig in eine Parallelwelt katapultiert. Der flüsterte im Einsatzwagen ununterbrochen ›Mein ist die Rache, spricht der Herr!‹ vor sich hin. Wahrscheinlich wird er den Rest seines Lebens in einer geschlossenen Psychiatrie verbringen.«

»Dass Falk all die Jahre nicht gemerkt haben soll, was für einen Psychopathen er da um sich hatte …«, zweifelte Elke.

»Das finde ich gar nicht verwunderlich«, widersprach Bennings. »Psychopathen sind häufig Meister der Tarnung. Lund hat seine Opferrolle und Paranoia geradezu mit der Muttermilch verabreicht bekommen und sein Leben lang auf seinen persönlichen Tag der Rache hingearbeitet. Der war hochkonzentriert und kannte nur dieses eine Ziel. Entsprechend geduldig hat er in Amerika nach Falk gesucht und sich ihm schließlich angenähert. Sein Plan grenzt schon an Genialität und er hätte tatsächlich funktionieren können, wenn Henning ihm nicht in die Quere gekommen wäre.«

Leander, der nicht auch noch in den Rausch der Bewunderung geraten wollte, wich aus: »Habt ihr übrigens das Tagebuch bei seinen Sachen gefunden, das wir schon so lange suchen?«

»Haben wir«, bestätigte Bennings und musste lachen, als er Toms Augen sah, die ihm förmlich aus dem Kopf rollen wollten. »Bevor du fragst: Ja, du kannst es dir in ein paar Tagen auf der Wache abholen. Zuerst muss ich allerdings sicher sein, dass wir es nicht als Beweismittel brauchen.«

»Wahnsinn!«, jubelte Tom. »Hast du gehört, Henning? Dann hat sich die ganze Sache am Ende wirklich gelohnt.«

»Ich hoffe für dich, mein Lieber, du meinst damit nicht die Tatsache, dass du uns das Leben gerettet hast.« Bevor Tom antworten konnte, wandte sich Leander wieder an Dieter Bennings: »Wie geht es denn Kai inzwischen? Ich habe ernsthaft befürchtet, dass Lund ihn am Ende auch noch getötet hat, so wie der Junge da an der Boxenwand hing.«

»Leichte Gehirnerschütterung«, berichtete der Kriminalhauptkommissar. »Kai ist schon wieder zu Hause bei seinen Eltern.«

»Und Falk?« Franziska sah sich um, als sei es unverzeihlich, dass der Cowboy bislang noch nicht gewürdigt worden war.

»Das war unglaublich«, begeisterte sich Tom. »Wie der auf dem Rücken dieses Cowboy-Pferdes aus den Flammen galoppiert ist! Direkt hinter ihm ist das Dach eingestürzt und er im Funkenregen direkt auf uns zu. Gigantisch! Das hätten Steven Spielberg und Wolfgang Petersen selbst zusammen nicht besser inszenieren können.«

»Und wo ist er jetzt?«, hakte Franziska nach.

»Mit Kai bei Meret und Jan Riewerts«, antwortete Dieter Bennings. »Nachdem Sven Lund euch im Stall alles gestanden hat, kann Falk niemand mehr etwas vorwerfen – auch nicht den Tod seines Vaters. Jan wird schon dafür sorgen, dass die Bauern jetzt Ruhe geben. Wir haben auch die Leiche von Knut Riewerts zur Beerdigung freigegeben.«

»Jan wird sich damit anfreunden müssen, dass Falk doch nicht der Verbrecher ist, für den er ihn ein Leben lang gehalten hat«, ergänzte Leander. »Mich freut allerdings, dass Meret immer schon auf der richtigen Seite gestanden hat.«

»Weibliche Intuition«, meinte Franziska. »Wir Frauen haben eben ein Gespür dafür, wem man vertrauen kann und wem nicht.«

Leander freute sich über den Blick, den sie ihm dabei zuwarf.

»Bleiben noch Jacobsen, Frevert und die anderen Idioten«, erhitzte sich Tom. »Ich finde nicht, dass die nach alldem, was sie sich geleistet haben, einfach so davonkommen sollten. Der Brand auf Falks Hof und die Schmierereien dürften ja wohl auf deren Konto gehen. Und die Nötigung, als sie Falk lynchen wollten, muss auch bestraft werden. Wenn ihr mich fragt, können die dafür ruhig ein paar Monate in den Bau gehen.«

»Da sie nicht vorbestraft sind, dürfte daraus nichts werden«, wandte Leander ein und fuhr zur Beruhigung seines Freundes fort: »Allerdings habe ich mir mit Rückendeckung von Dieter etwas anderes einfallen lassen.«

»Aha? Und was, bitte sehr?«

»Das werdet ihr am Samstag sehen.« Leander genoss die fragenden Blicke seiner Freunde und fuhr nach einer kurzen Pause fort: »Ich habe Falk versprochen, dass wir alle beim Aufbau des neuen Stalls helfen. Deshalb hier eine Order an euch alle: Treffpunkt pünktlich um sieben Uhr auf dem Olsen-Hof! Und ich erwarte selbstverständlich, dass keiner von euch fehlt.«

24 SAMSTAG

»14. Oktober 1900

Dawson City. Nickels muß ins Hospital. Die Narbe hat sich bei der Schlittenfahrt entzündet. Außerdem ist sein Bein so schlecht zusammengewachsen, daß es erneut gebrochen und gerichtet werden muß.

Nörd hat vorgeschlagen, gemeinsam mit ihm bis zum Frühjahr zu warten, weil wir schließlich nicht unschuldig daran sind. Wir hätten Nickels mit dem Bruch sofort nach Dawson ins Krankenhaus bringen müssen. Jetzt könnten wir ihn unmöglich alleine einen Winter lang in dieser Spielerhölle zurücklassen. Wir sind doch füreinander verantwortlich, hat Nörd gesagt. Nickels darf man nicht sich selbst überlassen, das haben wir doch in den letzten zwei Jahren gesehen. Natürlich hat er recht, aber unser Heimweh ist stärker. Wir wollen den Yukon hinunter, bevor das Eis so dick ist, daß uns auch dieser Weg versperrt ist. Knudt und ich sind uns einig: Morgen werden wir fahren, mit oder ohne Nörd.

Schließlich hat es auch noch Streit über das Geld gegeben, das wir für Nickels eingezahlt haben. Knudt war der Ansicht, daß ihm nicht so viel zusteht, weil er in den letzten Wochen kaum noch mitgearbeitet hat. Nörd war anderer Ansicht. Er wollte sogar unser gesamtes Geld mit Nickels teilen, weil wir alle ohne ihn gar nichts hätten. Am Ende habe ich einen Kompromiß vorgeschlagen: Wir geben Nickels den Einzahlungsbeleg und dafür fährt Nörd mit uns zusammen zurück. Alles Weitere können wir entscheiden, wenn auch Nickels wieder auf Föhr ist.

Als wir drei uns von Nickels verabschiedet haben, hatte er Tränen in den Augen. Gesagt hat er nichts.

18. Oktober 1900

Da es für die Chilcoot-Route zu spät im Jahr ist, haben wir den Post-Raddampfer den Yukon hinunter bis St. Michael genommen. Es war einer von den neuen Heckraddampfern, die nicht mit Kohle, sondern mit Holz befeuert werden. Vor jeder Flußbiegung ließ der Kapitän die Signalpfeife ertönen, denn der Yukon, was Indianersprache ist und Großer Fluß heißt, ist tückisch mit seinen Untiefen und Kiesbänken. Dennoch war es eine ruhige Fahrt, nur wenige Passagiere waren an Bord, denn neue Goldfunde an den Nebenflüssen des Klondike haben den Run nach Alaska verstärkt. Wer verläßt schon freiwillig das Gebiet, wenn es neue Hoffnung auf das große Geld gibt?

Von St. Michaels aus werden wir das nächste Ozean-Dampfschiff nehmen, das die Küste hinunter nach San Francisco fährt.

Wir sind alle drei sehr schweigsam. Während wir an der Reling das scharfkantige, steile Ufer vorbeiziehen lassen, hängt jeder seinen Gedanken nach. Ich freue mich auf zu Hause und stelle mir die Gesichter vor, wenn ich plötzlich vor der Tür stehe.

Nachts verfolgen mich die Augen von Nickels mit diesem Gemisch aus Trauer und Enttäuschung bei unserem Abschied. Wir hätten ihn nicht alleine zurücklassen dürfen.

28. Februar 1901

Dagebüll. Knudt und ich warten auf Hinrich Petersen. Wir haben von Hamburg aus ein Telex nach Föhr geschickt, damit er uns abholt. Während wir warten, schreibe ich diese Zeilen.

Rörd ist bereits nach Amrum unterwegs, der Kutter seines Vaters hat ihn erwartet, als wir auf die Kutsche stiegen. Wir haben einander versprochen, uns regelmäßig zu treffen, damit der Kontakt nicht abreißt. Es war ein seltsam kühler Empfang, den sein Vater ihm bereitet hat:

ein Händedruck, kein Wort zu viel. Sieht so aus, als wären wir wieder in Friesland, hat Knudt gesagt.

Die letzten Wochen sind geruhsam gewesen. Gleich nachdem wir in San Francisco angekommen sind, haben wir den Zug quer durch Amerika genommen. Eine seltsame Eile hat uns alle angetrieben. Wir wollten so schnell wie möglich den Kontinent verlassen. In New York wurden wir dann zur Ruhe gezwungen. Es gab keine Passage nach Europa und so mussten wir zunächst Zimmer in der Lower Eastside nehmen und warten. Anfangs hatten wir das Gefühl, in der Millionenstadt gestrandet zu sein, doch dann haben wir uns anstecken lassen von dem Trubel um Weihnachten und Neujahr.

Den Silvesterabend haben wir bei Helge Christiansen und seiner Frau verbracht. Sie war überglücklich, uns zu sehen, denn sie hat nicht daran geglaubt, dass wir uns an den Kontrakt halten und ihnen ihren Anteil bringen würden. Auf Nordfriesen ist Verlass, hat Helge Christiansen gesagt. Ich habe an Nickels denken müssen und in Rörds und Knudts Augen gesehen, dass auch sie ein schlechtes Gewissen hatten.

Am 1. Februar konnten wir endlich an Bord des Frachtschiffes Titania gehen, als Passagiere diesmal, nicht in den Mannschaftslogis. Drei Wochen Atlantischer Ozean und nichts als Wasser. Ich hätte meinen Reisebericht fortführen können, in allen Einzelheiten aufschreiben, was wir am Klondike erlebt haben, aber mir war nicht nach Schreiben. Eine seltsame Leere hat von mir Besitz ergriffen. In den letzten Jahren hatte ich einen Antrieb und täglich mehr Arbeit, als mir lieb war. Jetzt habe ich erreicht, was ich erreichen wollte, und frage mich, wie mein weiteres Leben aussehen soll.

Knudt geht es genauso wie mir. Wir sind uns einig, dass wir zu jung sind, um den Rest unseres Lebens ohne Arbeit zu verbringen. Gleich wenn wir uns auf Föhr wieder eingelebt haben, werden wir auf die Suche nach Land gehen und Bauernhöfe bauen. Damit wollen wir den Grundstein für eigene Familien legen.

Mutter hat geweint, als Hinrich Petersen in Wyk angelegt hat. Sie hat wirklich nicht geglaubt, daß sie mich jemals wiedersehen würde. Ingke hat mich umarmt, Vater war sehr schweigsam, Gerrit ist nicht mitgekommen.

Auf dem Hof ist kein Platz mehr für mich. Mein Bett steht in der Knechtkammer. Gerrit hat inzwischen geheiratet und braucht unser altes Zimmer für sich und seine Frau Kresse. Ingke schläft auf der Küchenbank. Auch sie wird bald heiraten und nach Oldsum ziehen.

Am Abend haben wir alle zusammen in der Küche gesessen. Ich mußte von Amerika erzählen und von den Goldfeldern. Als ich gesagt habe, daß ich von nun an genug Geld habe, um mir ein eigenes Leben aufzubauen, war Vater sehr erleichtert. Da habe ich erst verstanden, daß sie alle geglaubt haben, ich hätte als Seemann nicht getaugt und würde ihnen nun wieder zur Last fallen. Schließlich hatten sie seit zwei Jahren nichts mehr von mir gehört.

Gerrit und seine Kresse sind aufgestanden und haben den Raum verlassen, als ich von meiner Zeit am Klondike und dem ersten Goldfund erzählt habe. Es ist schon spät, hat Gerrit gesagt, um fünf müssen wir aufstehen.

Jetzt, hier in der Knechtkammer im Stall, verstehe ich plötzlich, warum sie von meinen Abenteuern nichts hören wollten. Die drei Kühe rasseln an ihren Ketten. Sie sind Gerrits einziger Besitz neben dem bißchen Ackerland, von dem eine Familie kaum leben kann. Bis heute hatte Gerrit als ältester Sohn den Vorzug, den Familienbesitz übernommen zu haben. Ich war der jüngere Bruder, der traditionell leer ausgegangen war und als armer Verwandter besser nie wieder auf Föhr auftauchen würde. Jetzt ist er derjenige, der die ärmlichen Verhältnisse der Familie weitertragen muß, während ich in Alaska mein Glück gemacht habe.

Ich bin wieder zu Hause, aber ich bin mir nicht sicher, ob ich wirklich willkommen bin. Zwei Jahre sind keine lange Zeit. Wenn man sie aber in Amerika verbracht hat, können sie ein ganzes Leben auf Föhr aufwiegen.

Ich schließe nunmehr mein Tagebuch über meine abenteuerliche Reise zu den Goldfeldern Alaskas. Ich werde es in Ehren halten, damit meine Nachfahren den Ursprung unseres Wohlstandes nicht vergessen werden.

Nachtrag:

23. Mai 1902

Ich habe den Hof von Johann Boetius in Süderende gekauft. Er liegt gleich neben dem von Knudt. Wir haben alles Land gekauft, das wir bekommen konnten, und ein paar Knechte eingestellt. Das Korn steht gut in diesem Jahr und wenn es kein Unwetter gibt, wird sich die harte Arbeit lohnen. Von Nörd haben wir bisher nichts mehr gehört.

Knudt hat mir heute erzählt, daß Nickels seit drei Wochen wieder auf Föhr ist. Johann Boetius hat ihn im Oldsumer Krug gesehen. Nickels soll ärmlich und verwahrlost aussehen, sehr wortkarg sein und immer nur allein trinken. Die anderen halten sich von ihm fern. Er ist ein Lund.

Man erzählt sich, daß Nickels gerade noch so viel Geld gehabt hat, um nach New York zu kommen. Dort mußte er als Matrose auf einem Frachtschiff anheuern, das nach Bremerhaven gefahren ist. Es hat sich aber herausgestellt, daß er mit seinem Bein nicht mehr sicher in die Wanten klettern kann, also ist er nach Föhr zurückgekehrt und hat nur mehr eine Zukunft als Landarbeiter. Im Moment arbeitet er als Tage= löhner bei Bauer Richardson in Oldsum. Nach der Erntezeit wird das Leben für ihn wieder hart sein.

Knudt sucht noch einen Knecht, aber er weigert sich, Nickels nur der alten Zeiten wegen einzustellen. Die Lunds taugen nichts, sagt er, das sind Tagediebe und Säufer. Und Nickels ist da keine Ausnahme. Du hast es doch selbst erlebt, Volckert, hat Knudt gesagt. Mit dem handelt man sich nur Ärger ein.

Rörd hat sich gemeldet, weil er von Nickels Rückkehr gehört hat. Gestern haben wir uns in Wyl getroffen. Er hat vorgeschlagen, daß wir nun unser Geld mit Nickels teilen. Knudt und ich waren dagegen. Nickels hatte genauso viel wie wir, hat Knudt gesagt. Wenn er jetzt nichts mehr hat, ist das nicht unsere Schuld. Ich bin derselben Meinung. Die Lunds konnten noch nie mit Geld umgehen. Auf Dauer wird es ihm nichts nützen, wenn wir Nickels einfach etwas geben. Am Ende habe ich wieder einen Kompromiß vorgeschlagen, mit dem Knudt und Rörd einverstanden waren.

Heute habe ich mich mit Nickels im Oldsumer Krug getroffen und ihm eine Festanstellung als Knecht bei mir angeboten. Aber enttäusch mich nicht, Nickels, habe ich gesagt.

Er hat mich lange aus eiskalten Augen angesehen. Schließlich hat er gesagt: Alles, was ihr habt, verdankt ihr mir.

Da tauchte plötzlich das Bild unserer brennenden Hütte am Klondike vor mir auf. Und auch das Flackern der Flammen in Nickels Augen war wieder da, aber aus der Mischung aus Trauer und Wut war kalter Haß geworden. Ich verspreche dir, hat Nickels gesagt, daß der Tag kommen wird, an dem ihr uns Lunds nicht nur ein Almosen anbieten könnt. Egal, wie lange es dauert, ihr werdet bezahlen, Volckert Olsen. Ich werde euch euren Verrat niemals verzeihen.

Dann ist er aufgestanden und gegangen.«

Tom ließ die Kladde auf den Tisch sinken und sinnierte dem Text aus dem letzten Tagebuch nach, den er Leander gerade vorgelesen hatte. Seine Augen waren weit weg, irgendwo im Schlamm einer Goldmine am Klondike-River. Leander hatte seiner belegten Stimme angehört, wie gerührt er von dem Text war, den der Föhrer Goldsucher Volckert Olsen vor mehr als einem Jahrhundert geschrieben hatte.

»Nicht gerade die feine englische Art, wie die drei mit Nickels Lund umgegangen sind«, sagte Tom mit abwesender Stimme. »Aber als Betrug kann man es wohl wirklich nicht bezeichnen.«

»Wenn es so war, wie es in dem Tagebuch steht«, wandte Leander ein. »Es kann auch alles ganz anders gewesen sein.«

Toms Augen tauchten schlagartig in die Gegenwart ein. »Du meinst, Sven Lunds Version könnte auch stimmen?«

»Weiß man's? Papier ist geduldig. Und dieses Tagebuch wäre nicht das erste Werk, in dem die Taktik die Deutungshoheit übernimmt.«

Leander sah Tom an, dass ihm der Gedanke gar nicht gefiel. »Trotzdem«, meinte der Heimatforscher. »Es ist das einzige Dokument, das wir haben. Ich werde es für die Ausstellung verwenden, alle Kladden als Buch veröffentlichen und mit einem historisch-kritischen Kommentar versehen.«

»Bevor du jetzt ganz abhebst, großer Meister, denkst du bitte daran, was wir Falk versprochen haben.«

»Muss das sein? Kannst du da nicht alleine hingehen? Du weißt doch, mein Rücken …«

»Das kommt gar nicht in Frage. Du legst jetzt das Buch weg und kommst mit. Basta!«

»Und jetzt alle zusammen!«, rief Zimmermann Andreesen. »Auf drei: eins – zwei – drei!«

Die Männer stemmten ihre Hacken in den Boden und zogen an den Seilen, so stark sie konnten. Langsam richteten sie den gewaltigen Giebel aus, so dass Andreesens Leute ihn am Fundament fixieren und an den Seitenwänden festschrauben konnten. Überall auf dem Holzbalkenwerk des Stalles hockten Männer mit Hämmern und Nagelbeuteln an den Gürteln und nagelten Sparren und Bretter fest. Die ganze Umgebung hallte wider von den Hammerschlägen und den Geräuschen von Bohrmaschinen und Akku-Schraubern.

»Unfassbar«, sagte Falk zu Leander. Die beiden Männer

saßen nebeneinander auf ihren Sparren und nagelten Dachlatten für die Ziegelauflage fest. »Niemals hätte ich zu träumen gewagt, dass so viele Leute kommen und helfen.«

»Es haben ja auch einige hier auf Föhr viel wiedergutzumachen«, entgegnete Leander.

»Aber wieso Andreesen?« Falk deutete mit dem Kopf auf den Chef der Dachdeckerfirma und Zimmerei, der an Klondikes alias Sven Lunds Stelle die Oberaufsicht über den Aufbau des Stalles übernommen hatte. »Der schuldet mir doch nun wirklich nichts.«

»Andreesen nicht«, stimmte Leander zu. »Aber Jacobsen, Frevert, Peters, Henken und Fendrich.«

»Soll das heißen …?«

»Richtig. Die fünf bezahlen Andreesens Rechnung. Ich dachte, das wäre ihnen vielleicht lieber, als wegen der Brandstiftung an deinem Taubenhaus und Nötigung vor Gericht zu kommen. Wie ständen sie nach ihrer Verurteilung da in der Öffentlichkeit auf Föhr? Und ich hatte recht, sie waren sofort einverstanden, als ich ihnen vorgeschlagen habe, den Ersatz für Lunds Bauleitung zu finanzieren.«

»Ich weiß wirklich nicht, wie ich dir danken kann. Was du für mich getan hast …«

»Schon gut. So viel war das ja gar nicht. Am Ende verdanken wir beide Tom und deinem Bruder am meisten. Wenn die nicht gewesen wären …«

Sie blickten zu dem Lehrer und Heimatforscher hinüber, der ebenfalls auf einem Sparren saß und zusammen mit Götz Hindelang Dachlatten festnagelte. Die beiden hatten sichtlich Spaß an der Arbeit und feuerten sich immer wieder gegenseitig an, um schneller als ihre Nebenleute am First anzukommen. Das einzige Hindernis war Mephisto, der die Aufgabe bekommen hatte, den Lattennachschub über eine Leiter zu organisieren, und der offenkundig Mühe hatte, bei dem

Tempo der beiden Nagler mitzuhalten. Tom und Götz feuerten ihn immer wieder an, während dem armen Kerl auf der Leiter der Schweiß in Strömen vom Kopf lief.

Leander musste lachen, als er seine Freunde so freudig bei der Arbeit sah. Die verstanden es, an allem einen eigenen Spaß zu entwickeln. Überhaupt fühlte er in diesem Moment eine große Dankbarkeit dafür, solche Freunde zu haben. Und das sagte er dann auch zu Falk, der mit einem nachdenklichen Nicken zustimmte. Wahrscheinlich dachte er an Sven Lund und daran, dass er selbst in seinem Leben nie wirklich etwas dafür getan hatte, sich Freunde zu machen. Dabei blickte er zu Jan und Kai hinüber, die auf der gegenüberliegenden Dachhälfte zusammen Latten vernagelten.

»Sag mal, Falk, eines ist mir noch nicht klar«, sagte Leander. »Weshalb hat Kai für die Nacht, in der Geerkens' Hof brannte, Sven Lund eigentlich ein Alibi gegeben? Olufs und Bennings hätten den viel genauer unter die Lupe genommen, wenn er keines gehabt hätte.«

»Das habe ich Kai auch gefragt. Die Antwort ist: Nicht er hat Sven ein Alibi gegeben, sondern umgekehrt. Olufs hat Sven zuerst gefragt und der hat behauptet, mit Kai zusammengewesen zu sein.«

»Aber warum hat Kai das nicht korrigiert?«

»Weil er Angst hatte, wegen seines schlechten Rufs unter Verdacht zu geraten. Wenn er Svens Alibi nicht bestätigt hätte, hätte er selber auch keines mehr gehabt. Kai hat vorne auf dem Hof Wache geschoben, Sven hinter der Scheune. So konnte der auch unbemerkt verschwinden und den Brand legen. Cord war die ganze Zeit über im Haus und konnte nicht bestätigen, dass Kai tatsächlich auf dem Hof gewesen ist. Außerdem hatte der Junge Sven ja selber auch nicht im Verdacht. Er hat ihn genau wie ich für einen Freund gehalten und war froh, dass der ihn deckte.«

»Ganz schön ausgefuchst, dieser Sven Lund«, kommentierte Leander. »Für einen Psychopathen ist er verdammt planvoll vorgegangen.«

»Mittagspause!«, rief Franziska von unten und erntete dafür vielstimmig Ausrufe der Erleichterung.

Den ganzen Tag über war es wieder sehr heiß. Der leichte Wind brachte kaum Abkühlung und die Sonne stach erbarmungslos und schweißtreibend vom wolkenlosen Himmel. Immerhin mussten sie sich keine Gedanken darüber machen, dass schlechtes Wetter drohen und ihre Arbeit behindern könnte.

»Wenn das so weitergeht, können wir tatsächlich heute Abend das Richtfest feiern«, freute sich Leander, als er neben Falk in Richtung der großen Tische ging, die die Frauen aufgebaut hatten.

»Das müssen wir auch«, entgegnete Falk. »Wer soll sonst all das Grillfleisch essen, das wir eingekauft haben? Ganz zu schweigen von den Bierfässern, die Mephisto angeliefert hat.«

Sie setzten sich an einen der langen Tische, die Jacobsen und Frevert aus dem Bestand der Feuerwehr organisiert hatten. Ihnen gegenüber saßen Tom und Götz und blödelten herum. In der Mitte zwischen ihnen standen Platten mit belegten Broten. Franziska, Elke, Diana und Meret schleppten Tabletts mit Gläsern heran und füllten sie dann mit selbstgemachter Holunderblütenlimonade.

Helge Jacobsen stand plötzlich hinter ihnen. »Habt ihr mal einen Moment?«

Erstaunt blickten Leander und Falk einander an und standen auf. Dann folgten sie Jacobsen zu seinem Pick-up.

»Was gibt's denn?«, erkundigte sich Falk. »Ist irgendetwas nicht in Ordnung?«

»Doch, doch, alles in Ordnung«, antwortete Jacobsen und öffnete die Heckklappe seines Wagens.

Auf der Pritsche stand der gigantische Aufbau eines Taubenhauses, größer und kunstvoller als das, das früher auf dem Olsen-Hof gestanden hatte.

»Mein Einstandsgeschenk«, sagte Jacobsen verlegen. »Ich habe gehört, dass dir irgendwelche Idioten dein Taubenhaus abgefackelt haben, und da habe ich gedacht ... Ich meine, so auf gute Nachbarschaft und so.«

Falk wandte sich seinem früheren Kontrahenten zu und hielt ihm die Hand hin. Erleichtert schlug der ein.

»Wir stellen das heute noch auf«, versprach Jacobsen.

Dann gingen sie gemeinsam zum Tisch zurück.

»Männer!«, rief Jacobsen in die Runde, woraufhin schlagartig Ruhe eintrat. »Ich habe heute Morgen mit dem Krankenhaus telefoniert. Cord ist aus dem Koma erwacht und es geht ihm den Umständen entsprechend gut, was auch immer das heißen mag.«

Alle brachen in erleichterten Applaus aus. Jacobsen ließ das einen Moment zu, dann sorgte er mit einer wischenden Handbewegung wieder für Ruhe. »Ich finde«, fuhr er fort, »dass Cord nicht in so ein Chaos zurückkommen sollte. Was haltet ihr davon, wenn wir nächsten Samstag alle zusammen bei ihm auf dem Hof für Ordnung sorgen und die Brandruine abräumen.«

Stürmischer Applaus war die Antwort. Leander klopfte Jacobsen auf die Schulter, doch der wehrte etwas verlegen ab: »Das sind wir ihm schuldig.«

Als Falk und Leander wieder auf ihren Plätzen saßen, ließ sich Mephisto schnaufend neben ihnen auf die Bank fallen. »Mannmannmann, ich will ja nicht stöhnen, aber derartige Arbeiten sind einfach nichts für meines Vaters Sohn. Da lobe ich mir meinen Biergarten. Übrigens, Henning, ich könnte nächste Woche etwas Hilfe gebrauchen. Ich möchte eine Grillhütte bauen, so mit Außenausschank und allem Zwick und Zupf. Andreesen liefert das Holz, aber aufbauen müssen wir sie alleine.«

»Tut mir leid, mein Lieber«, wehrte Leander ab und hielt Franziska, die gerade vorbeieilte, am Arm fest. »Nach der Beerdigung von Knut Riewerts am Montag werden Franziska und ich nach Amrum fahren. Und so wie es aussieht, bleibe ich etwas länger dort drüben. Du weißt schon: Sommer, Sonne, Strand, die Liebe und keine Auswanderer-Interviews mehr.« Er zog Franziska zu sich herunter und gab ihr einen langen Kuß. Als sie lachend ihren Weg fortsetzte, wandte er sich an Tom: »Und du«, – der Lehrer blickte ihn skeptisch an, als ahne er bereits, welche Zumutung da nun wieder auf ihn zukam –, »darfst dich in der Zeit um meine Katzen kümmern.«

Tom ließ theatralisch den Kopf auf den Tisch sinken. »Oh Mann! Wären Jan und ich doch nur eine halbe Stunde später auf Nickelsens Hof gekommen.«

Falk lachte und griff nach einem belegten Brot.

»Eines ist mir noch nicht ganz klar«, wandte sich Leander an den Cowboy. »In Nickelsens Stall hat Sven Lund etwas von einer notariellen Vereinbarung gesagt. Was genau hat er damit gemeint?«

»Nun«, Falk schluckte das Brot hinunter und trank etwas Limonade hinterher, »bevor wir nach Föhr zurückgekommen sind, haben wir genau geplant, wie unsere Zukunft hier aussehen sollte. Mir war natürlich klar, dass es alte Rechnungen zu begleichen geben würde. Außerdem konnte es sein, dass die Polizei mir den Brand in Olsens Scheune immer noch anhängen wollte. Da hatte Sven die Idee mit der notariellen Vereinbarung: Sollte ich, aus welchen Gründen auch immer, daran gehindert sein, unseren Betrieb zu führen, würde er geschäftsführend einspringen. Ich bin darauf eingegangen, weil ich ja tatsächlich nicht wusste, was auf mich zukommen würde. Und aus dem Gefängnis heraus kann man keine Pferdezucht führen.«

»Jetzt verstehe ich«, sagte Leander. »Deshalb hat er deinen Vater getötet und die Scheune angezündet. Der Verdacht sollte auf dich fallen und du solltest für den Rest deines Lebens ins Gefängnis gehen. Dann hätte er den Olsen-Hof übernommen und der Weg wäre für ihn endgültig frei gewesen.«

»Natürlich. Deshalb hat er auch die anderen Brände gelegt. Die Brandserie hat wieder angefangen, gleich nachdem ich auf die Insel zurückgekehrt bin. Logisch, dass der Verdacht nur auf mich fallen konnte. Sven hat da wirklich ganze Arbeit geleistet. Es war einfach mein Glück, dass ich jedes Mal ein Alibi hatte, sonst hätte Jens Olufs mich längst in den Bau gesteckt. Mein Glück, dass du ausgerechnet in der Nacht, in der Sven Geerkens Scheune in Brand gesteckt hat, vor meinem Haus Wache geschoben hast. Sonst wäre ich endgültig als Brandstifter in Verdacht geraten und Sven hätte auf dem Olsen-Hof freie Bahn gehabt.«

»Sein Plan geht aber so nicht auf«, wandte Mephisto ein. »Du hättest den Hof doch gar nicht geerbt, wenn du der Mörder deines Vaters gewesen wärst. Ein Mörder darf nicht finanziell von seiner Tat profitieren. Sonst könnte ja jeder eine Lebensversicherung auf seine Frau abschließen, sie umbringen, ein paar Jahre in den Knast gehen und hinterher ein schönes Leben führen.«

»Das ist theoretisch richtig«, erklärte Falk. »Allerdings hat es sich in diesem Fall ja gar nicht um ein Erbe gehandelt. Der Olsen-Hof ist schon vor Jahren von meinem Vater auf mich übertragen worden.«

»Das konnte Sven Lund aber nicht wissen. Schließlich hast ja nicht einmal du es gewusst.«

»Ich nehme an, dass Sven es von seinem New Yorker Anwalt erfahren hat. Der hat schließlich seinerzeit in Svens

Auftrag alle Besitzverhältnisse der Familien Riewerts und Olsen auf Föhr überprüft, falls es Ansprüche geltend zu machen gab. – Also hätte gleich nach meiner Verhaftung unsere notarielle Vereinbarung gegriffen.«

»Verflucht durchtrieben, der Hund«, meinte Mephisto. »Respekt!«

Franziska kam vorbei, tauschte die leere Brotplatte gegen eine volle aus und schenkte allen Limonade nach. Die Männer bedienten sich und genossen die Pause, bevor es gleich wieder mit vollem Körpereinsatz an die Arbeit gehen würde.

»Sag mal, Falk«, meldete sich Tom schließlich kauend und deutete mit dem Brot in der Hand auf die Baustelle, »das wird doch ein ungewöhnlich stattlicher Stall, den wir da bauen. Willst du ihn nicht lieber stilecht mit Reet decken lassen? Andreesen ist ein absoluter Fachmann, wenn es um Reetdächer geht.«

»Ein Strohdach?«, rief Falk erschrocken aus. »So weit kommt das noch! Ich habe gehört, dass hier auf Föhr ein Feuerteufel sein Unwesen treiben soll!«

E – N – D – E

NACHWORT:

Dieser Roman basiert wie alle vorherigen Leander-Krimis auf realen Hintergründen:

Die Brandserie

Auf Föhr hat es in den letzten fünfzig Jahren zwei große Brandserien gegeben, die auf Brandstiftung zurückzuführen waren: eine in den 1970er Jahren und eine in den 1990er Jahren. Der Täter in der zweiten wurde von der Polizei gefasst. Die erste jedoch, eine Serie von Scheunenbränden, ist bis heute nicht aufgeklärt. Das habe ich mir zunutze gemacht, die Zeiträume ausgetauscht und der fiktiven Figur Falk Riewerts die Brände in die Schuhe geschoben.

Die Auswanderer-Geschichten

Die in diesem Roman durch Leander und Tom Brodersen zusammengetragenen Geschichten nordfriesischer Auswanderer in New York entstammen sämtlich der allgemein zugänglichen Literatur und der Fernseh-Berichterstattung des Norddeutschen Rundfunks (»Die Nordstory – Einmal New York und zurück«). Ich empfehle besonders folgende Bücher:

Götz, Heike / Christiane Greve: »Unsere Stadt war New York«, Edition DAH, 2. Auflage, Bremerhaven, 2012

Ingwersen, Kreske: »Ungewiss, wohin das Schicksal uns führt. Föhrer Auswanderung und Rückwanderung im 19. Jahrhundert«, Husum Druck- und Verlagsgesellschaft, 2014

Krüger, Hans (Hrsg.): »Amerika-Auswanderer von Föhr und Amrum« Band 1, bu-bu Verlag, Wyk auf Föhr, 1988

Quedens, Georg: »Amrumer in Amerika« in: ders.: »Amrum 2004. Chronik einer Insel«, Verlag Jens Quedens, Amrum 2005, S. 125ff.

Die Goldgräber-Geschichte

Es gibt nur sehr wenige Zeugnisse aus der Goldgräberzeit, die als Belege für Abenteurer von den Nordfriesischen Inseln herangezogen werden können. Zwar lässt sich nachweisen, dass einige Amrumer und Föhrer beim Großen Goldrausch in Kalifornien und Alaska dabeigewesen sind, aber Originaldokumente oder gar Tagebuchaufzeichnungen konnte ich weder auf Föhr und Amrum, noch im Archiv des Deutschen Auswanderer-Hauses in Bremerhaven finden.

Ich habe mich also anderer Quellen bedient und mich bemüht, diese historische Phase in Volckert Olsens fiktivem Tagebuch so realitätsnah wie möglich wiederaufleben zu lassen. Besonders hilfreich war dabei die Reisebeschreibung von Robert C. Kirk, der ein Jahr in den Goldfeldern am Klondike verbracht und dafür sogar die strapaziöse Landroute über den Chilcoot-Pass auf sich genommen hat:

Robert C. Kirk: »Twelve Months In Klondike«, William Heinemann Verlag, London, 1899 (mit zahlreichen Abbildungen und einer Landkarte).

DANKSAGUNG

Auch die Arbeit an diesem Roman war nur möglich, weil mich einige liebe Menschen in meinem Umfeld unterstützt haben. Mein Dank gebührt vor allem:

meiner Familie, die aufgrund meiner tatsächlichen oder geistigen Abwesenheit ungezählte Stunden auf mich verzichten musste – allen voran danke ich natürlich meiner Frau;

meiner Verlegerin Heike Gerdes vom Leda-Verlag für ihr ungebrochenes Vertrauen und den Stammplatz im Verlagsprogramm;

meiner Lektorin Maeve Carels für ihre konstruktive Kritik und ihre unnachgiebige Gründlichkeit, ohne die dieser Krimi nur halb so gut geworden wäre;

Carsten Tiemeßen für die gefühlvolle Covergestaltung;

Jürgen Huß von der Buchhandlung »Bu-Bu« in Wyk auf Föhr und Herrn Fischer von der Buchhandlung »Quedens« in Wittdün auf Amrum, die mich bei der Suche nach Fachliteratur tatkräftig unterstützt haben;

meinen Leserinnen und Lesern, die mir seit Jahren die Treue halten und meine Arbeit mit konstruktiven Rückmeldungen begleiten.

Informationen zur Leander-Reihe mit Fotos von den Tatorten, Rezepten aus Mephistos Biergarten, Kontakt-Formular, Gästebuch und aktuellen Lesungs-Terminen finden Sie wie immer auf meiner Homepage: **www.breuer-krimi.de**.

Patricia Brandt
Krabben-Connection
Kriminalroman
285 Seiten
12 x 20 cm, Paperback
ISBN 978-3-8392-2725-1
€ 12,00 [D] / € 12,40

In dem verträumten Fischerdorf Hohwacht an der
Ostsee passiert nie etwas. Eigentlich. Doch dann
verschwindet der Münchner Geschäftsmann Xaver
Kohlgruber aus seinem Hotelzimmer. Der bärbeißige
Kommissar und Tierpräparator Oke Oltmanns geht
von Mord aus. Unter Verdacht geraten die Mitglieder
der Bürgerinitiative »Rettet die Stranddistel«, denn
Kohlgruber plante den Bau einer Hotelanlage – ausgerechnet im Hohwachter Naturschutzgebiet! Oke
merkt schnell, dass hier nicht alles so idyllisch ist, wie
es scheint …

GMEINER SPANNUNG

WWW.GMEINER-VERLAG.DE
Wir machen's spannend

Kurt Geisler
Endstation Ostsee
Kriminalroman
283 Seiten
12 x 20 cm, Paperback
ISBN 978-3-8392-2710-7
€ 12,00 [D] / € 12,40

© Wilm Ihlenfeld / shutterstock.com

Helge Stuhr ermittelt für Kommissar Hansen im
Kieler Problemstadtteil Gaarden, in dem er aufgewachsen und aus dem er vor 30 Jahren regelrecht
geflohen ist. Bei seinen verdeckten Ermittlungen
lernt Helge das Viertel noch einmal völlig neu kennen. Um unerkannt recherchieren zu können, passt
er sich den üblichen Gepflogenheiten des Stadtteils
an. Dabei rutscht Helge schnell tief hinein in einen
Strudel von Mord, Totschlag und Drogenhandel –
und ihm wird klar, dass man weder vor sich noch vor
der eigenen Vergangenheit fliehen kann.

GMEINER SPANNUNG

Sibylle Narberhaus
Syltwind
Kriminalroman
312 Seiten
12 x 20 cm, Paperback
ISBN 978-3-8392-2757-2
€ 14,00 [D] / € 14,40

Mit ihren akrobatischen Sprüngen und waghal-
sigen Manövern ziehen die Kitesurfer alljährlich
zahlreiche Besucher nach Sylt. Doch nicht nur den
Sportlern werden Höchstleistungen abverlangt, auch
die Polizei ist gefordert, als ein Toter im Hörnumer
Hafenbecken gefunden wird. Kurz darauf überschat-
tet ein Unglück den Kitesurf-Cup. Allen Warnungen
zum Trotz mischt sich Anna in die Ermittlungsarbeit
ein und gerät in Lebensgefahr, denn hinter den Kulissen der Veranstaltung weht ein scharfer Wind.

GMEINER SPANNUNG

WWW.GMEINER-VERLAG.DE
Wir machen's spannend